福建師範大學文學院百年學術論叢　第五輯

現代中國隨筆探賾

黃科安　著

本成果受「開明慈善基金會」資助

第五輯
總序

　　光陰似箭，歲月如流。從西元二〇一四年福建師範大學文學院與臺北萬卷樓圖書公司合作刊印「百年學術論叢」第一輯，至今已經走過了五個年頭，眼下論叢第五輯又將奉獻給學術界。

　　回顧已刊四輯，前兩輯的作者，大多數為德高望重的老先生；後兩輯，約有一半是中青年學者。由此，我們一方面看到老輩宿師攘袂引領的篤實風範，另一方面感受到年輕後學齊頭並進的強勁步武。再看第五輯，則幾乎全是清一色中青年英彥的論著。長江後浪推前浪，我們的學術梯隊已經明顯呈現出可持續發展的勢頭。

　　略覽本輯諸書，所沁發出的學術氣息，足以令人精神一振，耳目一新：陳穎《中國戰爭小說綜論》，宏觀與微觀交替，闡述中國戰爭小說發展史跡及文化意義，並比較評析海峽兩岸抗日小說創作；郭洪雷《小說修辭研究論稿》，綜括小說修辭研究史及中國小說修辭意識的發展現狀，力圖喚醒此中被遺忘的文學意識；黃科安《現代中國隨筆探賾》，梳理現代中國隨筆的發展歷程及其對中外隨筆傳統的傳承與創新，總結隨筆創作的經驗教訓；陳衛《聞一多詩學論》，以意象、幻象、情感、格律、技巧為核心，展開對聞一多詩學與詩歌的論述；林婷《出入之間──當代戲劇研究》，結合入乎其內、出乎其外兩種研究思路，為中國當代戲劇研究獻一家之言；黃鍵《京派文學批評研究（修訂版）》，考察中國現代文學史上「京派」的文學批評成就，發掘其對當代中國現代文藝批評的啟示性意義；李詮林《臺灣現代文學史稿》，從文本創譯用語的角度構建臺灣現代文學史，研究臺

灣現代文學進程中獨特的語言轉換現象；劉海燕《從民間到經典——關羽形象與關羽崇拜生成演變史論》，研究關羽崇拜及關羽形象塑造的宗教接受，深入闡釋關羽形象的文學生成與宗教生成；高偉光《神人共娛——西方宗教文化與西方文學的宗教言說》，以宗教派別之外的視角審視西方宗教文化內涵及其發展軌跡，用理智言說一部宗教文化；王進安《明代韻書《韻學集成》研究》，將《韻學集成》與相關韻書比較，探尋其間的傳承或改易情實，為明代早期韻書的研究添磚加瓦。凡此十種專著，無論是學術觀點之獨到，還是研究方法之新穎，均讓我們刮目相看。

　　讓我尤感欣喜的是，本論叢各輯的持續推出，不斷獲得兩岸學界、教育界的良好評價與真誠祝願。他們的讚許，是激發我們學術進步的一大鞭勵，也是兩岸學術交流互動的美贍見證。我堅磧不移地認為：在當今自由開放的學術環境中，兩岸文化溝通日趨融暢，我們的學術途程必將越走越寬闊久遠。

汪文頂

西元二〇一九年歲在己亥春日序於福州

目次

導論
隨筆與現代中國隨筆

　　隨筆，英文稱 "Essay"，是廣義散文中的一種。作為一種文類，在中西方可以說是「古已有之」。柯靈說：「隨筆一體，天機活潑，文質渾成，古今中外，名作如林。」[1]尤其到了近現代，隨著現代傳媒的迅速發展，西方隨筆更呈現出異常的興盛和繁榮。《大英百科全書》在詮釋非小說性散文條目時，首位列入是隨筆，指出：「在現代文學中，非小說性散文的範疇內，無論是從實際作品的數量還是質量上看，排在最重要位置的都是隨筆。」[2]

　　同樣，隨筆在現代中國文壇上也是十分重要的文類，它作為知識者在特定歷史語境中探求和言說的主要載體之一，而與其精神滄桑史發生了最為密切的聯繫。唐弢稱：「隨筆是一種最自由的創作形式。『五四』以後，周氏兄弟相率積極提倡。魯迅在談到小品文成就的時候，曾這樣說，『這之中，自然含著掙扎和戰鬥，但因為常常取法於英國的隨筆（Essay），所以也帶一點幽默和雍容，寫法也有漂亮和縝密的，這是為了對舊文學的示威，在表示舊文學之自以為特長者，白話文學也並非做不到。』這段話比較能概括地說明了隨筆在中國產生和發展的情形。」[3]確如唐弢所言，在現代中國文壇上，隨筆創作曾幾度出現繁榮和興盛的景象，湧現了諸如魯迅、周作人、林語堂、豐

1　柯靈：〈隨筆與閒話〉，韓小蕙主編：《新現象隨筆——當代名家最新隨筆精華》（北京市：中央編譯出版社，1994年），頁26。
2　轉引自張夢陽：〈《大英百科全書》關於散文的詮釋〉（下），《散文世界》1985年第2期。
3　唐弢：〈漫談隨筆〉，《人民日報》，1988年3月21日。

子愷、梁遇春、錢鍾書、梁實秋、王了一、張愛玲、張中曉、巴金、
余秋雨、張中行、金克木等一大批隨筆大家。尤其進入一九九〇年代
後，隨筆創作風起雲湧，異常活躍，長盛不衰。除了文壇上職業隨筆
作家外，不少知識者在堅守學術崗位之餘，借助知識和精神的力量，
積極介入隨筆創作領域，表現出強烈的社會參與意識和理性批判精
神。可以這麼說，隨筆創作實績足以構成現代中國文學研究的重要景
觀，而我們對隨筆文類的探析和解讀，其實就是打開現代中國知識者
心靈奧秘的一把鑰匙。

　　然而，長期以來學界對它深入研究不夠，這和現代隨筆創作繁榮
構成強烈的反差。當然，這不是說人們沒有對它關注過，如魯迅、周
作人、林語堂、梁遇春、錢鍾書、張愛玲、王了一、朱光潛、唐弢、
金克木、舒展等等，他們對隨筆的論述三言兩語，要言不煩，還是相
當的精闢，是後人進行隨筆研究不可多得的重要研究資料。不過多數
學者對隨筆文類的認識尚停留在感性的層次，他們對「隨筆」的言說
要麼淺嚐輒止、要麼「混沌」一片。迄今為止，學界尚未出現一部專
門宏觀論述現代中國隨筆的著作，無論是梳理隨筆的文類流變，還是
探討隨筆的理論構建。因而，撰寫一部現代中國隨筆論著，無疑是學
界一項非常迫切和必要的任務。而這項研究工作所具有的拓荒性質和
潛在的理論價值，便成為筆者優先選擇本課題研究的重要依據。

第一節　詮釋「隨筆」

　　任何一位從事文學研究的學者，都會對於文類的劃分，感到一種
困惑和無奈，因為這一問題的探討，常常會讓自己不小心身陷悖論的
境地。英國隨筆作家本森在〈隨筆作家的藝術〉一文中就抱怨說：
「為文學命名，為文學的表現形式分門別類，實在是一件糾纏不清、

令人撲朔迷離的事情，僅僅為了方便才不得已而為之。」[4]然而我們必須承認，文類的劃分和設置，是人們對文學的性質和形式有了新的認識和把握，才會產生和形成一定的標準和規則。只不過，從歷史的角度來看，被設定的文類的內涵和外延卻常常處在動態的變化過程。有鑑於此，歌德作出「歷史性文類」和「理論性文類」的分類[5]，這是極富創見性的意見。任何一種文類的規則總結和邊界設定，都有可能在其後遇到來自文類的內部或外部出現的「例外」力量對於這一理論概括的反抗和瓦解，小說、戲劇是如此，隨筆也不例外。因此，隨筆文類理論的建構應該是開放式的，要有一定自由度和包容性。

　　「隨筆」，作為一種「歷史性文類」在古代中國確實出現比較早，但作為一種文類的名稱始於宋代。宋人洪邁《容齋隨筆》自序云：「予老去習懶，讀書不多，意之所之，隨即記錄，因其後先，無復詮次，故目之曰隨筆。」此後，人們一般都認可洪邁所釐定的隨筆界說。清嘉道年間陸以湉作的〈《冷廬雜識》序〉也有一段定義「隨筆」的文字：「暇惟觀書以悅志，偶有得即書之，兼及平昔所聞見，隨筆漫錄，不沿體例。」這是說隨筆內容是觀書、閱世之所得，隨筆的文字是隨著思路率性而作，隨筆的文體是不受傳統規矩的約束。此正是隨筆創作的「活力」之所在。即便在當代，人們對這一傳統的定義還是頗多認同。張中行以為「隨筆」有三個特點，一是內容，要「有情有識」；二是結構，「筆隨著思路走」；三是語言，以「清靈」為好。[6]汪曾祺認為：「隨筆大都有點感觸，有點議論，『夾敘夾議』，但是有些事是不好議論的，有的議論也只能用曲筆。『隨筆』的特點

4　本森：〈隨筆作家的藝術〉，劉炳善譯：《倫敦的叫賣聲》（北京市：生活・讀書・新知三聯書店，1997年），頁273。

5　歌德語，參見Tzvetan Todorov：《The origin of Genres》。轉引自南帆：《文學的維度》（上海市：上海三聯書店，1998年），頁272。

6　張中行：〈我的隨筆觀〉，《寫真集》（北京市：作家出版社，1997年），頁245。

還在一個『隨』字，隨意、隨便。想到就寫，意盡就收，輕輕鬆鬆，坦坦蕩蕩。」[7]當今通行辭書權威工具《辭海》中的「隨筆」詞條撰寫道：「散文的一種。隨手寫來，不拘一格的文字。中國宋代以後，凡雜記見聞也用此名。『五四』以來，隨筆十分流行，形式多樣，短小活潑。優秀隨筆以借事抒情，夾敘夾議，意味雋永為其特色。」[8]顯然這種詮釋是在沿襲傳統的基礎上，加以引申和發揮。

　　在國外，人們對隨筆的傳統看法又是怎樣呢？美國學者艾布拉姆斯指出：「雜文體裁在一五八〇年得名於法國散文家蒙田（Montaigne）。但在這以前，古希臘作家忒俄弗雷斯托斯（Theophrastus）與普魯塔克（Plutarch），古羅馬作家西塞羅（Cicero）與塞內加（Seneca）就開始從事雜文創作了。」[9]從這段內容可以看出，艾布拉姆斯將古希臘羅馬時代認定為西方隨筆文類的出現時間點，這個觀點很值得商榷，因為西方學界一般還是公認這一文類是十六世紀晚期的法國蒙田創立的。但如果將古希臘羅馬時代看成西方隨筆形成的前身來追溯，艾氏的觀點就有其獨到的眼光和識見。在蒙田之前，西方古代作家確實留下不少出色的議論性散文，這些作品在內容上是雜俎，包羅萬象，而以談論倫理修養為多，在形式上大都採用蘇格拉底式宣講，柏拉圖式對話或辯駁的方式，有些像是家庭聚會中的非正式談話，頗有後世「席間漫談」或「爐邊閒話」的風味。尤其是普魯塔克，他撰寫的《道德論叢》，常常為了要說服別人，而求助於實例、例證乃至逸聞，因而形成了「軼事」性的議論文體，這對後來蒙田、培根的隨筆創作影響很大。因此，蒙田雖然創造了 "Essai" 這名稱，並成為近現代隨筆的鼻祖，但他的隨筆創造並不是空穴來風，他從古希臘羅馬時

7　汪曾祺：〈《塔上隨筆》序〉，《塔上隨筆》（北京市：群眾出版社，1993年）。

8　《辭海》（上海市：上海辭書出版社，1989年），頁1168。

9　艾布拉姆斯撰，朱金鵬、朱荔譯：《歐美文學術語詞典》（北京市：北京大學出版社，1990年），頁101。此處將 "Essay"（隨筆）譯成雜文。

代的先賢，尤其從普魯塔克、塞內加那裡，不僅獲得生活的哲理和處世的智慧，而且從他們創造的議論文體得到極大的啟迪。P. 博克曾稱蒙田「雜談」式的隨筆文體，是「希臘議論文的一種復興，常常用來談道德問題，文章短小靈便，筆調生動、幽默，給讀者一種親切感，就像在聆聽作者的娓娓之談」[10]。自此以後，一些西方隨筆論者就一直遵循蒙田所確立的隨筆創作軌範。一七七五年，英國大文豪塞繆爾‧約翰遜在其編纂出版的《英語詞典》中採用了蒙田的說法：「隨筆是表達人們內心思想的一種鬆散的未經仔細推敲的短文，它既不完善，又不規則。」這就強調了隨筆信筆寫來，意到筆隨，不大考慮結構上的精心結撰的結果。英國學者 W. E. 威廉斯（W. E. Williams）在 *A Book of English Essays* 一書中認為「英國的 "Essay" 花色繁多，但幾乎沒有規則」，但卻給「Essay」下了一個定義：「Essay 是一般比較短小的不以敘事為目的之非韻文。」這個隨筆定義，是對西方隨筆文體認可的一種解說。在當今學界中，以譯介英國隨筆著稱的劉炳善在總結英國隨筆文體特點時，也認為隨筆的形式非常靈活，變化多端，要想給它下一個確切、固定、圓滿的定義是很困難的。但是，給它劃個大致的範疇並非不可行。劉炳善提出自己的劃分思路：首先，在文學的總範圍內，先把詩歌、小說、戲劇放在一邊。然後，在散文的大範圍內，再把純理性的議論文（規規矩矩、方方正正的科學論文、文論、批評論著等）、純敘事文（正而八經的歷史、傳記、自傳，大部頭的回憶錄等）、純抒情文（像屠格涅夫、泰戈爾或紀伯倫那樣的散文詩等）當作三個極端，讓它們「三足鼎立」。於是再看看這「三角地帶」中間的那些五花八門的散文小品。那麼，不管是偏於發發議論而夾雜著抒發作者個人之情的，或者是偏於個人抒情而又發發議論的，或者是偏於敘事而又夾雜著一點議論和抒情的，還有那些文采動

---

10 P. 博克撰，孫乃修譯：《蒙田》（北京市：工人出版社，1985年），頁122。

人、富有個人風趣的短評（又不管是社會評論、文學評論、藝術評論）——這些議論、敘事、抒情渾然雜糅，並且富於個性色彩、運用漫談方式、輕鬆筆調所寫出的種種散文小品，統統都可以叫作「隨筆」。[11]筆者以為劉氏的這個看法還是比較中肯，對於探討西方隨筆問題是會有啟發的。

　　在日本，「隨筆」作為「歷史性文類」，早在平安中期就已產生，這是以清少納言的《枕草子》的誕生為標誌。除此之外，鴨長明的《方丈記》（1212）和吉田兼好的《徒然草》（1324-1331），也是日本古代著名的隨筆著作。但作為「理論性文類」，「隨筆」一詞來源於中國，最早出現在文壇上是室町時代（1392-1576），但是直至近代大正時期（1912-1925）才明確作為一種獨立的文學體裁。十八世紀時期，日本學者石原正明在〈年年隨筆〉中詮釋「隨筆」：「隨筆是將所見所聞的事，所言所思的事，鄭重正言的事，隨心所至而述下，故有把極熟識的事寫錯，並沒有骨骼且顯稚拙，成為很不堂皇的作品，然因其無修飾之故，能見作者的才華與氣量，實為很有興味的作品。」[12]可見，這個隨筆定義，帶有中國傳統隨筆定義的明顯烙印。正因為如此，廚川白村在論西方 "Essay" 時，他不願將 "Essay" 等同於日本傳統意義上的「隨筆」，指出「有人譯 Essay 為『隨筆』，但也不對。德川時代的隨筆一流，大概是博雅先生的札記，或者玄學家的研究斷片那樣的東西，不過現今的學徒所謂 Arbeit 之小者罷了」[13]。日本傳統隨筆的形式，與中國傳統隨筆的形式差不了多少，但有一點值得注意，日本傳統的隨筆並不都是「博雅先生的札記」或「玄學家的研究斷片」，不少佳作尤其注重捕捉個人的情思和感興，記錄個人的見聞

---

11 劉炳善：〈英國隨筆簡論〉，《隨筆譯事》（北京市：中國電影出版社，2000年），頁9。
12 石原正明語，轉引自林林：〈漫談日本隨筆文學〉，《散文世界》1989年第6期。
13 廚川白村：〈《出了象牙之塔》Essay〉，《魯迅全集》（北京市：人民文學出版社，1973年），卷13，頁164。

和體驗，以情趣的賞玩為見長，這在一定程度上類似中國晚明的小品。在現代中國，有些專門從事日本隨筆的譯家，也頗為看重日本隨筆的這一特色。周作人就曾稱自己「大概從西洋來的屬於知的方面，從日本來的屬於情的方面為多」[14]。謝六逸在刊載日本作家志賀直哉的隨筆《雪之日》時，在譯者〈引言〉中說：「日本的著作家雖然不少皇皇大作，但終未能掩蓋這些小品文字的價值。它們如睡蓮的滴露，如窗隙裡吹進來的一線春風，是可愛的珠璣。再就文學理論上說，最能表現作家的真率感情的，也非這些小品文莫屬了。」[15]由此可見，即使進入現代社會後，人們對日本傳統隨筆獨特韻味的賞玩並未減弱，因為他們所持的仍然是傳統的審美標準。

通過對古代中外文學史所賦予「隨筆」學理內涵的考察，何謂「隨筆」這個問題的探究也就趨於明朗化。因此，綜合中外傳統意義上「隨筆」內涵起碼有以下幾個方面：1. 題材不拘，內容多樣。《辭海》中所說的「中國宋代以後，凡雜記見聞也用此名」，因而大量筆記類作品也冠以「隨筆」名稱，可見隨筆的適用之廣。2. 筆隨思路，率性而作。這裡強調了隨筆作家心態的自由和開放。3. 夾敘夾議，筆調靈活。可以有「有議論，有記敘，有抒情，有描寫，有引證，有對話，營造出一個開闊舒展、情理兼備的論理系統，呈現出知識之美，智能之美，思想之美，情趣之美」[16]。

然而，由於隨筆本身的靈活多樣，人們對它的理解存在著歧異和不確定性因素。尤其在廣義散文的範疇之內，隨筆與筆記、小品、雜文等都是這一大家族的成員，長相酷似，難分你我。柯靈說：「隨筆

---

14 周作人：〈明治文學之追憶〉，《立春以前》（石家莊市：河北教育出版社，2002年），頁69。

15 謝六逸：〈《雪之日》引言〉，《大江》創刊號，1928年11月25日。

16 姚春樹論隨筆語，參見〈論巴金建國前的散文創作〉，《中外雜文散文綜論》（福州市：福建教育出版社，1997年），頁359。

與散文、雜文為兄弟行，胸襟放達，神形瀟灑。」[17]魯迅在致書商李小峰的信中就曾將在該書局出版的《魯迅雜感選集》，稱之為「隨筆集」[18]。周作人〈再談俳文〉稱：「英法曰 Essay，日本曰隨筆，中國曰小品文皆可也。」[19]時至今日，人們依然對散文、隨筆、小品、甚至雜文之間的複雜糾葛不甚了然。汪曾祺坦率地說：「我實在分不清散文、隨筆、小品的區別。」[20]著名學者季羨林也有同樣的困惑，他說：「我還想就『隨筆』這個詞兒說幾句話。這個詞兒法文原文是Essai。這一下子就會讓人聯想到英文的 Essay，從形式上來看就能知道，這本是一個詞兒。德文則把法文的 Essai 和英文 Essay 的兼收並蓄。統統納入德文的詞彙中。這在法、英、德三國文學中是一種體裁的名稱；而在中國則是散文、隨筆、小品等不同和名稱。其間差別何在呢？我沒有讀『文學概論』一類的書，不知專家們如何下定義。有的書上和雜誌上居然也把三者分列。個中道理，我區分不出來。」[21]

　　那麼，隨筆、筆記、小品、雜文果真都是理不清楚的一團亂麻嗎？筆者以為，從「歷史文類」來看，隨筆作品在中西方可以說是「古已有之」，儘管它在歷史的演進中，其面貌發生了變異；然而就「理論文類」來說，隨筆在特定的歷史語境下又具有相對穩定的內涵和外延。因此，區分散文、隨筆、筆記、小品、雜文的工作，還必須把它們放在現代中國特定的歷史語境中加以考察和辨識。按照「五四」後學界接受的西方文類的四分法，即小說、詩歌、戲劇、散文，

17 柯靈：〈隨筆與閒話〉，韓小蕙主編：《新現象隨筆——當代名家最新隨筆精華》（北京市：中央編譯出版社，1994年），頁24。

18 魯迅致李小峰信，1933年3月25日，《魯迅全集》（北京市：人民文學出版社，1981年），卷12，頁165。

19 周作人：〈再談俳文〉，《文學雜誌》第1卷第3期（1937年5月14日）。

20 汪曾祺：〈《塔上隨筆》序〉，《塔上隨筆》（北京市：群眾出版社，1993年）。

21 季羨林：〈《蒙田隨筆全集》序〉，潘麗珍等譯：《蒙田隨筆全集》（南京市：譯林出版社，1996年）。

該「散文」概念就屬於人們通常指涉的廣義「文學散文」，它自然包括隨筆、筆記、小品、雜文、日記、書信、報告文學、文學傳記等等。

　　隨筆與筆記。筆記是古代中國富有特色的一種文體，它肇始於魏晉，而宋明以後最為繁富。《辭源》[22]詮釋有二，一是「古稱散文為筆，與『辭賦』等韻文相對，也稱筆記」，這其實是指大散文的概念；二是「隨筆記錄的短文」，指的是宋代宋祁著有筆記，始以筆記名書。南宋以來，凡雜記見聞者，常以筆記為名。也有異其名為筆談、筆錄、隨筆者。實際上，筆記與隨筆都是在北宋和南宋才出現的文體名稱，而且古人對二者常常並無嚴格的區分，凡「雜記見聞」者既可以稱「隨筆」，也可以稱「筆記」。據褚斌杰介紹，中國古代筆記文大致可以歸納為四大類：「小說故事類」，「野史舊聞類」、「叢考雜辨類」、「雜錄叢談類」[23]。這四類內容是相當龐雜的，除了「小說故事類」不好劃歸「隨筆」外，其餘均屬於古代中國隨筆的範疇之內。所以，隨筆與筆記在概念上有重疊之處，但二者的外延也有不致的地方。

　　正因為如此，呂叔湘在編選《筆記文選讀》時，他選擇了以「隨筆之體」作為選錄的標準，他說：「搜神志異傳奇小說之類不錄，證經考史與詩話文評之類也不錄。前者不收，倒沒有什麼破除迷信的意思，只是覺得六朝志怪和唐人傳奇都可另作一選，並且已有更勝任的人做過。後者不取，是因為內容未必能為青年所欣賞，文字也大率板滯寡趣。所以結果所選的，或寫人情，或述物理，或記一時之諧謔，或敘一地之風土，多半是和實際人生直接打交道的文字，似乎也有幾分統一性。隨筆之文似乎也本來以此類為正體。」[24]這種隨筆之體的筆記，其作者不刻意為文，只是遇有可寫，隨筆寫去，是屬於「質

22　《辭源》（北京市：商務印書館，1981年，修訂第1版），頁2354。

23　褚斌杰：〈略述中國古代的筆記文〉，《煙臺大學學報》1990年第2期。

24　呂叔湘：〈《筆記文選讀》序〉，《筆記文選讀》（上海市：上海古籍出版社，1979年，新1版）。

勝」之文，風格較為樸質而自然。因而，呂叔湘在選錄筆記文時，難免以今人理解的「隨筆」眼光來輯錄，即筆記文中要帶有思想或情趣的文章方可入選。記得王瑤在談到「五四」散文深受外來的影響，尤其是英國隨筆的影響時，曾說這麼一句話：「隨筆、筆記一類文字在中國有悠久的傳統，它的性質本與英國的隨筆相近。」[25]這說明了古代中國隨筆、筆記類作品，與當今受西方影響而形成的現代隨筆觀念有相通之處，只不過我們要如何以現代隨筆觀念去重新梳理和甄別。

　　隨筆與小品文。小品，是明代文人把自己平常隨意揮寫的「獨抒性靈」之作的稱謂。這一名稱是從佛家用語挪移過來，《世說新語》〈文學〉「殷中軍讀小品」句下，劉孝標注云：「釋氏《辨空經》有詳者焉，有略者焉，詳者為大品，略者為小品。」可見「小品」是與「大品」相對而言，晚明文人是在「篇幅短小」這個意義上使用它。《中國大百科全書》〈中國文學〉卷就曾在這層意思上詮釋：「散文品種之一。『小品』一詞在中國始於晉代，稱佛經譯本中的簡本為『小品』，詳本為『大品』。後遂以『小品』統稱那些抒寫自由、篇幅簡短的雜記隨筆文字。」[26]但這種詮釋還不夠全面和準確。晚明文人把「文」分為「小品」和「大品」，主張把那些談天說地、抒寫性靈、言近旨遠、形式活潑的小品文，從文以載道的重負中擺脫出來，而使之獲得獨立的文學價值。李鼎如以為《明文致》一書的編選，是「於朝家典重之言，巨公宏大之作，概所多遺。噫！此僅案頭自娛，且姑撮一代之秀耳」(〈《明文致》序〉)。這說明了晚明文人已明確地把小品文和「巨公宏大之作」相區別開來，認為小品文是「案頭自娛」的一類文章。這一觀點在葉襄聖為衛泳輯錄《冰雪攜》所作的序文也有

---

25 王瑤：〈「五四」時期散文的發展及其特點〉，《中國現代文學史論集》(北京市：北京大學出版社，1998年)，頁241。

26 《中國大百科全書》(北京市：中國大百科全書出版社，1986年)，〈中國文學〉卷，頁1084。

類似的表述：

> 衛子永叔爰自萬曆以後，迄於啟禎之末，為文凡若干卷，自郊
> 廟大章與夫朝廷述作，照碑版而輝四裔者，姑一切勿論。特取
> 其言尤小者。遴數百篇以行於世。塗酌義專，又無訾於掛漏之
> 病。曰：吾識其小者，其大者固將有待云爾。譬諸觀滄海者，
> 苦無津涯，而臨清流則易以瀏覽；陟喬岳者，彌望無極，而視
> 拳石或足以寄暢。衛子之志，亦猶是也。[27]

　　這裡，葉襄聖把小品看成是那種與莊嚴正大的「郊廟大章」和
「朝廷述作」相對立的文類，屬於「易以瀏覽」的「清流」和「足以
寄暢」的「拳石」。因此，晚明小品的出現，本身就帶有瓦解、反抗
正宗「大品」地位的色彩和效用。而小品雖以「小」自居，但它講究
「有法外法，味外味，韻外韻，麗典新聲，絡繹奔會」[28]，所以是「幅
短而神遙，墨希而旨永」[29]。晚明「小品」顛覆「大品」的社會功用，
追求獨抒性靈、任意揮灑的自由心態，以及以「清」、「真」、「韻」、
「趣」為特色的筆墨追求，都令不少「五四」知識者的傾心折服、追
慕不已。因此，到了現代中國，原本傳統意義上的只指涉「筆記」的
「隨筆」概念擴容了其內涵，也可用來包含像晚明一類的小品文。
　　由於小品文的精神特質與西方的 "Essay" 之文有相類似之處，所
以主張以「小品文」作為 "Essay" 中文譯名，在「五四」知識者中大
有人在。李素伯說：「有人譯作『隨筆』，英語中的 Familiar essay 譯
作絮語散文，但就性質、內容和寫作的態度上，似乎以小品文三字為

---

27 葉襄聖：〈序〉，《冰雪攜》，衛泳編評：《冰雪攜》（上）（上海市：中央書店，1935
　年），。

28 陳繼儒：〈文娛序〉，鄭元勳選：《媚幽閣文娛》（上海市：上海雜誌公司，1936年）。

29 鄭超宗語，轉引自唐顯悅：〈媚幽閣文娛序〉，鄭元勳選：《媚幽閣文娛》（上海市：
　上海雜誌公司，1936年）。

最能體現這一類體裁的文字。」[30]另一位學者方重更以不容置疑的口吻說：「小品文就是英文裡的 Essay。」[31]但這並不意味著對這種譯法沒有人提出疑義。梁遇春曾稱：「把 Essay 這字譯作『小品』，自然不甚妥當。但是 Essay 這字含義非常複雜，在中國文學裡，帶有 Essay 色彩的東西又很少，要求找個確當的字眼來翻，真不容易。只好暫譯作『小品』。」[32]這其中，以朱湘的反對意見尤其值得人們注意：

> 有一種最重要的「文章」：「愛瑣」文。這便是普通稱為「小品文」的那種文章；不過我個人不滿意於「小品文」這個名稱，因為孟坦（Montaigne），在西方文學內是正式的寫這種文章的第一人，他有許多 Essays 在篇幅上一毫不小，有的甚至大到數萬字的篇幅，至於在品格上，他的 Essays 的整體是偉大的，更是公認的事實。他，以及西方的另一個偉大的「愛瑣」文作家藍姆（Lamb），都是喜歡說瑣碎話的。至於培根（Bacon），他的 Essays，在文筆上，自然沒有那種母親式的瑣碎，不過，在題材上，它們豈不也有一種父親式的瑣碎麼？[33]

朱湘將 "Essay" 譯成中文諧音字「愛瑣」，寓指作 "Essay" 的作者喜歡說瑣碎話，但卻排斥「小品文」的中文譯法。朱湘慧眼獨具，他看到 "Essay" 譯成「小品文」背後所存在的裂隙，即當時人們普遍存在對 "Essay" 的誤讀現象。首先就篇幅而言，晚明文人創作的小品文以篇幅短小而見長，而西方的 "Essay" 卻沒有這條禁規，可長可短，

---

30 李素伯：〈什麼是小品文〉，《小品文研究》（上海市：新中國書局，1932年）。

31 方重：〈英國小品文的演進與藝術〉，《英國詩文研究集》（上海市：商務印書館，1939年），頁46。

32 梁遇春：〈《英國小品文選》序〉，《英國小品文選》（上海市：開明書店，1929年）。

33 朱湘：〈文學談話（七）‧分類〉，蒲花塘、曉菲編：《朱湘散文》上集（北京市：中國廣播電視出版社，1994年），頁251。

如蒙田撰寫的〈雷蒙・塞邦贊〉一文，其篇幅就長達十幾萬字。其次更重要的是文類特質，朱湘意識到西方 "Essay" 既有「母親式的瑣碎」，也有「父親式的瑣碎」。也就是說，西方隨筆作品確有「母親式的瑣碎」，展現出娓娓而談的閒散文風格；但那些偉大的隨筆作家，他必定以思想的深刻博大和秉持理性的批判精神而見長，是屬於「父親式的瑣碎」。因而，就這個意義上說，用「隨筆」概念可以覆蓋「小品文」的指涉範疇，但反過來「小品文」就沒法涵括現代「隨筆」所包容的複雜內容。

　　隨筆與雜文。「雜文」一詞最早出現在劉宋范曄的《後漢書》〈文苑傳〉中，之後梁朝劉勰在《文心雕龍》裡還有撰寫「雜文」論，但他所認定的「雜文」，是指傳統的「正體」文章，即詩、賦、銘、贊、頌之類以外的無法歸類的雜體文章，如「答問」、「七」體、「連珠」，以及「典誥誓問」、「覽略篇章」、「曲操弄引」、「吟諷謠詠」等等。後來的蘇軾在〈答謝民師書〉和王安石的〈上人書〉裡，也以「雜文」來泛稱傳統正體文章以外的眾多的一時無法歸類的文章。這些有限的古代文論資源告訴人們：在中國，雜文是「古已有之」，雜文屬於非正體的雜體文。[34]這種把雜文視為非正體的雜體文觀念，到了現代中國仍還存在。魯迅在晚年也曾說過：「其實『雜文』也不是現的新貨色，是『古已有之』的，凡有文章，倘若分類，都有類可歸，如果編年，那就只按作成的年月，不管文體，各種都夾在一處，於是成了『雜』。」[35]而周作人在民國時期對「雜文」的看法，基本上是持非正體的雜體文的觀點。他說「所寫的文章裡邊並無什麼重要的意思，只是隨時想到的話，寫了出來，也不知道是什麼體制，依照

---

34 參見姚春樹：〈中國雜文從古典向現代的嬗變〉，《中外雜文散文綜論》（福州市：福建教育出版社，1997年），頁16。

35 魯迅：〈《且介亭雜文》序〉〉，《魯迅全集》（北京市：人民文學出版社，1981年），卷6，頁3。

《古文辭類纂》來分，應當歸到那一類裡才好，把剪好的幾篇文章拿來審查，只覺得性質夾雜得很，所以姑且稱之曰雜文」。他強調指出「雜文者非正式之古文，其特色在於文章不必正宗，意思不必正統，總以合於情理為准」，「雜文的特性是雜，所以發揮這雜乃是他的正當的路」[36]。

　　而使「雜文」賦予現代意義的是，以魯迅為代表的現代中國作家在從事「社會批評」和「文明批評」的過程中建立起來的。魯迅強調雜文在當時社會形勢是「多麼切迫的時候」，「作者的任務，是在對於有害的事物，立刻給以反響或抗爭，是感應的神經，是攻守的手足」。[37]因此，《辭海》中關於「雜文」的詞條傾向把它定位在戰鬥性的傳統，認為雜文是「隨感式的雜體文章，一般以短小、活潑、鋒利為其特點」，「『五四』以後，雜文在魯迅等作家手裡發展成為一種直接而迅速地反映社會事件或社會傾向的文藝性論文，頗具深刻的思想性和強烈的論戰性；藝術上，行文感情飽滿，議論形象鮮明，有較強的震撼力」[38]。由於人們帶著這種雜文觀念，穿行於二十世紀中國社會的生與死、血與火之中，這就使人們對於雜文賦予「匕首」和「投槍」的結論深信不疑。因而，當二十世紀末文壇上刮起一股「隨筆」創作熱潮時，有的學者試圖在雜文與隨筆之間作出學理上的區別：

　　　　雜文，是政治性比較強、社會性比較強的那種評議性的散文，
　　　　屬於硬性題材，作為原「議論散文」之一種，應予獨立；隨
　　　　筆，包括隨想、知識小品、科普小品、學者隨筆、文化隨筆、
　　　　生活隨筆等，是軟性題材的評議性論文，作為原「議論散文」
　　　　之另一種，也應獨立。我個人覺得，雜文、隨筆原是一類的，

---

36 周作人：〈雜文的路〉，《讀書》第1卷第1期（1945年）。

37 魯迅：《且介亭雜文》序〉，《魯迅全集》（北京市：人民文學出版社，1981年），卷
　　6，頁3。

38 《辭海》（上海市：上海辭書出版社，1989年），頁3267。

因為它們沒有嚴格的界限，只存在題材上的軟硬。雜文講究諷刺，隨筆注重幽默，二者都很講究文采，這兩種文體應合在一起予以獨立。[39]

　　筆者認為通過題材的「軟」、「硬」標準，作為區別隨筆與雜文兩類文類的依據，不是科學的做法，也不符合隨筆和雜文的歷史與現實，這是一種誤導誤讀的結果。原因有二，其一，從中國的歷史來看，雜文長期以來就一直存在著「非正體的雜體文」的觀念，這意味著在現代語境中所謂的「雜文」除了通常人們所認定具有很強的「政治性」和「戰鬥性」的文章外，應該還有一個廣義的雜文即「非正體的雜體文」概念的存在。魯迅的雜文創作也不是篇篇都表現短兵相接的「肉搏」和「諷刺」，有時也會運用「軟性」題材，寫得迂迴曲折、微言託諷，很有藝術的感染力。同樣，在西方語境中，隨筆固然有「軟性」題材的上佳表現，但也曾在「硬性」題材上出手不凡，產生過巨大的社會效應。《大英百科全書》指出：「隨著十八世紀歐洲啟蒙運動中敏銳的政治先覺者的出現，隨筆成為宗教和社會批評的極端重要的武器。由於它靈活、簡捷、對時事暗含一語雙關的諷喻性，因此成為哲學改革者的一種思想工具。」[40]西方文化史上被譽為偉大的隨筆作家，諸如蒙田、培根、斯威夫特、尼采等等，也往往在「硬性」題材上顯示出其思想的精深與博大。其二，魯迅在現代中國賦予的「雜文」觀念，有一個重要的理論資源是日本明治維新後接受西方"Essay"影響下而建立起來的現代隨筆觀念。廚川白村隨筆集《出了象牙之塔》、《走向十字街頭》，鶴見祐輔隨筆集《思想·山水·人

---

39 劉錫慶語，見安裝智：〈辨誤排疑看散文──劉錫慶教授訪談錄〉，《太原日報》，1995年5月16日。

40 轉引自張夢陽：〈《大英百科全書》關於散文的詮釋〉（下），《散文世界》1985年第2期。

物》以及長谷川如是閑的隨筆作品，都是魯迅平常酷愛閱讀的一類文章。尤其是廚川白村在《出了象牙之塔》中一再表達的文藝觀念，「建立在現實生活的深邃的根柢上的近代的文藝，在那一面，是純然的文明批評，也是社會批評」[41]。魯迅關於現代「雜文」的觀念就是建立在廚氏推崇的「文明批評」和「社會批評」的基礎之上。關於這個方面，我們將在下一章節更詳細地論述。因此，我們不能將雜文僅僅規範為只能所謂反映「硬性」的題材或定位在「戰鬥性的文體」。雜文研究專家姚春樹就不同意這種偏狹的觀點。他在充分考察、梳理古今「雜文」界說的基礎上，重新釐定現代「雜文」的概念：「雜文是以議論和批評為主的雜體文學散文；雜文以廣泛的社會批評和文明批評為主要內容，一般以對假惡醜的揭露和批判來肯定和讚美真善美；雜文格式筆法豐富多樣，短小靈活，藝術上要求議論和批評的理趣性、抒情性和形象性，有較鮮明的諷刺和幽默的喜劇色彩。」[42]顯然，無論從概念的內涵還是外延來看，這一界說無疑是比較科學和準確的，因為它抓住了雜文體裁的豐富性和多樣性，並且揭示出雜文固有的本質特徵和美學品格。

　　從以上的分析，可以看出現代的隨筆與雜文確實「長相」酷似，二者存在著非常密切的血緣關係。那麼，我們既然否定以題材的「軟」、「硬」作為劃分的標準和依據，二者能否劃上等號？筆者以為二者之間雖有重疊之處，但並不可以等同。朱光潛說：「『小品文』向來沒有定義，有人說它相當於西方的 Essay。這個字的原義是『嘗試』，或許較恰當的譯名是『試筆』。凡是一時興到，偶書所見的文字都可以叫作『試筆』。這一類文字在西方有時是發揮思想，有時是抒

41 廚川白村：〈《出了象牙之塔》描寫勞動問題的文學〉，《魯迅全集》（北京市：人民文學出版社，1973年），卷13，頁292。

42 姚春樹：〈中國雜文從古典向現代的嬗變〉，《中外雜文散文綜論》（福州市：福建教育出版社，1997年），頁18。

寫情趣，也有時是敘述故事。」[43]朱光潛從隨筆的表現功能，將西方的隨筆作品分為議論隨筆、抒情隨筆、記敘隨筆三種類型，這一點對於我們區分隨筆與雜文富有啟發。儘管西方隨筆的源頭以議論性散文為主，但朱光潛將隨筆分為三種類型還是比較符合隨筆後來發展的客觀情況。比如，蒙田創作的「隨筆」就是從古希臘羅馬時代的普魯塔克、塞內加撰寫的議論文發展而來的，以倫理題材為其特色，這種隨筆文體通常被稱為「雜談」或「雜論」。但隨筆後來在英倫三島上不斷地繁衍和擴散，應用的範圍也就越來越來廣泛。十七、十八世紀隨著西方報業的崛起，隨筆也被用來描寫人物，並產生極好的社會效果。英國隨筆的集大成者蘭姆，他撰寫的《伊利亞隨筆》，其敘述和抒情成分都很濃厚，而議論所占的比重不大，常常是片言居要，起到畫龍點睛的藝術效果。因此，從藝術的表現功能來看，只有隨筆中的議論性「隨筆」才能同狹義概念的「雜文」（即指以議論為特徵的雜文，而非廣義的「雜體文」）劃上等號。魯迅稱：「雜文中之一體的隨筆，因為有人說它近於英國的 Essay，有些人也就頓首再拜，不敢輕薄。」[44]英國的隨筆是多種類型的，既有議論型，也有記敘型和抒情型。魯迅所說的「雜文中之一體的隨筆」，實際上就是指議論型隨筆。因而，魯迅將雜文中即議論型隨筆說成近似於「英國的 Essay」，表明魯迅說這話時留有餘地，顯得相當的審慎與嚴謹。事實也證明，魯迅作出這種區隔的見解，對於我們進一步探討隨筆與雜文的區別是很有價值的。

　　以上的意見，是筆者就隨筆與筆記、小品文、雜文作了一番粗略的區分和鑒別。外國文學研究專家葉廷芳認為：「隨筆小於散文（或

---

43 朱光潛：〈論小品文——一封給〈天地人〉編輯者徐先生的公開信〉，《孟實文抄》（上海市：上海良友圖書印刷公司，1936年）。

44 魯迅：〈徐懋庸作《打雜集》序〉，《魯迅全集》（北京市：人民文學出版社，1981年），卷6，頁293。

者說它是散文裡的一種），而大於一般的小品文，它可以包括某些雜文和政論。」[45]從歷史文類的角度來考察，隨筆比小品文的概念確實大得多，因此葉廷芳這一觀點，筆者還是比較認同。毋庸諱言，在目前隨筆研究相對滯後的情況下，筆者所談的這些想法也只能是相對而言，不可能有絕對化的標準。其次，構成這些文類的理論要素相當活躍，極不穩定，容易造成互相串門的現象，再加上前輩學人常常在這些問題上纏夾不清，出現不同的歷史時段各說各話，難免產生相互矛盾，或相互消解。因此，我們對這些概念的清理和研究，不可能一下子就能作出一個令人滿意的非常成熟的界說。筆者在此僅作拋磚引玉，期待方家今後對此作進一步的深入探討。

第二節　現代中國隨筆的內涵與特徵

以上，我們對隨筆文類作了初步分析，使人們對隨筆有了一個大致輪廓的印象。不過，隨筆也有古今之分，古今隨筆雖同屬於一個系統裡，但內涵也有不一致之處。中國是以「五四」為界線，日本是以明治維新作分水嶺，這二者都是以西方現代文藝思潮和西方現代隨筆湧入本土的時間為界標。那麼，西方的現代隨筆是劃在何時何處呢？廚川白村、伍爾芙、艾布拉姆斯等隨筆理論家都談及這個問題。廚川白村說：

> 就近世文學而論，說起 Essay 的始祖來，即大家都知道，是十六世紀的法蘭西的懷疑思想家蒙泰奴（M. E. de Montaigne）。引用古典之多，至於可厭這一節，姑且作為別論，而那不得要領的寫法則大約確乎做了後來的藹瑪生（R. W. Emerson）這

---

45 葉廷芳：〈《外國名家隨筆金庫》序言〉，《外國名家隨筆金庫》（上）（天津市：百花文藝出版社，1996年）。

些人們的範本。這蒙泰奴的 Essay 就轉到英國，則為哲人培根
（F. Bacon）的那個。後來最富於 此種文字的英吉利文學
上，就以這培根為始祖。然而在歐羅巴的古代文學中，也不能
說 Essay 竟沒有。例如有名的《英雄傳》（英譯 *Lives of Noble
Greeks and Romans*）的作者布魯泰珂斯（Ploutarkhos 通作
Plutarch）的《道德論》（*Moralia*）之類，從今日看來，就具
有堂皇的 Essay 的體裁的。[46]

　　以蒙田作為現代隨筆的鼻祖，是很準確和恰當的。其一，蒙田用
法語 "Essai" 確立了隨筆這一文體的名稱，並親自創作實踐，撰寫出
《隨筆集》三卷本，對後世影響甚大；其二，他是十六世紀著名的懷
疑思想家，是歐洲文藝復興晚期的代表人物；其三，他繼承了古希臘
議論文，並加以創造性地轉換，使之成為具有世界影響的現代隨筆
文類。

　　筆者以為，要探討現代中國隨筆的精神內涵和美學特徵，必須深
入研究西方現代隨筆鼻祖蒙田以來，包括培根、艾迪生、斯威夫特、
蘭姆、尼采、叔本華、羅素、本森、伍爾芙、蕭伯納、埃默森等人，
以及日本明治維新以來的德富蘇峰、高山樗牛、齋藤綠雨、長谷川如
是閑、廚川白村、鶴見祐輔、夏目漱石、永井荷風、戶川秋骨諸人，
這些人的隨筆創作和隨筆理論均對現代中國隨筆作家產生過全面而深
刻的影響。尤其廚川白村對 "Essay" 的經典論述和反覆申述「文藝的
本來的職務是在作為文明批評，以指點嚮導一世」的觀點[47]，構成對
魯迅隨筆理論和隨筆創作的巨大而深刻的影響，並通過魯迅的親手翻

---

46 廚川白村：〈《出了象之塔》Essay〉，《魯迅全集》（北京市：人民文學出版社，1973
　年），卷13，頁166。

47 廚川白村：〈《出了象之塔》現代文學之主潮〉，《魯迅全集》（北京市：人民文學出
　版社，1973年），卷13，頁329。

譯和本身具有的巨大影響力，而使現代中國的隨筆理論和隨筆創作也烙下深深的印跡。郁達夫說：「至如魯迅先生所翻的廚川白村氏在《出了象牙之塔》裡介紹英國 Essay 的一段文章，更為弄弄文墨的人，大家所讀過的妙文。」[48]徐懋庸也充滿著讚歎之情稱：「廚川白村的《出了象牙之塔》和鶴見祐輔的《思想·山水·人物》——尤其是前者的翻譯，對於中國雜文的發達，影響之大，恐怕並不在他自己所作的雜文之下的。」[49]

因此，當我們要分析現代中國隨筆的精神內涵和美學特徵，就離不開國外現代文藝思潮和現代隨筆理論這一寶貴資源的清理和探討。

現代中國隨筆的精神內涵是什麼呢？那就是重視隨筆所表現的現代性的思想內容。這可以從隨筆鼻祖蒙田用法語 "Essai" 命名獲取一些信息。據日內瓦的讓·斯塔羅賓斯基從詞源學研究角度認為，"essai" 可以詮釋為「稱量」、「考察」、「驗證」、「要求」、「試驗」、「嘗試」等等，甚至有時還指「蜂群」、「鳥群」之類。蒙田在他的徽章上鑄有一架天平，同時還鑴有那句著名的箴言：「我知道什麼？」斯塔羅賓斯基稱，這種「獨特的直覺」表明，「essai 的行為本身乃是對天平梁的狀態的檢驗」。[50]這說明了蒙田以隨筆作為一種精神追尋和探索的載體，其談論的是新思想，所論的是問題的新闡釋。著名英國隨筆作家伍爾芙稱：「寫作的藝術大概正是以對某種思想的強烈執著為支柱的。思想乃是某種為人所信仰、被人所確切觀察並從而對語言強行賦形的東西，而正是被某種思想所承載著，那一大批各不相同的作家，包括蘭姆和培根，比爾博姆先生和赫德森，弗農·李和康拉德先

---

48 郁達夫：〈《中國新文學大系·散文二集》導言〉，《中國新文學大系·散文二集》（上海市：上海良友圖書印刷公司，1935年）。

49 徐懋庸：〈魯迅的雜文〉，《徐懋庸雜文集》（北京市：生活·讀書·新知三聯書店，1983年），頁557。

50 斯塔羅賓斯基語，轉引自郭宏安撰寫法國隨筆的〈概述〉，葉廷芳主編：《外國名家隨筆金庫》（上）（天津市：百花文藝出版社，1996年）。

生，還有萊斯利‧斯蒂芬、巴特勒和沃爾特‧佩特，才能抵達那遙遠的彼岸。」[51]另一位英國隨筆作家本森也認為「隨筆作家以其特殊的方式充當了人生的解說員，人生的評論家」，「最根本一點，作者必須有自己的看法，這看法又必須在他自己的心靈中自然形成，而隨筆的魅力即依靠著醞釀和記錄下這看法的心靈的魅力」[52]。伍爾芙把對「思想」的執著當作是隨筆寫作藝術的「支柱」，本森則將隨筆作家視為充當人生的「解說員」或「評論家」。這些隨筆大家都以隨筆作為自己思想探索的文字載體。因此，梁遇春說：「國人因為厭惡策論文章，做小品文時常是偏於情調，以為談思想總免不了儼然，其實自 Montaigne 一直到當代思想在小品文裡面一向是占很重要的位置，未可忽視的。」[53]梁遇春評價，確實抓到了隨筆一個很重要的方面，即重視隨筆裡的思想成分。

　　重視隨筆的思想成分，是現代中國作家普遍的共識。筆者以為，現代作家之所以在探索中國的社會改革問題時，以隨筆作為批評和議論的方式，進行廣泛的「文明批評」和「社會批評」，這和對中國社會歷史和現狀的深刻洞察，接受西方現代文藝思潮和西方現代隨筆思想的影響密切相聯繫。在這當中，我們不能忽略日本明治維新以來思想啟蒙家、文藝理論家、現代隨筆作家曾起過關鍵性的影響。魯迅曾明確地賦予其雜文隨筆的內容和功能，那就是「文明批評」和「社會批評」。他在《兩地書》中說：「中國現今文壇（？）的狀況，實在不佳，但究竟做詩及小說者尚有人。最缺少的是『文明批評』和『社會批評』，我之以《莽原》起哄，大半也是為了想由此引些新的這一種

51　伍爾芙：〈現代隨筆〉，伍厚愷、王曉路譯：《伍爾芙隨筆》（成都市：四川人民出版社，1998年），頁32。

52　本森：〈隨筆作家的藝術〉，劉炳善譯：《倫敦的叫賣聲》（北京市：生活‧讀書‧新知三聯書店，1997年），頁280、268。

53　梁遇春：〈《小品文續選》序〉，《小品文續選》（上海市：北新書局，1935年）。

批評者來，雖在割去敝舌之後，也還有人說話，繼續撕去舊社會假面，可惜所收的至今為止的稿子，也還是小說多。」[54]他還說：「我早就很希望中國的青年站出來，對於中國的社會，文明都毫無忌憚地加以批評。」[55]魯迅運用「文明批評」和「社會批評」這兩個詞組是來自日本的詞彙。據有人考證，最早使用「文明批評」一詞是高山樗牛。高山樗牛在明治三十四年發表的〈作為文明批評家的文學家〉一文中，稱尼采是十九世紀歐洲的「文明批評家」，認為日本文壇所缺少的就是尼采那樣的「文明批評家」[56]。後來，廚川白村也在《出了象牙之塔》、《走向十字街頭》等隨筆集中頻頻使用「文明批評」和「社會批評」這兩個詞組，並成為他對文藝（包括隨筆）創作基本要求來加以提倡。他說：「建立在現實生活的深邃的根柢上的近代的文藝，在那一面，是純然的文明批評，也是社會批評」，「文藝的本來的職務是在作為文明批評，以指點嚮導一世」，他還稱讚：「在我親近的英文學中，無論是雪萊、裴倫，是斯溫班，或是梅壘迪斯、哈兌，都是帶著社會改造的理想的文明批評家。」[57]在廚川白村的隨筆集中，他集中火力攻打本國國民的劣根性，他憎恨自己國民中的微溫、中道、妥協、虛假、小氣、自大、保守等弊病。他認為日本「五十年來，急急忙忙地單是摹仿了先進文明國的外部，……一切都成了浮滑而且膚淺」。在他看來，「極端的文化進步了民族」與「極端地帶著野性的村野的國民」都有可取，而夾在中間的是「穿洋服而著屐子」的

---

54 魯迅致許廣平信，1925年4月22日，《魯迅全集》（北京市：人民文學出版社，1981年），卷11，頁63。

55 魯迅：〈《華蓋集》題記〉，《魯迅全集》（北京市：人民文學出版社，1981年），卷3，頁4。

56 高山樗牛：〈作為文明批評家的文學家〉，《日本現代文學全集8》（東京都：講談社，1980年）。

57 廚川白村在《走向十字街頭》序文語，《魯迅全集》（北京市：人民文學出版社，1973年），卷13，頁375。

日本。他稱日本為既不是「都人」又不是「村人」的「鄉紳」。[58]他認為日本人是「去骨泥鰍」，是一個「聰明人愈加小聰明，而不許呆子存在的國度」[59]。誠然，廚川白村的這些攻擊和批判，並不是他內心悲觀厭世或虛無主義的表現，而是他對本民族的偉大博愛的具體反映。他以為，生活在這一觸就會沁出血來的「人間」，到處都是充滿著醜與惡。然而，文藝家必須要有直面現實的勇氣，必須要有不安現在的缺陷和不完全，而不住地神往的心。只有這樣，文藝家才能稱得上是「活的人間味的大通人」，才能夠對國民性弱點竭力加以批判與改造，而這正是生活於新時代的人們的任務。

　　魯迅在這一點上很看重廚川白村主張的「文明批評」和「社會批評」，以為可資借鑑，對於中國能起到「瀉藥」的作用。魯迅稱讚廚川白村在寫這些隨筆時，心中高懸著改造社會的「高遠美妙的理想」，確已現了「戰士身而出世」，是一位「辣手的文明批評家」[60]，和猛烈攻擊「本國的缺點」的「霹靂手」[61]。在魯迅等「五四」知識者的大力倡導下，「五四」以來眾多的現代隨筆作家一再在文章中反覆探討民族的新生與國民性改造之間的內在聯繫。魯迅斷然指出：「最要緊的是改革國民性，否則，無論是專制，是共和，是什麼什麼，招牌雖換，貨色照舊，全不行的。」[62]他對於自己把生命耗在創作大量的隨筆上，並不感到後悔。他稱：

58 廚川白村：〈《出了象牙之塔》村紳的日本呀〉，《魯迅全集》（北京市：人民文學出版社，1973年），卷13，頁196-199。

59 廚川白村：〈《出了象牙之塔》改造與國民性〉，《魯迅全集》（北京市：人民文學出版社，1973年），卷13，頁207。

60 魯迅：〈《出了象牙之塔》後記〉，《魯迅全集》（北京市：人民文學出版社，1973年），卷13，頁376。

61 魯迅：〈《觀照享樂的生活》譯者附記〉，《魯迅全集》（北京市：人民文學出版社，1981年），卷11，頁250。

62 魯迅致許廣平信，1925年3月31日，《魯迅全集》（北京市：人民文學出版社，1981年），卷11，頁31。

也有人勸我不要做這樣的短評。那好意，我是很感激的，而且
也並非不知道創作之可貴。然而要做這樣的東西的時候，恐怕
也還要做這樣的東西，我以為如果藝術之宮裡有這麼麻煩的禁
令，倒不如不進去；還是站在沙漠上，看看飛沙走石，樂則大
笑，悲則大叫，憤則大罵，即使被沙礫打得遍身粗糙，頭破血
流，而時時撫摩自己的凝血，覺得若有花紋，也未必不及跟著
中國的文士們去陪莎士比亞吃黃油麵包之有趣。

然而，只恨我的眼界小，單是中國，這一年的大事件也可以算
是很多的了，我竟往往沒有論及，似乎無所感觸。我早就很希
望中國的青年站出來，對於中國的社會，文明，都毫無忌憚地
加以批評，因此曾編印《莽原週刊》，作為發言之地，可惜來
說話的竟很少。在別的刊物上，倒大抵是對於反抗者的打擊，
這實在是使我怕敢想下去的。

現在是一年的盡頭的深夜，深得這夜將盡了，我的生命，至少
是一部分的生命，已經耗費在寫這些無聊的東西中，而我所獲
得的，乃是我自己的靈魂的荒涼和粗糙。但是我並不懼憚這
些，也不想遮蓋這些，而且實在有些愛他們了，因為這是我轉
輾而生活於風沙中的瘢痕。凡有自己也覺得在風沙中轉輾而生
活著的，會知道這意思。[63]

　　在這裡，魯迅闡明隨筆創作與中國的社會改革之間的關係，他以
蔑視一切藝術之宮禁令的膽識和襟懷，而擁有了隨筆所獨有的自由創
造的精神，對中國傳統思想、封建倫理、習慣文明、國民劣根性以及
黑暗腐敗的社會現狀，施以猛烈的攻打、破壞和摧毀。當然，在那個
時代，不單單是魯迅抱有這種強烈的改造中國國民性的觀念，許多

63　魯迅：〈《華蓋集》題記〉，《魯迅全集》（北京市：人民文學出版社，1981年），卷3，
　　頁4。

「五四」現代作家都自覺地進行廣泛的「社會批評」和「文明批評」，並將社會啟蒙、社會變革、人生改造統一到隨筆的創作中去。周作人宣稱自己是不會做所謂純文學的，他寫的文章總是「有所為」而作的。他在浮躁凌厲的「五四」時期，還自許是一位「道德家」，那撰寫的一篇篇隨筆裡，都蘊藏著「道德的色彩與光芒」[64]；梁遇春撰寫的那些與人生觀唱反調的「人死觀」，高呼「還我頭來」的有識眼光，以及對「智識販賣所的夥計」的無情嘲諷和鞭撻等等，均表達他內心對社會的反叛和批判；錢鍾書把寫在人生邊上的「批註」當作隨筆的寫作，以一位人生旁觀者的從容和灑脫，犀利而深刻地透視著人性的弱點，洞照了人生的世相；張愛玲以對戰亂時代下社會冷漠、男女的日常飲食、傳統文化裡的弊病作為自己隨筆的創作素材，從而用女性敏感的細膩筆觸，揭示出人生的無奈和人性惡的一面，這無疑也是值得人們驚警和玩味的……總之，以魯迅為代表的現代中國作家在隨筆的創作中，都能自覺地承擔起「文明批評」和「社會批評」的重任，進行社會思想啟蒙，促進社會的進步改革，從而將現代中國隨筆的創作提高到一個前所未有思想藝術的新高峰。總結和探究這份現代隨筆創作經驗，一方面，固然受到歐美近現代文藝思潮和廚川白村隨筆思想的影響和啟發，但更主要的是「五四」時代精神的深刻感召，是「五四」社會解放、思想解放、個性解放在文學藝術，特別是在隨筆創作上的反映與體現。

　　既然現代中國隨筆有如此深刻的思想內容，其藝術表現如何？有哪些美學特徵？關於這個問題，還是要回到「五四」以後的中國社會大背景來考察。不可否認，與傳統隨筆比較，現代中國隨筆出現了前所未有的新美學特質，這既是在西方現代文藝思潮和現代隨筆精神啟蒙下的結果，同時也與現代作家打破代「聖賢立言」、載「聖賢之

---

64 周作人：〈《雨天的書》自序二〉，《雨天的書》（長沙市：嶽麓書社，1987年），頁2-3。

道」的傳統桎梏，而突顯個性解放、審美解放和精神自由等方面相
關。在現代中國隨筆的理論與實踐的過程中，人們特別耳熟能詳魯迅
翻譯日本文藝理論家廚川白村《出了象牙之塔》中兩篇關於論
"Essay" 的文字，這主要歸結於廚川白村對歐洲文藝復興以來西方現
代隨筆所作極其精彩的理論概括。他在〈Essay〉一文中說道：

> 如果是冬天，便坐在暖爐房邊的安樂椅子上，倘在夏天，則披
> 浴衣，啜苦茗，隨隨便便，和好友任心閒話，將這些話照樣地
> 移在紙上的東西，就是 Essay。興之所至，也說些以不致頭痛
> 為度的道理吧。也有冷嘲，也有警句吧。即有 humor（滑
> 稽），也有 pathos（感憤）。所談的題目，天下國家的大事不待
> 言，還有市井的瑣事，書籍的批評，相識者的消息，以及自己
> 的過去的追懷，想到什麼就縱談什麼，而託於即興之筆者，是
> 這一類的文章。
>
> 在 Essay，比什麼都緊要的要件，就是作者將自己的個人底人格
> 的色彩，濃厚地表現出來。從那本質上說，是既非記述，也非
> 說明，又不是議論，以報導為主眼的新聞記事，是應該非人格
> 底（impersonal）地，力避記者這人底個人的主觀的調子（note）
> 的，Essay 卻正相反，乃是將作者的自我極端地擴大了誇張了
> 而寫出的東西，其興味全在人格底調子（Personal note）。有一
> 個學者，所以評這文體說，是將詩歌中的抒情詩行以散文的東
> 西。倘沒有作者這人的神情浮動，就無聊。作為自己告白的文
> 學，用這體裁是最為便當的。既不像戲曲和小說那樣，要操心
> 於結構和作品中人物的性格描寫之類，也無須像作詩歌似的，
> 勞精敝神於藝術的技巧。為表現不偽不飾的真的自己計，選用
> 了這一種既是費話也是閒話的 Essay 體的小說家和詩人和批評
> 家，歷來就很多的原因即在此。西洋，尤其是英國，專門的

Essayist 向來就很不少，而戈特斯密（O. Goldsmith）和斯提芬生（R. L. Steveson）的，則有不亞於其詩和小說的傑作。即在近代，女詩人美納爾（Alice Meynell）女士的 Essay 集《生之色彩》（*Color of Life*）裡所載的諸篇，幾乎美到如散文詩，將誠然是女性的纖細和敏感，毫無遺憾地發揮出來的處所，也非常之好。我讀女士的散文 Essay，覺得比讀那短歌（Sonnet）之類還有趣得多。

他在另一篇〈Essay 與新聞雜誌〉中又指出：

作者這一面，既須有很富於詩才學殖，而對於人生的各樣的現象，又有奇警的敏銳的透察力才對，否則，要做 Essayist，到底不成功。但我想，在讀者之一面也有原因的。其一，就是要鑑賞真的 Essay，倘也像看那些稱為什麼 romance 的故事一樣，在火車或電車中，跑著看跳著看，便不中用的緣故。一眼看去，雖然彷彿很容易，沒有什麼似的滔滔地有趣地寫著，然而一到蘭勃的《伊里亞雜筆》那樣的逸品，則不但言語就用了伊利莎伯朝的古雅的辭令，而且文字裡面也有美的「詩」也有銳利的譏刺。剛以為正在從正面罵人，而卻向著那邊獨自莞爾微笑著的樣子，也有的。那寫法，是將作者的思索體驗的世界，只暗示於細心的注意深微的讀者們。裝著隨便的塗鴉模樣，其實卻是用了雕心刻骨的苦心文章。沒有蘭勃那樣頭腦的我們凡人單是看過一遍，怎麼會夠到那樣的作品的鑑賞呢？

廚川白村關於「Essay」的精彩論析，為我們勾勒出現代隨筆的美學特質，展現其神秘的藝術魅力。我們不妨借助廚氏的隨筆理論，結合現代中國隨筆的創作實踐，嘗試引申現代中國隨筆創作的美學特徵：

其一，興之所至，任心閒話。

廚川白村拈出所謂的「披浴衣，啜苦茗」的「閒話」境界，與現代中國一些隨筆作家的心靈是相默契的。周作人曾遐想：「喝茶當於瓦屋紙窗之下，清泉綠茶，用素雅的陶瓷茶具，同二三人共飲，得半日之閒，可抵十年的塵夢。」[65]林語堂追求理想隨筆也是「閒話」的境界：「我所要搜集的理想散文，乃得語言自然節奏之散文，如在風雨之夕圍爐談天，善拉扯，帶感情，亦莊亦諧，深入淺出，如與高僧談禪，如與名士談心，似連貫而未嘗有痕跡，似散漫而未嘗無伏線，欲罷不能，欲刪不得，讀其文如聞其聲，聽其語如見其人。」[66]即便到了中國改革開放的新時期以後，汪曾祺、張中行等隨筆創作顯示這一脈絡並未泯滅，仍舊香火相承。柯靈說得好，「文苑之有隨筆，恰好人世之有閒話」，「閒話可以抒發性靈，交流心得，活躍思路，調節神經，是理想的精神度假村」。[67]

可以這麼認為，現代隨筆因有令人遐思玄想、心會神遊的「閒話」境界，而更具審美的文化意味。首先，是自由。現代隨筆作家追求精神的自由，林語堂曾以為要達到西洋人所說的「衣不紐扣之心境」。因而，「我手寫我口」，同樣也是現代隨筆作家談天說地、率意隨心、恣意創作的一種體現。其次，是隨便。現代隨筆作家反對一切的造作和偽飾的做法，但對談什麼，並無限制。或抒發見解，切磋學問，或記述思感，描繪人情，無所不可。郁達夫曾就梁實秋以為散文不應有「嘻笑怒罵」、「引車賣漿之流的語氣」以及「村婦罵街的口吻」，而反唇相譏道：「難道寫散文的時候，一定要穿上大禮服，戴上

---

65 開明（周作人）：〈喝茶〉，《語絲》第7期（1924年12月29日）。

66 林語堂：〈小品文之遺緒〉，《人間世》第22期（1935年2月20日）。

67 柯靈：〈隨筆與閒話〉，韓小蕙主編：《新現象隨筆——當代名家最新隨筆精華》（北京市：中央編譯出版社，1994年），頁26。

高帽子，套著白皮手套，去翻出文選錦字上的字面來寫作不成？」[68]
同樣，作為散文之一種的隨筆也是這個道理，在選材與表現都可以隨
便些。朱自清稱：「所謂『閒話』，在一種意義裡，便是它的很好的詮
釋。」[69]再者，是家常。這是現代隨筆在筆調上的一種反映。許多現
代作家創作隨筆，不愛在那裡正經八百地坐而論道，擺出撰寫高頭講
章的架勢，而是推誠相與，如與友人促膝交談、心心相印。胡夢華曾
用「絮語」一詞加以概括，以為隨筆創作就如家人「絮語」，和顏悅
色嘮嘮叨叨地說著。[70]而林語堂卻稱之為「娓語體」或「閒談體」，以
為撰寫此種文字的作者，把讀者當作「親熱的」故交，猶如良朋話
舊，私房娓語。[71]汪曾祺談到性格與散文隨筆風格之關係時，認為自
己的個性恬淡平和，習慣於寫「竹籬茅舍」、「小橋流水」的文字，因
而希望自己的作品能寫得「平淡一點，自然一點，『家常』一點」。[72]

　　其二，個性精神，人格色彩。

　　廚川白村認為現代隨筆的一個重要特質即「作者將自己的個人底
人格的色彩，濃厚地表現出來」，廚川白村這一概括符合現代隨筆的
發展實際。現代隨筆自蒙田起，就強調「我探詢，我無知」，他宣稱
自己撰寫的《隨筆集》是「以一種樸實、自然和平平常常的姿態出現
在讀者面前，而不作任何人為的努力，因為我描繪的是我自己」。[73]後
來的伍爾芙就特別推崇將「個性」帶進隨筆創作，無疑這是蒙田基因
的延續和傳承，以為隨筆作家的個性精神應該滲透在他寫下的每一個

68 郁達夫：〈《中國新文學大系‧散文二集》導言〉，《中國新文學大系‧散文二集》
　　（上海市：上海良友圖書印刷公司，1935年）。
69 朱自清：〈論現代中國的小品散文〉，《文學週報》第345期（1928年11月25日）。
70 胡夢華：〈絮語散文〉，《小說月報》第17卷第3號（1926年3月10日）。
71 林語堂：〈論小品文筆調〉，《人間世》第6期（1934年6月20日）。
72 汪曾祺：〈《蒲橋集》自序〉，《蒲橋集》（北京市：作家出版社，1989年）。
73 蒙田：〈致讀者〉，潘麗珍等譯：《蒙田隨筆全集》（南京市：譯林出版社，1996年），
　　上卷。

字，這個勝利才是風格的勝利。因為只有懂得了怎樣去寫，然後你才能在隨筆中運用你的「自我」，而「自我」卻是對隨筆而言是至為本質的東西。她不無抱怨說：「作者的自我，從蒙田的時代以來就間歇不定地纏繞在隨筆身上，而自從查爾斯‧蘭姆辭世後就被放逐他鄉了。」[74]在她看來，隨筆的特殊形式裡內含了一種獨特的質量，這就是某種自我的東西。幾乎所有的隨筆均以大寫的我開頭「我認為」、「我感到」，顯然他不是在寫歷史、哲學、傳記或其他什麼東西，而是在寫隨筆，並有可能寫得相當出色或有深度。因而，伍爾芙讚許：「或許在文學創造中最有意義的當屬個人的隨筆。」[75]

《大英百科全書》中說，當一些作家「停止寫小說而改寫即興式小品和漫談式隨筆的時候，就感到獲得了解放」[76]。顯然，這是從文類轉換中而獲得的一種「解放」感，是現代作家蔑視一切所謂的藝術禁令，而獲得一種精神的自由和解放。以現代中國為例，實際也存在著這個情形，即現代隨筆作家高揚的個人特質、人格色彩的背後，蘊含著極其廣泛的思想內涵和政治訴求。對此，郁達夫有過精闢的論述：

> 五四運動的最大的成功，第一要算「個人」的發見。從前的人，是為君而存在，為道而存在，為父母而存在的，現在的人才曉得為自我而存在了。我若無何有乎君，道之不適於我者還算什麼道，父母是我的父母；若沒有我，則社會，國家，宗族等哪裡會有？以這一種覺醒的思想為中心，更以打破了械梏之後的文字為體用，現代的散文，就滋長起來了。

---

74 伍爾芙：〈現代隨筆〉，伍厚愷、王曉路譯：《伍爾芙隨筆》（成都市：四川人民出版社，1998年），頁26。

75 伍爾芙：〈隨筆寫作的衰退〉，伍厚愷、王曉路譯：《伍爾芙隨筆》（成都市：四川人民出版社，1998年），頁35。

76 轉引自張夢陽：〈《大英百科全書》關於散文的詮釋〉（上），《散文世界》1985年第1期。

現代的散文之最大特徵，是每一個作家的每一篇散文裡所表現
的個性，比從前的任何散文都來得強。古人說，小說都帶些自
敘傳的色彩的，因為從小說的作風裡人物裡可以見到作者自己
的寫照；但現代的散文，卻更是帶有自敘傳的色彩了，我們只
消把現代作家的散文集一翻，則這作家的世系，性格，嗜好，
思想，信仰，以及生活習慣等等，無不活潑地顯現在我們的眼
前。這一種自敘傳的色彩是什麼呢？就是文學裡所最可寶貴的
個性的表現。[77]

郁達夫雖然是針對整個大散文範疇而論述的，但隨筆也屬於題中
應有之義。現代中國隨筆作家擯棄「為君」、「為道」、「為父母」而寫
作，開始懂得為「自我」而寫作，這實際上挑戰和否定了傳統文學歷
來強調代「聖賢立言」、載「聖賢之道」的訓誡。周作人把古人這種
寫作態度稱為「二元」，而現代作家的寫作方式卻是「一元」，並以
「載道」和「言志」加以概括，以示二者的本質區別。[78]儘管說，周
作人用「載道」和「言志」來區分古今作家的寫作態度，這種提法是
否科學，在當時就有不少人對此提出了質疑，但他確實敏銳地捕捉住
現代作家在掙脫封建樊籬而獲得「解放」後的人格獨立和自由創造的
精神，在隨筆的創作中充分得到了展現的新氣息，因而在理論上試圖
作出自己獨立闡釋的良苦用心。同樣，將隨筆視為強化個人感情色
彩，突出獨立的批判意識，仍然是當今現代中國學者、作家最樂意馳
騁的一種文類。錢理群在學術研究之餘，也頻頻光顧這一創作文類，
他說：「隨筆是從心底裡湧出來的。它所要述說的，是刻骨銘心的個

---

77 郁達夫：〈《中國新文學大系・散文二集》導言〉，《中國新文學大系・散文二集》（上
　　海市：上海良友圖書印刷公司，1935年）。
78 參見周作人：《中國新文學的源流》（北京市：人文書店，1932年）。

體生存體驗，是只屬於自己的『個人話語』。」[79]可以認為，在現代文學的各種門類中，隨筆是最富有個人性的東西。它之所以能夠如此吸引眾多的讀者，就全在於現代隨筆作家的「智慧獨語」，全在於文章中所體現出來的人格魅力。廚川白村稱：「作為自己告白的文學，用這體裁是最為便當的」，此言確為不刊之論。

其三，信筆塗鴉與雕心刻骨。

廚川白村一方面強調現代隨筆與其他文類相比，既無須「操心於結構和作品中人物的性格描寫」，也不用「勞精敝神於藝術的技巧」；但另一方面他卻認為既是「費話」也是「閒話」的隨筆，其實也能達到「美文」的境界。而要做到和理解這一點，他特別強調隨筆作家和讀者均具有「學識素養」。作為隨筆作家，須富於「詩才學殖」和「奇警的敏銳的透察力」，只有這樣才能將自己「思索體驗的世界」，暗示給「細心的注意深微的讀者們」；在敘述方式上，隨筆作家應該靈活發揮多種修辭策略和各種藝術手法，既有「冷嘲」，也有「警句」，既有 "humor（滑稽）"，也有 "pathos（感憤）"，使「文字裡面也有美的『詩』」，「也有銳利的譏刺」，這樣才能豐富文本語言的層次性。從讀者角度看，要鑑賞真的 "Essay"，也須具備相當高的學識，善於解讀文本的潛在意義，即從隨筆作家「裝著隨便的塗鴉模樣」，領悟到「其實是用了雕心刻骨的苦心文章」。從這裡，我們會發覺到廚川白村論述 "Essay" 的文字，就表面上看，似乎有對立和矛盾，但在理論的深層處，卻有驚人的精闢洞見，是一種對立統一的關係。因此，對於廚氏的隨筆理論，我們應該綜合地來考察，這才是完整和辯證的。而對隨筆的審美特質和精神內核任何一種只取其一不及其餘的割裂看法，都是片面和欠缺的。

應該說，中西隨筆理論的啟迪，尤其是廚川白村關於 "Essay" 文

---

79 錢理群：〈從心底湧出來〉，《光明日報》，1995年3月8日。

本的豐富性揭示，這本身便構成了現代中國作家對隨筆文本深刻認識的重要理論資源。魯迅以為：「猛烈的攻擊，只宜用散文，如『雜感』之類，而造語還須曲折。」[80]周作人在談到讀清代乾嘉經師郝蘭皋的文章時，稱讚道：「措辭質樸，善能達意，隨便說來彷彿滿不在乎，卻很深切地顯示出愛惜惆悵之情，此等文字正是不佞所想望而寫不出者也。」[81]而胡夢華乾脆在廚川白村論隨筆理論的基礎上，加以整合：「表面看來雖然平常，精細的考察一下，卻有驚人的奇思，苦心雕刻的妙筆。並有似是而非的反語（irony），似非而是的逆論（paradox）。還有冷嘲和熱諷，機鋒和警句。而最足以動人的要算熱情（pathos）和詼諧（humor）了。說到這裡我們大概可以相信絮語散文是一種不同凡響的美的文學。」[82]郁達夫在研讀英國隨筆過程中，對此也深有領悟，以為「英國各散文大家所慣用的那一種不拘形式家常閒話似的體裁（Infornal or Familiar essays）的話，看來卻似很容易，像是一種不正經的偷懶的寫法，其實在這容易的表面下的作者的努力與苦心」[83]。由此可見，魯迅所說的「猛烈的攻擊」與「造語」的「曲折」，周作人所謂的「滿不在乎」與「愛惜惆悵之情」，胡夢華總結的「表面」的「平常」與「苦心雕刻的妙筆」，郁達夫體悟的「容易的表面下的作者的努力與苦心」，所有這一切，都說明了這麼一個問題：現代隨筆文本的內涵並不是單一和淺薄，而是蘊含著許多豐富複雜的藝術層次，具有多義性和歧異性的特點。

　　因而，隨筆文類為現代中國知識者提供了一個充分展示智慧的藝術平臺。他們可以在這個藝術平臺上縱橫馳騁、自由驅遣，巧妙地調

80　魯迅致許廣平信，1925年6月28日，《魯迅全集》（北京市：人民文學出版社，1981年），卷11，頁97。

81　知堂（周作人）：〈模糊〉，《大公報・文藝》第43期（1935年11月15日）。

82　胡夢華：〈絮語散文〉，《小說月報》第17卷第3號（1926年3月10日）。

83　郁達夫：〈《中國新文學大系・散文二集》導言〉，《中國新文學大系・散文二集》（上海市：上海良友圖書印刷公司，1935年）。

動多種修辭手法，豐富自己的藝術表現力。於是，「閒筆」、「隱喻」、「反諷」、「機智」、「詼諧」、「幽默」成為隨筆作家筆下愛賣弄的「關子」，成為他們構建隨筆文本的主要藝術手段。對這些藝術手法的分析和解讀，是我們探秘隨筆藝術迷宮的重要關節點，而這一切的「解秘」工作，必將有助於揭開現代隨筆所蘊藏的豐富的精神內涵和複雜的美學特徵。

第一章
現代中國知識階層的崛起

　　「知識分子」名稱來自於西方的概念，它有兩種英文的拼寫方法，一是 "intellectual"；一是 "intelligentsia"。"intellectual"，其詞源出自拉丁語 "intellctualis"，其含義與「理解」之意相關（pertaining to the understanding）[1]，但將該詞指稱知識分子的是來自西歐的法國，一八九四年由德雷福斯事件而引發的。德雷福斯是一個上尉，因其血統是猶太人而遭受誣陷。但這個事件卻引發了左拉、雨果等一批頗有正義感和富有社會良知的人士的強烈義憤，他們紛紛站出來為德雷福斯辯護，於一八九八年共同發表一篇題為〈知識分子宣言〉。因而，這些批判社會的正義人士，後來被他們的敵對者蔑視地稱之為「知識分子」。另一處是來自東歐的俄國和波蘭。就俄國含義來說，"intelligentsia" 是指十九世紀俄國上流社會一批從西歐留學歸來的人。這些人從西歐帶回社會理想和生活方式，不滿社會現狀，特別是對於沙皇專制制度持有強烈的批判態度。由於這批人確實如魯迅所稱的「能替平民抱不平，把平民的苦痛告訴大眾」[2]，是一個精神性的群體，因而被稱為「知識分子」。「東歐的還有一處詞源是波蘭，是指一八六〇年左右波蘭出現一個文化同構型相當高的社會階層。當時擁有土地的波蘭貴族為了在城市中繼續維持他們的傳統生活方式，以別正在興起的中產階級，設立了一套自己教育體系，來維持他們的價值

1　"intellectual"，見《韋伯字典》（*Websters Dictionary of the English Language*），大百科全書版，1974年。

2　魯迅：〈關於知識階級〉，《魯迅全集》（北京市：人民文學出版社，1981年），卷8，頁187。

態度，而自形成一個明顯的社會階層即所謂 "gymnasium" 教育制度。在這種教育制度培養出來的人，他們除了學習各方面的知識外，最重要的是培養強烈的領導意識和社會責任。所以，受此教育的人能夠勇於批判社會，以國家大事為己任，當波蘭出現動盪和被分割時，這一批人也就成為當時救國和反抗當時統治者的主要力量。因此，從詞源的角度考察，「知識分子」這個名稱乃是西方近現代的產物。而被稱為「知識分子」中的一些人確實具有共同的特徵——對社會帶有強烈意識，對政治是持批判態度，往往是不滿於現狀的。[3]

　　其實，「知識分子」作為一個群體，早在「知識分子」這個名稱出現之前就已存在。美國社會學家帕森斯（T. Parsons）認為從歷史發展的角度來看，知識分子作為一個特殊的社會群體出現有兩個因素：一是文字的出現；一是哲學的突破。[4]人類發展到一定的階段就出現文字符號，這就需要有些人掌握它，把它書寫和記錄下來，而當時掌握文字符號的人畢竟是少數，因而具備這種能力的人，就特別神聖，受到民眾的崇拜，這便是知識分子的最初形態。而這些人最早是從巫師、婆羅門、僧侶等人中分離出來的。而所謂哲學的突破，大約是在西元前八百年到兩百年時，世界各大文明古國，諸如古希臘、中國、印度，都出現人的意識的覺醒，這就被稱為「哲學的突破」。知識分子作為一種文化創造和文化傳播的主體最終也形成了。以蘇格拉底為例，古希臘哲學發展到蘇格拉底時代，是一個重大的轉折點。在蘇格拉底之前，哲學家探討的主要問題是宇宙的本原是什麼？從蘇格拉底開始，他認為哲學探討的問題不應該是自然，而是人本身。他為了證實神諭而得罪了公眾，因為他發覺人是無知的，因此在人們自鳴得意

3 　陳國祥：〈訪葉啟政教授：從文化觀點談知識分子〉，徐復觀等著：《知識分子與中國》（臺北市：時報文化出版企業公司，1980年），頁24-26。

4 　T. parsons, The Intellectual: A Social Role Category, in P. Rieffs.ed. On Intellectuals (New York: 1966), pp. 3-4.

的地方，播下懷疑的種子，正如他說的：「神特意指派我到雅典城邦，這個城邦就像一匹巨大的純種馬，因為身體龐大而日趨懶惰，需要馬虻的刺激。神派我到這個城市就是執行馬虻一樣的職責。」[5] 對於現行的社會制度與人們的生活方式，知識分子的角色是充當「馬虻」的作用，這種哲學的突破，意味著知識分子找到了自己存在的位置，獲得了自身存在的價值。中國春秋戰國時代，與古希臘有相類似之處，中國知識分子前身是「士」，他們中有不少有才華的人私門講學與著述，成一家之言，這都是以自己的知識體系，贏得後人的景仰。但後來中國的士大夫只能依附在皇權體制下，謀求自己的發展；西方進入中世紀後，知識分子的功能實際是由教士來承擔。當然，西方的教士和中國的士大夫就整體而言，尚缺乏後來一些現代知識分子所具有的獨立意識和批判精神。

那麼，「知識分子」作為特有的範疇是什麼時候被引進到中國的呢？一九二七年，據魯迅介紹「知識階級」一詞是俄國作家愛羅先珂（V. Eroshenko）一九二二年在北京一次演講時提出的，題目為〈「知識階級及其使命」〉[6]。但作為具有近代意義的整個「士」階層的崛起，應該說在晚清時代就已經開始。十九世紀的大清王朝在西方堅船利炮的轟擊下，結束了泱泱帝國的美夢。由於西方思潮的大量湧進，給中國士大夫造成極大的思想震盪，使他們開始睜眼看世界，而原有的世界觀和制度化了的價值觀紛紛出現崩潰。因而，現代中國知識階層的出現與崛起，與晚清和晚清以後的社會發生重大變革密切聯繫的。

在中國傳統的封建社會裡，大一統的皇權體制和儒家思想，一直是傳統士大夫和下層百姓認同的文化基礎，「修身、齊家、治國平天

5　柏拉圖撰，余靈靈等譯：《蘇格拉底的最後日子──柏拉圖對話集》（上海市：上海三聯書店，1988年），頁63。

6　魯迅：〈關於知識階級〉，《魯迅全集》（北京市：人民文學出版社，1981年），卷8，頁187。

下」，是每一個傳統士大夫孜孜以求的人生最高理想。因而，作為一名讀書人只有依附於政治，委身於皇權，才能謀求到自己發展的空間和實現人生的抱負。隋唐科舉制度的出現，打破封建門閥觀念，為天下讀書人提供了一條進入政權的仕途。唐太宗說：「天下英雄盡入吾彀中」，唐肅宗也稱：「今取士試之小道而不以遠大，是猶以蝸蚓之餌垂海，而望吞舟之漁。」徐復觀據此認為：「士大夫與政治的關係，成為『垂餌』與『入彀』的關係，這已不是人與人的關係，而是漁獵者與動物的關係。此種關係卡住了政治的大門，士大夫要進此一大門，自己的精神便不能不先磨折得使其下趨於動物之只知衣食，不知是非廉恥之境域，對政治當然成為純被動的奴妾。」[7]到了晚清，知識階層與政府的關係之間出現了複雜的現象。由於西方思想的影響，當時的知識階層具有新異觀點和行為準則，他們對政府提出的政治要求要遠比士大夫多得多，而他們的政治支持則遠不如士大夫可靠。這可從中國晚清知識階層一些人士的坎坷遭遇中證明了這一點。費正清指出：「康有為、梁啟超、嚴復等等知識分子並不一定都是政府的革命派政敵，然而他們的基本政治態度是與政府離心離德和對它抱有批判的意識。」[8]

　　特別是延續了一千三百年之久的科舉制度，到了晚清時期已經不能適應時代變化的要求，清政府於一九〇五年下諭廢除。這樣，知識分子「學而優則仕」的單一必由之路被阻斷，他們與皇權聯繫再也不是純粹的人身依附關係，甚至出現疏離與叛逆的對立情緒。余英時說：「現代知識分子則如社會學家所云，是『自由浮動的』（free-rloating）。從『士變為知識分子自然有一個過程，不能清楚地劃一條

7　徐復觀：〈中國知識分子的歷史性格及其歷史的命運〉，徐復觀等著：《知識分子與中國》（臺北市：時報文化出版企業公司，1980年），頁212。

8　費正清：《劍橋中國晚清史》（北京市：中國社會科學出版社，1985年），下卷，頁391。

界線。不過如果我們要找一個象徵的年分，一九○五年（光緒三十一年）科舉制度的廢止也許是十分合適的。科舉既廢，新式學校和東西洋遊學成為教育的主流，所造就的便是現代知識分子了。」[9]

第一節　制度形式與現代中國知識階層

朱自清認為：「過去士大夫的知識都用在政治上，用來做官。現在則除了做官以外，知識分子還有別的路可走。像工程師，除了勞心之外，還要同時動動手。士大夫是從封建社會來的，與從工業化的都市產生的新知識分子不同。舊知識分子——士大夫，是靠著皇帝生存的，新知識分子則不一定靠皇帝（或軍閥）生存，所以新知識分子是比較自由的。」[10]那麼，是什麼讓現代知識者「不一定靠皇帝（或軍閥）生存」呢？也就是說現代知識者之所以能夠「比較自由」的保障是什麼呢？除了大一統的思想專制解體外，我以為晚清以來開始形成的一套新的知識生產制度，也起著關鍵性的作用。

這套新的知識生產制度，首先表現為現代報刊的出現。梁啟超說：「自通商以後，西國之報章形式，始入中國。」[11]從一八一五年《察世俗每月統記傳》創辦，至一九一一年，國內外累計出版中文報刊一千七百五十三種。這是一個相當可觀的數目。諸多報刊中《循環日報》、《中外紀聞》、《強學報》、《時務報》、《國聞報》、《蘇報》、《民報》、《清議報》、《新民叢報》等等，在當時的晚清社會影響很大。晚清革命志士以報刊為陣地，宣揚資產階級改良主義的變法維新思想。同時報刊形式的獨特規範，比如短小、通俗和富有鼓動性，於是打破

9　余英時：《論士衡史》（上海市：上海文藝出版社，1999年），頁15。

10　朱自清：〈知識分子今天的任務〉，《中建》半月刊第3卷第5期（1948年8月5日）。

11　梁啟超：〈本館第一百冊祝辭並論報館之責任及本館之經歷〉，《清議報》第一百號刊（1901年）。

清代以來桐城派文風一統天下的局面，出現了適應報刊規範的「報章文體」。創辦《循環日報》的王韜，是近代中國第一個在報紙上發表政論的「報章文體」家。梁啟超是改良派中最重要的作家，他倡導「文界革命」以及創造了散文的「新文體」。隨著近代報刊的繁榮，那種尊重知識者創造性勞動成果的一個標誌，是現代稿酬制度的確立。中國古代沒有稿酬制度，支付稿費是近代的事。據考查，最早支付稿費的刊物是梁啟超在日本東京主辦的《新小說》（1902年）。此事不可小覷，這既是與當時西方著作權法接軌，同時也是現代知識分子崛起的一個物質基礎。雖然，現代中國知識者純粹靠稿酬生存的職業作家為數不多，但這種稿酬制度，不僅表明對現代知識者腦力勞動成果的尊重，而且也對現代知識者獲得生存環境、營造精神空間都起著不可替代的作用。

　　一九一五年，《青年雜誌》（後改名為《新青年》）創刊，這是現代中國報刊史上最重要的雜誌之一。現代知識者縱橫馳騁在這塊陣地上，他們高舉反帝反封建的大旗，提倡科學與民主，全面推動社會改造和民族的思想解放運動，從而揭開了中國向現代化進程邁進的帷幕。在《新青年》影響下，「五四」時期知識分子辦報刊蔚然成風。據有關資料統計，從一九二〇年八月至一九二三年六月，我國新創辦或之前創辦仍在出版的報紙約兩百種左右。[12]與文學關係密切的報紙辦副刊在「五四」之前就已經出現，到了「五四」，一些副刊又進行了大刀闊斧的改革，如《時事新報》副刊《學燈》、《晨報》副刊（第七版）、《京報》副刊和《民國日報》副刊《覺悟》，這些副刊在宣傳新思想、提倡新文學方面起過較大影響，被譽為「五四」時期「四大副刊」。一九三〇年代，報刊又呈現出一時的興盛局面。報紙副刊是以《申報》的《自由談》和《大公報》的《文藝副刊》最為出名。文

---

12 倪延年、吳強編著：《中國現代報刊發展史》（南京市：南京大學出版社，1993年），頁213。

學雜誌不計其數，較為有影響的如《駱駝草》、《文藝月刊》、《青年界》、《現代》、《論語》、《文學》、《人間世》、《太白》、《宇宙風》、《文學雜誌》、《魯迅風》等等。中華人民共和國成立後，報刊雜誌實行嚴格的管制。但進入改革開放的新時期，報業又開始了新的一輪創業，使沉寂多時的文壇再現蓬勃的生機。二十世紀以來，許多現代知識者就是依賴這些陣地，言說自己的獨立主張。因而，現代中國隨筆的發生、發展和繁榮與現代報刊的興衰結下了不解之緣。

　　其次，新的知識生產制度也體現在大量出版社的湧現。中國進入近代以後，由於受到西方的影響，譯介西學的出版機構開始出現，再加上印刷技術的進步，由木刻，而石印，而鉛印，這都是推動現代中國出版事業蓬勃發展的重要原因。較早有影響的出版機構是官辦的京師同文館、上海江南製造局翻譯館和教會主持的廣學會。尤其江南製造局翻譯館，它是曾國藩創辦江南製造局的附屬機構，在晚清的譯書機構中，是中國政府創辦歷時最久、出書最多、影響最大。它的設立，在西學東漸史上，標誌著一個新時期的到來。而到了十九世紀末和二十世紀初民辦的出版機構異軍突起，出現了空前興盛，出書數量、影響都遠遠高於教會與官辦機構，如商務印書館、廣智書局、作新社、文明書局、會文學社等等。「五四」以後，除了老牌出版社繼續發揮重要作用，新成立的出版機構如雨後春筍，破土而出，而經營出版社的理念也更加靈活多樣。既有由幾個同人組成的文學社團兼辦出版社的，如創造社就有泰東書局，未名社也有自己的出版社；新月派的新月書店。報社也有經營出版社，如《晨報》社。以出版現代散文隨筆集來看，在二○、三○年代比較出名的出版社有北京和上海的北新書局、上海的開明書店、上海現代書局、上海良友圖書印刷公司、上海光明書局、上海生活書店、北平人文書店、上海文化生活出版社等等。林立眾多的出版社孕育出一批具有現代經營眼光、又對新文化事業抱著熱愛和扶持態度的出版家，如趙南公、李小峰、張靜廬

等便屬於此列。不僅如此，一些蜚聲文壇的現代知識者也直接參與經營出版事業，不但獲得了自己的生存空間，而且有力地推動了文壇的繁榮和促進新文學的發展，如鄒韜奮所創辦的生活書店，葉聖陶、夏丏尊等創辦的開明書店，巴金、吳朗西創辦的文化生活出版社，胡風創辦的希望社。確實如果沒有這些出版社，現代中國文學史可能將是另一種寫法。一九四九年後，所有的出版社都納入了體制內來管理，成為國家經營的事業單位，並設有官方的新聞出版署（局）和一套嚴格的法律法規的審查制度，這既有力地督促出版社的規範經營，但也削弱了出版社在經營上的自主性和靈活性。一九九〇年代以來，隨著市場經濟的確立，出版社的經營理念開始增強，有了出版「策劃人」角色，他們及時抓著隨筆創作的熱點，廣泛徵集選題，精心謀劃，以其獨特鮮明的個性化風格，和出版物的系統性和規模性特點，征服了廣大的讀者。

　　第三，大學和研究機構也是構成新的知識生產制度的一個重要組成部分。中國第一個高等學府北京大學的前身是清政府於一八九八年創建的京師大學堂。但真正讓北京大學面貌煥然一新的是蔡元培，他於一九一七年一月就任北大校長，在就職演說中明確指出，「大學者，研究高深學問者也」，「有做官發財思想」的人，可入北京一些專門學校，「又何必來此大學？」[13]並提出「兼容並包」和「思想自由」的治校理念，廣攬天下英才，一時間，陳獨秀、李大釗、胡適、魯迅、周作人、錢玄同、劉半農等一大批影響一個世紀的民族精英聚集於北大，使北大很快成為新思想、新文化的陣營，成為推動中國現代化進程的火車頭。在蔡元培校長的執掌下，一九二一年北大研究所國學門正式成立，努力促成大學成為傳播知識和發展學術的聖地。因

---

13 蔡元培：〈就任北京大學校長之演說〉，《蔡元培全集》（北京市：中華書局，1984年），卷3，頁191。

而，錢理群充滿深情地緬懷蔡元培說：「二十世紀中國知識分子的重大轉折：從廟堂走向民間，走向自身，正是從蔡先生對北大的改造開始的。」[14]這就意味著，經歷「五四」的北大，為知識分子提供自由而廣闊的精神空間，成為知識分子的獨立自由的集合體。除了北京大學外，一九二〇年代的清華大學、東南大學、南開大學、上海公學、立達學院等等也曾是擁有各種文化背景的現代知識者一度風雲際會，著書立說的聖地。抗戰中的西南聯大，是以北大、清華、南開三所大學南遷昆明組建而成的，聯大校長梅貽琦提出了他的大學觀：「所謂大學者，非謂有大樓之謂也，有大師之謂也。」（〈大學一解〉）鼓勵聯大師生自覺承擔起民族精神象徵的重任，以剛毅、堅忍、持久的努力，沉潛於文化（學術、文學）創造，維繫民族文化的血脈，保持民族文化創造的活力。當時匯聚在這裡的眾多文化人，以自己的堅韌精神和文化創造，確實締造出一個神奇的「文化奇蹟」。中華人民共和國成立後，知識分子不再是「自由的漂浮者」，都被固定在崗位上，而且要不斷改造自己的思想，一切的知識生產都納入計劃經濟的軌道，「五四」以來知識分子建構大學的自由精神的殿堂已不復存在。到了「文革」，事情甚至發展到極端，竟然宣布「停辦文科大學」，當時所謂的高級知識分子紛紛下放到「五七」幹校，接受貧下中農再教育。「十年」浩劫結束後，全國各高校重獲生機，知識分子重新追尋「五四」的人文傳統，運用個人主義、人道主義、理想主義和啟蒙主義等精神武器，進行大眾的啟蒙和社會的改造，重新成為公眾「代言人」的角色。這樣，作為知識分子棲身之處的各高等院校和研究機構仍然起著「提供新理想、新思維、新觀念、新的資源、新的想像力與創造力的作用」[15]。進入一九九〇年代後，高校和研究機構裡的一些人

---

14 錢理群：〈校園風景中的永恆〉，《學魂重鑄》（上海市：文匯出版社，1999年），頁4。

15 錢理群：〈現代文學與現代教育關係之考察〉，《學魂重鑄》（上海市：文匯出版社，1999年），頁89。

文學者開始重新反思自己的角色定位，強調知識分子對學術傳統的傳
承與再造，在此基礎上突破專業的限制，體現一種「學者的人間關
懷」。

　　總之，現代中國知識階層的崛起與報刊、出版社、大學構成的一
套新的制度形式分不開的。知識分子之所以能夠由廟堂轉向民間，由
強權政治轉向自身，由依附權勢轉向依靠知識的力量，這最根本的原
因在於其背後有一套提供知識生產空間的制度形式。

第二節　現代中國知識者和隨筆作家的類型和特徵

　　在西方，從學界探究「知識分子」名稱的源起，我們就可以發現
他們對現代知識分子所扮演的社會角色偏於對「批判性」的認同，即
他們界定知識分子的內涵時，喜歡闡釋為對社會具有強烈意識，對政
治採取批判的態度，往往不滿於現狀的，認為這種特徵是代表知識分
子的基本風範。美國當代著名知識社會學家阿爾文‧古爾德納就指出
知識階級「是一個有言語方式的群體。他們操著同一種精緻的語言。
這種言語方式的特點是傾向於一種特殊性質的言論文化：一種謹慎的
和批評挑剔的說話方式。」[16]這說明了西方學界對「知識分子」所下
的定義偏於狹窄，這種未加分析的籠統說法，無法完全涵蓋作為現實
群體中的知識分子階層。

　　因此，當我們分析知識結構迥異、社會關係複雜的現代中國知識
階層時，所指涉的「知識分子」定義應該持相對寬泛些的內涵。其實
在二十世紀上半葉，波蘭知識社會學家弗‧茲納涅茨基就曾為自己規
定了兩個相關的任務：建立知識人所扮演的各種專門社會角色的類型

---

16 阿爾文‧古爾德納撰，杜維真等譯：《新階級與知識分子的未來》（北京市：人民文
　　學出版社，2001年），頁24-25。

學；研究支配知識人之行為的規範模式。他撰著的《知識人的社會角色》[17]，就將「知識人」作為研究對象，把它分為技術顧問（技術專家、技術領導者、聖哲）、學者（神學者、世俗學者）、知識探索者（事實發現者、問題發現者），其中世俗學者又細分為真理的發現者、組織者、貢獻者、真理的戰士、知識傳播者等。作者以這些角色演變為線索，以文化系統為背景，深入剖析了知識人的類別、行動模式以及所創造的知識形態。這種區分對我們分析現代知識階層還是很有啟發的。在現代中國知識階層中間，既有扮演批判性角色，也有承擔文化的創造與傳播者；既有進步的、革命的，也有保守的、落後的，更有充當統治者的幫閒、幫忙和幫凶的。所以，對於現代知識階層，我們應依據具體問題具體分析的原則。

　　首先，我們分析批判性知識分子類型。這一類型知識分子，西方學者往往詮釋為知識分子站在權力結構的外面，對現存社會秩序、政權的批判和反對。魯迅在〈關於知識階級〉一文中，曾高度評價「俄國的知識階級」，認為他們之所以受到社會民眾的歡迎，在於他們「確能替平民抱不平，把平民的苦痛告訴大眾」，但他對中國是否有出現像俄國這樣的「知識階級」心存疑慮。那麼，批判性知識分子類型具體內涵是什麼呢？魯迅曾這樣談了自己的看法，「真的知識階級是不顧利害的，如想到種種利害，就是假的，冒充的知識階級」，並提出衡量「知識階級」的標準，即「他們對於社會永不會滿意的，所感受的永遠是痛苦，所看到的永遠是缺點」。[18]以這樣的標準來衡量知識分子，自然是很高的要求。但是，作為一名現代意義上的知識分子，不止僅僅是一個讀書多的人，他的心靈必須是健全、堅韌的，必

---

17 弗·茲納涅茨基撰，郟斌譯：《知識人的社會角色》（南京市：譯林出版社，2000年）。

18 魯迅：〈關於知識階級〉，《魯迅全集》（北京市：人民文學出版社，1981年），卷8，頁187。

須具有獨立的人格意識和理性批判精神。十八世紀，康德在闡釋何為
「啟蒙」運動時，說要「有勇氣在一切公共事物上運用理性」。[19]說到
底，知識分子獲得獨立性如何，是決定他們的知識創造的活力和批判
言說的力度。而處在二十世紀這個充滿明與暗對壘、血與火交攻的歲
月裡，文人有時只能在夾縫中求生存。魯迅曾慨歎過：「別國的硬漢
比中國多，也因為別國的淫刑不及中國的緣故。」[20]但這並不成為減
弱魯迅呼喚「精神界之戰士」熱切渴望的理由。相反，他仍舊怒斥中
國文人的怯弱，說他們「萬事閉眼睛，聊以自欺，而且欺人，那方法
是：瞞和騙」[21]，並感慨地說：「中國一向就少有失敗的英雄，少有韌
性的反抗，少有敢身單鏖戰的武人，少有敢撫哭叛徒的吊客。」[22]魯
迅對中國嚴重匱乏這種批判性知識分子的感慨聲音，到了二十世紀末
得到文壇、學界一批人的強烈共鳴。尤其以摩羅、余杰一代年輕知識
者以批判性姿態的出現，而使這個問題顯得更為突出。這些人發現自
己要從前輩那裡獲取精神資源時，面臨的卻是一片精神廢墟。雖然這
些前輩對被權勢者樹為敵人而歷盡磨難，而讓人不由充滿同情，但從
他們受難姿態中並沒有看到應有的反省與抗爭，相反卻是滲入靈魂的
麻木症、恐懼症與工具欲。苦難並沒有轉化為精神資源，精神界戰士
的譜系中斷、失落了。其實，從這一命題相反的角度來思考，恰恰也
說明了以魯迅為代表的「精神界戰士」在二十世紀中國並未完全被阻
斷。二十世紀五〇、六〇年代的張中曉，他大膽提出：「人們口中越

---

19 康德：〈答覆這個問題：「什麼是啟蒙運動？」〉，何兆武譯：《歷史理性批判文集》
　　（北京市：商務印書館，1990年），頁22。
20 魯迅致曹聚仁信，1933年6月18日，《魯迅全集》（北京市：人民文學出版社，1981
　　年），卷12，頁185。
21 魯迅：〈論睜了眼睛〉，《魯迅全集》（北京市：人民文學出版社，1981年），卷1，頁
　　238。
22 魯迅：〈這個和那個〉，《魯迅全集》（北京市：人民文學出版社，1981年），卷3，頁
　　142。

是說絕對、完美、偉大、……大吹大擂，則越應當懷疑那種神聖的東
西。因為偉大、神聖之類東西在人間根本不存在。」[23]新時期後，巴
金撰寫《隨想錄》，借趙丹之嘴，說出反思現實的批判性話語：「對
我，已經沒有什麼可怕的了。」[24]張承志在一九九○年代面對市場經
濟大潮下物欲的橫流和人文精神的喪失，他以魯迅和古代一些義勇之
士以及皈依回教哲合忍耶作為自己獲取的精神資源。他稱：「其實研
究魯迅最有力的參考，並不如考證的那麼遙遠。參考就近在眼前。它
就是不變的中國，不平的世間，和不義的智識階級——是他們的步數
姿態、眉眼嘴臉。誰也沒有見識過魯迅的時代，但是，我們每天都看
著『後智識階級』的表演。」[25]不錯，到了二十世紀末，學界開始反
思和審視現代中國知識者所走過的精神滄桑史。他們怎樣在遭遇內外
的巨大壓力時，幾乎都是忙於把自己交出去，忙於自棄自辱，從而呈
現出人格的扭曲和精神的潰敗。摩羅以為：「為什麼魯迅研究空前繁
榮、空前深刻？為什麼人們毫不猶豫地將魯迅視為標準、視為至高無
上的堅強與高貴？就因為歷史的對比太鮮明了。知識分子全體潰滅的
醜惡而又痛苦的歷史將魯迅烘托得格外高大，一代慘遭失敗與羞辱的
知識分子需要借魯迅的光輝來修復自己的傷殘形象，並從魯迅的光輝
中尋找鐵肩擔道義的崇高感和奮力掙扎的力量感。」[26]余英時在談到
這類型知識分子時，以為知識和思想是他們惟一憑藉，因而據此認為
這類批判型的知識分子具有「一種宗教承當的精神」[27]，我們通過對

---

23 張中曉：《無夢樓隨筆》（上海市：上海遠東出版社，1996年），頁9。

24 巴金：〈趙丹同志〉，《探索集》（北京市：人民文學出版社，1981年），頁116。

25 張承志：〈再致先生〉，《以筆為旗》（北京市：中國社會科學出版社，1999年），頁
30。

26 摩羅：〈魯迅比我們多出什麼〉，《恥辱者手記》（呼和浩特市：內蒙古教育出版社，
1998年），頁78。

27 余英時：〈知識分子的特性〉，《論士衡史》（上海市：上海文藝出版社，1999年），頁
6-7。

這類型知識分子在二十世紀中國種種表現的考察，的確留有這麼一種
觀感和印象。

其次，是文化創造和文化傳播類型的知識者。德國社會學家卡
爾・曼海姆將現代知識分子稱為「自由漂浮者」，他在《意識形態與
烏托邦》中說：「在這個由於階級分裂而成為深刻分離的社會裡，出
現了一個階層，對於僅僅用階級術語來指導的社會學，這個階層幾乎
不能理解。不過，這個階層特殊的社會地位卻能夠充分地表示它的特
性。雖然它處於各階級之間，但並不構成一個中間階級。」[28]這種
「非附屬性」的特性，正說明了現代知識者在現代社會是有著多種人
生選擇和角色認同的機會，而且現代制度形式也從物質到精神上提供
這種可能性。因此，現代知識者的社會功能不可能單向性的，除了扮
演現行社會和制度的「反派」角色，他們還承擔著創造、解釋、修飾
或傳播精緻文化的重要的社會職能。帕森斯從這個意義上將知識分子
稱為「文化專家」，而希爾斯說他們是「創造、傳播與使用文化的
人」[29]，他們還被認為是「懂得使用象徵符號來解釋宇宙人生的一群
特殊人物」[30]。因而，在現代中國雖然有出現一些知識分子有意迴避扮
演批判性的角色，但卻非常願意充當知識生產和知識傳播的文化人。
這些人既是社會文化模式的建構者，也是文化精神的闡釋和弘揚者，
這對促進人類的進步和社會發展起著舉足輕重的作用，我們不能低估
這些人所創造的精神財富。比如，林語堂在一九二〇年代曾是新文化
陣營裡的一員猛將，他說自己身為大學教授，但「對於時事政治，常
常信口批評」，並曾「加入學生的示威運動，用旗竿和磚石與警察相

---

28 卡爾・曼海姆撰，黎鳴等譯：《意識形態與烏托邦》（北京市：商務印書館，2000
　　年），頁160。

29 S.M.Lipet, *Political Man* (New York: 1963), p. 333.

30 陳國祥：〈訪葉啟政教授：從文化觀點談知識分子〉，徐復觀等著：《知識分子與中
　　國》（臺北市：時報文化出版企業公司，1980年），頁28。

鬥」[31]，然而在大革命失敗後，他卻被血腥的現實嚇破了膽，哀歎道「頭顱一人只有一個，犯上作亂心志薄弱目無法紀等等罪名雖然無大關係，死無葬身之地的禍是大可以不必招的」，「還是做年輕的順民為是」[32]。到了一九三〇年代，他在《論語》草創時期，他與論語派同仁在解釋「論語」的「論」的含義時，也有將「論到國家大事」涵括在內，但到了第六期，編者就主張「對於思想文化的荒謬，我們是毫不寬貸的；對於政治，可以少談一點」，「應該減少諷刺文字，增加無所為的幽默小品文」[33]。從這裡可以看出林語堂他們開始對談「政治」有所戒心。一九三五年，《人間世》有一期編者話這樣說道「以小品文為號召，……專重在閒散自在的筆調」，而至於內容方面「除了政治外，並無限制」，[34]這裡特意拈出「政治」一項作為寫作的「禁區」，這說明了林語堂他們已經對涉及「政治」內容的文章諱莫如深。從這些材料中，我們可以看出林語堂所扮演社會角色的演變軌跡，他為了在充滿血腥味的殘酷的階級鬥爭和民族危機面前，保住自己的一顆頭顱，開始拋棄原來激進的主張和思想，由撰寫戰鬥性的檄文而轉向把玩一些幽默閒適、富有傳統文化意味的隨筆。而從今天的角度來看，他撰寫的這些文化類隨筆也並不是毫無意義，他對傳統文化的現代闡釋作出了獨特的貢獻。在二十世紀三〇、四〇年代，還有諸如錢鍾書的《寫在人生邊上》、梁實秋的《雅舍小品》、張愛玲的《流言》以及聞一多撰寫系列的文化隨筆等等，這些文章雖然不以反對和批判現行社會制度為目標，但他們對人性弱點的挖掘和批判、對傳統文化的優劣點的梳理和指摘，都是富有創造性的，也是值得珍視的一筆隨筆文

---

31 林語堂：〈林語堂自傳〉，向弓主編：《銜著煙斗的林語堂》（成都市：四川文藝出版社，1995年），頁210。

32 林語堂：〈《剪拂集》序〉，《剪拂集》（上海市：北新書局，1928年）。

33 〈編輯後記──論語的格調〉，《論語》第6期（1932年12月1日）。

34 編者：〈我們的希望〉，《人間世》第22期（1935年2月20日）。

化遺產。新時期以來，黃裳、汪曾祺、張中行、金克木、余秋雨等人撰寫的隨筆也是屬於此列。尤其金克木借助自己擁有中西方文化的開放視野，因而在探討傳統文化問題時，往往見解精闢，給人耳目一新之感。如，他談起傳統文化中中國人的思維特徵，以為中國人的思維是線性的，達不到平面，知道線外還有點和線也置之不理。只願有一，不喜有二，好同惡異。因而，「這條線是有定向的，一方為正號，是我的。一方為負號，是反對我的，異己的。我是對的，所以對的都是我的。反我的是錯的，所以錯的都不是我的」[35]。金克木稱讚「近代歐洲文化思想是從懷疑開始的，是從提問題開始的」，[36]他撰寫隨筆也是抱著同樣的看法，即將它當作對問題追問的記錄。而一切思考起源於追問，思考，就是探究答案，回應問答。因而，他撰寫隨筆作品常常兼有知識之美和思想之美。進入一九九〇年代以後，學界普遍在反思自己的的位置和價值。他們開始重視自己的「崗位」意識，重視自己專業知識的建構和完善。因此，就有「思想家淡出，學問家凸出」之說[37]。但是有相當一部分知識分子在成為本專業研究的帶頭人時，並沒有放下學者的「人間情懷」和「公共關懷」，而是依據自己的專業知識，發出對社會關注的聲音。王元化就提出了「今天應該多一些有學術的思想和有思想的學術」[38]。「有學術的思想」指的是以一種思想成果形式表現出來的知識，也就說這種思想成果有蘊含深厚的學理成分；而「有思想的學術」則指知識成果是學術形式的，但它的背後卻有一般人所忽略的思想內涵，也就是說這樣的學術成果有蘊

---

35 金克木：〈《春秋》數學‧線性思維〉，《金克木散文》（瀋陽市：遼寧教育出版社，1995年），頁27。

36 金克木：〈文化之謎：科學‧哲學‧藝術〉，《百年投影》（北京市：北京大學出版社，1997年），頁47。

37 李澤厚致《二十一世紀》編輯部的信，《二十一世紀》（香港）1994年6月號。

38 王元化：〈《學術集林》卷五編後記〉，《清園近思錄》（北京市：中國社會科學出版社，1998年），頁283。

含著學者的歷史大識見和獨特的問題意識。而無論是「有學術的思想」，還是「有思想的學術」，這二者都說明了學術和思想是可以相互兼容的，雖然在形式仍存在著較大的區別。因而，在隨筆這一個藝苑裡，我們常常能夠讀到「有學術的思想」或「有思想的學術」的作品，這雖不是純文學，但卻能給你純文學所沒有的東西，顯示了隨筆作為雜體文學的優勢和活力。

　　第三，是充當幫閒、幫忙乃至幫凶的知識者。周作人曾稱：「國民文化程度不是平攤的，卻是堆垛的，像是一座三角塔；測量文化的頂點可以最上層的少數知識階級為準，若計算墮落程度時卻應以下層的多數愚人為準。」[39]周作人更為看重知識分子文化先進性的一面，然而卻忽略了知識分子也有極其軟弱的一面。他自己本身就是一個典型的例子，由「五四」時期在文壇和學界與魯迅號稱「周氏兄弟」，名重一時，到抗日戰爭時期墮落為民族的漢奸，充當侵略者的「幫閒」和「幫忙」的角色，而為人所不恥。當然，這和他本人性格缺陷很有關係。而我們卻對二十世紀中國有幸擁有魯迅而感到欣慰和自豪。魯迅對現代知識分子極其嚴厲的透視和批判，使人們感到作假的困難，靈魂受到極大的震撼。他對現代知識者的解剖是全方位的，既有縱深的歷史感，也有現實經驗的提煉和概括。他說：「中國向來的老例，做皇帝做牢靠和做倒霉的時候，總要和文人學士扳一下子相好。做牢靠的時候是『偃武修文』，粉飾粉飾；做倒霉的時候是又以為他們真有『治國平天下』的大道，再問問看。」[40]這就揭示統治者與士大夫實是互為主與奴，二者之間構成一種共謀的關係。當然，如果奴才忘了自己的身分，做起發昏的夢來，還以為主子是自己的親爹，可以叫天子做媒，表妹便可入懷，結果只會是碰得頭破血流，咎

---

39 異襟（周作人）：〈拜腳商兌〉，《京報副刊》第109號（1925年4月4日）。

40 魯迅：〈知難行難〉，《魯迅全集》（北京市：人民文學出版社，1981年），卷4，頁339。

由自取[41]。魯迅以為一些文人充當起幫閒、幫忙甚至幫凶的角色，其性格的狡詐、撒謊、自大、私心等等，中國的老百姓卻早已看透，並製成角色，在舞臺上演出，這就是「二丑」。魯迅說：「他沒有義僕的愚笨，也沒有惡僕的簡單，他是智識階級。」[42]魯迅不是簡單地將筆鋒指向歷史上的士大夫文人，而更為重要的是探究當今一些所謂知識分子為什麼樂於充當幫閒、幫忙和幫凶角色的由來。在當時發生學生前往段祺瑞執政府門前徒手請願，卻遭到槍殺的「三一八」慘案時，就有知識者發表文章稱這些學生是受某些領袖蠱惑而往「死地」送死的。魯迅對散布這種流言的文人的痛擊，並不亞於對劊子手的鞭撻。魯迅知道這些知識分子會怎樣用了公理正義的美名、正人君子的徽號、溫良敦厚的假臉、流言公論的武器、吞吐曲折的文字，行私利己。因而，他向來對這種類型的知識分子就是迎頭痛擊，不留情面。他尖銳地指出：「幫閒，在忙的時候就是幫忙，倘若主子忙於行凶作惡，那自然也就是幫凶。但他的幫法，是在血案中而沒有血跡，也沒有血腥氣的。」[43]他還很形象地將充當幫凶的知識分子稱之為領著「胡羊」浩浩蕩蕩奔向屠宰場的「山羊」[44]。對於這樣的知識分子，魯迅毫不隱瞞自己的憎惡和鄙視之情，他尖刻地說：「我看中國許多智識分子，嘴裡用各種學說和道理，來粉飾自己的行為，其實卻只顧自己一個的便利和舒服，凡有被他遇見的，都用作生活的材料，一路吃過去，像白蟻一樣，而遺留下來的，卻只是一條排泄的糞。」[45]魯迅

41　魯迅：〈隔膜〉，《魯迅全集》（北京市：人民文學出版社，1981年），卷6，頁42-44。

42　魯迅：〈二丑藝術〉，《魯迅全集》（北京市：人民文學出版社，1981年），卷5，頁197-198。

43　魯迅：〈幫閒法發隱〉，《魯迅全集》（北京市：人民文學出版社，1981年），卷5，頁272。

44　魯迅：〈一點比喻〉，《魯迅全集》（北京市：人民文學出版社，1981年），卷3，頁217。

45　魯迅致蕭軍、蕭紅信，1935年4月23日，《魯迅全集》（北京市：人民文學出版社，1981年），卷13，頁116。

用他犀利的筆觸，畫出一些知識者充當統治者幫閒、幫忙乃至幫凶的魑魅魍魎。我們在其後二十世紀的社會進程中，還能不斷地發現這一類型知識者的流布和變遷。在延安整風時期，有些人因自己寫過尖銳批評性隨筆，卻能一夜間幡然醒悟，痛改前非，甚至於不惜用激烈的言詞，上綱上線地聲討原先和他（她）一樣的有過「迷惘」的人，這用魯迅的話來說，這已經不是扮演「幫閒」的角色了。一九四九年後，由於最高領袖將知識分子的思想改造提到前所未有的政治高度來對待，認為是實現國家現代化的必要條件。於是，知識分子被形象地形容為作為一根毛被剃去所曾依附的「五」張皮之後，便成為形跡可疑之「物」。蕭乾說「人之異於禽獸幾希，獨立思考而已矣」。然而，「由於種種因素（包括歷次運動的搞法），我們這個革命的社會（直到最近氣候改變以前），已經逐漸形成了一種可怕的『革命世故』；大家相互之間存在著一種戒備狀態」。[46]於是，在那個時代，實際上其流毒到今天還未被徹底剷除，即秦似所說的：「很早就有人告訴我一個革命的道理：大凡講話、做文章，常常用『我』字的人，總是把我放在大眾之上的人；『我』字用的多少，是這個人的革命性或黨性表現的一個尺度。」[47]因而，在工作報告、學習論文、會議發言中，「我」都一律變成了「我們」和「大家」了，雖然有時實在應該是「我」的看法的，卻很不客氣地就拿「我們」和「大家」來代替了。到了十年浩劫，曾讓巴金所感慨和困惑的是：「人怎麼一夜之間都從人變成了獸呢？」有些知識者一夜之間搖身一變，成了當紅的造反派，大有對他人實行「食肉寢皮」之快意。在改革開放的新時期，知識者的腰桿是不是已經挺直了嗎？他們身上的「故鬼」是不是已經被祛除了？然而，事實遠非人們想像的那麼簡單和美好。從巴金晚年念念不忘的要

---

46 蕭乾：〈放心‧容忍‧人事工作〉，《人民日報》，1957年6月1日。
47 秦似：〈學習泛感〉，《新觀察》1956年第14期。

建立「文革」博物館之事，從張承志自稱要一人孤勇地與來自魯迅所
攻擊的「智識階級」戰鬥的誓詞中，我們或者可以捕捉到知識者一些
精神的現狀。而到了一九九○年代，北京大學教授錢理群就當前知識
界的現況作了不容樂觀的描述，以為當今的一些知識者正忙著從邊緣
向中心，從兩側向體制靠攏，他們由「專業陳述」轉向「摹仿政治家
口吻」。更準確地說，他們是以「專業陳述」的姿態，扮演「政治幕
僚」的角色。話語轉換背後隱藏著是角色的轉換，而且是自覺自願
的。因此，如果我們如果不追溯源頭，並從體制與觀念上加以根除與
肅清，那麼，「故鬼」會重來，歷史有可能再循環。[48]

　　我們不能不感慨二十世紀中國知識分子所走過的精神滄桑史，這
是極其凝重、也極其艱難的心路歷程。但我們也不能不深深地體會著
魯迅非常沉重的感歎：「其實中國並沒有俄國之所謂智識階級。」[49]確
實，我們不能抹殺現代中國知識者在推翻封建帝制，抵禦外敵入侵，
完成國家統一，實現民族復興等等方面立下不可磨滅的功勳；但是我
們也看到知識者在前所未有的社會震盪的夾縫中求生存而呈現出來的
一些卑瑣的性格和萎縮的靈魂。魯迅怒斥那些充當幫閒、幫忙、幫凶
角色的知識者，至今仍有警世的作用。錢理群說得好：「『個體精神自
由』是絕對不能讓步的。這是『作人』還是『為奴』的最後一條線。
守不住這條線，就永遠走不出『奴隸的時代』，這是本世紀的中國現
代化歷史已經證明了的。如果忘掉這一切，又回到老路上，這一個世
紀的血和淚都白流了。」[50]

---

48 參見錢理群：〈一針見血〉、〈還要追問下去〉，《六十劫語》（福州市：福建教育出版
　　社，1999年），頁15、22。
49 魯迅：〈通訊〉，《魯迅全集》（北京市：人民文學出版社，1981年），卷3，頁25。
50 錢理群：〈絕對不能讓步〉，《六十劫語》（福州市：福建教育出版社，1999年），頁8。

第二章
現代中國隨筆的歷史與現狀

　　隨筆作為知識者重要的言說載體，一直活躍在現代中國文壇上，並且獲得巨大的成就，這是人們有目共睹的事實。舒展就認為：「從魯迅的〈隨感錄〉，到巴金的《隨想錄》，這條天然富礦，是中國隨筆思想價值的精華所在。」[1]那麼，我們如何回眸現代中國隨筆的發展歷史呢？筆者大致分為創建、發展、萎縮與重建四個階段。下面，就做一個粗略的梳理，談一談現代中國隨筆的流變史。

第一節　現代中國隨筆的創建階段（1917-1937）

　　魯迅說散文小品（隨筆）原是萌芽於「文學革命」以至「思想革命」的[2]。此話點明了現代隨筆產生的根本原因。二十世紀初的中國是個內憂外患、傳統失範，充滿動盪的時代，這就促使當時的有識之士產生批判意識和變革思想，思考和探索民族的命運和國家的出路。於是，當時知識分子紛紛將隨筆文類作為表達自己思想的工具，從而使這一古老的文類賦予嶄新的內涵和形式。周作人稱：「小品文是文學發達的極致，它的興盛必須在王綱解紐的時代。」[3]的確，隨筆在短短一、二十年的創建時期就獲得巨大的成就。魯迅認為第一個十年

1　舒展：〈關於隨筆的隨筆〉，韓小蕙主編：《新現象隨筆二輯──當代名家最新隨筆精華》（北京市：中央編譯出版社，1997年），頁128。
2　魯迅：〈小品文的危機〉，《魯迅全集》（北京市：人民文學出版社，1981年），卷4，頁576。
3　豈明（周作人）：〈《冰雪小品選》序〉，《駱駝草》第21期（1930年9月29日）。

（1917-1927）的散文（隨筆）成績是在小說、詩歌和戲曲之上[4]；當代學者吳小如也說現代散文（隨筆）「一上來就比較成熟，在它剛一嶄露頭角時便已是一位成年人」[5]。那麼具體體現在哪些方面呢？

　　首先，現代報刊和出版社的崛起和發達，既是隨筆產生的物質前提，也是隨筆賴以生存和繁榮的物質基礎。早在「五四」之前，老牌報紙上海《申報》，就在世紀初年開闢「自由談」版，這個版面的欄目和格式多樣化，諸如「新樂府」、「新丑史」、「新笑史」、「海外奇談」、「忽發奇想」、「軒渠雜錄」、「新回文詩」等等，當然也有長篇小說的連載，不過刊載最多的是遊戲性隨筆作品，這是副刊「自由談」版面的最主要特色。而在這個版面上縱橫馳騁的是當時很受一般市民歡迎的鴛鴦蝴蝶派作家。對這個流派的遊戲性隨筆原來我們否定較多。其實，中國現代文學之所以能夠由古典向現代的成功轉型，鴛鴦蝴蝶派正好起到一個中介的過渡作用。

　　一九一八年四月十五日和十二月二十二日，《新青年》第四卷第四號、《每週評論》創刊號開始設置「隨感錄」專欄。現代知識者充分利用這一陣地，以隨筆文類，反對封建專制制度，抨擊封建倫理道德，提倡科學和民主精神，追求個性解放，積極推動社會改造和重塑民族靈魂的工作。陳獨秀、李大釗、魯迅、劉半農、錢玄同、胡適、周作人等人成了這個專欄供稿的代表性作家。魯迅撰寫的第一篇隨感錄，則是《新青年》上的第二十五則，刊於一九一八年九月出版的第五卷第三號。「五四」運動後，《國民公報》在五、六版上開闢「寸鐵」專欄，隨後《嚮導》、《前鋒》、《中國青年》等雜誌也都有了「寸鐵」一類的短評。一九一九年八月十二日，魯迅曾在《國民公報》的「寸鐵」專欄上以「黃棘」筆名發表了隨筆短文四則。另外，在「五

4　魯迅：〈小品文的危機〉，《魯迅全集》（北京市：人民文學出版社，1981年），卷4，頁576。

5　吳小如：〈《歷代小品大觀》序言〉，湯高才主編：《歷代小品大觀》（上海市：上海三聯書店，1991年）。

四」時期，一些報紙副刊也進行了大刀闊斧的改革，如《時事新報》副刊《學燈》、《晨報》副刊（第七版）、《京報》副刊和《民國日報》副刊《覺悟》等，被當時學界譽為「四大副刊」。現代知識者頻頻光顧這些欄目，因此，隨筆的興盛也與它們結下不解之緣。而更有特色的是「五四」文人自由結社而辦起的同人刊物，從而有力地促進了現代隨筆的蓬勃發展。不必說文學研究會、創造社等全國著名社團所辦刊物《小說月報》、《文學週報》、《創造週報》等都對散文隨筆所給予的重視，單說一九二四年十一月語絲社創辦的純隨筆刊物《語絲》和緊跟隨後現代評論派創辦的《現代評論》，對現代隨筆的發展更是起到催化和促進的作用。而魯迅參與編輯的《莽原》也是以多登「社會批評」和「文明批評」為主的議論性隨筆。除此之外，諸如《沉鐘》、《北新》、《未名》、《新月》、《奔流》也時有登載隨筆作品。

　　一九三〇年五月十二日，《駱駝草》週刊創刊。這是當時一九三〇年代北平文壇上第一個重要的以登載隨筆為主的純文學刊物，是由廢名、馮至編輯，實際主持人卻是周作人。《駱駝草》雖只出版了二十六期，但它的出現是以周作人為中心的文人集體的一次公開亮相。此後至抗戰爆發前的這一段時間，中國文壇的報刊出版可謂風起雲湧，現代隨筆創作又迎來了新的一輪高潮。本時期報紙副刊以《申報》的《自由談》、《大公報》的《文藝副刊》、《中華日報‧動向》、《立報‧言林》最為出名。專門登載或以散文隨筆為主的雜誌有：《論語》、《人間世》、《宇宙風》、《文飯小品》、《太白》、《逸經》、《十字街頭》、《濤聲》、《新語林》、《雜文（質文）》等等。從辦刊者的角度看，《論語》倡導「幽默小品」，《人間世》鼓吹「閒適小品」，《太白》推出「時事隨筆」、「科學小品」等，這些都反映了不同刊物編輯對某一類隨筆的興趣和愛好；同時這些刊物在版面設置上花樣頗多，如《論語》的「古香齋」、「群言堂」、「月旦精華」，《宇宙風》的「姑妄言之」，《太白》的「風俗誌」、「速寫」，《人間世》的「今人誌」、

「山水」、「讀書隨筆」等等，體現了編輯者的創意和風格。梁遇春說：「小品文同定期出版物幾乎可說是相依為命的」，「有了《晨報副刊》，有了《語絲》，才有周作人先生的小品文字，魯迅先生的雜感。」[6]確實如此，隨筆的出現和繁榮離不開現代報刊的發展。另外，當時的出版社也為隨筆的發展作出獨特的貢獻，如北京北新書局、上海北新書局、開明書店、北京晨報社、上海良友圖書出版公司等出版了大量的隨筆作品，有力地推動隨筆的繁榮和擴大隨筆作家在普通讀者中的影響力。

　　其次，隨筆作家是在現代文藝思潮和西方隨筆影響下，而以新的「質」出現在現代文壇上，這明顯有別於筆記類的古代傳統隨筆。魯迅將現代隨筆的精神特質概括為「社會批評」和「文明批評」，使社會啟蒙、社會批評、社會改革都統一到隨筆的創作中去。而這一觀點在「五四」時期就被現代知識者廣為認同和肯定。如《國民公報》、《嚮導》、《前鋒》、《中國青年》設「寸鐵」專欄，專門關注議論性隨筆。據有人考證，「寸鐵」一詞在現代，是日本在中國之先，重新發現了「寸鐵」式隨筆文體風格具有現代性的意義[7]。日本學者以為，長谷川如是閑對現代隨筆的貢獻，是他創造了一種以「寸鐵」殺人的諷刺性文體[8]。而「寸鐵」一詞本源自中國宋代禪師宗杲，他稱：「如載一車兵器，逐件取出來弄，弄了一件又弄一件，便不是殺人手段。我有寸鐵，便可殺人！」[9]清代隨筆作家廖燕在談到小品文的短小特質時，也同樣提及小品文的「寸鐵」作用，以為小不可忽，「文非以

6　梁遇春：〈《小品文選》序〉，《小品文選》（上海市：北新書局，1930年）。

7　參見程麻：〈日本隨筆和魯迅雜感〉，《溝通與更新——魯迅與日本文學關係發微》（北京市：中國社會科學出版社，1990年），頁243。

8　長谷川如是閑語，轉引自程麻：〈日本隨筆和魯迅雜感〉，《溝通與更新——魯迅與日本文學關係發微》（北京市：中國社會科學出版社，1990年），頁243。

9　朱熹撰，黎靖德編，楊繩其、周嫻君校點：《朱子語類》（一）（長沙市：嶽麓書社，1997年），頁124。

小為尚，以短為尚，顧小者大之樞，短者長之藏也」，「照乘粒珠耳，
而燭物更遠，予取其遠而已；匕首寸鐵耳，而刺人尤透，予取其透而
已」。[10]可見，魯迅強調議論性隨筆的「寸鐵」效用，不僅有來自鄰邦
日本隨筆界的啟迪，同時更有承襲中國古代隨筆中看重「寸鐵」效用
的一脈血緣。魯迅、周作人、林語堂、孫伏園等人創辦的《語絲》雜
誌，他們在《發刊辭》中聲明「週刊上的文字，大抵以簡短的感想和
批評為主」，又說「我們個人的思想盡是不同，但對於一切專斷與卑
劣之反抗則沒有差異」，[11]這是《語絲》同仁所持的總的傾向和態度。
因此，魯迅在後來對《語絲》進行總結時，說《語絲》「在不意中顯
了一種特色，是：任意而談，無所顧忌，要催促新的產生，對於有害
於新的舊物，則竭力加以抨擊」，又稱「不願意在有權者的刀下，頌
揚他的威權，並奚落其敵人來取媚，可以說，也是『語絲派』一種幾
乎共同的態度」。[12]現代評論派是創辦《現代評論》雜誌而得名，其成
員由歐美留學人員組成，崇尚西方自由主義思想，不主張激烈的改革
主張。主要人物有胡適、陳源、徐志摩等。陳源曾就圍繞「女師大風
潮」而與《語絲》同仁進行激烈論戰，由此產生了不少的議論性隨
筆。應該說，陳源秉持的自由主義理念，與魯迅等人的差別較大，產
生的分歧自在情理之中。他們也有不滿封建軍閥的腐敗和暴虐，比
如，他揭示政客與醫院之間的奇妙關係：「一個政府倒了，醫院裡便
住滿了下臺的政客，一個政客要搭架子，便託病移在醫院。醫院有這
樣的作用，這種發財的機會，還哪有時間精神來對付普通的病人
呢？」[13]但他在「女師大風潮」中，站在校長楊蔭榆及其校方的後臺

---

10 廖燕：〈選古文小品序〉，屠友祥校注：《二十七松堂文集》（上海市：上海遠東出版
　　社，1999年），頁84。

11 周作人：〈《語絲》發刊辭〉，《語絲》第1期（1924年11月17日）。

12 魯迅：〈我和《語絲》的始終〉，《魯迅全集》（北京市：人民文學出版社，1981
　　年），卷4，頁171、173。

13 陳源：〈中國式的外國醫院〉，姜振昌、莊偉編：《〈西瀅閒話〉及其他——「現代評
　　論」派雜文選》（北京市：文化藝術出版社，1996年），頁86。

老闆北洋政府教育部長章士釗一邊，卻裝出一副「公正」的面目，反
對作為弱勢群體學生的所作所為。因而，不可避免地與魯迅等人發生
了一場筆墨官司。不過，他的文章頗有英國式隨筆的「雍容和幽
默」，也曾得到一些人的欣賞和肯定。

　　一九三〇年，《駱駝草》的創刊，按照編輯者之一馮至晚年回憶
說：「《駱駝草》創刊的本意，可以說是繼承《語絲》傳統。作者自由
發表意見，不求一致。」[14]然而，《駱駝草》的作者並沒有當時《語
絲》時的同仁那樣「對於一切專斷與卑劣」果敢反抗的勇氣和精神。
正如廢名在〈發刊詞〉中稱，「不談國事」，「不為無益之事」，「文藝
方面，思想方面，或而至於講閒話，玩古董，都是料不到的，笑罵由
你笑罵，好文章我自為之，不好亦知其醜，如斯而已，如斯而已」。[15]
魯迅在閱完《駱駝草》創刊號後曾以為：「以全體而論，也沒有《語
絲》開始時候那麼活潑」[16]。無疑，魯迅的判斷是很準確的。進入一九
三〇年代後，周作人、林語堂等人與魯迅為代表的左翼作家在如何創
作隨筆小品的分野是愈來愈明顯的。林語堂等創辦《論語》、《人間
世》、《宇宙風》等，鼓吹學習晚明小品，標榜「以自我為中心，以閒
適為格調」，創作大量消遣類隨筆作品，其真正的精神領袖應該是周
作人。儘管周作人一再宣稱自己的隨筆其可取之處「當在思想而不是
文章」，魯迅也曾評周作人的自壽詩時，說他們創作中「誠有諷世之
意，然此種微辭，已為今之青年所不憭」[17]。林語堂在一九三〇年代也
曾創作過一些富有現實意義的諷刺性文章。但是他們在隨筆創作方
面，卻引導著青年人走消閒幽默的「小擺設」一路，這對處在豺狼當

14　馮至：〈《駱駝草》影印本序〉，《駱駝草》（上海市：上海書店影印，1985年）。

15　廢名：〈發刊詞〉，《駱駝草》創刊號（1930年5月12日）。

16　魯迅致章廷謙信，1930年9月5日，《魯迅全集》（北京市：人民文學出版社，1981
　　年），卷12，頁17。

17　魯迅致曹聚仁信，1934年4月30日，《魯迅全集》（北京市：人民文學出版社，1981
　　年），卷12，頁397-398。

道、國難當頭之際的人們來說，確實會起到磨損人心意志的負面作用。對此，魯迅的批評不是沒有道理的。更何況，當時充斥文壇的隨筆作品也大量存在著質與量不相稱的現象，魯迅抱怨說：「一切期刊都小品化，既小品矣，而又嘮叨，又無思想，乏味之至。」[18]可見，文章小品化，自然就不可能出現蘊含深厚思想的隨筆，也不可能出現大境界的藝術品。

　　第三，現代隨筆在創建期就呈現出非常成熟的、多姿多彩的藝術風格。朱自清曾概括「五四」散文的藝術表現稱：

> 就散文論散文，這三四年的發展確是絢爛極了：有種種的樣式，種種的流派，表現著、批評著、解釋著人生的各面，還流曼衍，日新月異：有中國名士風，有外國紳士風，有隱士，有叛徒，在思想上是如此。或描寫，或諷刺，或委曲，或縝密，或勁健，或綺麗，或洗煉，或流動，或含蓄，在表現上是如此。[19]

　　本階段現代隨筆的藝術風格，誠如朱自清所描述的那樣豐富多樣、極其絢爛。魯迅的隨筆精煉簡潔、潑辣犀利。郁達夫曾對此作出精闢的概括，以為魯迅的文章「辛辣乾脆，全近諷刺」，其文體「簡煉得像一把匕首，能以寸鐵殺人，一刀見血」[20]。而周作人的隨筆風格卻似信筆所至，舒徐自在，恰好與魯迅的隨筆風格相反相成，相互映照。胡適在談到現代白話散文打破「美文不能用白話」的迷信時，就高度評價了周作人隨筆的藝術價值，以為「這幾年來，散文方面最可注意的發展，乃是周作人等提倡的小品散文。這一類的小品，用平淡

18　魯迅致鄭振鐸信，1934年6月21日，《魯迅全集》（北京市：人民文學出版社，1981年），卷12，頁466。

19　朱自清：〈論現代中國的小品散文〉，《文學週報》第345期（1928年11月25日）。

20　郁達夫：〈《中國新文學大系・散文二集》導言〉，《中國新文學大系・散文二集》（上海市：上海良友圖書印刷公司，1935年）。

的談話，包藏著深刻的意味；有時很像笨拙，其實卻是滑稽」[21]。梁遇
春雖不幸英年早逝，但他在隨筆創作上的藝術才華和對英國隨筆的翻
譯和研讀水平，已經得到文壇上同仁的讚賞和認可。郁達夫稱他為中
國的「愛利亞」[22]。筆者以為分析梁遇春的隨筆藝術，必須和他在翻譯
和研讀英國隨筆而得出的心得體會合併考慮，就容易看出他的特點
來。他從英國隨筆作家本森那裡借來「觀察點」（the point of view），
認為這是精研隨筆的神髓。所謂「觀察點」，就是隨筆創作要找一個
新的立腳點，即「做小品文字的人裝老，裝單身漢，裝做外國人，裝
窮，裝傻，無非是想多懂些事情的各方面」[23]。顯然，這是一種「虛
擬」藝術，它能夠積極調動作家的藝術才能，從新的視角去看問題，
從而得出新的構思和新的見解。梁遇春的許多隨筆都有這個特點，他
裝癡，裝傻、裝失戀者，如寫〈寄給一個失戀人的信〉；人們談人生
觀，他卻來寫〈人死觀〉；人們抨擊早晨遲起的懶漢，他卻稱頌「遲
起」的種種好處，寫了〈「春朝」一刻值千金〉；……從這些「虛擬」
藝術的精彩發揮，可以看出梁遇春是一個善於「悖論」式思維，好寫
「反題」的隨筆作家。林語堂，也曾寫過一、二篇精彩的隨筆，但總
的來說，他的藝術底蘊總讓人覺得火候不足，功力差了一點。當代學
人金克木曾說：「林語堂先生的文章，說也奇怪，似乎總不曾達到他
自己提倡尊崇的那種『幽默』程度（非一般所謂幽默），總嫌劍拔弩
張，火氣太盛，為 Satire 則有餘，為 Humor 則不足。」[24]但是，我們

---

21 胡適：〈五十年來中國之文學〉，《胡適學術文集·新文化運動》（北京市：中華書
　　局，1993年），頁160。

22 愛利亞，即英文Elia，現通譯為伊利亞，是英國著名隨筆家蘭姆撰寫隨筆時取的筆
　　名。由於梁遇春酷愛蘭姆隨筆，並且其撰寫的隨筆也有蘭姆的遺風餘韻，因而郁達
　　夫將其稱為「中國的愛利亞」。參見〈《中國新文學大系·散文二集》導言〉一文。

23 梁遇春翻譯哥爾斯密斯（Oliver Goldsmith）〈黑衣人〉的譯注，參見吳福輝編：《梁
　　遇春散文全編》（杭州市：浙江文藝出版社，1992年），頁363。

24 金克木：〈為載道辯〉，《蝸角古今談》（瀋陽市：遼寧教育出版社，1995年），頁156。

不能否認他在晚明小品和英國隨筆的解讀方面，以及他對現代隨筆理
論發揮和闡釋，都有著獨特的貢獻，這是他人無法替代的成績。他主
張隨筆要有「個人筆調」，即「在談話之中夾入閒情及個人思感」，因
而其寫法「敘事夾入閒情，說理不妨抒懷，使悲涕與笑聲齊作，憂憤
與幽逸和鳴」[25]。在他的影響下，論語派的隨筆作家在寫作風格上大
致是追求談話風的藝術，有人稱之為「娓語體」，認為這種「娓語
體」隨筆是要恢復一種「健談精神，寓眼光見解，人情物理於談話之
中」[26]。必須承認，幽默閒適類隨筆，在太平盛世的時代很容易引起
人們對它的好感和共鳴。因為這是對人生常態一種有益的補充，雖然
它沒有太深的思想和價值。這就是為什麼當時一九三〇年代不少進步
人士和左翼作家對它口誅筆伐，而到了改革開放的新時期，人們重新
對它作出不同以往的詮釋和評價。尤其是一九九〇年代以來整個社會
轉向市場經濟的時代，人們在緊張工作之餘，需要消遣和娛樂，文學
的娛樂功能突顯，而這類幽默閒適隨筆受到普通讀者的興趣和青睞，
也就沒有什麼奇怪了。

第二節　現代中國隨筆的發展階段（1937-1949）

　　這個時期前後有十二年，前一段是抗日戰爭，後一段是民族解放
戰爭，都是民族矛盾、階級矛盾空前緊張和激化的年代。嚴酷的戰爭
把中國的版圖分割成幾個性質不同的區域，抗日戰爭時，有國民黨管
轄的國統區、共產黨領導的解放區、敵偽占據的淪陷區；解放戰爭時
期，有國民黨統治的國統區和共產黨領導的解放區。這是多種政權和
不同社會制度在共存、對峙和較量中此消彼長的複雜局面。而這一歷

---

25 林語堂：〈小品文之遺緒〉，《人間世》第22期（1935年2月20日）。
26 陳叔華：〈娓語體小品文釋例──小大辯〉，《人間世》第28、29期（1935年5月20
　　日）。

史的新特點勢必影響不同的知識者群落及其他們隨筆創作的不同內容與風格。就整體而言，本時期的隨筆較之第一個時期，其創作的數量更多、反映的內容更廣、平均的質量更高，因而由「五四」知識者開創的現代中國隨筆道路繼續在發展和壯大。但一個不可否認的事實是，本時期再也沒有出現像魯迅這樣世界級的隨筆大師。

從報業來看，本時期報刊並未因戰亂而消滅，相反卻異常的繁榮和興盛。其中與隨筆聯繫較為密切的著名報刊，如上海的《申報‧自由談》、《文匯報‧世紀風》、《譯報‧大家談》、《大美晚報‧淺草》、《聯合晚報》、《時代日報》、《世界晨報》、《宇宙風乙刊》、《文藝新潮》、《文藝新聞》、《萬象》、《魯迅風》、《雜文叢刊》、《希望》、《民主》、《新文化》、《文萃》、《消息》、《展望》、《文藝復興》、《風雨談》、《清明》、《文藝工作》等，北平的《晨報‧副刊》、《藝文雜誌》、《文學雜誌》、《文藝大眾》等，桂林的《野草》、《救亡日報‧文化崗位》、《力報‧新墾地》、《廣西日報‧南方》、《文藝生活》、《文藝雜誌》、《文學創作》、《大公報‧小公園》、《民主星期刊》、《青年文藝》、《青年文藝》等，重慶的《新華日報‧新華副刊》、《新蜀報‧蜀道》、《新民報‧最後關頭》、《新民報‧上下古今談》、《世界日報‧明珠》、《民主報‧吶喊》、《大公晚報‧半月文藝》、《抗戰文藝》、《時與潮文藝》、《中原》、《文藝先鋒》、《希望》、《文壇》、《文藝月報》等，成都的《華西晚報‧藝壇》、《成都晚報‧藝文志》、《筆陣》、《戰時文藝》等，昆明的《生活導報》、《星期評論》、《正義報》、《掃蕩報》副刊、《中央日報》增刊等，西安的《黃河》，貴陽的《文訊》，福建永安的《現代文藝》、解放區的《解放日報》、《晉察冀日報》、《中國青年》、《中國文化》、《草葉》、《中國文藝》、《文藝月報》、《新華日報‧太行山版》、《東北日報》、《北方雜誌‧邯鄲》、《牡丹江日報》、《大北新報》等，香港的《立報‧言林》、《筆談》、《野草》、《華商報‧燈塔》、《華商報‧熱風》、《星島日報‧星座》、《群眾》等。這些文藝報

刊數量之多，分布範圍之廣，確實是前所未有。這就為現代中國隨筆作家自由馳騁、自由創造提供充足的陣地，也是本時期隨筆繁榮的必要前提和條件。

　　本時期，作為隨筆大師魯迅雖已去世，但他所開創的「匕首」和「投槍」式的議論性隨筆（雜文）卻得到繼承和發展。在上海「孤島」（1937年11月至1941年12月）文學中，戰鬥性的隨筆始終占據著很重要的位置，這就是被譽為「魯迅風」隨筆作家群。其主要成員有王任叔（巴人）、唐弢、柯靈、周木齋、孔另境、周黎庵、文載道等。他們創辦了以刊載隨筆為主的《魯迅風》雜誌，王任叔、唐弢、柯靈、周木齋、周黎庵、文載道等六人出版過隨筆作品《邊鼓集》，後來又加上孔另境，七人合出了隨筆作品《橫眉集》。在這些作家中，成就較高、影響較大是王任叔、周木齋和唐弢。王任叔出版了《捫蝨集》、《生活，思索與學習》、《窄門集》、《邊風錄》等作品。唐弢以為王任叔的隨筆「近於明快潑辣的一路，截擊進攻，遊刃有餘，在思想鬥爭上是盡了重大的任務的」，但「缺少的是沉著，豐饒的勇敢」[27]，這個概括還是比較符合實際的，它準確地道出王任叔隨筆的長處和短處。周木齋曾結集過《消長集》、《消長新集》作品。周木齋隨筆的特色是知識廣博，以思辨見稱，說理透澈。唐弢隨筆集有《推背集》、《海天集》、《勞薪輯》、《短長書》和《識小錄》。唐弢的隨筆內容特別豐富，視野較為開闊，注意抒情與議論相結合，因而他的文章見解深刻而熾烈，格式、手法也是豐富多彩。「野草」隨筆作家群形成於國統區桂林一九四〇年八月，其成員有夏衍、聶紺弩、宋雲彬、孟超和秦似，並因創辦《野草》月刊而得名的。這派隨筆自覺師承魯迅隨筆的戰鬥傳統，他們在辦刊方向和寫作傾向上，以為要以魯迅的鬥爭

---

27 唐弢：〈暗夜棘路上的里程碑──「孤島」一年來的雜文和散文〉，《正言報》（淺草），1941年1月20日。

藝術為榜樣，「採取了外表看去帶點『軟弱』，而文章的內容要有幾根骨頭的方針」[28]。這個隨筆流派不僅編輯《野草》刊物，而且還出版了《野草叢書》十四種，其影響還擴大到香港和東南亞地區等。夏衍是「野草」派裡的中堅力量，他這時期結集的有《日本的悲劇》、《此時此地集》、《長途》、《邊鼓集》、《蝸樓隨筆》等作品。夏衍是一位多才多藝的作家，唐弢認為：「在我們中國，真正如魯迅所說，將文藝和新聞結合起來撰寫隨筆的，我以為是夏衍。」[29]同時，他平常還很喜歡自然科學知識，嗜讀英國吉爾‧懷德的《色爾彭自然史》、法國法布爾的《昆蟲記》，因而他在進行「文明批評」和「社會批評」時，能夠很好地將自然科學和社會科學的知識熔於一爐，自由驅遣、自如揮灑，創作了不少餘味無窮、風格獨特的隨筆名篇。聶紺弩是「野草」派中成就最高、影響最大的隨筆大家。他思想深刻、觀察敏銳、有著過人的機智和幽默，他熔經鑄史、博古通今、能使邏輯思維與形象思維融合起來進行形象說理，因而，他的隨筆創作有著相當的知識密度和思想含量。

　　在本時期國統區的大後方昆明，聚集一批從清華、北大、南開三校南遷而成立起來的西南聯大的教授、學者和作家，如聞一多、吳晗、朱自清、費孝通、潘光旦、王力、羅常培、馮至、李廣田、沈從文等等。他們在教學和科研之餘，也揮毫濡墨、逞才使氣地撰寫一批富有學術色彩或戰鬥性的隨筆。我們姑且將他們稱之為昆明隨筆作家群。朱自清晚年創作的散文由早期的刻意雕琢的抒情性美文轉向喜歡寫帶有談話風特色的議論性隨筆。他創作的集子有《語文零拾》、《標準與尺度》、《論雅俗共賞》等，這些文章大部分談的是作者所熟悉並多年研究的語言和文字，是屬於知識性一類的隨筆。然而，他晚年也

---

28 秦似：〈回憶《野草》〉，《秦似雜文集》（北京市：生活‧讀書‧新知三聯書店，1981年），頁576。

29 唐弢：〈漫談隨筆〉，《人民日報》，1988年3月21日。

有另一面，如創作了一些討論社會和思想問題的議論性隨筆，且大都以「論……」方式出現，像〈論吃飯〉、〈論氣節〉、〈論書生的酸氣〉等等，這說明了朱自清此時已經走出「象牙塔」，用他的話來說，就是不再站在「知識階級的立場」，而是「站到平民的立場上來說話」[30]，他開始積極投身於為民族民主革命而鬥爭的歷史洪流中去了。聞一多早年是一位新月派著名的詩人，後來受聘於清華大學教授，走上研究國學的道路。他在解釋自己的「轉向」原因時，以為是自己「不能適應環境」，「向外發展的路既走不通，我就不能不轉向內走」[31]於是，他在與古人對話中獲得生命價值的寄託。他撰寫的〈伏羲考〉、〈說魚〉、〈司命考〉、〈說舞〉、〈神仙考〉、〈端午考〉等學術性很強但又不乏給人以知識和趣味的隨筆，讓人閱讀後，深受啟發，心悅誠服。但當他看透當局的腐敗，並為民族前途堪憂時，他就現出了「戰士」的本色，以議論性隨筆作為自己在文化批判戰場上的言說工具，創作了〈文學的歷史方向〉、〈從宗教論中西風格〉、〈復古的空氣〉、〈家族主義與民族主義〉等，強調用「五四」新文化精神，清算和批判復古主義與國民性的愚昧，主張跟著時代的主潮，接受前進中的新思想。在昆明這批隨筆作家中，尤其值得一提的還有王力。一九四一年，王力為《生活導報》開始撰寫一批後來被命名為「龍蟲並雕齋瑣語」的隨筆作品，他提出要寫與標語口號不一樣的「軟性」隨筆，不過這種「軟性」卻是「血淚寫成」的，它運用了「隱諷」的手法，雖「滿紙荒唐言」，但明眼人還是可以看出「一把辛酸淚」來。王力把自己一腔憂世傷生的情懷和淵博的古典知識融化起來，變成活生生的當下生活體驗，遂引起正處於窮困潦倒的知識分子的內心共鳴與感喟。

　　當時的國統區和淪陷區還湧現出梁實秋、錢鍾書、張愛玲這類在

---

30 朱自清：〈什麼是文學的「生路」？〉，《朱自清全集》（南京市：江蘇教育出版社，1996年），卷3，頁166。

31 聞一多致饒孟侃信，《聞一多書信選集》（北京市：人民出版社，1986年），頁234。

知識界和文學界很有影響的隨筆大家，這不能不說是這個時代例外的
奉獻。梁實秋的《雅舍小品》，起始於為重慶《星期評論》週刊撰寫
的隨筆小品。他是一位有深厚英美文化背景的現代學者，信奉美國白
璧德古典人文主義者的學說，以理性節制情感，同時在創作風格上又
心儀蘭姆式筆法，亦莊亦諧，微詞隱諷，因而他的隨筆創作能賞玩塵
世況味，卻做到謔而不虐，趣味醇正，卓然獨立。錢鍾書是現代少有
的大學問家，他博古通今，涉獵中西，《寫在人生邊上》是他創作為
數不多的隨筆作品集，但這十來篇的文章，卻充分展現錢氏的獨特的
思維視角、妙語連珠的哲理思辨和發掘人性弱點的犀利筆鋒。如果說
梁實秋的幽默和諷刺，讓你感覺是「溫吞水」；那麼錢鍾書的尖刻諷
刺，會讓你覺得隔衣針刺！張愛玲天資聰穎，其創作的《流言》，是
一本人們很愛讀的隨筆文集。她言說的很多屬於日常生活內容的範
疇，如談女人，說音樂，評服裝、論京戲等，但她的過人之處，就在
這些看似尋常事物的背後，挖掘出意味深長的文化內蘊；而那種瑣屑
絮叨的敘述話語裡，還浸透著人生無奈的蒼涼之感。

　　延安的隨筆創作成就大致以一九四二年的整風為界。整風之前，
延安文藝界的隨筆創作有過短暫自由言說的活躍氣象。如，蕭軍〈紀
念魯迅：要用真正的業績〉，丁玲〈我們需要雜文〉、〈三八節有感〉，
艾青〈了解作家，尊重作家〉，羅烽〈還是雜文的時代〉，王實味〈野
百合花〉、〈政治家‧藝術家〉等等，這些表達個人觀點和批評時弊的
文章，曾給當時的讀者以極其深刻的印象和感觸。然而隨著一九四二
年五月二日和二十三日，毛澤東在文藝整風上的兩次講話，文藝界開
始掀起對王實味、丁玲、羅烽、蕭軍、艾青等人的批判，並對「魯迅
雜文筆法」基本持否定的態度，極富生氣的延安雜文隨筆創作就歸於
沉寂和消亡。此後，散文的創作重心實際上都轉移到報告文學方面
去了。

　　本時期的隨筆理論和隨筆藝術也有了新開拓和新的發展。隨筆理

論的新發展，主要體現在對魯迅隨筆思想和隨筆藝術研究的新貢獻上。一九三七年十月十九日，馮雪峰在上海魯迅逝世週年紀念會上，以〈魯迅與中國民族及文學上的魯迅主義〉為題作了發言。馮雪峰是從魯迅與中國民族關係的角度來評價，指出魯迅確實是「中國民族的戰鬥之魂」，「魯迅先生獨創了將詩和政論凝結於一起的『雜感』這尖銳的政論性的文藝形式」[32]。把魯迅的隨筆概括為「詩和政論」的結合，這是馮雪峰關於魯迅研究方面的一個重大的突破與貢獻。而徐懋庸的〈魯迅的雜文〉，則是對魯迅文筆特色作出開拓性的研究，其主要觀點是：「理論的形象化」，「語彙的豐富和適當」；「造句的靈活」；「修辭的特別」；「行文的曲折之多」[33]。而王任叔（巴人）撰寫的《論魯迅的雜文》，被譽為「中國現代雜文史上惟一的一部全面研究魯迅雜文的理論專著」。[34]本書內容有：一、「序說」；二、「魯迅思想發展的三個時期」；三、「魯迅雜文的形式與風格」；四、「魯迅雜文中所表現的思想方法」；五、「戰鬥文學的提倡」。這是一個比較完整全面地闡述魯迅的隨筆思想和隨筆藝術貢獻的論著。另外，阿英在〈守成與發展〉中，他雖對魯迅隨筆有微詞，但概括出的「六朝的悲涼氣概」和「禁例森嚴時期的紆迴曲折」等特點[35]，也確有獨到的眼光和見識；唐弢在〈魯迅的雜文〉裡，他概括魯迅隨筆文本形式中的「句法和章法的多樣性」，「土話古語和日本詞」，「歐化句法」，「行文的頓挫」等[36]；朱自清在〈魯迅先生的雜感〉裡，創造性地提出魯迅隨筆裡有「理趣」這一重要特質，以為「理趣」是「理智的結晶」，而這

---

32 馮雪峰：〈魯迅與中國民族及文學上的魯迅主義〉，《文藝陣地》第5卷第2期（1940年8月1日）。

33 徐懋庸：〈魯迅的雜文〉，《徐懋庸雜文集》（北京市：生活・讀書・新知三聯書店，1983年，第2版），頁559-560。

34 姚春樹：〈抗日戰爭和解放戰爭時期雜文概觀〉，《中外雜文散文綜論》（福州市：福建教育出版社，1997年），頁100。

35 鷹隼（阿英）：〈守成與發展〉，《譯報》（大家談），1938年10月19日。

36 唐弢：〈魯迅的雜文〉，《魯迅風》第1期（1939年1月11日）。

也就是「詩」[37]。綜上所述，隨筆作家和研究者對魯迅隨筆理論的概括和闡發，本身就是他們對現代中國隨筆的本質特徵的認識和深化。因而，伴隨著這種認識的提高，年輕一代的隨筆作者就更能駕輕就熟地使用這一文類，不僅在「社會批評」和「文明批評」中，使自己的思想水平較以前更有深度、廣度和高度，而且在文本的句法、章法和體式上更為豐富、多樣和獨創。

那麼，本時期隨筆藝術的豐富性、多樣性、獨創性具體表現在哪些方面呢？我們看到本時期的隨筆既有表現為「匕首」、「投槍」類的戰鬥性隨筆，也就是有人稱為「硬性」題材的隨筆；但也有人喜歡用「隱諷」或「曲筆」來寫，即所謂「軟性」題材的隨筆。前者在「魯迅風」和「野草」隨筆作家群中相對有較多的表現，後者是一些學者、教授和某些文人較為喜歡走的一路，如王力、梁實秋、錢鍾書、張愛玲等。當然，這樣的區分並不絕對，因為每位隨筆作家的個性、稟賦、愛好、趣味各不相同，即使同一個作家在對待不同的題材和不同的寫作心境時，也可能導致創作程度不同的「軟」、「硬」作品來。柯靈說：「我以雜文的形式驅遣憤怒，而以散文的形式抒發憂鬱。」[38]從不同文類標準來看，這種說法有它的合理性和科學性，但我們不能把它當作絕對的準則和原理。魯迅說過：「猛烈的攻擊，只宜用散文，如『雜感』之類，而造語還須曲折。」[39]據唐弢回憶稱，魯迅也曾勸過他「作為思想鬥爭或者文藝鬥爭的武器，最好寫得從容舒展一些，列舉事實，多加申說，稍為長點也無妨」[40]。魯迅對於戰鬥性隨

---

37 朱自清：〈魯迅先生的雜感〉，《知識與生活》第27期（1948年5月16日）。

38 柯靈：〈供狀——晦明（代序）〉，《柯靈散文選》（北京市：人民文學出版社，1983年），頁216。

39 魯迅致許廣平信，1925年6月28日，《魯迅全集》（北京市：人民文學出版社，1981年），卷11，頁97。

40 唐弢：〈我與雜文（代序）〉，《唐弢雜文集》（北京市：生活・讀書・新知三聯書店，1984年）。

筆也很看重所表現的藝術，無論是「造語還須曲折」，還是強調寫得
「從容舒展」些，都有著他本人隨筆創作過程中得來的寶貴經驗，很
值得人們加以重視。從這個意義上說，王了一稱自己的隨筆寫作是
「血淚寫成的軟性文章」，讀者可以從「滿紙荒唐言」裡，看出「一
把辛酸淚」來，這是「隱諷」所收到的潛移默化之功效[41]；而秦似所
說的「採取了外表看去有點『軟弱』，而文章的內容要有幾根骨頭的
方針」，這同樣既是應對當局的巧妙對策，也是隨筆作家修辭策略上
的一種審美探求。因而，隨筆作家的這些言說，都可以看作是深諳了
隨筆藝術的真諦。

　　就隨筆表現形態而言，本時期隨筆有了新的開拓和發展。首先出
現了一批高質量的史論性的歷史隨筆，如唐弢的〈東南瑣談〉、宋雲
彬的〈人間史話（一）〉的系列隨筆、孟超的〈歷史的窗紙〉、吳晗的
〈明初的恐怖政治〉等等，這類文章常常是援古證今或以今論古，使
古今相互聯繫、相互對照、相互生髮、從而使歷史的反省與現實的批
判二者能夠達到完美的統一；本時期也出現一種以評價和議論著名古
典小說人物和中國傳統戲曲的雜文，聶紺弩的〈韓康的藥店〉、〈鬼谷
子〉；孟超的論《三國演義》、《水滸》、《西遊記》、《紅樓夢》等古典
名著的系列隨筆；歐小牧關於評述《儒林外史》、《水滸》中人物的系
列隨筆。這些議論中國古代小說人物的隨筆寫得既有作家學養和卓
識，又不忘指涉現實，給人以睿智的發覆和啟迪。黃裳對中國舊戲有
深刻的理解和精闢的研讀，再加上文筆的優美和練達，因而他創作的
「舊劇新談」系列隨筆，可讀性比較強。除黃裳外，聶紺弩的《蛇與
塔》、孟超的《珠簾寨》等也都是品評舊劇的精彩之作，這些文章與
黃裳那些論舊劇的隨筆一樣，都是在娓娓絮談中，筆底藏鋒，寓「社

---

41 王了一：〈《生活導報》和我（代序）〉，《龍蟲並雕齋瑣語》（北京市：中國社會科學
　　出版社，1993年）。

會批評」和「文明批評」於一爐，自有別具一格的知識之美、智慧之美和思想之美。

　　總之，處在本時期的戰爭環境下，現代中國隨筆作家在魯迅戰鬥精神的指引下，仍沒有放棄手中的武器，仍然執著地進行廣泛的「社會批評」和「文明批評」。他們在鬥爭中積累智慧和經驗，並將現代中國隨筆創作推向新的發展階段，寫下新的歷史之一頁。

第三節　現代中國隨筆的萎縮階段（1949-1976）

　　一九四九年伊始，毛澤東就把知識分子思想改造問題列入議事日程，他說：「思想改造，首先是各種知識分子的思想改造，是我國在各方面徹底實現民主改革和逐步實行工業化的重要條件之一。」[42]將知識分子的思想改造與社會主義革命和建設聯繫在一起，而且是作為實現後一個目標的重要前提條件，這的確是前所未有的新思維和新理論。因而，一九五一年開始，在毛澤東直接領導下，一場接一場的高度文藝政治化運動席捲而來。從對電影《武訓傳》的批判，清算胡適、俞平伯的《紅樓夢》研究，批判梁漱溟用「筆桿殺人」的「反動思想」，聲討胡風的「反革命集團」，再到文藝界的「反右派運動」，直至「三家村」被打成「反黨集團」等等。除此之外，所有的知識分子納入體制化管理，定編定崗，使之成為「單位」人。「五四」後知識分子那種具有現代特徵的「自由漂泊者」身分，已不再擁有。作為新中國的最高領袖毛澤東很清楚知識分子現在所處的境地，他喜歡引用古人一句成語「皮之不存，毛將焉附」，一再把知識分子比喻成「毛」，而原來舊時代所依附的五張舊「皮」現都已失去了，如果不

---

42 毛澤東：〈三大運動的偉大勝利〉，《毛澤東選集》（北京市：人民出版社，1977年），
　　卷5，頁49。

附在無產階級身上，就有當「樑上君子」的危險。他重複在延安時講過的一句話「知識分子是最無知識的」，他說：「我歷來講，知識分子最無知識的。這是講得透底。知識分子把尾巴一翹，比孫行者的尾巴還長。」[43]這是很形象的話。一九五〇年代「反右」以後，「五四」時代那種「啟蒙者」的精神姿態確實難以再現，因為知識分子經過三番五次的不斷「洗澡」，除了夾著尾巴做人，別無它徑。毛澤東在與文藝界代表談話，推測魯迅假如還活的情形時，也以為「我看魯迅在世也還會寫雜文，小說恐怕寫不動了，大概是文聯主席，開會的時候講一講」[44]。連被譽為最沒有絲毫「媚骨」的魯迅，在領袖的心目中也不過是充當一位「幫閒」的文官，在「開會的時候講一講」而已，其他知識者的分量和處境就可想而知了。

在這樣的政治語境中，作為以「社會批評」和「文明批評」為本質特徵的現代中國隨筆在一九四九年後的發展，這本身就是一個很沉重、很艱難的話題。但是歷史無可迴避，現代中國隨筆仍然在求生存、求發展，雖然與前兩個階段相比，整體是呈現出萎縮狀態。但大體而言，除了「文革」十年隨筆創作基本停滯外，一九四九年後的「十七」年，隨筆也曾兩度出現過短暫的「復興」景象，第一次是一九五六年上半年至一九五七年上半年，第二次是一九六一年至一九六二年。

在一九五六年第一次隨筆「復興」之前，許多知識分子由於親眼目睹或親身領教這一場場的文藝政治化的批判場面，猶如驚弓之鳥。大多數人選擇了明哲保身、沉默不語。那種具有現代理性批判精神的「社會批評」和「文明批評」隨筆已是難得一見。當時影響較大的是

---

43 毛澤東：〈文匯報的資產階級方向應當批判〉，《毛澤東選集》（北京市：人民出版社，1977年），卷5，頁452。

44 毛澤東：〈同文藝界代表的談話〉，《毛澤東文集》（北京市：人民出版社，1999年），頁253-254。

陳笑雨以馬鐵丁筆名發表的一些隨筆。[45]這類文章基本上是正面立論，對青年、工人、知識分子進行和風細雨的教育，而對時政的諫言或批評，那是比較少，而且也相當的謹慎。而像夏衍的〈報喜與報憂〉、嚴秀的〈論「數蚊子」〉、韓川的〈部務會議〉、呼加諾的〈狗為什麼會叫？〉等，那種將筆鋒針對社會存在的官僚主義作風的隨筆傑作，可謂鳳毛麟角、空谷之音。這個情況一直延續至一九五六年上半年。這一年的四月份，毛澤東在中共中央政治局擴大會議上提出了「藝術問題上百花齊放，學術問題上百家爭鳴，應該成為我們的方針。」[46]六月十三日，當時的中宣部部長陸定一又在《人民日報》上發表〈百花齊放，百家爭鳴〉文章，進一步闡述毛澤東提出的「雙百」方針。而這個「雙百」方針，讓不少知識分子嗅到思想解禁的「早春天氣」。因而，現代中國隨筆的「復興」是在這樣的歷史背景下產生的。

　　一九五六年初，《中國青年報》開設了「辣椒」副刊，後來成為著名的隨筆作家舒展便是這個「辣椒攤位」的「攤主」，自己既是編輯又是寫家。他撰寫的隨筆，如〈白司長來了之後……〉、〈雞蛋問題的後面〉等在當時的讀者中有很大的凡響。其他報刊接下來也紛紛仿效辦起「副刊」，較為出名的有《文匯報》設「筆會」專欄，《新晚報》設「燈下談」專欄，以及《光明日報》、《新聞日報》、《解放日報》、《南方日報》、《新民報晚刊》等也有開闢隨筆發表園地；在雜誌方面，較為著名有《新觀察》、《長江文藝》、《文藝月報》等，這些刊物不同程度地刊載了一些指摘時弊的隨筆作品。而對這次「隨筆」復

---

45 「馬鐵丁」，原本是陳笑雨、郭小川、張鐵夫三人在武漢《長江日報》發表「思想雜談」時合用的筆名。但一九四九年後不久，三人先後到了北京，沒有再合作，「馬鐵丁」筆名便專歸陳笑雨一人用了。參見胡靖：〈《馬鐵丁雜文選編》後記〉，《馬鐵丁雜文選》（北京市：人民日報出版社，1984年）。

46 毛澤東語，見〈論十大關係〉注文，《毛澤東著作選讀》（北京市：人民出版社，1986年），下冊，頁720。

興真正起到龍頭作用的是《人民日報》。當時，為了貫徹毛澤東提出的「雙百」方針，胡喬木親自到《人民日報》社主抓改版工作，並在日報社的負責人鄧拓積極配合下，草擬了一個邀請著名作家撰寫隨筆的名單，並於一九五六年七月一日，在第八版正式推出改版了「文藝副刊」。從一九五六年七月一日起到一九五七年六月六日為止，《人民日報》「文藝副刊」共計出了三〇三期，發表的隨筆約有五百篇左右，作者有兩百餘人。這些作者中有郭沫若、茅盾、葉聖陶、周建人、巴金、鄧拓、夏衍、何其芳、田漢、林淡秋、袁水拍、曾彥修、蕭乾、屠岸、費孝通、巴人、吳伯蕭、馮文炳、沙鷗、唐弢、舒蕪、陳笙雨、宋雲彬、秦似、秦牧、韋君宜、劉大傑、徐懋庸、曹禺、謝覺哉、陳學昭、陳登科、許欽文、孔另境、吳祖光、劉白羽、康濯、傅雷、孟超、方成等等。剛剛起步的年輕作者有邵燕祥、鄧友梅等。被指名約請給副刊供稿的還有周作人。由此可見，這塊園地真可謂高手雲集、群賢薈萃之處。

首先，這一時段的隨筆作品給人一個強烈的印象，是不少知識者撰文談「獨立思考」問題。而打破沉寂局面是茅盾，他以「玄珠」為筆名發表了〈談獨立思考〉一文，指出：「前人的經驗和獨立思考的成果，應當是後人所藉以進行獨立思考的資本，而不是窒息獨立思考的偶像。」[47]葉聖陶發表了〈「老爺」說的準沒錯〉，他以戲劇《十五貫》裡的人物婁阿鼠所說的「老爺說是通姦謀殺，自然是通姦謀殺的了」之事作為典型事例，以為現在人們做事總有個大前提即「某某說」或者「某某批示我們」，這和婁阿鼠相信「老爺說的話準沒有錯」是一樣的道理。因而，他提出改進這種思想方法的現實意義。[48]接著，巴金也撰文〈「獨立思考」〉呼應，深有感觸地認為「棍子」只

---

47 玄珠（茅盾）：〈談獨立思考〉，《人民日報》，1956年7月3日。

48 秉丞（葉聖陶）：〈「老爺」說的準沒錯〉，《人民日報》，1956年7月20日。

能「造成一種輿論」,「培養出來一批應聲蟲」[49]。唐弢在〈孟德新書〉說:「我們現在也需要有一把火,它的名稱是:獨立思考。」[50]而在形勢相當嚴峻之際,蕭乾尚敢斗膽發表〈放心・容忍・人事工作〉一文,宣稱「人之異於禽獸者幾希,獨立思考而矣」,指責「我們這個革命的社會(直到最近氣候改變以前),已經逐漸形成了一種可怕的『革命世故』;大家相互之間存在著一種戒備狀態」[51]。秦似在〈學習泛感〉探討為什麼第一人稱「我」都一律變成了「我們」和「大家」的背後原因[52];黃秋耘的〈創作和批評的障礙〉和徐中玉的〈關於扣帽子〉都是批評當時盛行的「扣帽子」現象;徐仲年在〈烏「畫」啼〉中提出既要讓「鳳鳴」,也需要讓「烏鳴」的問題,並且表示自己要摹仿「烏夜啼」,而作「烏畫啼」[53]。

其次,這些隨筆作品還表現為對政府中存在的官僚主義作風和粗暴的工作態度進行了諫言和批評。屠岸〈婉轉的粗暴〉,在工作中一些領導幹部在遇到別人提出問題,要求回答時,總是「慎重」地說:「考慮考慮再說」,「研究研究再說」,而且往往過後是沉石大海。作者對這種「婉轉的粗暴」工作態度進行了譴責和批判[54]。舒蕪〈說「難免」〉,針對當時有些領導幹部常用「難免」為自己官僚作風的開脫,而進行尖銳的批評,他指出:「早就預期著『難免』,結果當然就有人『不免』」,「他們其實是粗枝大葉,浮光掠影,安閒得很,又有什麼『難』在哪裡!」[55]高植的〈威信和威福〉,作者譴責了現在有些地方幹部為了增加他所謂的「威信」,實際幹的是侵犯公民權利,甚

49 余一(巴金):〈「獨立思考」〉,《人民日報》,1956年7月28日。

50 唐弢:〈孟德新書〉,《人民日報》,1956年9月9日。

51 蕭乾:〈放心・容忍・人事工作〉,《人民日報》,1957年6月1日。

52 秦似:〈學習泛感〉,《新觀察》1956年第14期。

53 徐仲年:〈烏「畫」啼〉,《文匯報》,1957年6月8日。

54 屠岸:〈婉轉的粗暴〉,《人民日報》,1956年7月27日。

55 尉遲葵(舒蕪):〈說「難免」〉,《人民日報》,1956年10月29日。

至逼死人命的事來。這已經是類似古代的「威福之臣」，是「作威作福」了[56]。像這類作品還有鄧友梅〈兩個疑問〉、邵燕祥〈「為官容易讀書難」〉等等，這些當面揭人瘡疤，甚至直擊弊政，確實充滿著濃厚的火藥味。

再者，這一時段的隨筆其實也有充滿人情味的一面，只不過在當時也成為容易被人指責為「小資」情調。甘牛的〈服裝的美與生活〉，他讚美我們祖先懂得研究美和欣賞美，有著「偉大的創造力和審美力」，然而今天穿著單調，一看到有人穿花衣服就搖頭，說是「資產階級思想」，這說明了還是「不懂得生活、落後於生活的表現」[57]。巴人〈論人情〉，認為當前我們文藝作品中最缺少的東西，是「人情」，這是「出於人類本性的人道主義」，因此，他要為文藝作品中的「人情」，道一聲「魂兮歸來」！[58]吳盛〈請准談風月〉，甚至談起長期以來人們所詬病的「風月」問題，他以為解放前「風月」沒有我們的份兒，但今天生活在和平年代，事境、心情都發生不少的變化，「風月」也是我們的，我們也可以用隨筆、小品來反映「風月」[59]。

由此可見，這次隨筆的「復興」，儘管曇花一現，但思想言論的公共空間畢竟打開了一角，讓人領略到知識者身上已經久違多時的現代理性批判精神的風采。從這個意義上說，這些吐露著知識者心聲的隨筆作品，在共和國史上是一份值得記起的彌足珍視的歷史文獻。

一九六一至一九六二年散文隨筆出現第二次「復興」。這時期由於國家經歷了「大躍進」和「人民公社」化，經濟受到重挫。因而，中央開始著力調整經濟政策，一些主要領導人也多次表態要搞「三不主義」，即「不打棍子」、「不揪辮子」、「不戴帽子」。整個國內政治氣

---

56 高植：〈威信和威福〉，《人民日報》，1956年11月23日。
57 甘牛：〈服裝的美與生活〉，《解放日報》，1956年3月21日。
58 巴人：〈論人情〉，《新港》1957年第1期。
59 吳盛：〈請准談風月〉，《雨花》1957年第2期。

氣相對比較寬鬆些。因此，第二次隨筆所謂「復興」是在這樣背景下
出現的。一九六一年三月，鄧拓在《北京晚報》上用「馬南邨」筆名
開設「燕山夜話」隨筆專欄，鄧拓還與吳晗、廖沫沙以「吳南星」作
為三人共用的筆名在北京《前線》雜誌也搞一個「三家村札記」專
欄。一九六二年，夏衍、吳晗、廖沫沙、孟超、唐弢等在《人民日
報》設置「長短錄」專欄。這些隨筆的發表，在當時確實起到了恢復
文壇「生氣」的效果。隨筆作家們本著「活躍思想，增加知識」為宗
旨而寫，有些篇章雖仍微言大義，但畢竟有限，也為一般讀者所不
憭。因而這次所謂的「復興」，再也沒有一九四九年後第一次隨筆
「復興」的景象。知識者那種直言不諱、自由批判的精神已經不復存
在。在這批隨筆作家中，成績最大要數鄧拓。鄧拓在一九五七年五月
寫的〈廢棄「庸人政治」〉，是一篇鋒芒較為顯露的文章，他以為：
「凡是憑著主觀願望，追求表面好看，貪大喜功，缺乏實際效果的政
治活動，在實質上都可以說是『庸人政治』。這種庸人政治除了讓那
些真正沒出息的庸人自我陶醉以外，到底有什麼用處呢？」[60]但到了
一九六〇年代，由於社會環境和政治氛圍發生較大的變化，鄧拓筆下
的隨筆作品多數以傳播知識，提倡科學，淨化人們情操為主要內容，
其中個別篇章如〈一個雞蛋的家當〉、〈「批判」正解〉、〈智謀是可靠
嗎？〉、〈圍田的教訓〉、〈說大話的故事〉、〈「偉大的空話」〉、〈專治
「健忘症」〉、〈堵塞不如開導〉等，一看題目確實有些「礙眼」，明顯
帶有一些現代隨筆中所謂「社會批評」和「文明批評」的印痕。但就
具體的文字內容而言，作者的用詞都較為溫和、周正，少有尖銳批評
的聲音。曾彥修說：「這個時期雜文隊伍已極度縮小，北京只有特定
的幾個人，全國加起來恐怕也不過二三十個人，而且大多是一九五七
年倖存下來並仍在做一定領導工作的『消息靈通』人士，他們是能夠

---

60 鄧拓（卜無忌）：〈廢棄「庸人政治」〉，《人民日報》，1957年5月11日。

通過種種渠道打聽某種『精神』之類的，然後才敢環顧左右而言它地寫幾句。」[61]這些作家本身就是「黨內秀才」，出於多種因素的考慮，往往在受到他人審查之前自己也得先進行自我的審查，而且是很自覺、很配合。誠如美國先鋒藝術家哈克指出：「自我審查顯然比公開審查更加有效，因為它不留下討厭的痕跡。」[62]如此一來，其他作家創作的作品更不用說，總是對那個時代進行政治圖解，而且達到濫情、甚至出現了偽飾的詩意。因而，本次隨筆的「復興」，很難找到像以往作家身上所獨有的那種自由馳騁、自由創造、自由批判的氣魄和精神，這不能不說是一種遺憾。

　　然而，近年來，人們發掘出來的張中曉卻是唯一的例外現象。這位曾被認定為「反革命感覺是很靈的」的年輕人，當年只有二十六、七歲，卻成了「胡風反革命集團」的骨幹成員，他先是被關進監獄，後因疾病，被遣送回紹興老家，在生活處於極端困苦的情況下，他的大腦並沒有停止工作，現在人們從他當年寫下的讀書筆記中整理出版一冊《無夢樓隨筆》。人們吃驚地發現張中曉記錄下來隨感，雖片紙隻字，但「處處閃爍著人生智慧的火花，恰似滿天閃爍而亮度不等的星斗，以零散無序的表現而蘊涵其深廣豐實的內容」[63]。如他說：「當世俗的權力在精神的王國中揮舞著屠刀，企圖以外在的強加來統治內在的世界。於是就產生誅心之論，產生法外之意。」[64]他並沒有屈服於世俗的力量，他的精神是自由的。於是，一些「誅心之論」、「法外之意」就在這位年齡似乎不相稱而且拖著病弱之軀的年輕人筆下不斷

---

61 曾彥修：〈《中國新文藝大系1949-1966·雜文集》導言〉，《中國新文藝大系1949-1966·雜文集》（北京市：中國文聯出版公司，1991年）。

62 哈克語，見布迪厄、哈克撰，桂裕芳譯：《自由交流》（北京市：生活·讀書·新知三聯書店，1996年），頁5。

63 耿庸語，轉引自路莘：〈張中曉和他的《無夢樓隨筆》〉，《無夢樓隨筆》（上海市：上海遠東出版社，1996年）。

64 張中曉：《無夢樓隨筆》（上海市：上海遠東出版社，1996年），頁33。

地滋生和湧現出來。筆者以為，這本《無夢樓隨筆》反覆申說的兩個
內容很值得人們注意：其一，對極權主義的抨擊和批判。張中曉認為
極權主義的兩個特徵是權力欲望和專制統治。對權力欲望的追逐，帶
來的權力災難，「一方面是明顯的殘暴行為，另一方面是一切通過強
力或強烈的心理上的影響（灌輸教育、愚民政策、神經戰）對個人自
由的干預」[65]；而對極權主義的專制統治，張中曉的議論也是直攖人
心，他稱：「對待異端，宗教裁判所的方法是消滅它，而現代的方法
是證明其系異端。宗教裁判所對待異教徒的手段是火刑，而現代只是
使他沉默，或者直到他講出違反他的本心的話。」[66]其二，對人的奴
性的發掘與刨根。張中曉以為在這多難的人間，人成為畜生的機會太
多了。而人與禽的區別就在於「要求人的良知在選擇中必須站在人的
一邊」[67]，如果守不住這一點，那麼蒙昧迷信和奴隸制度，對於他們
來說是再也舒服不夠的「枕頭」了。無論是為官還是為民，只要他心
中有奴性、劣根性沒有祛除，那麼都是好不到哪裡去的。「一個弱
者，要想在被壓迫、奴役的痛苦中找尋快樂，就只能虐待自己的親人
和比自己更弱小者。阿Q正是具有這種劣根性。如果他一得勢，絕
不是一個善良的人物，他的劣根性會轉變成壓迫階級的精神屠刀，他
會比趙太爺更無賴，更下賤」[68]。因此，奴性、劣根性既是使人陷於奴
隸的枷鎖，也是走向統治者的通道，它妨礙人的覺悟，妨礙人成為真
正的人。張中曉身上具有廚川白村所說的「奇警銳敏的透察力」，他
在隨筆中表現的卓越識見，是建立在對歷史與現實透澈解剖的基礎之
上，往往三言兩語，點鐵成金，辛辣無比，精闢警策，是屬於魯迅所
讚歎的陀思妥耶夫斯基那類能夠「穿掘靈魂的深處」的作家之列。因

---

65 張中曉：《無夢樓隨筆》（上海市：上海遠東出版社，1996年），頁82。
66 張中曉：《無夢樓隨筆》（上海市：上海遠東出版社，1996年），頁25。
67 張中曉：《無夢樓隨筆》（上海市：上海遠東出版社，1996年），頁86。
68 張中曉：《無夢樓隨筆》（上海市：上海遠東出版社，1996年），頁35。

此，讀張中曉的隨筆，就猶如人們體會尼采愛讀血書一樣，會給人以
強烈的衝擊與震撼。思想者的文字並不在多，而在它的精華，在於它
獨特的光彩。

從隨筆理論和隨筆藝術來說，一九四九年後的「十七」年並沒有
取得新的突破和進展，相反，知識者還要為議論性隨筆（雜文）的生
存而抗爭和辯護。一九五○年，黃裳不滿當時雜文創作的沉寂，撰寫
了一篇〈雜文復興〉，站出來大聲為議論性隨筆（雜文）呼籲。他指
出「雜文是和時代結合的最密切的武器，那麼，跟著時代的發展，它
的型式自然得變。過去的說話繞彎子，是不得已的事。不過雜文的最
重要成功，還不是隱晦曲折，而是在它的鋒銳，能一筆下去可以刺著
時弊的要點」。因此，他認為雜文的特質之一是「諷刺」，即使是對站
在同一戰線上戰友的批評，也「應該是一種含著濃烈的熱情的譏
諷」。[69]儘管黃裳對雜文的看法說得很婉轉，而且在對待同志的批評上
是加上了限定詞和修飾語，但這些觀點還是很快遭到非議和抨擊。馮
雪峰的〈談談雜文〉，是一篇帶有結束論爭性的總結文章。他以為我
們今天還是需要雜文的，問題是在需要什麼樣的雜文。他說我們不能
出於「一種偏見和一種狹隘的心情」，即「只把魯迅的雜文或者魯迅
式的雜文，才看成雜文的」。從邏輯上說，馮氏說得沒有錯。議論性
隨筆（雜文）本來就是沒有固定的創作模式，它的靈魂是自由的創
造。就魯迅本人而言，他的隨筆創作也是豐富多彩的，既有質直，也
有曲筆；既有明快，也有精深。任何將魯迅的隨筆風格簡單地歸納為
一種類型，本身就是不符合事實，也是對魯迅創作的歪曲。而問題在
於，馮氏的用意是要貫徹毛澤東在延安時期對魯迅筆法中所謂「曲
折」、「隱晦」、「反語」的否定。他說「彎彎曲曲、隱隱晦晦的雜文，
是的確應該過去了，因為那樣的時代是已經過去了」。因而，他將當

---

69 黃裳：〈雜文復興〉，《文匯報》，1950年4月4日。

今的雜文創作提升至政治立場問題,「我們今天仍舊需要雜文,就是
必須適合於今天人民所需要的那種形式、內容和精神的雜文,如毛主
席所說」,「新的雜文,在人民民主專政的時代,卻完全不需要隱晦曲
折了。也不許諷刺的亂用,自然並非一般地廢除諷刺」[70]。這種預設
前提和理論觀念,無形中就將一種議論性隨筆(雜文)模式強加到每
位作家身上,這是違背隨筆精神的,是有害的。孔羅蓀〈關於雜
文〉,事實上是馮雪峰觀點的呼應,他也強調:「我們需要雜文,而且
需要大量的雜文,但必須突破狹隘的形式主義的觀點,不要那種曲
折、隱晦和反語的雜文,不要『伊索寓言式』的奴隸的語言」[71]。而
夏衍撰寫〈談小品文〉,其觀點就不同於馮、孔之文,他從魯迅論小
品文和瞿秋白在《魯迅雜感選集》中論魯迅雜感得到有益的啟發。他
指出:「小品文,即『阜利通』是戰鬥性的文藝作品,但它又不同於
一般的創作。它是匕首,是投槍,它的功能是一針見血。它一方面不
能夠──也不需要把作者的思想感情從容地熔鑄進具體的形象和典
型,但同時『它也能給人愉快和休息』。」夏衍認為小品文(隨筆)
是一種精煉的文體,作家要有諷刺和幽默的才能。即使是當今社會,
我們也是需要用小品文(隨筆)這一武器,「對我們自己隊伍裡的這
種政治上的麻痹和冷淡,展開劇烈的鬥爭」。因而,他理直氣壯地大
聲疾呼:「我們報刊上不僅要有和應該有魯迅式的雜文,而且要有和
應該有果戈里和謝德林式的文藝作品。」[72]

　　「十七」年的隨筆理論還有一個引人注意的地方,是蘇式小品文
理論的引進和實踐。一九五四年四月十八日,陳緒宗在《人民日報》

---

70 馮雪峰:〈談談雜文〉,《雪峰文集》(北京市:人民文學出版社,1983年),卷2,頁
　　220-229。

71 孔羅蓀:〈關於雜文〉,《決裂集》(北京市:作家出版社,1956年),頁119。

72 夏衍:〈談小品文〉,《夏衍雜文隨筆集》(北京市:生活・讀書・新知三聯書店,
　　1980年),頁511-512。

上發表了〈小品文——進行思想鬥爭最靈活的武器〉，這是他向蘇聯
《真理報》學習開設「小品文」專欄經驗的文章，並對蘇式小品文這
一形式有較全面的介紹。當時蘇聯的小品文作家薩斯夫斯基撰寫的一
些文章，也被譯介過來。一九五五年，中共中央高級黨校新聞教研室
選輯了一本《小品文寫作學習資料》出版，裡面收錄了薩斯夫斯基
〈論小品文〉、〈報紙上的小品文〉、〈笑的意義和可笑的東西的意義〉
三篇論文。薩氏認為「深刻的思想性，完美的文學風格的輕鬆、中
肯、有力，善於表現，文字生動以及諷刺和幽默的成分，這些就是蘇
聯小品文的特點」。薩氏在文中還用大量的筆墨論述馬克思、恩格
斯、列寧、斯大林等革命家都是能夠「卓越地掌握著笑的武器」，他
們著作中是極富有「諷刺」、「幽默」的成分，他指出「蘇聯的小品文
作家從俄羅斯先進的、革命的和民主主義的報刊中承繼了諷刺和幽默
的最豐富的泉源」[73]。顯然，薩氏的論小品文理論與當時我國學界對
隨筆（雜文、小品文）看法有較大的差異，其區別主要在於當時的隨
筆創作到底要不要「魯迅式的筆法」。因此，在筆者看來，薩氏小品
文理論和蘇式的小品文創作對於當時我國文壇出現的僵化教條隨筆
（雜文、小品文）觀念產生不可忽視的衝擊效應，對隨後掀起一九四
九年後第一次隨筆創作高潮起到正面的積極推動作用。

　　「文革」十年，是中華民族文化遭受前所未有的劫難和重創。現
代知識者紛紛被下放到農村，趕進牛棚，接受貧下中農再教育。知識
分子一旦腦子受到「清洗」，被置於非知識分子化的境地，隨筆也就
喪失「自由」的精魂。因而，就整體而言，「文革」十年的隨筆創作
基本上是乏善可陳。當然，也不能排除例外的現象。如豐子愷在被誣
衊為「反黨反社會主義」時，他卻還能拿起筆來進行《緣緣堂續筆》

---

73 薩斯拉夫斯基：〈論小品文〉，中共中央高級黨校新聞教研室編：《小品文寫作學習
　　資料》（北京市：人民出版社，1955年），頁22-60。

的創作，將自己一腔情思投注到往昔的緬懷和追憶中。在他筆下，饒
有興味的故鄉風物，七情六欲的鄉人生活、令人神往的童年時
光，……這一切都與當時的現實生活極不協調，容易構成一種強烈的
對照效果，因而他創作的這些隨筆，雖從平凡瑣碎處取材，卻另有一
番「弦外餘音」的追求。

　　總之，在新時期的改革開放到來之前，現代中國隨筆理論和隨筆
創作就整體而言，呈現出萎縮的狀態，其發展遇到前所未有的挫折和
打擊。但隨筆最後並沒有窒息或消亡，它仍然在夾縫中求生存、求發
展，並在一九四九年後曾經兩次集中展現自己的獨特魅力和存在價
值。因此，我們客觀研究歷史，但不能過於苛刻前人，畢竟他們將具
有現代理性批判精神的隨筆文類艱難地承傳下來了。

第四節　現代中國隨筆的重建階段（1976-1999）

　　一九七六年，將國家和民族命運拖向災難深淵的「文化大革命」
終於走向了終結。但當時主要領導人還繼續堅持「兩個凡是」的方
針，人們思想的解凍一直延續到一九七八年實踐與真理的大討論和中
共十一屆三中全會的召開，知識分子重建公共空間的言論平臺才初見
端倪。至此，中國改革開放的新時期才真正的到來。

　　從一九七六年起，全國各家報刊相斷復刊和創刊，這裡既有國家
級大型刊物，也有各省市創辦的文學類刊物。如相繼復刊的《人民文
學》、《上海文藝》、《文藝報》、《收穫》等都是在新時期裡較有影響的
刊物，同時大量的新生刊物不斷創辦，如《十月》、《花城》、《當
代》、《清明》、《文學報》、《芙蓉》、《青年文學》等。而與刊載散文隨
筆為主的刊物相斷面世有《隨筆》、《讀書》、《散文》等。另外，隨筆
作家也將眼光投向海外的報刊，如巴金就將晚年當作「遺囑」來寫的
《隨想錄》文章，拿到香港《大公報》副刊《大公園》上發表，並且

在這個專欄上一寫就是八年。不過，在一九八〇年代，雖然「五四」的啟蒙意識、個性解放、審美解放重新回到作家的身上，但除了少數老作家諸如巴金、孫犁、蕭乾、楊絳等繼續堅持撰寫具有「社會批評」和「文明批評」的隨筆外，很多作家把熱情更多地傾注在小說、詩歌、報告文學上面去，散文隨筆創作只是「捎帶腳」而已。因而，文壇上不斷刮起小說熱、詩歌熱、報告文學熱，惟獨沒有散文隨筆熱。於是，一九八六至一九八八年，學界甚至出現了所謂散文「解體」、「消亡」的觀點。然而，這種觀點的話音尚未落定，散文隨筆卻出現了新的轉機。一九八八年，《收穫》雜誌以專欄的形式連載了余秋雨的「文化苦旅」系列隨筆。一九九二年，又由上海知識出版社出版。一九九三年開始，《收穫》又連載余秋雨以「山居筆記」為總標題的系列文化隨筆，並在一九九四年首度由臺灣爾雅出版社推出。一時間，海內外讀書界掀起「秋雨」隨筆熱。這位身為藝術理論家和中國文化史學者創作的學者隨筆、文化隨筆的作品成功征服了廣大的讀者，在二十世紀八〇、九〇年代之交構築起一道亮麗的人文景觀。

一九九〇年代以後，中國社會出現了全面而深刻的變革，計劃經濟向市場經濟轉型，帶動商品大潮向社會各個領域滲透和浸淫，從而改變了人們的思維方式和感覺方式，價值標準和審美取向。一九九〇年代初，在一些出版商的策劃下，一些原先不被重視的現代隨筆大家如周作人、林語堂、梁實秋、張愛玲等人的作品，經過一番的精心打造、策劃包裝，便以各種各樣的面目再版重印，迎合了不同讀者的口味，這些隨筆作品很快成為暢銷的「熱點」，成為普通人業餘消閒的文學「讀物」。與此同時，一些大型的文學期刊也開始重視隨筆創作，如《十月》一改過去不發表散文隨筆的慣例，新增設了散文隨筆專欄。全國各大報刊、雜誌進行了大幅度的版面改革和欄目重組，報紙文藝副刊、文學雜誌、生活雜誌、青年雜誌、婦女期刊和為了適應休閒而創辦的星期刊、週末版、月末版等，均開闢隨筆專欄，供隨筆

作者發表作品。一些在一九八〇年代就已經走紅的小說作家看到隨筆
這塊領域大有施展的空間，便開始頻繁涉足隨筆專欄，成為專欄隨筆
的撰稿人，如王蒙、蔣子龍、劉心武、李國文、韓少功、肖復興、史
鐵生等等；一些在一九八〇年代成名的年輕詩人禁不起隨筆的「誘
惑」，紛紛做起「隨想」，東方出版中心出版的「詩人隨想文叢」，便
排出整齊的陣容，有于堅、西川、王小妮、陳東東、鍾鳴、徐敬亞、
翟永明、海男、王家新等；一些高校或研究機構的教授、學者在從事
專業研究之餘，也喜歡用隨筆的形式表達對社會、人生的公共關懷和
憂患意識，如季羨林、周汝昌、金克木、劉小楓、朱學勤、葛劍雄、
葛兆光、趙園、錢理群、陳平原、王曉明、陳思和、徐友漁、南帆
等。除此之外，尚有畫家、經濟學家、翻譯家、新聞記者、編輯、自
然科學家等等也紛紛垂青隨筆文類，從而改變了職業作家知識結構的
單一，有力地促進這一文類作者身分的多元化，顯示了隨筆的獨特優
勢和無限魅力。

　　從隨筆作品的出版角度來看，一九九〇年代以來，隨著市場經濟
的確立，出版社的經營理念也開始增強，他們能夠及時抓著文壇掀起
的隨筆創作熱點，徵集策劃，精心包裝，有計劃地推動蘊藏無限商機
的隨筆叢書，突出其系統性和規模性的特點：上海三聯書店「文化隨
筆系列」、中國人民大學出版社「名家小品自選系列」、上海知識出版
社「當代中國作家隨筆」叢書、上海遠東出版社「火鳳凰文庫」、中
國華僑出版社「金薔薇隨筆文叢」、陝西人民出版社「中國當代名人
隨筆」、群眾出版社「當代名家隨筆叢書」、遼寧教育出版社「書趣文
叢」、四川人民出版社「當代著名批評家隨筆」、中央編譯出版社「讀
譯文叢」、浙江人民出版社「今人書話系列」、上海文藝出版社「學苑
英華」、中國社會科學出版社「學術隨筆文叢」、雲南人民出版社「金
蘋果散文系列」、福建教育出版社「木犁書系」、福建人民出版社「瞻
顧文叢」等等。在隨筆出版的編輯策劃上，很值得一提是韓小蕙女

士，她是《光明日報》社的編輯，也是一位隨筆寫家。在一九九○年代初隨筆創作悄然興起之時，她就以編輯和作家的敏銳眼光看到隨筆的崛起之勢。一九九四年，她為中央編譯出版社選編《新現象隨筆──當代名家最新隨筆精華》，並撰寫了《隨筆崛起與新現象隨筆》一文作為該書的代序，首次較為全面地梳理和概述了一九九○年代以來隨筆的創作情況。一九九五年三月八日，她作為《光明日報》第七版「文化週刊」的「人世間」隨筆專版的主持人，成功邀集當今一些隨筆作家來談談關於他們的隨筆觀，這在學界引起了很好的反響。在這之後，她繼續為中央編譯出版社編輯了《新現象隨筆二輯──當代名家最新隨筆精華》；從一九九八年起，她開始為遼寧人民出版社編輯了《1998中國最佳隨筆》、《1999中國最佳隨筆》、《2000中國最佳隨筆》。應該說，這幾年來，出版界像韓小蕙那樣帶有選編者獨特理念和審美視角，也越來越被認可，因而在隨筆叢書策劃上帶來的變化跡象就更為突出，原先的策劃者一般都是本社的編輯人員來承擔，現在很多出版社換成一些學界的知識分子或文化人來充當「策劃人」角色，從而更能體現隨筆叢書的編輯意圖和設計理念，主題也相對集中和突出，在讀者群中產生了較大的影響。單世聯，廣東社會科學院副研究員，主要從事人文學術方面的研究，他在一九九八年為廣東人民出版社策劃一套「南方新學人叢書」，他提出隨筆短論能否入選是根據「批判精神、自由立場、個體經驗」三條標準來敲定的；林賢治為作家出版社策劃了一套「曼陀羅文叢」，在叢書的總序中他稱編這套叢書並非造什麼「方舟」，好像挽狂瀾於既倒似的，「只是風沙寒途，尚存一分誠實，多少可以說一點苦辛，抒一點憂憤；對於生命，畢竟有一分敬畏」[74]；朱正、秦穎在為花城出版社編一套「思想者文庫」時，迴避用「思想家」的提法，主要是考慮更寬泛地遴選入

---

74 林賢治：〈《曼陀羅文叢》總序〉，《平民的信使》（北京市：作家出版社，1998年）。

圍叢書的作者，不要求都如同思想史上的思想家那樣有一個自成體系
的原創性的思想，但只要都在「不斷地思考歷史和現實，傳統與未
來，中國與世界，社會與文化等等這些題目」就行了[75]；賀雄飛，近
些年一直從事策劃命名為「草原部落」的思想隨筆系列的創作和出版
工作。迄今為止，他已策劃出版了「『草原部落』黑馬文叢」、「『草原
部落』知識分子文存」、「『草原部落』名報名刊精品書系」，參與出版
的單位有經濟日報出版社、內蒙古教育出版社、吉林文史出版社、長
春出版社等。他說：「我的角色就是為思想者找知音，找市場，充當
思想的媒婆，為缺少思想，不思想甚至反思想的土壤注入思想，我希
望國人都來思想，都來與思想者共舞。思想者也絕不應該故作矜持、
清高、深刻，應走向民間。」[76]因而，他戲稱自己是在做「靈魂的生
意」，希望這些文章所體現出來的社會良知和理性的力量，將是我們
下一個世紀重要的精神資源。

　　薩特曾就「散文藝術」與「民主制度」之關係，發表過精闢的論
述：「散文藝術與民主制度休戚相關，只有在民主制度下散文才保有
一個意義。當一方受到威脅的時候，另一方也不能倖免。」[77]就這意
義上說，只有到了改革開放的新時期，中國政治體制的改革和民主進
程的深入，散文隨筆才有可能再次出現興盛和繁榮。一九七八年，秦
牧發表了〈鬣狗的風格〉。它從傳說中鬣狗搶吃猛獸吃剩的殘肉碎
骨，說到「人吃人」的社會種種世相，揭出「文革」中某些「看到氣
候差不多的時候就奔上來吃點骨頭」，事後又「會立刻裝成個文明
人、沒事人的樣兒」的現象。「五四」作家所具有的現代理性批判精

---

75 朱正：〈編者的話〉，許紀霖著：《另一種啟蒙》（廣州市：花城出版社，1999年）。

76 賀雄飛：〈酋長話語〉，《風雨敲書窗》（北京市：北京中華工商聯合出版社，1999
　年）。

77 薩特：〈為什麼寫作？〉，《薩特研究》（北京市：中國社會科學出版社，1981年），頁
　24。

神，重新回到了當代隨筆作家身上，人們又可以讀到久違多時的所謂
「社會批評」與「文明批評」的隨筆作品。也就在這一年，巴金，這
位在「文革」中備受凌辱折磨的老人開始萌發晚年要幹的頭等重要的
大事──五卷《隨想錄》的寫作。巴金在撰寫的過程中克服了各種政
治因素的干擾和自身病魔的折磨，歷時八年，終於完成了這部當作
「遺囑」來寫的鉅著。巴金以盧梭、托爾斯泰、克魯泡特金、魯迅等
現代知識分子為榜樣，學習他們一身正氣，言行一致，不斷追求道德
的自我完善和愛國愛人民的赤膽情懷。他在寫作中不斷探索，在探索
中不斷認識自己，為了認識自己才不斷地解剖自己，他認為自己是從
「奴在心」──「奴在身」──「我是我自己」這樣一種心路歷程走
過的知識分子的。因而，《隨想錄》被譽為是「近幾十年來中國知識
分子的思想變遷史」。[78]不僅如此，巴金還通過解剖自己而解剖了社
會，他要探究為什麼這麼多人一夜之間就能由「人」變成「獸」，這
種產生大量非人道的殘酷行為的病症和根源是什麼？巴金通過艱難的
探索，找到了答案，這就是披著「左」的外衣的宗教狂熱，是披上
「革命」外衣的封建主義。他在〈沒有神〉這篇短文中說：「沒有
神，也就沒有獸。大家都是人。」[79]這是他經過「文革」煉獄後，大
徹大悟的誅心之論。因此，這五卷《隨想錄》是他用真話建立起來的
「文革」博物館，是讓後人永遠值得敬重的地方。

　　在改革開放的一九八〇年代，不僅有巴金這樣大智大勇的人，其
他隨筆作家諸如蕭乾、王西彥、楊絳、汪曾祺、王蒙等都相斷創作了
大量隨筆。他們的作品已經充分表明了現代中國知識者開始走出「非
知識分子化」的歷史窘境，「五四」的科學民主、啟蒙意識、個性解
放、理性批判等精神，又重新回到現代知識者身上，並且得到了繼承

---

78 柯靈：〈《隨想錄》的隨想〉，《墨磨人》（北京市：北京三聯書店，1991年），頁115。
79 巴金：《再思錄》（上海市：上海遠東出版社，1995年），頁44。

和發展。隨筆的內容、風格也呈現出多元格局的發展態勢。蕭乾見解的透澈老到，王西彥筆鋒的犀利凝重，楊絳看破這個世界而安於這個世界的智慧，汪曾祺對「閒適」、「沖淡」的接納和內化，王蒙的敘議結合、莊諧雜出，……尤其一九九○年代前後，余秋雨的《文化苦旅》問世，以及稍後推出的《山居筆記》把文化隨筆的寫作帶到一個新境界。進入一九九○年代以後，以市場經濟為主導的現實生活，改變了知識分子的整個人文生態環境。信仰喪失、道德滑坡、物欲膨脹等等社會問題凸現，於是學界出現探討「終極價值」、「人文精神」的問題。張承志、張煒等人扛起「抗戰」的大旗，呼喚「清潔」精神和「大地」情懷；鍾鳴寓言式隨筆寫作，使原本枯燥乏味的史料典籍獲得一種生命的活力，一種智慧的啟迪；張中行、金克木的隨筆創作，一個偏愛人間的「知見」和「情懷」，訴說永遠放不下的「深情」，一個是偏愛於探索自己的思維活動，看看自己知道了一些什麼；王小波是一位英美自由主義的信徒，他的隨筆堅持崇尚寬容、理性和人的良知，認為人世間一切事物都應該是「參差多態」，反對教條和專制。近年來，大學高牆內一些學術造詣頗深的中、老年學者也積極撰寫隨筆，參與重建知識分子自由言說的「公共領域」。陳思和本身就是「人文精神」討論的倡導者之一，他認為作為一名現代知識分子「應該在民間找到自己的工作崗位，通過自己的渠道來傳達人文理想的聲音」[80]；陳平原以為知識者要在發揮自己專業特長的同時，保持一種「學者的人間情懷」[81]；錢理群強調一個世紀的知識分子的苦難，應該轉化為一種寶貴的精神資源，他提出人文學者關心的是「應該」怎樣，而不是「實際是」怎樣。也就是說，他對人和社會的關注本質上

80 陳思和：〈關於人文精神的獨白〉，《黑水齋漫筆》（重慶市：四川人民出版社，1997年），頁205。

81 陳平原：〈學者的人間情懷〉，《游心與遊目》（重慶市：四川人民出版社，1997年），頁24-33。

是一種「彼岸世界」的理想關懷，他是用「彼岸理想」的價值，來對照「此岸現實」的存在，從而不斷發出自己的批判的聲音[82]。

　　新時期以來隨筆理論的建設與探討又是怎樣的一個情況呢？據筆者掌握的資料而言，新時期以來從學理上較早提出要重視研究「隨筆」文類，有王力、傅德岷、唐弢等人。王力撰寫了〈談談小品文〉，他除了談到現代小品文的文類特色外，也一再提及現代小品文深受西洋 "Essay"（隨筆）影響的問題，他強調「不研究西洋文學，不容易把小品文寫好」[83]。傅德岷是一位研究散文的學者，他在其專著《散文藝術論》裡，特意開闢一節來論「小品」和「隨筆」。他在梳理中外隨筆理論資源的基礎上，提出「短小的形式，博雜的內容，濃郁的個性，誠實的風格，自然成了『隨筆』的特徵」，作者在文中還針對自己提的幾個特徵，結合蒙田關於隨筆的看法和廚川白村論隨筆的理論，展開了較有學理價值的論述。不過，傅氏的論述其缺陷在於他沒有區分開隨筆與現代隨筆的差異，尤其沒能看到現代隨筆是知識者言說的重要方式，其靈魂就在擁有「社會批評」和「文明批評」這一特性。唐弢是現代著名文學史家、雜文家，他發表的〈漫談隨筆〉，對現代中國隨筆發展的原因、流變和特色進行粗略的探討，提出「隨筆是一種最自由的創作形式」，現代隨筆的成績與周氏兄弟積極提倡有密切關係，除了周氏兄弟外，他提到了梁遇春、林語堂、黃裳和夏衍等人的隨筆成就和隨筆特點。

　　一九九〇年代後，伴隨著隨筆創作的升溫和對現代隨筆大家作品的重新解讀和研究，人們對隨筆文類的特性有了更進一步的了解和概括。根據筆者的整理和分析，大致有這麼幾個方面的內容：

　　其一，隨筆是現代知識者言說的重要文類。早在二十世紀八〇年

---

82 錢理群：〈自說自話：我的選擇〉，《壓在心上的墳》（重慶市：四川人民出版社，1997年），頁220。

83 王力：〈談談小品文〉，《文藝研究》1982年第1期。

代，張承志就曾說過：「散文也許是我的一種遲疑和矛盾的中間物吧。」[84]這裡面就有將散文（隨筆）當作知識者思想訴求的載體的含義。然而，在新時期裡，鍾鳴是第一位真正亮出隨筆是知識分子一種重要的寫作方式的論者。鍾鳴對於隨筆有著強烈的文體自覺意識，他將隨筆歸結為知識分子的文體和知識分子的寫作風格。他強調「隨筆」與「散文」的不同，是「在於隨筆（Essay）作為動詞創造性的一面」[85]。他曾列舉了國外一大串著名隨筆作家的清單如蒙田、培根、蘭姆、塞內加、奧勒留、奧夫伯里、坦普爾、笛福、愛默森、艾略特、伍爾芙、里爾克、尼采、海德格爾、薩特、卡內堤、加繆、福柯、本雅明等等，然後告訴人們，隨筆包含著「高度的理性批判精神和純正優雅的趣味」，是「自由的文體展示自由的精神」，因而這是具有一種可稱為「知識分子的寫作風格」[86]。如果說，鍾鳴從國外獲得現代隨筆的精神資源；那麼，王彬彬則從中國傳統的隨筆資源中得到有益的啟發。王彬彬在〈隨筆、文學、經濟學及其他〉中這樣稱：「先秦諸子，論起體裁，恐怕也只能說是隨筆。塑造了中華民族的性格，影響了中華民族心理言行數千年之久的那些思想、觀念，原不過是以隨筆的方式表達的。說起來，隨筆，原就是中國人做學問的基本方式。」[87]王彬彬將隨筆普泛化，但他強調隨筆作為中國知識者一種「做學問的基本方式」，成為中華民族數千年來思想觀念的載體，這與鍾鳴關於隨筆是「知識分子的寫作風格」有著異曲同工之妙。然而，今天的人們還不僅看到隨筆作為中國知識者做「學問」的基本方式，更為重要的是現代隨筆作為知識者自由心靈、自由人格的精神體

---

84 張承志：〈《綠風土》編後小記〉，《綠風土》（北京市：作家出版社，1989年），頁293。

85 鍾鳴：〈窄門〉，《徒步隨想錄》（廣州市：東方出版中心，1997年），頁98-99。

86 鍾鳴：〈《畜界‧人界》自序〉，《畜界‧人界》（北京市：東方出版社，1995年）。

87 王彬彬：〈隨筆、文學、經濟學及其他〉，《城牆下的夜遊者》（福州市：福建人民出版社，2001年），頁317。

現。邵燕祥說：「隨筆不僅僅是一種體裁，它首先標誌著作者的自由心態。」[88]舒展主張隨筆是「思想的自由」、「言論的自由」、「創作的自由」的產物，他反對將隨筆看成一種「軟性文章」的，指出「隨筆大家沒有一個是隨大流的盲從者」，「人說隨筆一般都是『軟性文章』或閒適小品。誠然，〈討武曌檄〉恐怕算不得隨筆；但是文章軟不等於骨頭軟。患有精神上的軟骨症很難寫出精彩的隨筆」。[89]筆者認為，舒展這個意見說得值得重視，這有助於人們澄清對隨筆的模糊認識，從而在本質上把握現代隨筆的精神特徵。

其二，對隨筆藝術特徵的闡發。隨筆是什麼？它有什麼樣的藝術特點？這個問題不僅曾讓「五四」知識者困惑過，也讓生活在一九九〇年代的知識者感到迷惑不解。季羨林在〈《蒙田隨筆全集》序〉、汪曾祺在〈《塔上隨筆》序〉裡都對此表述過自己的困惑。當然，人們還是努力想對它作出自己的界說與闡釋。張國榮〈淺談隨筆的審美特徵及其寫作〉，就給「隨筆」下了這樣的定義：「隨筆就是一種即事而生、隨感而寫，並以言志為主、不拘定格、短小活潑的散文樣式。」並在文中概括了隨筆幾點審美特徵，「即興而生，隨感而發」；「冷峻雋永，輕鬆愉快」；「敘議風生，文采斐然」；「輕鬆幽默，莊諧相生」。[90]筆者以為這篇文章在下定義及歸納總結隨筆時，尚缺周密。比如，以「言志為主」，何謂「言志」，這是周作人提出的觀點，周作人後來也不斷地對它作出新的闡釋，但到頭來還是沒能講清。又如，將隨筆限定在「短小」一詞，也是不符合實際的，中外隨筆史都證明了隨筆是可長可短的文體，「短小」不是它的一種特性。但不可否認，這篇文章有抓住隨筆的一些本質特點，是值得借鑑的。而比較集中討論

---

88 邵燕祥：〈有韻為詩，無韻為筆〉，《光明日報》，1995年3月8日。

89 舒展：〈關於隨筆的隨筆〉，《新現象隨筆二輯——當代名家最新隨筆精華》（北京市：中央編譯出版社，1997年），頁124-125。

90 張國榮：〈淺談隨筆的審美特徵及其寫作〉，《閱讀與寫作》1993年第9期。

隨筆特點是韓小蕙主持《光明日報》「文化週刊」隨筆版的筆談盛會。
李國文說:「隨筆,是既不能隨意,更不能隨便的。它不過是做出隨
意的樣子,但實際上卻是要認真對付的一種文學樣式。」[91]而周汝昌
卻從漢代許慎的《說文》裡考證得到:「隨,從也。」其意在於「隨
順、隨和」的含義[92]。蔣子龍也以為:「用『隨筆』這兩個字給這種文
體命名,真是貼切。心隨筆,筆隨意,信筆寫來,順筆流淌,感覺應
筆而生……完全自然,完全誠實。」[93]邵燕祥稱:「我手寫我口,有感
而發,從心所欲,信筆由之,不蹈襲,不做作,行於其所當行,止於
其不得不止,真正的『下筆如有神』──這就是名副其實的隨筆境
界。」[94]從文字的層面上看,李國文似乎與後三位唱不同的調子,但其
實這是隨筆這一枚硬幣的兩面。他們的議論還是沒有超出廚川白村論
隨筆的理論,廚川白村不是說過作者是將自己思索體驗的世界暗示給
讀者,「裝著隨便的塗鴉模樣,其實卻是用了雕心刻骨的苦心文章」。

　　筆者以為,本時期對隨筆文類的探討還有兩篇文章值得注意,一
篇是剛才提到的周汝昌〈隨筆與掉書袋〉,作者以為「隨筆」與「掉
書袋」看上去好像天生不合,有點兒矛盾,實際上並不然,他說咱們
中華民族的文化如此悠久而豐富,一不小心就有「掉」進去之虞。但
他指出「書袋本身,其實並不是可怕可厭,可怕不厭的只是那『掉』
者是個冬烘腐儒,本來好好的書袋也被掉得一派酸氣、腐氣和架子
氣」。因而,這篇文章具有現實的意義,它能為我們如何處理好隨筆
與材料之間的關係提供了一個很好的意見。另一篇是柯靈撰寫的〈隨
筆與閒話〉[95],柯靈在這篇文章中不僅注意對隨筆進行探源溯流,梳

---

91 李國文:〈隨筆與盒飯〉,《光明日報》,1995年3月8日。

92 周汝昌:〈隨筆與掉書袋〉,《光明日報》,1995年3月8日。

93 蔣子龍:〈寫隨筆會上癮〉,《光明日報》,1995年3月8日。

94 邵燕祥:〈有韻為詩,無韻為筆〉,《光明日報》,1995年3月8日。

95 柯靈:〈隨筆與閒話〉,韓小蕙主編:《新現象隨筆──當代名家最新隨筆精華》(北
　　京市:中央編譯出版社,1994年),頁24。

理中外隨筆的源流和變遷，而且還深入探討了隨筆與閒話的關係。雖然這也是老生重談的話題，但對隨筆審美特質的影響是深層次的。魯迅翻譯的日本隨筆作家鶴見祐輔《思想‧山水‧人物》就有一段話闡述閒話的重要性：「沒有閒談的世間，是難住的世間；不知閒談之可貴的社會，是局促的社會。而不知道尊重閒談的妙手的國民，是不在文化發達的路上的國民。」[96]魯迅的隨筆中，他也有好幾處談到創作與「閒裕」的重要性。周作人、林語堂更是極力推崇「閒話」的可貴和重要。柯靈說：「文苑之有隨筆，恰如人世之有閒話。」只有隨筆作家心閒著筆，舒卷自如，才能寫出好的文章來。

　　對一九九〇年代隨筆創作實踐和理論研究情況作一番檢視後，我們發覺隨筆「繁榮」後面其實潛藏著不少的隱憂和缺陷。從數量來看，由於消費的刺激和商業的操作，隨筆創作以令人咋舌的速度在遞增，出版界為了求規模求效應，也助長隨筆創作中存在的浮躁之風。如此一來，大量的隨筆作品就跟市場上的一次性消費品一樣，讀完就扔，過眼就忘，缺少感動人心的藝術魅力。在理論研究方面，也顯得滯後和陳舊。不少學者一談起隨筆，大多纏夾在一般隨筆理論的常識闡釋或重複性勞動上，其弊就在於缺乏開拓性的知識結構、扎實深度的學理提煉，更缺少提出一種大氣和富有原創性的識見。因此，一九九〇年代隨筆創作與理論探討，雖然達到一個新的「熱潮」。然而其長處和不足也異常明顯，值得好好研究和總結。而這必將為二十一世紀隨筆的發展提供有益的經驗和教訓。

---

96 鶴見祐輔：《思想‧山水‧人物》，《魯迅全集》（北京市：人民文學出版社，1973年），卷13，頁572。

第三章
現代中國代表性隨筆作家

第一節　魯迅：精神界之戰士

一　觀念構建：魯迅與隨筆之關係

　　魯迅有隨筆嗎？魯迅創作的雜文能不能稱作「隨筆」？這在學術界長期以來就一直存在著爭議。最早把魯迅的「雜感」、「短評」稱為「隨筆」是張若谷。一九三一年九月一日，他在發表〈魯迅的《華蓋集》〉中宣稱：「《華蓋集》的內容，據作者自道，是雜感，是短評。其實就是『隨筆』而已。」他以為：

> 隨筆一語，導源自法蘭西語的 essayer（試驗），所以在日本把 Essay 譯作試筆，這也是文學作品中的一體。並不是議論，也不是論說一類麻煩的東西。那是全跟著作者興之所至，說些不至於使人頭痛的事情道理。也有冷嘲，也有警句；既有滑稽，也有感憤。所談的題目，天下國家的大事不待言，還有市井的瑣事，書籍的批評，相識者的消息，以及自己的過去的追懷，想到什麼就縱談什麼，而托之於即興之筆者，就是這一類的文章。在《華蓋集》裡面，我們可以讀見許多隨筆體裁的文章。單看標題罷，那〈忽然想到〉的十一則，不就是所謂想到什麼就縱談什麼的東西嗎？「十四年的讀經運動」不就是談天下國家大事嗎？再看文章的內容，在《並非閒話》裡所寫美國兵打中國車夫和巡警事，不是所謂市井的瑣事嗎？總之一句，《華蓋

集》是魯迅的代表隨筆集。從這一本隨筆集裡面，我們可以認
識作者的作風及其思想的一斑。[1]

　　張若谷的「隨筆」定義是以現代知識者耳熟能詳的、魯迅翻譯的
日本文藝理論家廚川白村關於 "Essay" 經典論述的內容為依據，並以
這些論述文字為準繩，直接套用廚川白村的觀點來衡量魯迅的文章。
該文還充分運用廚川白村論 "Essay" 的關鍵詞，以「冷嘲」、「警
句」、「滑稽」、「感憤」等四個範疇作為自己論文的切入點，進一步分
析了魯迅《華蓋集》的寫作特色，從而得出與他人不同尋常的一些意
見。張若谷的這些意見，在當初並沒有引起人們對他的注意，但一九
四〇年他在《中美日報》的《集納》上發表的〈寫文學隨筆〉，卻引
起軒然大波，遭到左翼人士對他的批駁。其實，張若谷這篇文章純屬
舊事重提，只不過再次闡明他原本提出的隨筆觀。他指出「『隨筆』
原是中國文章中的一種特體，凡隨筆記錄不拘一體的文章都名隨
筆」，同時他也注意到廚川白村在論述 "Essay" 時對隨筆審美特性的
辯證把握，認為「隨筆不是個個人所能作的，作者在學力方面既須有
根底，而對於人世間的一切現象，更須有敏銳的觀察力和豐富的經
驗」。張若谷堅持原來對魯迅文章的看法，以為魯迅的文章就是等於
「隨筆」，「筆談」，「魯迅先生的作風，可以用嬉笑怒罵四個字來包括
一切，他無論是在笑，或是在罵，總是含著冷嘲的意味。措辭也時常
彎彎曲曲，議論又往往執滯在幾件小事上，這是可以十足代表中國浙
江作家的一種習氣，尤其是代表現代紹興師爺的一種特殊性格。」張
若谷以隨筆的定義來歸類魯迅雜感，尤其對魯迅文章中所謂「紹興師
爺」「特殊性格」、「習氣」的概括和評價，引起左翼人士對他的反
感。最初，徐冠宇以〈活張若谷仍在曲解死魯迅〉，批駁了張氏的觀
點，而後又有巴人撰著的《論魯迅的雜文》再次提及張、徐二文的論

1　張若谷：〈魯迅的《華蓋集》〉，《新時代》第1卷第2期（1931年9月1日）。

爭，並對張的觀點進行了嚴厲的批判。一九四九年後，人們一般稱魯迅的「短評」、「雜感」為雜文，確實很難有人把魯迅雜文中的一部分「隨筆」特點的，叫作隨筆。一九九一年出版的《中國新文藝大系（1949-1966）‧雜文集》的「導言」中，曾彥修說：「據我的粗查，魯迅又是從來不用『隨筆』、『小品文』來稱呼他自己和他的戰友們的雜文著作的，因為他自覺他的文章不同於歐洲十六世紀以來以英法為代表的 "Essay"（多譯為隨筆）這種作品。」[2]

那麼，魯迅是怎麼看待隨筆呢？曾彥修講的話是否符合事實呢？筆者通過對魯迅文章的一番考察，發覺有些事實尚需要作進一步的澄清。首先，魯迅對西方 "Essay" 的認識。一九二五年，魯迅翻譯的日本文藝理論家廚川白村《出了象牙之塔》出版，廚川白村在論 "Essay" 文章中並不把 "Essay" 翻譯成「隨筆」，以示與日本先前隨筆的質的區別。他說：「有人譯 Essay 為『隨筆』，但也不對。德川時代的隨筆一流，大抵是博雅先生的札記，或者玄學家的研究斷片那樣的東西，不過現今的學徒所謂 Arbeit 之小者罷了。」至於如何解決這個譯法，廚川白村也沒能拿出好的辦法，只是說：「Essay 者，語源是法蘭西語的 essayer（試）。即所謂『試筆』之意罷。」但「試筆」這個詞畢竟是意譯，學界能承認嗎？廚川白村心中並沒有底，所以仍沿用英文 "Essay" 一詞。由於漢、日文中的「隨筆」是同一種文體的指涉，表面上看，魯迅出於翻譯的謹慎和對廚川白村觀點的尊重，所以也是直接移植英文 "Essay" 的做法，其實他內心深處不免也是贊同廚川白村的觀點。一九二八年，魯迅出版其譯作日本鶴見祐輔的隨筆集《思想‧山水‧人物》時，就認可把 "Essay" 譯成「隨筆」的做法。該集在介紹美國威爾遜創作的 "Essay"，魯迅就沒有像先前翻譯廚川白村作品時還保留英文 "Essay" 的做法。而是直接譯成「隨筆」一

2　曾彥修：〈《中國新文藝大系（1949-1966）‧雜文集》導言〉，曾彥修等主編：《中國新文藝大系（1949-1966）‧雜文集》（北京市：中國文聯出版公司，1991年）。

詞[3]。一九三二年，魯迅為自己擬寫的譯著書目，就明確用中文的「隨筆」一詞來稱呼《出了象牙之塔》和《思想·山水·人物》兩本隨筆集[4]。一九三三年，他撰寫的〈小品文的危機〉有一段話也值得注意：「到『五四』運動的時候，才又來了一個展開，散文小品的成功，幾乎在小說戲曲和詩歌之上。這之中，自然含著掙扎和戰鬥，但因為常常取法於英國的隨筆（Essay），所以也帶一點幽默和雍容；寫法也有漂亮和縝密的。」[5]一九三四年，他在〈《譯文》創刊號前記〉中與譯者打招呼說：「原料沒有限制：從最古以至最近。門類也沒有固定：小說，戲劇，詩，論文，隨筆，都要來一點。」[6]在這裡，魯迅既不用「散文」一詞，也不要加注英文 "Essay"，而是直接用「隨筆」，這是很有意思的現象。一九三五年，他在給徐懋庸的信稱：「Montaigne 的隨筆好像還只出了兩本，書店裡到過一回，第二批尚未到，今天當去囑照來信辦理。」[7]這也是直接用「隨筆」一詞稱呼蒙田這位法文 "Essai" 文體創始者出版的集子。因此，從以上這些材料可以看出，魯迅對西方 "Essay" 的認識，特別是接受它的中文譯名「隨筆」，是有一個漸進的過程。當然，這也不能完全排除當時學界逐漸有了一種約定俗成的看法。

其次，魯迅是不是像曾彥修所說的從來不用「隨筆」來稱呼他的雜文著作嗎？據筆者了解，情況並不是這樣。魯迅最早把自己撰寫的

3　鶴見祐輔：〈斷想（九）·他的隨筆〉，《思想·山水·人物》，《魯迅全集》（北京市：人民文學出版社，1973年），卷13，頁407。

4　魯迅：〈魯迅譯著書目〉，《魯迅全集》（北京市：人民文學出版社，1981年），卷4，頁178-179。

5　魯迅：〈小品文的危機〉，《魯迅全集》（北京市：人民文學出版社，1981年），卷4，頁576。

6　魯迅：〈《譯文》創刊號前記〉，《魯迅全集》（北京市：人民文學出版社，1981年），卷8，頁373。

7　魯迅致徐懋庸信，1935年9月8日，《魯迅全集》（北京市：人民文學出版社，1981年），卷13，頁203。

部分文章稱為「隨筆」，是一九三二年他所開出的譯著書目中出現的，他把《墳》，稱為「一九〇七至二五年的論文及隨筆」[8]。其後，魯迅還是有把他撰寫的雜感稱為隨筆的說法。一九三三年，魯迅在致書商李小峰的信中就將在該書局出版的《魯迅雜感選集》，稱為「隨筆集」[9]，同年再次致李小峰信中解釋為何尚未編好雜感時，又提及「隨筆」一詞，稱：「這幾天因為須作隨筆，又常有客來，所以雜感尚未編過，恐怕至早要在下月初了。」[10]一九三四年底，他因為《文學》雜誌一九三五年第一號作的〈病後雜談〉，慘遭當局新聞檢查官的刪除，原本是七、八千字，刪了差不多僅剩一千多字，他在給朋友趙家璧、蕭軍蕭紅夫婦、劉煒明等人寫信發牢騷時，一再用「隨筆」稱他寫的這篇文章[11]。一九三五年日本作家鹿地亙來上海，經內山完造介紹認識，擬編譯《魯迅雜感選集》一書。一九三六年，魯迅在與鹿地亙商榷編選之事，曾給鹿氏的回信中提出「我覺得仍加進其他隨筆為好」的要求，這也是明確將他的雜感文稱為「隨筆」的又一個例證[12]。從這些材料同樣說明了這麼一問題：那種將魯迅說成從來不用「隨筆」稱呼他的雜感的觀點是站不住腳的。

那麼，「雜文」和「隨筆」是不是一回事呢？一般來說，人們認為以魯迅為代表的現代中國雜文家創作的雜文，是一種以議論為特色的、關於「社會批評」和「文明批評」的文藝性散文。但魯迅晚年也

8　魯迅：〈魯迅譯著書目〉，《魯迅全集》（北京市：人民文學出版社，1981年），卷4，頁178。

9　魯迅致李小峰信，1933年3月25日，《魯迅全集》（北京市：人民文學出版社，1981年），卷12，頁165。

10　魯迅致李小峰信，1933年6月25日，《魯迅全集》（北京市：人民文學出版社，1981年），卷12，頁189。

11　魯迅致趙家璧、蕭軍蕭紅、劉煒明信，1934年12月25、26、31日，《魯迅全集》（北京市：人民文學出版社，1981年），卷12，頁618、621、629。

12　魯迅致鹿地亙信，1936年9月6日，《魯迅全集》（北京市：人民文學出版社，1981年），卷13，頁667。

曾說過：「其實『雜文』也不是現在的新貨色，是『古已有之』的，凡有文章，倘若分類，都有類可歸，如果編年，那就只按作成的年月，不管文體，各種都夾在一處，於是成了『雜』。」[13]如果就這句話來分析，魯迅無疑有時也沿用「雜文」是「雜體文」的傳統看法。因此，魯迅的「雜文」概念同樣並存著廣義（傳統）和狹義（現代）之分。廣義的「雜文」概念是「雜體文」，其包容性很大；而狹義「雜文」主要指議論性散文。理解了這一點，就可明白魯迅曾有一個說法：「雜文中之一體的隨筆，因為有人說它近於英國的 Essay，有些人也就頓首再拜，不敢輕薄。」[14]其實，英國的隨筆也是多種類型的，既有議論型，也有記敘型、抒情型和描寫型。魯迅這個看法，只有一種詮釋較能說得通，即這裡的「雜文」是廣義概念，而所謂「雜文中之一體的隨筆」，是指議論型的隨筆而非包括記敘型、抒情型或描寫型。綜觀所述，「雜文」與「隨筆」等同的先決條件，即雜文是以議論性為主的雜文，而隨筆是以議論型為主的隨筆，在這樣的情況下，它們是可以互為替代的。依據這個標準，筆者自然就將人們一般認為魯迅撰寫的那些議論性雜文稱作隨筆。

　　那麼，魯迅的隨筆是不是如曾彥修所說的，「自覺他的文章不同於歐洲十六世紀以來以英法為代表的 'Essay'（多譯為隨筆）這種作品」呢？在筆者看來，恰恰相反，魯迅關於現代隨筆觀念就是自覺師承歐洲十六世紀以來英法為代表的現代隨筆的思想精魂，即現代理性批判精神。他不僅從英法隨筆源流那裡汲取過有益的養料，而且更直接地獲得了深受西方隨筆影響的日本現代隨筆作家的滋養，尤其從廚川白村論 "Essay" 的理論中得到了重要的啟發。

---

13 魯迅：〈《且介亭雜文》序言〉，《魯迅全集》（北京市：人民文學出版社，1981年），卷6，頁3。

14 魯迅：〈徐懋庸作《打雜集》序〉，《魯迅全集》（北京市：人民文學出版社，1981年），卷6，頁292。

二　梟鳴：思維的異端立場

魯迅的隨筆，明顯是有所為而作的，即肩負著「社會批評」與「文明批評」的重要使命。這是因為，魯迅的創作曾得益於日本文藝理論家或隨筆作家廚川白村、鶴見祐輔、片山孤村、有島武郎、金子筑水、片上伸、青野季吉、長谷川如是閑等人觀點的薰陶和影響。尤其是廚川白村，這位被魯迅譽為「霹靂手」和「辣手的文明批評家」，他提出的「文藝的本來的職務，是在作為文明批評，以指點嚮導一世」[15]。同樣，魯迅翻譯的金子筑水〈新時代與文藝〉，也有提出文藝應負有「社會改造的領港師的職務」的觀點，認為「發露全人間性為目的者，該是新文藝的特徵」[16]。這些觀點無疑對魯迅關於現代隨筆觀念的形成起了決定性的影響。魯迅以為，中國最缺少的是「文明批評」和「社會批評」，而文藝能夠達到移情益智和改造社會的目的，因此，他不但要求自己勇於暴露舊社會的病根，而且希望中國的青年人站出來，對於中國的社會、文明，都毫無忌憚地加以攻擊和批評。魯迅將自己致力對「社會批評」和「文明批評」的方式，稱之為「梟鳴」，他說：「我有時絕不想在言論界求得勝利，因為我的言論有時是梟鳴，報告著大不吉利事，我的言中，是大家會有不幸的。」[17]這一「梟鳴」的說法，使我們不禁聯想起早在一九二四年魯迅寫的一篇諷刺徐志摩所謂「音樂耳朵」神秘論的文章〈「音樂」？〉，魯迅在文章的結尾處呼喚說：「只要一叫而人們大抵震悚的怪鴟的真的惡聲

---

15 廚川白村：〈現代文學之主潮〉，《魯迅全集》（北京市：人民文學出版社，1973年），卷13，頁329。

16 金子筑水：〈新時代與文藝〉，《魯迅全集》（烏魯木齊市：新疆人民出版社，1995年），卷6，頁418、頁422。

17 魯迅：〈《且介亭雜文二集》序言〉，《魯迅全集》（北京市：人民文學出版社，1981年），卷6，頁217。

在哪裡！？」[18]魯迅在當時的社會中正是充當著「怪鴟」的角色，那
一聲「梟鳴」，就是「一叫而人們大抵震悚的」、「真的惡聲」。

　　魯迅的隨筆就是「梟鳴」的產物。所謂的「梟鳴」，就意味著魯
迅的隨筆創作不是在一般常人的思維下進行的。魯迅在談他創作的起
因時，說道：

> 自然因為還有人要看，但尤其是因為又有人憎惡著我的文章。
> 說話說到有人厭惡，比起毫無動靜來，還是一種幸福。天下不
> 舒服的人們多著，而有些人們卻一心一意在造專給自己舒服的
> 世界。這是不能如此便宜的，也給他們放一點可惡的東西在眼
> 前，使他有時小不舒服。知道原來自己的世界也不容易十分美
> 滿。蒼蠅的飛鳴，是不知道人們在憎惡他的；我卻明知道，然
> 而只要能飛鳴就偏要飛鳴。我的可惡有時自己也覺得，即如我
> 的戒酒，吃魚肝油，以望延長我的生命，倒不盡是為了我的愛
> 人，大大半乃是為了我的敵人，──給他們說得體面一點，就
> 是敵人罷──要在他的好世界上多留一些缺陷。[19]

　　顯然，魯迅的創作喜歡採用一種異端的姿態。他要讓所謂「好世
界」多留些「缺陷」，讓那些想舒服的人知道世界並不十分「美滿」。
這就是充當「怪鴟」的角色，「梟鳴」並不吉祥，但正如文中引用
「蒼蠅」的比喻，「只要能飛鳴就偏要飛鳴」。筆者以為，魯迅選擇這
種創作方式，也就意味著他的思維起點是比較特異的、逆向的。因
而，這種創作方式決定了魯迅隨筆言說什麼、怎麼言說和言說效應如
何等等。

---

18 魯迅：〈「音樂」？〉，《魯迅全集》（北京市：人民文學出版社，1981年），卷7，頁
　54。

19 魯迅：〈《墳》題記〉，《魯迅全集》（北京市：人民文學出版社，1981年），卷1，頁3-
　4。

　　不可否認，魯迅隨筆創作的思維方式具有濃郁的「怪味」。概括而言，魯迅是通過一系列一連串的懷疑、否定、批判，以確定「不是什麼」而是「是什麼」，即在懷疑中確立，在否定中肯定，在批判中揚棄。用莊子的話即：「以指喻指之非指，不若以非指喻指之非指也；以馬喻馬之非馬，不若以非馬喻馬之非馬也。」[20]這是從相反的角度、或者說是站在事物的對立面來思考問題，而這種從負方向來規定事物的本質，是魯迅對於社會現實、現存文明獨到而深刻的認知與批判。因而，在這種創作思維的指導下，魯迅隨筆的言說方式具有如下鮮明的特點：

　　一、懷疑態度。帕斯卡爾說：「人只不過是一根葦草，是自然界最脆弱的東西；但他是一根能思想的葦草。」[21]人雖然為「自然界最脆弱的東西」，但卻是「一根能思想的葦草」，是萬物的精靈。因此，人的全部尊嚴就在於能思想。用魯迅的話即「較好的是思索者。因為能用自己的生活力了，但還不免是空想，所以更好的是觀察者，他用自己的眼睛去讀世間這一部活書」[22]。這裡強調了人的主觀能動性在變革社會、改造人生等方面均可以發揮出積極的重要作用。而一切變革的起點，就在於人的思維機器的開動即「懷疑」，用「自己的眼睛去讀世間這一部活書」。那麼，知識者的懷疑，可以從人們所接受的知識開始，經過我在懷疑、我在思索等環節，確立了思維的自我即精神或心靈的存在。日本哲學家三木清以為：「懷疑只可用散文來表達。這表明懷疑精神的性質，同時反過來也說明散文特有的趣味和它

20　莊子：〈齊物論〉，郭象注，成玄英疏：《莊子注疏》（北京市：中華書局，2011年），頁37。

21　帕斯卡爾：《思想錄》，何兆武等譯：《帕斯卡爾文選》（桂林市：廣西師範大學出版社，2002年），頁155。

22　魯迅：〈讀書雜談〉，《魯迅全集》（北京市：人民文學出版社，1981年），卷3，頁443。

的艱深。」[23]這句話移來形容散文之一種的隨筆也是非常合適的。古今中外稱得上具有思想家水準的隨筆作家，首先都是懷疑論者。為什麼蒙田對蘇格拉底如此讚美，就在於他也要學蘇格拉底那樣充當時代裡的一隻「馬蝱」，在人們自鳴得意的地方散播懷疑的種子。具有強烈的懷疑論精神的蒙田，因而被有的學者稱為「一位人類智慧的未來的信使，一位自己時代的異鄉人」[24]。培根是近代經驗哲學的奠基者，他很自信認為自己是發現真理、研究真理的學者，他稱：「我的思想敏捷全面，善於抓住事物的相似之處（這是最重要的一點），同時又很堅定，能確定並區分它們之間更微妙的差別；我天生喜探索、善質疑、愛思索、不輕斷、肯三思、慎整飭。」[25]所以培根的隨筆寫得簡潔緊湊，且字裡行間往往藏著誅心之論。明代思想家李贄曾反省：「天幸生我心眼，開卷便見人，便見其人終始之概。夫讀書論世，古多有之，或見皮面，或見體膚，或見血脈，或見筋骨，然至骨極矣，縱自謂能洞五臟，其實尚未刺骨也。此余之自謂得天幸者一也。天幸生我大膽，凡昔人之所忻豔以為賢者，余多以為假，多以為迂腐不才而不切於用；其所鄙者、棄者、唾且罵者，余皆的以為可托國托家而托身也。其是非大戾昔人如此，非大膽而何？此又余之自謂得天之幸者二也。」[26]因而，李贄目光敏銳，善於發現問題，撰寫的隨筆作品大膽放言，具有獨立的見解。魯迅也屬於獨步古今的大思想家系列，他的懷疑是打破人們的精神慣性，通向探討問題癥結的根源所在。魯迅在隨筆作品

23 三木清：〈論懷疑〉，葉廷芳主編：《外國名家隨筆金庫》（天津市：百花文藝出版社，1996年），下冊，頁104。

24 齊格蒙・鮑曼撰，洪濤譯：《立法者與闡釋者》（上海市：上海人民出版社，2000年），頁116。

25 培根語，轉引自安妮特・T・魯賓斯坦撰，陳安全等譯：《英國文學的偉大傳統》（上海市：上海譯文出版社，1998年），頁126。

26 李贄：〈焚書卷六・讀書樂並引〉，《焚書　續焚書》（北京市：中華書局，2009年，第2版），頁226。

中體現出來的反思與回溯，既是由果及因、由近而遠、由現在到過去的追尋，又是由因及果、由遠而近、由過去到現在的生成性、敞開性的審視。他不僅把人們的目光，從現在引向歷史，而更重要的是從歷史的生成與展開中，更深刻地理解現在，更清楚地洞察未來。

　　二、否定意識。魯迅是一位否定意識非常強烈的隨筆作家。他認為世上需要有一種不平的呼聲，因此他要扮演「梟鳴」的角色，這對那些一心一意想給自己製造舒服世界的人來說，是一種不祥的聲音，一種否定的聲音。而否定是向上的力量。魯迅不是說過嗎，「不滿是向上的車輪」[27]；「不平還是改造的引線」[28]；「舊像愈摧破，人類便愈進步」[29]。日本學者片上伸也這樣說：「由否定而表見自己。由否定而心泉流動。由否定而自己看出活路。」[30]魯迅以為在現代的中國，到處充滿著製造並賞玩別人苦痛的昏迷和強暴。試看中國的社會裡，吃人，劫掠，殘殺，人身賣買，生殖器崇拜，靈學，一夫多妻，凡有所謂國粹，沒一件不與蠻人的文化恰合。因此，在魯迅的眼裡，尋找否定的、不確定的東西，使之與被封建專制制度維持和鞏固的、肯定的、確定的、絕對的東西相對立，動搖或摧毀沿襲幾千年的封建倫理賴以生存的根據和基礎，這是覺醒的人改造社會的任務。基於這一認識，魯迅以為無問題，無缺陷，無不平，也就無解決，無改革，無反抗。那種所謂「普遍，永久，完全，這三件寶貝，自然是了不得的，不過也是作家的棺材釘，會將他釘死」[31]。所以，魯迅故意要製造一點

27　魯迅：〈不滿〉，《魯迅全集》（北京市：人民文學出版社，1981年），卷1，頁359。
28　魯迅：〈恨恨而死〉，《魯迅全集》（北京市：人民文學出版社，1981年），卷1，頁360。
29　魯迅：〈四十六〉，《魯迅全集》（北京市：人民文學出版社，1981年），卷1，頁332。
30　片上伸：〈「否定」的文學〉，《魯迅全集》（烏魯木齊市：新疆人民出版社，1995年），卷6，頁441。
31　魯迅：〈答《戲》週刊編者信〉，《魯迅全集》（北京市：人民文學出版社，1981年），卷6，頁147。

麻煩，多留幾片鐵甲在身上，給這個世界多一點缺陷。廚川白村說
「必須有不安現在的缺陷和不完全，而不住地神往的心，希求的心，
在人生才始有意義」[32]，「文藝家，乃是活的人間味的大通人。倘不能
賞鑑罪惡和缺陷那樣的有著臭味的東西，即不足與之共語人間」。[33]由
此可以看出，所謂「活的人間味的大通人」，他的思維不僅僅是一旦
一方出現，就去找另一方，有了上方，就去找下方，觀察到正面，就
要翻過來看反面，而且更為重要的是善於從負面或逆向去探索事情的
根源、研究問題的癥結。因此，魯迅用「橫站」的否定姿態，對專制
制度、舊有文明發出了批判和質疑的聲音，他說：「在現在這『可
憐』的時代，能殺才能生，能憎才能愛，能生能愛，才能文。」[34]他
認為目下中國的當務之急是一要生存，二要溫飽，三要發展，倘有阻
礙這前途者，「無論是古是今，是人是鬼，是《三墳》、《五典》，百宋
千元，天球河圖，金人玉佛，祖傳丸散，秘製膏丹，全都踏倒他」[35]。
在魯迅的隨筆作品中，充滿著不畏強權、不屈服於權威、不墨守陳規
和傳統，敢於向舊社會和舊文明施以猛烈的發難和攻擊，顯示他那種
獨肩黑暗閘門的大無畏勇氣和可貴的批判精神。

　　三、批判中的揚棄。魯迅的否定意識並不是對傳統的全盤否定，
他對庸眾的痛苦復仇，也是寄國民改造的希望於未來。魯迅以為：
「人在天性上不能沒有憎，而這憎，又是或根於更廣大的愛。」[36]因
此，他自覺地把自己從事的文藝創作活動規範在「社會批評」和「文

---

32 廚川白村：〈詩人勃朗寧〉，《魯迅全集》（北京市：人民文學出版社，1973年），卷
　　13，頁178。
33 廚川白村：〈近代的文藝〉，《魯迅全集》（北京市：人民文學出版社，1973年），卷
　　13，頁183。
34 魯迅：〈七論「文人相輕」——兩傷〉，《魯迅全集》（北京市：人民文學出版社，
　　1981年），卷6。
35 魯迅：〈忽然想到〉，《魯迅全集》（北京市：人民文學出版社，1981年），卷3，頁45。
36 魯迅：〈《醫生》譯者附記〉，《魯迅全集》（北京市：人民文學出版社，1981年），卷
　　10，頁176。

明批評」的範疇之內，並引以自豪：「我的生命，至少是一部分的生命，已經耗費在寫這些無聊的東西中。而我所獲得的，乃是我自己的靈魂的荒涼和粗糙。但是我並不懼憚這些，也不想遮蓋這些，而且實在有些愛他們了，因為這是我轉輾而生活於風沙中的瘢痕。凡有自己也覺得在風沙中轉輾而生活著的，會知道這意思。」[37]當然，他也深知自己在現代中國說話是較為尖刻和犀利的，他說他向來常以「刀筆吏」的意思窺測中國人的。但他也時刻警惕自己、反省自己。他說「無情的冷嘲和有情的諷刺相去本不及一張紙」，他以為「凡對於時弊的攻擊，文字須與時弊同時滅亡」[38]。尤其當他發現自己對一件事或他人判斷有誤時，他就會感到「慚愧」，並認為：「這種慚愧，往往成為我的懷疑人類的頭上的一滴冷水。」[39]廚川白村在隨筆集《走向十字街頭》的序文中將雪萊、拜倫等作家稱為是「帶著社會改造的理想的文明批評家」[40]。魯迅也是屬於這類「帶著社會改造的理想的文明批評家」的行列。他曾在〈再論雷峰塔的倒掉〉中稱「無破壞即無新建設」，但有「破壞卻未必即有新建設」。他把世上的破壞者分為三類：「寇盜式的破壞」、「奴才式的破壞」和「革新的破壞者」。凡「寇盜式的破壞」，志在「掠奪或單是破壞」，其結果只能「留下一片瓦礫，與建設無關」；「奴才式的破壞」，僅因「目前極小的自利，也肯對於完整的大物暗暗的加一個創傷，人數既多，創傷自然極大」，而倒敗之後，卻難於知道加害的究竟是誰，其結果也只能「留下一片瓦礫，與建設無關」；只有「革新的破壞者」，志在「掃除」，這才是我

---

37 魯迅：〈《華蓋集》題記〉，《魯迅全集》（北京市：人民文學出版社，1981年），卷1，頁4-5。

38 魯迅：〈《熱風》題記〉，《魯迅全集》（北京市：人民文學出版社，1981年），卷1，頁292。

39 魯迅：〈無題〉，《魯迅全集》（北京市：人民文學出版社，1981年），卷1，頁385。

40 廚川白村語，轉引自魯迅〈《出了象牙之塔》後記〉，《魯迅全集》（北京市：人民文學出版社，1973年），卷13，頁375。

們所要的，因為「他內心有理想的光」。[41]這些觀點與廚川白村的論述如出一轍。因此，魯迅的否定是為未來而否定，他的批判是為理想而批判，是否定中的肯定，是批判中的揚棄。魯迅翻譯的片上伸撰著〈「否定」的文學〉，有一段論述俄國和俄國文學的文字說得很好：「俄國是從最初以來，就有著當死的運命的；有著自行破壞的運命的。仗著自行破壞，自行處死，而這才至於自行蘇生，自行建造的事，是俄國的命運。俄國的生活的全歷程，是不得不以自己的破壞，自己的否定為出發點了的。到了能夠否定自己之後，俄國才入於活出自己的路。由否定的肯定，由死的生，這路上，正直地，大膽地，透闢地，而且驀地前進而來的，是俄國。」[42]對於建設現代中國的新文學，魯迅也是抱著像俄國文學「死的生」的熱切初衷和願望，希望中國文學也仰仗著「自行破壞」、「自行處死」而以至於鳳凰涅槃，經由「否定的肯定」這一中間環節，「自行蘇生」，「自行建造」，由死而生，活出自己的路來。擴而言之，這同樣也是「五四」一代知識者所共同懷抱的熱切願望和美好夢想。

三　怎麼言說

從某種意義上說，知識者在歷史上的地位，是依靠言說而形成知識形態的價值而決定的。但是知識者的「想」與「說」，並不存在著一一對應的關係。魯迅以為：「猛烈的攻擊，只宜用散文，如『雜感』之類，而造語還須曲折。」[43]儘管散文（包括隨筆）與其他文類

41　魯迅：〈再論雷峰塔的倒掉〉，《魯迅全集》（北京市：人民文學出版社，1981年），卷1，頁191-194。

42　片上伸：〈「否定」的文學〉，《魯迅全集》（烏魯木齊市：新疆人民出版社，1995年），卷6，頁443。

43　魯迅致許廣平信，1925年6月28日，《魯迅全集》（北京市：人民文學出版社，1981年），卷11，頁97。

相比較，是很適合用於「猛烈的攻擊」，但它還是需要「造語」的「曲折」。這說明了作者「說」出來的話，已經有一種寫作上的修辭策略在起作用，作者的「想」與「說」已經存在著若干不等的距離了。存在這種現象，這在我們這個有聲的語言世界裡是很普遍的。究其原因，我以為有兩種因素：

其一，思想的自由無疆，和言語表達的有限性。這個矛盾也反映在魯迅的身上，他曾說：「當我沉默著的時候，我覺得充實；我將開口，同時感到空虛。」[44]「沉默」與「充實」，「開口」與「空虛」，典型地反映了魯迅思想深處存在矛盾的兩難抉擇，也充分說明了魯迅的「想」與「說」處在一種對立和分裂狀態。他在〈怎麼寫——夜記之一〉中談到他住在廈門大學一幢大洋樓，夜晚的特殊感受：

> 我沉靜下去了。寂靜濃到如酒，令人微醺。望後窗外骨立的亂山中許多白點，是叢冢；一粒深黃色火，是南普陀寺的琉璃燈。前面則海天微茫，黑絮一般的夜色簡直似乎要撲到心坎裡。我靠了石欄遠眺，聽得自己的心音，四遠還彷彿有無量悲哀，苦惱，零落，死滅，都雜入這寂靜中，使它變成藥酒，加色，加味，加香。這時，我曾經想要寫，但是不能寫，無從寫。這也就是我所謂「當我沉默著的時候，我覺得充實，我將開口，同時感到空虛」。[45]

魯迅在這裡「想」的內容是很廣很深的，也是非常豐富複雜的，但當他想將它表達出來時，又不能不感到人的言語能力的有限和無

44　魯迅：〈《野草》題辭〉，《魯迅全集》（北京市：人民文學出版社，1981年），卷2，頁159。

45　魯迅：〈怎麼寫——夜記之一〉，《魯迅全集》（北京市：人民文學出版社，1981年），卷4，頁18-19。

能。其實，在中國古代哲人那裡，已經充分意識到「想」與「說」、「言」與「意」之間的矛盾關係。老子在《道德經》說：「道可道，非常道。」這裡，老子就已經意識到言語文辭的表達能力的局限性。莊子在〈秋水〉中指出：「可以言論者，物之粗也；可以意致者，物之精也；言之所不能論，意之所不能致者，不期精粗也。」這充分說明了莊子對「言」與「意」的矛盾，已經有一個深刻的認識。中古時代的文論家陸機在〈文賦〉中稱：「恆患意不稱物，文不逮意。」以及宋代蘇軾在〈答謝民師書〉中云：「求物之妙，如繫風捕影。」這些都是「想」與「說」之間矛盾的典型事例。周作人曾談到在徐志摩死後，老早就想到寫一篇小文紀念他，但又時時感到無從下手，「我相信寫得出的文章大抵都是可有可無的，真的深切的感情只有聲音，顏色，姿勢，或者可以表出十分之一二，到了言語便有點兒可疑，何況又到了文字。文章的理想境界我想應該是禪，是個不立文字，以心傳心的境界，有如世尊拈花，迦葉微笑，或者一聲『且道』，如棒敲頭，夯地一下頓然明瞭，才是正理，此外都不是路。」[46]周作人由於感到「想」與「說」的尖銳矛盾，遂產生廢棄「言辭」的表達，而用禪宗的境界，不立文字，以心傳心，這可是佛語所講的「言語道斷」了。可惜多數的眾生並不是世外高人，沒有那麼高的悟性，這種願望也就只能收藏在夢境裡了。看來，「想」與「說」、「言」與「意」之間的矛盾，是個永恆的話題，即便是有很高天賦的哲人或作家也概莫能外。

　　其二，魯迅「想」與「說」之間的矛盾，還有更深一層因素是魯迅不想「說」或不願「說」。作為一位大思想家的魯迅，他的許多看法是相當深刻和獨到的，並且超越了一切的時代和國界，而帶人類普遍性的東西。如他在〈墓碣文〉中描述：「於浩歌狂熱之際中寒；於天上看見深淵。於一切眼中看見無所有；於無所希望中得救。」[47]他

---

46 周作人：〈志摩紀念〉，《新月》第4卷第1期（1932年3月）。

47 魯迅：〈墓碣文〉，《魯迅全集》（北京市：人民文學出版社，1981年），卷2，頁202。

是屬於「天上看見深淵」、「一切眼中看見無所有」的人。對他來說，已往和目前的東西是全等於無物的，並對將來所謂的「黃金世界」表示質疑。他在《兩地書》裡告訴許廣平：「你的反抗，是為了希望光明的到來罷？我想，一定是如此的。但我的反抗，卻不過是與黑暗搗亂。」[48]在魯迅的深層意識裡，我想必定有一處是專屬於他自己，但不願公布出來的思想，這就是他看透、看穿世間把戲後的一種虛無感。這就他所稱的「我常覺得惟『黑暗與虛無』乃是『實有』」的意思[49]。金克木曾有一段論述「零」和「空」的看法，我以為如果移來評價魯迅對「虛無」的感覺和把握，也是很恰當的：

> 印度古人有一項極大貢獻常為人忽略。他們發明了記數法中的「零」。印度人的數字傳給阿拉伯人，叫做「印度數碼」，再傳給歐洲人，稱為阿拉伯數字。這個「零」的符號本來只是一個點，指明這裡沒有數，但有一個數位，後來才改為一個圈。這個「零」字的印度原文就是「空」字。「空」就是「零」。什麼也沒有，但確實存在，不可缺少。「零」表示一個去掉了內容的「空」位。古地中海文明中畢達哥拉斯學派說：一切皆數。數下都是零。古中國人說：萬物生於有，有生於無。無就是零。他們的思想是通氣的，都看到了這一點，但只有佛教徒發展了這種思想。「數」和「有」不停變化，即生即滅，都佔有一個「零」位，「空」位。所以「空」不出現，但不斷表示自己的存在。[50]

---

48 魯迅致許廣平信，1925年5月30日，《魯迅全集》（北京市：人民文學出版社，1981年），卷11，頁79。

49 魯迅致許廣平信，1925年3月18日。《魯迅全集》（北京市：人民文學出版社，1981年），卷11，頁20-21。

50 金克木：〈《心經》現代一解〉，《莊諧新集》（北京市：東方出版社，1998年），頁203-204。

　　魯迅說：「我不大願意使人失望，所以對於愛人和仇人，都願意有以騙之」，「我自己總覺得我的靈魂裡有毒氣和鬼氣，我極憎惡他，想除去他，而不能。我雖然竭力遮蔽著，總還恐怕傳染給別人。」[51]這說明了，魯迅對於自己靈魂裡的「毒氣和鬼氣」，雖竭力「遮蔽」，但並不成功，其原因就是金克木認為的雖然「空」和「零」不直接出現，但並不表示它沒有，而且還不斷以自己的方式顯示它的「存在」。因此，魯迅為「想」與「說」的深刻矛盾所困擾，他不得不作出為己和為他人的兩種語言表達方式。他說：「我為自己和為別人的設想，是兩樣的。所以者何，就因為我的思想太黑暗，但究竟是否真確，又不得而知，所以只能在自身試驗，不敢邀請別人。」[52]「發表一點，酷愛溫暖的人物已經覺得冷酷了，如果全露出我的血肉來，末路正不知要到怎樣」。[53]正因為魯迅有如此多的顧慮，所以他在世人面前所展現的一面，還是以積極的姿態出現，他並沒有完全袒露自己內心世界的種種想法，這也許是一個永遠無法猜透的謎，我們所能做的就是在探索中努力去接近它。因而，魯迅的這種「想」與「說」之間的矛盾關係，也給我們留下無限想像與闡釋的空間。

　　莊子覺察語言的工具作用與其難盡人意的局限，於是他創造性地提出了不少克服「言」與「意」矛盾的方法。他在〈外物〉篇提出「得意而忘言」，期望「說」、「聽」雙方能超脫語言文字的限制，做到言在意表。在〈寓言〉、〈天下〉篇中，他總結自己文章的特點「謬悠之說，荒唐之言，無端崖之辭，時恣縱而不儻」和「以卮言為曼衍，以重言為真，以寓言為廣」等，為馳騁想像，開拓了遼闊的疆

51　魯迅致李秉中信，1924年9月24日，《魯迅全集》（北京市：人民文學出版社，1981年），卷11，頁431。

52　魯迅致許廣平信，1925年5月30日，《魯迅全集》（北京市：人民文學出版社，1981年），卷11，頁80。

53　魯迅：〈寫在《墳》後面〉，《魯迅全集》（北京市：人民文學出版社，1981年），卷1，頁284。

域。尤其他撰寫許許多多的寓言，借言傳道、借言寓意，或借此言寓彼意，表現了莊子想像力不受物我、時空等因素的限制和一套獨特的語言表達系統。這套獨特的語言的表達系統雖然寓真於誕，寓實於虛，但正如劉熙載所說的「莊子文看似胡說亂說，骨裡卻盡有分數」[54]。同樣，魯迅為了克服「想」與「說」的矛盾，他創作的隨筆也有一套獨特的語言表達方式。這就要從他的思維特徵、觀察視點和修辭策略等等方面入手，才能探究出他到底是「怎麼言說」的。

　　魯迅隨筆的思維特徵，上面已經分析過。這裡強調的是魯迅打破人們一般的慣性思維，而使其思維特徵更多帶有解構性的意味。如果說魯迅被比喻成一頭「怪鴟」，那麼牠所棲息的生存環境應該是瀰漫天際的「夜」。通讀魯迅的文章，我們會發覺魯迅其實是很愛這暗夜的。雖然他曾在廈門大學寄棲的洋樓上，觀夜景、聽心音，感受微茫的海天中摻雜著無量的悲哀、苦惱、零落、死滅，受挫於「想」與「說」的矛盾糾纏。但他也在暗夜獲得了生存的體驗、觀察的視角和言說的方式。魯迅在〈夜頌〉裡分析道：

> 人的言行，在白天和在深夜，在日下和在燈前，常常顯得兩樣。夜是造化所織的幽玄的天衣，普覆一切人，使他們溫暖，安心，不知不覺的自己漸漸脫去人造的面具和衣裳，赤條條地裹在這無邊際的黑絮似的大塊裡。
>
> 雖然是夜，但也有明暗。有微明，有昏暗，有伸手不見掌，有漆黑一團糟。愛夜的人要有聽夜的耳朵和看夜的眼睛，自在暗中，看一切暗。君子們從電燈下走入暗室中，伸開了他的懶腰；愛侶們從月光下走進樹陰裡，突變了他的眼色。夜的降臨，抹殺了一切文人學士們當光天化日之下，寫在耀眼的白紙上的超然，混然，恍然，勃然，燦然的文章，只剩下乞憐，討

---

54 劉熙載：《藝概》（上海市：上海古籍出版社，1978年），頁7。

好，撒謊，騙人，吹牛，搗鬼的夜氣，形成一個燦爛的金色的
光圈，像見於佛畫上面似的，籠罩在學識不凡的頭腦上。[55]

　　魯迅感受體會到「夜」的魅力，他甚至分辨出「夜」也是有明有
暗的。因而，他在暗夜中練就一身過硬的功夫，用他的話來說「愛夜
的人要有聽夜的耳朵和看夜的眼睛，自在暗中，看一切暗」。他還用
這暗夜給予的恩惠，獲得了由「夜」觀「晝」，「晝」裡看「暗」的獨
特的觀察視點和生存體驗。他說：「一夜已盡，人們又小心翼翼的起
來，出來了；便是夫婦們，面目和五六點鐘之前也何其兩樣。從此就
是熱鬧，喧囂。而高牆後面，大廈中間，深閨裡，黑獄裡，客室裡，
秘密機關裡，卻依然瀰漫著驚人的真的大黑暗。」這是一種思維視角
顛倒過來的獨特之處。在魯迅「看夜的眼睛」的透視下，光天化日，
熙來攘往，就是這「黑暗的裝飾」，是人肉醬缸上的「金蓋」，是鬼臉
上的「雪花膏」。一切都得重新被解構和重新被闡釋。因而，從某種
意義上說，魯迅的隨筆都是在他「看夜的眼睛」透視下的產物。
　　從修辭策略上看，魯迅在打破「想」與「說」之間矛盾關係，有
自己一套非常獨特的方式，這構成他由「夜」觀「晝」，「晝」裡看
「暗」的獨特的觀察視點和生存體驗。具體分析有如下三個方式：
　　一、「看戲」。這是魯迅隨筆中察世視物的一種很重要的修辭方
式。魯迅一生多次談到美國傳教士史密斯（Smith）寫的《支那人氣
質》（現在的中文譯本書名為《中國人的素質》）一書，直至他逝世前
寫的〈「立此存照」（三）〉還提到希望有人把這一本書翻譯出來。可
見，這本書在他心目中的分量之重。魯迅首次談到該書是在〈馬上支
日記〉一文中：「第一章說是 Smith 說，以為支那人是頗有點做戲氣
味的民族，精神略有亢奮，就成了戲子樣，一字一句，一舉手一投
足，都裝模裝樣，出於本心的分量，倒還是撐場面的分量多。這就因

55　魯迅：〈夜頌〉，《魯迅全集》（北京市：人民文學出版社，1981年），卷5，頁193。

為太重體面了，總想將自己的體面弄得十足，所以敢於做出這樣的言語動作來。」現在，我們把這一章的譯文節錄如下：

> 中國人作為一個種族，有一種強烈的戲劇本能。戲劇幾乎可以說是惟一的全國性娛樂，中國人對戲劇的狂熱，如同英國人之於體育、西班牙人之於鬥牛。只要很少的觸動，任何一個中國人就會以為自己是戲劇中的一個人物。他把自己放進戲劇場景之中，像戲中人一樣行禮、下跪、俯身、叩頭。西方人看到這種做法，即使不認為荒唐，也以為多餘。中國人是用戲劇術語來進行思考的。每當他的自我防禦心理覺醒之時，即便他對兩三個人講話，也像是對大批民眾。他會大聲地說：「我對你說，對你，還有你，對你們說。」如果他的麻煩化解了，他可以自稱在讚揚聲中「下了臺」；如果這些麻煩沒有化解，他就會發現無法「下臺」。所有這些事情，如果你弄明白，就會知道與現實毫無干係。事實永遠不是什麼問題，問題只是形式。如果在合適的時間用合適的方式講出一段漂亮的話，那完全就是戲了。我們是不去大幕後面的，那樣的話就會攪壞世界上所有的戲。在生活的各種複雜關係中像這樣恰當地去做，就會有面子。如果不這樣做，或者忘記這樣做，或者中斷表演，就叫「丟面子」。一旦正確理解，面子就是一把鑰匙，可以打開中國人許多重要素質這把號碼鎖。[56]

很顯然，史密斯論中國人有「一種強烈的戲劇本能」的論斷，觸動了魯迅敏感的神經。因為這不僅是魯迅從小就耳聞目睹街頭上常見的雜要把戲，以及紹興戲臺上演出的民間戲劇，而且更為重要的是，

---

56 明恩溥（史密斯）撰，秦悅譯：《中國人的素質》（上海市：學林出版社，2001年），頁7-8。

他成人後看見人世間的許多事情變幻如戲。正如史密斯說的「任何一個中國人就會以為自己是戲劇中的一個人物」,「中國人是用戲劇術語來進行思考的」。魯迅由此獲得了一個用「看戲」來觀察中國世間一切事情的重要視點。

任何一場上演的「戲」,都脫離不了由「看客」和「演員」構成「看」與「被看」的雙重互動關係。魯迅對「看」與「被看」的博觀與內省,是相當深刻和精闢的。首先,我們分析一下魯迅對「看客」的批判。魯迅以為無論是街頭的雜耍或是戲臺的民間戲之所以能夠長存於天地之間,這與看客的心理需要有密切的關係。一方面,看客知道這是在做「戲」,不能較真,「一做戲,則前臺的架子,總與在後臺的面目不相同。但看客雖然明知是戲,只要做得像,也仍然能夠為它悲喜,於是這齣戲就做下去了;有誰來揭穿的,他們反以為掃興」[57]。因而,即便是街頭上的「變戲法」,常演出讓小孩裝死,然後 Huazaa!Huazaa!要錢,等錢要得差不多,收拾傢伙,死孩子也爬起來,一同走掉了。看客雖懂得這變戲的路數,但卻可以百看不厭。另一方面,看客的這種看「戲」態度,推而廣之,就變成了「天地大戲場」,把世間一切事都看成「一齣戲」,這就使一切莊重、嚴肅的事情,都被當作「戲」解構了,這對社會變革的所需要的向上的凝聚力會造成極大的破壞和傷害。魯迅在〈娜拉走後怎樣〉有過這樣痛心的表達:

> 群眾,——尤其是中國的,——永遠是戲劇的看客。犧牲上場,如果顯得慷慨,他們就看了悲壯劇;如果顯得觳觫,他們就看了滑稽劇。北京的羊肉鋪前常有幾個人張著嘴看剝羊,彷彿頗愉快,人的犧牲能給與他們的益處,也不過如此。而況事後走不幾步,他們並這一點愉快也就忘卻了。

57　魯迅:〈馬上支日記〉,《魯迅全集》(北京市:人民文學出版社,1981年),卷3,頁327。

對於這樣的群眾沒有法，只好使他們無戲可看倒是療救，正無需乎震駭一時的犧牲，不如深沉的韌性的戰鬥。[58]

對於「看客」來說，一切都是「戲」，犧牲者的生命代價，卻換來「看客」的欣賞「悲壯劇」或「滑稽劇」的愉快。魯迅對此是極為憤激的，他對「看客」的痛苦復仇，是用釜底抽薪即「無戲可看」這種辦法來解決的。戲臺沒有戲，也就沒有了「看客」的群體。

其次，魯迅對「演員」的解構。「演員」同「看客」是基於同樣的心理，即戲臺上掛著的對聯：「戲場小天地，天地大戲場」。他們也是把天地間的一切事看作「一齣戲」，有誰認真的，就是蠢物。所以，他們善於變化，毫無特操，是什麼也不信從的，但總要擺出和內心兩樣的架子來。俄國有「虛無主義者」或「虛無思想者」，但他們這麼想，便這麼說，這麼做。但我們卻是雖然這麼想，卻是那麼說，在後臺這麼做，到前臺又那麼做，……魯迅把這些人另稱為「做戲的虛無黨」或「體面的虛無黨」。[59]這種「做戲的虛無黨」不僅把自己的戲做足在戲臺上，而且還將它普泛化，用魯迅的話來說「普遍的做戲」，這比真的做戲還要壞。你看，「入秋，天氣涼了，不料日本兵恰恰侵入了東三省，於是畫報上就出現了白長衫的看護服，或托槍的戎裝的女士們」。練了多年的軍人都變成了無抵抗主義者，而出於意料之外的人物卻來「為國增光」，魯迅稱：「我不過說，雄兵解甲而密斯托槍，是富於戲劇性的而已。」[60]也由於這種「普遍的做戲」，所以戲臺上的「演員」難有下臺的時候，如某女士用自己的天足，踢破小國

58　魯迅：〈娜拉走後怎樣〉，《魯迅全集》（北京市：人民文學出版社，1981年），卷1，頁163-164。

59　魯迅：〈馬上支日記〉，《魯迅全集》（北京市：人民文學出版社，1981年），卷3，頁326-328。

60　魯迅：〈新的「女將」〉，《魯迅全集》（北京市：人民文學出版社，1981年），卷4，頁335-336。

比利時女人的「中國女人纏足說」，即是一例，這種回到寓所，做成文章，就是進了後臺還不放下青龍偃月刀，而把文章還送到報紙上發表，則簡直是提著青龍偃月刀一路唱回自己的家裡來了。[61]同樣，在文學界裡「文場如戲場」，魯迅說：「文場上當然也一定有丑角——然而也一定有黑頭。丑角唱著丑角戲，是很平常的，黑頭改唱了丑角戲，那就怪得很，但大戲場上卻有時真會有這等事。」黑頭串戲，其結果只能是戲場上白鼻子的和黑臉孔的丑角多起來而已，這真是滑天下之大稽。[62]

　　二、「推背」。所謂的「推背」，就是從「反面來推測未來的情形」[63]，即正面文章反面讀。這是魯迅慣用逆向思維思索問題而採用的修辭策略。魯迅曾解釋自己的思想中了些「莊周韓非的毒，時而很隨便，時而很峻急」[64]。這個「峻急」，就是法家韓非對他造成深刻影響的印跡。當代學者趙園曾有一段議論韓非的精彩文字，我們引過來有助於對魯迅「峻急」個性的理解：

> 我猜想，莊周、韓非中的韓非，其對於魯迅的吸引力，應在那
> 種坦然說「利害」而不假借大義的直率的吧。韓非說：「臣主之
> 利，與相異者也。」（〈孤憤〉）他說君臣「計」合——而非如
> 儒家所謂的「義」合（〈飾邪〉）。專制賴有「君臣」這一權力樞
> 紐實現，韓非則如惡梟，不厭其煩地強調著君臣關係的天然對
> 抗性。自處於人主與權臣之間，這只不祥的鳥反覆鳴叫的，是

61　魯迅：〈宣傳與做戲〉，《魯迅全集》（北京市：人民文學出版社，1981年），卷4，頁338。

62　魯迅：〈小品文的生機〉，《魯迅全集》（北京市：人民文學出版社，1981年），卷5，頁463。

63　魯迅：〈推背圖〉，《魯迅全集》（北京市：人民文學出版社，1981年），卷5，頁91。

64　魯迅：〈寫在《墳》後面〉，《魯迅全集》（北京市：人民文學出版社，1981年），卷1，頁285。

「人主之患」，是諸種「亡徵」，是臣對君的「劫」、「弒」，是
針對人主的無窮陰謀，是圍繞人主的敵意與殺機，表達刻露，
不留餘地。足以令人主髮指的，更有那手段的殘忍性。「李兌
之用趙也，餓主父百日而死。卓齒之用齊也，擢湣王之筋，懸
之廟梁，宿而死。」（〈奸劫弒臣〉）五倫中最為重要的一輪
「君臣」，在韓非筆下，是如此一幅恐怖而血腥的圖畫。[65]

　　韓非對「利」的直言不諱，並將君臣之間的算計無情地揭示出
來。而魯迅身上延續著正是法家「苛刻」的血脈。他說：「從舊壘中
來，情形看得較為分明，反戈一擊，易制強敵的死命。」[66]所以，他
採用「推背」的修辭策略，往往是誅心之論，有著很強的現實效應。
他說：「歷來都竭力表彰『五世同堂』，便足見實際上同居的為難；拚
命的勸孝，也足見事實上孝子的缺少。」[67]「自稱盜賊的無須防，得
其反倒是好人；自稱正人君子的必須防，得其反則是盜賊。」[68]魯迅
的「峻急」和「苛刻」個性的形成，主要是總結了不少血的經驗教
訓。比如有人看到這大道上有兩樣東西：凶獸和羊。而魯迅以為這大
道上的東西沒有那麼簡單，還得附加上一句：凶獸樣的羊，羊樣的凶
獸。也就是說他們既是羊也是凶獸，只要遇見比他更凶的凶獸時便現
羊樣，遇見比他更弱的羊時便現凶獸樣。那麼，對付他們只有一種方
法，即古傳用法反過來一用就夠了：對手如凶獸時就如凶獸，對手如
羊時就如羊！[69]

65　趙園：〈讀人〉，《窗下》（重慶市：四川人民出版社，1997年），頁243。

66　魯迅：〈寫在《墳》後面〉，《魯迅全集》（北京市：人民文學出版社，1981年），卷
　　1，頁286。

67　魯迅：〈我們現在怎樣做父親〉，《魯迅全集》（北京市：人民文學出版社，1981年），
　　卷1，頁138。

68　魯迅：〈小雜感〉，《魯迅全集》（北京市：人民文學出版社，1981年），卷3，頁531。

69　魯迅：〈忽然想到〉，《魯迅全集》（北京市：人民文學出版社，1981年），卷3，頁60-
　　61。

　　誠然,「推背」的用法,並不是簡單的反面套用。這裡面需要作家的膽量和謀略,需要作家的抉擇和鑒定。魯迅以為即便是日日所見的文章,也不是那麼簡單,「有明說要做,其實不做的;有明說不做,其實要做的;有明說做這樣,其實做那樣的;有其實自己要這麼做,倒說別人要這麼做的;有一聲不響,而其實倒做了的。然而也有說這樣,竟這樣的」[70]。「推背」之難,也就難在這個地方。然而,對於魯迅來說,由於經歷了風風雨雨,積累了不少血的經驗教訓,更由於他的天賦和才智。他練就一雙由「夜」看「畫」的「火眼金睛」,世間的事情難以逃脫他的檢驗。他自己也承認:「在中國,我的筆要算較為尖刻的,說話有時也不留情面。但我又知道人們怎樣地用了公理正義的美名,正人君子的徽號,溫良敦厚的假臉,流言公論的武器,吞吐曲折的文字,行私利己,使無刀無筆的弱者不得喘息。倘使我沒有這筆,也就是被欺侮到赴訴無門的一個;我覺悟了,所以要常用,尤其是用於使麒麟皮下露出馬腳。」[71]這種「推背」的效果,就使得對手不僅作假的犯難,而且還現出其原形,即所謂的「使麒麟皮下露出馬腳」。下面,我們來看看魯迅是怎樣進行「推背」,解構孔子的:

　　　孔丘先生確是偉大,生在巫鬼勢力如此旺盛的時代,偏不肯隨俗談鬼神;但可惜太聰明了,「祭如在祭神如神在」,只用他修《春秋》的照例手段以兩個「如」字略寓「俏皮刻薄」之意,使人一時莫名其妙,看不出他肚皮裡的反對來。他肯對子路賭咒,卻不肯對鬼神宣戰,因為宣戰就不和平,易犯罵人——雖然不過罵鬼——之罪……

　　　孔丘先生是深通世故的老先生,大約除臉子付印問題以外,還

70 魯迅:〈推背圖〉,《魯迅全集》(北京市:人民文學出版社,1981年),卷5,頁91。
71 魯迅:〈我還不能「帶住」〉,《魯迅全集》(北京市:人民文學出版社,1981年),卷3,頁244。

有深心，犯不上來做明目張膽的破壞者，所以只是不談，而絕
不罵，於是乎儼然成為中國的聖人，道大，無所不包故也。否
則，現在供在聖廟裡的，也許不姓孔。[72]

　　魯迅膽識過人，能察人心之機微。孔子既表現出「讀書人」的高
出他人一等的「傲視」，他不肯隨俗談論鬼神，但又不是「笨伯」，卻說
了「祭如在祭神如神在」，這兩個「如」是典型的春秋筆法，皮裡陽
秋，這又說明了這位聖人又是絕頂的聰明和圓滑，因而他安然地被供
奉在聖廟裡，接受人們的朝拜。由孔子這一形象，我們甚至可以聯繫
到現實中一些知識分子的行為和做法，找到這一傳承的血脈。

　　魯迅的「推背」，不能不讓你感到相當的「毒辣」和「尖刻」，
關於這一點，他有時也會產生疑慮和反思，他說道：「古語說，『察見
淵魚者不祥』，所以『刑名師爺』總沒有好結果，這是我早經知道
的。」[73]他曾就但丁、陀思妥也夫斯基這兩個「異端」，表示自己的
「敬服」，但卻「總不能愛」，其原因是他們兩位太「殘酷」、太「冷
靜」[74]。但他後來對這件事又有了重新的認識，他說：「我先前讀但丁
的〈神曲〉，到〈地獄〉篇，就驚異於這作者設想的殘酷，但到現
在，閱歷加多，才知道他還是仁厚的了；他還沒有想出一個現在已極
平常的慘苦到誰也看不見的地獄來。」[75]領會魯迅說這個話的沉重和
憤激，我們也就不難理解魯迅筆法的「毒辣」和「尖刻」。

　　三、「命名」。「命名」也叫起「諢名」（「綽號」），或起「名號」，

---

72 魯迅：〈再論雷峰塔的倒掉〉，《魯迅全集》（北京市：人民文學出版社，1981年），
　　卷1，頁192。

73 魯迅：〈不是信〉，《魯迅全集》（北京市：人民文學出版社，1981年），卷3，頁222。

74 參見魯迅：〈憶韋素園君〉、〈陀思妥也夫斯基的事〉，《魯迅全集》（北京市：人民文
　　學出版社，1981年），卷6，頁67、411。

75 魯迅：〈寫於深夜裡〉，《魯迅全集》（北京市：人民文學出版社，1981年），卷6，頁
　　502。

這也是魯迅撰寫隨筆的一種修辭行為。起「綽號」，這在中國也可以說古已有之。魯迅說：「中國老例，凡要排斥異己的時候，常給對手起一個諢名，——或謂之『綽號』。這也是明清以來訟師的老手段。」[76]我們可以從不少中國古代書籍中領略這類例子。尤其是明清以來那些在縣衙門供職的訟師，在控告嫌疑犯時，常給他們取一個「綽號」，使縣官有一個先入為主的印象，覺得他們就是惡棍。因此，不可小瞧「綽號」這件事。當代法國思想家布爾迪厄就指出：「命名，尤其是命名那些無法命名之物的權力，是一種不可小看的權力。」[77]這說明了在「命名」之下，有「權力」在運作。同樣在文學界，由於各人不同的背景、資本，以及所處的不同位置，他們中有誰獲得「命名」權，並且使他的「命名」能夠流行開來，得以在公開場合應用，也就說他能夠對他者實施一種「符號暴力」，那麼他在文化權力場中就占有支配的地位，獲得了發言權。相反，那些被「命名」者就會面臨著被解構的命運：

> 民國元年章太炎先生在北京，好發議論，而且毫無顧忌地褒貶。常常被貶的一群人於是給他起了一個綽號，曰「章瘋子」。其人既是瘋子，議論當然是瘋話，沒有價值的了，但每有言論，也仍在他們的報章上登出來，不過題目特別，道：〈章瘋子大發其瘋〉。有一回，他可是罵到他們的反對黨頭上去了。那怎麼辦呢？第二天報上登出來的時候，那題目是：〈章瘋子居然不瘋〉。[78]

　　由此可見，「命名」是不可小看的權力，它大有文章可做。布爾

76　魯迅：〈補白〉，《魯迅全集》（北京市：人民文學出版社，1981年），卷3，頁103。
77　布爾迪厄撰，包亞明譯：《文化資本與社會煉金術》（上海市：上海人民出版社，1997年），頁91。
78　魯迅：〈補白〉，《魯迅全集》（北京市：人民文學出版社，1981年），卷3，頁103-104。

迪厄才認為「命名」「並不是一件小事，正是在這個意義上，人們才談論創造」[79]。

　　當然，「命名」他者並是一件容易的事情。在中國，這一「法術」雖然不新鮮，但能做到畢肖傳神的並不多見。後來的訟師寫狀子，還常給被告加上一個「諢名」，以示被告原本是無賴之類，但這類手腕被識破後，即使毫無才能的師爺，也知道這是不足效法了。「五四」文人也有搬用這種手法，但大多數除了改用幾個新名詞之外，大多做得不成功。這失敗之處，在於「綽號」取得不貼切。惟有魯迅是較為例外的現象。魯迅以為：「批評一個人，得到結論，加以簡括的名稱，雖只寥寥數字，卻很要明確的判斷力和表現的才能的。必須切帖，這才和被批判者不相離，這才會跟了他跑到天涯海角。」[80]這是一種「極利害，極致命的法術」，但首要的前提是「命名」者要有較高的水準和才能，取出來的「綽號」能夠提挈這個人的全般。魯迅是一位「辣手評文」的隨筆作家，他深知「要極省儉的畫出一個人的特點，最好是畫他的眼睛」[81]。給人起「綽號」，更需要用極「省儉」的筆墨，畫出他人的「眼睛」的表現才能。魯迅說：「果戈里誇俄國人之善於給別人起名號——或者也是自誇——說是名號一出，就是你跑到天涯海角，它也要跟著你走，怎麼擺也擺不脫。這正如傳神的寫意畫，並不細畫鬚眉，並不寫名字，不過寥寥幾筆，而神情畢肖，只要見過被畫者的人，一看就知道這是誰；誇大了這人的特長——不論優點或弱點，卻更知道這是誰。」[82]下面，我們閱讀魯迅文章中一段如何給楊

79 布爾迪厄撰，包亞明譯：《文化資本與社會煉金術》（上海市：上海人民出版社，1997年），頁91。

80 魯迅：〈五論「文人相輕」——明術〉，《魯迅全集》（北京市：人民文學出版社，1981年），卷6，頁383。

81 魯迅：〈我怎麼做起小說來〉，《魯迅全集》（北京市：人民文學出版社，1981年），卷4，頁513。

82 魯迅：〈五論「文人相輕」——明術〉，《魯迅全集》（北京市：人民文學出版社，1981年），卷6，頁382。

邨人，取一個「革命小販」的綽號：

> 我以為先生雖是革命場中的一位小販，卻並不是奸商。……先
> 生呢，據「自白」，革命與否以親之苦樂為轉移，有些投機氣
> 味是無疑的，但並沒有反過來做大批的買賣，僅在竭力要化為
> 「第三種人」，來過比革命黨較好的生活。既從革命陣線上退
> 回來，為辯護自己，做穩「第三種人」起見，總得有一點零星
> 的懺悔，對於統治者，其實是頗有些益處的，但竟還至於遇到
> 「左右夾攻的當兒」者，恐怕那一方面，還嫌先生門面太小的
> 緣故罷，這和銀行雇員的看不起小錢店夥計是一樣的。[83]

魯迅曾欽佩錢玄同在「五四」時候創造兩個名號——「桐城謬
種」和「選學妖孽」，認為只有自己取的兩個綽號「洋場惡少」和
「革命小販」可以與之相匹敵。可見他對於「革命小販」的概括還是
比較滿意的，反映了魯迅刀法犀利、直指人心，使對手無以遁形。因
此，給人起一個恰如其分的「命號」確實是不易的。魯迅稱：「假使
有誰能起顛撲不破的諢名的罷，那麼，他如作評論，一定也是嚴肅正
確的批評家，倘弄創作，一定也是深刻博大的作者。」[84]

四　言說什麼

二十世紀初葉，魯迅發出：「今索諸中國，為精神界之戰士者安
在？有作至誠之聲，致吾人於善美剛健者乎？有作溫煦之聲，援吾人

---

83 魯迅：〈答楊邨人先生公開信的公開信〉，《魯迅全集》（北京市：人民文學出版社，
　　1981年），卷4，頁629-630。
84 魯迅：〈五論「文人相輕」——明術〉，《魯迅全集》（北京市：人民文學出版社，
　　1981年），卷6，頁384。

出於荒寒者乎？」[85]這種尋求「精神界之戰士」的呼聲，至今聽來仍感到親切和激越。而尋求「精神界之戰士」，是與魯迅提出的「立人」思想即「取今復古，別立新宗，人生意義，致之深邃，則國人之自覺至，個生張，沙聚之邦，由是轉為人國」相聯繫的[86]。其實，這種心聲一直是從晚清至「五四」時期覺醒過來的中國知識分子共同的訴求。它既是晚清政府腐敗現實激化的結果，同時也是西方強勢文明衝擊的反應。正如列維—特勞斯和伽達默爾曾說過的，只有與另一種文化遭遇時，知識分子才能夠「理解他們自己」，即他者的遭遇乃是自我認識的首要條件。[87]當時知識分子對社會改革的關注目光由「器物」層次到「制度」層次再到「觀念」層次的變化，本身走的是一條自我不斷與西方文化遭遇、撞擊、覺醒的結果。

　　那麼如何「立人」，這是「沙聚之邦」「轉為人國」的關鍵之處。晚清時候，一位對中國傳播西學作出突出貢獻的美國傳教士傅蘭雅，經歷在中國幾十年生活後，為中國積習太重，進步緩慢而失望，最後又回到美國。他在一封信中這樣說道：「中國最大的需要，是道德的或精神的復興，智力的復興次之。只有智力的開發而不伴隨道德的或精神的成就，決不能滿足中國永久的需要，甚至也不能幫她從容之應付目前的危急。」[88]傅蘭雅強調的「道德的或精神的復興」，就是要重視人的觀念或思想的改造和建設。因而，思想啟蒙是中國國民性改造的核心內容。何謂「啟蒙」？用康德的話來說就是「要有勇氣運用你自

85　魯迅：〈摩羅詩力說〉，《魯迅全集》（北京市：人民文學出版社，1981年），卷1，頁100。

86　魯迅：〈文化偏至論〉，《魯迅全集》（北京市：人民文學出版社，1981年），卷1，頁56-57。

87　轉引自齊格蒙・鮑曼撰，洪濤譯：《立法者與闡釋者》（上海市：上海人民出版社，2000年），頁10。

88　轉引自顧長聲：《從馬禮遜到司徒雷登來華新教士評傳》（上海市：上海人民出版社，1985年），頁244-245。

己的理智！」（有譯者把「理智」一詞譯成「理性」——筆者注）使
「人類脫離自己所加之於自己的不成熟狀態」[89]。因此，要使人類脫離
「不成熟狀態」即蒙昧狀態，能否公開有勇氣地運用自己的理性批判
武器，是至關重要的。這如當代法國思想家福柯指出：「當一個人只
是為理性而理性的時候，……當一個作為理性的人類的一員而思考的
時候，那時，理性的運用一定是自由的和公共的。……當理性的普遍
的、自由的和公共的運用相互重疊的時候，啟蒙就存在了。」[90]可見，
能否大膽自如地運用「理性」，是衡量由「奴」變「人」的標尺和準
繩。魯迅正是在這個意義上運用理性批判武器，從事「社會批評」和
「文明批評」，即便到二十世紀三〇年代，他還是稱：「我仍抱著十多
年前的『啟蒙主義』，以為必須是『為人生』，而且要改良這人生。」[91]

　　必須指出，「理性」一詞成為十八世紀歐洲啟蒙運動的關鍵詞
時，它意味著所有形形色色的精神力量匯聚到了一個共同的力量中
心。E. 卡西勒指出啟蒙思想家並不是把「理性」、「看作知識、原理和
真理的容器，而把它視為一種能力、一種力量，這種能力和力量只有
通過它的作用和效力才能充分理解。理性的性質和力量，僅從它的結
果是無法充分衡量的，只有根據它的功用才能看清。理性最重要的功
用，是它有結合和分解的能力。」[92]這個理解是比較準確和恰當的。
「理性」不是被當作「知識」在運用，而是被視為「一種能力」、「一
種力量」，一種具有「結合和分解的能力」，實際上，也可以說它具有

---

89 康德撰，何兆武譯：〈答覆這個問題：「什麼是啟蒙運動？」〉，《歷史理性批判文集》
　　（北京市：商務印書館，1990年），頁22。

90 福柯：〈什麼是啟蒙？〉，汪暉、陳燕谷主編：《文化與公共性》（北京市：生活·讀
　　書·新知三聯書店，1998年），頁427。

91 魯迅：〈我怎麼做起小說來〉，《魯迅全集》（北京市：人民文學出版社，1981年），
　　卷4，頁512。

92 E. 卡西勒撰，顧偉銘等譯：《啟蒙哲學》（濟南市：山東人民出版社，1988年），頁
　　11。

批判和否定的力量。福柯以為康德界定啟蒙方式幾乎完全是否定性的，「它是作為一個 Ausgang，一個『出口』（Exit），一個『出路』（wayout）而被界定的」，「康德把啟蒙描述為人類運用自己的理性而不臣屬於任何權威的時刻；就在這個時刻，批判是必要的」，「批判是在啟蒙運動中成長起來的理性的手冊，反過來，啟蒙運動是批判的時代」[93]。魯迅的啟蒙思想是「立人」思想，即緊緊扭住「奴」如何轉變成「人」這一核心問題展開的。那麼，如何大膽運用你的理性呢？魯迅給出的答案是對形形色色的「奴性」問題的批判和否定，通過對病痛的無情揭示，以引起人們對此的反省和療救。這正如阿多諾所說的：「打開難以解決的通路的思辨力量是否定的力量。」[94]通過否定的力量、批判的力量，來達到國民性改造的目的。用魯迅的話來說這不是「寇盜式的破壞」，也不是「奴才式的破壞」，而是「革新的破壞者」，因為在他的內心有「理想的光」。

那麼，魯迅的隨筆都言說什麼內容和對象呢？如果按照人們所處的地位、身分來劃分，他筆下言說的對象還是比較明確的。筆者大致把他們分為三類，即統治者、民眾、知識分子。在這三類中，統治者的專制制度和愚民政策是造成後兩類「奴性」根源的緣由。因此，魯迅在對這三類的分析、批判和解構的過程中，始終圍繞著「立人」思想，即從剷除「奴性」產生的根源入手，進行了前所未有、令人顫慄的「靈魂」的審判和拷問。

首先，魯迅是怎麼言說統治者呢？魯迅批判鋒芒指向的統治者，是既有古代，也有當時的統治者，包括北洋政府和國民黨政府。統治者維持其統治的手段主要是靠專制制度，而要促使專制制度的運作，

---

93 福柯：〈什麼是啟蒙？〉，汪暉、陳燕谷主編：《文化與公共性》（北京市：生活・讀書・新知三聯書店，1998年），頁428-429。

94 阿多諾：〈《否定的辯證法》導言（1966年）〉，上海社會科學院哲學研究所外國哲學研究室編：《法蘭克福學派論著選輯》（北京市：商務印書館，1998年），上卷，頁264。

就需建立一套嚴厲的封建倫理規範和封建等級制度，並動用高壓的酷刑政策。因此，魯迅的隨筆主要圍繞三個方面鞭撻統治者：

一、「吃人」是統治者的本質。這「吃人」，既有抽象、象徵意義上的「吃人」，即通過倫理規範、制度形式來扼殺人的活力乃至吞噬人的生命；當然也有活生生上演著活剝人皮、大嚼人肉的實質性「吃人」。魯迅石破天驚地指出「所謂中國的文明者，其實不過是安排給闊人享用的人肉的筵宴。所謂中國者，其實不過是安排這人肉的筵宴的廚房」[95]。〈我之節烈觀〉，是魯迅寫得一篇非常漂亮的富有戰鬥性隨筆。魯迅帶著「問題」追問，層層推進，首先不節烈的女子如何害了國家？其次何以救世的責任全在女子？再次表彰之後有何效果？然後，又回過頭反問節烈是否道德？多妻主義的男子有無表彰節烈的資格？從而推導出其間理由的「支離」和「荒謬」，但為什麼至今還會存在？魯迅尖銳揭示了問題背後的深層因素，即古代社會女子多當作男子的「物品」，尤其是到了「人心日下，國將不國」的時候，守節思想倒反發達，「皇帝要臣子盡忠，男人便要女人守節」。而當自己成了被征服的國民，沒有力量保護，沒有勇氣反抗了，只好別出心裁，鼓吹女人自殺。[96]〈春末閒談〉，魯迅由細腰蜂下毒針麻醉小青蟲事例生發開去，指出統治者也是想學細腰蜂的「麻痺術」，想讓治下的臣民能夠被砍去「藏著的思想中樞的腦袋而還能動作——服役，使他們的統治地位永久穩固」，可惜天下還沒有發明這種十全的好方法。因而其辦法也就不能奏效。中國的歷史之所以出現「二十四史」就是一個可悲的鐵證。[97]另一方面，魯迅通過大量的歷史史料說明了統治者

95　魯迅：〈燈下漫筆〉，《魯迅全集》（北京市：人民文學出版社，1981年），卷1，頁216。

96　魯迅：〈我之節烈觀〉，《魯迅全集》（北京市：人民文學出版社，1981年），卷1，頁116-125。

97　魯迅：〈春末閒談〉，《魯迅全集》（北京市：人民文學出版社，1981年），卷1，頁203-207。

更有活生生「吃人」的嗜好，即實質性消滅人的肉體，吞噬人的生命。當統治者為了維護其統治地位，他就不可能把人當作人看待。魯迅說「至於偶有凌辱誅戮，那是因為這些東西並不是人的緣故。皇帝所誅者，『逆』也，官軍所剿者，『匪』也，劊子手所殺者，『犯』也，滿洲人『入主中夏』，不久也就染了這樣的淳風，雍正皇帝要除掉他的弟兄，就先行御賜改稱為『阿其那』與『塞思黑』，我不懂滿洲話，譯不明白，大約是『豬』和『狗』罷。黃巢造反，以人為糧，但若說他吃人，是不對的，他所吃的物事，叫作『兩腳羊』」[98]。在〈病後雜談〉中，魯迅沉痛地指出：「大明一朝，以剝皮始，以剝皮終，可謂始終不變。」魯迅於文中引述不少的史料來說明這一點，以為：「真也無怪有些慈悲心腸人不願意看野史，聽故事，有些事情，真也不像人世，要令人毛骨悚然，心裡受傷，永不痊癒的。」[99]緊接撰寫的另一篇〈病後雜談之餘──關於「舒憤懣」〉，魯迅仍繼續就這個話題深入挖掘，指出：「自有歷史以來，中國人是一向被同族和異族屠戮，奴隸，敲掠，刑辱，壓迫下來的，非人類所能忍受的楚毒，也都身受過，每一考查，直教人覺得不像活在人間。」[100]中國的統治者動用的酷刑花樣翻新，名目繁多，這是國外統治者所望塵莫及的。因此，魯迅對統治者「吃人」本質的揭示，確實令人震撼，入木三分。時至今日學界出現一種論調以為二十世紀中國文人的脊樑骨為什麼那麼軟弱？為什麼中國沒有出現像俄國沙皇專制下十二月黨人的仁人志士和為之赴湯蹈火的群眾呢？我想除了時代背景有別、種族差異和思想資源不同外，還一層原因是沙皇的懲治遠不及中國統治者手段

98　魯迅：〈「抄靶子」〉，《魯迅全集》（北京市：人民文學出版社，1981年），卷5，頁205。

99　魯迅：〈病後雜談〉，《魯迅全集》（北京市：人民文學出版社，1981年），卷6，頁167。

100　魯迅：〈病後雜談之餘──關於「舒憤懣」〉，《魯迅全集》（北京市：人民文學出版社，1981年），卷6，頁180-181。

的惡辣和狠毒。魯迅曾給曹聚仁的信中就說道：「別國的硬漢比中國多，也因為別國的淫刑不及中國的緣故。」[101]

　　二、能「主」能「奴」，這是統治者的本質屬性所決定。魯迅指出：「專制者的反面是奴才，有權時無所不為，失勢時即奴性十足。」三國時，吳國孫皓是一個出名的暴君，但在降晉之後，簡直像一個「幫閒」人物；宋徽宗在位時，也是一位不可一世的天子，但被擄後卻學會了含垢忍辱。因此，魯迅深刻地說：「做主子時以一切別人為奴才，則有了主子，一定以奴才自命：這是天經地義，無可動搖的。」[102]魯迅對暴君的「奴性」根源的發掘，既揭示現象的本質，又體現他的深刻洞察力和無比犀利的筆鋒。〈晨涼漫記〉，魯迅談了閱讀《蜀碧》一書的印象。從表面上看，張獻忠殺人好像是「為藝術而藝術」的一路，即純粹是一種嗜好，沒有其他目的。其實不然，張獻忠開始也並不殺人，因為他還有幻想做皇帝的希望，後來知道李自成進入北京，接著是清兵入關，自己只剩下沒落這一條路，於是他就大開殺戒。魯迅尖銳地指出「他分明的感到，天下已沒有自己的東西，現在是在毀壞別人的東西了，這和有些末代的風雅皇帝，在死前燒掉了祖宗或自己所搜集的書籍古董寶貝之類的心情，完全一樣。他還有兵，而沒有古董之類，所以就殺，殺，殺人，殺……」[103]。因此，歷代的統治者和暴君，他們借用恐怖的高壓政策和殘忍的殺人手段，來維持其專制制度，這是他們內心「以人為奴」的本質反映；同樣，當他們塌臺或末日來臨後，對新主子搖尾乞憐，苟且偷生，這也是他們內心「奴性」本性的使然。

　　三、專制下的古今主子，一路貨色。在魯迅看來，無論先是北洋

101　魯迅致曹聚仁信，1933年6月18日，《魯迅全集》（北京市：人民文學出版社，1981
　　　年），卷12，頁185。

102　魯迅：〈諺語〉，《魯迅全集》（北京市：人民文學出版社，1981年），卷4，頁542。

103　魯迅：〈晨涼漫記〉，《魯迅全集》（北京市：人民文學出版社，1981年），卷5，頁
　　　235-236。

政府，還是後來的國民黨政府，他們的統治術與古代的並無實質的差別，有的甚至是有過之無不及。魯迅以為當時國家在孫中山領導的「二次革命」失敗後，是一路往「壞」的方向行進，遂成了現在的情形。甚至認為其實這也不是「新的添壞」，乃是「塗飾的新漆剝落已盡，於是舊相又顯了出來。使奴才主持家政，那裡會有好樣子」[104]。因而，魯迅說：「試將記五代，南宋，明末的事情的，和現今的狀況一比較，就當驚心動魄於何其相似之甚，彷彿時間的流駛，獨與我們中國無關。現在的中華民國也還是五代，是宋末，是明季。」[105]對於當時國內政壇紛爭，軍閥混戰，魯迅是看透這夥人的本質。他說：「稱這神的和稱為魔的戰鬥了，並非爭奪天國，而在要得地獄的統治權。所以無論誰勝，地獄至今也還是照樣的地獄。」[106]果不出所料，魯迅此話出口才不到一年，人間「地獄」活生生地展現在人們的眼前，在段祺瑞執政府門前發生的「三一八」慘案，讓國人感到震驚和憤怒，魯迅憤激地指出：「當三個女子從容地轉輾於文明人所發明的槍彈的攢射中的時候，這是怎樣的一個驚心動魂的偉大呵！」[107]即便是到了一九二七年國民黨南京政府的時代，「殺人者在毀壞世界」並沒有停止。魯迅所寫的〈中國人的生命圈〉，向來自稱「蟻民」的中國百姓「邊疆」不能住，有日本飛機在轟炸，據說是在剿滅「兵匪」；「腹地」也不能住，有國民黨飛機在轟炸，在剿滅「共匪」，只能住在這二者之間的地帶，但也並不安全。再從外面炸進來，這「生命圈」便收縮而為「生命線」；再炸進來，大家便都逃到那炸好了的

104　魯迅致許廣平信，1925年3月31日，《魯迅全集》（北京市：人民文學出版社，1981年），卷11，頁31，。

105　魯迅：〈忽然想到〉，《魯迅全集》（北京市：人民文學出版社，1981年），卷3，頁17。

106　魯迅：〈雜語〉，《魯迅全集》（北京市：人民文學出版社，1981年），卷7，頁75。

107　魯迅：〈記念劉和珍君〉，《魯迅全集》（北京市：人民文學出版社，1981年），卷3，頁276。

「腹地」裡面去，這「生命圈」便完結而為「生命0」。[108]另外，統治者在酷刑方面，卻能利用先進的科學技術「電」的發明，而更見其殘酷[109]。魯迅對當時統治者極其深刻的透視和剖析，使他們失去了魑魅的伎倆，現出「奴性」的本相。因此，他在介紹盧那察爾斯基作的《解放了的堂・吉訶德》劇本時，借了吉訶德說的話「新的正義也不過是舊的正義的同胞姊妹」，說出了「革命者為魔王，和先前的專制者同等」的見解。[110]不僅如此，魯迅對統治者的銳利洞察，也使他對將來的黃金世界的看法，超出一般常人的想像，認為即便是「將來的黃金世界，也會有叛徒處死刑」[111]。這種深刻而驚人的預見，顯示魯迅是一位傑出的獨步古今的思想家，他的言說超越一切廣袤的時空，並往往成為人們衡量批判當權者、專制者的一面清晰的照妖鏡。

其次，魯迅對民眾的批判和療救。在啟蒙的時代裡，啟蒙者與民眾之間並不處於一種對等的地位，而是啟蒙與被啟蒙的關係。這種關係在某種程度上會造成它們之間的對立、乃至敵視態度的出現。十八世紀歐洲的啟蒙思想家對民眾就抱著「蔑視」的態度。狄德羅曾說：「民眾是所有人當中最愚蠢和最邪惡的。」達朗貝爾則重筆渲染，認為群眾是「無知的和麻木的……不可能有堅強有力和慷慨大方的舉止」。在伏爾泰看來，民眾「永遠是一些野獸」。而霍爾巴赫則說是「一些沒有頭腦的、反覆無常的、厚顏無恥的、魯莽衝動的人，屈從於片刻的熱情，是惹事生非者的工具」。研究者奇西克指出：「即使在

108　魯迅：〈中國人的生命圈〉，《魯迅全集》（北京市：人民文學出版社，1981年），卷5，頁98-99。

109　魯迅：〈電的利弊〉，《魯迅全集》（北京市：人民文學出版社，1981年），卷5，頁14-15。

110　魯迅：〈《解放了的堂・吉訶德》後記〉，《魯迅全集》（北京市：人民文學出版社，1981年），卷7，頁399。

111　魯迅致許廣平信，1925年3月18日，《魯迅全集》（北京市：人民文學出版社，1981年），卷11，頁20。

啟蒙運動的鼎盛期，民眾也被看作是缺乏獨立思考能力或缺乏獨立進
行政治判斷能力的。」[112]不能不承認，魯迅對民眾種種劣根性的鄙視
和憎恨，在某種程度上與這些十八世紀啟蒙思想家對待民眾的態度相
類似。他曾沉痛地說：

> 暴君治下的臣民，大抵比暴君更暴；暴君的暴政，時常還不能
> 饜足暴君治下的臣民的欲望。
> 中國不要提了罷。在外國舉一個例，小事件則如 Gogol 的劇本
> 《按察使》，眾人都禁止他，俄皇卻准開演；大事件則如巡撫
> 想放耶穌，眾人卻要求將他釘上十字架。
> 暴君的臣民，只願暴政暴在他人的頭上，他卻看著高興，拿
> 「殘酷」做娛樂，拿「他人的苦」做賞玩，做慰安。[113]

　　魯迅以為當務之急就是對民眾實施啟蒙。否則，卑怯的人，即使
萬丈的憤火，除了弱草以外，又能燒掉什麼？如果民眾並沒有可燃
性，則火花只能是將自己燒完。所以，他以為當下「最要緊的是改革
國民性，否則，無論是專制，是共和，是什麼什麼，招牌雖換，貨色
照舊，全不行的」[114]。

　　那麼如何改造中國的國民性呢？縱觀魯迅的隨筆作品，就會發現
他一直圍繞著民眾的「奴性」問題不放，通過各種路徑挖掘和逼視民
眾的「奴性」根源，在批判、否定、解構過程中，以期引起人們對此
的注意和療救，從而達到治癒的目的。一九二五年，魯迅翻譯出版了

---

112 轉引自齊格蒙・鮑曼撰，洪濤譯：《立法者與闡釋者》（上海市：上海人民出版
　　社，2000年），頁102-103、頁105-106。

113 魯迅：〈暴君的臣民〉，《魯迅全集》（北京市：人民文學出版社，1981年），卷1，
　　頁366。

114 魯迅致許廣平信，1925年3月31日，《魯迅全集》（北京市：人民文學出版社，1981
　　年），卷11，頁31。

廚川白村的隨筆集《出了象牙之塔》，魯迅在譯作後記中對廚川白村
讚賞有加，稱他是「辣手的文明批評家」，認為在該書的前三篇就
「已現出戰士而出世，於本國的微溫，中道，妥協，虛假，小氣，自
大，保守等世態，一一加以辛辣的攻擊和無所假借的批評」。魯迅還
以為：「著者所指摘的微溫，中道，妥協，虛假，小氣，自大，保守
等世態，簡直可以疑心是說著中國。」[115]魯迅在這裡對廚川白村指摘
日本國民劣根性加以概括和發揮。筆者以為這本身就很可以移來作為
魯迅對中國民眾中「奴性」的各種表現形態的概括和批判。

　　一、自大。魯迅抨擊漢人常掛在嘴邊的「我的大清」，「我們」的
成吉思汗征服歐洲人，是「我們」最闊氣的時代，其實所謂最闊氣的
時代，其實是「蒙古人征服了中國，我們做了奴才」。[116]奴才的自
大，還表現在驕橫和忘卻上。魯迅說：「中國人倘有權力，看見別人
奈何他不得，或者有『多數』作他護符的時候，多是凶殘橫恣，宛然
一個暴君，做事並不中庸；待到滿口『中庸』時，乃是勢力已失，早
非『中庸』不可的時候了。一到全敗，則又有『命運』來做活柄，縱
為奴隸，也處之泰然，但又無往而不合於聖道。」[117]

　　二、苟安。魯迅認為中國人向來沒有爭過做「人」的身分，至多
不過是奴隸。中國的歷史只是「想做奴隸而不得的時代」和「暫時做
穩了奴隸的時代」的不斷循環而已。所以中國百姓就希望有一個一定
的主子，拿他們去做百姓就行了。[118]關於這一點，法國隨筆作家蒙田
也曾有過類似的看法，他說習慣於君主制的人民，「不管命運為他們

115 魯迅：〈《出了象牙之塔》後記〉，《魯迅全集》（北京市：人民文學出版社，1981
　　年），卷10，頁242、頁244。

116 魯迅：〈隨便翻翻〉，《魯迅全集》（北京市：人民文學出版社，1981年），卷6，頁
　　138。

117 魯迅：〈通訊〉，《魯迅全集》（北京市：人民文學出版社，1981年），卷3，頁26頁。

118 魯迅：〈燈下漫筆〉，《魯迅全集》（北京市：人民文學出版社，1981年），卷1，頁
　　212-213。

提供什麼樣的變革機會，當他們費了九牛二虎之力擺脫了某個君主的討厭統治時，就會趕緊花同樣的力氣為自己按上一個新君主，因為他們不能下決心憎恨君主統治。」[119]到了「想做奴隸而不得的時代」，也就是通常所說的「亂世」，那就發出「莫作亂離人，寧為太平犬」的哀歎聲，但叫他起來反抗是絕對不可能的。因此，魯迅對這樣的民眾是痛下針砭和斥責，如果這樣的民眾，還能夠「從奴隸生活中尋出『美』來，撫摩，陶醉，那可簡直是萬劫不復的奴才了，他使自己和別人永遠安住於這生活。」[120]

　　三、殘忍。魯迅以為：「民眾的罰惡之心，並不下於學者和軍閥。」[121]這也是魯迅一再強調的「暴君的專制使人們變成冷嘲，愚民的專制使人們變成死相」[122]。愚民一旦有朝一日成為主子，他擺出的譜，還會比原先他的主人更足、更可笑。也正因為他們受慣了豬狗的待遇，他只知道人們無異於豬狗。魯迅在〈偶成〉隨筆中引一則材料說：「綏拉菲摩維支在《鐵流》裡，寫農民殺掉了一個貴人的小女兒，那母親哭得很淒慘，他卻詫異道，哭什麼呢，我們死掉多少小孩子，一點也沒哭過。」魯迅指出「酷的教育，使人們見酷而不再覺其酷，……人民真被治得好像厚皮的，沒有感覺的癩象一樣了，但正因為成了癩皮，所以又會踏著殘酷前進，這也是虎吏和暴君所不及料。」[123]

　　四、不信。中國人沒有宗教信仰和宗教情懷。中國人自然有迷

119 蒙田撰，潘麗珍等譯：《蒙田隨筆全集》下卷（南京市：譯林出版社，1996年），頁129。

120 魯迅：〈漫與〉，《魯迅全集》（北京市：人民文學出版社，1981年），卷4，頁588。

121 魯迅：〈答有恆先生〉，《魯迅全集》（北京市：人民文學出版社，1981年），卷3，頁457。

122 魯迅：〈忽然想到・五〉，《魯迅全集》（北京市：人民文學出版社，1981年），卷3，頁43。

123 魯迅：〈偶成〉，《魯迅全集》（北京市：人民文學出版社，1981年），卷4，頁584-585。

信，也有「信」，但好像很少「堅信」。魯迅指出：「『不相信』就是『愚民』的遠害的塹壕，也是使他們成為散沙的毒素。」[124]民眾的「不信」，促成他們在生活中採用一種遊戲策略既「尊皇帝，但一面想玩弄他，也尊后妃，但一面又有些想吊她的膀子；畏神明，而又燒紙錢作賄賂，佩服豪傑，卻不肯為他作犧牲」[125]。魯迅曾撰寫的兩篇隨筆〈送灶日漫筆〉和〈談皇帝〉，談的就是這方面的內容。灶君升天的那日，為了防他在天上調嘴學舌，對玉帝說壞話，個個家中都擺著「膠牙餳」，魯迅說：「我們中國人意中的神鬼，似乎比活人要老實些，所以對鬼神要用這樣的強硬手段，而於活人卻只好請吃飯。」[126]對付皇帝也有採用「愚君政策」的，只要他「弱」或「愚」。在農村就有老婦人談如何把皇帝練成「傻子」，終年叫他吃菠菜，並起一個好聽的說法，即叫他終年耐心地專吃著「紅嘴綠鸚哥」。[127]可見，當民眾把一切事兒都當作「笑話」、「遊戲」化，你要他們之間相互配合、相互支持，來進行合群的「改革」，那是一件比較困難的事情。這也就是魯迅擔心的「散沙的毒素」在作怪。因此，要使民眾覺醒過來，我們必須掃除這吃人的筵宴，挖掉「奴性」的根源，注入大愛和大勇，從而創造出中國歷史上未曾有過的第三樣時代來。

　　第三，魯迅對知識分子的反省與批判。早在二十世紀二〇年代，德國知識社會學家卡爾‧曼海姆就抓住現代社會出現的一個特殊階層——「知識分子」階層為自己的研究對象，撰寫後來在學界影響頗大的一部著作《意識形態與烏托邦》。曼海姆以為現代生活中一個最

---

124 魯迅：〈難行和不信〉，《魯迅全集》（北京市：人民文學出版社，1981年），卷6，頁51。

125 魯迅：〈運命〉，《魯迅全集》（北京市：人民文學出版社，1981年），卷6，頁131。

126 魯迅：〈送灶日漫筆〉，《魯迅全集》（北京市：人民文學出版社，1981年），卷3，頁274。

127 魯迅：〈談皇帝〉，《魯迅全集》（北京市：人民文學出版社，1981年），卷3，頁252-253。

令人印象深刻的事實是：與以往的文化不同，現代生活中的知識活動並不是由一個社會嚴格限定的階級單獨來承擔。知識分子階層的出現，「在很大程度上不附屬於任何社會階級，而且從日益廣泛的社會生活領域裡吸收成員」。因而，這個階層「是能動的、富有彈性的，處於不斷的流動狀態，永遠面臨新的問題」。[128]現代社會中的知識分子既來自社會各角落、各個階層，它就具有「非附屬性」的特點。因而，魯迅在對知識分子的反省與批判中也不是一概而論，而是帶有很強的針對性，這就意味著面對不同的對象，其言說的方式和內容也就相殊甚遠、各有邊界。

　　作為知識分子一員，魯迅對這一階層的剖析和批判是比較嚴厲的，他仍然是以挖掘這一階層的「奴性」根源為己任。必須說明的是魯迅在隨筆中常常將知識階層稱為「知識階級」是不準確的。魯迅詮釋「知識分子」的含義是較為嚴格的，他說「真的知識階級是不顧利害的，如想到種種利害，就是假的，冒充的知識階級」，並提出衡量「知識階級」的標準，即「他們對於社會永不會滿意的，所感受的永遠是痛苦，所看到的永遠是缺點」。按照這一標準，中國自然沒有所謂「俄國的知識階級」，因為俄國知識分子「確能替平民抱不平，把平民的苦痛告訴大眾」。[129]在魯迅的筆下中國的知識階層受到了嚴厲的剖析與批判。筆者以為，魯迅斥責某些知識分子的弊病主要是圍繞著以下四點來挖掘「奴性」根源：

　　一、中國文人缺少正視現實的勇氣。無問題、無缺陷、無不平，也就無解決、無改革、無反抗。碰到問題，採取「閉眼睛」態度，聊以自欺，而且欺人，那方法就是「瞞和騙」。不僅如此，這種「瞞和騙」造出了各種奇妙的逃路來，凡有缺陷，一經作者粉飾，大抵得到

128 卡爾・曼海姆撰，黎鳴、李書崇譯：《意識形態與烏托邦》（北京市：商務印書館，2000年），頁159。

129 魯迅：〈關於知識階級〉，《魯迅全集》（北京市：人民文學出版社，1981年），卷8，頁191、頁187。

改觀，以為世間委實盡夠光明，誰有不幸，便是自作、自受。[130]

　　二、現代的文人仍然是喜歡誇大、裝腔、撒謊，層出不窮。雖然他們現已穿洋服，但骨髓裡卻還埋著老祖宗的東西。因此，魯迅以為對於這些文人所講的話、所寫的文章都必須「取消」或「折扣」，這才顯出幾分真實。[131]

　　三、「二丑」本領，幫閒和幫凶。這是魯迅深惡痛絕，也是他對這類知識分子鞭撻最為猛烈的原因。魯迅以為「二丑」是「智識階級」，他既不是義僕，也不是惡僕，而是「有點上等人模樣，也懂些琴棋書畫，也來得行令猜謎，但倚靠的是權門，凌蔑的是百姓」。[132]如果這些知識分子去侍候主子，自然是充當「幫閒」或「幫凶」的角色。魯迅說：「中國向來的老例，做皇帝做牢靠和做倒霉的時候，總要和文人學士扳一下子相好。做牢靠的時候是『偃武修文』，粉飾粉飾；做倒霉的時候是又以為他們真有『治國平天下』的大道。」[133]因而，文人在開國的雄主那裡是「俳優蓄之」，充當「弄臣」、「幫閒」的角色，其功用無非是歌功頌德、粉飾太平；但到了末世或亂世，文人的「幫忙」、「幫凶」的角色就突顯出來。魯迅分析道：「幫閒，在忙的時候就是幫忙，倘若主子忙於行凶作惡，那自然也就是幫凶。但他的幫法，是在血案中而沒有血跡，也沒有血腥氣的。」[134]魯迅這種一針見血的深刻洞見，是他觀察現實生活中一些知識分子的所作所為而得出的結論。如「三一八」慘案發生後，有的文人別有用心是說這

130 魯迅：〈論睜了眼看〉，《魯迅全集》（北京市：人民文學出版社，1981年），卷1，頁237-241。

131 魯迅：〈文學上的折扣〉，《魯迅全集》（北京市：人民文學出版社，1981年），卷5，頁56-57。

132 魯迅：〈二丑藝術〉，《魯迅全集》（北京市：人民文學出版社，1981年），卷5，頁197。

133 魯迅：〈知難行難〉，《魯迅全集》（北京市：人民文學出版社，1981年），卷4，頁339。

134 魯迅：〈幫閒法發隱〉，《魯迅全集》（北京市：人民文學出版社，1981年），卷5，頁272。

些學生本不想去，是受「群眾領袖」蠱惑而去送死的，所以魯迅曾憤然指出：「這是中國的老例，讀書人的心裡大抵含著殺機，對於異己者總給他安排下一點可死之道。」[135]

　　四、隱士與官僚是最接近的。魯迅以為中國文學可分為「廊廟文學」和「山林文學」，但廁身於後一種文學的人，身在山林，而「心存魏闕」，仍希望有朝一日能夠被聘，謂之「徵君」[136]。因此，魯迅指出：「登仕，是噉飯之道，歸隱，也是噉飯之道。」最怕的是「謀隱謀官兩無成」，那才叫個「淪落」，可見「隱」總和享福有些關聯的。在這裡，魯迅不留情面地撕下了二十世紀三〇年代出現的一些自稱願當「隱士」的假面具，使其露出內裡的「奴性」骨子。[137]總之，魯迅對這類知識分子的批判是尖刻和銳利的。他曾帶著極大的蔑視態度說：「我看中國有許多智識分子，嘴裡用各種學說和道理，來粉飾自己的行為，其實卻只顧自己一個的便利和舒服，凡有被他遇見的，都用作生活的材料，一路吃過去，像白蟻一樣，而遺留下來的，卻只是一條排泄的糞。」[138]從這裡我們可以看到，魯迅批判的嚴厲和不留情面，他對知識分子「奴性」的發掘和刨根，對於今天的我們仍有很強的警示作用，也永遠不會過時的。

　　魯迅對知識分子的批判，並沒有全盤否定整體知識階層，以及知識分子在社會改造和民族振興方面所起的帶頭作用。他以為：「凡有改革，最初，總是覺悟的智識者的任務。」[139]魯迅就是一個較先覺醒

---

135 魯迅：〈可慘與可笑〉，《魯迅全集》（北京市：人民文學出版社，1981年），卷3，頁269。

136 魯迅：〈幫忙文學與幫閒文學〉，《魯迅全集》（北京市：人民文學出版社，1981年），卷7，頁383。

137 魯迅：〈隱士〉，《魯迅全集》（北京市：人民文學出版社，1981年），卷6，頁224。

138 魯迅致蕭軍蕭紅信，1935年4月23日，《魯迅全集》（北京市：人民文學出版社，1981年），卷13，頁116。

139 魯迅：〈門外文談〉，《魯迅全集》（北京市：人民文學出版社，1981年），卷6，頁102頁。

的知識者，他為了尋求「精神界之戰士」，「別求新聲於異邦」，以為西方摩羅詩派等文學，強調「立意在反抗，指歸在動作」，是為我們這個號稱古國文明者歷來所匱乏的，是根治國民劣根性的一帖良藥。因此，他提出了大可以此「作舊弊之藥石，造新生之津梁」。[140]他欣賞和肯定廚川白村關於文藝家要以「社會批評」和「文明批評」為己任的精闢見解，以為自己之所以翻譯廚川白村的《出了象牙之塔》，「並非想揭鄰人的缺失，來聊博國人的快意」。相反，他在旁觀廚川白村鞭責自己的過程中感同身受，不知不覺自身也得到了一種「痛楚」，後來卻又「霍然」，宛如服了一帖「涼藥」。[141]魯迅與周作人、林語堂、孫伏園等創辦現代文學史上第一家純隨筆社團——語絲社，就是愛發表涉及社會，愛登碰壁人物的牢騷文章。魯迅說：「不願意在有權的刀下，頌揚他的威權，並奚落其敵人來取媚。」[142]可以說，魯迅說的這一點，幾乎成為當時語絲社同仁寫作的共同態度。當然，作為一名「先覺者」，魯迅對社會的黑暗、人心的叵測是有相當的認識與經驗，所以，他有時也不免顧慮和遲疑。從最初錢玄同勸他加入新青年團體的遲疑，到後來常常說怕把自己身上的「毒氣」和「鬼氣」傳染給正在做好夢的年輕人的顧慮，都是這一心態的典型反映。他說自己是不忍使年輕人「練敏了感覺來更深切地感到自己的苦痛，叫起靈魂來目睹他自己的腐爛的屍骸」[143]；一九二七年，魯迅在革命策源地廣州親眼目睹「血的遊戲」的上演，他痛苦地感覺到自己

140　參見魯迅：〈文化偏至論〉、〈摩羅詩力說〉，《魯迅全集》（北京市：人民文學出版社，1981年），卷1，頁44-100。

141　魯迅：〈《出了象牙之塔》後記〉，《魯迅全集》（北京市：人民文學出版社，1981年），卷10，頁243。

142　魯迅：〈我和《語絲》的始終〉，《魯迅全集》（北京市：人民文學出版社，1981年），卷4，頁169。

143　魯迅：〈娜拉走後怎樣〉，《魯迅全集》（北京市：人民文學出版社，1981年），卷1，頁160。

也是幫人「排筵宴」，自己也是「做這醉蝦的幫手」，因為他「弄清了
老實而不幸的青年的腦子和弄敏了他的感覺，使他萬一遭災時來嘗加
倍的苦痛，同時給憎惡他的人們賞玩這較靈的苦痛，得到格外的享
樂」[144]。可以說，魯迅作為一位啟蒙者、先覺者常常徘徊在說與不
說，以及該說多少的矛盾糾纏之中，這是一種痛苦的抉擇，也是兩難
的悖論。魯迅說：「我的確時時解剖別人，然而更多的是更無情面地
解剖我自己，發表一點，酷愛溫暖的人物已經覺得冷酷了，如果全露
出我的血肉來，末路正不知要到怎樣。」因此，他想對於偏愛他的讀
者的贈獻，或者最好倒不如是一個「無所有」。[145]然而，對於統治
者、某些知識分子以及形形色色的敵手，魯迅是絕不留情、絕無妥
協，仍然用他的筆發揮匕首和投槍的作用。魯迅曾精彩分析「文藝與
政治」的關係，「政治想維繫現狀使它統一，文藝催促社會進化使它
漸漸分離；文藝雖使社會分裂，但是社會這樣才進步起來」。政治家
最不喜歡人家反抗他的意見，最不喜歡人家要想，要開口。而文學家
對於社會現狀不滿意，這樣批評，那樣批評，弄得社會上個個都自己
覺到，都不安起來，自然招來政治家的忌恨，弄得非殺他不可。二十
世紀中國的一些先進知識分子、進步的文人弄到後來家破人亡，雖然
有各種各樣的具體原因，但也有不少如魯迅在這裡分析的那樣，是因
文獲罪，招來殺身之禍。魯迅說現在的文藝，是連作者自己也「燒」
在裡面，而不是「隔岸觀火」，是文學家「用自己的皮肉在挨打的
啦」。[146]誠哉斯言！魯迅雖死，卻仍活在這見證這一切的中國知識分
子的心中。魯迅是不死的！

144 魯迅：〈答有恆先生〉，《魯迅全集》（北京市：人民文學出版社，1981年），卷3，頁454。

145 魯迅：〈寫在《墳》後面〉，《魯迅全集》（北京市：人民文學出版社，1981年），卷1，頁284。

146 魯迅：〈文藝與政治的歧途〉，《魯迅全集》（北京市：人民文學出版社，1981年），卷7，頁113-120。

第二節　周作人：「三角塔頂」的知識者

一　觀念構建：周作人與隨筆之關係

現代中國隨筆理論和創作觀念的建立，離不開周氏兄弟。周作人率先讓現代知識者注意到西方 "Essay" 這一文類的審美特質。一九二一年六月八日，他以子嚴筆名在《晨報副刊》上發表〈美文〉一文，這是周作人專門介紹和提倡試寫 "Essay" 的首篇文章。同時，他也是較早在現代意義上使用「隨筆」這一文類的名稱。一九二三年十一月此日，他在〈《雨天的書》自序一〉稱道：

> 今年冬天特別的多雨，因為冬天了，究竟不好意思傾盆的下，只是蜘蛛絲似的一縷縷的灑下來。雨雖然細得望去都看不見，天色卻非常陰沉，使人十分氣悶。在這樣的時候，常引起一種空想，覺得如在江村小屋裡，靠玻璃窗，烘著白炭火缽，喝清茶，同友人談閒話，那是頗愉快的事。不過這些空想當然沒有實現的希望，再看天色，也就愈覺得陰沉。想要做點正經的工作，心思散漫，好像是出了氣的燒酒，一點味道都沒有，只好隨便寫一兩行，並無別的意思；聊以對付這雨天的氣悶光陰罷了。冬雨是不常有的，日後不晴也將變成雪霰了。但是在晴雪明朗的時候，人們的心裡也會有雨天，而且陰沉的期間或者更長久些，因此我這雨天的隨筆也就常有續寫的機會了。[147]

周作人把這種天氣下寫的文章稱為「雨天的隨筆」。這段話讓人容易聯想到魯迅翻譯的廚川白村關於 "Essay" 的經典論述文字，這二

---

147 周作人：〈《雨天的書》自序一〉，《雨天的書》（長沙市：嶽麓書社，1987年），頁136。

者之間確實有相似之處。對於這段話的解讀，有助於我們了解周作人對隨筆文類的認識和概括。一、現代隨筆帶有「非正經」、「非正統」的特質；二、隨筆作家創作思維相當自由、活躍，心思散漫、自由抒寫；三、現代隨筆作家追求的話語風格是「閒話」境界，如在江村小屋裡，與好友促膝娓語。

　　其實，這僅是周作人對隨筆的一個感性的理解。他在這以後的創作生涯中，隨著不斷從中國傳統隨筆理論和創作中獲得可資借鑑的知識資源，並通過譯介西方和日本的隨筆，從國外的隨筆大家身上汲取豐富的營養，因而有力地深化他對現代隨筆的本質認識，完善現代隨筆觀念的理論建構。

　　從中國傳統文學的角度看，周作人對「隨筆」的認識，既有仍屬傳統的定義範疇，也有越出這個軌範。宋代洪邁在《容齋隨筆》序中稱：「予老去習懶，讀書不多，意之所之，隨即記錄，因其後先，無復詮次，故目之曰隨筆。」這是著眼於詮釋隨筆自由不拘的形式，而並無闡述隨筆的精神實質。因而，自宋代以後的文人雖不少述作冠於「隨筆」名稱，但更多類同於「筆記」作品，而與現代隨筆承擔「社會批評」和「文明批評」的精神實質有著天壤之別。在這個問題上，我以為周作人的認識有「纏夾」之處。一方面，他強調小品文是「個人的文學尖端，是言志的散文」，是「文學發達的極致，它的興盛必須在王綱解紐的時代」[148]。他看重晚明小品，也自有他獨到的眼光，他說：「文學是不革命，然而原來是反抗的：這在明朝小品文是如此，在現代的新散文亦是如此。」[149]這種認識與現代隨筆的精神實質是合拍的、一致的。也是在這個意義上，周作人在「小品文」一詞被林語堂等論語派在文壇炒得沸沸揚揚，並為人們所詬病時，就開始思考不贊同使用「小品」或「小品文」的名稱。一九三四年，周作人在

148　豈明（周作人）：〈《冰雪小品選》序〉，《駱駝草》第21期（1930年9月29日）。

149　周作人：〈《燕知草》跋〉，《永日集》（石家莊市：河北教育出版社，2002年），頁80。

抄出九篇舊作給林語堂時，稱為「苦茶庵小文」，並說：「不稱之曰小品文者，因此與佛經不同，本無大品文故。」[150]如果說這裡是借用自己沒有像佛經中的所謂「大品」之文，所以不願對舉稱自己這幾篇短文為小品的話，那麼他在同一年為編《苦雨齋序跋文》所作的自序闡明「小品」與「大品」的區別，也就耐人尋味了：「題跋向來算是小品文，而序和跋又收入正集裡，顯然是大品下正宗文字。這是怎麼的呢？文士的事情我不大明白，但是管窺蠡測大約也可以知道一二分，或者這就是文以載道的問題罷。字數的多寡既然不大足憑，那麼所重者大抵總在意思的聖凡之別，為聖賢立言的一定是上品，其自己亂說的自然也就不行，有些敝帚自珍的人雖然想要保存，卻也只好收到別集裡去了。」[151]周作人看出古代文人之所以有「大品」、「小品」之分，原來衡量的標準並不單就字數多寡來定奪，而是看「載道」與否。這說明「小品文」概念的出現本來就帶有封建社會正統觀念對它偏見的印跡。因而，一九三五年，周作人在編選《中國新文學大系・散文一集》後，曾直接明瞭地告訴人們他編選的原則是以文章的意思好否為標準，不論長短，並宣稱「我並不一定喜歡所謂小品文，小品文這名字我也很不贊成，我覺得文就是文，沒有大品小品之分」[152]。一九四五年，周作人對小品文的概念再次剖析，並進一步作出否定性的評價：

> 所謂小品不知是如何定義，最平常的說法是照佛經原義，詳者為大品經，略者為小品。我們不去拉扯唐三藏所取來的《大般若經》，就只享《維摩詰經》過來，與中國的經書相比，便覺

150　豈明（周作人）：〈《苦茶庵小文》小引〉，《人間世》第4期（1934年5月20日）。

151　周作人：〈《苦雨齋序跋文》自序〉，《苦雨齋序跋文》（石家莊市：河北教育出版社，2002年），頁1。

152　周作人：〈《中國新文學大系・散文一集》編選感想〉，《新小說》第1卷第2期（1935年2月15日）。

得不但孔孟的文章都成了小小品，就是口若懸河的莊生也要愕
然失色，絕不敢自稱為大品了。假如不是說量而是說質，以為
凡文不載所謂道，不遵命作時文者，都不合式，那是古已有之
的辦法，對於正統正宗的文章乃是異端，不只在其作品之大小
而已。所以小品的名稱實在很不妥當，以小品罵人者固非，以
小品自稱者也是不對，這裡我不能不怪林語堂君在上海辦半月
刊時標榜小品文之稍欠斟酌也。[153]

　　很顯然，周作人對於小品文名稱的不滿意，主要是迴避這個
「小」的限定詞的做法上，如果以佛經大小品的區分辦法，那麼連莊
生那些長篇大論難稱大品，更不用說孔孟文章了，因而他不贊同以
「量」，即字數為標準的做法；如果以「質」，即以「載道」與否為標
準，那麼也是古已有之，然而這只是「正統」、「正宗」文章的「異
端」，不能以大小來區分。因為在周作人看來，「我的偏見以為思想與
文藝上的旁門往往要比正統更有意思，因為更有勇氣與生命」[154]。因
而，「旁門」的文章並不比「正統」、「正宗」的東西來得「小」。從周
作人一而再地議論小品文定義、否定小品文名稱的舉動來看，我以為
這一問題的背後是周作人力圖擺脫當時小品文留給人們「小擺設」的
不良印象。因為周作人一直認為自己寫的東西，「如或偶有可取，那
麼所可取者也當在於思想而不是文章。總之我是不會做所謂純文學
的，我寫文章總是有所為，於是不免於積極，這個毛病大約有點近於
吸大煙的癮，雖力想戒除而甚不容易。」[155]從這個意義上說，周作人
如果是借用具有現代意義上的隨筆概念來稱呼他撰寫的文章，也許會

---

153 周作人：〈國語文的三類〉，《立春以前》（石家莊市：河北教育出版社，2002年），
　　頁115。
154 周作人：〈《梅花草堂筆談》等〉，《風雨談》（長沙市：嶽麓書社，1987年），頁136。
155 周作人：〈《苦口甘口》自序〉，《苦口甘口》（石家莊市：河北教育出版社，2002
　　年），頁2。

成為他較佳的選擇途徑。

　　然而，正如我們看到的，周作人在這個問題上存在「纏夾」之處。周作人一面否定小品或小品文的稱呼，一面仍然使用它。一九四五年，他寫的〈兩個鬼的文章〉稱，有人認為他所寫的都是「談茶喝酒」的小品文，也有人認為他愛講那些「顧亭林所謂國家治亂之原，生民根本之計」的文章。他自己以為這兩方面都有寫，寫閒話文章，確是「吃茶喝酒」似的，正經文章則彷彿是「饅頭或大米飯」。「有時想寫點閒話的所謂小品，聊以消遣，這便是紳士鬼出頭來的時候了」。這裡面仍有沿用小品或小品文的稱呼。不僅如此，在周作人看來，小品文和隨筆這兩個概念並沒有質的區別，它們之間是可以相互替代的。早期，他並行使用過這兩個術語。一九二五年他在〈《雨天的書》自序二〉裡稱：「這些大都是雜感隨筆之類，不是什麼批評或論文。據說天下之人近來已看厭這種小品文了，但我不會寫長篇大文，這也是無法。」[156]一九二六年，他在〈《藝術與生活》自序〉又稱：「這本書是我惟一的長篇的論文集亦未始不可。我以後想只作隨筆了。」[157]從這裡，我們可以獲得這樣的信息，隨筆也可以稱作小品文，而評判小品文的標準雖然複雜，但其中有一條是很明顯的，即字數不多，篇幅要短。但這一觀點，周作人卻在後來否定小品文的名稱時被推翻。一九三七年，他作〈談俳文〉，介紹了日本俳諧體的文章，略述了其起源與變遷。文末稱：「現今日本的隨筆（即中國所謂小品）實在大半都是俳文一類。」[158]稍後他再寫的〈再談俳文〉，文中也談及中國的俳文情況。他指出此類文章，「他的特色是要說自己的話，不替政治或宗教去辦差，假如這是同的，那麼自然就是一類，名

156　周作人：〈《雨天的書》自序二〉，《雨天的書》（長沙市：嶽麓書社，1987年），頁2。

157　周作人：〈《藝術與生活》自序〉，《藝術與生活》（石家莊市：河北教育出版社，2002年），頁2。

158　知堂（周作人）：〈談俳文〉，《文學雜誌》第1卷第2期（1937年4月18日）。

稱不成問題，英法曰 Essay，日本曰隨筆，中國曰小品文皆可也」。[159]
而在撰寫這兩篇文章時，周作人已經在其他篇章裡發表過不滿「小品
文」這個名稱的看法，但從這兩篇文章的提法看，周作人仍一如既往
地並行使用小品文和隨筆名稱，這兩個概念仍是相同內涵的，並無本
質的區別。當然，如果他因為忌嫌小品文的這個「小」的限定詞，那
麼替之以隨筆概念也許會用得更方便、更順當。然而，實際上他卻沒
有這樣去做。這是他一直在小品文和隨筆這二者概念上存有「纏夾」
導致的。

　　周作人在創作中晚期後，儘管較常使用隨筆這一名稱，但由於他
把讀書的興趣更多關注到大量的明清筆記作品上，這連帶影響到他對
隨筆的看法。他曾把自己創作生涯分為三段，「其一是乙巳至民國十
年頃，多翻譯外國作品，其二是民國十一年以後，寫批評文章，其三
是民國廿一年以後，只寫隨筆，或稱讀書錄，我則云看書偶記，似更
簡明的當」。[160]這時候周作人稱的隨筆有時帶有傳統隨筆含義色彩，
即隨筆類同於筆記。一九四三年，他曾將自己寫的文章命名為「一簣
軒筆記」，並作序論說道：「《一簣軒筆記》與別的名稱筆記有什麼異
同可說麼？這未必然。自己的文章自然知道清楚，一面也誠如世俗所
說，有時難免會覺得好，在別人不覺到的地方，但其實缺點也頂明
白，所謂如人飲水，冷暖自知也。我所寫的隨筆多少年來總是那一
套，有些時候偶然檢點，常想到看官們的不滿意，沒有一點新花頭，
只是單調，焉得不令人厭倦。」[161]周作人在這裡述說的隨筆，其實與
傳統意義上的筆記無多大差別。從這一現象可以看出，一個作家在運
用一種文類時，他理解的內涵還會因時因地的不同而出現差異，這就

---

159 知堂（周作人）：〈再談俳文〉，《文學雜誌》第1卷第3期（1937年5月14日）。

160 周作人：〈《書房一角》原序〉，《書房一角》（石家莊市：河北教育出版社，2002
　　年），頁3。

161 藥堂（周作人）：〈《一簣軒筆記》序〉，《華北作家月報》第6期（1943年6月20日）。

需要我們仔細辨析和評判。至於，他晚年致鮑耀明信道：「我想把中國的散文走上兩條路，一條是匕首似的雜文（我自己卻不會做），又一條是英法兩國似的隨筆，性質較為多樣。」[162]這裡面，周作人把雜文定位為「匕首」似，顯然與後來學界流行的看法相一致，而與他在解放前所寫的〈雜文的路〉把雜文定位為「性質夾雜」有別[163]；而對隨筆，似乎理解得更為寬泛，這本身也是符合隨筆「性質較為多樣」的實際情況。

　　然而，周作人關於現代隨筆的觀念構建，還不僅僅是攝取中國傳統的隨筆資源，更重要的是善於從國外的隨筆資源中輸入具有現代意義的精神血液。這就促使他走出傳統樊籬，而勇於承擔「社會批評」和「文明批評」的重擔。他撰寫的〈前門遇馬隊記〉、〈碰傷〉、〈吃烈士〉等文，顯然是在英國隨筆作家斯威夫特影響下創作出來的隨筆傑作[164]；他在〈評《自由魂》〉中曾翻譯過蘭姆的〈不完全的同情〉一文片斷，這是一段描述黑人臉面「溫和的神氣」的精彩文字，周作人在引述時還一邊謙遜說「我不敢譯蘭姆的文章，這回是不得已，只算是引用的意思」[165]；他在〈擺倫句〉談接吻時，風趣地引用了蒙田對文藝復興時代歐洲以接吻為禮的諷刺話語[166]；在〈偉大的捕風〉，他還引述法國另一位隨筆大家帕斯卡爾說過的一段名言：「人只是一根蘆葦，世上最脆弱的東西，但他是一根會思想的蘆葦……」[167]；其他

162 周作人致鮑耀明信，1965年4月21日，張菊香、張鐵榮編著：《周作人年譜》（天津市：天津人民出版社，2000年），頁918。

163 知堂（周作人）：〈雜文的路〉，《讀書》第1卷1期（1945年）。

164 周作人曾認為：「我寫這種文章，大概係受一時的刺激，像寫詩一樣，一口氣做成的，至於思想有些特別受英國斯威夫德（Swift）散文的啟示，他的一篇〈育嬰芻議〉（Amodest Proposal）那時還沒有經我譯出，實在是我的一個好範本，就只可惜我未能學得他的十分之一耳。」參見〈知堂回想錄〉（蘭州市：敦煌文藝出版社，1998年），頁303。

165 陶然（周作人）：〈評《自由魂》〉，《晨報副鐫》，1924年4月3日。

166 豈明（周作人）：〈擺倫句〉，《語絲》第148期（1927年9月10日）。

167 周作人：〈偉大的捕風〉，《看雲集》（石家莊市：河北教育出版社，2002年），頁50。

提及或引述的西方隨筆作家還有德・昆西（De Quincey）、林特（現通譯林德）（R. Lynd）、密倫（現通譯米爾恩）（A. A. Milne）、卻貝克（K. Capek）等等。周作人對這些隨筆大家的作品瞭如指掌，隨手拈來，引證自如。周作人以為中西隨筆的發源歷史都是相當的早，中國大致可以仰攀先秦諸子，而西方也可以追溯至古希臘，而到了羅馬帝國時代，以希臘文寫作的敘利亞人路吉亞諾斯（現通譯盧奇安）撰寫的《對話集》，他認為簡直是「現代通行的隨筆」。周作人還指出希臘文化後來為中世紀的基督教所壓倒，但它「仍從羅馬間接的滲進西歐去，至文藝復興時又顯露出來，法國的蒙田與英國的培根都是這樣的把希臘的散文接種過去，至今成為這兩國文藝的特色之一」。因此，周作人把譯介西方隨筆作為自己工作中一項很重要的任務，甚至到了一九四〇年代，他還埋怨當時中國文壇對「英法的隨筆文學至今還未有充分的介紹」。[168]

　　周作人對日本隨筆的興趣，可謂始終不渝。他在一九二〇年代譯介過日本古典隨筆作家吉田兼好《徒然草》的部分篇章[169]，到了一九六〇年代，周作人還完整翻譯了日本第一部古典隨筆名著清少納言的《枕草子》。周作人不僅喜歡閱讀日本古典隨筆，而且更多地接觸和欣賞了明治時代以來日本文人創作的隨筆作品。他在〈明治文學之追憶〉中記述了自己涉獵明治大正時代的文學及所受其影響的情況。如文中提到他所喜歡和佩服的作家有夏目漱石、坂本文泉子、鈴木三重吉、長塚節、森鷗外、永井荷風、戶川秋骨、谷崎潤一郎、島崎藤村等[170]。周作人對夏目漱石這一派餘裕文學，倡導「低徊趣味」傾心佩

---

168 十堂（周作人）：〈文學史的教訓〉，《藝文雜誌》1945年第1、2期（1945年1月1日）。

169 兼好法師撰，周作人譯：〈《徒然草》抄〉，《語絲》第22期（1925年4月13日）。

170 周作人：〈明治文學之追憶〉，《立春以前》（石家莊市：河北教育出版社，2002年），頁69-74。

服，並稱他為「明治時代一個散文大家」[171]。這種「餘裕」觀影響了
周作人的人生觀念，以及隨筆觀念、文學觀念的形成和建構。他在
〈北京的茶食〉裡說：「我們於日用必需的東西以外，必須還有一點
無用的遊戲與享樂，生活才覺得有意思。我們看夕陽，看秋河，看
花，聽雨，聞香，喝不求解渴的酒，吃不求飽的點心，都是生活上必
要的──雖然是無用的裝點，而且是愈精煉愈好。」[172]在〈廠甸〉一
文裡，他也是這樣的論調：「飯是活命的，所以大家以為應該吃，但
是生命之外還該有點生趣，這才覺得生活有意義，小姑娘穿了布衫還
要朵花戴戴，老婆子吃了中飯還想買大花糕，就是為此。」[173]即便是
人這很有限的一生，周作人以為在奔著終點「掙扎」時，也應該在容
許的時光裡，「緩緩的走著，看沿路景色，聽人家談論，盡量的享受
這些應得的苦樂」[174]。因而，周作人隨筆觀念、文學觀念也是存在一
種「餘裕」的傾向，追求「不觸著」人生和「低徊趣味」。在現代日
本隨筆作家中，周作人比較喜歡永井荷風。儘管永井氏也以創作小說
出名，但周作人還是比較喜歡讀他的隨筆作品，如《荷風雜稿》、《荷
風隨筆》、《下谷叢話》、《日和下駄》和《江戶藝術論》等。周作人最
喜歡讀的是《日和下駄》隨筆集，「日和下駄」本是木屐之一種。作
者穿著它去憑弔東京的一些名勝古蹟，文中記錄就是這類事情。永井
氏的隨筆浸潤著一種「東洋人的悲哀」，周作人一而再地引述永井氏
《江戶藝術論》中一節論浮世繪的鑑賞文字。永井氏寫出無常、無
告、無望的「東洋人的悲哀」，一切如夢，可親、可懷，因而人們把
浮世繪當作風俗畫看之外，也常引起「悵然之感」[175]。戶川秋骨的隨

171　周作人：〈日本近三十年小說之發達〉，《藝術與生活》（石家莊市：河北教育出版
　　　社，2002年），頁143-144。

172　陶然（周作人）：〈北京的茶食〉，《晨報副鐫》，1924年3月18日。

173　豈明（周作人）：〈廠甸〉，《人間世》第1期（1934年4月5日）。

174　周作人：〈尋路的人──贈徐玉諾〉，《晨報副鐫》，1923年8月1日。

175　知堂（周作人）：〈東京散策記〉，《人間世》第27期（1935年5月5日）。

筆特色是幽默與諷刺，也是周作人佩服的隨筆作家。專制、武斷及其附屬的東西都是戶川氏所不喜歡的，為他攻擊的目標，因而他所說的叫道德家聽了厭惡，正人君子看了皺眉，這在日本別家的隨筆是不大多見的，也是周作人特別佩服的地方。戶川氏的隨筆顯然帶有英國的氣味，但也融入了本國文學裡的「俳諧」，雖然不曾聽說他弄過俳句，卻是深通「能樂」，所以自有一種特殊的氣韻，與全受西洋風影響的隨筆不相同。[176]谷崎潤一郎是一位善於在東西文化的比較視野下發掘日本文化中固有的美，他撰著的《陰翳禮贊》，很得周作人內心的賞識與共鳴。周作人〈入廁讀書〉，曾大段大段地引述谷崎氏《陰翳禮贊》第二節的文字，這是一節讚美日本建築的廁所的種種好處。周作人還曾稱讚谷崎、永井兩位隨筆作家所寫的雖不是俳文，但就隨筆論，他覺得極好，「非現代俳諧師所能及，因為文章固佳而思想亦充實，不是今天天氣哈哈哈那種態度」[177]。此外，周作人也對有島武郎、萩原朔太郎、寺田寅彥、島崎藤村等隨筆作家表示過欽佩之情，或引述或議論過他們的隨筆作品。有島武郎、島崎藤村去世時，周作人還曾撰文〈有島武郎〉和〈島崎藤村先生〉來紀念他們。

　　周作人以為自己對「外國的作品，如英吉利法蘭西的隨筆，日本的俳文，以及中國的題跋筆記，平素也稍涉獵，很是愛好，不但愛誦，也想學了做」[178]。這種轉益多師為我師的精神理念，有助於他對隨筆內涵的包容性見解的形成。因而，即便是他在一九三〇年代後把很多精力投放在閱讀明清文人撰著的筆記上，他寫出來的隨筆，雖類同於傳統的筆記，但有一點是不同的，那就是作品中所蘊含的思想。他說：「我所寫的東西，無論怎麼努力想專談或多談風月，可是結果

---

176 周作人：〈凡人崇拜〉，《青年界》第8卷第4期（1937年4月）。

177 知堂（周作人）：〈冬天的蠅〉，《大公報》（文藝副刊）第157期（1935年6月23日）。

178 周作人：〈兩個鬼的文章〉，《過去的工作》（石家莊市：河北教育出版社，2002年），頁89。

是大部分還都有道德的意義。」[179]重視隨筆的道德意義、思想建設，
這就是現代隨筆的精魂。這裡雖然離不開周作人向傳統思想汲取精神
的養料，如他把王充、李贄、俞理初稱為中國兩千多年歷史的三盞明
燈，把疾虛妄的精神當作自己思想革命的座右銘。但也是與他向西方
文化、西方隨筆學習密切聯繫的。這種不但「愛誦，也想學了做」的
精神，決定了他的隨筆面貌是現代意義上的作品，而絕不是過去哪個
朝代作品的簡單翻版。因而，他的隨筆贏得了現代讀者的廣泛共鳴與
激賞。

　　隨著對周作人與隨筆關係的探討，我們就會發現，周作人自始至
終對於人們恭維他隨筆創作已達到平淡境界，感到誠惶誠恐，他一再
表示「平淡而有情味的小品文我是向來仰慕，至今愛讀，也是極想仿
做的，可是如上文所述實力不夠，一直未能寫出一篇滿意的東西
來」。然而，實際上他又怕人們只是看重他文章的平淡和閒適，他訴
苦道：「乙派以為閒適的文章更好，希望我多作，未免錯認門面，有
如雲南火腿店帶賣普洱茶，他便要求他專開茶棧，雖然原出好意，無
奈棧房裡沒有這許多貨色，擺設不起來，此種實情與苦衷亦期望友人
予以諒解者也。」[180]他在另一篇文章中還埋怨說：「拙文貌似閒適，往
往誤人，惟一二舊友知其苦味，廢名昔日文中曾約略說及，近見日本
友人議論拙文，謂有時讀之頗感苦悶，鄙人甚感其言。」[181]這是問題
的一個方面，但另一方面，他卻一再宣稱隨筆作品中不可無意思，強
調要有道德意義寄寓其內。他甚至自稱自己「原來乃是道德家」[182]。

---

179 周作人：〈苦茶庵打油詩〉，《立春以前》（石家莊市：河北教育出版社，2002年），
　　頁149。

180 周作人：〈兩個鬼的文章〉，《過去的工作》（石家莊市：河北教育出版社，2002年），
　　頁90。

181 周作人：〈《藥味集》序〉，《古今》第5期（1942年7月）。

182 周作人：〈《雨天的書》自序二〉，《雨天的書》（長沙市：嶽麓書社，1987年），頁
　　2。

他稱讚俞平伯的隨筆小品「兼有思想之美」，即「以科學常識為本，加上明淨的感情與清澈的智理，調合成功的一種人生觀，以此為志，言志固佳，以此為道，載道亦復何礙」。[183]從這裡可以看出，周作人在談到文章思想價值、道德意義，一點也不示弱，而且惟恐人家不知。因此，我以為探討周作人的隨筆理論構建和創作實踐，應該注意兩個關鍵詞──「常識」和「趣味」（或「風趣」）。他說：

> 文章的標準本來也頗簡單，只是要其一有風趣，其二有常識。常識分開來說，不外人情物理，前者可以說是健全的道德，後者是正確的智識，合起來就可稱之曰智慧，比常識似稍適切未可知。風趣今且不談，對於常識的要求是這兩點：其一，道德上是人道，或為人的思想。其二，知識上是唯理的思想。[184]

這是對「常識」內涵的闡釋，但關於「趣味」（或「風趣」）一詞雖有提及，卻未展開論述。不過，他關於「趣味」的詮釋，卻放在另一篇文章裡：

> 我在這裡須得交代明白，我很看重趣味，以為這是美也是善，而沒趣味乃是一件大壞事。這所謂趣味裡包含著好些東西，如雅，拙，樸，澀，重厚，清朗，通達，中庸，有別擇等，反是者都是沒趣味。……沒趣味並不就是無趣味，除非這人真是救死惟恐不贍，平常沒有人對生活不取有一種特殊的態度，或淡泊若不經意，或瑣瑣多所取捨，雖其趨向不同，卻各自成為一種趣味，猶如人各異面，只要保存其本來眉目，不問妍媸如

---

183 周作人：〈《雜拌兒之二》序〉，《苦雨齋序跋文》（石家莊市：河北教育出版社，2002年），頁120-121。
184 藥堂（周作人）：〈《一簣軒筆記》序〉，《華北作家月報》第6期（1943年6月20日）。

　　何，總都自有其生氣也。[185]

　　可見，周作人對「常識」和「趣味」的解讀頗為新穎和豐富。毋庸置疑，這裡面其實蘊含著周作人關於建構現代隨筆觀念的關鍵性要素。因此，扭住「常識」和「趣味」這兩個關鍵詞，是打開周作人隨筆大門的一把金鑰匙。周作人稱：「我平常覺得讀文學書好像喝茶，講文學的原理則是茶的研究。茶味究竟如何只得從茶碗裡去求。」[186]我們平常讀周作人的隨筆作品，確實如喝上品的茶茗，清淡甘美；但要研究它，的確要講究一點理論和方法，不然會陷入盲人摸象的境地，得出的結論都是局部的、片面的。下面，筆者抓住「常識」和「趣味」這兩個關鍵詞，深入探討周作人隨筆的思想和藝術。至於「茶味」如何？那就從茶碗裡去求得吧。

二　僵屍、死鬼：歷史循環觀的核心意象

　　作為現代意義上的知識者群體，他們到底對社會起到什麼樣的作用呢？周作人曾這樣說：「我們要知道，國民文化程度不是平攤的，卻是堆垛的，像是一座三角塔：測量文化的頂點可以最上層的少數知識階級為準，若計算其墮落程度時卻應以下層的多數愚人為準。」[187]因此，能站在這文化塔尖上的只有屬於少數知識者，作為置身於清末民初的「亂世」時代的周作人，與其他先覺的知識者一樣，都深刻地意識到自己肩負的責任和義務。他指出：「文學革命上，文字改革是第一步，思想改革是第二步，卻比第一步更為重要。」[188]「五四」知

---

185 知堂（周作人）：〈笠翁與隨園〉，《大公報》（文藝）第4期（1935年9月6日）。

186 周作人：〈《文學論》譯本序〉，《看雲集》（石家莊市：河北教育出版社，2002年），頁83。

187 異襟（周作人）：〈拜腳商兌〉，《京報副刊》第109號，1925年4月4日。

188 仲密（周作人）：〈思想革命〉，《每週評論》第11期（1919年3月2日）。

識者希望現代中國「養成人的道德，實現人的生活」，這就需要對社會進行根本性的改造，而這當中人的「思想改革」尤其重要。而實現這一目標，要由誰來完成呢？只能是落在當時先覺的知識者的肩上，周作人是這樣認為的：

> 思想改革實為現今最應重視的一件事。這自然，我的意思是偏於智識階級的一邊，一切運動多由他們發起煽動，已是既往的事實，大眾本是最「安分守己」的，他的理想世界還是在辛亥以前，如沒有人去叫他，一直還是願意這樣睡下去的；智識階級無論是否即將被「奧伏赫變」的東西，總之這是他們的責任。去叫醒別人，最初自然須得先使自己覺醒。[189]

那麼，周作人是怎樣進行所謂的「思想改革」的？他的「思想改革」有何特色呢？我以為這要從他對自我的定位角度切入分析。他從英國性心理學家藹理斯（Havelock Ellis）那裡獲取了不少有益的人生啟發。周作人說他酷愛藹理斯在《性的心理研究》第六卷跋文末尾的兩節文字，其中有一節文字，藹理斯這樣說道：「世上總常有人很熱心的想攀住過去，也常有人熱心的想攫得他們所想像的未來。但是明智的人，站在二者之間，能同情於他們，卻知道我們是永遠在於過渡時代。在無論何時，現在只是一個交點，為過去與未來相遇之處，我們對於二者不能有什麼爭向。」周作人對於這一觀點相當欣賞，他也傾向把自己定位在「過渡時代」中的人，這與魯迅用進化論觀點表述「在進化的鏈子上，一切都是中間物」的思想是相類似的。[190]藹理斯

---

189 周作人：〈婦女問題與東方文明等〉，《永日集》（石家莊市：河北教育出版社，2002年），頁96。

190 魯迅：〈寫在《墳》後面〉，《魯迅全集》（北京市：人民文學出版社，1981年），卷1，頁286。

還說：「一切生活是一個建設與破壞，一個取進與付出，一個永遠的
構成作用與分解作用的循環。」[191]藹理斯過渡時代的「定位」意識和
對生活循環觀的看法，強烈影響了周作人對歷史、人生的循環觀的產
生。當然，這種說法並不意味著排斥形成周作人歷史循環觀念的其他
因素，尤其是他對中國歷史的獨特解讀和從生活中不斷獲取的人生體
驗。周作人最喜歡引用《舊約》裡的《傳道書》，傳道者劈頭所說的
話，「虛空的虛空」，「已有的事後必再有，已行的事後必再行。日光
之下並無新事。」「日光之下並無新事」這個觀念一直迴旋在周作人
的腦海中，並在他的隨筆作品中不斷地出現。在周作人看來，思想道
理並無新舊，只有是非。歷史，也如生活一樣，是一個「永遠的構成
作用與分解作用的循環」。而這種歷史循環觀念得益於他對野史雜書
的閱讀，他稱：

> 我既不是文人，更不會是史家，可是近三百年來的史事從雜書
> 裡涉獵得來，占據了我頭腦的一隅，這往往使得我的意見不能
> 與時式相合，自己覺得也很惶恐，可以說是給了我一種障礙，
> 但是同時也可以說是幫助，因為我相信自己所知道的事理很不
> 多，實在只是一部分常識，而此又正是其中之一分子，有如吃
> 下石灰質去，既然造成了我的脊樑骨，在我自不能不加以珍重
> 也。[192]

　　周作人把這種野史雜書得來的歷史循環觀，稱之為「常識」。因
而，這種「常識」也就是一般的道理，並非什麼高深的學問，所謂
「日光之下並無新事」，說的就是這個理。然而，正是這種歷史循環
觀、這些常識「造成」周作人的「脊樑骨」，形成他獨到觀察歷史和

---

191 藹理斯語，均轉引自槐壽（周作人）〈藹理斯的話〉，《晨報副鐫》，1924年2月23日。
192 東郭生（周作人）：〈立春以前〉，《新民聲》報，1945年1月31日。

現實的思維視角，顯示其眼光的深邃性和穿透力。

　　周作人說：「我讀古今文章，往往看出破綻。」[193]他讀野史雜書就有這樣的效果。「史卻是一座孽鏡臺，他能給我們照出前因後果來也」[194]。「看歷史的惟一用處，是警告我們說，『又要這樣了！』」[195]這就形成了周作人比較悲觀的歷史循環觀念。他曾分析魯迅稱：「魯迅寫小說散文又有一特點，為別人所不能及者，即對於中國民族的深刻的觀察。大約現代文人中對於中國民族抱著那樣一片黑暗的悲觀的難得有第二個人吧，豫才從小喜歡『雜覽』，讀野史最多，受影響亦最大。」[196]這段話雖說魯迅，其實也是周作人本人的一種寫照。因為周作人從小就在大哥的影響下走過相似的路程。魯迅早期雖信仰進化論思想，但他也不說過：「試將記五代，南宋，明末的事情的，和現今的狀況一比較，就當驚心動魄於何其相似之甚，彷彿時間的流駛，獨與我們中國無關。現在的中華民國也還是五代，是宋末，是明季。」[197]魯迅對中國歷史重複現象的驚人揭示，到周作人那裡卻進一步發展為歷史的循環觀念。而這種歷史的循環觀念，促成周作人對現實人生產生了相當悲觀的看法。他曾這樣認為：「我是不相信群眾的，群眾就只是暴君與順民的平均罷了。」[198]如果說，在現代文人中對中國抱著「一片黑暗的悲觀的難得有第二個人」，此話用在周作人本人身上也許會更合適吧。

　　「僵屍」或「死鬼」，是周作人筆下較常出現的重要意象，也是

---

193 周作人：〈談文章〉，《知堂乙酉文編》（石家莊市：河北教育出版社，2002年），頁113。

194 知堂（周作人）：〈關於命運〉，《大公報》（文藝副刊）第148期，1935年4月21日。

195 子榮（周作人）：〈一個求仙者的筆記抄〉，《語絲》第17期（1925年3月9日）。

196 知堂（周作人）：〈關於魯迅〉，《宇宙風》第29期（1936年11月16日）。

197 魯迅：〈忽然想到〉，《魯迅全集》（北京市：人民文學出版社，1981年），卷3，頁17。

198 周作人：〈北溝沿通信〉，《談虎集》（石家莊市：河北教育出版社，2002年），頁274。

他歷史循環觀念中的關鍵詞。這個意象來自易卜生一部戲劇《群鬼》（Gengangere），潘家洵譯過這部劇本，載於《新潮》一九一九年第一卷第五號上。魯迅曾在〈我們現在怎樣做父親〉一文中議論過它，他說：「易卜生做的《群鬼》雖然重在男女問題，但我們也可以看出遺傳的可怕。」[199]魯迅在這裡就已經一針見血地指出了「死鬼」可怕的原因是「遺傳」。周作人最早議論這事是一九二三年六月寫的一篇〈「重來」〉。文章開頭就說道：「易卜生做有一本戲劇，說遺傳的可怕，名叫《重來》（Gengangere），意思就是僵屍，因為祖先的壞思想行為在子孫身上再現出來，好像是僵屍的出現。該劇本先前有人譯作《群鬼》，但中國古來曾有『重來』一句話，雖然不是指僵屍，卻正與原文相合，所以覺得倒是恰好的譯語。」[200]這個遺傳並不是在「選優」，而是把「祖先的壞思想行為在子孫身上再現出來」，因此，周作人把它稱為「僵屍」。翌年，周作人又有兩篇文章重提這個話題。一篇是〈我們的敵人〉，他說：「我們的敵人是什麼？乃是野獸與死鬼，附在許多活人身上的野獸與死鬼。」並建議人們要拿桃枝柳枝、荊鞭蒲鞭，盡力地抽打面有妖氣的人的身體，把死鬼驅逐掉，留下借用的軀殼，以便招尋失主領回。[201]另一篇是〈狗抓地毯〉，周作人借引美國倫理學家摩耳（J. H. Moore）談「狗抓地毯」這種蠻性的遺留，來影射隱喻人世間也有許多野蠻習性的留存：

> 據摩耳說，因為狗是狼變成的，在做狼的時候，不但沒有地毯，連磚地都沒得睡，終日奔走覓食，倦了隨地臥倒，但是山林中都是雜草，非先把它搔爬踐踏過不能睡上去；到了現在，有現成的地方可以高臥，用不著再操心了，但是老脾氣還要發

---

199 魯迅：〈我們現在怎樣做父親〉，《新青年》第6卷第6號（1919年11月1日）。
200 荊生（周作人）：〈「重來」〉，《晨報副鐫》，1923年6月14日。
201 開明（周作人）：〈我們的敵人〉，《語絲》第6期（1924年12月22日）。

露出來，做那無聊的動作。在人間也有許多野蠻（或者還是禽獸）時代的習性留存著，本是已經無用或反而有害的東西了，惟有時仍要發動，於是成為罪惡，以及別的種種荒謬迷信的惡習。[202]

　　這是一個有意思的話題，所謂的「狗理喻人理」，把我們祖先遺留下來的「蠻性」暴露出來，讓人感到非常的荒唐可笑，從而引發人們對此的重視與反省。

　　周作人的歷史循環觀念較為集中的表現，是在二十世紀二〇年代中期以後，尤其是一九二七年蔣介石發動的「四‧一二」政變，成立南京國民黨政府，大肆捕殺清洗共產黨人。這對周作人思想震動很大。一九二七年至一九二八年，他筆下的「僵屍」、「死鬼」意象頻頻出現，表現出很濃厚的歷史循環觀。一九二七年他在〈命運〉中說道：「『太平天國』的影戲似乎在演起頭了」，「易卜生在他的劇本中高呼曰，『鬼，鬼！』這是何等可怕，嗟乎，人終逃不了他的命運，雖然科學家硬叫它曰遺傳！」[203]翌年，他寫的〈歷史〉，以為「天下最殘酷的學問是歷史。他能揭去我們眼上的鱗」。周作人完全同感於《群鬼》中阿爾文夫人喊出的「僵屍，僵屍」的話。[204]而一九二八年周作人發表的〈閉戶讀書論〉，頗受人們的非議，認為周作人至此開始珍惜自己的羽毛，強調「苟全性命於亂世」，「閉戶讀書」。實際上，周作人於文中所講的話完全是滿腹牢騷，皮裡陽秋。他開出「苟全生命於亂世」的三個處方，一是做聖賢或做官，二是有了煩悶，找些消遣的方法娛樂一下，如抽大煙、討姨太太，賭錢等，這兩條路子自然在當今這個亂世能夠起到保命養生、消災避禍的現實效果。但作

202 開明（周作人）：〈狗抓地毯〉，《語絲》第3期（1924年12月1日）。

203 叔山（周作人）：〈命運〉，《語絲》126期（1927年4月9日）。

204 北斗（周作人）：〈歷史〉，《語絲》第4卷第38期（1928年9月17日）。

為一名寒士，無奈都是行不通的。最後只剩下第三條的路子——「閉戶讀書」。讀什麼呢？讀史，因為周作人以為：

> 我始終相信《二十四史》是一部好書，他很誠懇地告訴我們過去曾如此，現在是如此，將來要如此。歷史所告訴我們的在表面的確只是過去，但現在與將來也就在這裡面了；正史好似人家祖先的神像，畫得特別莊嚴點，從這上面卻總還看得出子孫的面影，至於野史等更有意思，那是行樂圖小照之流，更充足地保存真相，往往令觀者拍案叫絕，歎遺傳之神妙。正如獐頭鼠目再生於十世之後一樣，歷史的人物亦常重現於當世的舞臺，恍如奪舍重來，憪人心目，此可怖的悅樂不知歷史者所不能得者也。通歷史的人如太乙真人目能見鬼，無論自稱為什麼，他都能知道這是誰的化身，在古卷上找得他的元形，自盤庚時代以降——具在，其一再降凡之跡者若示諸掌焉。[205]

周作人這種讀史的效果，用他一再援引《舊約》裡那位傳道者的話來說，歷史是「日光之下並無新事」。了解了過去，就可知道現在，並且預測了將來。不用說，這種歷史循環觀念的長處與局限性同樣都異常鮮明地並存於周作人的身上。周作人讀史，並不是死讀，他把發生在周圍活生生的現實結合起來思考，並投進了強烈的人生體驗。因而，這種讀書方式，按他文末所稱的是，「關起門來努力讀書，翻開故紙，與活人對照，死書就變成活書」。誠哉斯言！這是他洞察歷史與現實的智慧之語。

周作人對於「僵屍」、「死鬼」的挖墳刨根，主要集中於兩個方面。其一，食人，這是我們民族劣根性的典型表現。周作人曾引用宋

---

205 周作人：〈閉戶讀書論〉，《永日集》（石家莊市：河北教育出版社，2002年），頁114-115。

代季裕《雞肋編》的材料云，宋靖康年間「人肉之價賤於犬豕，肥壯者一枚不過十五錢，全軀曝以為脯」，更有甚者「登州范溫率忠義之人泛海至錢塘，有持至行在充食者，老瘦男子謂之燒把火，婦女少艾者名之為美羊，小兒呼為和骨爛，又通目為兩腳羊」。吃人，又定出這些美妙的「別名」來，可見對於此物很有點嗜好。周作人充滿感憤地說：「這些別名實在是定得很妙，但是人心真是死絕了。」[206]中國歷史上的這種「食人」，從上至下都曾沾染此項嗜好，帶有普泛性的特點。周吉甫的《金陵瑣事》，曾記載云：「成祖殺方孝孺，令人食其肉，食肉一塊銀一兩。」周作人對這位令人食肉一塊給銀一兩的永樂朱棣表示了極端的厭惡。[207]這是一國之君，嗜人成性。此種虐殺，酷烈無比，令人髮指。該文與魯迅在〈病後雜談〉揭示的「大明一朝，以剝皮始，以剝皮終」的意思是相類似的，給人予以強烈的情感震撼，教人感覺真像不是在人世間活著。封建時代裡的士大夫呢？周作人在〈關於割股〉中指出歷史上吃人肉有兩種吃法，一是當藥用，一是當菜用。李時珍在《本草綱目》說：「後世方技之士，至於骨肉膽血咸稱為藥，甚哉不仁也。」但吃人肉在方技之士是很重要的藥。王漁洋的《池北偶談》裡曾記載一位知縣得「瘈瘲」疾，有方士挾亙術，教以食小兒腦即可癒。這位知縣以重價購眾多小兒擊殺食之，卻不見好，復請於乩仙，又再次教他以小兒腦生食，又擊殺無數，最後病竟不癒而死。俞曲園以為此文所錄之事，談及士大夫竟至食人，可謂「怪事」，但周作人卻不那麼看，他說：「其實並不足怪，蓋他們只是以人當藥耳，至於不把人當人則是士大夫之通病也。」[208]同樣在下層社會裡的百姓也是存在食人的現象。上文提及的宋代登州忠義之民帶著人臘作乾糧到錢塘來，就是一例。周作人以為：「吃了人肉做忠

206　知堂（周作人）：〈談食人〉，《宇宙風》第38期（1937年4月1日）。

207　知堂（周作人）：〈佛骨與肉〉，《世界日報》（明珠）第11期（1936年10月11日）。

208　周作人：〈關於割股〉，《苦茶隨筆》（長沙市：嶽麓書社，1987年），頁202。

義之民，這是中國禮教的具體的象徵，真令我不勝佩服之至。」[209]吃了「人肉」又做了「忠義之民」，這本是極為矛盾的事情，但中國人身上卻有奇妙的邏輯，有奇妙的結合術，這不能不說是我們的「國粹」。周作人揭穿了所謂中國的禮教，其實是「吃人」的禮教。這樣奇特的事還有像「割股」表孝道也是一種典型的例子。明遺民吳野人〈陋軒詩〉曾題贊一位吳氏。此人嫁給魯高，高父病篤，她乃慨然代高引刀割「左肱肉」，結果血流不止而死。而石成寶編的《傳家寶全集》有一則笑話也談及割股治病之事：

> 有父病，延醫用藥。醫曰，病已無救，除非有孝心之子割股感格，或可回生。子曰，這個不難。醫去，遂抽刀出，是時夏月，逢一人赤身熟睡門外，因以刀割股肉一塊。睡者驚起喊痛，子搖手曰，莫喊莫喊，割股救父母，你難道不曉得是天地間最好的事麼？

周作人勸列位莫笑，這主要是這小子太窮了，如果他能夠買得起整個活人送給老父親吃，他就不會去白割人家的股肉了。周作人並不把這則笑話純粹當笑話，而是嚴肅地指出：「割了人家的肉還叫他莫喊，似乎大有教貓爪去撈熱灰裡粟子的猴兒的手法，但是在相信人肉可醫病這一點上，他總也是方技之士的門徒，與鹿大令魯老爹同是贊成吃人的同志也。」因此，雖是一則笑話，「這事永遠會有，也永遠不能決定是哪一天的事」。[210]周作人不就在〈偉大的捕風〉裡提到張獻忠曾在西南當土皇帝時，舉行殿試，試得一位狀元，十分寵愛，不到三天忽然又把他「收拾」了，說是因為實在「太心愛這小子」的緣

---

209 開明（周作人）：〈人的叫賣〉，《語絲》第17期（1925年3月9日）。
210 周作人：〈關於割股〉，《苦茶隨筆》（長沙市：嶽麓書社，1987年），頁202-203。

故。[211]這已經是變笑話為真事，讓人想起來也真不可理喻。其實，它典型反映了中國人歡喜「食人」的邏輯思維，不僅恨你要「打殺了煮吃」，而且愛你，也恨不得一口就吞到肚子裡去，嗚呼，中國人到頭來都是喜歡把愛憎情感落到消化道上！

周作人發現中國古代食人的「僵屍」、「死鬼」亦常現於當世的舞臺。他以為世上如沒有還魂奪舍的事，投胎總是真的吧。你看，有人要演崇弘時代的戲，不必請戲子去扮，許多角色都可以從社會裡去請來，叫他們自己演。尤其是一九二七年，他耳聞目睹了共產黨人被清洗過程，他借用鄉間一句俗語，在村裡死亡率較高的時候，便說「今年人頭脆」。這裡的人頭是指生命而言的，非真是指圓如西瓜的一個個腦袋。周作人以為「這句話的妙處在於一個脆字，能夠具體地表出無常的意思，恰如掐斷綠豆芽或拗斷黃瓜似的那樣鬆脆地死去，真是沒有第二句話能夠形容得出的了」[212]。周作人對於這年頭青年人頭容易「脆」發出了憤激之情，同樣他對那些麻木不仁，甚至想從血泊中找尋刺激、快感的看客，他發出誅心之論和詛咒的言語。〈詛咒〉一文[213]，是援引《古城週刊》有篇短評裡說前此天津要處決幾個黨案的犯人，引來上萬人在行刑地點等候看熱鬧，而主要原因是這批犯人中有兩個是女犯。因為這些看客想目睹一下「兩個娘們」、「光著膀子挨刀」的情形是怎樣的滋味。這實在足以表現出中國民族的十足「野蠻墮落的惡根性」來！周作人因而憤然地指出「中國人的天性是最好淫殺，最凶殘而又卑怯的」，「我承認中國民族是亡有餘辜，這實在是一個奴性天成的族類，凶殘而卑怯，他們所需要者是壓制與被壓制，他們只知道捧能殺人及殺人給他們看的強人為主子」。應該說，周作人的批判是相當深刻的，他銳利的目光往往能透過表層直逼內裡，挖掘

211　周作人：〈偉大的捕風〉，《看雲集》（石家莊市：河北教育出版社，2002年），頁49。

212　北斗（周作人）：〈青年脆〉，《語絲》第4卷第40期（1928年10月1日）。

213　子榮（周作人）：〈詛咒〉，《語絲》第152期（1927年10月8日）。

出附著民眾身上的「僵屍」、「死鬼」，揭示這遺傳的可怕之處。周作人犀利的筆鋒同樣也沒有放過當時一些所謂文人政客。他曾就胡適在上海演講時，說中國還容忍人力車所以不能算是文明國的言論，很不以為然。周作人以當時社會籠罩一種到處捕殺「共黨」的恐怖氣氛為例，列舉了全國各地槍決共黨的人數。他指出：「人力車夫固然應廢，首亦大可以不斬；即使斬首不算不文明，也未必是以表示文明吧。昔托爾斯泰在巴黎見犯人身首異處的剎那，痛感一切殺人之非，胡先生當世明哲，亦當有同感，惟惜殺人雖常有，究不如人力車之多，隨時隨地皆是耳，故胡先生出去只見不文明的人力車而不見也似乎不很文明的斬首，此吾輩不能不甚以為遺恨者也。」[214]如果說周作人對胡適的「昏」採用一種冷嘲熱諷的態度，那麼當國民黨元老、政客吳稚暉在《大公報》上挖苦江浙被清的人，說什麼毫無殺身成仁的模樣，都是叩頭乞命，畢瑟可憐云云，他則表示極大的憤怒。他指出：「吳君在南方不但鼓吹殺人，還要搖鼓他的毒舌，侮辱死者，即有仇殺，亦至死而止，若戮辱屍骨，加以後身之惡名，則非極墮落野蠻之人不願為也。吳君是十足老中國人，我們在他身上可以看出永樂乾隆的鬼來，於此足見遺傳之可怕，而中國與文明之距離也還不知若干萬里。」[215]由此，周作人以為：「我覺得中國人特別有一種殺亂黨的嗜好，無論是滿清的殺革黨，洪憲的殺民黨，現在的殺共黨，不管是非曲直，總之都是殺得很起勁，彷彿中國人不以殺人這件事當作除害的一種消極的手段，（倘若這是有效，）卻就把殺人當作目的，借了這個時候盡量地滿足他的殘酷貪淫的本性。在別國人我也不能保證他們必不如此，但我相信這在中國總是一種根深柢固的遺傳病，上自皇帝將軍，下至學者流氓，無不傳染得很深很重，將來中國滅亡之根

---

214 豈明（周作人）：〈人力車與斬決〉，《語絲》第140期（1927年7月16日）。

215 豈明（周作人）：〈偶感之四〉，《語絲》第149期（1927年9月17日）。

即在於此。」[216]可見，周作人對「僵屍」、「死鬼」的重來，保持著清醒的警覺。但我們也不能不指出周作人的歷史循環觀念，在給他提供一個觀察中國歷史與現實人生一個很好的思想視角和批判武器，同時也給他帶來中國族類必亡論這一相當悲觀虛無的論調。這種論調，其實也為他日後之所以附逆下水埋下了伏筆。

其二，對中國人「奴性」的抨擊和批判。這是周作人又一維度對「僵屍」、「死鬼」挖墳刨根的集中體現。周作人說：「我不信神而信鬼，我們都是祖先的鬼的重來，這是最可悲的事。」[217]周作人對「祖先的鬼」，是充滿著憂懼感。他曾在〈夏夜夢〉之四〈狒狒之出籠〉裡，用隱喻的筆法寫狒狒出籠之事，揭示這麼一個道理「奴隸根性已經養成，便永遠的成了一種精神的奴族」。這個寓意深刻的故事講了在毛人時代，人類仗恃著暴力，捕捉了許多狒狒之類，把它們鎖上鐵鍊，關進鐵籠裡，又強迫它們去作苦工。當初也反抗過，但終抵擋不過皮鞭和饑餓的力量，歸結只得聽從，做了毛人的奴隸。過了不知多少千年，彼此的毛都已脫去，看不出什麼分別，鐵鍊與鐵籠也不用了。但這些人的奴隸根性已養成了，只能永遠做個精神的奴族。「他們自認是一個狒狒，覺得是卑賤的，卻同時彷彿又頗尊貴。所以他們不能忍受別人說話，提起他們的不幸和委屈，即使是十分同情的說，他們也必然暴怒，對於說話的人漫罵或匿名的揭帖，以為這人是侵犯了他們的威嚴了」。[218]在周作人看來，「中國似乎當得起說是最富於奴才的國」[219]。而奴隸根性的養成由來已久。他在〈古詩裡的女人〉曾引用清末夏穗卿言，宋以前女人尚是奴隸，宋以後則男子全為奴隸，

216　豈明（周作人）：〈怎麼說才好〉，《語絲》第151期（1927年10月1日）。

217　益黠（周作人）：〈五四運動之功過〉，《京報副刊》，1925年6月29日。

218　周作人：〈夏夜夢〉，《談虎集》（石家莊市：河北教育出版社，2002年），頁365-367。

219　大閒（周作人）：〈奴才禮贊〉，《語絲》第84期（1926年6月21日）。

而女人乃成物件矣。周作人以為夏氏「雖似偏激而實含至理」[220]。周作人在〈文字的巧妙〉[221]中還以為這種奴性在文人學士中更是突出，他們不僅以勝者為王，敗者為寇，見風使舵，勢利之極，而且他們還善於以立言之巧妙而有目共賞。周作人引錄《多爾袞攝政日記》的一則材料，說是明朝降將馮銓輩良心死盡，非把清兵南侵說成是奉天伐罪，南明的小朝庭是「神人共憤」，這連多爾袞都覺得說得過分。所以周作人頗為感慨地稱：

> 我常說中國向來是在辦一個順民養成所，使人民平日飽受苦痛，做了殖民地也不再感覺得，這是普通科；此外再養成一副奴顏婢膝，可以去歌功頌德，這是高等科。如今看來，至遲在明朝此養成所早已開辦了。雖然學者們說習得的技能不會遺傳，可是幾百年的習慣要他消除也實在不容易，何況現在有許多人還不無愛惜之意呢。

周作人由「祖先的鬼」的遺傳，揣測了中國人的心思，認為「中國人所最歡迎的東西，大約無過於賣國賊，因為能夠介紹他們去給異族做奴隸，其次才是自己能夠作踐他們奴使他們的暴君」。因此，他認為只有「拔去國民的奴氣惰性，百事才能進步」。[222]應該說，周作人抓住改造國民性問題的癥結，只有甩掉各人身上的「鬼」氣，祛除身上的「奴性」，才能喚起個人和國民的自覺。周作人說：「中國如要好起來，第一應當覺醒，先知道自己沒有做人的資格至於被人欺侮之可恥，再有勇氣去看定自己的醜惡，痛加懺悔，改革傳統的謬思想惡

---

220 周作人：〈古詩裡的女人〉，《書房一角》（石家莊市：河北教育出版社，2002年），頁170。

221 知堂（周作人）：〈文字的巧妙〉，《宇宙風》第39期（1937年4月16日）。

222 開明（周作人）：〈孫中山先生〉，《語絲》第19期（1925年3月23日）。

習慣，以求自立，這才有點希望的萌芽：總之中國人如沒有自批巴掌的勇氣，一切革新都是夢想。」[223]

　　由此觀之，周作人抓住「僵屍」、「死鬼」，對中國國民性進行猛烈的攻擊和批判，這在許多方面與魯迅是相一致的。儘管他們作為兄弟之誼，早在一九二三年就破裂，但在「語絲」時期，他們不僅在與現代評論派鬥爭中相互配合，很打了幾場漂亮的仗，而且他們在對歷史的挖墳刨根上也達到前所未有的深度和力度，顯示他們對問題看法的默契程度。周作人曾尖銳地指出：「考慮中國的現在與將來的人士必須要對於他這可怕的命運知道畏而不懼，不諱言，敢正視，處處努力要抓住它的尾巴而不為所纏繞住，才能獲得明智。」[224]這種意見與魯迅曾在〈論睜了眼看〉所說的「必須敢於正視，這才可望敢想，敢說，敢作，敢當」[225]，其精神實質是一樣的。不過話說回來，我們在這裡指出周氏兄弟的一致之處，並不是想遮掩他們之間的一些本質性區別。周作人善於抓到問題的癥結，但對問題的解決卻顯得力不從心、悲觀絕望。究其原由，這主要是周作人中了很深的歷史循環觀念之毒，他所看到盡是「僵屍」、「死鬼」，所謂「日光之下並無新事」，看不到歷史也是在螺旋般地上升、前進，這就必然導致他走向悲觀和冷淡的一路。他曾這樣說：「如呂滂（Gustave Le Bon）所說，人世的事都是死鬼作主，結果幾乎令人要相信幽冥判官——或是毗騫國王手中的帳簿，中國人是命裡註定奴才，這才使我對於一切提倡不免有點冷淡了。」[226]周作人的這種「冷」，與魯迅的「熱」恰恰構成鮮明對照的兩極。這種「冷」，也是他後來走向泥淖，形成悲劇性的人生的一個重要因素。

---

223 凱明（周作人）：〈代快郵——致萬羽的信〉，《語絲》第39期（1925年8月10日）。

224 知堂（周作人）：〈關於命運〉，《大公報》（文藝副刊）第148期，1935年4月21日。

225 魯迅：〈論睜了眼看〉，《魯迅全集》（北京市：人民文學出版社，1981年），卷1，頁237。

226 周作人：〈答木天〉，《語絲》第34期（1925年7月6日）。

三　物理人情：察世觀物的批評標尺

　　周作人是不主張文學「有用」的，但他所說的「有用」含義是就「政治經濟」層面而言的。他稱「若是給讀者以愉快，見識以至智慧，那我覺得卻是很必要的，也是有用的所在」[227]。實際上，周作人是反對把文學當作政治宣傳的傳聲筒或道德教訓的工具而已，他所重視乃是文章所體現的「見識以至智慧」，即「常識」的表達與獲得。那麼，怎樣才叫作「常識」呢？周作人以為所謂的「常識」，其實是很簡單，並不是什麼高深莫測的學問或理論，乃是「根據現代科學證明的普通知識，在初中的幾種學科裡原已略備，只須稍稍活用就是了」。[228]這種「常識」說它簡單，其實也不簡單，因為它總被外在的一些因素所遮蔽。周作人把「常識」分開來說，不外「人情物理」，「前者可以說是健全的道德，後者是正確的智識，合起來就可稱之曰智慧」。[229]因此，物理是指「正確的智識」，而人情就是「健全的道德」。物理人情二者是合而為一，誰也不好離開誰的，但為了分析的便利，我們還是將它們分開論述。

　　周作人曾自稱為「愛智者」。一九三四年，他說：「自己覺得文士早已歇業了，現在如要分類，找一個冠冕的名稱，彷彿可以稱作愛智者，此只是說對於天地尚有些興趣，想要知道他的一點情形而已。」[230]稱自己是一名「愛智者」，就在於他對「天地」的興趣，即追求人世間的「物理」。那麼，周作人「物理」的理論資源來自何方？我以為主要有兩處：一是中國古代；一是古希臘和現代西方。周作人稱：

---

227 周作人：〈《苦茶隨筆》後記〉，《苦茶隨筆》（長沙市：嶽麓書社，1987年），頁206。
228 知堂（周作人）：〈常識〉，《實報》（星期偶感），1935年6月16日。
229 藥堂（周作人）：〈《一簣軒筆記》序〉，《華北作家月報》第6期（1943年6月20日）。
230 周作人：〈《夜讀抄》後記〉，《夜讀抄》（石家莊市：河北教育出版社，2002年），頁202。

「中國人的思想本來是很健全的。」他這話的意思是指先秦的儒家思想。他說「儒家的根本思想是仁，分別之為忠恕，而仍一以貫之，如人道主義的名稱有誤解，此或可稱為人之道也」，他還以為儒家的「仁」很是簡單明瞭，「所謂為仁直捷的說即是做人，仁即是把他人當作人看待，不但消極的己所不欲勿施於人，還要以己所欲施於人，那就是己欲立而立人，己欲達而達人，更進而以人之所欲施之於人，那更是由恕而至於忠了」[231]。就這意義上說，周作人以為「聖人的精義其實是很平易的，無非是人情物理中至當不易的一點」[232]。周作人把這平易的「聖人的精義」加以闡明與發揮，他認為人之異於禽獸者就只為有理智吧，因為他知道己之外有人，己亦在人中，於是有兩種對外的態度，消極的是恕，積極的是仁。但是人的文化並不總是向上的，他們也會用自己的理智，去幹禽獸所不為的事，如暗殺、賣淫、文字思想獄、為文明或王道的侵略。而這些醜惡的事情，在周作人看來，正是孔子所深惡痛疾的。周作人認為孔子的話雖簡捷，但均為至理名言，只可惜雖有千百人對他跪拜，卻沒有人肯聽他。大家的主人雖是婢僕眾多，知道主人的學問思想的還只有和他平等往來的知友，若是垂手直立，連聲稱是，但足供犬馬之勞而已。因此，周作人以為「自己可以算是孔子的朋友，遠在許多徒孫之上」。周作人對儒家思想自漢代後被統治者定為一尊，並演化為禁錮人們思想的和充當專制獨裁體制的工具極為痛心。所以，他自稱是「儒家」而非「儒教」，以示不同[233]。但是，周作人也自漢以下尋找所謂「儒教」的反叛者，他在漢代推出王充，讚賞王充倡導「疾虛妄」精神，認為「疾虛妄的

---

231 知堂（周作人）：〈中國的思想問題〉，《中和月刊》第1卷第4期（1943年1月）。

232 周作人：〈古文與學理〉，《知堂乙酉文編》（石家莊市：河北教育出版社，2002年），頁40-41。

233 知堂（周作人）：〈逸語與論語並說到孔子的益友〉，《宇宙風》第15期（1936年4月16日）。

對立面是愛真實」[234]。在明代中，他推出李贄，以為他「所取者卻非是破壞而在其建設，其可貴處是合理有情，奇辟橫肆都只是外貌而已」[235]，這個詮釋顯示出周作人獨到的眼光和見識。他在另一篇文章中對李卓吾反抗儒教的精神大加肯定，以為李卓吾所講的話大抵冒犯了世間曲儒之忌，其實本來也很平常，「只是因懂得物理人情，對於一切都要張眼看過，用心想過，不肯隨便跟了人家的腳跟走，所得的結果正是極平常實在的道理，蓋日光之下本無新事也，但一班曲儒便驚駭的了不得，以為非妖即怪，大動干戈，乃興詔獄」[236]。在清代，他推舉俞正燮，他認為俞正燮「見識乃極明達，甚可佩服，特別是能尊重人權，對於兩性問題常有超越前人的公論」[237]。總之，周作人一方面認為這三聖賢無非闡明了普通的常識，即向來所謂物理人情而已；另一方面他又特別強調他們是「偉大的常人」，因為在他們身上有「非聖無法氣之留遺」，而這點，對於當時中國的知識界是相當重要的。因此，周作人概括稱「不承認權威，疾虛妄，重情理，這也就是現代精神」，而現代新文學「如無此精神也是不能生長的」[238]。

　　周作人「物理」的理論資源還來自西方。古希臘，是周作人持之以恆地汲取的一個重要源頭。他說：「希臘文化是西洋文學之祖，無論是科學和文學。」而且「它和中國的儒家思想相同很多。『蘇格拉底，即中國孔子』一語，實是」。[239]他認為古希臘人有一種「好學求知」，「明其道不計其功」的學風，他們能夠超越一切利害的關係，純

234　周作人：〈《藥味集》序〉，《藥味集》（石家莊市：河北教育出版社，2002年），頁1。

235　周作人：〈讀書的經驗〉，《藥堂雜文》（石家莊市：河北教育出版社，2002年），頁40。

236　知堂（周作人）：〈談文字獄〉，《宇宙風》第41期（1937年5月16日）。

237　知堂（周作人）：〈俞理初的詼諧〉，《中國文藝》創刊號（1939年9月1日）。

238　周作人：〈關於《近代散文》〉，《知堂乙酉文編》（石家莊市：河北教育出版社，2002年），頁58。

239　周作人：〈略談中西文學〉，武漢《人間世》第1期（1936年4月15日）。

粹求知而非為實用，用「旅人的心」，「永遠注意著觀察記錄一切人類
的發明與發見」。[240]另外他們的希臘神話，寫得非常美。希臘人這種
愛美之心，並不簡單，它是與驅除恐怖相連結。周作人以為這一點也
是值得後人加以注意的。[241]再下來，對周作人思想影響比較大的是西
方近現代的生物學、人類學、性學、倫理學等等。以性學為例，周作
人曾說過：「半生所讀書中性學書給我影響最大，藹理斯，福勒耳，
勃洛赫，鮑耶爾，凡佛耳台，希耳須弗耳特之流，皆我師也，他們所
給的益處比聖經賢傳為大，使我心眼開擴，懂得人情物理。」[242]其中
藹理斯對周作人影響最大。周作人尤其喜歡藹理斯寫的〈性的心理〉
一書，認為藹氏根據自然科學的看法，是「滲透了人情物理，知識變
了智慧，成就一種明淨的觀照」。[243]

　　周作人把自己從書本和經歷得來的「物理」知識，稱是做「三腳
貓」得來的。他宣稱自己不懂文學，但知道文章的好壞，不懂哲學玄
學，但知道「思想的健全」與否。他說：「談思想，係根據生物學文
化人類學道德史性的心理等的知識，考察儒釋道法各家的意思，參酌
而定，以情理併合為上。」[244]依據周作人的常識，即以「思想的健
全」與否作為自己寫作和批評的標準，這就必然促使他對古來的道德
學問的傳說發生懷疑，養成反封建、禮教的思想。用他的話說，當他
「由文學而轉向道德思想問題，其攻擊的目標總結攏來是中國的封建
社會與科舉制度之流毒。嚴格的說，中國封建制度早已倒壞了，這自
然是對的，但這裡普通所說的封建並不是指那個，實在只是中國上下
存在的專制獨裁的體制，在理論上是三綱，事實上是君父夫的三重的

240 知堂（周作人）：〈希臘人的好學〉，《西北風》第14期（1936年12月20日）。

241 知堂（周作人）：〈希臘之餘光〉，《藝文雜誌》第2卷第7、8期合刊（1944年8月）。

242 知堂（周作人）：〈風雨後談（六）・急進的姣女〉，《宇宙風》第24期（1936年9月1
　　日）。

243 周作人：〈性的心理〉，《夜讀抄》（石家莊市：河北教育出版社，2002年），頁32。

244 知堂（周作人）：〈自己所能做的〉，《宇宙風》第42期（1937年6月1日）。

神聖與專橫」，再來是科舉制度，用考試取士，「千餘年來文人養成了
一套油腔滑調，能夠胡說亂道，似是而非，卻也說得圓到，彷彿很有
道理，這便是八股策論的做法，拿來給強權幫忙，吠影吠聲的鬧上幾
百年，不但社會人生實受其害，就是書本上也充滿了這種烏煙瘴
氣」。[245]周作人在他的作品時時出現抨擊「中國的封建社會與科舉制
度之流毒」的文字，可以說在這一點上，他態度堅決，始終如一。尤
其是，周作人對唐宋以降的正統文學一直抱著厭惡的態度。他曾稱自
己的讀書是非正統的，大致有八大類，關於詩經論語疏注之類；小學
書；文化史料類；年譜、日記、遊記、家訓、尺牘類；博物書類；筆
記類；佛經類；鄉賢著作等[246]。這種「非正宗的別擇法」，構成了周
作人獲取常識、表達常識的重要途徑。周作人曾評價魯迅稱：「魯迅
對於古來文化有一個特別的看法，凡是『正宗』或『正統』的東西，
他都不看重，卻是另外去找出有價值的作品來看。」[247]其實這也是他
夫子自道的做法。

　　比如，他對明清以來的文人所撰的筆記很感興趣，並從中學得了
不少的東西。當然，他看筆記也有一定的要求，大致「要在文詞可觀
之外再加思想寬大，見識明達，趣味淵雅，懂得人情物理，對於人生
與自然能巨細都談，蟲魚之微小，謠俗之瑣屑，與生死大事同樣的看
待，卻又當作家常話的說給大家聽，庶乎其可矣」[248]。不過這些雜書
數量龐大，也存在著魚目混珠、良莠不齊的情況，這就需要有較高的
鑒別能力才行。周作人稱他做的一件事是「涉獵前人言論，加以辨
別，披沙揀金，磨杵成針，雖勞而無功，於世道人心卻當有益，亦是

245 周作人：〈過去的工作〉，《過去的工作》（石家莊市：河北教育出版社，2002年），
　　頁84。

246 周作人：〈知堂回想錄〉（蘭州市：敦煌文藝出版社，1998年），頁454。

247 周作人：〈魯迅與中學知識〉，《魯迅的青年時代》（石家莊市：河北教育出版社，
　　2002年），頁51。

248 周作人：〈談筆記〉，《秉燭談》（石家莊市：河北教育出版社，2002年），頁130。

值得做的工作」[249]，所以他自稱是「文抄公」，但又認為「文抄公的工作也不是可以太看輕的」[250]。周作人不信鬼，但又喜歡談論鬼。他依據平常從雜書中看來的一些知識，撰寫了〈水裡的東西〉、〈鬼的生長〉、〈說鬼〉、〈談鬼論〉、〈讀《鬼神論》〉等系列作品。這是為什麼呢？這主要是基於周作人民俗學上的興味。他以為我們喜歡知道鬼的情狀與生活，從文獻從風俗上各方面去搜求，為的可以了解一點平常不易知道的人情，換句話說就是為了「鬼裡邊的人」。反過來說，則人間的鬼怪伎倆也值得注意，為的可以認識「人裡邊的鬼」吧。[251]周作人對於民間巫術感興趣，撰寫了〈賦得貓──貓與巫術〉，也是想從民間的巫術中窺知一點「物理」來。他尤其是對歐洲中古的巫術案很關心，這是因為我們也有文字思想獄，蓋人類原只有一個，不能有「隔岸觀火之樂」，所以周作人在涉獵時，「一面對那時政教的權威很生反感，一面也深感危懼，看了心驚眼跳」[252]。周作人也喜歡撰寫一些草木蟲魚類的隨筆，他在〈《草木蟲魚》小引〉中云：「現在便姑且擇定了草木蟲魚，為什麼呢？第一，這是我所喜歡，第二，他們也是生物，與我們很有關係，但又到底是異類，由我們說話。」[253]這裡關鍵是第二點的因素，它們是「生物」，與「我們很有關係」，也就是說我們可以從草木蟲魚裡，窺知人類之事。周作人每每看見金魚，一團肥紅的身體，突出兩隻眼睛，轉動不靈地在水中游泳，總會聯想到「中國的新嫁娘，身穿紅布褲，紮著褲腿，拐著一對小腳伶俜地走路」[254]；周作人寫家鄉習慣醃莧菜梗吃，很有溫情。俗語云，布衣

---

249 知堂（周作人）：〈自己所能做的〉，《宇宙風》第42期（1937年6月1日）。

250 周作人：〈廣陽雜記〉，《立春以前》（石家莊市：河北教育出版社，2002年），頁76。

251 周作人：〈說鬼〉，《苦竹雜記》（石家莊市：河北教育出版社，2002年），頁138。

252 知堂（周作人）：〈賦得貓──貓與巫術〉，《國聞週報》第14卷第8期（1937年3月1日）。

253 豈明（周作人）：〈《草木蟲魚》小引〉，《駱駝草》，第23期（1930年10月13日）。

254 啟明（周作人）：〈金魚〉，《益世報》（副刊）第107期（1930年4月17日）。

暖，菜根香，讀書滋味長。咬了菜根是否百事可做，周作人不敢確切
說，但是他覺得這是頗有意義的，第一可以「食貧」，第二可以「習
苦」，而實在卻也有「清淡的滋味」[255]。周作人在撰寫這類作品時，不
僅對古代典籍披沙揀金，而且還旁徵博引國外相關的科普資料，給我
們知識上的陶冶；同時他敘述過程中時時注意分辨是非，給我們恰當
的指導。用他的話來說「雖然對於名物很有興趣，也總是賞鑑裡混有
批判」[256]。如，他針對《太平御覽》中云：「蚯蚓土精，無心之蟲，交
不以分，淫於阜螽，觸而感物，乃無常雄。」這就說中國古人相信蚯
蚓無雄而與阜螽交配的說法，周作人引用懷德的《觀察錄》、瑞德女
醫師所著《性是什麼》裡有關蚯蚓的資料，用國外學者通過仔細觀察
得來的科學知識，澄清人們頭腦中存在著謬誤觀念。蚯蚓是雌雄同
體，根本不用與阜螽交配。[257]《太平御覽》中所記載車胤囊螢照讀，
成為中國讀書人常引的美談，可是昆蟲學家法勃耳（現通譯為法布
爾）卻在《昆蟲記》中說：「其光色白，安靜，柔軟，覺得彷彿是從
滿月落下來的一點火花。可是這雖然鮮明，照明力卻頗微弱。假如拿
了一個螢火在一行文字上面移動，黑暗中可以看得出一個個的字母，
或者整個的字，假如這並不太長，可是這狹小的地面以外，什麼也都
看不見了。這樣的燈光會得使讀者失掉耐性的。」周作人認為把中國
所謂「囊螢照讀」與《昆蟲記》所說的話比較來看，就會顯得有點可
笑。他風趣地稱：「說是數十螢火，燭光能有幾何，即使可用，白天
花了工夫去捉，卻來晚上用功，豈非徒勞，而且風雨時有，也是無
法」。[258]周作人這種「賞鑑裡混有批判」，說明他做「文抄公」，不僅

255　周作人：〈莧菜梗〉，《看雲集》（石家莊市：河北教育出版社，2002年），頁32。

256　周作人：〈兩個鬼的文章〉，《過去的工作》（石家莊市：河北教育出版社，2002年），
　　　頁90。

257　周作人：〈蚯蚓〉，《立春以前》（石家莊市：河北教育出版社，2002年），頁51-56。

258　周作人：〈螢火〉，《立春以前》（石家莊市：河北教育出版社，2002年），頁62。

要披閱大量的書籍，而且還要「淘金」的本領和獨到的見識，因此他說當這個「文抄公」，確實也是不易，決非虛言。

　　說完「物理」，我們來談一下周作人重視的「人情」。周作人曾說過這樣的話，「大概從西洋來的屬於知的方面，從日本來的屬於情的方面為多」。[259]這話大抵不錯，周作人對西洋主要是求知，比如人類學、生物學、性學、倫理學等等。而關於日本文化的興趣主要以「情」為主，因而其雜覽多以「情趣」為主，自然其態度也與求知識稍有區別。周作人很欣賞遷哲郎論日本古典名著《古事記》的藝術價值：「《古事記》中的深度的缺乏，即以此有情的人生觀作為補償。《古事記》全體上牧歌的美，便是這潤澤的心情的流露。缺乏深度即使是弱點，總還沒有缺乏這個潤澤的心情那樣重大。」周作人以為這種潤澤的心情正是日本最大優點，使他感到日本文化的親近之處。[260]他評價日本用十七字音做成的諷刺詩川柳，就是以「人情」作為衡量的準繩。上者能夠「體察物理人情」，直寫出來，令人看了破顏一笑，有時或者還感到「淡淡的哀愁」，此所謂「有情滑稽」，最是高品；其次找出「人生的缺陷」，如繡花針噗哧的一下，叫聲好痛，卻也不至於刺出血來。這種詩讀了很有意思。不過這正與笑話相像，以人情風俗為材料，要理解它非先知道這些不可，不是很容易的事。[261]而周作人一再推許和引用的日本著名隨筆作家永井荷風在《江戶藝術論》第一章第五節論浮世繪的文字：

　　　　嗚呼，我愛浮世繪。苦海十年為親賣身的遊女的繪姿使我泣。
　　　　憑倚竹窗茫然看著流水的藝妓的姿態使我喜。賣宵夜面的紙

---

259 周作人：〈明治文學之追憶〉，《立春以前》（石家莊市：河北教育出版社，2002年），頁69。

260 開明（周作人）：〈日本的人情美〉，《語絲》第11期（1925年1月26日）。

261 周作人：〈知堂回想錄〉（蘭州市：敦煌文藝出版社，1998年），頁473。

燈，寂寞的停留著的河邊的夜景使我醉。雨夜啼月的杜鵑，陣雨中散落的秋天樹葉，落花飄風的鐘聲，途中日暮的山路的雪，凡是無常，無告，無望的，使人無端嗟歎此世只是一夢的，這樣的一切東西，於我都是可親，於我都是可懷。

　　浮世繪的重心不在風景，乃是市井風俗。其人物以藝妓為主。畫面富麗，色彩豔美，但這裡邊有一抹暗影的存在。這種無告的色彩之美，因為潛存的哀訴的旋律而將暗黑的過去再現出來。而江戶時代這種平民藝術傳遞的悲哀色彩至今全無時間的間隔，無常、無告、無望的東洋人的悲哀，仍然深深沁入後代讀者的心底，一切都是那麼可親、可感、可懷，讓人產生無限的悵然。周作人真能深入到日本文化的內蘊，深深體會著東洋人的「深情」和「悲哀」。

　　當然，周作人推崇「人情」，也免不了本國文化的背景和本國文化的影響。周作人以為，「中國有頂好的事情，便是講情理，其極壞的地方便是不講情理。隨處皆是物理人情，只要人去細心考察，能知者即可漸進為賢人，不知者終為愚人，惡人。」[262]可見，周作人所謂的「人情」，與他的「物理」一樣，也有源自古代聖賢重「情理」的思想。周作人認為儒家思想本來是合乎「人情物理」的，只是被後世的「不肖子孫」搞糟了，他尤其痛惡韓愈，以為韓愈只會「裝腔作勢」、「搔首弄姿」而已，而無真人情在。因此，周作人撇開「正統」、「正宗」文學的主脈，用所謂「載道」與「言志」的區分，再去尋求自己認定的「言志」脈絡，他除了挖掘出像王充、李贄、俞正燮等少數聖賢外，他還把尋找真「人情」，大量花在閱讀前人的筆記、雜書上。周作人稱他選擇筆記的標準是不問古今中外，「只喜歡兼具健全的物理與深厚的人情之思想，混合散文的樸實與駢文的華美之文

---

262 知堂（周作人）：〈情理〉，《實報》（星期偶感），1935年5月12日。

章」。[263]他認為：「我的理想只是那麼平常而真實的人生，凡是熱狂的與虛華的，無論善或是惡，皆為我所不喜歡，又凡有主張議論，假如覺得自己不想去做，或是不預備講給自己子女聽的，也絕不隨便寫出來公之於世，那麼其結果自然只能是老老實實的自白，雖然如章實齋所說，自具枷杖供狀，被人看出破綻，也實在是沒有法子。」[264]因此，周作人追求所謂的「人情」，其實是人世間中普通的「常識」，是平凡的「真情」。

周作人曾在〈《桑下談》序〉裡談浮屠不三宿桑下，來反推人世間恩愛之情產生的可貴。《後漢書》卷三十下《襄楷傳》中曾說延熹九年楷上疏極諫，有云：「或言老子入夷狄為浮屠，浮屠不三宿桑下，不欲久生恩愛，精之至也。」章懷太子注云：「言浮屠之人寄桑下者不經三宿，便即移去，示無愛戀之心也。」襄楷這句話後來很有名，多有人引用。我們且不管老子西出函谷關後，是否化胡之事。單談「不宿桑下」的典故。浮屠不欲久住致生愛戀，固然有他的道理，但是從別一方面來說，住也是頗有意味的事。周作人議論稱：

> 浮屠應當那樣做，我們凡人是不可能亦無須，但他們怕久生恩
> 愛，這裡邊很有人情，凡不是修道的人當從反面應用，即宿於
> 桑下便宜有愛戀是也。本來所謂恩愛並不一定要是怎麼急迫的
> 關係，實在也還是一點情分罷了，住世多苦辛，熟習了亦不無
> 可留連處，水與石可，桑與梓亦可，即鳥獸亦可也，或薄今人
> 則古人之言與行亦復可憑弔，此未必是竺舊，蓋正是常情耳。
> 語云，一樹之陰亦是緣分。若三宿而起，掉頭徑去，此不但為
> 俗語所譏，即在浮屠亦復不情，他們不欲生情以損道心，正因

263 知堂（周作人）：〈《苦竹雜記》題記〉，《大公報》，1935年11月17日。
264 周作人：〈《書房一角》原序〉，《書房一角》（石家莊市：河北教育出版社，2002年），頁3。

為不能乃爾薄情也。[265]

　　周作人說「怕久生恩愛，這裡邊很有人情」，講得多好！所以他
建議「凡不是修道的人當從反面應用」。住世多苦辛，我們講究就是
那麼一點「情分」罷了。周作人重「人情」觀，必然導致他惡「薄
情」之人。周作人曾寫一篇〈記海瑞印文〉，裡面引用姚叔祥《見只
編》卷上云：「海忠介有五歲女，方啖餌，忠介問餌從誰與，女答
曰，僮某。忠介怒曰，女子豈容漫僮餌，非吾女也，能即餓死，方稱
吾女。此女即涕泣不飲啖，家人百計進食，卒拒之，七日而死。余謂
非忠介不生此女。」周作人於文中不僅譴責海瑞，稱「余平日最不喜
海瑞，以其非人情也」，「此輩實即是酷吏」；他還連帶抨擊了姚叔祥
輩等人，「海瑞不足責矣，獨不知後世嘖嘖稱道之者何心，若律以自
然之道，殆皆虎豹不若者也」。[266]同樣，周作人之所以對那些聽起來
是無稽之談的民俗東西極為感興趣，這裡面主要是寄寓了「人情」的
緣故。如，他稱：「小時候聽念佛老太婆說，陰間豆腐乾每塊二百
文，頗覺得詼詭可喜，雖然當時不曾問她的依據，惟其陰間物價極高
的意思則固可以了解。陰間的人尚在吃豆腐乾，則他物準是，其情狀
當與陽世無甚殊異，此又可以推知。至於特別提出豆腐乾而不云火腿
皮蛋者，乃是念佛老太婆的本色，亦甚有意思者也。」[267]

　　周作人重「人情」，講「人情」，與其體會人世間的苦辛密切相
關。在周作人看來，人活在這可憐的世間，是很不容易的，到處都是
為生活輾轉奔波的人。這個世界是不完美的、有缺陷的。因此，彼此
要珍惜這份現世的情緣。他撰寫的《結緣豆》就有談這個意思。據范

265　周作人：〈《桑下談》序〉，《秉燭後談》（石家莊市：河北教育出版社，2002年），頁
　　124-127。

266　藥堂（周作人）：〈記海瑞印文〉，《晨報》（副刊），1938年7月15日。

267　周作人：〈讀鬼神論〉，《苦口甘口》（石家莊市：河北教育出版社，2002年），頁128。

寅《越諺》講的「結緣」風俗,「結緣,各寺廟佛生日散錢與丐,送餅與人,名此。」周作人說他很喜歡佛教裡的兩個字,曰業曰緣,覺得頗能說明人世間的許多事情,彷彿與遺傳及環境相似,卻更帶一點兒詩意。但周作人還是認為「業的觀念太是冷而且沉重」,而「緣的意思便比較的溫和得多,雖不是三笑那麼圓滿也總是有人情的」。那麼,為什麼要結緣呢?周作人揣測云「這或者由於不安孤寂的緣故吧」。人是喜群的,但他往往在人群中感到不可堪的寂寞,有如在廟會時擠在潮水般的人叢裡,特別像是一片樹葉,與一切絕緣而孤立著。念佛號的老公公老婆婆也不會不感到,或者比平常人還要深切吧,想用什麼儀式來施行祓除,列位莫笑他們這幾顆豆或小燒餅,有點近似小孩玩耍時在「辦家家」,實在卻是「聖餐的麵包葡萄酒似的一種象徵,很寄存著深重的情誼」呢。周作人以為「我們的確彼此太缺少緣分,假如可能實有多結之必要,因此我對於那些好善者著實同情,而且大有加入的意思」。周作人還進而把文人寫文章也比作是在「結緣豆」,他云:「蓋寫文章即是不甘寂寞,無論怎樣寫得難懂,意思裡也總期待有第二人讀,不過對於他沒有過大的要求,即不必要他來做嘍囉而已。煮豆微撒以鹽而給人吃之,豈必要索厚償,來生以百豆報我,但只願有此微末情分,相見時好生看待,不至俍俍來去耳。古人往矣,身後名亦復何足道,惟留存二三佳作,使今人讀之欣然有同感,斯已足矣,今人之所能留贈後人者亦止此,此均是豆也。」[268]周作人有一篇名為〈一歲貨聲之餘〉,也是他體會人世的苦辛而寄寓「人情」的文章。他於文中閒談對「貨聲」即小販串街走巷的叫賣聲的興趣,特別是有幸記下章太炎先生對東京街頭叫賣聲的妙評:

　　我只記得章太炎先生居東京的時候,每早聽外邊賣鮮豆豉的呼

---

268 周作人:〈結緣豆〉,《談風》第1期(1936年10月10日)。

聲，對弟子們說，「這是賣什麼的？natto, natto, 叫的那麼淒
涼？」我記不清這事是錢潛君還是冀未生君所說的了，但章先
生的批評實在不錯，那賣「納豆」的在清早冷風中在小巷裡叫
喚，等候吃早飯的人出來買她一兩把，而一把草苞的納豆也就
只值一個半銅元罷了，所以這確是很寒苦的生意，而且做這生
意的多是女人，往往背上背著一個小兒，假如真是言為心聲，
那麼其愁苦之音也正是無怪的了。[269]

　　從這「叫賣聲」裡，作者引發對它的聯想和探究，並形諸於筆
墨。這一聲聲淒苦的叫賣聲中，一個留存在周作人腦海裡的背小兒的
婦人形象也無時間的間隔而從字裡行間中浮現在後代讀者的眼前，這
實在是同理之心古今一樣。

　　周作人還主張「人情」的發露，在於瑣屑不經意處，這才是真
「人情」，真「天籟」。他稱：「中國古來是那麼一派學風，文人學者
力守正宗，惟於不經意中稍或出軌，有所記述，及今視之甚可珍
異。」[270]這是周作人常涉獵古人筆記而得出的經驗之談。這與正統文
章那種念符咒或捏腔唱皮黃相反。「自然」、「瑣屑」、「不經意」，才是
真「人情」的流露，也才有文字的上佳表現。周作人曾在〈《雜拌兒
之二》序〉中稱：「我們固然也要聽野老的話桑麻，市儈的說行市，
然而友朋間氣味相投的閒話，上自生死興衰，下至蟲魚神鬼，無不可
談，無不可聽，則其樂益大，而以此例彼，人境又復不能無所偏向
耳。」[271]「人境」雖有所偏向，卻大都表現為「瑣屑」和「不經意」

269　豈明（周作人）：〈一歲貨聲之餘〉，《大公報》（文藝副刊）第42期，1934年2月17
　　日。
270　周作人：〈寄龕四志〉，《立春以前》（石家莊市：河北教育出版社，2002年），頁93。
271　周作人：〈《雜拌兒之二》序〉，《苦雨齋序跋文》（石家莊市：河北教育出版社，2002
　　年），頁120。

處，也是真「人情」流露的結果。因而，那些富有「人情」的閒話，
大家還是樂與聽之：

> 大雨接連下了兩天，天氣也就頗冷了。般若堂裡住著幾個和尚
> 們，買了許多香椿乾，攤在蘆席上晾著，這兩天的雨不但使他
> 不能乾燥，反使他更加潮濕。每從玻璃窗望去，看見廊下攤著
> 濕漉漉的深綠的香椿乾，總覺得對於這班和尚們心裡很是抱歉
> 似的，──雖然下雨並不是我的緣故。[272]

　　周作人從內心閃現出為這些和尚抱歉的念頭，雖然下雨並不是他
的緣故，而是天意如此。但這等「瑣屑」、「不經意」而說出來的話，
恰恰反映他懂得「人情」、深味「人情」的表現。周作人曾說：「若好
的隨筆乃是文章，多瑣語多獨自的意思正是他的好處。」[273]而這種
「多瑣語多獨自的意思」，在周作人那裡，又常常與一鄉的「歲時土
俗」相聯繫。於是，對於鬼神與人的接待，節候之變換，風物之欣
賞，人事與自然各方面之了解，都由此得到啟示。那麼，周作人於人
世間而深味出的「情」也就流貫於他筆下的文字：

> 我們在北京住慣了的平常很喜歡這裡的氣候風土，不過有時想
> 起江浙的情形來也別有風致，如大石板的街道，圓洞的高大石
> 橋，磚牆瓦屋，瓦是一片片的放在屋上，不要說大風會刮下
> 來，就是一頭貓走過也要格格的響的。這些都和雨有關係。南
> 方多雨，但我們似乎不大以為苦。雨落在瓦上。瀑布似的掉下
> 來，用竹水溜引進大缸裡，即是上好的茶水。在北京的屋瓦上
> 中不行的，即使也有那樣的雨。出門去帶一副釘鞋雨傘，有時

272　仲密（周作人）：〈山中雜信（一）‧致孫伏園〉，《晨報》（副刊），1921年6月7日。
273　周作人：〈老學庵筆記〉，《青年界》第11卷第5期（1937年5月）。

候帶了幾日也常有，或者不免淋得像落湯雞，但這只是帶水而不拖泥，石板路之好處就在此。[274]

周作人回憶起江浙的雨天情形並無特別，只不過是順手擷取了江南的眼前之景，但他後來常住北方，過往的生活體會，經過時間的沉澱和發酵，已經「詩化」了一切，雨、石板、瓦屋，構成家鄉雨天裡特有的意象，這文字雖多「瑣語」，卻不免流淌著作者對家鄉的神往和空想之情。因而，在瑣碎樸實處自有它的生命和價值。

周作人曾談及讀「文情俱勝」隨筆的愉快印象，「在這類文字中常有的一種惆悵我也彷彿能夠感到，又別是一樣淡淡的喜悅，可以說是寂寞的不寂寞之感，此亦是很有意思的一種緣分也」[275]。「一種惆悵」與「淡淡的喜悅」、「寂寞」與「不寂寞」，這都是兩兩相反的對立統一的關係，是兩極情感的一種巧妙融合。因而，這是周作人對隨筆文本層次的一種豐富概括。然而，就周作人隨筆創作經驗而言，要達到這一隨筆理想境界，關鍵在於隨筆作家要善於別擇，思想寬達，懂得物理人情，這樣才可能有上佳的表現。

四　駁正俗說：在修辭視野下的言說策略

周作人向來以為衡量隨筆作品的標準是一要「風趣」，二要「常識」。但寫常識文章，並不一定要直落落道來，有時也要講究言說的機鋒與策略，即語言的修辭表現，其效果會更佳。他說：

我在這些文章裡總努力說實話，不過因為是當作文章寫，說實話卻並不一定是一樣的老實說法，老實的朋友讀了會誤解的地

274　豈明（周作人）：〈清嘉錄〉，《大公報》（文藝副刊）第48期，1934年3月10日。

275　周作人：〈《文載道文抄》序〉，《古今》第54期（1944年9月1日）。

方難免也有罷？那是因為寫文章寫得彆扭了的緣故，我相信意
思原來是易解的。或者有人見怪，為什麼說這些話，不說那些
話？這原因是我只懂得這一點事，不懂得那些事，不好胡說八
道罷了。所說的話有的說得清朗，有的說得陰沉，有的邪曲，
有的雅正，似乎很不一律，但是一樣的是我所知道的實話，這
是我可以保證的。[276]

　　言與文是有區別的，即周作人所謂「說實話卻並不一定是一樣的
老實說法」。其原因儘管是多方面，也較為複雜。不過，筆者以為主
要因素有二，一是作者本人的性情嗜好以及知識結構；二是作者背後
的時代風尚和社會環境。周作人在一些作品中喜歡故意寫得「彆
扭」，其主要因素也不外是這兩個方面的綜合結果。而「彆扭」一詞
是一種通俗的說法，其實就是「駁正俗說」的修辭策略。「駁正俗
說」，這個詞是源自周作人讚揚俞理初的話，他稱：「俞理初可以算是
這樣一個偉大的常人了，不客氣的駁正俗說，而又多以詼諧的態度出
之，這最使我佩服。」[277]因此，所謂「駁正」就是反抗正統權威；而
「俗說」則是以詼諧的態度出之。

　　章太炎先生是被周作人尊稱為他末了的一位先生，他在給魯迅、
周作人等人講學，總是披髮赤膊，上坐講書，學理與詼諧雜出，沒有
一點規矩和架子。周作人稱自己只學到「太炎先生的喜歡講玩話，喜
歡挖苦人的一點脾氣」[278]。章太炎這種行事風格，對周作人個性的塑
造，以及後來喜歡寫「彆扭」文章應該說是有著不可忽視的影響。而
更為重要的是，周作人到日本留學，他對日本文化的癡迷和耽溺，這

---

276 周作人：〈《知堂文集》序〉，《知堂文集》（石家莊市：河北教育出版社，2002年），
　　頁1-2。

277 知堂（周作人）：〈俞理初的詼諧〉，《中國文藝》創刊號（1939年9月1日）。

278 荊生（周作人）：〈我的負債〉，《晨報副刊》，1924年1月26日。

對他形成的性情嗜好和知識結構起著強有力的規範和主導作用。他到
日本學日語，除了注意學社會上流動的語言，所讀的書卻是專挑詼諧
的來看，這便是「狂言」、「滑稽本」、「川柳」詩、「落語」等。周作
人的這種嗜好可謂始終如一，從未變更。他不僅早年翻譯過《狂言十
番》，撰寫過〈日本之俳句〉、〈日本的諷刺詩〉、〈日本的落語〉、〈談
俳文〉、〈再談俳文〉等等文章；晚年還重訂和補譯「狂言」，並更名
為《日本狂言選》出版，另外他還花大力氣翻譯式亭三馬著的《浮世
澡堂》（原名為《浮世風呂》）和《浮世理髮館》（原名為《浮世床》）
這兩部在日本文學史上最著名的「滑稽本」。周作人在臨去世前三年
寫的〈八十心情〉裡，把這些譯本與他晚年翻譯的羅馬帝國時代的路
吉阿諾斯《對話》相提並論，認為：「我有一種偏好，喜歡搞不是正
統的關於滑稽諷刺的東西，有些正經的大作反而沒有興趣，所以日本
的《古事記》雖有名，我覺得《狂言選》和那《浮世澡堂》與《浮世
理髮館》更精彩，希臘歐里庇得斯的悲劇譯出了十幾種，可是我的興
趣卻是在於後世的雜文家，路吉阿諾斯的《對話》一直蠱惑了我四十
多年，到去年才有機緣來著手選譯了的作品。」[279]周作人喜歡搞這些
「不是正統的關於滑稽諷刺的東西」，這對他的個性和行文風格影響
很大。比如，他閱讀日本隨筆，也較喜歡親近那種幽默諷刺作品。戶
川秋骨，便是其中的一位。周作人說戶川是英文學者，但他喜歡的卻
是戶川的隨筆。他的文章特色是詼諧和諷刺，「一部分自然無妨說是
出於英文學中的幽默，一部分又似日本文學裡的俳味，自有一種特殊
的氣韻，與全西洋風的論文不同」。[280]而當他回頭看我們傳統文學時，
也有以「詼諧」眼光來選擇他所傾心和喜愛的作家。孔子、李贄、袁

---

279 知堂（周作人）：〈八十心情〉，香港《新晚報》，1964年3月15日。路吉阿諾斯現通
　　譯為盧奇安。
280 周作人：〈明治文學之追憶〉，《立春以前》（石家莊市：河北教育出版社，2002年），
　　頁71。

宏道、王思任、張岱、俞正燮、俞曲園等等，是周作人極力標榜和推崇的文人。他尤其感慨晚明這一時期的文人，認為他們身上有一種「狂」氣，但這種「狂」氣至今一點也不存留了。[281]周作人還輯錄、校訂過《苦茶庵笑話選》和《明清笑話四種》，在這些笑話小品中，他比較欣賞趙南星的《笑贊》，為此曾撰寫〈讀〈笑贊〉〉、〈笑贊〉等文章作過專門的介紹。周作人以為若是把笑話只看作諧謔之資，不知其有諷刺之意，那是道地的道學家看法，壓根兒就沒法同他說得通了。所以，他指出「笑話的作用固然在於使人笑，但一笑之後還該有什麼餘留，那麼這對於風俗人情之理解或反省大約就是吧」。[282]可見，傳統文化中一些帶有「詼諧」、「諷刺」的作品，也為周作人所注意、所吸收。

周作人所處的正是中華民族日趨走向危機的「亂世」年代，同時也是重新實現蛻變和振興的轉捩點。作為覺醒的「五四」知識者無不以自己的筆作為「社會批評」和「文明批評」的戰鬥武器，對廣大民眾進行文化啟蒙和思想改造。周作人曾是積極投身於思想革命中的一員大將，但他後來退居書齋，雖仍然十分關心知識者的思想改革問題，但基本上是在文化崗位上發出自己的聲音。當然，他的聲音有時也比較尖銳，不過通常是經過藝術處理後發表的。這也就是他所說的「說實話卻並不一定是一樣的老實說法」。那麼，周作人之所以這樣做還有一個根本原因，即他所稱的「喜劇的演者及作者往往過著陰暗的生活，也是人間的實相」[283]。這也就是說在當時社會黑暗的背景下，隨筆作家只能採用詼諧的辦法、措辭的曲折來抨擊時政、諷刺世事。如一九二五年，上海發生了「五卅」慘案，周作人撰寫〈吃烈

---

281 豈明（周作人）：〈《陶庵夢憶》序〉，《語絲》第110期（1926年11月5日）。

282 十堂（周作人）：〈笑贊〉，《雜誌》第14卷第6期（1945年3月）。

283 周作人：〈《風雨後談》序〉，《立春以前》（石家莊市：河北教育出版社，2002年），頁173。

士〉一文，諷刺有些人利用慘案來做生意之事。但話又不能「直說」或「正說」，所以周作人就採用好像是「開玩笑」似的，諷刺一下。他說前清時捉到行刺的革命黨，正法後，其心臟大都為官兵炒而分吃，實行國粹的寢皮食肉法。現在吃烈士，其吃法已迥乎不同。其吃法分為兩種，一曰大嚼，一曰小吃。大嚼是整個的吞，其功效則加官進祿，牛羊繁殖，田地開拓；小吃多者不進肘臂，小則一指一甲之微，其利益亦不厚，僅能多銷幾頂五卅紗秋，幾雙五卅坤履，或在牆上多標幾次字號，博得蠅頭以名利而已。嗚呼，烈士殉國，又能廢物利用，殊無可以非議之處，而且改良吃法，順應潮流，尤為可嘉。周作人於文中可謂極盡挖苦諷刺之能事也。一九二八年，周作人寫的〈閉戶讀書論〉，面對國民黨政府搞的白色恐怖，他也是藏鋒芒於文字中，讓你感到隔衣針刺！他說作為一名文人要苟全性命於「亂世」，又使自己不煩悶，一是當聖賢，自己當不了；二消遣辦法是抽大煙、討姨太太，自己無錢；三惟有閉戶讀書一途。而閉戶讀書的好處在於「翻開故紙，與活人對照，死書就變成活書」，因而那些歷史人物亦常現於當世的舞臺，恍如奪舍重來，儼人心目。從這些文字裡，我們還是不難感受到周作人對時政的冷嘲熱諷。他後來談到該文時說：「〈閉戶讀書論〉是民國十七年冬所寫的文章，寫的很有點彆扭，不過自己覺得喜歡，因為裡邊主要的意思是真實的。」[284]

　　周作人自稱是「道德家」，他說：「我也喜歡弄一點過激的思想，撥草尋蛇地去向道學家尋事。」[285]因此，他再宣稱自己寫的文章，如有可取，當在思想而不在文章。周作人這種喜歡「撥草尋蛇」的態度，促使他解讀文章也是有所側重的。他對日本隨筆作家戶川秋骨就有這樣的看法，他以為「在這幽默中間實在多是文化批評，比一般文

284 十堂（周作人）：〈燈下讀書論〉，《風雨談》第15期，1944年10月。
285 開明（周作人）：〈與友人論性道德書〉，《語絲》第26期（1925年5月11日）。

人論客所說往往要更為公正而且深刻。這是我對於戶川最為佩服的地方」[286]。同樣，他在〈談俳文〉中談到中國古代散文中的「俳諧」味時，特意拈出南朝文人袁淑創作成就：

> 散文方面卻很有點不同，袁陽源的那些九錫或勸進文等擬作，其俳諧味差不多就在尊嚴之滑稽化，加上當時政治的背景，自然更有點意思，這是可暫而不可常的，若是動物之擬人化，那是「古已有之」的玩意兒，容易覺得陳年，雖然喜歡這套把戲的人倒是古今都不會缺少的。正經如韓退之也還要寫〈毛穎傳〉之類，可以知道這裡的消息了，不過這是沒有出路的，我個人無論怎麼喜歡俳諧之作，此時也不得不老實的說也。[287]

可見，周作人無論稱讚戶川「在這幽默中間實在多是文化批評」，還是欣賞袁淑將「尊嚴之滑稽化」，歸結到一點上，就是周作人看重「駁正俗說」的修辭策略的運用。從這層意義上說，我們不能把周作人喜歡「詼諧」、「滑稽」、「幽默」、「笑話」，簡單地等同於他是為滑稽而滑稽，為幽默而幽默。周作人在談《笑贊》時指出：「嬉笑怒罵本是相連，所不同者怒罵大有欲打之意，嬉笑則情跡少輕又或陋劣，鄙夷不屑耳，其或有情的嘲弄，由於機智迸出，有如操刀之必割，《詩》所云善戲謔兮，不為虐兮者，當然可以不算在內。若是把笑話只看作諧謔之資，不知其有諷刺之意，那是道地的道學家看法，壓根兒就沒法同他說得通了。」[288]他對日本「狂言」、「落語」之所以能夠始終保持趣味盎然，一個很重要原因是他看重這「笑話」的社會

---

286 周作人：〈明治文學之追憶〉，《立春以前》（石家莊市：河北教育出版社，2002年），頁71頁。

287 知堂（周作人）：〈談俳文〉，《文學雜誌》第1卷第2期（1937年7月）。

288 十堂（周作人）：〈笑贊〉，《雜誌》第14卷第6期（1945年3月）。

價值，他說：「我們說到笑話，常有看不起的意思，其實是不對的，這是老百姓對於現實社會的諷刺，對於權威的一種反抗。日本儒教的封建學者很慨歎後世的『下克上』的現象，這在狂言裡是表現得很明顯的。」[289]總之，無論是「尊嚴之滑稽化」，還是出現了「下克上」的現象，這都是詼諧之文追求的言外之意、弦外之音。

　　隨筆作家要做到以詼諧幽默筆法創作出蘊含社會深意的作品，是一件不簡單的事情。因此，從修辭行為上看，他必須具有獨到的判斷能力與分析能力。周作人很強調這一點。他在談日本隨筆作家萩原朔太郎《鏡的映像》，其文云：

> 道德律所揭示的東西，常是自然性之禁止，對於缺陷之理念（案：普通稱為觀念）。因此在某一國民之間，大抵可以從其所最嚴格地提倡著道德，反看出其國民之本性即實在的道德的缺陷。尼采的這些話是極正確，極聰明的。例如中華人所提倡的第一道德，即忠孝仁義，特別是嚴重的兩性隔離主義，從這裡推察過去，我們就可以反看出那些利己的重財的又最肉欲的民族之典型來。假如是這樣的，那麼在我們日本，平常提倡什麼道德，當作國民教育的第一課嚴格地教誨著的是什麼，也該想想看。鏡中的映像常是實體的反面。

　　周作人覺得萩原氏的這些意見很在理，他很是喜歡。「鏡中的映像常是實體的反面」，社會上正極力提倡什麼，正是這個社會最缺乏什麼。因此，周作人於文末說：「若是照尼采的說法，管子提倡衣食足，就可證明中國人民的向來衣食不足。」[290]他對當時的新聞報紙也

289　周作人：〈《日本狂言選》引言〉，《日本狂言選》（北京市：人民文學出版社，1955年）。

290　周知堂（周作人）：〈衣食〉，《實報》，1935年12月8日。

是有這樣的看法，他稱：「所記的卻是靠不住，又或相信報上所說不但是假話而且還是反話，什麼都要反過來看才對，這不僅是看夾縫，乃是看報紙背了。」[291]「什麼都要反過來看才對」、「看報紙背」，就是所謂的「正面文章反面讀」，也是魯迅曾說過的「推背圖」。周作人撰寫隨筆作品，多次採用這種逆向思維，並佐以詼諧的態度。

當然，採用逆向思維，在修辭視野下也是大有講究的。周作人稱之為「隱喻法」。這是他在〈我們的閒話（十八）〉中稱，「斯忒普虐克（Stepniak）在《俄國之詼諧》序中說，息契特林（Shch drin—Saltykov）做了好些諷刺的譬喻，因為專制時代言論不自由，人民發明了一種隱喻法，於字裡行間表現意思，稱曰奴隸的言語」。因而，這「奴隸的言語」裡隱約含著「叛逆的氣味」。[292]周作人撰寫的「禮贊」系列隨筆，大有微言大意、皮裡陽秋，可視為「隱喻法」的典型運用。〈娼女禮贊〉，文章援引德國人柯祖基（Kautzky）、美國現代批評家們肯（Mencken）、德國醫學博士哈耳波倫（Heilborn）等稱讚資本主義制度中賣淫的言論。如說「犧牲了貞操的女人，別的都是一樣，比保持貞潔的女人卻更好的機會，可以得到確實的結婚」，「歐洲婦女之精神的與藝術的教育因賣淫制度而始建立」等等。在這些學者看來，「賣淫足以滿足大欲，獲得良緣，啟發文化，實在是不可厚非的事業」。因而，周作人充滿反語和隱喻味道地說「在現今什麼都是買買的世界，我們對於賣什麼東西的能加以非難乎？」「若夫賣淫，乃寓飲食於男女之中，猶有魚而復得兼熊掌，豈非天地間僅有的良法美意，吾人欲不喝采叫好又安可得耶？」[293]〈啞巴禮贊〉，俗語云，「啞巴吃黃連」，謂有苦說不出也。周作人以為普通人把啞巴當作殘

---

291 周作人：〈報紙的盛衰〉，《知堂乙酉文編》（石家莊市：河北教育出版社，2002年），頁23。

292 豈明（周作人）：〈我們的閒話（十八）〉，《語絲》第85期（1926年6月21日）。

293 難明（周作人）：〈娼女禮贊〉，《未名》半月刊第2卷第6期（1929年3月25日）。

疾之一，與一足或無目等視之，這是很不公平的事。中國處世哲學裡
很重要的一條是，多一事不如少一事，如啞巴者，可以說是能夠少一
事的了。語云：「病從口入，禍從口出」。說話不但於人無益，反而有
害，即此可見。在這個年頭一說話，話中即含有臧否，即是危險。因
此，周作人指出：「幾千年來受過這種經驗的先民留下遺訓曰，『明哲
保身』。幾十年來看慣這種情形的茶館貼上標語曰，『莫談國事』。吾
家金人三緘其口，二千五百年來為世楷模，聲聞弗替。若啞巴豈非今
之金人歟？」[294]啞巴被奉為「金人」，這也是明顯的春秋筆法。〈麻醉
禮贊〉，周作人說：「麻醉，這是人類所獨有的文明。」他於文中列舉
了中國人「麻醉」的種種方法，如「抽大煙」、「飲酒」、「信仰與
夢」、「戀愛與死」等等。因而，周作人推測，「醉生夢死，這大約是
人生最上的生活法罷？」然而，作者所苦者只是會喝幾口酒，而又不
能麻醉，還是清醒地都看見聽見，又無力高聲大喊，此乃是凡人之悲
哀。[295]不然看出，作者的字面意義與文本的深層意義是相反相成的關
係，它們二者之間的對立矛盾，構成了作者隱喻的詮釋空間。

　　周作人強調文章要以藝術節制為主，即便他撰寫那些蘊含反叛氣
息的「奴隸的言語」也是如此。他喜歡「撥草尋蛇」，弄一點過激的
思想，但這也是有限度的。他稱，「如法國拉勃來（現通譯為拉伯
雷——筆者注）那樣只是到要被火烤了為止，未必有殉道的決心。」
[296]這和他平時常說他的心頭住著紳士鬼和流氓鬼一樣，「我簡直可以
成為一個精神上的『破腳骨』。但是在我將真正撒野，如流氓之『開
天堂』等的時候，紳士鬼大抵就出來高叫『帶住，著即帶住』！說也
奇怪，流氓平時不怕紳士，到得他將要撒野，一聽紳士的吆喝，不知
怎的立刻一溜煙地走了。」所以，他對這兩者有點戀戀不捨，並稱

---

294 豈明（周作人）：〈啞巴禮贊〉，《益世報》（副刊），1929年11月13日。

295 豈明（周作人）：〈麻醉禮贊〉，《益世報》（副刊），1929年12月5日。

296 開明（周作人）：〈與友人論性道德書〉，《語絲》第26期（1925年5月11日）。

「我愛紳士的態度與流氓的精神」。[297]這種道德節制，周作人從儒家那裡借得一個詞，即「中庸」來加以概括。同時，他把「中庸」觀念貫徹到對藝術美學的詮釋。比如，什麼是「幽默」？周作人就這樣詮釋，「幽默是不肯說得過度，也是 Sophrosune——我想譯為『中庸』的表現」[298]；「蓋因一是正言而一是逆說，此正是幽默之力也」[299]。因而，周作人也將這種「中庸」的美學理念體現於隨筆創作中。如〈碰傷〉，周作人寫這篇文章的誘因是「五四」運動期間，北大教職員在新華門前發生了被軍警毆傷事件。事後當局發表命令，說教員自己「碰傷」，周作人以為「這事頗有滑稽的意味，事情是不愉快，可大有可以做出愉快的文章的機會」[300]，於是，他不免暴露一下「流氓的性格」，以子嚴筆名寫這麼一篇〈碰傷〉的短文。但文中，作者並不是直撲主題，而是故意兜圈子，說什麼佛經裡有說最厲害的見毒蛇，唐劍俠傳裡有飛劍能奪人命的劍仙，再到當今三四年前江裡也有小輪「碰」上軍艦而沉沒的，所以「碰傷」在中國是常有的事，至於責任當然完全由「被碰的」去負擔。「譬如我穿有刺甲，或是見毒的蛇，或是劍仙，有人來觸，或得罪了我，那時他們負了傷，且能說是我的不好呢」？周作人的寫作意圖，一方面是抨擊當局，另一方面是勸阻請願者。但兩者都不明寫，用他的話說就是寫得「有點彆扭」，或者「晦澀」，但這些幽默詼諧的筆法，正是他「中庸」美學理念的恰當反映。這正如他在解釋用同一筆法而寫的〈前門遇馬隊記〉，那些被周作人諷刺的警察感到隔衣針刺，派人到編輯處查問，說「你們的評論不知怎麼總是不正派，有些文章看不出毛病來，實際上全是要不得。」[301]警察所說的「不正派」、「看不出毛病」、「全是要不得」，正

297　豈明（周作人）：〈兩個鬼〉，《語絲》第91期（1926年8月9日）。

298　豈明（周作人）：〈上海氣〉，《語絲》第112期（1927年1月1日）。

299　周作人：〈《南堂詩抄》的禁詩〉，《逸經》第30期（1937年5月20日）。

300　周作人：〈知堂回想錄〉（蘭州市：敦煌文藝出版社，1998年），頁272。

301　周作人：〈知堂回想錄〉（蘭州市：敦煌文藝出版社，1998年），頁298。

是周作人「烤火」烤到恰到好處的本領，這絕對是聰明才智的發揮，一件有意思的絕活兒。周作人稱讚拉伯雷「笑著，鬧著，披著猥褻的衣，出入於禮法之陣，終於沒有損傷，實在是他的本領」[302]。在筆者看來，周作人也像拉伯雷一樣能夠自如地出入「禮法之陣」，因而，兩人高超的藝術水準簡直可以相媲美！

　　周作人的「中庸」觀念，使他善於在「駁正」與「俗說」之間取得一種藝術的節制和均衡，這意味著他走的是一條注重藝術趣味的「中和」之美的路子。他所論的「趣味」，包含著很多東西的，如「雅，拙，樸，澀，重厚，清朗，通達，中庸，有別擇等」[303]。周作人的「趣味」觀，是一種除去多餘的雜質與火氣，講究以清明的理性與溫潤的情感為統攝，以「中和」為特色的審美觀。這裡有「雅趣」，如他嫌北平的春天來的「太慌張一點了，又欠腴潤一點」，叫人有時來不及嘗它的味兒，有時嘗了覺得稍枯燥；[304]他津津有味地賞玩白楊樹種植在院落的好處，「每逢夏秋有客來齋夜話的時候，忽聞淅瀝聲，多疑是雨下，推戶出視，這是別種樹所沒有的佳處」；[305]他品味和體會日本《俳句辭典》中講究看蝙蝠的薄暮景色和賞玩者的心境，「看蝙蝠時的心情，也要彷彿感著一種蕭寂的微淡的哀愁那種心情才好。從滿腔快樂的人看去，只是皮相的觀察，覺得蝙蝠在暮色中飛翔罷了，並沒有什麼深意，若是帶了什麼敗殘之憾或歷史的悲愁那種情調來看，便自然有別種的意趣浮起來了。」[306]周作人的「雅趣」，顯然包含著他人所未有的獨特的體會和經驗，這也是他善於「別擇」的結果。而他「趣味」的另一面也涵容著「俗趣」。周作人善於抓住和欣賞現實生活中平常百姓日用飲食裡一些「俗趣」之樂。

302 子榮（周作人）：〈淨觀〉，《語絲》第15期（1925年2月23日）。

303 知堂（周作人）：〈笠翁與隨園〉，《大公報》（文藝）第4期（1935年9月6日）。

304 知堂（周作人）：〈北平的春天〉，《宇宙風》第13期（1936年3月16日）。

305 豈明（周作人）：〈兩株樹〉，《青年界》第1卷創刊號（1931年3月10日）。

306 豈明（周作人）：〈關於蝙蝠——致啟無〉，《駱駝草》第13期（1930年8月4日）。

如他抱怨「有不醉之量」的朋友，他們愈飲愈臉白，覺得非常可以欣羨，「只可惜他們愈能喝酒便愈不肯喝酒，好像是美人之不肯顯示她的顏色，這實在是太不應該了」；[307]他談起家鄉的百姓愛看的「目連戲」，也是饒有興趣。這戲中有一場「張蠻打爹」，張蠻的爹被打後，對觀眾說道：「從前我們打爹的時候，爹逃了就算了。現在呢，爹逃了還是追著要打！」這正是人們常道的「世道衰微人心不古」最妙的通俗解釋。周作人以為這些滑稽當然不很「高雅」，然而多是「壯健」的，與士流之扭捏的不同，這可以說是「民眾的滑稽趣味」的特色。[308]周作人既能顯示「雅趣」之精深，同時也能表現「俗趣」之嗜好，「中庸」統攝，反映出他「趣味」的豐富內涵，即可雅，可拙，可樸，可澀，通清朗，含厚重，能通達，善別擇。此可謂「披中庸之衣，著平淡之裳，時作遊行」，這正是周作人「消遣法」也。[309]

　　周作人曾議論過俞曲園的隨筆，稱：「微詞託諷，而文氣仍頗莊重，讀之卻不覺絕倒，此種文字大不易作，遊戲而有節制，與莊重而極自在，是好文章之特色，正如盾之兩面，缺一不可者也。」[310]「微詞託諷」與「文氣莊重」、「遊戲而有節制」與「莊重而極自在」，這是一種對立矛盾的關係，但卻能巧妙地統一在文章中，構成「盾之兩面」，應該說，這只有高手才能達到的藝術境界。周作人的「中和」美學，追求正是這樣的藝術境界，他創作一些隨筆作品也確實達到了這樣的審美理想。

---

307 豈明（周作人）：〈談酒〉，《語絲》第85期（1926年6月28日）。

308 周作人：〈談目連戲〉，《談龍集》（石家莊市：河北教育出版社，2002年），頁80-81。

309 周作人：〈《秉燭後談》序〉，《立春以前》（石家莊市：河北教育出版社，2002年），頁174。

310 周作人：〈春在堂雜文〉，《藥味集》（石家莊市：河北教育出版社，2002年），頁57。

第三節　梁遇春：中國的「伊利亞」

　　在中國現代散文史上，梁遇春（1906-1932）也是一位值得後世重視的散文譯家、寫家。他出生於福州，一九二二年考進北京大學預科，一九二四年轉入北京大學英文系就讀，一九二八年秋畢業後前往上海暨南大學任教，翌年返回北京大學，負責北大英文系圖書，並兼任助教。一九三二年因患腥紅熱病而夭亡。他英年早逝，雖著譯時間不長，但卻異常勤奮。唐弢在《晦庵書話》中稱：「梁遇春別署馭聰，又名秋心，擅長譯事，所譯作品凡十餘種，但他自己的著作，卻只有散文兩冊：曰《春醪集》，曰《淚與笑》。後一書且為遺作，出版之日，距作者之死已兩年矣。遇春所著不多，而才思橫溢，每有摯勝之筆。」[311]

　　梁遇春的英文功底較為深厚，他的譯作達二十餘種，其中有英國的狄更斯、高爾斯華綏、哈代等人的小說，以及《英國詩歌選》等。然而在西方諸種文類中，最讓梁遇春著迷的是英國的隨筆（"Essay"，梁氏譯為「小品文」）。他說：

> 　　在大學時候，除詩歌外，我最喜歡念的是 Essay。對於小說，我看時自然也感到興趣，可是翻過最後一頁以後，我照例把它好好地放在書架後面那一排，預備以後每星期用拂塵把書項的灰塵掃一下，不敢再勞動它在我手裡翻身打滾了……但是 Poe, Tennyson, Christina, Rossetti, Keats 的詩集；Montaigne, Lamb, Goldsmith 的全集；Steele, Addison, Hazlitt, Leigh Hunt, Dr. brown, De Quincey, Smith, Thackeray, Steveson, Lowell, Gissing, Belloc, Lewis, Lynd 這些作家的小品集卻總在我的身邊，輪流地

---

311 唐弢：〈兩種散文〉，《晦庵書話》（北京市：生活・讀書・新知三聯書店，1980年），頁51。

占我枕頭旁邊的地方。心裡煩悶的時候，順手拿來看看，總可醫好一些。其中有的是由舊書攤上買來而曾經他人眉批目注過的，也有是貪一時便宜，版子壞到不能再壞的；自然，也有十幾本金邊大字印度紙印的。我卻一視同仁，讀慣了也不想再去換本好版子的來念。因為恐怕有忘恩背義的嫌疑。[312]

　　梁遇春在這段文字裡，不僅特意將詩文（尤其是小品文）與小說進行並列對舉，而且對於那些「輪流」占據他「枕頭」旁邊的英國隨筆集，瞭如指掌，如數家珍，其私心之喜好、審美之取向，則是判若了然，毫無扭捏作態。他嗜讀英國隨筆之餘，又將它們翻譯出來，介紹給國內讀者，先後編了《英國小品文選》、《小品文選》、《小品文續選》三本作品集。

　　梁遇春與英國隨筆如此深厚之淵源，勢必影響到他散文創作及其風格的形成。他創作的《春醪集》、《淚與笑》雖數量有限，但被當時的友人譽為醞釀一個「好氣勢」，將「一樹好花開」[313]。他的年輕師友葉公超在評論李素伯撰寫的〈小品文研究〉時，因其專著未提及梁遇春創作成就而打抱不平，他說：「然而有一位新起作家──梁遇春先生──也絕未提及，未免可怪。假如『小品文』就是翻譯的英文 Essay 的話，那我敢堅持梁著的《春醪集》確乎是小品文，而梁先生確乎是小品文作家。再假如照編者所說：Essay 文學，在英國的文壇上，放著特殊的光彩的話；那末梁先生的散文便應該認做是小品文的正宗，因為他的作品，很明顯的是英國 Essay 的風格。」[314]葉氏這番憤慨的辯護，雖有私心之見，但卻較為準確地抓住梁遇春散文創作與英國隨筆之關係，突顯其散文的特色及其價值。

312 梁遇春：〈譯者序〉，《英國小品文選》（上海市：開明書店，1929年）。
313 廢名：〈序一〉，梁遇春著：《淚與笑》（上海市：開明書店，1934年）。
314 棠臣（葉公超）：〈小品文研究〉，《新月》月刊第4卷第3期。

　　也因為如此，郁達夫在〈《中國新文學大系・散文二集》導言〉中稱：「像已故作家梁遇春等，且已有人稱之為中國的愛利亞了，即此一端，也可以想見得英國散文對我們的影響之大且深。」[315] 所謂的「愛利亞」，即英文 "Elia" 的音譯，現通譯「伊利亞」，係英國隨筆大家蘭姆在《倫敦雜誌》發表 Essay 時，所使用的筆名。梁遇春酷愛蘭姆，稱蘭姆是他「十年來朝夕相聚首的惟一小品文家」，他曾撰寫〈蘭姆評傳〉，竟因一時把持不住，洋洋灑灑達兩萬多字；他曾發下誓願翻譯《伊利亞隨筆》全集，並且逐句加以解釋，然未假天年，梁氏終未實現這一宏願，只譯了幾篇作品。儘管如此，梁遇春還是贏得當時學界給予的中國的「伊利亞」的稱號。

一　解讀：勾勒譯家心中的英國隨筆譜系

　　作為一名譯家，梁遇春心目中的英國隨筆是怎樣的一個情形呢？這就需要從他先後編就的《英國小品文選》、《小品文選》、《小品文續選》三本作品集，以及為此撰寫的三篇序文中去尋找答案。

　　《英國小品文選》，上海書店一九二九年初版。梁遇春接受周作人的建議，在這本集子裡採用了英漢對照的形式，以為「讀者會更感到趣味些」。該集收入了梁氏作〈譯者序〉一文，譯文十篇，分別為斯梯爾（Richard Steele）〈畢克司達夫先生訪友記〉、艾迪生（Joseph Addison）〈論健康之過慮〉、哥爾德斯密斯（Oliver Goldsmith）〈黑衣人〉、蘭姆（Charles Lamb）〈讀書雜感〉、哈茲里特（William Hazlitt）〈青年之不朽感〉、亨特（Leigh Hunt）〈更夫〉、皮爾・索爾（Logan Pearsall Smith）〈玫瑰樹〉、赫德森（W. H. Hudson）〈採集海草之人〉、林德（Robert Lynd）〈軀體〉、雷利（Wslter Raletgh）〈吉訶德先

---

315 郁達夫：〈《中國新文學大系・散文二集》導言〉，趙家璧主編：《中國新文學大系・散文二集》（上海市：上海良友圖書印刷公司，1935年），頁11-12。

生〉等英國作家的隨筆作品。

　　《小品文選》，上海北新書局一九三〇年四月初版。梁遇春在這本
集子中作〈序〉一篇，收入譯文二十篇，分別為斯梯爾〈伉儷幸福〉、
艾迪生〈惡作劇〉、約翰遜（Samuel Johnson）〈悲哀〉、哥爾德斯密斯
〈快樂多半是靠著性質〉、蘭姆〈一個單身漢對於結了婚的人們的行
為的怨言〉、哈茲里特〈死的恐懼〉、亨特〈在監獄中〉、約翰・布朗
（John Brown）〈她最後的一塊銀幣〉、加德納（A. G. Gardiner）〈一個
旅伴〉、高爾斯華綏（John Galsworthy）〈進化〉、盧卡斯（E. V. Lucas）
〈神秘的倫敦〉、貝洛克（Hilaire Belloc）〈我所知道的一位隱士〉、切
斯特頓（G. K. Chesterton）〈追趕自己的帽子〉，羅素（George W. E.
Russell）〈學者〉、默里（John Middleton Murry）〈事實與小說〉、羅傑
（Roger Wray）〈秋〉、林德〈火車〉、瑟斯頓（Etemple Thurston）〈船
木〉、米爾恩（A. A. Milne）〈追蝴蝶〉、傑克遜（Holbrook Jackson）
〈跳舞的精神〉等。

　　《小品文續選》（上海市：北新書局，1935年）六月初版。該選
本出版時間在梁遇春去世後，應是友人協助出版。內有梁遇春作
〈序〉一篇，收譯文十篇，分別為考利（Abrahm Cowley）〈孤居〉、
休謨（David Hume）〈人性的高尚或卑鄙〉、蘭姆〈除夕〉、〈夢裡的小
孩〉、薩克雷（William Makepeace Thackeray）〈百年之後〉、史密士
（Alexander Smith）〈死同死的恐懼〉、傑弗里斯（Richard Jeffiries）
〈草地上的默思〉、比勒爾（Augustine Birrell）〈戲子〉、加德納〈自
言自語〉、盧卡斯〈同情學校〉等。

　　那麼，從選編的這三本隨筆集，梁遇春對英國隨筆作家、隨筆作
品及其流變到底作出怎樣獨到的解讀和梳理呢？

（一）獨出心裁的選文標準

　　縱觀梁遇春所譯之作，基本上是以十八、十九和二十世紀初的英

國隨筆作家為主，可以說，他的譯作幾乎囊括英國這段散文史上著名
的寫家。以《小品文選》為例，梁遇春在二十位選家中，四位是屬於
十八世紀的，四位是屬於十九世紀的，其餘十二位是屬於現代部分，
梁氏選編時他們都還健在。以梁遇春如此短暫的翻譯史，他能夠譯介
出眾多的英國隨筆作品，可見其閱讀視野之開闊，喜愛程度之深切，
都讓人不得不欽佩和肯定。但有個問題，為什麼梁遇春的譯作為什麼
不涉足更早以前的隨筆作品呢？只要粗略了解西方隨筆發展史的讀者
就清楚，現代隨筆發源於法國，其開山鼻祖為文藝復興晚期的懷疑思
想論者蒙田（Michel de Montaigne），後來由英法海峽輸入英倫三島才
興盛起來。培根作為英國本土湧現出來的哲人，被認為是繼法國蒙田
之餘緒，開英國散文之先河，其創作的《培根隨筆集》，表現一種簡
約而謹嚴的思想，雖也受讀者喜愛，但畢竟親切不足，少了個人的風
趣，讓人感覺他老是穿著「那件裁判官服」[316]來議人論事。因此，在
編譯《小品文選》時，梁遇春就稱：「我忽略了奸巧利詐的 Bacon，
恬靜自安的遺老 Izaak Walton，古怪的 Sir Thomas Browne 同老實的
Abraham Cowley，雖然他們都是小品文的開國元勳，卻從 Steele 起
手，因為大家都承認 Steele 的 Tatler 是英國最先的定期出版物。」[317]
梁遇春之所以將關注的眼光放在十八世紀以後的英國隨筆流變史上，
是因為在十八世紀歐洲啟蒙運動影響下，定期出版物的出現，使英國
隨筆作品迅速走入大眾中間，形成具有英國獨特風味的隨筆藝術。因
此，十八世紀後，尤其是在現代隨筆文壇上，才出現了人才輩出、佳
作迭出的繁榮局面。

（二）知人論世的解讀能力

對於十八世紀隨筆作家斯梯爾、艾迪生、約翰遜、哥爾德斯密

---

316 亞歷山大・史密斯撰，林疑今譯：〈小品文做法論〉，《人間世》1934年第2期。
317 梁遇春：〈序〉，《小品文選》（上海市：北新書局，1930年）。

斯，梁遇春作出精到的點評。他稱：「Steele 豪爽英邁，天生一片俠心腸，所以他的作品是一往情深，懇摯無比的，他不會什麼修辭技巧，只任他的熱情自然流露在字裡行間，他的性格是表現得萬分清楚，他的文章所以是那麼可愛也全因為他自己是個可喜的浪子。」而他的朋友艾迪生個性就與斯梯爾很不同。艾迪生生性溫文爾雅，他自己說他生平沒有接連著說三句話過，他的沉默，可想而知，「他的小品文也是默默地將人生拿來仔細解剖，輕輕地把所得的結果放在讀者面前」。　約翰遜雖不是隨筆名家，但他撰寫的幾篇隨筆充滿著「智慧」同「憐憫」。至於哥爾德斯密斯，梁遇春認為他的個性和斯梯爾很類似，不過是更糊塗一點。他的《世界公民》是一部讓人百讀不厭的書。其小品不單是洋溢著「真情同仁愛」，並且是「珠圓玉潤」的文章。入選的十九世紀隨筆作家為蘭姆、哈茲里特、亨特、約翰‧布朗。蘭姆是梁遇春最心儀的對象，被認為是「這時代的最出色的小品文家」、「英國最大的小品文家」。他的《伊利亞隨筆集》是一部「詼諧百出」的作品，「沒有一個人讀著不會發笑，不止是發笑，同時又會覺得他忽然從個嶄新的立腳點去看人生，深深地感到人生的樂趣」。而哈茲里特是個「深刻不過」的作家，但卻能那麼「平易」地說出來。梁遇春認為這實在是哈茲里特的本事。亨特是被認為「整天笑哈哈的快樂人兒」，他的一生經歷很多不幸的事情，但他卻能以樂觀態度對付人生中的坎坷與磨難，他入獄而寫的〈在監獄中〉就很可以看出他的個性來。約翰‧布朗是蘇格蘭醫生，是最富愛心的人，最會說「牽情的話」。二十世紀活躍在英國隨筆文壇上的作家也是極富個性特點。切斯特頓，被稱為風格是「刁鑽古怪」人，好說「似非而是的話」。貝洛克是以清新為主，善於描寫窮鄉僻壤處的風景。梁遇春幽默地調侃道：「他同 Chesterton 一樣都是大胖子，萬想不到這麼臃腫的人會寫出那麼清瘦的作品。」林德撰寫的小品，異常「結實」，「裡面的思想一個一個緊緊地銜接著」，卻又是那麼不費力氣樣

子。加德納在歐戰期間寫了不少隨筆，用來排遣心中的煩悶，其「文字伶俐生姿」。

（三）兼收並蓄的選家眼光

梁遇春關注的眼光並不僅僅拘泥於英國隨筆的職業寫家。在《小品文選》、《小品文續選》中，我們看到梁遇春有意識地將隨筆選文的範疇擴大到非專職寫家。在《小品文選》中，他選入了高爾斯華綏，這是英國現代五大小說家之一，高氏有時也寫一些隨筆作品，出版二三部隨筆集。其筆調「輕鬆」，「好像是不著紙面的」，「含蓄是他的最大特色」。默里是一個有名的英國批評家，他偏愛俄美近代文學，對於陀思妥耶夫斯基尤為傾心，撰寫的學術專著 The Problem of Style 是一部極難讀而很有價值的書。梁遇春選入的《事實與小說》是從其小品集 Pencillings 裡挑出來的。

在《小品文續選》中，梁遇春更是將不單選職業隨筆家的設想進一步推行開來。他認為：

> 這部續選的另一目的是裡面所選的作家有一半不是專寫小品文的。他們的技術有時不如那班常在雜誌上寫短文章的人們那麼純熟，可是他們有時卻更來得天真，更來得渾脫，不像那班以此為業的先生們那樣「修習之徒，縛於有得」。近代小品文的技術日精，花樣日增，然是有趣，可是天分低些的人們手寫滑了就墮入所謂「新聞記者派頭」Journalistic，跟人生膈膜，失去純樸之風，徒見淫巧而已，聰明如 A. A. Milne 者尚不能免此，其他更不用說了。[318]

318　梁遇春：〈序〉，《小品文續選》（上海市：上海北新書局，1935年）。

　　梁遇春從《小品文選》選幾個非職業隨筆寫家再到《小品文續選》有意識地選一半非專職隨筆寫家，這是他選文標準、審美取向、思想理念發生重大的轉型，這種變化是全面的、積極的和深刻的。從以上陳述的內容看，首先，梁遇春看重非專職寫家是因為這些人與職業寫家相比，他們的文章更無機心和奸巧，即文中所梁氏所說的來得更「天真」和「渾脫」。這說明梁氏非常重視隨筆作品能否保持「真」的品格，保持原始的樸素之美；其次，梁遇春對近代以來隨筆文壇出現「技術日精」、「花樣日增」的擔憂和警醒，以為那種忙於玩弄技藝而忽略思想內涵的提升的做法，最後寫出的作品只能導致「跟人生胍膜，失去純樸之風，徒見淫巧而已」，不可能出現打動人心的隨筆；第三，梁遇春看重非專職寫家，從某種意義上來說，更能體現蒙田創立 "Essai"（法文）這一文體的本體意義和實質精神。法文 "Essai"，就其本義是「考察」、「驗證」、「嘗試」、「試驗」等，因此，"Essai" 文體是作為寫家進行思想探索的一種雜談的載體。梁遇春重視非專職寫家的隨筆寫作，打破了寫家的職業身分，避免了隨筆這一文體淪為職業文人炫耀淺薄才華、玩弄形式技巧的工具。從真正意義上，解放了加在隨筆文體身上的桎梏，使之成為「思想者」縱橫捭闔、自由馳騁的試筆疆域。

　　梁遇春正是選擇這種大「隨筆觀」，使得他的思想通脫，視野開闊，價值多元。因而他最後一本《小品文續選》入選的隨筆作家範圍更為廣泛、內容更為豐富、持論更為精闢。考利是位詩人，他的詩光怪陸離，意旨繁複，有人把他稱為「立學派」。但他到晚年才寫隨筆，這些作品「很能傳出他那樸素幽靜的性格，文字單純」，「開了近代散文的先河」。休謨既是英國經驗哲學家，又是歷史學家，他是個極端的人，走入了唯心論和懷疑論裡去。因此他以「懷疑主義者明澈的胸懷」和「歷史家深沉的世故」來寫隨筆，讓人讀起來有「清醒之感」，「彷彿清早洗臉到庭中散步一樣」。史密士是個詩人，也以「詭

奇瑰麗」稱於當世，所謂「痙攣派」詩人是也。他的隨筆思想如「春潮怒湧」，然而形式上卻不如哈茲里特那樣「珠圓玉潤」，不過「憂鬱真摯」、「新意甚多」是其特色。比勒爾是個律師，在他的隨筆裡，喜歡用「大膽的詼諧的口吻」、「打扮出權威神氣」、以及「胸羅萬卷，吐屬不凡的態度」，讓人感覺極其親切和可愛。

（四）慧眼獨具的史家評述

　　梁遇春一方面注意梳理和勾勒英國隨筆的發展流脈，另一方面也努力概括不同發展階段的流變特點和美學特徵。如果說，十八世紀前的培根、沃爾頓、布朗、考利四位屬於英國隨筆最初發展階段的「開國元勳」，那麼，此時的英國隨筆尚處蒙田式隨筆的輸入與移植時期；而隨著十八世紀歐洲啟蒙運動的席捲而來，定期出版物的出現，強有力地促進了英國本土化隨筆的出現與形成。因此，梁遇春將自己的關注重點和評述對象放在十八世紀後的英國隨筆發展史上，並把它的流變分為三個階段，即十八世紀的隨筆、十九世紀的隨筆和近代（即我們通常所說的「現代」或「當代」）隨筆。他認為，十八世紀的隨筆屬於「純煉精淨」、「恰到好處」，它的篇幅較為短小；相反，十九世紀的隨筆大有一種「痛快淋漓」、「一瀉千丈」的氣魄，它比「十八世紀的要長得多，每篇常常占十幾二十頁」；而近代的隨筆又「趨向短篇」，大概每篇不超十頁，「含蓄可說是近代小品文的共同色彩，什麼話都只說一半出來，其餘的意味讓讀者自己體會」。從這個意義上看，「當代的隨筆作家只不過是想另開一條路，我們不可以把它們看做美的種類不同的作品」。梁遇春對於這三階段英國隨筆特徵的描述和概括，不僅有助於讀者更加深入地解讀英國隨筆作家的知識結構、個性特徵和藝術風格，而且能起到從宏觀的視角更加完整把握英國隨筆藝術嬗變的內在理路及其總的發展趨勢。

二　借鑑：建構一種現代的隨筆觀念

梁遇春沒有專門寫過關於隨筆的理論文章，但是通過各種著譯序文，尤其是三本隨筆選集的序文，以及譯文中所加的注釋，即「順便討論小品文的性質同別的零零碎碎的話」[319]，我們還是可以從中窺見梁遇春對英國隨筆的點滴感悟而引發對隨筆文類的學理思考，從而用「拼圖」的方式勾勒出他關於現代隨筆的本質理解和理論構想。

與其他的中國現代學者一樣，梁遇春首先遭遇如何將英文的 "Essay" 進行中文命名的問題。他說：

> 把 Essay 這字譯做「小品」，自然不甚妥當。但是 Essay 這字含義非常複雜，在中國文學裡，帶有 Essay 色彩的東西又很少，要找個確當的字眼來翻，真不容易。只好暫譯做「小品」，拿來和 Bacon，Johnson 以及 Edmund Gosse 所下 Essay 的定義比較一下，還大致不差。希望國內愛讀 Essay 的人，能夠想出個更合式的譯法。[320]

其實這個問題，早在梁氏提出之前學界就給予過關注。一九一八年，傅斯年〈怎樣寫白話文〉就提及英文 "Essay" 一詞，但並未翻譯。一九二一年，周作人發表〈美文〉時稱：「外國文學裡有一種所謂論文，其中大約可以分作兩類。一批評的，是學術性的。二記述的，是藝術性的，又稱作美文，這裡邊又可以分出敘事與抒情，但也很多兩者夾雜的。這種美文似乎在英語國民裡最為發達，如中國所熟知的愛迭生，蘭姆，歐文，霍桑諸人都做有很好的美文，近時高爾斯

319　梁遇春：〈譯者序〉，《英國小品文選》（上海市：上海書店，1929年）。
320　梁遇春：〈譯者序〉，《英國小品文選》（上海市：上海書店，1929年）。

威西，吉欣，契斯透頓也是美文的好手。」[321]很顯然，周作人是把英文 "Essay" 譯成「論文」和「美文」。

　　一九二五年，魯迅翻譯的廚川白村《出了象牙之塔》一書，廚氏就在文中討論 "Essay" 的譯名問題，他說：「有人譯 Essay 為『隨筆』，但也不對。德川時代的隨筆一流，大抵是博雅先生的札記，或者玄學家的研究斷片那樣的東西，不過現今的學徒所謂 arbeit 之小者罷了。」至於如何解決這個譯名，廚川白村沒能拿出好的辦法，只是說：「Essay 者，語源是法蘭西語的 essayer（試）。即所謂『試筆』之意罷。」但「試筆」這個詞畢竟是意譯，學界能接受嗎？廚川白村心中並沒有底，所以仍沿用英文 "Essay" 一詞。由於日本文學受中國傳統文化的影響，漢、日文中的「隨筆」實指同一種文體。表面上看，魯迅出於翻譯的謹慎和對廚川白村觀點的尊重，所以直接移植英文 "Essay" 的做法，然而可以看出，他內心或許也是贊同廚川白村的觀點。但是到一九二八年，魯迅對這個譯名的態度出現較大的變化，他在出版譯作日本鶴見祐輔的隨筆集《思想·山水·人物》時，就認可把 "Essay" 譯成「隨筆」的做法。魯迅在介紹美國威爾遜創作的 "Essay" 時，就沒有像先前翻譯廚氏作品時還存留英文 "Essay" 的做法，而是直接用中文「隨筆」一詞。一九三二年，魯迅為自己擬寫的譯著書目，更是明確用中文「隨筆」一詞來稱呼《出了象牙之塔》和《思想·山水·人物》這兩本隨筆集。魯迅主張「隨筆」這個中文譯法，後來也就被後世文壇廣泛接受。

　　除此之外，在當時文壇，胡夢華曾撰文主張將 "Familiar essay" 譯成絮語散文[322]，也有的主張將 "Essay" 譯成「小品文」一詞。鍾敬文說：「英文中有所謂 Familiar essay，胡夢華把翻成『絮語散文』，我

---

321 子嚴（周作人）：〈美文〉，《晨報副刊》，1921年6月8日。

322 胡夢華：〈絮語散文〉，《小說月報》第17卷第3號（1926年3月10日）。

以為把它譯成小品文很確切。」[323]李素伯在其專著中說:「在西歐,原有一種 Essay 的文學,是起源於法蘭西而繁榮於英國的一種專於表現自己的美的散文。Essay 這一個字的語源是法語的 Essayer,即所謂『試筆』之意。——見《出了象牙之塔》——有人譯作『隨筆』,英語中的 Familiar essay 譯作絮語散文,但就性質、內容和寫作態度上,似乎以小品文三字為最能體現這一類體裁的文字。」[324]也就是說,英文 "Essay" 除了翻譯成「隨筆」,另外主張譯成「小品文」也是大有人在,從胡夢華、鍾敬文、梁遇春、李素伯再到林語堂,即是明顯的例子。

那麼,英文 "Essay" 究竟是譯成「隨筆」好呢?抑或是「小品文」更合適?其實,梁遇春在這個問題上,態度是曖昧的,他說「把 Essay 這字譯做『小品』,自然不甚妥當」。究其原因,是「Essay 這字含義非常複雜,在中國文學裡,帶有 Essay 色彩的東西又很少」。很顯然,梁遇春意識到用中國文化語境中的「小品」與西方所謂 "Essay" 這兩個文類概念並非是對等和無縫銜接。「小品」,是明代文人通過借用佛家用語一詞,指涉自己平常隨意揮寫的「獨抒性靈」之作。《世說新語》〈文學〉有一句「殷中軍讀小品」,劉孝標注云:「釋氏《辨空經》有詳者焉,有略者焉,詳者為大品,略者為小品。」可見「小品」是與「大品」相對而言,晚明文人是在「篇幅短小」這個意義上使用它。然而西方的 "Essay" 並沒有這條禁規,如蒙田〈雷蒙·塞邦贊〉,就長達十幾萬字。梁遇春在論及十九世紀英國隨筆時印象時,也特別提到這些作家常常有一種「痛快淋漓」、「一瀉千丈」的氣魄,篇幅長達一二十頁。如果說這是從形式上來看 "Essay" 與「小品」不相稱之處,那麼,從內容來看二者也是值得推敲的。梁遇春說 "Essay" 含義較為複雜,然其本意在於「嘗試」,應為思想者探索人生之屬,

---

323 鍾敬文:〈試談小品文〉,《文學週報》合訂本第7卷(1927年)。

324 李素伯:〈小品文研究〉(上海市:新中國書局,1932年),頁2-3。

而「小品」是晚明文人用來逃避社會、抒發性靈的文類，偏於追求情調。相比之下，「隨筆」更接近西方 "Essay" 的本意，它主張作家率性而行、筆隨著思路，其文類極具自由和靈活，使得它在與西方 "Essay" 接軌時，更彰顯出其他文類所未有的兼容特色。[325]

需要說明的是，梁遇春雖主張 "Essay" 譯成「小品」，但只是採取「暫譯」的態度，表示他給後人的學術探討預留了想像的空間，他甚至說：「希望國內愛讀 Essay 的人，能夠想出個更合式的譯法。」我們圍繞這場 "Essay" 譯名的學理探討，並非採取簡單的厚此薄彼的做法，而是要透過這個論爭的背後，釐清梁遇春的學術立場和美學理念，以及他隨筆主張的局限和不足。

吳福輝認為：「梁遇春屬於正統的思想文體統一論者。」[326]吳氏何出此言呢？其根據是來自梁遇春對於隨筆的論述。梁遇春說：「理想的文體是種由思想內心生出來的，結果和思想成一整個，互為表裡，像靈魂同軀殼一樣地不能離開──這種對於文體的學說是英國批評家自 Hazlitt 以至 Spencer, Pater, Middleton Murry 所公認的，也就是 Buffon 所謂 'The style is the name' 的意思。」（蘭姆〈讀書雜感〉譯者注）其實，隨筆在西方素來是思想者探索的載體。梁遇春重視作品的思想性，認為思想與文體相輔相成、互為表裡，這是很正常之事。

吳福輝說：「梁遇春一腳跨在英國小品這邊，一腳便跨進這個『文明批評』的大趨勢中。」[327]梁遇春雖然稱不上是一個「思想」型的作家和學者，但他一腳跨進「文明批評」的大趨勢，而表現出來的品評社會、議論人生的特點卻是異常的突出。他稱讚英國性學家藹力斯的散文「思想沉重」，常常帶有「意味無窮的警句」，藹力斯為什麼

---

325 黃科安：《知識者的探索與言說：中國現代隨筆研究》（北京市：中國社會科學出版社，2004年），頁10-12。

326 吳福輝：〈前言〉，《梁遇春散文全編》（杭州市：浙江文藝出版社，1992年），頁12。

327 吳福輝：〈前言〉，《梁遇春散文全編》（杭州市：浙江文藝出版社，1992年），頁2。

會創作出思想深刻的作品呢？梁遇春分析道：「這是因為藹力斯真可說是一個『看遍人生的全圓』的人，他看清愛情，藝術，道德，宗教，哲學都是人生必需品，想培養人生藝術的人們對於這幾方面都該有同情的了解和靈敏的同情。」因此，讀藹力斯的文章，宜於靜躺在床上，讀一小段，吟詠半天，「這真不下於靠著椰子樹旁，懶洋洋地看恆河的緩緩流，隨著流水而冥想的快樂。」[328]梁遇春在評價英國現代作家 John Galsworthy（高爾斯華綏）時，稱高氏所最痛恨的是「英國習俗的意見和中等社會的傳統思想。他用的武器是冷諷，輕盈的譏笑」。[329]梁遇春在論及瑞士日記作家亞密厄爾時，稱他雖然「沉醉於渺茫的思想」，在內省方面卻非常清醒，能夠用「深刻的眼光」，看透自己心病的根源以及種種的病象；他這種兩重性格使其在人事上常常碰壁，卻叫他在寫日記上得到絕大的成功：「假使他對於自己沒有那麼大的失望，恐怕他也不會這樣子在燈下娓娓不倦一層一層地剝出自己的心曲，那麼他生前的失敗豈不是可說他身後的成名的惟一原因嗎！」[330]而對於十幾年來朝夕相聚的英國隨筆大家蘭姆，梁遇春是早已把他當成「家人」看待，甚至說：「Lamb 的鬼晚上也會來口吃地和我吵架了。」[331]他曾專門撰寫一篇評傳，稱讚蘭姆是一個「看遍人生的全圓」的作家，這表現在千災百難下，蘭姆始終保持著「顛撲不破的和人生和諧的精神」，同「那世故所不能損害毫毛的包括一切的同情心」。這是一種「大勇主義」的精神，值得人們讚美，值得人們學習的。因此，蘭姆撰寫的「伊利亞隨筆」，是帶「一副止血的靈藥」，「在荊棘上跳躍奔馳，享受這人生道上一切風光」[332]，體現了思想與

328　春（梁遇春）：〈人生藝術（藹力斯）作品的精華〉，《新月》第2卷第2號（1929年4月10日）。

329　梁遇春：〈John Galsworthy〉，《幽會》（上海市：北新書局，1930年）。

330　秋心（梁遇春）：〈亞密厄爾的飛萊茵〉，《新月》第2卷第2號（1932年10月1日）。

331　梁遇春：〈譯者序〉，《英國小品文選》（上海市：上海書店，1929年）。

332　梁遇春：〈查理斯‧蘭姆評傳〉，《文藝月刊》第6卷第5、6號合刊（1934年12月1日）。

文體互為表裡，密不可分的特點。

　　梁遇春說：「國人因為厭惡策論文章，做小品文時常是偏於情調，以為談思想總免不了儼然；其實自 Montaigne 一直到當代思想在小品文裡面一向是占很重要的位置，未可忽視的。能夠把容易說得枯索的東西講得津津有味，能夠將我們所不可須臾離開的東西——思想——美化，因此使人生也盎然有趣，這豈不是個值得一乾的盛舉嗎？」梁遇春站在中西比較視野，指出因文化背景的不同，國人寫隨筆偏於「情調」而西方卻重視「思想」。然而，梁遇春強調隨筆的思想性，並非是倡導文人重新回到封建社會中士大夫所走的「忠君」、「徵聖」和「載道」一路，而是向西方隨筆家學習，如何讓「思想帶上作者的性格色彩，不單是普遍的抽象東西，這樣子才能沁人心脾，才能有永久存在的理由」。因此，梁遇春在這裡拈出讓思想「美化」的寫作策略和修辭策略。

　　在梁遇春看來，讓思想「美化」的寫作策略或修辭策略一個最為關鍵性的要素，就是「思想帶上作者的性格色彩」。梁遇春闡述道：

> 　　小品文是用輕鬆的文筆，隨隨便便地來談人生，因為好像只是茶餘酒後，爐旁床側的隨便談話，並沒有儼然地排出冠冕堂皇的神氣，所以這些漫話絮語很能夠分明地將作者的性格烘托出來，小品文的妙處也全在於我們能夠從一個具有美妙的性格的作者眼睛裡去看一看人生。[333]

　　從表面上看，隨筆寫家用輕鬆的文筆，隨隨便便談論人生，是為了能夠拋開那種令人昏昏欲睡的高頭講章和摒棄策論中「排出冠冕堂皇的神氣」，其實最根本的是，隨筆寫家應以個人的立場、自己的眼

光來品評人間世事，從而形成以個人為本位，忠實於自己心靈的觀照方式，使隨筆因而打上鮮明的個人印記。這也就是說，梁遇春所稱的，讀者不僅能從這些「漫話絮語」中感受作者個人的人格魅力，而且能從「一個具有美妙的性格的作者眼睛裡去看一看人生」。

那麼，隨筆創作如何實現思想「美化」的個人化寫作策略呢？梁遇春引入英國隨筆作家本森（Arthur Christopher Benson）關於「觀察點」（the point of view）的論述，認為這是「精研小品文字的神髓」。梁遇春對此加以發揮：「做小品文字的人最要緊的是觀察點（the point of view），無論什麼事情，只要從個新觀察點看去，一定可以發見許多新的意思，除去不少從前的偏見，找到無數看了足以發噱的地方。所以做小品文字的人裝老，裝單身漢，裝做外國人，裝窮，裝傻，無非是想多懂些事情的各方面。」（哥爾德斯密斯〈黑衣人〉譯者注）從梁遇春對英國隨筆家本森提出隨筆創作要有一個所謂新「觀察點」的闡述理論來看，其實就是強調隨筆寫家要打破慣性思維，換個角度看問題的重要性。

至於「做小品文字的人裝老，裝單身漢，裝做外國人，裝窮，裝傻」，這是隨筆寫家的一種修辭策略，即一種「虛擬」藝術的運用。而這個觀點的出現，是鑒於十八至十九世紀英國隨筆創作現象總結而來的。斯梯爾借 Swift 用攻擊一位倫敦星相家的虛擬人物 Isaac Bickerstaff，來作為自己編 Tatler 時用的筆名，因為斯梯爾在編 Tatler，正是 Isaac Bickerstaff 曆書這件事傳遍倫敦全城之時，因此借用這個筆名既有很高的知名度，同時又方便作者以一個嶄新角度觀察人間世相，如《畢克司達夫先生訪友記》。哥爾德斯密斯著名《世界公民》（The Citizen of the World），他假設一個住在英國的中國人 Lien Chi Altangi 寫給他的先生，一位在當時朝庭做官的 Fum Hoam 的許多書信。其意在於「借一個外國遊歷人的口氣，來譏諷英國的習俗，同時讚美東方的文化，外國人說英國國情，自然難免有許多的笑話，描寫

幾位冷靜批評裡又充滿了詼諧的空氣,再加上些事實做通信的線索,
描寫幾位奇奇怪怪的人物,點綴在中間,讀起來倒覺得非常有趣」
(哥爾德斯密斯〈黑衣人〉譯注)。虛擬一個人物,確實是當時英國
隨筆寫家慣用的伎倆,而且有意思的是,這些隨筆寫家多數半都裝說
自己是個「單身漢而且是飽經世故的老人,因為單身漢同老頭子對於
一切事情常有種特別的觀察點,說起話來也饒風趣」。「以諷刺小說著
名的 Thackeray 做他的小品(Essaykin)時候,自稱是個老人
(oldster),是個鰥夫,說出話也藹然仁者之言,誰念他那本小品集
《Roundabout Papers》總感到《虛榮市》和《Henry Esmond》的作者
也有他溫和慈祥的時候。說也奇怪,愛做小品的人,許多卻真是單身
漢,Goldsmith, Cowper, Lamb, Irving 等都是沒有娶過親的」(斯梯爾
〈畢克司達夫先生訪友記〉譯者注)。

　　隨筆寫家這種思想「美化」的寫作策略也體現在題材選擇上。西
方隨筆作家喜歡回憶,尤其擅長撰寫憶舊性題材。梁遇春說:「回憶是
小品文作家的一種好法子,不管什麼東西,經過時間寶庫的貯藏,拿
出來都覺得帶有縹緲蘊藉的氣概,格外有趣,那種妙處正如白雲罩著
半露天外的遠山一樣。」(哈茲里特〈青年之不朽感〉譯注)以蘭姆
為例,很能說明這個問題。哈茲里特在〈時代精神〉(The Spirit of the
Age)評蘭姆一段裡說:「蘭姆不高興一切新面孔,新書,新房子,新
風俗……他的情感回注在『過去』,但是過去也要帶著人的或地方的
色彩,才會深深的感動他……他是怎麼樣幹地將衰老的花花公子用筆
來渲染得香噴噴地;怎麼樣高興地記下已經冷了四十年的情史。」那
麼,蘭姆之所以這樣迷戀「過去的骸骨」,其原因有二:一來因為他愛
一切「人類的溫情」。「事情雖然已經過去,而中間存著的情緒還可供
我們回憶」;二來是「他性情又耽好冥想,怕碰事實,所以新的東西
有種使他害怕的能力」。[334]因此,蘭姆是個對現在沒有興趣的人,他更

---

334 梁遇春:〈查理斯‧蘭姆評傳〉,《文藝月刊》第6卷第5、6號合刊(1934年12月1日)。

喜歡坐在爐邊和他姐姐談幼年事情，無時無刻不沉醉於以往的朦朧仙境裡去。在這種思想觀念下，西方隨筆的憶舊題材占有突出的位置。難怪梁遇春總結道：「凡是帶這種癖性的人，寫出的小品都情緒宛轉纏綿，意味雋永，經得起我們的咀嚼，所以好的小品文家多半免不了鍾情於已過去的陳跡或異代的軼聞。」（蘭姆〈讀書雜感〉譯注）

行文的詼諧風格，也是典型體現西方隨筆寫家思想「美化」的寫作策略和修辭策略。在梁遇春看來，詼諧的產生是「從對於事情取種懷疑態度」，然後看出矛盾來，因此，懷疑主義者多半是用「詼諧的風格來行文」，因為「他承認矛盾是宇宙的根本原理。Voltaire, Montaigne 和當代的法朗士，羅素的書裡都有無限滑稽的情緒」。（〈醉中夢話（二）〉）哥爾德斯密斯的《世界公民》，梁遇春認為是一部讓人「百讀不厭」的書。該書有一篇〈黑衣人〉講述這個黑衣人行為古怪。他想施捨，但又怕人發現，因此說話常常前後不一致，相互矛盾：「當他的同情和自尊兩種情緒相衝突，猶疑未決的時候，我故意向別方看，他就趁這機會給了這可憐求乞人一塊銀洋，同時為了著說給我聽，他故意教他去工作謀食，不要再拿這無聊的大謊和走路人麻煩」。其實這個人物，就是哥爾德斯密斯自己人格的表現。梁遇春引述稱：「Samuel Johnson 說，Goldsmith 說起話來，是位智者，做出的事，卻是傻子，這是 Goldsmith 的毛病，也就是他人格上最可愛的地方」。（哥爾德斯密斯〈黑衣人〉譯者注）薩克雷是十九世紀諷刺小說大家，他的心卻極慈愛，他行文頗有十八世紀作家沖淡之風，寫隨筆時「故意胡說一陣」，更見得「秀雅生姿」[335]。蘭姆一生平凡，但屢遭不幸，他創作的《伊利亞隨筆集》能用飄逸的想像力，輕快的字句將沉重的苦痛撥開去，是一部「詼諧百出」的作品。

就文體而論，隨筆其實是可以多樣化。梁遇春說：「小品文大概可以分做兩種：一種是體物瀏亮，一種是精微朗暢。前者偏於情調，

---

335 梁遇春：〈序〉，《小品文續選》（上海市：北新書局，1935年）。

多半是描寫敘事的筆墨；後者偏於思想，多半是高談闊論的文字。這兩種當然不能截然分開，而且小品文之所以成為小品文就靠這二者混在一起。」[336]所謂的「體物瀏亮」、「精微朗暢」，是從藝術的表現手法來區分，前者以描寫敘事為主，偏向講究「情調」與「韻味」；後者以議論為主，邏輯推演，彰顯學理色彩。然而，根據隨筆史的事實來看，往往更多表現在多種表現手法的混合運用，即抒情、敘事、議論互相穿插；文言、白話，詩詞、俚語的交互使用。總之，怎麼方便就怎麼寫，有話則長，無話則短，跌宕多姿，妙趣橫生，意味雋永。

　　蘭姆的行文是以十七至十八世紀古文家為法。他嗜讀富勒（Fuller），這是一位英國十七世紀的傳記兼歷史家，文體奇妙；他喜好伯爾頓（Brurton）這個老頭，創作的《憂鬱的剖析》講究風格，充滿奇聞，十七世紀廣泛流傳，後一度湮沒，正是蘭姆的發掘，才使它重獲好評。可以說，蘭姆喜好閱讀伊利沙伯時代一些作家作品。大概是由於浸淫既久，蘭姆在寫作中不免常常加以引用，古詞古語時時出現於筆底。不過，蘭姆雖有仿古之癖好，但卻能得其神韻，而不至於為他們所束縛住。因此，有人評價說：「他這古怪的筆法只是一層語言外殼，像蝸牛的硬殼一樣，包藏著一個有血有肉的軟體。細心的讀者對照蘭姆的生平，透過他那仿古的文風，他那特別的用語，以及他那迂曲的思路，不難看出在這語言硬殼下所包著的『文心』，亦即作者的心，看出來他是一個苦人，也是一個好人，他的隨筆乃是一顆善良的心裡所發出的含淚的微笑。」[337]作為蘭姆的追隨者梁遇春，對於蘭姆隨筆文體的體會就更為到位和深刻。他以為，蘭姆正因善於運用仿古之文，所以平添好多的詼諧和幽默，因而他的文章比起十七至十八世紀的散文大家的著作更饒有興趣，「他那套古色斑斕的意思，好似一定要那種瑰奇巧妙的文體才能表現得出來，理想的文體是種由思

336　梁遇春：〈序〉，《小品文續選》（上海市：北新書局，1935年）。

337　劉炳善：《譯事隨筆》（北京市：中國電影出版社，2000年），頁29-30。

想內心生出來的，結果和思想成一整個，互為表裡，像靈魂同軀殼一樣地不能離開。」（蘭姆〈讀書雜感〉譯者注》）可見，蘭姆的獨到之處就在於他能運用奇怪的文體，而將心靈透澈地表現出來。

梁遇春在解讀艾迪生〈論健康之過慮〉一文時說：「十八世紀寫小品文字的作家常喜歡虛做一封來信，後面再加按語，用這法子可以將一件事情的正反兩面都寫出來，既沒有用辯說體那樣枯燥，比起對話體，文情又有從容不迫，娓娓清談之致，不像那樣針鋒相對，沒有閒逸的風味。Addison 同 Steele 最愛用這種布局。」這裡用比較的方式，談及隨筆文體的多樣化問題。可以說，在文體創造上，西方的現代隨筆寫家師心使氣，各逞才情、融舊鑄新、莊諧雜出，顯示出不凡的身手。他們懂得了「虛擬」藝術，或辯說、或對話、或書信、或札記，不一而足，達到現代隨筆藝術的巔峰，成為後世隨筆創作的範本。

三　嘗試：創作中國的「伊利亞」文體

梁遇春存世隨筆只有《春醪集》、《淚與笑》二本，計三十六篇，這主要是他的隨筆創作時間並不長（1926冬-1932年夏）。然而，就是這些不多的隨筆篇什，卻得到當時知心朋友和後來學界同仁的讚賞和好評。廢名譽他的隨筆為醞釀一個「好氣勢」，將「一樹好花開」，稱其文章為「新文學中的六朝文」。[338]唐弢說，「我喜歡遇春的文章，認為文苑時難得有像他那樣的才氣，像他那樣的絕頂聰明，像他那樣顧盼多姿的風格」，並稱他為「文體家」，走上「一條快談、縱談、放談的路」。[339]

俗話說：「文如其人」，梁遇春隨筆亦是如此。那麼探討他隨筆風

---

338 廢名：〈序一〉，梁遇春著：《淚與笑》（上海市：開明書店，1934年。

339 唐弢：〈兩種散文〉，《晦庵書話》（北京市：生活・讀書・新知三聯書店，1980年），頁53。

格的形成，也應從他的個性、性情開始。廢名說：「他常是這樣的，於普通文句之中，逗起他自己的神奇的思想，就是向我談，滔滔不絕，我一面佩服他，一面又常有歎息之情，彷彿覺得他太是生氣蓬勃。」[340]葉公超也說：「他是個生氣蓬勃的青年，他所要求於自己的只是一個有理解的生存，所以他處處才感覺矛盾。這感覺似乎就是他的生力所在。」[341]梁遇春的這兩個友人同時都用了「生氣蓬勃」一詞來形容梁氏的性格特點和精神狀態。「生氣蓬勃」就是指一個人的青春活力、英姿煥發、魅力四射。梁遇春在〈《春醪集》序〉中，論及人生苦短時，就提倡「在這急景流年的人生裡，我願意高舉盛到杯緣的春醪暢飲」。這就是梁遇春的個性，他要「急景流年的人生」裡，舉杯暢飲春醪，釋放自己的青春，活出自己的精彩。因此，他在友人眼裡，「正好比一個春光，綠暗紅嫣，什麼都在那裡拼命，我們見面的時候，他總是燕語呢喃，翩翩風度，而卻又一口氣要把世上的話說盡的樣子」[342]。一個朝氣蓬勃、才氣逼人的梁遇春，一個打開話匣子就滔滔不絕的梁遇春，卻因過早地殞落，就像一顆「稀有的彗星忽然出現在天邊，放射出異樣的光芒，不久便消逝」[343]，讓他的朋友和學界同仁為之而噓唏不已。

　　梁遇春意氣風發、風風火火的個性，使人覺得他太奇特了。他的朋友劉國平稱，梁遇春有一篇文章題目叫作〈觀火〉，「我們覺得他本身就是像一團火」[344]，把梁遇春的個性比擬成「火」，這個比喻既形象，又貼切。梁遇春極為欣賞唐南遮（D'Annunzio）的長篇小說《生命的火焰》這個題名。他說：「生命的確是像一朵火焰，來去無蹤，無時不是動著，忽然揚焰高飛，忽然銷沉將熄，最後煙消火滅，留下一

340 廢名：〈悼秋心（梁遇春君）〉，《大公報》（文學副刊）第236期，1932年7月11日。

341 葉公超：〈《淚與笑》跋〉，梁遇春：《淚與笑》（上海市：開明書店，1934年），頁142。

342 廢名：〈序一〉，梁遇春著：《淚與笑》（上海市：開明書店，1934年）。

343 馮至：〈談梁遇春〉，《新文學史料》1981年第1期。

344 劉國平：〈序二〉，梁遇春著：《淚與笑》（上海市：開明書店，1934年）。

點殘灰，這一朵火焰就再也燃不起來了。」梁遇春把「火」視為「人生的象徵」，那麼，「我們的精神真該如火焰一般地飄忽莫定，只受裡面的熱力的指揮，衝倒習俗，成見，道德種種的藩籬，一直恣意幹去，任情飛舞，才會迸出火花，幻出五色的美焰。」梁遇春將「火」視為「人生的象徵」理念，還寫到他的一篇短文〈Kissing the Fire（吻火）〉裡去。這篇短文是為紀念徐志摩因飛機失事遇難而撰寫的。這篇最大的一個亮點，是拈出一個徐志摩點紙煙的細節來寫。徐志摩拿著一支香煙向朋友取火時說："Kissing the fire"，梁遇春評價稱這句話真可以代表徐志摩對於人生的態度，「人世的經驗好比是一團火」，許多人都是敬鬼神而遠之，隔岸觀火，拿出冷酷的心境去估量一切，不敢投身到轟轟烈烈的火焰裡去。而徐志摩卻不同，「他肯親自吻著這團生龍活虎般的烈火，火光一照，化腐臭為神奇，遍地開滿了春花，難怪他天天驚異著，難怪他的眼睛跟希臘雕像的眼睛相似，希臘人的生活就是像他這樣吻著人生的火，歌唱出人生的神奇。」梁遇春用「吻火」一詞，典型概括了徐志摩活潑熱情的個性，以及喻指他坐飛機遇難之事，即「這一回在半空中他對人世的火焰作最後的一吻」，寫得相當的出彩。難怪廢名閱讀後連連說出："Perfet! Perfet!" 而他另一朋友葉公超則記錄得更詳細：「〈吻火〉是悼徐志摩的。寫的時候大概悼徐志摩的熱潮已經冷下去了。我記得他的初稿有二三千字長，我說寫得彷彿太過火一點，他自己也覺得不甚滿意，遂又重寫了兩遍。後來拿給廢名看，廢名說這是他最完美的文字，有爐火純青的意味。他聽了頗為之所動，當晚寫信給我說以後『以後執筆當以此為最低標準。』」[345]

　　閱讀過梁遇春隨筆的讀者，都有一種感覺那就是他雜學兼容卻自有思想見解的一位青年作家。他常常逆向思維，好做反題，析理精

---

345 葉公超：〈《淚與笑》跋〉，梁遇春：《淚與笑》（上海市：開明書店，1934年），頁144。

微，筆鋒犀利，其思想的言說，可以形成一股強大的衝擊力，去撼動讀者腦海中既有的價值觀念。梁遇春這種叛逆個性和批判意識，充分體現在撰寫的隨筆作品中。在〈講演〉中，他認為要真的獲得知識，求得學問，那種上堂聽課、偶遇演講，都無濟於事。他說：「真真要讀書只好在床上，爐旁，煙霧中，酒瓶邊，這才能領略出味道來。所以歷來真文豪都是愛逃學的。至於 Swift 的厭課程，Gibbon 在自傳裡罵教授，那只又是紳士們所不齒的，……」〈「還我頭來」及其他〉，梁遇春借引關雲長陰魂不散，大喊「還我頭來」，來影射當時所謂「思想界的權威」在做「文力統一」之事。梁啟超開出必讀書目，稱沒有念過他所開的書的人不是中國人，梁遇春毫不客氣指斥為這「完全是青天白日當街殺人劊子手的行為」；而胡適一方面說真理不是絕對的，中間很有商量餘地，另一方面卻又說治哲學史的方法惟一無二的路，凡他不同的都會失敗。梁遇春對胡適的做法很不以為然，他說只好「擺開夢想，搖一下頭——看還在沒有」。

〈人死觀〉，二十世紀二〇年代，當學界正在熱烈討論「人生觀」時，梁遇春卻來一個反題切入，吟詠「人死觀」。梁遇春說：「我們對生既然覺得二十四分的單調同乏味，為什麼不勇敢地放下一切對生留戀的心思，深深地默想死的滋味。壓下一切懦弱無用的恐怖，來對死的本體睇著細看一番。」本著這樣的理念，梁遇春談起了「人死觀」，「骸骨不過是死宮的門，已經給我們這種無量的歡悅，我們為什麼不漫步到宮裡，看那千奇萬怪的建築呢。」他以為，如果死後靈魂不滅，老是這麼活下去，也就沒有可哀之事。「永生同滅絕是一個極有趣味的 dilemma，我們盡可和死親昵著，讚美這個 dilemma 做得這麼完美無疵，何必提到死就兩對牙齒打戰呢？」「人生觀這把戲，我們玩得可厭了，換個花頭吧，大家來建設個好好的人死觀。」

在〈「春朝」一刻值千金〉裡，梁遇春是化用了「春宵一刻值千金」這句老話而來，不過他所謂的「春朝」一刻值千金，並非推崇

「早起」，而是反切題讚美「遲起」。他說：「十年來，求師訪友，足跡走遍天涯，回想起來給我最大益處的卻是『遲起』，因為我現在腦子裡所有些聰明的想頭，靈活的意思多半是早上懶洋洋地賴在床上想出來的。」因此，他覺得「遲起」是一門藝術，對它應該歌詠一下。

　　〈談「流浪漢」〉，「流浪漢」英文為 Vagobond，它與「君子」Gentleman 相對而言。在梁遇春看來，「君子」當然是行為溫文爾雅，談吐蘊藉不俗，但世界如果只是你將就我，我將就你，這種世界和平固然是和平，可惜是「死國的和平」。相反，「流浪漢」的個性卻是豪爽英邁、勇往直前，雖然他們幹的事情不一定都對社會有益，可是他們「那股天不怕，地不怕，不計得失，不論是非的英氣總可以使這麻木的世界呈現些許生氣」。「天下最大的流浪漢是基督教裡的魔鬼。可是哪個人心裡不喜歡魔鬼」。因此，梁遇春以為，無論如何，「在這麻木不仁的中國，流浪漢精神是一服極好的興奮劑，最需要的強心針」。這，應該算是梁遇春反向立意之所在！

　　如何將隨筆創作引向深度，梁遇春強調人生經驗的獲取與體會。在〈查理斯·蘭姆評傳〉中，梁遇春頗為欣賞蘭姆「點泥成金」的藝術。在現實生活中，蘭姆無論生活怎樣壓迫著他，心情多麼煩惱，他總能用精細微妙、靈敏多感的心靈觀照生活，並從中找尋出值得同情或有趣味的東西。在他筆下，他愛看洗煙囪小孩潔白的牙齒，倫敦街頭牆角鶉衣百結、光怪陸離的叫花子，以及街燈、店鋪、馬車、戲院……總之，這一切，他怎麼看也不夠，甚至高興得流下熱淚。他說：「我告訴你倫敦所有的大街傍道全是純金鋪的，最少我懂得一種點金術，能夠點倫敦的泥成金——一種愛在人群中過活的心。」蘭姆說得真好，「一種愛在人群中過活的心」，就是他「點泥成金」藝術的奧妙所在，當他站在擁擠的倫敦街頭體會生活時，他眼裡什麼東西都包含著無限的意義。因此，梁遇春評價道：「他無論看什麼，心中總是春氣盎然，什麼地方都生同情，都覺有趣味，所以無往而不自得。

這種執著人生，看清人生然後抱著人生接吻的精神，和中國文人逢場作戲，遊戲人間的態度，外表有些彷彿，實在骨子裡有天壤之隔。」

　　雖然說，梁遇春生活範圍較窄，人生閱歷有限，但他靠博覽群書，彌補了這一缺陷。馮至曾經認為，梁遇春「從英國的散文學習到如何觀察人生，從中國的詩、尤其是宋人的詩詞學習到如何吟味人生，從俄羅斯的小說學習到如何挖掘人生」。[346]馮至這一席話，雖嫌機械一點，所謂「觀察」、「吟味」、「挖掘」，對這三處知識來源來說應該是綜合的統攝與運用。因而，梁遇春對人生的體會和吟詠，就來得複雜和深刻，有一種特別的況味。在〈「還我頭來」及其他〉裡，說出：「我相信真真了解下層社會情形的作家，不會費筆墨去寫他們物質生活的艱苦，卻去描寫他們生活的單調，精神奴化的經過，命定的思想，思想的遲鈍，失望的麻木，或者反抗的精神，蔑視一切的勇氣，窮裡尋歡，淚中求笑的心情。」在〈黑暗〉中，他認為，「這個世界仍然是充滿了黑暗，黑暗可說是人生核心；人生的態度也就是在乎怎樣去處理這個黑暗」，「只有深知黑暗的人們才會熱烈地讚美光明」。在〈「春朝」一刻值千金〉裡，他稱：「我想凡是嚐過生活的深味的人一定會說痛苦比單調灰色生活強得多，因為痛苦是活的，灰色的生活卻是死的象徵。」在〈醉中夢話（一）〉裡，他認為：「Gorky身嚐憂患，屢次同遊民為伍的，所以他也特別懂得笑的價值。」而在《淚與笑》中，他卻說：「淚卻是肯定人生的表示。」

　　我們發現梁遇春善於發現事物的內在矛盾，或由上而下，或由外而內，或由前而後，層層剖析，在體會人生況味的過程中，將複雜的人生內涵和盤端出，從而展現出他對這些問題探討的廣度。生與死、淚與笑、早起與遲起、君子與流浪漢、黑暗與光明、窮苦與安逸、滑稽與愁悶，什麼「只有熱腸人才會說冷話」、「大人物的缺點正是他近

---

346 馮至：〈談梁遇春〉，《新文學史料》，1981年第1期。

於人情的地方」、「失敗是幻夢的保守者」、「世界裡什麼事一達到圓滿的地位就是死刑的宣告」、「天下美的東西都是使人們看著心酸」……梁遇春所闡析的這些內容都是兩兩相對的概念，它們之間相互矛盾，又是相互糾葛，相輔相成，他認為：「天下只有矛盾的言論是真摯的，是有生氣的，簡直可以說才算得一貫。矛盾就是一貫，能夠欣賞這個矛盾的人們於天地間一切矛盾就都能徹悟了。」（〈一個「心力克」的微笑〉）的確，抓住「矛盾」、欣賞「矛盾」，才能觀察到世態的複雜，品評出人間的況味。以梁遇春的〈天真與經驗〉為例。按理說，天真與經驗是一對水火不相容的概念。在我們的經驗世界裡，以為只有什麼經驗也沒有的小孩子才會天真，而那種歷經滄海桑田的大人，得到了經驗卻失去了天真。然而，梁遇春卻偏偏說：「天真和經驗實在並沒有這樣子不共戴天，它們倆倒很常是聚首一堂。」在梁遇春看來，小孩子的天真是靠不住的，好像個很脆的東西，經不起現實的接觸。當他們發現人情的險詐與世路的崎嶇時，他們會很震驚，並且以為世上除開計較得失利害外是沒有別的東西，柔嫩的心或者就這麼麻木下去，變成一個所謂值得父兄讚美的「少年老成人」了。因此，「他們從前的天真是出於無知，值不得什麼讚美，更值不得我們欣羨」。而那些已墜入世網的人們表現出來「天真」就不同，因為他們「閱歷人世間的紛擾，經過了許多得失哀樂」，「看穿了雞蟲得失的無謂，又知道在太陽底下是難逢笑口的」，所以「肯將一切利害的觀念丟開，來任口說去，任性做去，任情去欣賞自然界的快樂」，「他們把機心看做是無謂的虛耗，自然而然會走到忘機的境界了」。從這個意義而言，這個建立在「理智上面的天真絕非無知的天真所可比擬的，從無知的天真走到這個超然物外的天真，這就全靠著個人的生活藝術了」。梁遇春通過兩相比較、層層論證，得出我們不能把「無知誤解做天真」，而「不曉得從經驗裡突圍而出的天真才是可貴」的道理。他指出：「沒有嚐過窮苦的人們是不懂得安逸的好處的，沒有感

到人生的寂寞的人們是不能了解愛的價值的，同樣地未曾有過經驗的
孺子是不知道天真之可貴的。小孩子一味天真，糊糊塗塗地過日，對
於天真並未曾加以認識，所以不能做出天真的詩歌來，笨大的爸爸們
嚐遍了各種滋味，然後再洗滌俗慮，用鍛鍊過後的赤子之心來寫詩
歌，卻做也最可喜的兒童文學，在這點上就可以看出人世的經驗對於
我們是最有益的東西了。」

　　應該說，梁遇春隨筆中許多非同凡響的思想言說，其中「有的是
真知灼見，有的也近於荒唐」，他留給讀者的印象「有時如歷盡滄
桑、看透世情的智者」，「有時又像是胸無城府、有奇思異想的頑皮孩
子」，他對於「社會上因襲的習俗和時髦的風氣肆意嘲諷，毫不容
情」，而又「熱愛人生」[347]，品評生活，迷戀一切人類的溫情。那麼
他這些思想火花、人生智慧是從哪裡得來的呢？相對於他短暫的人生
和簡單的職業生涯，他是不可能擁有這麼多的「奇思怪想」的。毫無
疑問，梁遇春聰明好學、博聞強記，促使他這種個性特點的形成。葉
公超說：「我感覺馭聰對於人生的態度多半是從書裡經驗似乎比他實
際生活中的經驗更來得深刻，因此便占了優勝。」[348]然而，文學的知
識是間接的人生經驗，它只是第二手的材料。關於這一點，梁遇春是
有反省和警覺的，他在〈文學與人生〉中說，「文學裡的世界是比外
面的世界有味得多。只要踏進一步，就免不了喜歡住在這趣味無窮的
國土裡，漸漸地忘記了書外還有一個宇宙」，「文學最完美時候不過像
這面鏡子，可是人生到底是要我們自己到窗子向外一望才能明白
的。」他在〈途中〉一文，把「讀萬卷書」與「行萬里路」進行了比
較，他說：「讀書是間接地去了解人生，走路是直接地去了解人生，
一落言詮，便非真諦，所以我覺得萬卷書可以擱開不念，萬里路非放

347 馮至：〈談梁遇春〉，《新文學史料》，1981年第1期。
348 葉公超：〈《淚與笑》跋〉，梁遇春：《淚與笑》（上海市：開明書店，1934年），頁144。

步走去不可。」可惜命運捉人，未假以天年，梁遇春雖讀萬卷書，卻沒有機會行萬里路。因此，他的隨筆雖有一定的廣度，但其力度和深度都還是有所欠缺。

梁遇春稱：「小品文大概可以分做兩種：一種是體物瀏亮，一種是精微朗暢。前者偏於情調，多半是描寫敘事的筆墨；後者偏於思想，多半是高談闊論的文字。這兩種當然不能截然分開，而且小品文之所以成為小品文就靠這二者混在一起。」他的隨筆屬於後一種，寫得「精微朗暢」，是一種以議論為主的學理文。梁遇春又說：「國人因為厭惡策論文章，做小品文時常是偏於情調，以為談思想總免不了儼然；其實自 Montaigne 一直到當代思想在小品文裡面一向是占很重要的位置，未可忽視的。能夠把容易說得枯索的東西講得津津有味，能夠將我們所不可須臾離開的東西——思想——美化，因此使人生也盎然有趣，這豈不是個值得一干的盛舉嗎？」[349]儘管說，有的學者認為，梁遇春隨筆是中西文化基礎上形成自己的獨特藝術，但我在這裡更願意把它稱之為西方的 "Essay" 在中國的成功移植。從表層上看，梁遇春的作品類似於中國古代的議論性散文，有些作品甚至很有中國的文化元素和藝術情調，如他撰寫的〈又是一年春草綠〉、〈春雨〉等。但就其精神實質而言，梁遇春的隨筆創作是奉西方 "Essay" 為圭臬，而與中國散文向來重視情趣有所疏離，其藝術神韻及風采屬於西方的 "Essay"，尤其帶有明顯的英國 "Essay" 的風格。

因此，面對與西方 "Essay" 有血緣關係的梁遇春隨筆，國內學界在藝術層面如果是把它放在中國經驗的範疇來研究，肯定會遭遇「盲點」，或出現抓不到要害的評判或出現「失語」的現象。廢名曾認為，梁遇春「文思如星珠串天，處處閃眼，然而沒有一個線索，稍縱即逝」[350]。廢名的這個評價，既是指出梁遇春隨筆創作的特色，同時

---

349 梁遇春：〈序〉，《小品文續選》（上海市：北新書局，1935年）。
350 廢名：〈序一〉，梁遇春著：《淚與笑》（上海市：開明書店，1934年）。

也隱含著批評之意。因為在中國，散文尤其為議論性散文多半是中心突出、主旨明確。然而，梁遇春常常借題發揮，節外生枝、其作品呈現出多線索、複合型內容的特徵，這顯然不符合或者說逸出中國經驗的審美標準和評價體系。但是，恰恰是這種隨筆作品，它吻合了西方"Essay"的文本特徵。

　　友人石民曾稱梁遇春是「一個健談的人」，「每次見面真是如他自己所談的『口談手談』」[351]。在西方，隨筆被稱為「雜談」式文體，也有人把它當作「紙上談話」[352]。所以，梁遇春的「口談手談」，我們不妨把他的創作理解為由「口談」轉化為「手談」（即「筆談」），因為隨筆寫家的理想境界就是一種「紙上談話」。那麼，如何概括梁遇春隨筆創作的文體特點，我以為唐弢對梁遇春隨筆作出比較到位的藝術評價，他稱梁遇春是一位「文體家」，梁氏隨筆作品已經形成一種「快談、縱談、放談」的文體特性。

　　首先，梁遇春的「發散性思維」，具有卓越的文化聯想能力，是形成「快談、縱談、放談」的文體特性的重要因素。現代隨筆作家葉靈鳳就認為：「小品文是應該無中生有的，以一點點小引為中心，由這上面忽遠忽近的放射出去，最後仍然收到自己的筆上，那樣才是上品。」[353]這就是隨筆作家通常所具有「發散性思維」的特點。通俗地說，這種思維主體通過充分發揮自己的想像能力，突破原有的知識疆域和時空界限，由某一點向四周散開，向四面八方聯想開來，達到了古代文論家陸機所說的「精騖八極，心游萬仞」的自由創作境界。對此，友人劉國平曾稱梁遇春：「在他的腦海裡來往自如，一有逗留，一副對聯，半章詩句都能引起他無數的感想與傅會，扯到無窮去。」[354]

351 石民：〈序三〉，梁遇春著：《淚與笑》，（上海市：開明書店，1934年）。

352 陳叔華：〈娓語體小品文釋例〉，《人間世》第28期（1935年5月）。

353 葉靈鳳：〈我的小品作家——文藝隨筆之二〉，《靈鳳小品集》（上海市：上海書店影印，1985年），頁132。

354 劉國平：〈序二〉，梁遇春著：《淚與笑》（上海市：開明書店，1934年）。

講的就是梁遇春思路敏捷，變化多端，不易受思維定勢和既定邏輯框架、文類範式的束縛，而在創作中體現出聯類無窮的想像能力。

以〈醉中夢話（二）〉為例，這篇文章由四篇短文連綴而成，分別為「才子佳人信有之」、「滑稽與愁悶」、「『九天閶闔開宮殿，萬國衣冠拜冕旒』的文學史」、「這篇是順筆寫去，信口開河，所以沒有題目、」「兩段抄襲，三句牢騷」。不僅標題大相逕庭，內容也互不搭界。尤其是第四個標題更不像樣，乾脆把沒標題的原因寫上去，當作題名，這恐怕也是非梁遇春莫辦！我們就以這一節內容作個解讀。梁遇春開篇提起英國近代批評家 Bailey 講的「英國人應當四十歲才開始讀聖經」開始議論，聯想開來。以為 Bailey 的話很有道理，以為什麼東西太熟悉、太常見，就反而不深刻起來。由此，梁遇春聯想到誰能說出母親面貌的特點；哪個生長在西湖的人能天天熱烈地欣賞六橋三竺的風光；婚姻制度的流弊，哪個能夠永久在早餐時節對妻子保持親愛的笑容；英國十八世紀歌詠自然的詩人 Copwer 親自然，是因為他偶然看到自然美，免不了感到驚奇；相反那些長期在鄉下生長，而能歌詠自然的詩人，恐怕只有 Burns，其他讚美田舍風光的作家總是由烏煙瘴氣的城裡移住鄉間的人們。由詩人這種揭示田園詩人身上的矛盾現象，轉向議論作家身上存在的矛盾現象，他說「Dostoivsky 的一枝筆把齷齪卑鄙的人們的心理描摹得窮形盡相，但是我聽說他卻有潔癖，做小說時候，桌布上不容許有一個小污點」。接著思緒又轉向神秘派詩人的議論，稱「神秘派詩人總是用極顯明的文字，簡單的句法來表明他們神秘的思想」。與此相關的是，作家筆鋒談起「詩文的風格（style）奇奇怪怪的人們，多半是思想上非常平穩。為了論證這個觀點，作家隨興而起，滔滔不絕地談：「Chesterton 頂喜歡用似非而是打筋斗的句子，但是他的思想卻是四平八穩的天主教思想。勃浪寧的相貌像位商人，衣服也是平妥得很，他的詩是古怪得使我念著就會滿眼淚。Tennyson 長髮披肩，衣服鬆鬆帶有成千成萬的皺紋，但是他那 In

Memoriam 卻是清醒流利，一點也不胡塗費解。約翰生說 Goldsmith 做事無處不是個傻子，拿起筆就變成聰明不過的文人了……」。梁遇春連續引證了四位西方文人身上「言」與「行」的不致之處，突顯他們的矛盾現象。這些文字創作，表明了梁遇春具有聯類無窮的想像能力，他的運思途徑靈活、跳躍，少阻滯、多路向，能不斷地花樣翻新，並在較短時間內釋放出較多的文化信息。

其次，梁遇春的雜學功底，對他隨筆形成「快談、縱談、放談」的文體特性提供了基礎保障。文藝復興晚期法國懷疑論思想家蒙田創立現代隨筆文體，其意在於作為一種思想探索的雜談載體。根據 P. 博克研究，蒙田隨筆是「希臘議論文的一種復興」，其顯著的特色「不是在文章的長短或題材上，也不在結論，而是在於抓住思想的流動，揭示出思維的這種歷程」。[355]由於作家為了說服別人，而常常求助於實例、例證乃至逸聞，因而在創作中往往是筆隨思路，信馬由韁，枝幹旁逸，形成一種「雜談」式文體。很顯然，梁遇春的作品與西方這種「雜談」式文體如出一轍，有著極其密切的淵源關係。這種「雜談」式文體在於作家必須具備博大的胸懷和博識的眼光，也就是說要在各種知識領域裡穿行，探幽見微，深化思想，重構新論。

〈論知識販賣所的夥計〉，文章一開篇，梁遇春一語驚人：「『每門學問的天生仇敵是那門的教授。』──威廉·詹姆士。」雖是引述他人之語，但乍一看，頗感偏激，卻很一種誅心之論的味道。梁遇春認為與糖店裡夥計不喜歡糖餅，和布店的夥計穿價廉物美的料子一樣，知識販賣所的夥計也是最不喜歡知識，失掉了求知的欲望。文章中既援引法郎士《伊壁鳩魯斯園》裡一段譏笑學者的例子，又引述美國大學中某些教授講義的陳舊等等事例，說明了這些學者已經同知識的活氣告別了，只抱個死沉沉的空架子。接著，梁遇春稱：「笛卡爾哲學的

---

355 P. 博克撰，孫乃修譯：《蒙田》（北京市：工人出版社，1985年），頁122。

出發點是『我懷疑，所以我存在』；知識販賣所的夥計們的哲學的出發
點是『我肯定，所以我存在。』」這是戲謔的筆墨，對外達到與西方
文化的對接，對內通過再造仿詞，植入新義，達到解構之目的。〈「春
朝」一刻值千金〉，雖是梁遇春化用「春宵一刻值千金」這句老話而
來，但其「遲起」的主張，是受到當代英國隨筆作家文集《懶惰漢的
懶惰想頭》（*Idle Thoughts of an Idle Fellow*）的啟發。〈人死觀〉，一
方面是深受當時學界掀起「人生觀」討論的激發，但同時也是梁遇春
對於西方隨筆中關於這一話題的探討的影響。梁遇春說：「『愛』和
『死』是小品文最喜歡討論的題材，尤其是『死』，因為死這題目可
以容納無限幻想，最合於捧著煙斗先靠在躺椅時的沉思默想。Bacon,
Montaigne, Addison, Steele, Leigh Hunt, De Quincey, Smith, Belloc 等都
有很好的關於『死』的作品。」（雷利〈吉訶德先生〉譯者注）他又
說：「小品文家 Alexander Smith 在他小品集《夢鄉》（*Dreamthorp*）裡
面有一篇〈死和死的恐懼〉（On Death and the Fear of Dying），就拿這
件事來證明死有種種神秘能力，把人們的位置提高，他說：'Death
makes the meanest beggar angust, and that augustness would assert itself
in the presence of a king.' Smith 這篇論死的小品是他最得意之作，也
是關於死的一篇千古絕妙的文章，想研究『人死觀』的人，不可不拿
來細細咀嚼一番。」（林德〈軀體〉譯者注）梁遇春這篇〈人死觀〉
正是建立大量西方哲人探討這一問題基礎上，進行了知識的整理、疏
通和佐證，以融通的眼光，掃除文化的歷史浮塵，透入思想的幽秘玄
機，從而以富有哲理的思辨表現出對現實的否定精神。

　　再者，梁遇春的拉開扯散個性，是形成其隨筆「快談、縱談、放
談」文體特性的重要成因。梁遇春耽溺於西方 "Essay"，自然對
"Essay" 的文體特性瞭如指掌、爛熟於心。梁遇春在〈蒙旦的旅行日
記〉中，稱「蒙旦」（即蒙田）「古往今來最偉大的小品文家」，那
「一千多頁無所不談的絮語」奠定了西方文學史上的地位。又認為，

這本旅行日記缺少的正是隨筆不可或缺的要素——「閒暇的環境」同「餘裕的心情」。而他的隨筆集就是在古堡圓塔中解悶時寫的，所以有了那「迷人的悠然情調」同對於「人間世一切物事的冷靜深刻的批評」。梁遇春概括蒙田創立的現代隨筆文體特點，就體現在「絮語」、「閒暇的環境」、「餘裕的心情」、「迷人的悠然情調」等表述上。梁氏評價蘭姆稱：「他談自己七零八雜事情所以能夠這麼娓娓動聽，那是靠著他能夠在說閒話時節，將他全性格透露出來，使我們看見真真的蘭姆。」（〈查理斯·蘭姆評傳〉）他評庫魯遜時指出，這是一位「精明的批評家」，同時也是「天生的小品文作家」，所以「當他談得高興的時節，常常跑起野馬，說到自己人的事情或者別的沒有什麼關係的廢話」。（〈再論五位當代的詩人〉）可見，梁遇春無論是評蘭姆還是庫魯遜，著重抓住的是隨筆作家的創作個性及其「閒話」特點。尤其是對於十八世紀以來英國隨筆文體方面上的花樣翻新而表現出來的「娓娓清談」和「閒逸風味」，梁遇春更是心領神會、推波助瀾。在他筆下，有對話體的，如〈講演〉；有裝糊塗、假癡聾，而撰寫的〈醉中夢話〉（一）、（二）；有內心獨白式的，如〈她走了〉、〈苦笑〉、〈墳〉等；有一句話、一首詩而聯想展開的，如〈Kissing the Fire（吻火）〉、〈破曉〉、〈「春朝」一刻值千金〉、〈「還我頭來」及其他〉……梁遇春即興立題，從容漫筆、使筆下文體顯得「玲瓏多態、繁華足媚，其蕪雜亦相當」[356]。

第四節　巴金：人格重構與言說方式

巴金晚年創作的五卷《隨想錄》，起筆於一九七八年十二月，完稿於一九八六年七月，歷時八載，可謂嘔心瀝血，備嚐艱辛。它熔鑄

---

[356] 廢名：〈序一〉，梁遇春著：《淚與笑》（上海市：開明書店，1934年）。

了巴金一生的智慧、良知、真誠和勇氣，是用心血凝聚成的人生和藝術經驗的結晶。這部「當遺囑寫」的著作，被他稱之為晚年「生命的開花」。[357]

　　巴金《隨想錄》的創作之初，正值中國新時期具有劃時代意義的中共十一屆三中全會的召開。馬克思說：「任何一種解放都是把人的世界和人的關係還給人自己。」[358]巴金用倡導「講真話」的方式，真正體現了自覺的人的意識，是「五四」隨筆個性精神的回歸。因此，《隨想錄》不僅是我國新時期隨筆的重要組成部分，而且可視為代表當代中國知識分子精神由「放逐」到「回歸」的心路歷程。由此觀之，回顧巴金的《隨想錄》在新時期給文壇帶來的震動和影響，其思想和文學價值是不言而喻的。

一　批判的鋒芒：在歷史的沉浮中獲得反思的力量

　　「文革」劫難結束之初，巴金成為率先打破往昔「寓悲憤於沉默」個性的作家之一[359]，他揮毫執筆寫下了〈一封信〉、〈第二次解放〉、〈除惡務盡〉、〈望著總理的遺像〉、〈「最後的時刻」〉等文。這些文章既有討伐罪惡的檄文和張揚正義的宣言，又有深情緬懷老一輩革命家的豐功偉績之作，曾一時引起文壇的普遍注意，產生了廣泛的社會效應。為此葉聖陶還賦詩稱讚巴金「揮灑雄健猶往昔」，「佇看新作湧如泉。」[360]但巴金的筆觸很快就越出單純的政治聲討和對偉人輓悼

357　巴金：〈後記〉，《病中集》（北京市：人民文學出版社，1984年），頁140。

358　馬克思：〈論猶太人問題〉，《馬克思恩格斯全集》（北京市：新華出版社，1956年），卷1，頁443。

359　「寓悲憤於沉默」，是陳仲賢評價巴金之語，轉引自巴金的〈「保持自己的本來面目」〉一文，收入《病中集》（北京市：人民文學出版社，1984年），頁67。

360　轉引自巴金的〈我的責任編輯〉，《講真話的書》（成都市：四川文藝出版社，1991年），頁1015。

的淺層面。「隨想錄」作為一種隨筆文體，為他展開了更為自由的精神領域和廣闊的藝術空間。巴金站在「文革」廢墟的邊緣，開始全力以赴地投入他的精神長旅——五卷鉅著《隨想錄》的創作。

黑格爾說：「感性的東西是個別的，是變幻的；而對於其中的永久性的東西，我們必須通過反思才能認識。」[361]對巴金來說，他是在歷史的沉浮中，在這場史無前例的「文革」煉獄中，獲得對歷史的「反思」。他說：「五〇年代我不會寫《隨想錄》，六〇年代我寫不出它們，只有經歷了接連不斷的大大小小政治運動之後，只有在被剝奪了人權，在『牛棚』裡住了十年之後，我才想起自己是一個『人』，我才明白我也應當像人一樣用自己的腦子思考。」[362]

當代著名哲學人類學家 H. 普列斯納說得好：「只有失望的苦酒才使人變得敏感，痛苦是精神的眼睛。」[363]巴金劫後餘生，飽含著血淚，揪住「文革」話題不放，他要為歷史和後人建起一座「文革」博物館，表現了一位中國知識分子的真誠和良知。

在《隨想錄》中，巴金怒斥和抨擊對人性、人的尊嚴的踐踏的醜惡現象。他指控「文革」十年是「人獸轉化」、「人吃人」的瘋狂年代，「牛棚」林立，「虎狼」肆虐。他本人是在毫無思想準備的情況下，瞬間淪為「罪人」和「賤民」。他說：「並不是我不願意忘記，是血淋淋的魔影牢牢地揪住我不讓我忘記。我完全給解除了武裝，災難怎樣降臨，悲劇怎樣發生，我怎樣扮演自己憎恨的角色，一步一步走向深淵，這一切就像是昨天的事，我不曾滅亡，卻幾乎被折磨成一個廢物，多少發光的才華在我眼前毀滅，多少親愛的生命在我身邊死

---

361 黑格爾撰，賀麟譯：《小邏輯》（北京市：商務印書館，1980年），頁74、87、279。

362 巴金：〈隨想集·合訂本新記〉，《講真話的書》（成都市：四川文藝出版社，1990年），頁1093。

363 H. 普列斯納：《新的眼光》，轉引自鄧曉芒：《思辨的張力：黑格爾辯證法新探》（長沙市：湖南教育出版社，1992年），頁461。

亡。」[364]這些敗類為虎作倀，以整人為樂，多少人在具有「中國特色的酷刑」──「上刀山、下油鍋」、「觸皮肉」和「觸靈魂」──的折磨和侮辱下致殘，致死。因而巴金每每回憶起這些敗類，就不覺地要感到「生理上的厭惡」[365]。這些醜類的暴行甚至連一條狗也不輕易放過，巴金的名作〈小狗包弟〉便給我們展現一幅血淋淋的圖畫：

> 批鬥結束，他走不動，讓專政隊拖著遊街示眾，衣服撕破了，滿身是血和泥土，口裡發出呻喚。認識的人看見半死不活的他，都掉開頭去。忽然一隻狗從人叢中跑出來，非常高興地朝著他奔去。它親熱地叫著，撲到他跟前，到處聞聞，用舌頭舔舔，用腳爪在他的身上撫摸。別人趕它走，用腳踢，拿棒打，都沒有用，它一定要留在它的朋友的身邊。最後專政隊用大棒打斷了小狗的後腿，它發出幾聲哀叫，痛苦地拖著傷殘的身子走開了。……回到家裡什麼也不吃，哀叫了三天就死了。[366]

巴金在這裡用「狗」作為非人年代的參照物，以其對主人的忠誠與情義，襯托出人世間的冷酷與殘暴。從而以一個特殊角度──狗的不幸命運，來表達作家對「文革」徹底否定的思想。

那麼，十年的「文革」悲劇是怎樣上演呢？巴金說：「大家都在豪言壯語和萬紫千紅中生活過來，怎麼那麼多的人一夜之間就由人變為獸，抓住自己的同胞『食肉寢皮』。」[367]他認為我們必須有責任、有義務弄清楚它的來龍去脈，探究這一悲劇的深刻根源，並以此為鑒，把來路堵死，確保已經發生過的事情不再重演。這就是黑格爾所

---

364 巴金：〈「文革」博物館〉，《無題集》（北京市：人民文藝出版社，1986年），頁122。
365 巴金：〈我的噩夢〉，《病中集》（北京市：人民文學出版社，1984年），頁107。
366 巴金：〈小狗包弟〉，《探索集》（北京市：人民文學出版社，1981年），頁25-26。
367 巴金：〈未來說真話之五〉，《真話集》（北京市：人民文學出版社，1983年），頁116。

說：「要獲得對象的真實性質。我們必須對它進行反思。唯有通過反思才能達到這種知識。」[368]

　　巴金以自己的慧眼和敏感，深刻地剖析了「文革」產生的根源。〈一顆核桃的喜劇〉便是他這方面探索的代表作。文中摘引赫爾岑《往事與隨想》中的一則故事來藝術比擬「文革」狂熱的造神運動。這是一則圍繞一位沙俄皇位繼承人吃剩的一顆桃核而上演的一齣喜劇。巴金指出，在「四害」橫行的日子裡，這種「喜劇」也是經常上演的。不過「皇位繼承人」給換上了「中央首長」，或是林彪，或是江青，甚至別人。桃核給換了別的水果，或者其他的東西如草帽之類。「當時的確有許多人把肉麻當有趣，甚至舉行儀式表示慶祝和效忠。這種醜態已經超過十九世紀三〇年代沙俄外省小城太太們的表演」。巴金在這裡以犀利的筆墨，縱橫結合的方式，深刻地揭示「四人幫」及其種種倒行逆施同封建專制和封建傳統的根深柢固的內在聯繫，指出這種狂熱的造神運動，個人迷信實質是宗教狂熱，是封建的東西。誠然，「文革」的產生，原因是比較複雜的。但巴金能抓住問題的一個方面，振葉尋根，觀瀾索源，顯示他思想的獨到和文筆的鋒芒。

　　作為「五四」之子，巴金始終是一位站在時代前列的反封建鬥士。他一生的創作緊緊維繫著二十世紀中國和世界所經歷的種種風雲變幻。他說：「一切舊的傳統觀念，一切阻止社會進步和人性發展的不合理的制度，一切摧殘愛的努力，它們都是我最大的敵人。」[369]一九四九年前，他以一位反封建戰士的身分馳騁在文壇上，先後寫下了眾多的文學作品，激起千千萬萬讀者的同情和覺醒。今天，他站在「文革」的廢墟上，仍然一如既往，大聲疾呼：「我們這一代人並沒有完成反封建任務」，「今天還應當大反封建，今天還應當高舉社會主

---

368 黑格爾撰，賀麟譯：《小邏輯》（北京市：商務印書館，1980年），頁74。

369 巴金：〈我和文學〉，《探索集》（北京市：人民文學出版社，1981年），頁126。

義民主和科學的大旗前進。」[370]十年劫難後，巴金年逾古稀，但變得更加心明眼亮，他意識到封建地主階級雖然已被打倒，但封建毒瘤並未徹底根除，在某一個特定時期還會氾濫成災。尤其他目睹社會上出現的種種怪誕醜惡現象，形形色色的歪風邪氣，更表現了極大的憂慮，激於正義而加以針砭。《隨想錄》中就有說〈小騙子〉、〈再說小騙子〉、〈三談小騙子〉、〈四談小騙子〉等系列文章，集中探討「騙子」得以產生的原因和根源，抨擊當前社會存在的特權思想。在〈小人‧大人‧長官〉一文中，巴金由簡單的生活現象入手，深刻地批駁了「長官信仰」。他指出人們實際上長期以來遵循著這麼一個簡單的邏輯，即「小孩相信大人，大人相信長官。長官當然正確」。正因為如此，「多少人把希望寄託在包青天的身上，創造出種種離奇的傳說。還有人把希望寄託在海青天身上，結果吳晗和周信芳都『含恨而亡』。」巴金在這裡把國民素質的改造擺到桌面來探討，從而提出要重視人的思想現代化這一深刻的命題。總之，巴金這些精闢的論述，顯示作家的真誠勇氣和真知灼見，而這一切便構成了《隨想錄》具有鮮明的人文主義的批判精神，它的價值和影響遠遠超出作品本身和文學範圍。

二　講真話：重建知識者的人格精神

馬克思認為，真正的批判和反思，是在自我批判基礎上的批判。他說：「基督教只有在它的自我批判在一定程度上，所謂在可能範圍內準備好時，才有助於對早期神話作客觀的理解。同樣，資產階級經濟只有在資產階級社會的自我批判已經開始時，才能理解封建社會、

---

370 巴金：〈五四運動60週年〉，《隨想錄》（北京市：人民文學出版社，1980年），第1集，頁66。

古代社會和東方社會。」[371]巴金的《隨想錄》就是從自我解剖入手而
解剖社會。他說「我是從解剖自己，批判自己做起的。我寫作，也就
是在挖掘，挖掘自己的靈魂。必須挖得更深，才能理解更多，看得更
清楚。」[372]他在審視自己的靈魂是嚴厲的，哪怕是心靈深處的小小隱
秘，也要提示出來，公諸於眾。因此，那種敢於與歷史分擔責任，把
自我解剖與歷史反思相結合的精神，正是巴金晚年的精神。他的《隨
想錄》表現出來的人格境界，使人油然而產生高山仰止的感情。有的
學者認為它的經典性就在於是「二十世紀中國知識分子的心靈史」。[373]

　　古希臘哲學的重要名言就是「認識你自己」；笛卡爾沉思的最後
結果，便是我知道我在懷疑這是不能再排除的，所以「我思故我
在」。巴金思想的深刻之處在於把自己擺進歷史的反思中去，正視自
己在這場民族劫難中所表現出來的靈魂弱點。在〈十年一夢〉一文
中，他把自己在「文革」的心路歷程，藝術地概括為：「奴在心
者」──「奴在身者」──「我回到我自己」[374]。這三層精神變化特徵
也代表著當代知識分子在「文革」中精神由放逐到回歸的典型心態。

　　「奴在身者，其人可憐；奴在心者，其人可鄙」，這是林琴南翻
譯英國小說《十字軍英雄記》中的一句話。沒想到這句話竟成了巴金
在「文革」中的自我寫照。他剖析道：

　　　　六六年九月以後在「造反派」的「引導」和威脅之下（或者說
　　　　用鞭子引導之下），我完全用別人的腦子思考，別人大吼「打倒
　　　　巴金」！我也高舉右手響應。……我還有通過吃苦完成自我改

371　馬克思：〈政治經濟學批判導言〉，《馬克思恩格斯選集》（北京市：人民出版社，
　　　1972年），卷2，頁108-109。

372　巴金：〈日譯本序〉，《真話集》（北京市：人民文學出版社，1983年），頁88-89。

373　王堯：《鄉關何處：二十世紀中國散文的文化精神》（北京市：東方出版社，1996
　　　年），頁6。

374　巴金：〈十年一夢〉，《真話集》（北京市：人民文學出版社，1983年），頁44-51。

> 造的決心。我甚至因為「造反派」不「諒解」我這番用心而感
> 到苦惱。我暗暗對自己說：「他們不相信你，不要緊，你必須
> 經得住考驗。」每次批鬥之後，「造反派」照例要我寫「思想
> 匯報」，我當時身心十分疲倦，很想休息。但聽說要馬上交
> 卷，就打起精神，認真匯報自己的思想，總是承認批判的發言
> 打中了我的要害，批鬥真是為了挽救我，「造反派」是我的救
> 星。[375]

　　巴金把自己在「文革」初的這段表現，概括為「奴在心者」的精
神特徵，是「死心塌地的精神奴隸」。這番靈魂的自審和拷問的確是
令人顫慄，它猶如阿 Q 打了自己臉上一巴掌，又彷彿打了別個人一
樣似的，可憐又可鄙。這種「奴在心者」的表現，折射出當代知識分
子在特定的歷史情境中精神的潰敗和處在「非我」狀態的窘境。

　　從一九六九年起，巴金慢慢發現周圍所進行著是「一場大騙
局」，他身上那麼一點點「知識」開始發揮抵制「迷藥的效力」，他再
也無法用別人的訓話來思考。他說：「我不再相信通過苦行的自我改
造了，在這種場合連陀思妥耶夫斯基的道路也救不了我。我漸漸地脫
離了『奴在心者』的精神境界，又回到『奴在身者』了。換句話說，
我不是服從『道理』，我只是服從於權勢，在武力下低頭，靠說假話
過日子。」這是巴金擺脫奴隸哲學的開端，他不再是為了贖罪，而是
為了弄清是非。只不過他屈服於「武力」，是「奴在身者」。「四人
幫」滅亡後，巴金迎來了新生。他說：

> 我經受了幾年的考驗，拾回來「丟開」了的「希望」，終於走
> 出了「牛棚」。我不一定看清別人，但是我看清了自己。然我

---

375 巴金：〈十年一夢〉，《真話集》（北京市：人民文學出版社，1983年），頁45-46。

十分衰老，可是我還能用自己的思想思考。我還能說自己的話，寫自己的文章。我不再是「奴在心者」，也不再是「奴在身」。我是我自己。我回到我自己身上了。[376]

由「奴在心」到「奴在身」，再到「我是我自己」，這是巴金在「文革」中所走的心路歷程，它典型地說明這麼一個事實：「五四」反封建的民主運動遠未完成，擺脫奴隸哲學，以及重建知識分子的人格精神，仍是當今中國知識分子當務之急的迫切任務。正如馬克思說：「人只有在成為他自身的主義的時候，才能將自己當作獨立的存在物，而且只有當他把自己的存在歸之於自身的時候，他才是自己的主人。」[377]

在巴金看來，重建知識分子的人格精神關鍵問題是「講真話」。「講真話」應當視為中國知識分子人格復蘇的基本準則和情感表達方式，它包括真誠的人格、嚴厲的自審意識和具有獨立的理性批判精神。這三方面自始至終流貫在《隨想錄》之中，作為他探索人類精神家園的獨特思考。因此，當我們閱讀這部「當遺囑寫」的《隨想錄》時，我們不能不觸及到巴金這種思想在歷史轉折期的進步的脈動，同時也為他真誠的大勇和偉大的人格所震撼。

講真話，是巴金劫後餘生，對「販賣假話」、「灌迷魂湯」，「吹牛說謊」的十年騙局的大徹大悟。他指出，說真話關鍵是「不隱瞞，不掩飾，不化妝，不賴帳，把心赤裸裸地掏了出來」[378]。那麼，真誠的人格應視為講真話的基石。在《隨想錄》中，巴金時時把自己擺在平等的地位上和讀者娓娓敘談，坦誠真摯，親切平易，讓人讀後深受感

---

376 巴金：〈十年一夢〉，《真話集》（北京市：人民文學出版社，1983年），頁50-51。

377 馬克思：〈1844年經濟學哲學手稿〉，轉引自羅國傑主編：《人道主義思想論庫》（北京市：華夏出版社，1993年），頁735。

378 巴金：〈序跋集・跋〉，《真話集》（北京市：人民文學出版社，1983年），頁60。

染。以〈大鏡子〉為例，巴金通過日常起居照鏡子一例生發開去，述說如何正確擺正自己位置的感受。他幽默地說，對於照鏡子自己並不感到愉快，那副「尊容」叫人擔心：憔悴、衰老、皺紋多，嘴唇乾癟……有一個時期乾脆不照鏡子，不見自己的「尊容」，別人說「煥發了青春」，自己完全接受，甚至進一步幻想「返老還童」，開會的通知不斷，索稿的信件不停，似乎都把自己忘記了。直到自己有一天發現身體垮了，再到鏡子裡一睹「尊容」，才發覺鏡子對他是講「真話」。經過這一番折騰，巴金擺正了自己的位置：

> 每次走過它前面，我就看到自己那副「尊容」，既不神氣，又無派頭，連衣服也穿不整齊，真是生成勞碌命！還是規規矩矩地待在家裡寫吧，寫吧。這是我給自己下的結論。[379]

像這樣生活事例信手拈來，毫不掩飾地坦露自己赤誠的心，確實做到不虛美、不隱惡，把心掏給讀者。正如他說：「作家在生活中做的和創作中寫的要一致，要表現自己的人格，不要隱瞞自己的內心。」[380]人品和文品的一致，使巴金的為人和為文得到和諧的統一，這是巴金人格力量的所在。巴金的真誠，贏得了廣大讀者的心。

講真話，更表現在作家有無勇氣坦白無私的自剖。巴金說：「挖別人的瘡，也挖自己的瘡」。[381]在《隨想錄》中，巴金的自審意識特別的強烈，他完全把自己當作一位債主，要在晚年期間以寫作的方式，一筆一筆地償還。說實話，作為一位「文革」受害者，巴金最有資格表明自己的無辜清白。但是他並沒有這樣去做，相反卻把批判鋒芒引向了自己，進行著嚴厲的自我解剖和反思。他為自己在不正常的

---

379 巴金：〈大鏡子〉，《探索集》（北京市：人民文學出版社，1981年），頁24。

380 巴金：〈巴金談文學創作──答上海文學研究所研究生問〉，《文學報》1982年4月1日。

381 巴金：〈後記〉，《探索集》（北京市：人民文學出版社，1981年），頁132。

時期所寫的「豪言壯語」、「違心之論」不能容忍自己；為自己在政治
運動中，為了保全自己，跟在別人後面丟石頭而羞愧；他為老舍的死
而難過，認為我們不能保護一個老舍，怎樣向後人交代呢？他也為自
己不能保護妻子而痛心；為不能保護小狗包弟的性命而自責；他甚至
把筆觸伸入自己的潛意識——夢境世界，來剖析自己：

> 我在夢中鬥鬼，其實我不是鍾馗，連戰士也不是。我揮動胳膊，
> 只是保護自己，大聲叫嚷，無非想嚇退鬼怪。我深挖自己的靈
> 魂，很想找到一點珍寶，可是我挖出來的卻是一些垃圾。[382]

　　讀著巴金這類自剖的文字，令人想起魯迅在一九二六年寫的
〈《窮人》小引〉中，引用陀思妥耶夫斯基在〈《卡拉瑪卓夫兄弟》手
記〉中的一句話：「將人的靈魂的深，顯示於人的」，魯迅指出：「使
人受了精神底苦刑而得到創傷，又即從這得傷和養傷的癒合中，等到
苦的滌除，而上了蘇生的路。」[383]

　　巴金的《隨想錄》也具有這樣的功效，這類嚴厲的自剖文字促人
深思，引人警策，顯示巴金作為一位思想家在剖析知識分子精神時坦
誠與深度。

　　講真話，就是要「講自己心裡的話，講自己相信的話，講自己思
考過的話。」[384]因此從高一層意義上說，講真話不僅是指作家內心的
真誠流露，更重要還應包括人的獨立思考。巴金在反思十年的「非人
生活」時，曾作這樣的檢討：「只有盲目崇拜才可以把人變成『牛』，
主要的責任還是我自己。」[385]「我還想說：『一個中國人什麼時候都

382　巴金：〈說夢〉，《探索集》（北京市：人民文學出版社，1981年），頁123-124。

383　魯迅：〈《窮人》小引〉，《魯迅全集》（北京市：人民文學出版社，1981年），卷7，
　　　頁103-105。

384　巴金：〈後記〉，《真話集》（北京市：人民文學出版社，1983年），頁151。

385　巴金：〈病中（三）〉，《病中集》（北京市：人民文學出版社，1984年），頁45。

要想到自己是一個人，人！」」[386]巴金的這番話是很有深意，這些以
「血的代價」換來的「真話」，凝結著深刻的教訓和寶貴的經驗，值
得我們再三深思。巴金在《隨想錄》裡這樣說，也是這樣做的，他懷
著強烈的正義感和一個老人稀有的勇氣，發出自己的聲音：

> 我所謂「講真話」不過是「把心交給讀者」，……只要一息尚
> 存，我還有感受，還能思考，還有是非觀念，就要講話。為了
> 證明人還活著，我也要講真話。講什麼？還是講真話。……我
> 想起安徒生的有名的童話《皇帝的新衣》。大家都說：「皇帝陛
> 下的新衣真漂亮。」只有一個小孩講出真話來：「他什麼衣服
> 也沒穿。」[387]

看來，講真話需要作家有真誠的勇氣，才能越過許許多多人為的
障礙，順著自己的思路前進，得出應有的結論。

不過，真話要講得深刻，分析得透澈，還需要作家具備成熟的智
慧，也就是說具有獨立的理性批判精神。這是衡量知識分子人格復蘇
的重要標誌。魯迅曾說過：「必須正視現實，這才可望敢想，敢說，
敢作，敢當。倘使並正視而不敢，此外還能成什麼氣候。」[388]巴金正
是這樣，對「本身的矛盾或社會的缺陷所產生的苦痛」，身體力行，
敢於歌哭，勇氣剖析，做到「真誠地、深入地，大膽地看取人生並且
寫出他的血和肉」的作品來[389]。不過作為清醒、獨立的現實主義者，
他的一切批判應該是為理想而批判，應該是為追求一個合理人生、合

---

386 巴金：〈懷念葉非英兄〉，《無題集》（北京市：人民文學出版社，1986年），頁151。

387 巴金：〈後記〉，《真話集》（北京市：人民文學出版社，1983年），頁151。

388 魯迅：〈論睜了眼看〉，《魯迅全集》（北京市：人民文學出版社，1981年），卷1，頁
237。

389 魯迅：〈論睜了眼看〉，《魯迅全集》（北京市：人民文學出版社，1981年），卷1，頁
241。

理社會的傑出歌手。巴金尊敬盧梭，在於他敢於講真話，維護著真理和正義的尊嚴，是一位拿著「書」和「草帽」為人民不辭辛苦的「日內瓦公民」[390]。他崇尚托爾斯泰，不僅托氏是「十九世紀世界文學的高峰」，而且代表著「十九世紀世界的良知」[391]。從巴金的身上，我們不難看出盧梭、赫爾岑、托爾斯泰、高爾基、魯迅等思想先哲對他的影響，他們在追求真理，維護正義這一點上是相通的。在《隨想錄》創作中，巴金不顧自己年邁多病，一筆一劃地寫著他的隨想，一點一滴地記錄著他真誠的思想和感情，表達他對祖國對人民的愛。巴金說：

> 人們的幸福生活給破壞了，就應當保衛它。看見人們受苦就會感到助人為樂。生活的安排不合理，就要改變它。看夠了人間的苦難，我更加熱愛生活，熱愛光明。從傷痕裡滴下來的血一直是給我點燃希望的火種。[392]

　　巴金以一位正直知識分子的道義和良知，確立了自己在歷史轉折期的思想文化史上的前沿位置。他的《隨想錄》也將成為留給後人一份彌足珍貴的精神產品。

三　隨想錄：自由表現的藝術世界

　　《隨想錄》是巴金在翻譯赫爾岑《往事與隨想》的啟發下，生產出來的「副產品」。對這位俄國「解放運動的智的領袖」，巴金是備加推崇，他說：「赫爾岑是出色的文體家。他善於表達他那極其鮮明的

---

390 巴金：〈再訪巴黎〉，《隨想錄》（北京市：人民文學出版社，1980年），第1集，頁71。

391 巴金：〈再認識托爾斯泰〉，《無題集》（北京市：人民文學出版社，1986年），頁41。

392 巴金：〈未來（說真話之五）〉，《真話集》（北京市：人民出版社，1983年），頁115。

愛與憎的感情。他的語言是生動活潑，富於感情，有聲有色的。他的
文章能夠打動人心。和他同時代的俄國詩人涅克拉索夫說『它緊緊抓
住了人的靈魂』。」[393]從某種意義看，巴金的《隨想錄》亦可作如是
觀。巴金同樣也是一位出色的隨筆文體家。他和赫爾岑一樣都不是靠
單純的「文學技巧」來打動讀者。如果研究者離開作家情感這一角度
去接近「隨想」文體，這無疑會捨本逐末、緣木求魚。

　　黑格爾說得好：「內容之所以成為內容是由於它包括有成熟的形
式在內。」[394]巴金的「人本」和「文本」是相生相成，合二為一的。
他這樣談起《隨想錄》創作的初衷：

> 古語說：「人之將死，其言也善。」我過去不懂這句話，今天
> 倒頗欣賞它。我覺得我開始在接近死亡，我願意向讀者們講真
> 話。《隨想錄》其實是我自願寫的真實的「思想匯報」。[395]

　　把《隨想錄》「當遺囑寫」，這是巴金注入在這部五卷鉅著的鮮明
的情感表現方式和審美取向。它不僅意味著巴金晚年經過世事滄桑而
進入一個自由拓展的精神空間，而且達到了自由表現的藝術世界。巴
金說：「我不是以文學成家的人，因此我不妨狂妄地說：我不追求技
巧。如果說我在生活的探索之前，在寫作中也有所探索的話，那麼幾
十年來我所追求的也就是：更明白地、更樸實地表達自己的思想。」[396]
擯棄一切外在的人為「技巧」，服膺自己內心「情感」的驅使，突破
一般散文文體的界限，把記敘、議論、抒情等各種表現手法熔於一
爐，做到「從心所欲，不逾矩」，這便是巴金《隨想錄》藝術創造的

---

393 巴金：〈《往事與隨想》後記（一）〉，《巴金全集》（北京市：人民文學出版社，1991
　　年），卷17，頁292。

394 黑格爾撰，賀麟譯：《小邏輯》（北京市：商務印書館，1980年），頁279。

395 巴金：〈後記〉，《隨想錄》（北京市：人民文學出版社，1980年），第1集，頁137。

396 巴金：〈探索之三〉，《探索集》（北京市：人民文學出版社，1981年），頁40。

成功之處。因此，論及巴金《隨想錄》文體，我較傾向把「當遺囑寫」當作一種新的隨筆審美原則來看待。在這一審美原則的燭照下，自由、親切、樸素、詩意便構成巴金創作情感的審美意蘊。對於這一審美意蘊的探討，便是我們努力接近《隨想錄》文本生成的最佳方式。

朱光潛曾從「人類心思的運用」這一角度，論述「隨想錄」文體的特色，我覺得對理解巴金的《隨想錄》同樣是富有啟發意義的：

> 一是直悟的，對於人生世相涵泳已深，不勞推理而一旦豁然有所徹悟，如靈光一現，如伏泉暴湧，雖不必有邏輯的層次線索，而厘然有當於人心，使人不能否認為真理……
> 就大體說，隨感錄這一類文章是屬於「悟」的。它沒有系統，沒有方法，沒有拘束，偶有感觸，隨時記錄，意到筆隨，意完筆止，片言零語如群星羅布，各各自放光彩。[397]

巴金的《隨想錄》也是屬於「悟」這一類的文字，按照他的話說，是「記錄我隨時隨地的感想」。這類文字是不系統、零散的，「但它們卻不是四平八穩，無病呻吟，不痛不癢，人云亦云，說了等於不說的話，寫了等於不寫的文章」[398]。這大概如朱光潛所說「對於人生世相涵泳已深」，巴金已進入一個自由創造的精神境界。〈願化泥土〉[399]，這篇文章的確寫得如「伏泉暴湧」，沒有明顯的邏輯層次，但均是從「思鄉」這一中心主題展開聯想，散發開去。巴金順著「那就是我」的歌聲旋律去尋覓過去，這裡既有追尋童年的足跡，回想在故鄉馬房轎夫身邊度過的日日夜夜；又有一九二〇代自己初次飄洋過海的感

---

397 朱光潛：〈隨感錄（上）〉，《天津民國日報》，1948年4月9日。
398 巴金：〈隨想錄・總序〉，《巴金全集》（北京市：人民文學出版社，1991年），卷16，頁1。
399 巴金：〈願化泥土〉，《病中集》（北京市：人民文學出版社，1984年），頁27-31。

受，「文革」期間飽受折磨的慘景，以及近三年前訪問法國的往事……線索紛繁，文思散漫，從而以豐富複雜的情感大大渲染了潛藏在巴金心底的「戀土情結」。而散落在文中那些富有人生哲理的言語，同樣也是令人回味的，如「人要忠心，火要空心」，「受苦是考驗，是磨練，是咬緊牙關挖掉自己心靈上的污點」，「化作泥土，留在人們溫暖的腳印裡」。這些雖是「片言零語」，卻能「各各自放光彩」，讓人讀後，怦然心動，深受教育。一般來說，巴金創作的《隨想錄》都是不拘格套，自由抒寫，只要有片斷的思想，鱗爪的觀察，都可隨時捉在紙上，與讀者相見，體現出他自由驅遣文字，抒發情感的高超藝術。

巴金是一個性情中人，他喜歡用第一人稱寫作。他說：「我絕不是讀者的教師，我倒願意做讀者的知心朋友，以便在讀者面前無拘束地談心。」[400]用第一人稱寫作的好處在於作者更容易把讀者當成知己，沒有「架子」，沒有拘束，想什麼就說什麼，寫的都是知心話，抒發的情感自然是真摯誠懇.親切感人。因而，文本語境中充溢著一種和諧交流的氛圍。如〈懷念烈文〉一開篇，巴金就是這樣起筆的：

> 好久，好久，我就想寫一篇文章替一位在清貧中默默死去的朋友揩掉濺在他身上的污泥，可是一直沒有動筆，因為我一則害怕麻煩，二則無法擺脫我那種「拖」的習慣。時光水似地一年一年流去，我一個字也沒有寫出來。今天又在落雨，暮春天氣這樣冷，我這一生也少見。夜已深，坐在書桌前，接連打兩個冷噤，腿發麻，似乎應該去睡了。我坐著不動，仍然在「拖」著。忽然有什麼東西燒著我的心，推開面前攤開的書，埋著頭

400 巴金：〈談我的「散文」〉，《巴金全集》（北京市：人民文學出版社，1993年），卷20，頁538。

在抽屜裡找尋什麼，我找出了一份剪報，是一篇複印的文章。
「黎烈文先生喪禮……」這幾個字迎面打在我的眼睛上，我痛
了一陣子，但是我清醒了……[401]

　　在一九八〇年的一個寒冷的暮春夜晚，巴金懷著一片摯愛、一片
真誠和歉疚，拉開了他的話匣子，娓娓訴說著烈文的往事，默默地為
友人擦拭著濺在身上的污泥濁水，讓他的靈魂到撫慰和安息。讀著這
一段文字，確實令人心中響起莫紮特《安魂曲》開頭幾個小節的音
符，這是多麼平靜、安祥、吟唱般的傾訴啊。因之，讀他的「隨
想」，如與摯友圍爐夜話，親人互訴衷腸，有著獨特的藝術魅力。親
切平易、真摯動人是巴金的情感特徵，同時也反映在他的「隨想」文
體上。
　　莊子曾說：「樸素而天下莫能與之爭美」，巴金也是將自由而素樸
的藝術境界，看作自己一生追求的最終目標，他說：「幾十年來我追
求的也就是：更明白、更樸實地表達自己的思想」，「我甚至說藝術的
最高境界，是真實，是自然，是無技巧。」[402]他習慣於在娓娓絮語中
把心交給讀者，文字極為樸素、平淡，口語化，不事雕琢，不求奇
崛，但卻極富有表現力。因而，讀他的文章，真有「洗盡鉛華見真
醇」的感覺。〈懷念蕭珊〉是一篇至情名文，巴金卻是平常語出之，
表達那份「燒心焚骨」的思念之情：

　　　　她非常安靜，但並未昏睡，始終睜大兩隻眼睛。眼睛很大，很
　　　美，很亮。我望著，望著，好像在望快要燃盡的燭火。我多麼
　　　想讓這對眼睛永遠亮下去！我多麼害怕她離開我！我甚至願意
　　　為我那十四卷「邪書」受到千刀萬剮，只求她能安靜地活下

401 巴金：〈懷念烈文〉，《探索集》（北京市：人民文學出版社，1981年），頁59-61。
402 巴金：〈探索之三〉，《探索集》（北京市：人民文學出版社，1981年），頁41。

去。[403]

　　巴金用一種樸素而真摯的感情訴說著愛妻臨終的表情，尤其是用質樸的白描手法描述了蕭珊「很大」、「很美」、「很亮」的眼睛，讓人過目難忘，為之潸然淚下。可見，自由而素樸的藝術境界，並不是靠作家玩弄一些文學技巧就能輕而易舉地達到。葉聖陶說：「我非常羨慕巴金的文筆，那麼熟練自如，爐火純青，並非容易達到的。看來像是隨便想起一點兒寫一點兒，其實完全不是。」[404]

　　克魯泡特金在〈俄國文學之理想與現實〉中，論赫爾岑的《往事與隨想》時說，這是「全世界的詩的文學中最優美的作品之一。」（轉引自巴金：〈關於赫爾岑和他的《一個家庭的戲劇》〉）把「隨想」文體當成詩來看待，是頗有見地的眼光。日本文藝評論家廚川白村在《出了象牙之塔》一書中，對 "Essay" 的論述，也曾引用有人把 "Essay" 喻為「將詩歌中抒情詩，行以散文的東西」。我認為巴金在追求自由、樸素的藝術境界中，也把「詩情」帶入他的創作中，使「隨想」處處閃現著「詩情」的火花，從而提高了隨筆文體的文學性和藝術品位。如〈沙多—吉里〉這篇「隨想」，記述巴金重訪當年留法生活地方的感受。文中回憶到當年殷勤好客的房東古然夫婦時，巴金更是抑制不住自己的思念情感：

　　　　就只有短短的幾十分鐘！我沒有打聽到古然夫婦安葬在哪裡，
　　　也沒有能在他們的墓前獻一束鮮花。回到北京我想起我多年的
　　　心願沒有實現。不過我並不感到遺憾。這次重訪法國的旅行使
　　　我懂得一件事情：友誼是永恆的，並沒有結束的時候。即使我

403　巴金：〈懷念蕭珊〉，《隨想錄》（北京市：人民文學出版社，1980年），第1集，頁22。
404　葉聖陶：〈櫻花精神〉，《文藝報》1961年第6期。

的骨頭化為灰燼，我追求友誼的心也將在人間燃燒。古然夫人的墓在我的心裡，墓上的鮮花何曾間斷過。[405]

　　這段文字寫得多麼樸素，多麼好！可見巴金是在真情實感的提煉和樸實無華的表現中追求詩意。因此，隨筆文體不光是訴諸於理性，而且也能起到移情的作用。只有感情的滲入和詩意的昇華，才能體現這類文體的獨特的藝術魅力。

　　毋庸諱言，我們重視分析這部幾乎耗盡巴金晚年心血的《隨想錄》，並不意味它已臻於完美的境界。但是作為開風氣之先的《隨想錄》，在打破「十七年」形成的散文模式的大一統局面，以及提供創作的新思維和獨特的隨筆文體等方面，有著不可磨滅的歷史功績，這是很值得人們重視和研究。

---

405 巴金：〈沙多—吉里〉，《隨想錄》（北京市：人民文學出版社，1980年），第1集，頁94。

第四章
現代中國隨筆的修辭表現與審美創造

第一節　現代隨筆作家與思維方式

隨筆之所以成為一種自由的文類，它與隨筆作家的思維方式和思維特徵大有關係。借蒙田引述一句拉丁文評價古希臘作家的話：「他們著書，不像是出自一個深刻的信念，而像是找個難題鍛鍊思維。」[1]現代中國知識者就是把隨筆當作「鍛鍊思維」的一種文類。新時期以來，隨筆作家金克木創作了許多的隨筆作品，他這樣介紹自己：「我寫了不少文章，照舊是暗中摸索，只能說是我不懂所以要求懂。懂得多少，便試試看能說出多少。這便是我和人類文化思想捉迷藏。」[2]他在另一處又說：「偶有一點想法，覺得和所知道的別人說法不大一樣，便寫下來。不是自以為是，而是知其不同，求其不是，提出問題。」[3]金克木把隨筆作為自己「提出問題」，「試試看能說出什麼」的文學載體，這本身就說明了他把這種文學門類視為「找個難題鍛鍊思維」的一種工具。

馬克思認為：「整體，當它在頭腦中作為被思維整體而出現時，

---

1 轉引自蒙田：〈雷蒙・塞邦贊〉，潘麗珍等譯：《蒙田隨筆全集》，（南京市：譯林出版社，1996年），中卷，頁190。

2 金克木：〈用藝術眼光看世界〉，《百年投影》（北京市：北京大學出版社，1997年），頁171。

3 金克木：〈《蝸角古今談》前言〉，《蝸角古今談》（瀋陽市：遼寧教育出版社，1995年）。

是思維著的頭腦的產物，這個頭腦用它所專有的方式掌握世界，而這種方式是不同於對世界的藝術的、宗教的、實踐—精神的掌握的」。[4]很顯然，馬克思在這裡提出了掌握世界的兩種思維方式，一種是「思維著的頭腦用它所專有的方式」；另一種是「藝術的、宗教的、實踐——精神的掌握的方式」。用第一種方式掌握世界，「整體」在頭腦中作為被思維的整體而出現，即所謂的「整體」，是指具體的普遍性或抽象形式去掌握世界。因而，這種掌握世界的方式，是運用範疇或觀念形式去掌握世界。而第二種方式與此不同，藝術掌握世界的方式是通過具體形象去掌握的。在這個問題上，黑格爾在他的著名論著《美學》中，曾更具體地針對文學門類中的詩和散文，提出了用「掌握方式」這個創造性概念，作為深入探討二者本質區別的切入口。「掌握方式」即原文 Auffassungweise，Auffassen 的原義為「掌握」，引申為認識事物，構思和表達一系列心理活動，法譯作「構思」，俄譯作「認識」，英譯作「寫作」，其實都是指「思維方式」。依據這樣的意見，從藝術地掌握世界方式入手，我們就能夠找到形成現代中國隨筆藝術審美形式的關鍵之處。因此，研究隨筆作家的修辭表現與審美創造，也應該從隨筆作家思維掌握方式開始。

誠然，要了解隨筆作家如何把握處理對象信息的轉換程序和基本思路，就必須對他們的思維方式構成要素作出分析。那麼，現代中國隨筆作家的思維方式構成要素有哪些內容呢？起碼包括知識、觀念、方法、智力、情感、意志、語言和習慣等八種要素。下面，筆者選擇其中的幾個要素略加說明。

一、知識。這是指人類在認識和改造世界及其自身過程中積聚的系統化的認識成果，也是社會化的信息結晶，它是思維成果靜態的凝結。隨筆作家進行藝術創造，首先依賴於對客體對象固有知識的把

4　馬克思：〈導言（摘自1857-1858年經濟學手稿）〉，《馬克思恩格斯全集》（北京市：　人民出版社，1962年），卷12，頁752。

握。因此，隨筆作家掌握知識的深廣度對思維方式的形成和運轉具有基礎性意義。如周氏兄弟，他們創作的隨筆之所以得到廣大讀者的珍視和嗜好，除了思想的深刻性外，還有一點是就在於他們擁有中外淵博的知識。其實，他們的卓識也是建立在知識廣博的基礎上的。周作人曾說：「不佞讀書甚雜，大抵以想知道平凡的人道為中心，這些雜覽多不過是敲門磚，但是對於各個的磚也常有些愛著，因此我所說的話就也多趨於雜，不大有文章能表出我的中心的意見。我喜歡知道動物生活，兩性關係，原始文明，道德變遷這些閒事，覺得青年們如懂得些也是好事情，有點功夫便來拉扯的說一點。」[5]可見，知識是隨筆作家進行藝術思維創造的基本要素和立足點。

　　二、智力。這是腦神經信息活動的傳遞與轉換的綜合作用，常用來指人們認知事物並運用知識解決實際問題的能力。它能使靜態的知識、智能動態化、矢量化，包含著更多的能力和結構因素，因而它是思維方式的基本動力。張中行曾服膺於培根說過的一句話「偉大的哲學起於懷疑，終於信仰」，也曾嗜讀羅素的《懷疑論集》，欣賞他推重懷疑。所以，張中行的一些隨筆雖說是從讀書中得來，但也是經過他的咀嚼消化和智慧思考的結果。這就是所謂的使「靜態的知識」動態化、矢量化。

　　三、方法。指隨筆作家把握對象時所採用的修辭手段或遵循的藝術規則和程序。隨筆作家的思維方法一旦形成後，它就具有相對的穩定性和一致性。梁遇春好做「反題」，他稱：「世界裡什麼事一達到圓滿的地位就是死刑的宣告。人們一切的癡望也是如此，心願當真實現一定不如蘊在心頭時那麼可喜。一件美的東西的告成就是一個幻覺的破滅，一場好夢的勾銷。若使我們在世上無往而不如意，恐怕我們會煩悶得自殺了。……所以失敗是幻夢的保守者，惆悵是夢的結晶，是

5　周作人：〈《書房一角》原序〉，《書房一角》（石家莊市：河北教育出版社，2002年）。

最愉快的，灑下甘露的情緒。……在這本無目的的人生裡，若使我們一定要找一個目的來磨折自己，那麼最好的目的是製作『空持羅帶，回首恨依依』的心境。」[6]而梁遇春這一思維方式一旦形成，他所撰寫的隨筆基本上就是沿著「逆反」的方向去思考問題，得出不同流俗的新穎意見。

四、觀念。是對象的信息移入隨筆作家頭腦並經過改造過的東西，它是完善的、綜合的思想意識體系。隨筆作家的價值觀、世界觀都以觀念形態存在並起作用。因而隨筆作家把握對象的觀點、評價和態度，都要取決於自己所建構的觀念。余秋雨在二十世紀八〇、九〇年代之交撰寫的「文化隨筆」，在文壇上產生較大的反響和震動。在筆者看來，在於余秋雨觀念的更新，即隨筆創作思維方式的更新。當時的文壇上，隨筆充斥著媚俗的色彩，雞零狗碎，境界不高。余秋雨卻提出以隨筆的方式，探索「基於健全人格的文化良知」。因此，他的隨筆集《文化苦旅》和《山居筆記》的出現，讓人感到隨筆所承載的文化分量之厚重。

五、傳統。傳統的思維習慣具有巨大的力量和作用。思維習慣是人們在長期思考過程中形成的一種思維定勢和程序，它一旦群體化、民族化，就形成特定的思維傳統。在這一點上，朱光潛曾在〈隨感錄〉（上）從人類「心思的運用」，即思維方式探求中國人的思維特徵，他指出：「中國人的思想長於綜合而短於分析，長於直悟而短於推證，中國許多散文作品就體裁說，大半屬於隨感錄。」[7]因此，中國許多著作，都有隨感錄的性質。那麼，現代中國隨筆的發達也是與中國人這種傳統思維方式息息相關。

六、情感。這是指人對事物的一種態度，一種好惡的傾向或對一

---

6 秋心（梁遇春）：〈破曉〉，《駱駝草》第3期（1930年5月26日）。

7 朱光潛：〈隨感錄〉，《藝文雜談》（上）（合肥市：安徽人民出版社，1981年），頁147。

定事物所持態度的體驗。它也屬於思維方式構成要素之一。隨筆作家在認知過程中，被思考的事物是思維的客體；在思維過程中情感是主體的自我體驗，而相關的事物則成了被觸發的外在條件和因素。不僅如此，由於隨筆作家頭腦中的情感、情緒、情欲等東西具有強烈主體性，往往影響了隨筆作家對筆下對象的看法，因此作品的文本也浸染著明顯的情感傾向和情感色彩。魯迅的隨筆，滲透著他本人強烈的愛憎情感，他以為：「人在天性上不能沒有憎，而這憎，又或根於更廣大的愛。」[8]魯迅在詮釋什麼是「諷刺」時，就指出：「諷刺作者雖然大抵為被諷刺者所憎恨，但他卻常常是善意的，他的諷刺，在希望他們改善，並非要捺這一群到水底裡。」[9]這說明了，即使是諷刺性的作品，隨筆作家也不是以「零度」創作方式體現的。

　　通過對隨筆作家思維方式構成要素的分析和探討[10]。使我們認識到思維方式是隨筆作家在思維活動中逐漸建立和完善起來的基本概念、觀念、形象的網絡結構；它是知識結構、價值觀念、情感結構的有機統一體。因此，有必要進一步對隨筆作家的思維類型特徵作出歸納和概括，從而找尋隨筆修辭表現形態的生成因素和美學特點。

　　然而，迄今為止學界對思維類型的細化工作並沒有統一的標準。但人們一般常提及的思維類型有抽象思維、形象思維、靈感思維、情感思維、集中式思維、發散性思維、悖論式思維等等。不同的學者還可以依據各自的標準，再劃分出不同的種類。但不管怎麼樣，隨筆作家在進行藝術創作時，都能積極地調動各種類型的思維來展開思路，以巧妙表達各種言說的訴求。在對現代中國隨筆的總體考察中，我們

8　魯迅：〈《醫生》譯者附記〉，《魯迅全集》（北京市：人民文學出版社，1981年），卷10，頁176。

9　魯迅：〈什麼是「諷刺」？〉，《魯迅全集》（北京市：人民文學出版社，1981年），卷6，頁329。

10　以上關於思維方式構成要素的論述，參見丁潤生等著的《現代思維科學》（重慶市：重慶出版社，1992年），頁87-98。

發覺到其中有兩種思維方式是隨筆作家較常運用的，即發散性思維和悖論式思維。因此，我認為從隨筆作家的思維「掌握方式」出發，深入研究這二種思維方式對現代隨筆創作過程和藝術形態的影響，無疑是極具藝術價值的。

　　發散性思維，是隨筆作家在創作過程中所具有的、高層次的、複雜的思維活動，它與收斂（集中）式思維對立並舉。美國科學哲學家庫恩（Thomas Kuhn）指出，科學只有在發散與收斂這兩種思維方法相互拉扯所形成的「張力」之下向前發展。如果一個科學家具有保持這種必要張力的能力，那麼這正是它從事「最好的科學研究所必需的首要條件之一。」[11]而對隨筆作家而言，發散性思維對他們隨筆創作的影響也是很大的。

　　葉靈鳳認為：「小品文是應該無中生有的，以一點點小引為中心，由這上面忽遠忽近的放射出去，最後仍然收到自己的筆上，那樣才是上品。」[12]這就是隨筆作家的「發散性思維」。通俗地說，由某一點向四周散開。它有兩層意思，（一）從表層看，是指思維主體充分發揮自己的想像能力，突破原有的知識邊界，向四面八方聯想開來，即古代文論家陸機所說的：「精鶩八極，心游萬仞」[13]，突顯其思維主體的活躍與發達。（二）更深一層是對原有的邏輯框架、範式提出質疑和否定，並為思維對象尋求別一或者更多的闡釋路徑，以突顯事物內蘊的多面性與豐富性。

　　美國心理學家吉爾福特（J. P. Guiford）在《創造力》一書中，認為一個人的創造力高低，可以由發散性思維能力的強弱表現出來，並將「變通性」、「獨特性」、「流暢性」作為衡量發散性思維能力高低的評價尺度。「變通性」是指致思趨向、運思途徑的靈活性、跳躍性。

11　庫恩：《必要的張力》（福州市：福建人民出版社，1985年），頁223。

12　葉靈鳳：〈我的小品作家──文藝隨筆之二〉，《靈鳳小品集》（上海市：上海書店影印，1985年），頁132。

13　陸機：〈文賦〉，張懷瑾：《文賦譯注》（北京市：北京出版社，1984年），頁22。

思考問題時能舉一反三，思路敏捷，變化多端，不易受思維定勢和既定邏輯框架，範式的束縛，能針對某一問題提出種類繁多，花樣翻新的答案、設想以供選擇；「獨特性」表現為別人想不到的他能想到，對事物有超乎尋常的獨特見解，能提出不同凡俗的新觀念、新理論、並且具有較高的價值；「流暢性」是指運思途徑通暢，少阻滯、多渠道，能在較短的時間內接收或者輸出較多的信息。

　　悖論式思維。悖論（paradox），其詞源來自拉丁文的 "paradoxa"，也有人譯為「佯謬」、「反論」、「詭論」、「怪圈」等等。這個詞是由兩個部分構成的。它的前一部分 "par" 和 "para" 分別代表了兩個不同的意思。"par" 在拉丁語中有「一雙、一對、同等的、同樣有力的」的意思。現代英語也沿襲了這個意思。"para" 在英語中作為前綴表示「倒錯、錯亂、異常」的意思。悖論一詞的後一部分 "doxa" 表示「意見、見解、教義」的意思。我們將上述前後部分的各種意思歸納在一起，悖論一詞大體有兩層含義：一、自相矛盾。這是指一個理論或一個事物的內部有兩個相互對立的東西存在，諸如自相矛盾的陳述，自相矛盾的人和事。二、似非而是。這是指一個與普遍見解相對立的反論。這個反論是異常的、罕有的、卻包含著深刻的真理。似非而是的反論意味著在一個理論或一個事物的外部有一種對立物的存在。[14]德裔美國思想家蒂里希指出：「悖論就是與建立在普通人經驗總體之上的意見包括感性的和理性的意見相對立的見解。」[15]美國另一位學者艾布拉姆斯在《文學術語彙編》中對悖論也作這樣的闡釋：「是一種表面上自相矛盾的或荒謬的，但結果證明是有意義的陳述。」[16]

14　參見王珉：《終極關懷——蒂里希思想引論》（北京市：新華出版社，2000年），頁231。

15　轉引自王珉：《終極關懷——蒂里希思想引論》（北京市：新華出版社，2000年），頁230。

16　艾布拉姆斯：《文學術語彙編》，轉引自王先霈、王又平主編：《文學批評術語詞典》（上海市：上海文藝出版社，1999年），頁286。

　　顯然，悖論式思維主要特點在於抓住事物的矛盾，是對人們通常遵循的單向思維或定向思維的一種反動。當人類進入現代社會後，現代文化思潮的崛起，從某種意義上也就意味著古典理想主義和淺薄樂觀主義的結束。現代的社會不再如以前人們所認為的那樣黑白分明，真假易辨，善惡顯然，美醜界清，而往往是互相融而為一，難解難分。因而，以多元為基礎的新的宇宙觀，要求人們用多種思維方法來重新審視這個世界。而揭示事物本質的關鍵在於抓住矛盾，黑格爾指出：「矛盾是一切運動和生命力的根源；事物只是因為本身具有矛盾，它才會活動，才有動力和活動。」[17]從這個角度來說，世上萬事萬物的萌發、發展和衰亡，都離不開本體與他者以及內部諸種矛盾（即對立統一）的形式來體現。同樣，「多樣性的東西，只有相互被推到矛盾的尖端，才是活潑生動的，才會在矛盾中獲得否定性，而否定性則是自己運動和生命力的內在脈搏」[18]。因此，在迪倫馬特看來，「現實是以悖論的形式出現的」，在我們今天這個時代，「我們的思維沒有悖論概念似乎就不再夠用」。[19]悖論式思維開始受到現代知識分子的重視，美國學者羅傑・福勒解釋道：「二十世紀哲學逐漸摒棄遵循因果關係的思維方式，並轉而接受矛盾和對立。當代文論家對文學中的悖論現象極其關注，這似乎是上述哲學動向的確切反映。」[20]

　　在筆者看來，發散性思維和悖論思維可以看作隨筆作家藝術掌握世界方式兩種較為典型的思維類型，是屬於隨筆作家一種深層次的智能結構。因而，研究者如能抓住二者的思維特徵，探討現代中國隨筆作家如何進行選擇、搜集對象信息，改造進入頭腦中的感覺材料，以

17　黑格爾撰，楊一之譯：《邏輯學》（北京市：商務印書館，1976年），下卷，頁66。

18　黑格爾撰，楊一之譯：《邏輯學》（北京市：商務印書館，1976年），下卷，頁69。

19　《迪倫馬特文集》（蘇黎世：阿爾歇出版社，1980年），卷24，頁60、62。

20　羅傑・福勒：《現代批評術語詞典》，轉引自王先霈等主編：《文學批評術語詞典》，（上海市：上海文藝出版社，1999年），頁286。

及如何進行信息轉換的編碼和解碼工作，就能揭示構成隨筆文本的「隱形結構」，進而發掘出隨筆的藝術本質及其規律性的東西。下面，筆者以隨筆作家的思維方式作為研究視角，考察現代中國隨筆修辭表現形態的美學特徵。

第二節　非系統
──現代隨筆修辭表現形態之一

　　隨筆作家的發散性思維，決定了隨筆創作帶有即興的特點，這種「即興」特點表現在隨筆作家往往就一個問題或一個方面發表自己的「一偏之見」。因而，隨筆不可能像學術論著那樣寫得八面玲瓏、面面俱到。非系統，是現代隨筆一個顯著修辭特徵。魯迅對此深有體會，他說：「我所指摘的中國古今人，乃是一部分，別有許多很好的古今人不在內！然而這麼一說，我的雜感真成了最無聊的東西了，要面面顧到，是能夠這樣使自己變成無價值。」[21]「面面顧到」，其結果只能使文章變成無傾向、無價值，枯燥無味，這是魯迅隨筆創作經驗之談。關於這一點，國外的一些研究者也有注意到。美國學者艾布拉姆認為：「小品文（Essay）與『論文』（Treatise 或者 Dissertation）不同，因為它不要求系統完整的闡述，它的寫作對象是一般讀者，並且常隨意地以如像軼事、聳人聽聞的例證、幽默等手法來增加它的吸引力。」[22]那麼，隨筆的「非系統」修辭特點，到底有哪些美學內涵呢？這是我們必須要研究的問題。

　　首先是「隨便」。這裡所說的「隨便」，主要指隨筆作家在創作時採取的修辭姿態比較自由隨便、不拘一格。魯迅以為：「散文的體

21　魯迅：〈忽然想到（一）‧附記〉，《京報副刊》，1925年1月17日。
22　艾布拉姆：〈小品文〉，傅德岷編：《外國作家論散文》（烏魯木齊市：新疆大學出版
　　社，1994年），頁32。

裁，其實是大可以隨便的，有破綻也不妨。……與其防破綻，不如忘破綻。」[23]「與其防破綻，不如忘破綻」，這話講得非常精闢，隨筆作家在創作中只有心無芥蒂、無所顧忌，盡情揮灑自己的筆墨，才能達到「忘破綻」的審美境界。錢鍾書乾脆把隨筆作家隨意發揮的精彩意見，稱之為「偏見」，他說「假如我們不能懷挾偏見，隨時隨地必須得客觀公平、正經嚴肅，那就像造屋只有客廳，沒有臥室，又好比在浴室裡照鏡子還得做出攝影機頭前的姿態」，所以，他認為「所謂正道公理壓根兒也是偏見」，「偏見可以說是思想的放假。它是沒有思想的人的家常日用，而是有思想的人的星期日娛樂」（〈一個偏見〉）。在現代中國隨筆作品中，屬於這類「有思想的人的星期日娛樂」的作品還真不少。魯迅有一篇文章連題目都有意思，即〈由中國女人的腳，推定中國人之非中庸，又由此推定孔夫子有胃病──「學匪」學派考古學之一〉，按照錢鍾書的說法，這種文章就應歸屬於「思想的放假」一類的隨筆，而絕非真正意義上的考古論文。文章由考察女人纏足的歷史，來說明「古已有之」，又以「女士們之對於腳，尖還不夠，並且勒令它『小』起來了，最高模範，還竟至於以三寸為度」。從這種走極端的態度，魯迅順理推出一個結論──「我中華民族雖然常常的自命為愛『中庸』的人民，其實是頗不免於過激的」。在此基礎上，魯迅再設問「然則聖人為什麼大呼『中庸』呢？曰：這正因為大家並不中庸的緣故」。理由是人必有所缺，才會有所求，「窮教員養活老婆了，於是覺到女子自食其力說之合理，並且附帶地向男女平權論點頭；富翁胖到要發哮喘病了，才去打高而富球，從此主張運動的緊要。我們平時，是絕不記得自己有一個頭，或一個肚子，應該加以優待的，然而一旦頭痛肚瀉，這才記起了他們，並且大有休息要緊，飲食小心的議論」。從這些假定的「推理」中，魯迅又進步推定出孔子晚年是生胃病的：

23 魯迅：〈怎麼寫〉，《魯迅全集》（北京市：人民文學出版社，1981年），卷4，頁24-25。

「割不正不食」，這是他老先生的古板規矩，但「食不厭精，膾不厭細」的條令卻有些稀奇。他並非百萬富翁或能收許多版稅的文學家，想不至於這麼奢侈的，除了只為衛生，意中容易消化之外，別無解法。況且「不撤薑食」，又簡直是省不掉胃病了。何必如此獨厚於胃，念念不忘呢？曰，以其有胃病之故也。

魯迅的這些「推論」，明知是「歪理」、「偏見」，然而卻帶有很濃的隱喻色彩，屬於春秋筆法，使讀者讀完後不僅會心一笑，而且能從現實的生活現象中找到印證，從中得到啟發。錢鍾書說：「至於通常所謂偏見，只好比打靶的瞄準，用一隻眼來看。」（〈一個偏見〉）隨筆非學術性的考究，輕鬆靈活，隨意自然，即便有「破綻」，但那種「用一隻眼」來看的絕妙精彩的議論效果，會更讓人難以忘懷，受到智與情的雙重薰陶，這絕非從嚴謹的學術論著中所能獲得的。

其次是「鬆散」，這是指隨筆作家發散性思維在修辭上表現出來的一種美學風格。而這種「鬆散」既可以形散神散，出現多條線索和多種主題，但也可以形散神聚，散中見整。林語堂曾概括他心目中的「理想散文」的境界：「我所要搜集的理想散文，乃得語言自然節奏之散文，如在風雨之夕圍爐談天，善拉扯，帶情感，亦莊亦諧，深入淺出，如與高僧談禪，如與名士談心，似連貫而未嘗有痕跡，似散漫而未嘗無伏線，欲罷不能，欲刪不得，讀其文如聞其聲，聽其語如見其人。」[24]「似連貫而未嘗有痕跡，似散漫而未嘗無伏線」，這就是隨筆所表現出來的「鬆散」美。而創造現代隨筆形式的鼻祖蒙田就是「第一個用散漫的文章形式的人」[25]。他說：「我這些散文是什麼呢？其實，也不過是怪誕不經的裝飾畫，奇形怪狀的身軀，縫著不同的肢

---

24 林語堂：〈小品文之遺緒〉，《人間世》第22期（1935年2月20日）。

25 毛如升：〈英國小品文的發展〉，《文藝月刊》第9卷第2號（1936年8月1日）。

體，沒有確定的面孔、次序、連接和比例都是隨意的。」[26]的確，蒙田的隨筆集不過是把呈現內心的個人觀察，同放蕩的意念，略加布置而已，其形式則完全不過問的，因而他的隨筆有一種新鮮活潑的「鬆散」美。魯迅在談到自己的隨筆創作時，說：「我的雜文，所寫的常是一鼻，一嘴，一毛，但合起來，已幾乎是或一形象的全體，不加什麼原也過得去的了。」[27]以他創作的〈論照相之類〉為例，這篇隨筆是由三節內容構成的，即「材料之類」、「形式之類」、「無題之類」。這三節都與「照相」相關，但各部分內容側重不同，關係不大，是一種鬆散的結構。第一節「材料之類」，議論 S 城關於洋鬼子挖眼睛的種種離奇的傳說，其中「挖眼睛」的一項作用是用於照相的，其理由是「我們只要和別人對立，他的瞳子裡一定有我的一個小照相的」；第二節「形式之類」，介紹 S 城人喜歡照相的方式，較為通行的是先將自己照下兩張，服飾態度各不同，然後合照為一張，兩個自己即或如賓主，或如主僕，名曰「二我圖」。也有假若一個自己傲然地坐著，一個自己卑劣可憐地，向了坐著的那一個自己跪著的時候，名色便又兩樣了：「求己圖」；第三節「無題之類」，議論掛在照相館門前的梅蘭芳扮演的「黛玉葬花」的相片，稱「中國最偉大最永久的藝術是男人扮女人」。這三節內容反映的是中國人「一鼻」、「一嘴」、「一毛」的生存狀態，但合起來確實是探討和揭示中國國民的劣根性問題。

「無序」，其含義就像俄國形式主義者維克托·什克洛夫斯基說：「藝術中有『圓柱』，然而，希臘廟宇中的任何圓柱，都不是準確地按『圓柱式』建成的，而藝術節奏就是被違反的散文式節奏。」[28]

---

26 蒙田：〈論友誼〉，潘麗珍等譯：《蒙田隨筆全集》（南京市：譯林出版社，1996年），上卷，頁205。

27 魯迅：〈《准風月談》後記〉，《魯迅全集》（北京市：人民文學出版社，1981年），卷5，頁382。

28 維克托·什克洛夫斯基：〈作為手法的藝術〉，維克托·什克洛夫斯基等著，方珊等譯：《俄國形式主義文論選》（北京市：生活·讀書·新知三聯書店，1989年），頁10。

所謂的「圓柱」就是「規則」或「秩序」，希臘廟宇並不完全按照「規則」來建成，因而，既是一種打破常規，但又遵循一定的內在「規則」。同樣，隨筆的「無序」，準確地說應該是「無序之序」，指的是隨筆作家反體系化的一種修辭追求。蒙田宣稱：「我個人看問題全憑習慣，毫無規則可言，所以我只一般地表達個人的思想，而且是摸索著表達。比如：我靠無條理的文章突出我的警句，就好比在講一些不能同時講也不能整體講的東西。」[29]他將自己創造的文體稱為 "Essai"，其法文是「嘗試」、「試筆」之意，這也意味著他的隨筆集絕無系統可言，缺少一種固定的計劃，也不受文學形式的拘束。英國隨筆作家蘭姆創作《伊利亞隨筆》，採用一種交談式的寫作筆調，比較接近蒙田所創「嘗試性談論」的隨筆本義。他將隨筆寫作定義為一種「談話」，一種「飯後的交談」，而這種寫作路子缺乏明確的目的和嚴密的邏輯秩序，「飯後的交談」就不可避免地保持著「種種初始思想的不完整性」[30]。這裡「思想的不完整性」，實際上指的是表達上的不完整狀態，是「種種初始思想」的未完成狀態的呈現過程。蘭姆在給 P.G. 帕特默的信裡說：「我們思想的秩序應該成為我們寫作的秩序」。人們在談話中表達自己的思想時，總會有點偏離話題，「你一定重視那些最初湧現的非連續症狀」──「那最初的混亂的無序」。[31]因而，研究者西蒙斯稱蘭姆的隨筆使人們看清「什麼造就了隨筆家」，首要的便是「一種美麗的無序」：彼此對立的衝擊和籲求同時出現，沒有主觀的優選，然而無序之中卻又顯示出秩序，這些分離而又關聯的因素以形成某種「圖案」（pattern）而告終。[32]廚川白村在論 "Essay"

---

29 蒙田：〈論經驗〉，潘麗珍等譯：《蒙田隨筆全集》（南京市：譯林出版社，1996年），下卷，頁354-355。

30 Elia and the Last Essay of Elia, E.V. Lucas ed., p. 337n.

31 參見黃偉：〈蘭姆隨筆：英國商業時代的精神造型〉，《外國文學評論》1998年第2期。

32 Arthur Symons, "Charles Lamb," *Monthly Review*, (Nov. 1905): 54.

時，精煉地概括為「即興之筆」，「想到什麼就縱談什麼」[33]；李素伯在闡釋廚氏的這段精彩妙論，也說：「用詩似的美的散文，不規則的真實簡明地寫下來的，便是好的小品文。」[34]「不規則」也就是「無序」，隨筆這一修辭特質在現代中國隨筆作家中引起普遍共鳴。它之所以成為解構代表封建正統思想的桐城派古文最銳利的思想武器之一，其原因也在於隨筆創作以「隨便」、「鬆散」，尤其「無序」的修辭方式顛覆了桐城派標舉的所謂「義法」、「考據」、「辭章」的寫作範式。梁遇春雖然夠不上「思想型」的作家，也不以系統作為人生的批評指向，但他的隨筆順著漫談個人生活感受的筆路，隨時點化，確實得到不少現代知識者的青睞，唐弢把這種寫作理路，稱為「縱談快談」的風格；錢鍾書稱人生是一部大書，自己隨筆創作便是「寫在人生邊上」，以一種「業餘消遣者的隨便和從容」，「每到有什麼意見」，「隨手在書邊的空白上注幾個字，寫一個問號或感嘆號，像中國舊書上的眉批，外國書裡的 marginalia」，「這種零星隨感並非他們對於整部書的結論。因為是隨時批識，先後也許彼此矛盾，說話過火。他們也懶得去理會，反正是消遣」；張愛玲不把隨筆創作主旨提煉得乾乾淨淨，不用對照的集中寫法，而是採取「參差」的手法，錯落有致地一路寫去，讓「無序」成為一種美，一種兼具情理和文字兩方面的「疏離」的美。

　　如果進一步追問支撐隨筆作家發散性思維的背後是什麼呢？這就是致力反體系化的思想理念。有學者指出：「五四時代一項重要的思想質素，便是懷疑主義。」[35]當時，知識者對整個中國傳統的哲學思想、倫理觀念，乃至社會制度，都抱著懷疑態度。但是，有了懷疑精

---

33 廚川白村：〈《出了象牙之塔》Essay〉，《魯迅全集》（北京市：人民文學出版社，1973年），卷13，頁165。

34 李素伯：〈什麼是小品文〉，《小品文研究》（上海市：新中國書局，1932年）。

35 周策縱：〈懷疑主義〉，《棄園文粹》（上海市：上海文藝出版社，1997年），頁9。

神，並不是件壞事。歷史上不乏有因思考而生懷疑，由懷疑而生力量，從而推動人類社會的不斷進步的事例。現代隨筆最初源於「文學革命」以至「思想革命」，是中國知識者致力於反體系化和進行「社會批評」和「文明批評」的產物。現代隨筆作家中的周氏兄弟是最傑出的代表者。魯迅反對現實生活的所謂「美滿」、「完整」等體系化的東西，他要給這個「好的世界」多留一些「缺陷」，正如蘇格拉底在古希臘雅典民主制度中充當一隻「牛虻」一樣，魯迅稱自己的言論是「梟鳴」，「報告著大不吉利事，我的言中，是大家會有不幸的」[36]。周作人在「五四」期間，也是一位激進的反傳統的驍將。他在〈《語絲》發刊辭〉上稱：「我們所想做的只是想衝破一點中國的生活和思想界的昏濁停滯的空氣。我們個人的思想盡自不同，但對於一切專斷與卑劣之反抗則沒有差異。我們這個週刊的主張是提倡自由思想，獨立判斷，和美的生活。」[37]二十世紀三〇、四〇年代，在一些新成長起來的隨筆作家中，這種反體系化的精神還是一脈相承。他們仍然以隨筆作為自己對社會發出批判的聲音。錢鍾書的〈寫在人生邊上〉主要是進行文化層面上的批判和質疑。但在犀利的談鋒中，社會問題和社會弊端同樣也得到揭露。如在〈魔鬼夜訪錢鍾書先生〉，那魔鬼所講的什麼「聽說炭價又漲了」，「你的識見竟平庸得可以做社論」，「自傳就是別傳」，……這些言語無不是言外之意、弦外之音。如果說錢鍾書對人類和社會的批評是以一種居高臨下的智者身分，這基本還是「五四」知識者啟蒙姿態的延續；那麼，張愛玲則出現多少的變異性特點。不可否認，「五四」知識者的反體系化和懷疑精神也仍然流貫在張愛玲的血脈中，但她更多的是溶入了一種獨特的悲劇性的人生體驗情感。她出身於破碎的家庭，成長在「亂世」裡，再加上她聰穎早

---

36 詳見魯迅的〈《墳》題記〉、〈《且介亭雜文二集》序〉，《魯迅全集》（北京市：人民文學出版社，1981年），卷1，頁4、卷6，頁217。

37 周作人：〈《語絲》發刊辭〉第1期（1924年11月17日）。

熟，她對社會人生的看法根本不是什麼「美滿」和「完整」的概念。
張愛玲曾這樣談到她與父親的關係：

> 我把世界強行分作兩半，光明與黑暗，善與惡，神與魔。屬於
> 我父親這一邊的必定是不好的，雖然有時候我也喜歡。我喜歡
> 鴉片的雲霧，霧一樣的陽光，屋裡亂攤著小報（直到現在，大
> 疊的小報仍然給我一種回家的感覺），看著小報，和我父親談
> 談親戚間的笑話——我知道他是寂寞的，在寂寞的時候他喜歡
> 我。父親的房間裡永遠是下午，在那裡坐久了便覺得沉下去，
> 沉下去。[38]

　　大家都知道，「父親」這一角色在封建社會裡擁有至上的家庭
「威權」和神聖不可侵犯的尊嚴。然而，張愛玲在這個破碎的家庭
裡，得到的卻是另一種滋味的體驗：「父親的房間裡永遠是下午，在
那裡坐久了便覺得沉下去，沉下去」。我覺得這個「沉下去」實在是
一個經典的細節，形象地說明了父親這尊泥塑偶像的破碎。但張愛玲
在打碎自身的夢幻之際，也倍嚐著人生這種深深不見底的悲涼。在她
看來，「個人即使等得及，時代是倉促的，已經在破壞中，還有更大
的破壞要來。有一天我們的文明，不論是昇華還是浮華，都要成為過
去。如果我最常用的字是『荒涼』，那是因為思想裡有這惘惘的威
脅。」[39]張愛玲反體系化的修辭理念，已經讓她走向不確定因素，這
是一種的悲劇性體驗和認可。而這一點，筆者認為對所謂「威權」、
「圓滿」的人生理想或制度形式是最具有解構性和破壞力的。
　　現代中國隨筆作家反抗威權，主張給這個社會多留點「缺陷」，

38　張愛玲：〈私語〉，《天地》第10期（1944年7月）。

39　張愛玲：〈《傳奇》再版的話〉，來鳳儀編：《張愛玲散文全編》（杭州市：浙江文藝
　　出版社，1992年），頁186。

這說明了他們是以否定意識和批判精神作為反體系化思想的主要特徵。因而，他們在勇於發現、揭示社會的缺點和弊端，發掘、清理真理的碎片，也意味著他們智力的庫藏中始終沒有什麼完整的「物件」，一切都要價值重估。從這個意義上說，隨筆作家的發散性思維之所以構成了非系統的美學內涵，其更深層因素是知識者反體系化的修辭理念在起著關鍵性的作用。

第三節　閒筆
──現代隨筆修辭表現形態之二

「閒筆」，是隨筆作家發散性思維在藝術創作中重要的表現形態。《大英百科全書》對此曾作過精闢的論述：「在隨筆中，用一段逸事說明一個道德忠告；或者把一段有趣的遭遇插入一篇隨感或遊記中，這種離題的閒筆正表現了最高的寫作技巧；說明一個作家在更為嚴肅地探求他的目標的時候，需要一張一弛，緊張一陣之後有必要得到解脫和放鬆。……許多作家坦誠地講過這樣的感受：『當他們停止寫小說而改寫即興式小品和漫談式隨筆的時候，就感到獲得了解放。』」[40]現代中國隨筆作家對於「閒筆」的認識，亦可作如是觀。

「閒筆」，是隨筆作家發散性思維在創作心態上的一種「解放」的反映。中國自明清以來漸趨成熟的「八股文」，被統治者規範為選拔人材的考試文體。周作人說：「假如想要研究或了解本國文學而不先明白八股文這東西，結果將一無所得，既不能通舊的傳統之極致，亦遂不能知新的反動之起源。」[41]八股文的開頭是「破題」，接下來是「小講」，隨後有八「股」分作四對的「比」。「起比」、「中比」、「後比」加上「束股」一對。各「比」之間還有聯接承轉的話。「比」後

---

40 張夢陽編譯：〈《大英百科全書》關於散文的詮釋〉（上），《散文世界》1985年1期。
41 啟明（周作人）：〈論八股文〉，《駱駝草》第2期（1930年5月19日）。

是結語。除了結構之外，傳統各種文體也有不少特點在八股文裡集中了，僵化成木乃伊，不能變化發展[42]。這最明顯的表現是，占據清代文壇正統地位的桐城派古文，標舉所謂的「義法」、「考據」、「辭章」等僵化的寫作框框，其實就是另一種「八股」形式的再現，它嚴重束縛著人們的創造力和想像空間。因而，現代知識者運用發散性思維，引入西方隨筆新的美學理念和修辭特點，打破一切外在的桎梏，自由自在地揮灑內心的欲念、感想和情思。朱自清稱：「選材與表現，比較可隨便些；所謂『閒話』，在一種意義裡，便是它的很好的詮釋。」[43]因而，「閒話」，被現代隨筆作家稱之為成功用來實施一系列顛覆和反叛活動的重要修辭策略。

「閒話」，首先反映在現代隨筆作家的創作心態上。魯迅翻譯廚川白村論 "Essay" 的文字裡，那種對隨筆作家創作心態的形象描繪，已經征服了無數現代中國知識者的心靈：

> 如果是冬天，便坐在暖爐房邊的安樂椅子上，倘在夏天，則披浴衣，啜苦茗，隨隨便便，和好友任心閒話，將這些話照樣地移在紙上的東西，就是 Essay。興之所至，也說些不至頭痛為度的道理吧。也有冷嘲，也有警句吧，即有 humor（滑稽），也有 pathos（感憤）。所談的題目，天下國家的大事不待言，還有市井的瑣事，書籍的批評，相識者的消息，以及自己的過去的追懷，想到什麼就縱談什麼，而托於即興之筆者，是這一類的文章。[44]

---

42 關於「八股文」的論析，最精彩當屬金克木撰寫的一組文章，見金克木：《百年投影》（北京市：北京大學出版社，1997年）。

43 朱自清：〈論現代中國的小品散文〉，《文學週報》第345期（1928年11月25日）。

44 廚川白村：〈《出了象牙之塔》Essay〉，《魯迅全集》（北京市：人民文學出版社，1973年），卷13，頁164-165。

　　這是隨筆作家餘裕心態的理想化境。因而，「閒話」，既是作家展現自我的人格魅力，更是一項構築創作餘裕心態的重要修辭策略。

　　錢鍾書在對小品文探源溯流中，重新釐定對小品文的理解：「『小品』和『極品』的分疆，不在題材或內容而在格調（style）或形式了，這種『小品』文的格調，──我名之曰家常體（familiar style），因為它不衫不履得妙，跟『極品』文的蟒袍玉帶踱著方步的，迥乎不同。」[45]林語堂把「familiar style」譯為「閒適筆調」，認為：「此種筆調，筆墨上極輕鬆，真情易於吐露，或者談得暢快忘形，出辭乖戾，達到如西文所謂『衣不紐扣之心境』（unbuttoned moods）。」[46]無論是錢鍾書比擬的「不衫不履」，還是林語堂移用西洋所謂「衣不紐扣之心境」，都反映了現代知識者對隨筆創作「餘裕心態」的追求和趣尚。實踐也證明了這一點，凡是傑出作品，都是隨筆作家在心靈沒有設防的情況下，處於極度自由狀態中揮就而成的。

　　「閒筆」，被視為一個重要的修辭術語，在中國始於明清之際，金聖歎把它作為一個重要的修辭範疇而用於對《水滸傳》的評點。不過，金聖歎認為作品中的「閒筆」，其實古已有之，「作文向閒處設色，惟《毛詩》及史遷有之；耐庵真正才子，故能竊用其法也」（《水滸傳》第五十五回總評）。金聖歎由此拈出「閒筆」，作為分析小說的情節、結構技巧時常用的修辭術語。在金聖歎看來，《水滸傳》用「閒筆」每用於「忙」處，即都是在小說情節發展到扣人心弦的關節點。如第二回魯提轄拳打鎮關西本是「極忙」，卻處處夾寫店小二和過路人，「百忙中偏又要夾入店小二，卻反先增出鄰舍火家陪之」，「真是極忙者事，極閒者筆也」（《水滸傳》第二回夾批）。「閒處設色」、「忙中用閒」，這才是真正理解「閒筆」修辭內涵的真諦。在國外文藝作品中，也經常會出現穿插許多「閒話」的事情，十八世紀英

45 錢鍾書：〈近代散文鈔〉，《新月》第4卷第7期（1936年6月1日）。

46 林語堂：〈論小品文筆調〉，《人間世》第6期（1934年6月20日）。

國作家斯登恩（Laurence Sterne）說：「閒話——無可爭辯地——是書
中的陽光，是書的生命，靈魂；如果你把這書裡的閒話都拿走，那就
不如把整本書也拿走好了。」[47]對此，魯迅頗有同感：

> 外國的平易地講述學術文藝的書，往往夾雜些閒話或笑談，使
> 文章增添活氣，讀者感到格外的興趣，不易於疲倦。但中國的
> 有些譯本，卻將這些刪去，單留下艱難的講學語，使他復近於
> 教科書。這正如折花者，除盡枝葉，單留花朵，折花固然是折
> 花，然而花枝的活氣卻盡了。[48]

　　由此可知，無論中西知識者均對「閒筆」的認識，達到很精深的
層次。那麼，隨筆作家如何運作發散性思維，博採眾家之長，而使
「閒筆」成為創作中一種重要的修辭策略呢？蒙田說：「我的離題與
其說是不經意，倒不如說是有意放縱。」[49]蒙田這番話對我們理解隨
筆作品中的「閒筆」現象是很有啟發的。隨筆作家讓「閒筆」成為創
作中的一種重要的修辭策略，與其說是「不經意」的，倒不如說是
「有意放縱」，或者二者兼而有之。林語堂提出以「筆調」為主，區
分小品文（familiar essay）與學理文（treatise），「小品文閒適，學理
文莊嚴，小品文下筆隨意，學理文起伏分明，小品文不妨夾入遐想及
常談瑣碎，學理文則為體裁所限，不敢越雷池一步」[50]。他在談「尺
牘」隨筆說：「尺牘之妙者，皆全篇不要緊話，無事而寫尺牘，方得

---

47 斯登恩：〈屈里斯坦‧先迪〉，轉引自王佐良著：《英國散文的流變》（北京市：商務
　　印書館，1994年），頁71。

48 魯迅：〈忽然想到〉，《魯迅全集》（北京市：人民文學出版社，1981年），卷3，頁16。

49 蒙田：〈詩之自由隨意〉，梁宗岱、黃建華譯：《蒙田隨筆》（長沙市：湖南人民出版
　　社，1987年），頁298。

50 林語堂：〈論小品文筆調〉，《人間世》第6期（1934年6月20日）。

尺牘妙旨。尺牘之可愛者，莫若瞎扯瞎談。」[51]林語堂所說的「不妨夾入遐想及常談瑣碎」、全篇說一些「不要緊話」，就是隨筆作家思維的「跑野馬」，是「閒筆」筆法的典型運用。如他批金聖歎文章說：「乃全在點出其逆字法句法大放自然之處。起句『人生三十未娶，不應再娶……』夫三十娶妻也未與著書何干，又與《水滸傳》何干，經他此一點，已離題千里矣。此語似故出驚人，然實由胸腸透露出來，如閒談中應有閒散態度而已。」[52]這種離題的「閒筆」，完全是作家的有意的「放縱」，從而收到意想不到的修辭效果。

張愛玲在創作上主張「參差」對照的修辭手法，她認為「人生的所謂『生趣』全在那些不相干的事」。她撰寫的隨筆〈燼餘錄〉，講述自己在二戰中耳聞目睹香港的大轟炸和及其最後淪陷的過程。但是她只敘述戰時大背景下自己周圍一些學生生活的小插曲和自我的小感觸、小感想，用她的話來說「香港之戰予我的印象幾乎完全限於一些不相干的事」，她稱：

> 我沒有寫歷史的志願，也沒有資格評論史家應持何種態度，可是私下裡總希望他們多說點不相干的話。現實這樣東西是沒有系統的，像七八個話匣子同時開唱，各唱各的，打成一片混沌。在那不可解的喧囂中偶然也有清澄的，使人心酸眼亮的一剎那，聽得出音樂的調子，但立刻又被重重黑暗擁上來，淹沒了那點了解。畫家、文人、作曲家將零星的、湊巧發現的和諧聯繫起來，造成藝術上的完整性。歷史如果過於注重藝術上的完整性，便成為小說了。[53]

51 林語堂：〈煙屑（二）〉，《宇宙風》第2期（1935年10月1日）。

52 林語堂：〈再談小品文之遺緒〉，《人間世》第24期（1935年3月20日）。

53 張愛玲：〈燼餘錄〉，《天地》第5期（1944年2月）。

　　張愛玲〈燼餘錄〉就是在這種修辭理念引領下，另生枝節，自由放恣，描述了一些與戰時看似不沾邊的小事情、小事件。如她講述了香港陷落後，她們怎樣滿街找尋冰淇淋和嘴唇膏的事情。「我們撞進每一家吃食店去問可有冰淇淋。只有一家答應說明天下午或許有，於是我們第二天步行十來里路去踐約，吃到一盤昂貴的冰淇淋，裡面吱格吱格全是冰屑子。」寫出戰時香港去掉一切浮華，很多學生剩下的彷彿只有飲食男女這兩項。因而，在張愛玲看來，戰時香港人們表現出來的苟活狀態，這些另生枝節的「閒筆」，其實更能揭示人生陰暗的一角，「時代的車轟轟地往前開。我們坐在車上，經過的也許不過是幾條熟悉的街衢，可是在漫天的火光中也自驚心動魄。就可惜我們只顧忙著在一瞥即逝的店鋪的櫥窗裡找尋我們自己的影子——我們只看見自己的臉，蒼白，渺小；我們的自私與空虛，我們恬不知恥的愚蠢——誰都像我們一樣，然而我們每人都是孤獨的。」張愛玲在文章中平添了這些不相干的「閒筆」，然而也正是這些才成就文章的「活氣」與「生機」。〈更衣記〉，也是一篇逸趣橫生的隨筆作品。她那出奇的想像力，使作品裡的「閒筆」展現出無限的藝術魅力：「如果當初世代相傳的衣服沒有大批賣給收舊貨的，一年一度六月裡曬衣裳，該是一件輝煌熱鬧的事吧。你在竹竿與竹竿之間走過，兩邊攔著綾羅綢緞的牆——那是埋在地底下的古代宮室裡發掘出來的甬道。你把額角貼在織金的花繡上。太陽在這邊的時候，將金線曬得滾燙，然而現在已經冷了。」文中，張愛玲把各個時代出現的流行款式和不同的社會文化心態和審美規範相聯繫，分析得入情入理，讓人驚訝她擁有的豐富知識視野和過人的聯想能力。如談到清王朝覆沒前的服裝款式，這是一個「各趨極端的時代」，「政治與家庭制度的缺點突然被揭穿。年輕的知識階級仇視著傳統的一切，甚至於中國的一切。保守性的方面也因為驚恐的緣故而增強了壓力」。這個一向心平氣和的古國「騷動」起來，在那歇斯底里的氣氛裡，「『元寶領』這東西產生了——高

得與鼻尖平行的硬領，像緬甸的一層層疊至尺來高的金屬項圈一般，逼迫女人們伸長了脖子。這嚇人的衣領與下面的一捻柳腰完全不相稱。頭重腳輕，無均衡的性質正象徵了那個時代」。最為出奇的是文章結尾突然閃出一個蒙太奇鏡頭：

> 秋涼的薄暮，小菜場上收了攤子，滿地的魚腥和青白色的蘆粟的皮與渣。一個小孩騎了自行車衝過來，賣弄本領，大叫一聲，放鬆了扶手，搖擺著，輕倩地掠過。在這一剎那，滿街的人都充滿了不可理喻的景仰之心。人生最可愛的當兒便在那一撒手吧？[54]

這段文字，看上去與她在全文所談的服飾文化毫不相干。可是如果我們細細揣摩，就會發現張愛玲為啥如此突兀來了這麼一段「閒筆」的修辭用意。服裝款式是一時代社會和文化的象徵和反映，因而人的服飾喜好與流行，其實都是背後一隻無形的巨手在操縱。人在現實生活中備受社會和文化的壓抑，自然屬性常常被遮蔽或抹殺，只有那個愛賣弄本領的小孩，才是自然本性的真正裸露和呈現，才是對社會、對服飾文化的徹底解構。因而，張愛玲最後意味深遠地讚歎道：「人生最可愛的當兒便在那一撒手吧？」

在現代隨筆作家中，對「閒筆」精髓理解最為透澈的是周作人。他把「閒筆」在隨筆創作中的修辭運用，表述為「不切題」（即「離題」）。一九三二年，他在〈《雜拌兒之二》序〉說：「文章能切題為妙，而能不切題則更妙」；一九三四年，他在〈《夜讀抄》後記〉說：「大抵敝文以不切題為宗旨，意在借機會說點自己的閒話」；一九三七年，他在〈賦得貓〉中說：「我寫文章是以不切題為宗旨的」；一九

---

54 張愛玲：〈更衣記〉，《古今》第34期（1943年12月）。

六〇年，他在晚年還是堅持這種修辭觀念，在給《鄭子瑜選集》作序時說：「我寫文章，向來以不切題為宗旨，至於手法則是運用古今有名的賦得方法，找到一個著手點來敷陳開去，此乃是我的作文金針」。方重在〈英國小品文的演進與藝術〉一文中稱：「一個道地的小品文家做文章往往是沒有題目的；或者可以說，天地間什麼事物都由他運用，因為他的本領就在談說他自己，或在表明他自己和外界間的一切關係。」[55]這是對隨筆創作中「閒筆」的一個精彩的解說。不過，這種做法也只是一家路數，隨筆作家的發散性思維即可多點散發開來，也可由一點引申向四周擴散。對此，周作人在〈金魚〉中作了如下詮釋：

> 我覺得天下文章共有兩種，一種是有題目的，一種是沒有題目的。普通做文章大都先有意思，卻沒有一定的題目，等到意思寫出了之後，再把全篇總結一下，將題目補上。這種文章裡邊似乎容易出些佳作，因為能夠比較自由地發表，雖然後寫題目是一件難事，有時竟比寫本文還要難些。但也有時候，思想散亂不能集中，不知道寫什麼好？那麼先定下一個題目，再做文章，也未始沒有好處，不過這有點近於賦得，很有做出試帖詩來的危險罷了。[56]

這兩類離題的修辭「閒筆」，周作人都嘗試過，而且均有精彩的表現。〈碰傷〉[57]一文，大體是屬於第一類的。周作人寫這篇文章的動機是想告訴學生在中國請願的事最好從此停止，但他卻在文中繞起圈

---

55 方重：〈英國小品文的演進與藝術〉，《英國詩文研究集》（上海市：商務印書館，1939年），頁47。

56 啟明（周作人）：〈金魚〉，《益世報》（副刊）第107期，1930年3月31日。

57 子嚴（周作人）：〈碰傷〉，《晨報》（副刊），1921年6月10日。

子，橫生出不少的「閒筆」，到文末才點出創作的題旨。文章一開頭就講述了自己的突發奇想，如能穿起有刺的鋼甲、介紹佛經傳說中的「見毒」蛇、追憶小時候看過《劍俠傳》中「飛劍取人頭」的「劍仙」，再聯想近日報刊載教職員、學生在新華門「碰傷」的事情。大家認為「碰傷」是咄咄怪事，但作者卻以為「碰傷實在是情理中所能有的事」，因為在中國碰傷是常發生的。至於責任，自然是由被碰的去負擔了：

> 譬如我穿著有刺鋼甲，或是見毒的蛇，或是劍仙，有人來觸，或看，或得罪了我，那時他們負了傷，豈能說是我的不好呢？又譬如火可以照暗，可以煮飲食，但有時如不吹熄，又能燒屋傷人，小孩們不知道這些方便，伸手到火邊去，燙了一下，這當然是小孩之過了。

周作人這段充滿「反語」色彩的「閒筆」，使我們讀者一下子恍然大悟，原來文章開頭談的幾件奇聞逸事，是「閒筆」不「閒」，或者說是「忙」裡（即「緊要處」）用「閒」，看似「離題」，其實潛伏著作者的深意，蘊蓄著作者一腔的憤激之情。另一類隨筆，就是找一個題目（即周作人所說的「著手點」）由點及面，引類設譬，如入花陣，逸趣橫生，此種寫法即是「賦得」手法，是周作人的作文「金針」。周作人寫的草木蟲魚隨筆，都屬於這類範疇。如〈金魚〉，起初交代自己不喜歡金魚，並將它列入自己不喜歡叭兒狗和鸚鵡之間，鸚鵡是穿著大紅大綠，滿口怪聲；叭兒狗是鼻子聳得難過；人也一樣，不喜歡聳鼻子的人，「似乎不必那樣掀起鼻子，露出牙齒，彷彿是要咬人的樣子」。接下來，談金魚讓他看了不舒服的原因：「我每看見金魚，一團肥紅的身體，突出兩隻眼睛，轉動不靈地在水中游泳，總會聯想到中國的新嫁娘，身穿紅布襖褲，紮著褲腿，拐著一對小腳伶俜地走

路。我知道自己有一種毛病，最怕看真的或是類似的小腳。」金魚除了不自然、誇張的外形外，更主要讓周作人聯想到中國的小腳「新嫁娘」，這是最讓周氏反感的一件事。周作人神往的是大池裡的魚，外表最好是天空或水的顏色。人家從水上看下去，須窺探好久，才看見一條隱隱地在那裡，有時候不知為什麼事出了驚，撥剌地翻身即逝，銀光照眼，也能增加水界的活氣。而這樣的地方，是金魚所不適宜的。周作人運用發散性思維，一路拉雜談來，其中節外生枝，談了不少「金魚」以外的「閒筆」，使人們了解到他之所以不喜歡「金魚」的原因，在於其深刻洞見了社會文化的弊病。這就是他說的「由草木蟲魚，窺知人類之事」[58]，因而這類隨筆的價值也就由此體現出來。

　　「閒筆」，還是構成隨筆作品「詩美」境界的重要修辭要素。蒙田非常激賞希羅時代普魯塔克的隨筆，稱他「在寫作有些文章時竟忘記了主題，有些論據也是信手拈來，通篇作品被新奇的內容擠得喘不過氣，且看他在〈蘇格拉底的惡魔〉裡用了怎樣的筆調。哦，上帝，那天馬行空式的離題，那莫測風雲的變化真是美不勝收，越似漫不經心，信筆寫來，意趣越濃！」[59]愛斯拉謨把普魯塔克的創作方式稱為「鑲嵌術」[60]，蒙田在「鑲嵌術」基礎上創立了現代隨筆的文體形式，他「傾其思想於閒話的水中」[61]，發揮了文體筆調的生動和親切感，尤其到了蘭姆隨筆，其漫談和娓語的特色更為突出。周作人說：「大抵敝文以不切題為宗旨，意在借機會說點自己的閒話。」說「閒話」，就是把隨筆創作當做「寫在紙上的說話」。[62]然而，所謂的「漫

58　周作人：〈《秉燭後談》序〉，《立春以前》（石家莊市：河北教育出版社，2002年），頁174。

59　蒙田：〈論經驗〉，潘麗珍等譯：《蒙田隨筆全集》（南京市：譯林出版社，1996年），下卷，頁253頁。

60　轉引自P.博克撰，孫乃修譯：《蒙田》（北京市：工人出版社，1985年），頁38。

61　亞歷山大·史密斯撰，林疑今譯：〈小品文做法論〉（下），《人間世》1934年第4期。

62　知堂（周作人）：〈春在堂雜文〉，《藥味集》（石家莊市：河北教育出版社，2002年），頁55。

談」、「閒話」，並不是讓你講得枯燥無味、平淡無奇，相反，這要求隨筆作家須具備廣博的知識和高超的談話技巧。新近湧現的一個隨筆作家鍾鳴在介紹自己撰寫的一本隨筆集時說：「我不敢保證，這本《徒步者隨錄》，能給諸君什麼新玩藝。但是我能保證，盡量說得有趣，多講一些軼事。扯得越遠，風景越好。」[63]當然，我們不免要追問怎樣才能做到「扯得越遠，風景越好」？「風景」美的境界是如何呢？對此，林語堂有自己的一番妙論：

> 吾最喜歡此種筆調，因讀來如至友對談，推誠相與，易見衷曲；當其坐談，亦無過瞎扯而已，及至談得精彩，鋒芒煥發，亦多入神入意之作。或剖析至理，參透妙諦，或評論人世，談言微中，三句半話，把一人個性形容得惟妙惟肖，或把一時政局形容得恰到好處，大家相視莫逆，意會神遊，此種境界，又非說理文所能達到。[64]

林語堂甚至曾想以柏拉圖的對話方式來寫隨筆《生活的藝術》，把偶然想到的話說出來，把日常生活中有意義的瑣事安插進去，這是多麼自由容易的方式。不過，他所設想的對話形式，與報紙上的談話或問答，或分成許多段落的評論的做法不同，他的意思是指「真正有趣的、冗長的、閒逸的談論，一說就是幾頁，中間富於迂迴曲折，後來在料不到的地方，突然一轉，仍舊回到原來的論點，好像一個人因為要使夥伴驚奇，特意翻過一道籬笆回家去一般」[65]。林語堂最後並沒有實現這一夢想，究竟是對自己能否勝任這一寫作方式抱有疑慮，還

---

63 鍾鳴：〈我是怎樣的一個徒步者（自白）〉，《徒步者隨錄》（上海市：東方出版中心，1997年）。

64 林語堂：〈小品文之遺緒〉，《人間世》第22期（1935年2月20日）。

65 林語堂：〈《生活的藝術》自序〉，夢琳等編：《林語堂散文經典全編》（北京市：九洲圖書出版社，1998年），卷4，頁508。

是有別的什麼緣由呢？我們不得而知了。但不管怎麼說，隨筆中的
「閒筆」現象，是現代中國隨筆作家餘裕心態下的產物，是隨筆作家
發散性思維在創作上的修辭策略，也是隨筆作品藝術魅力構成的重要
因素。

第四節　機智
——現代隨筆修辭表現形態之三

　　機智，原指人的大腦「智能」或「創新精神」，歐洲在十七世紀
後，「機智」成為文藝理論的一個術語，特指文學家具有發掘出色
的、令人驚歎的和似非而是的比喻能力。現代的一般用法是從十七世
紀這個文體用法演變而來的，指的是一種言簡意賅的語言表達法，是
作家有意用來產生一種滑稽的意外感的手段。[66]我們這裡借「機智」
一詞，寓指隨筆作家在運用悖論式思維進行創作中，而表現出來的一
種才智機敏、似非而是的修辭表達法。隨筆的機智文風，關鍵在於隨
筆作家能否獨具慧眼，發現事物的矛盾，並以出人意料之外的巧妙手
段戲謔客體對象，從而贏得智慧之美。因此，隨筆作家的機智源於自
身主體的理性批判精神和豐富的想像能力。

　　隨筆作家的機智，首先表現在對客體對象有特別的洞察力和鑒別
力，能迅速發現矛盾、揭示矛盾，以言語的巧妙，立刻壓倒對方，並
產生逸趣橫生的修辭效果。赫茲利特認為：「採用詼諧和幻想的方式，
將那在表面上似乎相同的各種觀念或者其中潛在矛盾絲毫未被覺察的
事物細緻地分解或區別開來，這就是機智，好比將那乍一看似乎是完
全相異的事物混同起來同樣都是機智。」[67]因此，陳瘦竹指出，機智

---

66 參見艾布拉姆斯撰，朱金鵬等譯：《歐美文學術語詞典》（北京市：北京大學出版
　　社，1990年），頁386-387。

67 赫茲利特語，轉引自陳瘦竹、沈蔚德：《論悲劇與喜劇》（上海市：上海文藝出版
　　社，1983年），頁89。

的人就意味著善於「同中見異，異中見同，旁敲側擊，出奇制勝」。梁遇春是一個特別喜歡做「反題」的隨筆作家。他以為真要得知識，求學問，不是上課堂聽講來的，而是在床上，爐旁，煙霧中，酒瓶邊讀書才能領略出味道來（〈講演〉）；人們正忙於討論「人生觀」，他大唱反調，探討起「人死觀」，以為我們對生既然覺得十分的乏味，為什麼不勇敢地放下一切對生留戀的心思，默想死的滋味（〈人死觀〉）；社會中的人們一般都恭維「君子」，他卻欣賞「流浪漢」，「流浪漢」富於幻想、勇往直前、生性快樂、個性特異，這種「流浪漢」精神，剛好能給麻木不仁的中國以一服極好的興奮劑（〈談「流浪漢」〉）；人們認為小孩子的天真最好，他卻不同於流俗，以為這是把無知誤解為天真，不曉得從經驗裡突圍而出的天真才是可貴的（〈天真與經驗〉）；他把整天一成不變地販賣死知識的大學教授、中小學教員，不客氣稱為是「智識販賣所的夥計」，因為他們將知識的源泉——「懷疑精神」一筆勾銷（〈論智識販賣所的夥計〉）；……梁遇春隨筆讓人感到「怪」和「新」，就在於他的思維運作力避雷同、另闢蹊徑，因而他的破題詭異，徵引豐富，機智迭出。他以為「天下只有矛盾的言論是真摯的，是有生氣的。簡直可以說才算得一貫。矛盾就是一貫，能夠欣賞這個矛盾的人們於天地間一切矛盾就都能徹悟了」（〈一個「心力克」的微笑〉）。他的隨筆抓住事物的矛盾，把握不同流俗的矛盾的另一方，使二者之間相互比較、相互映襯，從而引導讀者進入新的觀念層面，給人以思辨的新奇感和睿智美。

　　錢鍾書說：「矛盾是智慧的代價」。（〈論快樂〉）他的機智也是表現在對事物矛盾的捕捉上。如他筆下「魔鬼」反客為主，滔滔不絕地大談「你的識見竟平庸得可以做社論」、「自傳就是別傳」等等（〈魔鬼夜訪錢鍾書先生〉）；法語中的喜樂是「好」和「鐘點」兩字拼成的，可見好事多磨，只是個把鐘頭的玩意兒，你要永久，就該向痛苦裡去找。人生的刺就在這裡，留戀著不肯快走的，偏是你所不留戀的

東西。錢鍾書這裡揭示了人生對快樂和痛苦抉擇的悖論性問題（〈論快樂〉）；他認為幽默文學不好提倡，當賣笑變成文人的職業時，一大部分人的笑，也只等於馬鳴蕭蕭，充不得什麼幽默。西洋成語稱笑聲清揚者為「銀笑」，假幽默像攙了鉛的偽幣，發出重濁呆木的聲音，只能算鉛笑（〈說笑〉）；⋯⋯這些都是隨筆作家的智慧獨語。柯靈認為錢鍾書的兩大精神支柱是「淵博」和「睿智」。「睿智」，使他博極群書，進得去，出得來，不蹈故常，絕傍前人；「淵博」使他站得高，望得遠，靈心慧眼，明辨深思。[68] 在他筆下，人們司空見慣、習以為常的事，他可以發現其縫隙，發掘其矛盾；另一方面，人們以為是風馬牛不相及的事，他可以發揮奇思妙想，挖掘出類似點，進行創造性的闡釋。這就是隨筆作家智性的巧妙表達。如他的〈吃飯〉，一開頭就一語驚人：「吃飯有時候很像結婚，名義上最主要的東西，其實往往是附屬品。」錢鍾書以人們每天都離不開的「吃飯」為例，這是平常得再不能平常的形而下的事，但他闡發的是一個形而上的道理，即「一種主權旁移，包含著一個轉了彎的、不甚素樸的人生觀」。你看，錢鍾書能從「吃飯」的社交功用裡，發掘出背後許多不同的社會文化內涵來：

> 社交的吃飯種類雖然複雜，性質極為簡單。把飯給自己有飯吃的人吃，那是請飯；自己有飯吃而去吃人家的飯，那是賞面子。交際的微妙不外乎此。反過來說，把飯給與沒飯吃的人吃，那是施食；自己無飯可吃而去吃人家的飯，賞面子就一變而為丟臉。這便是慈善救濟，算不上交際了。[69]

---

68 柯靈：〈促膝閒話鍾書君〉，《錢鍾書研究》（北京市：文化藝術出版社，1989年），第1輯，頁223。

69 錢鍾書：〈吃飯〉，《寫在人生邊上》（福州市：福建人民出版社，1983年），頁20-24。

　　錢鍾書這一見解相當深刻和精警。如果按照福柯「權力話語」理論來分析，「吃飯」，作為人的自然本能需求，一旦被當作一種權謀來運作時，它就不可避免地發生了「主權旁移」的異化現象。錢鍾書從一件「吃飯」小事帶來了哲理性的思考。錢鍾書的機智修辭還表現在打破思維慣性，實現思維的大跨躍，玩索差異，異中求同，化二為一。這類例子在他的隨筆中俯拾即是，如〈窗〉中稱：「哪像從後窗進來的直捷痛快？好像學問的捷徑，在乎書背後的引得，若從前面正文看起，反見得愈遠了」[70]。這是把情人為了幽會跳後窗與學者做學問之事聯繫在一起，進而順帶一槍譏諷了學者所謂做學問的捷徑。又如〈釋文盲〉裡說：「看文學書而不懂鑑賞，恰等於帝皇時代，看守後宮，成日價在女人堆裡廝混的偏偏是個太監，雖有機會，卻無能力！」[71]不懂文學鑑賞的「文盲」，與後宮的太監也是八竿子打不著的事，但錢鍾書卻「遠取譬」，把相隔很遠的兩件事出人意料地聯繫在一起，以激發和豐富讀者的聯想能力，遠隔而新鮮，從而獲得深刻的啟迪。

　　其次，機智修辭還反映在隨筆作家主體的價值取向上。隨筆作家在進行藝術構思時，常常表現出居高臨下、遊刃有餘的主體優越感。但這種優越感，通常不是直接的表露，而是通過「修辭」行為而體現的，這就是隨筆作家的機智。弗羅伊德曾把機智分為「無害機智」（harmless wit）和「意向機智」（tendency wit）。「無害機智」是一種不帶惡意地引起聽者的大笑或微笑；「意向機智」是一種挑釁性的機智。這種機智以辭令上的譏笑性變化，直接對某種一特殊的物體或靶子發笑。在現代中國隨筆作品中，既存在著「無害機智」，這反映在隨筆作家撰寫大量的知識性、趣味性的作品裡；但具有較深刻思想的作品，往往帶有隨筆作家的「意向機智」，是以言語上的修辭策略而

---

70 錢鍾書：〈窗〉，《寫在人生邊上》（福州市：福建人民出版社，1983年），頁9。

71 錢鍾書：〈釋文盲〉，《寫在人生邊上》（福州市：福建人民出版社，1983年），頁41。

達到出奇制勝的藝術效果。借用楊絳的話，就是創作主體即便不是直接「登場」，但完全可以披上一件仙家法寶「隱身衣」：

> 在隱身衣的掩蓋下，還會別有所得，不怕旁人爭奪。蘇東坡說：「山間之明月，水上之清風」是「造物者之無盡藏」，可以隨意享用。但造物所藏之外，還有世人所創的東西呢。世態人情，比明月清風更饒有滋味；可作書讀，可當戲看。書上的描摹，戲裡的扮演，即使栩栩如生，究竟只是文藝作品；人情世態，都是天真自然的流露，往往超出情理之外，新奇得令人震驚，令人駭怪，給人以更深刻的效益，更奇妙的娛樂。惟有身處卑微的人，最有機緣看到世態人情的真相，而不是面對觀眾的藝術表演。[72]

因而，隨筆作家即使身披「隱身衣」，隱沒在作品的文本後面，但文本中的創作主體意向，讀者還是容易感受到的。正如楊絳在〈論薩克雷《名利場》〉中指出的：「薩克雷在序文裡說：『這場表演……四面點著作者自己的蠟燭』，他的議論就是臺上點的蠟燭。他那批判的目光照明了臺上的把戲，他的同情和悲憫籠罩著整個舞臺。」隨筆作家筆下的作品，也是「四面點著作者自己的蠟燭」，只不過，隨筆作家在修辭上採用了一些「隱蔽」策略，但從客觀效果上看，他們的批判精神、否定意識卻因此更具精警和穿透力，文本的內含也更為豐富和複雜。

周作人是一個極富機智的隨筆作家。他曾稱：「我平常喜歡撥草尋蛇地說閒話，惹得幾件小禍祟。」[73]不過，他「撥草尋蛇」功夫並

---

72 楊絳：〈隱身衣〉，《楊絳散文》（杭州市：浙江文藝出版社，1994年），頁234。

73 豈明（周作人）：〈閒話集成（五十三）・「何必」〉，《語絲》第118期（1927年2月12日）。

不是許褚式的赤膊上陣，而是有巧智、有策略。〈前門遇馬隊記〉，便是他運用悖論式思維而表現出來的機智文風的典型例子。文章記錄了一九一九年六月五日，他去前門買東西時，在路上被一隊騎著高頭大馬的軍警衝撞一事，反映了「五四」後北洋政府慌了陣腳，派遣軍警鎮壓學生運動的事實：

> 後面就是一陣鐵蹄聲，我彷彿見我的右肩旁邊，撞到了一個黃的馬頭。那時大家發了慌，一齊向北直奔，後面還聽到一陣馬蹄聲和怪叫。等到覺得危險已過，立定看時，已經在「履中」兩個字的牌樓底下了。我定一定神，再計算出前門的方法，不知如何是好，須得向哪裡走才免得被馬隊沖散。於是便去請教那站崗的警察，他很和善的指導我，教我從天安門往南走，穿過中華門，可以安全出去。我謝了他，便照他指導的走去，果然毫無危險。我在甬道上走著，一面想著，照我今天遇到的情形，那兵警都待我很好，確是本國人的樣子，只有那一隊馬煞是可怕。那馬是無知的畜生，他自然直衝過來，不知道什麼是共和，什麼是法律。但我彷彿記得那馬上似乎也騎著人，當然是個兵士或警察了。那些人雖然騎在馬上，也應該還有自己的思想和主意，何至任憑馬匹來踐踏我們自己的人呢？我當時理應不要逃走，該去和馬上的「人」說話，諒他也一定很和善，懂得道理，能夠保護我們。我很懊悔沒有這樣做，被馬嚇慌了，只顧逃命，把我衣袋裡的十幾個銅元都掉了。[74]

　　周作人經歷這次「虎口脫險」後，故意用悖論式的思維，裝瘋賣傻，凸現文本內容的矛盾性，從而達到反諷的藝術效果。從文字的表

---

74 仲密（周作人）：〈前門遇馬隊記〉，《每週評論》第25期（1919年6月8日）。

層來看，他是在頌揚「人」──軍警，而批評「無知的畜生」──
馬；然而字裡行間卻分明有強烈的諷刺意味，但官方就是不能抓到任
何把柄，只能無可奈何。這就是周作人的機智之處。他後來回憶道：
「這篇文章寫的並不怎麼的精彩，只是裝癡假呆的說些諷刺的話，可
是不意從相反的方面得到了賞音，因為警察所注意每週評論，時常派
人到編輯處去查問，有一天他對守常說道：『你們的評論不知怎麼總
是不正派，有些文章看不出毛病來，實際上全是要不得。』據守常
說，所謂有些文章即是指的那篇『遇馬隊記』，看來那騎在馬上的人
也隔衣覺著針刺了吧。」[75]很顯然，周作人這篇文章和〈碰傷〉、〈吃
烈士〉等，都是學習英國「狂生」斯威夫特的諷刺筆法。周作人曾翻
譯斯威夫特的〈育嬰芻議〉和〈婢僕須知〉。他平常喜歡平和沖淡的
文章，但「有時又忽然愛好深刻痛切之作，彷彿想把指甲盡力的掐進
肉裡去，感到苦的痛快。在這時候，我就著手譯述特別的文字。」[76]
這是他欣賞斯威夫特的原由。因而，在寫法上，他學習和借鑑了斯威
夫特的諷刺技藝，使文章充滿著反諷的機智，讓警察覺得「隔衣覺著
針刺」。這就是周作人所謂「撥草尋蛇」的高超技巧。

　　這種挑釁性的「意向機智」，在中國可以稱之為「春秋筆法」。司
馬遷在《史記》〈孔子世家〉說：「孔子為春秋，筆則筆，削則削，子
游、子夏之徒，不能措一辭，不能改一字。」在嚴謹、準確的選詞用
語中，作者的思想傾向隱藏其間。劉熙載也指出：「《春秋》文見於
此，起義在彼。」[77]後人把這種文筆曲折、寄寓微言大義的文字稱為
「春秋筆法」。現代中國社會的黑暗和統治者的專制，促使隨筆作家
常常機智地運用「春秋筆法」，曲折而犀利地傳遞出自己的言說主張
和政治立場。魯迅既撰寫了不少直接批判社會，抨擊當局的戰鬥性文

---

75 周作人：《知堂回想錄》（蘭州市：敦煌文藝出版社，1998年），頁256-257。
76 周作人：〈《育嬰芻議》後記〉，《冥土旅行》（北京市：北新書局，1927年），頁116。
77 劉熙載：《藝概》（上海市：上海古籍出版社，1978年），頁1。

章，但他也巧妙運用「春秋筆法」，撰寫大量「文見於此，起義於彼」的隨筆。如〈由中國女人的腳，推定中國人之非中庸，又由此推定孔夫子有胃病——「學匪」學派考古學之一〉，魯迅幾乎全篇都在對所謂的「考古」，大發妙論，逸趣橫生，好像不指涉現實，然而篇末筆鋒一轉，卻告誡人們他這些推定都是「讀書得間」而來，這種方法不可與現實聯繫起來，妄加猜測：

> 例如罷，二月十四日《申報》載南京專電云：「中執委會令各級黨部及人民團體制『忠孝仁愛信義和平』匾額，懸掛禮堂中央，以資啟迪。」看了之後，切不可便推定為各要人譏大家為「忘八」。[78]

　　所謂「忘八」，是封建時代流行的俗語，指忘記了概括封建道德要義的「孝、悌、忠、信、禮、義、廉、恥」八個字的最後一個「恥」字，也即「無恥」的意思。魯迅於字裡行間充滿著反諷的色彩，國民黨當局打著所謂遵循傳統道德「八德」的匾額，卻不敢提及封建道德要義的第八個字「恥」字，因而所謂「忘八」的正是這些當局的「無恥」要人。魯迅只不過正話反說，顯示了他過人的機智和才華。柏格森以為：「富有機智的人不是把他的思想僅僅看作符號來加以處理，而是把它們當做人來看待，他看著它們，聽它們講話，尤其是讓它們像人一樣地互相交談。他像演戲一樣把它們表演出來，而且在某種程度上也表現了自己。」[79]

　　一九四九年後，由於特定的歷史語境，知識者敢於表現這種挑釁性的「意向機智」較少，因而在隨筆創作中很少出現「春秋筆法」，

---

78 魯迅：〈由中國女人的腳，推定中國人之非中庸，又由此推定孔夫子有胃病——「學匪」學派考古學之一〉，《魯迅全集》（北京市：人民文學出版社，1981年），卷4，頁508。

79 柏格森撰，樂愛國譯：《笑與滑稽》（廣州市：廣東人民出版社，2000年），頁74。

但並不是等於說完全絕跡。二十世紀五〇至六〇年代的張中曉，七〇年代末再次崛起的巴金，都是當代隨筆作家中的佼佼者。舒展說：「從魯迅的〈隨感錄〉，到巴金的《隨想錄》，這條天然富礦，是中國隨筆思想價值的精華所在。」[80]據巴金自己介紹，他和三哥李堯林小時候在書桌前聽他的二叔講解《春秋·左傳》，並把它與《聊齋》一塊串講，他回憶道：「二叔在我眼前復活了，兩眼閃光，興奮地說：『說得好，必訟！』他又在講解《左傳》，又稱讚《聊齋》的『春秋筆法』。」這是他二叔為他們講授《聊齋》中告倒冥王的〈席方平〉。席方平為父伸冤備受酷刑，他不怕痛苦堅持告狀，一級一級地上控，卻始終得不到公道。冥王問他還敢不敢再告狀？他答道：「必訟！」酷刑之後再問，他還是：「必訟！」響噹噹的兩個字真有斬釘截鐵的力量。但是他吃盡了苦頭，最後一次就回答冥王：「不訟了。」他真的不再告狀嗎？不，他講了假話，只是為了保護自己，事實上他堅持到底，終於把貪贓枉法的冥王和官吏拉了下來。這說明了席方平既是錚錚鐵骨，後來又有策略，才能保全自己，而把冥王告倒。這就是作家挑釁性「意向機智」的力量。巴金後來按他二叔教給的方法分析文章，「似乎有較深的理解，懂得一點把文字當作武器使用的奧妙」。[81]他晚年創作的《隨想錄》，也有使用了「春秋筆法」，不過有些地方確實使用得非常巧妙，必須是細心的讀者，否則不易覺察。巴金之所以如此「隱晦」，是與當時的社會環境密切相關。但也因為如此，這才顯示巴金的機智所在。〈思路〉，是巴金《隨想錄》中筆鋒較為犀利的文章。但他在修辭策略上，卻出色運用了「春秋筆法」。文章分兩節，第一節開篇嘮叨自己的「老化」，以為不多動腦筋，自己會變成隨風推動的「風車」，這是來自史無前例的「文革」教訓。因而他提

---

80 舒展：〈關於隨筆的隨筆〉，韓小蕙主編：《新現象隨筆二輯——當代名家最新隨筆精華》（北京市：中央編譯出版社，1997年），頁128。

81 巴金：〈懷念二叔〉，《再思錄》（上海市：上海遠東出版社，1995年），頁38-43。

出思想要離開「風車」，走自己的軌道。由此引出巴金內心深處一直存著疑惑而卻又想探個究竟的關鍵性問題：「『四人幫』垮臺以後我同一位外賓談話，他不能理解為什麼『四個人』會有那樣大的『能量』，我吞吞吐吐始終講不清楚。」接著文章轉入第二節內容，不過，巴金表面上暫時拋開這個敏感的話題，把話鋒轉到自己十天前到西湖瞻仰岳王墳的事，談起風波亭的冤獄：

> 從十幾歲讀《說岳全傳》時起我就有一個需要解答的問題：秦檜怎麼有那樣大的權力？我想了幾十年，年輕的心是不怕鬼神的。我在思路上遇著了種種的障礙，但是順著思路前進，我終於得到了解答。現在這樣的解答已經是人所共知的了。我這次在杭州看到介紹西湖風景的電視片，解說人介紹岳廟提到風波獄的罪人時，在秦檜的前面加了宋高宗的名字。這就是正確的回答。[82]

　　作者順著這個思路繼續往前推進。巴金這次西湖遊歷還看到明代詩人文徵明撰寫的〈滿江紅〉碑文，其中最後一句：「笑區區一檜亦何能，逢其欲」。他不禁讚歎這位四百五十二年前的詩人有如此的膽量和智慧。巴金從文徵明的詞，聯想到他小時候閱讀過曾祖李璠的《醉墨山房詩話》。他正是從這本詩話書中第一次讀到文徵明膽識超群的這首詞。而他曾祖李璠對文徵明的這首詞特別賞識，當讀及「笑區區一檜亦何能，逢其欲」一句時，認為此係「誅心之論，痛快淋漓，使高宋讀之，亦當汗下」。巴金由衷佩服：「我曾祖不過是一百多年前一個封建小官僚，可是在大家叩頭高呼『臣罪當誅』、『天王聖明』的時候，他卻理解、而且讚賞文徵明的『誅心之論』，這很不簡單！」因而，巴金議論道：「用自己的腦子思考，越過種種的障礙，

---

82 巴金：〈思路〉，《真話集》（北京市：人民文學出版社，1983年），頁126-130。

順著自己的思路前進時，很自然地得到了應有的結論。」文章戛然而止。雖然，巴金沒有重新回過頭探討曾引起他困惑的「文革」問題。但他對造成風波亭冤獄原因的探究，其實已經回應了這個曾經困惑他內心多時的問題。只不過，他以前不敢用自己的腦子去思考，不敢越過種種人為的障礙，自然就得不出正確的結論。這是巴金式的「春秋筆法」，顯示他的機智才華。這種筆法儘管非常的「隱晦」，但我們為這位世紀老人有一顆為國為民的博大愛心而感動，他的良知和大勇也將永遠激勵人們要正視現實、敢講真話、奮勇前行。

目光敏銳、思想深刻的隨筆作家，往往能以簡練緊湊的語言形式，表達對事物直逼內裡的看法。所謂「一字誅心之論」，就是這類語言形式的高度概括。因而，典型的機智是以「警句」（亦稱「格言」）形式表達的。這類「警句」在西方一些隨筆大家的作品中時常出現。帕斯卡爾、培根、尼采是最擅長撰寫這類作品的典型作家。帕斯卡爾的《思想錄》，是以凝練的語言表達他的哲理思索，是詩意思維的結晶；培根的隨筆言簡意賅，頗富格言特點，王佐良稱他的智慧像「醫生手裡的銳利的手術刀，在一層一層地解剖著人生和社會裡的各種問題」[83]；尼采隨筆中的「格言」也是備受人們讚譽，認為他的格言則「應排在所有其他作家之上」[84]。在現代中國隨筆作家中，魯迅、錢鍾書、張中曉、王小波等均為擅長使用「警句」表達的隨筆作家。魯迅從戰亂鈔票折價換銀元而在人們心理引起震盪的社會現象，悟道出「我們極容易變成奴隸，而且變了之後，還萬分喜歡」（〈燈下漫筆〉）的觀點，這是從日常瑣事中得到啟發和提煉的引人警醒的警句，是不折不扣的「誅心之論」。其他如：「暴君的專制使人們變成冷嘲，愚民的專制使人們變成死相」（〈忽然想到〉）；「革命並非教人死而是教人活的」（〈上海文藝之瞥〉）；「刪夷枝葉的人，決定得不到花

83　王佐良：《英國散文的流變》（北京市：商務印書館，1994年），頁28。

84　張夢陽編譯：〈《大英百科全書》關於散文的詮釋〉（下），《散文世界》1985年第2期。

果」（〈「這也是生活」……〉）。像這類凝聚著魯迅深邃洞察力和豐富經驗的格言警句，還非常多，均散落在他一生創作的文章中，成為被人常引用的最精彩的亮點。錢鍾書撰寫的隨筆也是警策動人，處處顯示出他超凡拔俗的思想與智慧的光芒，如：「自傳就是別傳」（〈魔鬼夜訪錢鍾書先生〉）；「精神的煉金術能使肉體痛苦都變成快樂的資料」（〈論快樂〉）；「假道學也就是美容的藝術」（〈談教訓〉）。柯靈說錢鍾書的文字裡有「層出不窮的警句」，「因為他本身就是一個天才的警句」[85]，此語評述甚為精當，錢鍾書的機智才能在現代知識者中確實較為突出，構成其隨筆作品最鮮明的一種特質。張中曉，這位被打成胡風反革命集團的骨幹分子，在經歷關進監獄和遣送紹興老家等一連串打擊後，卻毫不在乎身處極度貧困的絕境，每日仍然以古人、前人的著作為對象，進行交流、辯難，撰寫四本厚厚的思考筆記，這就是後人為他整理出來的《無夢樓隨筆》集。這些不成系統、異常雜亂的文字，卻處處閃爍著他人生智慧的火花。如：「人們口中越是說絕對、完美、偉大……，大吹大播，則越應當懷疑那種神聖的東西。因為偉大、神聖之類東西在人間根本不存在」（《無夢樓文史雜抄》〈二十〉）；「一切美好的東西必須體現在個人身上。一個美好的社會不是對於國家的尊重，而是來自個人的自由發展」（《無夢樓文史雜抄》〈一一二〉）；「歷史的重複在於古今人心相同。稱王道霸之情古今皆一，所不同的僅是手段（形式）」（《拾荒集》〈六十二〉）。張中曉對社會現實的批判和反思是非常深刻、精警的，有一位資深記者說：「讀張中曉的筆記就像讀尼采的書。」筆者的閱讀也深有同感。張中曉說得好：「格言的確是人生經驗的結晶，有哲理性的深湛，但人只有通過一段人生的過程之後，才能體會到它的智慧和它的內在意義。」（《拾荒集》〈十八〉）王小波是二十世紀九○年代湧現出來的一位自

---

85 柯靈：〈促膝閒話鍾書君〉，《錢鍾書研究》（北京市：文化藝術出版社，1989年），第1輯，頁223。

由撰稿人，他頗受英美自由主義思想的影響，贊成羅素講的一句話：
「須知參差多態，乃是幸福的本源。」他以為大多數參差多態都是敏
於思索的人創造出來的。因此，他認為能夠帶來思想快樂的東西，只
能是人類智慧至高的產物。在他的隨筆作品中，我們同樣也可以閱讀
到他那智慧火花迸射的「警句」，如：「對於知識分子來說，成為思維
精英，比成為道德精英更為重要」（〈思維的樂趣〉）；「在現代，知識
分子最大的罪惡是建造關押自己的思想監獄」（〈知識分子的不幸〉）。

　　我以為隨筆中出現的「警句」形式，是隨筆作家典型機智的修辭
表現，是他們深刻的人生內容與新穎尖銳的語言形式的完美統一。這
種極致的言說方式，不是每個隨筆作家都能擁有的，只能是可遇而不
可求。

第五節　反諷
──現代隨筆修辭表現形態之四

　　反諷，英文為 "irony"。D.C. 米克指出：「反諷從一種辭格，發展
成為一種駕馭諷刺的最高級的武器，是與散文藝術的發展史分不開
的。」[86]這說明了反諷在散文（隨筆）藝術中的重要地位和作用，是
很值得研究的。筆者曾看到一則材料介紹，國外學者 I.瓦特撰寫過一
篇名為〈古典散文中的反諷傳統：從斯威夫特到約翰遜〉。這是一篇研
究反諷和英國十八世紀散文（隨筆）的關係，作者在文中提出一些有
價值的意見。然而，關於反諷與散文（隨筆）關係的探討，基本上是
處於起步階段，這方面的論文迄今為止尚不多見。

　　要探討反諷在隨筆藝術中所占有的地位和作用，首先必須知道什
麼是反諷？它有什麼的基本內涵？反諷，簡單說就是一種同時並存了

---

86 D.C. 米克撰，周發祥譯：《論反諷》（北京市：崑崙出版社，1992年），頁117。

兩個對立物的結構，其中一個對立物構成對另一個對立物的破壞。反諷，源於希臘文 eironeia。這個術語在古希臘有三個意思：一、表示「佯裝」。它最早出自喜劇裡的角色（伊隆），這是一個「佯裝無知」的人，他的對手是（阿拉宗），這是一個「妄自尊大」的人。伊隆在阿拉宗面前總是裝得愚蠢無知，給對方造成錯覺，結果在論辯中阿拉宗總是不攻自破。現代作家對反諷的運用，仍有保留「佯裝」的基本意思，或與事實之不同的意思。二、指「蘇格拉底式的反諷」，即旨在從對方口中套取真言的發問技巧。蘇格拉底在論辯時善於拐彎抹角假惺惺地向對手提問而一點不露自己的真實意圖，最後把對手的回答引向自己所要作出的結論。這樣，蘇格拉底用這種辦法把對手駁得體無完膚。三、指「反論」或「反語」。古希臘修辭家、散文家從豐富語言表現力角度提出了辭格反諷，如西塞羅、昆提利安把反諷作為修辭手法引入演說中去，這是用來表示字面意義與實指意義不符甚至相反。[87]

　　米克認為反諷從一種語言辭格發展成為一種高級的諷刺武器，曾與散文（隨筆）的藝術發展史結下不解之緣。這一觀點，可從反諷在古希臘就形成了基本的內涵和特色，以及古希臘散文曾一度極為發達（主要是演講散文與修辭的密切關係），便可知道二者的發展是一種成正比例的關係。反諷這種修辭傳統，後來被隨筆作家們繼續得到繼承和發揚，因而外國隨筆作品裡依然保持著鮮明的反諷現象。而深受外國隨筆影響的現代中國隨筆同樣也存在著這種現象。魯迅、周作人、梁遇春、錢鍾書、梁實秋、王了一、張中曉、張承志、鍾鳴、王小波等等，都撰寫過不少反諷的隨筆傑作。這是一項很值得研究的隨筆修辭表現形態。

　　筆者以為，研究現代中國隨筆的反諷現象，必須從思維視角入手，把「反諷」置放在現代中國隨筆作家運用悖論式思維下探討，這

87　參見盎伯：〈文學反諷縱橫談〉，《外國文學動態》1988年第9期。

才是解開問題癥結的關鍵。悖論式思維的主要特點是抓住事物的矛盾，因此，探討反諷也必須從揭示事物的矛盾開始。關於這一點，十八世紀末至十九世紀初德國文論家弗・施萊格爾就曾強調用「矛盾」的觀點來研究反諷。他認為事物內部的矛盾對立是事物的屬性，事物本身就是一個矛盾的統一體，在鬥爭中沿著否定自己的路徑不斷向前發展。「一切有價值的，都必須是它自己，同時又是它的對立面」，「所有不能自己否定自己的，都是不自由的，沒有價值的」[88]。基於這一理論，他提出反諷是「對於世界在本質上即為矛盾、惟有愛恨交織的態度方可把握其矛盾整體的事實的認可」[89]；「反諷，就是矛盾的形態」，「矛盾是反諷的絕對必要條件，是它的靈魂、來源和原則」。[90]因此，弗・施萊格爾把悖論式思維下的反諷表現形態，稱之為一種鍛鍊思維的「精神的體操」[91]，這是很有道理的。

　　黑格爾曾指出：「思辨的東西（das Spekulative），在於這裡所了解的辯證的東西，因而在於從對立面的統一中把握對立面，或者說，在否定的東西中把握肯定的東西。這是最重要的方面，但對於尚未經訓練的，不自由的思維能力來說，也是最困難的方面。」[92]「從對立面的統一中把握對立面」、「在否定的東西中把握肯定的東西」，這是出色的隨筆作家進行創作的一個重要切入點。蒙田說：「我針對自己的看法，提出另一個相反的看法，作為辯論的練習；我也朝著那個相反的看法去思想，去探究，當我覺得非常有道理時，我也會認為沒有

88 恩・貝勒等編：《弗・施萊格爾全集評注本》（蘇黎世：歐洲文學與拉丁中世紀出版社，1970年），卷18，頁654、628。

89 施萊格爾語，轉引自王先霈、王又平主編：《文學批評術語詞典》（上海市：上海文藝出版社，1999年），頁207。

90 D.C.米克：《反諷和反諷性》，轉引自王先霈、王又平主編：《文學批評術語詞典》（上海市：上海文藝出版社，1999年），頁207。

91 恩・貝勒等編：《弗・施萊格爾全集評注本》（蘇黎世：歐洲文學與拉丁中世紀出版社，1970年），卷18，頁601。

92 黑格爾撰，楊一之譯：《邏輯學》上卷（北京市：商務印書館，1966年），頁39。

理由堅持當初的想法，會捨之而去。」[93]魯迅就是一位善於「從對立面的統一中把握對立面」，善於「針對自己的看法，提出另一個相反的看法」的隨筆作家，也就是說他善於創作反諷的隨筆作品。他在給許廣平的信裡說：

> 文章的看法，也是因人不同的，我因為自己好作短文，好用反語，每遇辯論，輒不管三七二十一，就迎頭一擊，所以每見和我的辦法不同者便以為缺點。其實暢達也自有暢達的好處，正不必故意減縮（但繁冗則自應刪削），例如玄同之文，即頗汪洋，而少含蓄，使讀者覽之了然，無所疑惑，故於表白意見，反為相宜，效力亦復大，我的東西卻常招誤解，有時竟大出意料之外，可見意在簡練，稍一不慎，即易流於晦澀，而其弊有不可究詰者焉。[94]

這段話，魯迅好像是在檢討自己作文的毛病，其實正道出魯迅寫作的一個重要特色──反諷，即「好用反語」。而魯迅的反諷作品之所以「常招誤解」，「有時竟大出意料之外」，就是黑格爾所說那些「尚未經訓練的」、「不自由的思維能力」的人誤讀導致的。〈止哭文學〉，是由一篇王慧的〈提倡辣椒救國〉引發的。王慧的文章寫道：

> 還有北方人自小在母親懷裡，大哭的時候，倘使母親拿一隻辣茄子給小兒咬，很靈驗的可以止大哭……
> 現在的中國，彷彿是一個大哭時的北方嬰孩，倘使要制止他討

---

93 蒙田撰，潘麗珍等譯：《蒙田隨筆全集》（南京市：譯林出版社，1996年），中卷，頁253。

94 魯迅致許廣平信，1925年4月14日，《魯迅全集》（北京市：人民文學出版社，1981年），卷11，頁47。

厭的哭聲，只要多多的給辣茄子他咬。[95]

當時的東北三省已經淪亡，魯迅以為「當自己被征服時，除了極少數人以外，是很苦痛的」。所以，魯迅於文中敏銳感覺到這位作者有充當「幫忙」文人角色的嫌疑，因為這種「辣椒救國」帶有向主子獻策的「企圖」：

> 辣椒可以止小兒的大哭，真是空前絕後的奇聞，倘是真的，中國人可實在是一種與眾不同的特別「民族」了。然而也很分明的看見了這種「文學」的企圖，是在給人一辣而不死，「制止他討厭的哭聲」，靜候著拔都元帥。[96]

這種反諷，自然刺痛了〈提倡辣椒救國〉的作者王慧，他把魯迅的文章看成對他個人的攻擊，於是又撰寫一篇名為〈不要亂咬人〉，把魯迅之文看成僅僅是「罵人」文章。這一方面，顯然是被諷刺者的心理本能的一種反應，同時也是對「反諷」內涵片面理解的典型例子。這種現象與魯迅稍後對施蟄存批評的道理一樣：「雖為書目所引起，問題是不專在個人的，這是時代思潮的一部。」[97]可見，魯迅的「反諷」是針對人們容易成為「奴性」這一深層用意而著眼的，顯示了他「反諷」的修辭力度和深度。但這又不容易為一般人所了解，這也是作為一位現代智者所特有的苦惱和孤寂。

從反諷觀察者（作者）來看，「反諷」的原始意義是「假扮」和「佯裝」，觀察者刻意把自己裝扮成與自己不同的模樣，或者假裝自

95　王慧：〈提倡辣椒救國〉，《大晚報》副刊《辣椒與橄欖》，1933年3月12日。

96　魯迅：〈止哭文學〉，《魯迅全集》第5卷（北京市：人民文學出版社，1981年），頁66-67。

97　魯迅：〈撲空〉，《魯迅全集》（北京市：人民文學出版社，1981年），卷5，頁349。

己不是原來那種樣子，比如假裝天真、無知、輕信、不掩飾的義憤、無來由的傾瀉熱誠、愚蠢的自鳴得意或深信不疑。這些「反諷」修辭技巧或者說修辭策略，在中國隨筆作家身上，可謂「八仙過海，各顯神通」。魯迅的〈說鬍鬚〉、〈一點比喻〉、〈新的「女將」〉、〈現代史〉、〈中國人的生命圈〉等，都帶有這種「假扮」或「佯裝」的特點。最典型要算〈現代史〉[98]，通篇都是在講述他曾看到過空地上常常出現的「變把戲」的情形。「變戲法」有兩種，一種是讓猴子來演，一種是教小孩子來演，尤其還會上演大人用尖刀將孩子刺死了，蓋上被單，要讓他活過來，要給錢。變戲法者裝出撒錢的手勢，嚴肅而悲哀地說：「在家靠父母，出家靠朋友……Huazaa! Huazaa!」於是，許多人 "Huazaa" 了。變戲法的收足了錢，收拾傢伙，死孩子也自己爬起來走了。看客也就呆頭呆腦的走散。靜了幾天，戲法又再來這一套。魯迅到了文末才冷不丁地補上一句：「到這裡我才記得寫錯了題目，這真是成了『不死不活』的東西。」魯迅的「佯裝」，好像自己寫離題了，但實際上是有意點破題，是畫龍點睛的一筆。它使讀者讀完後，不免側頭一想，當時的中國政壇不也是像「變戲法」一樣，整天上臺下臺演著老一套嗎?!〈一點比喻〉，魯迅以他平日在北京城裡看到山羊領頭帶胡羊到屠宰的地方為例，把山羊比喻成知識者，而胡羊比喻成當時的青年人。魯迅的諷刺立場和批判目的是很明確的，但他在描述山羊帶著胡羊時，是採用反諷的佯裝：

> 這樣的山羊我只見過一回，確是走在一群胡羊的前面，脖子上還掛著一個鈴鐸，作為智識階級的徽章。通常，領的趕的卻多是牧人，胡羊們便成了一長串，挨挨擠擠，浩浩蕩蕩，凝著柔

---

98 魯迅：〈現代史〉，《魯迅全集》（北京市：人民文學出版社，1981年），卷5，頁89-90。

順有餘的眼色，跟定他匆匆地競奔它們的前程。我看見這種認
真的忙迫的情形時，心裡總想開口向它們發一句愚不可及的疑
問——

「往那裡去?!」[99]

　　作者假扮「天真」而「愚不可及」發出那一聲疑問，正是他洞若
觀火、心急如焚的真實心態的流露。一九五六年至一九五七年那個
「大鳴放」期間出現一批好的隨筆作品，雖是曇花一現，但同樣給人
印象深刻。如胡明樹〈鴨子和社會主義、歷史文物和迷信、豬和徐錫
麟……〉：

　　有這麼一件事：一九五六年春天，正是農業合作化高潮的時
候，某地的領導幹部主觀上想爭取千斤畝縣的光榮稱號，於是
下令農民要集中力量搞主要糧食生產，不准搞副業，動員養有
鴨子的農民把鴨子殺掉或賣掉；問他為什麼？他說，鴨子會吃
掉社會主義。農民是擁護社會主義的，既然幹部說鴨子會吃掉
社會主義，那就只好殺掉或賣掉鴨子。事情不過半年，主要糧
食雖然增產，但少了一大筆副產品的收入，農民也很有怨言，
而市上缺少了很多副食品，群眾也很有意見，於是幹部又來動
員農民養鴨子了。最初農民想不通，說：以前我們養鴨子，你
說鴨子會吃掉社會主義，不准我們養；現在為什麼又要我們來
養「會吃掉社會主義的東西」呢？幹部說，這回是社會主義要
吃鴨子了。農民是擁護社會主義的，既然社會主義也要吃鴨
子，那就服從命令：養吧！[100]

99　魯迅：〈一點比喻〉，《魯迅全集》（北京市：人民文學出版社，1981年），卷3，頁217。
100　胡明樹：〈鴨子和社會主義、歷史文物和迷信、豬和徐錫麟……〉，《文匯報》，
　　　1957年4月13日。

　　作者佯裝成不明事理的「無知者」，然後把這位幹部對待養鴨子前後矛盾的言行自行暴露、自我消解，從而達到反諷的修辭效果。阿倫・羅德韋以為尋找的「反諷」本源詞是有意義的一件事：「即從eirôn（佯裝）演變而來的 eirôneia（佯裝不知）。如果說這個詞還像原來那樣有什麼功用的話，那麼，意在被人識破的佯裝就仍然是它的基本意義。」[101]這種「意在被人識破的佯裝」，當它用在隨筆創作中，就能增加隨筆的可讀性和增強反諷的修辭力量。

　　從文本的層次來分析，隨筆作家採用事實與表象相對立或有差異的反諷手法，是作品較為常見的表現形態。因而，從這個意義來考察，反諷常被定義為「說與本意相反的事」、「言在此而意在彼」和「為責備而褒揚或者為褒揚而責備」。林語堂在議論中國的「老子」時，曾有一段談對「反論」的認識，值得我們的注意：

> 老子愛唱反調，幾成怪癖。「無為而無不為」、「聖人非以其無私，故能成其私」，這種反論的結構恰如水晶之形成：把某一物質的溫度改變，即成水晶，但成品卻是許許多多的水晶體。一個事理的基本觀點和價值，與另一種普遍為人接受的觀點完全相反時，便產生了反面論。耶穌的反論是：「失去生命者，獲得生命。」這種反論的起因，乃是把兩類特殊的生命觀（精神與肉體）融而為一，呈現在表面的，就是反面論。[102]

　　林語堂對「反論」的理解，是基於「事實與表象的對照」這一前提下得出的結論。這個觀點，給我們一個啟示，研究隨筆中的「反

---

101 阿倫・羅德韋：〈喜劇的術語〉，載於《文藝復興和現代研究》（1962年），卷6，頁113。

102 林語堂：〈中國的神仙哲學〉，夢琳等編：《林語堂散文經典全篇》（北京市：九洲圖書出版社，1998年），卷1，頁469-470。

諷」，首先要關注文本外表與內裡的「對照」問題，即其一，反諷要求表象與事實相對立或相齟齬；其二，在其他因素相同的情況下，對照越強烈，反諷越鮮明。因而，隨筆中的「反諷」經常由對等或相反的意見、情境或價值觀相互並置而形成的。林語堂〈叩頭的柔軟體操價值〉就帶有這種反諷理念：

> 讓我們談談叩頭吧，那是中國文化中最高尚的以及最特殊的一種藝術。是麥卡尼男爵吧，他曾經拒絕向乾隆皇帝叩頭，因為他不知道這是一位中國上等人士所能做出的一種最高尚、最合衛生的舉動呢。當然，美容專家們曾發明過各種運動以減掉婦女們的脂肪，可是無論任何一種都不及叩頭那樣有效力。正如划船那樣，叩頭跟全身的肌肉都有關係。兩膝跪下去時，立刻便令人心意安寧，萬慮俱消。接著胸前挺直，兩個手掌合起來，正如禱告或唱〈聖母曲〉時的姿勢。接著，像胸泳時那樣，兩臂分開向下壓下去，同時身體上部伸直。這樣地把身體伸直彎曲，使腹部的肌肉獲得很有裨益的運動，較之任何按摩手術以消除腹部周圍多餘的脂肪，有更佳的助力。如果叩頭謹慎地按照節拍，便能促進深呼吸和血脈流通。[103]

林語堂故意把「叩頭」這一封建的蠻性習俗，稱之為「人類心智歷來發明的最佳的一種減少體內脂肪的運動」。這裡節錄的文字，可以看出，林語堂採用「事實與表象」對照的反諷手法作為文章的修辭策略。從表層文字的意思，林語堂把「叩頭」所作各種動作是怎麼符合消除脂肪和促進人體健康的運動，不厭其煩地娓娓道來，並有美妙風趣的譬喻，從而達到強烈的反諷效果。克爾愷郭爾指出：「有的人

103　林語堂：〈叩頭的柔軟體操價值〉，夢琳等編：《林語堂散文經典全編》（北京市：九洲圖書出版社，1998年），卷3，頁243。

自高自大，自以為無所不知，面對這種愚蠢行為，真正的反諷是隨聲附和，對這一切智慧驚嘆不已，吹捧喝彩，從而鼓勵此人越來越狂妄荒誕，越來越高地往向上爬，儘管反諷者無時無刻不意識到這一切是空洞的、毫無內容的。面對空乏無聊的熱情，真正的反諷不以響徹雲霄的歡呼、頌歌為足，而是爭先恐後、更進一步，儘管反諷者知道這種熱情是世界上最大的愚蠢。」[104]這種故意用敷粉的方法，即以日益增多的「狂喜和讚揚」來抬高文中原本要貶抑、否定的對象，從而造成事實與表象出現強烈的對照和反差。這一類「反諷」手法，應該是隨筆作家從事「社會批評」與「文明批評」中常出現的修辭策略。

　　從隨筆的文本層面分析，反諷「如果想讓它打動人，就必須對它加以『塑造』。反諷藝術，在其較低級的表現中，類似妙言智語或健談家的藝術，大致依靠組織材料，選擇時機和變化語調等手法；在它追求較大的效果時，也不放棄這些方面的考慮。」[105]這裡面實際上就存在著一個如何進行反諷修辭的問題。因此，作家從悖論式思維到轉換為言語的修辭，這是一項富有創造性的藝術工程。新批評派提出：「我們可以把『反諷』看成一種認知的原理，『反諷』原理延伸而為矛盾的原理，進而擴張成為語象與語象結構的普遍原理——這便是文字作新穎而富於活力使用時必有的張力。」[106]從「認知原理」——「矛盾原理」——「語象與語象結構的普遍原理」，這條創作途徑落實到最後就是要顯示反諷的修辭力量。如果我們從這一反諷美學的角度，考察存在於現代隨筆中由於反諷修辭的作用，而呈現出來的文本「張力」，那是很有價值的。隨筆作家王了一對「反諷」理解就較為

---

104 克爾愷郭爾撰，湯晨溪譯：《論反諷概念：以蘇格拉底為主線》（北京市：中國社會科學出版社，2005年），頁214。

105 D.C. 米克撰，周發祥譯：《論反諷》（北京市：崑崙出版社，1992年），頁67。

106 布魯克斯、維姆薩特：《文學批評簡史》，轉引自王先霈、王又平主編：《文學批評術語詞典》（上海市：上海文藝出版社，1999年），頁208。

透澈了。他提出了與「直言」相對應的一個「隱諷」的修辭概念[107]，他稱：「所謂隱諷，其妙在隱，要使你不知道這是諷，才可以收潛移默化之功。」這裡所指的「要使你不知道這是諷」，也只是相對而言，即黑格爾所說的「尚未經訓練的」、「不自由的思維能力」的人。王了一以為如果遇著了「明眼人」那就不一樣了，從「滿紙荒唐言」的文章裡，照樣可以看出「一把辛酸淚」。這就顯示了「隱諷」修辭的力度和深度。王了一的〈領薪水〉有一段文字這樣寫：

> 我們每月拿到那不夠買薪買水的薪水之後，是怎樣過日子的呢？家無升斗，欲吃卯而未能；鄰亦簞瓢，歎呼庚之何益！典盡春衣，非關獨酌；瘦鬆腰帶，不是相思！食肉敢云可鄙，其如塵甑愁人；乞璠豈曰堪羞，爭奈儒冠誤我！大約領得薪水的頭十天，生活還可以將就過得去，其餘二十天的苦況，連自己也不知怎樣「挨」了過去的。「安得中山廿日酒，醉眠直到發薪時！」[108]

作者譏諷戰時公務員和教員的俸給或報酬太菲薄，名為「薪水」，實則不夠買薪買水，他建議改「薪水」為「茶水」，等到連茶葉都買不起的時候，他又將建議改稱為「風水」。引錄的這段文字就是針對這一生活窘境而發的牢騷。但作者卻利用自己熟諳古典文學典籍的學養優勢，如「簞瓢」，出自《論語》〈雍也〉「一簞食，一瓢飲」；「呼庚」，原來是求雨的意思，這是指因缺糧而向人乞求借貸，語見《左傳》〈哀公十三年〉；「典盡春衣」，出自杜甫〈曲江〉「朝回日日典春衣，每日江頭帶醉歸」；「食肉敢云可鄙」，出自《左傳》〈莊公十

107　王了一：〈《生活導報》和我（代序）〉，《龍蟲並雕齋瑣語》（北京市：中國社會科學出版社，1993年）。

108　王了一：〈領薪水〉，《生活導報》第61期（1944年3月26日）。

年〉「肉食者鄙」;「爭奈儒冠誤我」,指讀書坑害了自己,出自杜甫
〈奉贈韋左丞丈二十二韻〉「紈袴不餓死,儒冠多誤身」;……其用典
之密,令人咋舌。由王了一這段「妙言智語」,可以看出,「反諷」要
能打動人,就必須進行一番修辭策略上的包裝,即王了一所說的「兜
圈子」,「運用迂迴戰略,彎彎曲曲地向著某一個目標進攻」[109],自然
這樣創作出來的隨筆文本,其隱諷比直言更有藝術效果。

　　依照布魯克斯對「反諷」的詮釋,「語境對於一個陳述語的明顯
的歪曲,我們稱之為反諷。」[110]在筆者看來,隨筆中的「反諷」現
象,也存在著「陳述語」承擔著「語境」的壓力,它的意義受到「語
境」的修飾。這是構成隨筆文本張力的主要因素。在周作人看來,這
種明顯受到「語境」壓力的「反諷」修辭,是一種「彆扭的寫法」,
他曾談〈碰傷〉創作情況:「我這篇文章寫的有點彆扭,或者就是晦
澀,因此有些讀者就不大很能懂,並且對於我勸阻向北洋政府請願的
意思表示反對,發生了些誤會。但是那種彆扭的寫法,卻是我所喜歡
的,後來還有時使用著,可是這同做詩一樣,需要某種的刺激,使得
平凡的意思發起酵來,這種機會不是平常容易得到的,因此也就不能
多寫了。」[111]周作人用這種「反諷」修辭手法,即「彆扭的寫法」創
作的隨筆作品,較為出色除了這篇〈碰傷〉外,還有〈前門遇馬隊
記〉、〈吃烈士〉、〈死法〉等等。以〈吃烈士〉為例,周作人說:「在
《澤瀉集》裡有一篇名叫〈吃烈士〉的文章,便是諷刺這事的,不能
正說,只好像是開玩笑似的,可見這事的重大了,——我遇見同樣事
情的時候,往往有說玩笑話的一法,過去的寫〈碰傷〉和〈前門遇馬
隊記〉,便都是這一類的例子。」[112]下面,我們來窺探一下周作人

---

109 王了一:〈迴避和兜圈子〉,《自由論壇》星期增刊(1944年12月17日)。

110 布魯克斯:〈反諷——一種結構原則〉,趙毅衡編選:《「新批評」文集》(北京市:
　　中國社會科學出版社,1988年),頁335。

111 周作人:《知堂回想錄》(蘭州市:敦煌文藝出版社,1998年),頁273。

112 周作人:《知堂回想錄》(蘭州市:敦煌文藝出版社,1998年),頁301-302。

「反諷」手法的嫻熟運用：

> 民國以來久矣沒有什麼烈士，到了這回五卅——終於應了北京
> 市民的杞天之慮，因為陽曆五月中有兩個四月，正是庚子預言
> 中的「二四加一五」的時候，才有幾位烈士出現於上海，這些
> 烈士的遺骸當然是都埋葬了，有親眼見過出喪的人可以為憑，
> 但又有人很有理由地懷疑，以為這恐怕全已被人偷吃了。據說
> 這吃的有兩種方法，一曰大嚼，一曰小吃。大嚼是整個的吞，
> 其功效則加官進祿，牛羊繁殖，田地開拓；有此洪福者聞不過
> 一二武士，所吞約占十分七八，下餘一兩個的烈士供大眾知味
> 者之分嘗。那些小吃者多不過肘臂，少則一指一甲之微，其利
> 益亦不厚，僅能多賣幾頂五卅紗秋，幾雙五卅弓鞋，或在牆上
> 多標幾次字號，博得蠅頭之名利而已。嗚呼，烈士殉國，於委
> 蛻更有何留戀，苟有利於國人，當不惜舉以遺之耳。然則國人
> 此舉既得烈士之心，又能廢物利用，殊無可以非議之處，而且
> 順應潮流，改良吃法，尤為可喜，西人嘗稱中國人為精於吃食
> 的國民，至有道理。[113]

周作人想諷刺當時社會一些人借紀念「烈士」之名，幹自己的一
己私利的勾當。但囿於當時的環境，正話不能直說，所以只好「開玩
笑似」地談開，這就出現了「語境對於一個陳述語的明顯的歪曲」的
做法。因而，浮在文章的表層是敘述者的聲音，而文字的背後才是
「作者的聲音」，二者構成了富有張力的複雜文本，使隨筆這一文類
顯示出朝氣蓬勃的創作能力。

反諷修辭還具有「形而上」的美學蘊涵，反諷者認為，整個人類
即是人類存在狀況所固有的那種反諷的受嘲弄者。反諷的這一美學內

113　子榮（周作人）：〈吃烈士〉，《語絲》第38期（1925年8月3日）。

涵也反映在現代中國隨筆中。現代隨筆作家對世界、人類進行「總體反諷」既有從超然的觀察者的角度，也有直接置身於受嘲弄者行列之中，因而他們筆下出現的反諷情境具有「形而上」的美學意味。法國批評家喬治・帕朗特（Georges Palante）指出：「反諷的形而上原則……存在於我們天性所含的矛盾裡，也存在於宇宙或上帝所含的矛盾裡。反諷態度暗示，在事物裡存在著一種基本矛盾，也就是說，從我們的理性的角度來看，存在著一種基本的、難以避免的荒謬。」[114]這裡面包括人自身內部、人與人、人與社會、人與自然都存在著難以克服的缺陷和矛盾，並由此產生的自我反省和批評意識。周氏兄弟把對中國的專制制度、國民劣根性的批判納入他們隨筆創作視野，尤其是他們對人的奴性意識的痛下針砭，達到前所未有的深度和高度，顯示了反諷的鋒芒和威力；豐子愷對孩童「黃金時代」的陶醉和讚美，但又無可挽留地看著它的消失和破滅，對成人世間相的鞭撻和厭惡，但卻只能徒增對它的恐懼和服從，從而把自己直接置身於反諷的窘境之中；梁實秋筆下的「女人」、「男人」、「中年」、「握手」、「臉譜」、「謙讓」、「下棋」、「汽車」等等，在對人性的批評指摘中，構致文本的反諷情境。如〈謙讓〉：

> 一群客人擠在客廳裡，誰也不肯先坐，誰也不肯坐首座，好像「常常登上座，漸漸入祠堂」的道理是人人所不能忘的。於是你推我讓，人聲鼎沸。輩分小的，官職低的，垂著手遠遠立在屋角，聽候調遣。自以為有占首座或次座資格的人，無不攘臂而前，拉拉扯扯，不肯放過他們表現謙讓的美德的機會。有的說：「我們敘齒，你年長！」有的說：「我常來，你是稀客！」有的說：「今天非你上座不可！」事實固然是為讓座，但是當

---

114 喬治・帕朗特：〈反諷：心理學研究〉，載於《法國和國外心理學評論》1906年第2期，頁153。

時的聲浪和唾沫星子卻都表示像在爭座。主人腆著一張笑臉，
偶然插一兩句嘴，作鷺鷥笑。這場紛擾，要直到大家的興致均
已低落，該說的話差不多都已說完，然後急轉直下，突然平
息，本就該上座的人便去就了上座，並無苦惱之相，而往往是
顯著躊躇滿志顧盼自雄的樣子。[115]

梁實秋從所謂的「謙讓」場面中，窺探到名為「讓座」，其實大
家是在「爭座」，揭開表面現象的蓋子，露出事情的本相，這就構成
了「你推我讓」、「人聲鼎沸」的反諷情境。梁實秋由此得出一條道
理：「可以無需讓的時候，則無妨謙讓一番，於人無利，於己無損；
在該讓的時候，則不謙讓，以免損己；在應該不讓的時候，則必定謙
讓，於己有利，於人無損。」梁氏這番話，直攖人心，發人深思。梁
實秋開始撰寫這組《雅舍小品》隨筆，已近不惑之年，因而他較能從
超然的心態，用反諷的筆法，賞玩塵世況味。〈下棋〉有一處描述欣
賞對手「苦悶的象徵」：

君子無所爭，下棋卻是要爭的。當你給對方一個嚴重威脅的時
候，對方的頭上青筋暴露，黃豆般的汗珠一顆顆地在額上陳列
出來，或哭喪著臉作慘笑，或咕嘟著嘴作吃屎狀，或抓耳撓
腮，或大叫一聲，或長吁短歎，或自怨自艾口中念念有詞，或
一串串地噎嗝打個不休，或紅頭漲臉如關公，種種現象，不一
而足，這時節你「行有餘力」便可以點起一支煙，或啜一碗
茶，靜靜地欣賞對方的苦悶的象徵。我想獵人因逐一隻野兔的
時候，其愉快大概略相彷彿。[116]

---

115 梁實秋：〈謙讓〉，《梁實秋散文》（北京市：中國廣播電視出版社，1989年），第1
　　集，頁54-55。

116 梁實秋：〈下棋〉，《梁實秋散文》（北京市：中國廣播電視出版社，1989年），第1
　　集，頁87。

　　這是反諷者在反諷情境面前所產生的典型感覺，這種感覺可以用三個詞語來加以概括，即：居高臨下之感、超脫感和愉悅感。

　　鍾鳴是一位撰寫「寓言格物型」的隨筆作者，他的反諷是通過意味深遠的寓言傳遞出來的。他稱之所以寫了許多陌生化的動物，這是因為「一來，是這些動物隨著人類狩獵季節的消失而消失了，二來，它們又沒完全絕跡，在許多書籍裡，它們成了神話。是過去時態，也是現在時態和將來時態」。正是秉持這個創作觀念，他嗜好在古代典籍史料裡尋覓一些神話中動物的蛛絲馬跡，然後發揮自己奇特的想像力，進行審美再創造。於是，「我杜撰的鳥兒，豹子，夜叉，銅馬，角怪，植物羊，皮臉怪，侏儒，像灰塵似的，潛伏到了鬧轟轟的城市。現在或許正在某處唱卡拉 OK，開轎車，燙火鍋，調情，內訌，感冒呢……誰如果喉管發癢，沒準就是得罪了它們中的誰，甚至可能是法布爾。法布爾是動物學界的寓言家，一切動物有關的，也與他有關」[117]。這種真真假假、虛虛實實的寓言故事，潛伏著卻是作者的反諷意識和理性批判。〈政治動物〉，帕斯卡爾《思想錄》裡有兩句有趣的話，「人們可以專心一意地追求一個球或者一隻兔子；這甚至也是國王的樂趣」，另一句是「馬克斯比烏斯：論律王所殺的無辜者」。作者把這兩句話聯繫起來，發揮自己的奇特想像力，得出這麼一個觀點：「發現身居高位的人，往往也是面臨危險最大的人。而要消除危險，除非變成國王所欲追逐的兔子。」這就是「政治動物」。於是乎，聰明人就悟到，要在國王身旁活下去，就要把自己變成一隻動物不可，反諷的情境也就跟著出現在文本的敘述中：

　　　　嵇康之所以沒有能夠拯救自己，在於對變成動物還只存有幻
　　　　想。究竟是變成不食死鼠和腐臭的鵷雛，還是繼續作人，他沒
　　　　有拿定主意，最後，他和動物只建立了一種比喻關係，但這不

---

117 鍾鳴：〈窄門〉，《徒步者隨錄》（廣州市：東方出版中心，1997年），頁100-101。

足以拯救他自己，他活著時，有個叫孫登的人就預見了這點，
斷言他保身之道不足。

阮籍基本上是遂自己心願死的。原因在於他能夠長嘯，聲如風
聲。顯然，他的軀體還沒有全部動物化，但至少他的局部器官
已經屬於沒有多少威脅性的鳥類。

東方朔更勝一籌。他靠隨機應變而壽終正寢。他不僅是「指揮
天上空中獨語」的神鳥，還是騎蒼虎而行的世俗鴉雀。……東
方朔最後臨死時才承認自己是一隻蒼蠅。他希望不引人注意。
他不僅善解獸語，而自己也使用動物的語言。這是一種迫使聽
者不斷思索的語言，永遠沒有結果。[118]

　　生活在專制的帝王旁邊，人不可避免地要發生異化，不僅國王不
把你當成「人」對待，而且自己也不能把自己當作「人」看待，只有
這樣才能保全性命於世間。不用說，鍾鳴的反諷言語裡充滿著憤世嫉
俗的悲慨。〈率然〉，原指「兩頭蛇」，其特點是所有的動作都以對稱
的方式和齊頭並進的方式進行，並由此衍化為一種持矛盾態度的動
物，成了一個國家行為方式的榜樣，因而，這個國家的口號和行動的
方針是「雙管齊下」和「用兩個腦袋思考」。這樣，所謂「首鼠兩
端」、「瞻前顧後」和「左右逢源」，便成這個國家的國民性格的形象
注腳[119]。〈蟲獸〉，寫人們對老虎日漸生疏，在許多方面表現出對老虎
的輕視。人們稱老虎大蟲。許多典籍還以揶揄的口吻，把老虎描寫喜
歡小吃，好醉而沒有作為的蟲子。人們在「畫虎時，一般多以平原曠
野、茅葦棘枝襯底，很少畫林木。這都是因為人們相信有種標鼠生活
在樹林的緣故，標鼠拔自己身上的毛就能殺死老虎。於是，老虎怕進
森林成了文本上的事實。根據這種文本事實，人們還杜撰了更加虛弱

---

118 鍾鳴：〈政治動物〉，《畜界，人界》（北京市：東方出版社，1995年），頁11-13。
119 鍾鳴：〈率然〉，《畜界，人界》（北京市：東方出版社，1995年），頁23-25。

的紙老虎。這種老虎。用一根蔥玉似的指頭就能夠捅破。一旦到了這種地步，老虎也只好作蟲了」。以威武雄壯和搏擊凶狠著稱的老虎，居然在文明社會裡被人們戲稱為「大蟲」，成為飯後談資的佐料，不僅把牠畫成怕森林，而且杜撰出「紙老虎」來。[120]這真是莫大的反諷！當人們自以為是地賣弄其小聰明時，焉知自己不也是處在被嘲諷者的地位？！

　　布魯克斯在解釋為什麼反諷會在現代詩中大量運用時，指出：「共同承認的象徵系統粉碎了；對於普遍性，大家都有懷疑。」[121]這是基於一種統一價值體系崩潰的時代狀況而言的。對於現代中國隨筆中大量出現的反諷現象也是如此。反諷，是把字面意義可能意味著什麼？這個問題公諸於眾。隨筆作家說某一句話，激活的不是一個意思，而是隨之而來的一連串顛覆性解釋的無限系列。因而，正如美國解構主義理論家保羅‧德曼認為反諷帶來是「對理解的有系統的破壞」[122]。從這個意義上說，中國知識分子是把反諷視為否定的精靈。當然，隨筆作家的這種否定，借用魯迅的話來說既不是「寇盜式的破壞」，也不是「奴才式的破壞」，而是「革新的破壞者」，因為「他內心有理想的光」[123]。王小波把反諷說得很平實：「照我看來，任何一個文明都該容許反諷的存在，這是一種解毒劑，可以防止人把事情幹到沒滋沒味的程度。」[124]正是秉持這一個反諷理念，現代隨筆作家為我們展現了一個充滿自由創造的言說空間和精神領域。

---

120 鍾鳴：〈蟲獸〉，《畜界，人界》（北京市：東方出版社，1995年），頁93-95。

121 布魯克斯：〈反諷——一種結構原則〉，趙毅衡編選：《「新批評」文集》（北京市：中國社會科學出版社，1988年），頁345-346。

122 保羅‧德曼語，見《現代小說研究》（季刊），1987年秋季號，頁566。

123 魯迅：〈再論雷峰塔的倒掉〉，《魯迅全集》（北京市：人民文學出版社，1981年），卷1，頁193-194。

124 王小波：〈文明與反諷〉，《王小波作品集》（銀川市：寧夏人民出版社，2000年），頁486。

第六節　詼諧
——現代隨筆修辭表現形態之五

　　詼諧，成為隨筆修辭的表現形態之一，這是由隨筆作家的思維特性和隨筆文體特點決定的。前文說過，隨筆作家悖論式思維特點是抓住事物的矛盾，而「詼諧」的出現，正是隨筆作家看出事物的矛盾而帶來的產物。梁遇春說：「詼諧是由於看出事情的矛盾」，「因為詼諧是從對於事情取種懷疑態度，然後看出矛盾來，所以懷疑主義者多半是用詼諧的風格來行文，因為他承認矛盾是宇宙的根本原理。Voltaire, Montaigne 和當代的法朗士，羅素的書裡都有無限滑稽的情緒」。[125]再者，就文體來說，作家創作隨筆作品明顯有別於學者撰寫論著或學術論文。艾布拉姆斯認為 "Essay" 的論證「採用非專業性、靈活多樣的方式、它往往通過事實，鮮明的例證和幽默風趣的說理來加強其感染力」[126]。「幽默風趣的說理」，就是強調隨筆創作中的「詼諧」藝術，即喜歡運用軼事趣聞或幽默的手法來表現。蒙田曾將自己的隨筆創作稱為「詼諧、私語」式[127]，這是對自己「雜談式」文體的恰當的稱法。

　　在古代，「詼諧」既來自一些文人的遊戲創作，但也來自大量的民間文化。現代隨筆作家多方攝取，形成自己獨特的詼諧觀。魯迅在考察中國古代小說史，就注意到了古代的笑林、滑稽，他認為後漢邯鄲淳撰寫的《笑林》實為「後來誹諧文字之權輿也」，後來仍不繼作，如《啟顏錄》，魯迅稱該書「事多浮淺，又好以鄙言調謔人，誹諧太過，時復流於輕薄矣」，評價不甚高。但「其後則唐有何自然《笑林》，今亦佚，宋有呂居仁《軒渠錄》，沈徵《諧史》，周文玘

125　梁遇春：〈醉中夢話（二）〉，《奔流》第1卷第10期（1929年4月20日）。

126　艾布拉姆斯撰，朱金鵬等譯：《歐美文學術語詞典》（北京市：北京大學出版社，1990年），頁100-101。

127　轉引自P. 博克撰，孫乃修譯：《蒙田》（北京市：工人出版社，1985年），頁120。

《開顏集》，天和子《善謔集》，元明又十餘種；大抵或取子史舊文，或拾同時瑣事，殊不見有新意。惟託名東坡之《艾子雜說》稍卓特，顧往往嘲諷世情，譏刺時病，又異於《笑林》之無所為而作矣[128]。魯迅視這些「戲謔」之文，內心存有一種衡量標準，那就是要「有所為而作」。錢鍾書在《管錐編》中，對「滑稽」進行了深廣奇辟的闡發。如《史記》〈樗里子甘茂列傳〉中「樗里子滑稽多智，秦人號『智囊』」，《索隱》曰：「鄒誕解云：『滑，亂也，稽，同也。……謂能亂同異也』」，引《孟、荀列傳》及屈原〈卜居〉為證，又曰：「自史公錄《滑稽傳》，遂轉為俳諧義」。這是對「滑稽」本義的一種解讀，那麼有它的合理性嗎？錢氏認為雖然「鄒誕望文生義，未必有當於『滑稽』之名稱，然而中肯入扣，殊能有見於滑稽之事理」，「『俳諧』出以『亂同異』，即『滑稽』也。『滑稽』訓『多智』，復訓『俳諧』，雖『義』之『轉』乎，亦理之通耳」。錢氏稱這種別具一格的闡釋方式，如「康德嘗言，解頤趣語能撮合茫無聯繫之觀念，使千里來相會，得成配偶」。[129]錢氏還在該書中收集了古代俳優之人運用滑稽的言語向國王諫議的故事，說明借「滑稽」寓「諫諍」的「優無郵」的現象。對這種俳優現象和由此出現的「諧隱」之文，中古時代的著名文論家劉勰就指出：「夫心險如山，口壅若川，怨怒之情不一，戲謔之言無方。昔華元棄甲，城者發睅目之謳；臧紇喪師，國人造侏儒之歌，並嗤戲形貌，內怨為俳也。」這就強調俳諧是「內怨」的發洩形式。因此，劉勰以為「古之嘲隱，振危釋憊」，「會義適時，頗益諷誡」。[130]劉勰這一觀點，與魯迅以為滑稽之文要「有所為而作」，錢鍾

---

128 魯迅：〈中國小說史略〉，《魯迅全集》（北京市：人民文學出版社，1981年），卷9，頁64-66。

129 錢鍾書：《管錐編》（北京市：中華書局，1979年），頁316-317。

130 劉勰：〈諧隱第十五〉，《文心雕龍》，黃叔琳注、紀昀評：《文心雕龍輯注》（北京市：中華書局，1957年），卷3，頁145-146、149。

書考察滑稽是「亂同異」，有「怨怒」的內涵是相一致的。

　　晚明時代，文人輯錄、創作笑話小品十分興盛。如耿定向《權子》、李贄《山中一夕話》、徐渭《諧史》、江盈科《談言》、《雪濤小說》、《雪濤諧史》、鐘惺《諧叢》、趙南星《笑贊》、馮夢龍《笑府》、《廣笑府》、《古今譚概》等等。這些「笑話」、「笑林」正反映出晚明時代世俗化、市民化的審美情趣，對後代文人的創作是很有影響的。周作人一生輯錄、校訂的古籍卻只有笑話，一是《苦茶庵笑話選》；一是《明清笑話四種》。在這些笑話小品中，他比較欣賞趙南星的《笑贊》，為此還寫〈讀〈笑贊〉〉、〈笑贊〉等文章作過專門的介紹。周作人以為若是把笑話只看作諧謔之資，不知其有諷刺之意，那是道地的道學家看法，壓根兒就沒法同他說得通。所以，他指出「笑話的作用固然在於使人笑，但一笑之後還該有什麼餘留，那麼這對於風俗人情之理解或反省大約就是吧」（〈笑贊〉）。周作人也很喜好一些帶有詼諧氣味的文人，王思任，這是一位晚明著名的小品文家，周作人以為王思任獨有的特點是「謔」罷，以詼諧手法寫文章，達到謔庵的境界，的確是大成就，周作人把這一手法稱之為「降龍伏虎」的手段（〈文飯小品〉）；張岱，晚明小品的集大成者，周作人在〈再談俳文〉中說張岱的目的是「寫正經文章但是結果很有點俳諧；你當他作俳諧文去看，然而內容還是正經的，而且又夾著悲哀」。俞理初，一位清代文人，他創作的筆記小品《癸巳存稿》，很得周作人的喜歡，周作人以為此公見識明達，甚可佩服，特別是尊重人權和對待兩性問題，常有「超越前人的公論」，此書的另一重要特色是「議論公平而文章乃多滑稽趣味」，這也是非常難得的事。同時，周作人的詼諧觀也得益於國外文化的多方滋養。他非常欣賞歐洲文藝復興時代的文人，因為他們有「一種非禮法主義顯現於藝術之中」，在這方面可以義大利的薄加丘和法國的拉伯雷為代表（〈「淨觀」〉）。周作人的詼諧觀還突出得益於日本的一些帶有詼諧氣質的文人和日本的民間文化。

他玩味廢姓外骨所著《猥褻與科學》，以為「猥褻趣味」，即是對於「禮教的反抗態度」（〈「淨觀」〉）；戶外秋骨，也是周作人欽佩的幾個日本現代隨筆作家中的一個，周作人稱秋骨的文章裡「獨有在非常時的凶手所沒有的那微笑，一部分自然無妨說是出於英文學的幽默，一部分又似日本文學裡的俳味」（〈凡人崇拜〉）。周作人對日本的俳句、諷刺詩川柳、滑稽本、民間喜劇狂言、民間口演的雜劇落語等十分喜愛，有的撰文介紹，有的親自翻譯。一九二六年，他出版譯作《狂言十番》，一九五五年，他又在該書的基礎上增加了一些新譯作，並易名為《日本狂言選》再次出版。一九四九年後，周作人還翻譯了如式亭三馬的滑稽本《浮世風呂》（譯本名《浮世澡堂》）和《浮世床》（譯本名《浮世理髮館》），前者曾在一九五八年出版，後者一直拖到一九八九年與再版的《浮世澡堂》合訂一冊出版。二〇〇一年，中國對外翻譯出版公司又把周作人的有關譯作重新出版，《枕草子》、《狂言選》、《浮世澡堂》、《浮世理髮館》也名列其中。周作人稱翻譯狂言的緣故只是因為它有「趣味」、「好玩」[131]。狂言是日本平民文學之一種，用了當時的口語，描寫社會的乖繆與愚鈍，但其滑稽趣味很是純樸而且淡白，所以周作人稱之為沒有「俗惡的回味」。其實，周作人不僅僅欣賞這種民間小喜劇的「趣味」，而且他還看重對現存社會制度和權威的反抗和解構的作用。狂言的好處在於能把威嚴凶猛的雷公寫得滑稽可笑[132]；狂言裡的一些社會角色，在現實生活中是人世間的虎狼，但在狂言裡卻顯得有點像「豬狗」了，變得怯懦膽小、荒唐可笑。因此，周作人宣稱：「我們說笑話，常有看不起的意思，其實是不對的，這是老百姓對於現實社會的諷刺，對於權威的一種反抗。日本儒教的封建學者很慨歎後世的『下克上』的現象，這在狂言裡是表

---

131 周作人：〈《狂言十番》序〉，《狂言十番》（北京市：北新書局，1926年）。
132 周作人：〈《雷公》附記〉，《狂言十番》（北京市：北新書局，1926年）。

現得很明顯的。」[133]他也很喜歡由俳句變體而來的川柳，這是只用十七字音做成的諷刺詩。周作人以為好的川柳，「其妙處全在確實地抓住情景的要點，毫不客氣而又很有含蓄的投擲出去，使讀者感到一種小的針刺，又正如吃到一點芥末，辣得眼淚出來，卻剎時過去了，並不像青椒那樣的黏纏」[134]。由此可見，周作人的整個性情嗜好都浸潤於日本的文化之中，這對他的隨筆詼諧觀的形成起著不可低估的作用。

　　詼諧，成就現代中國隨筆的修辭形態，首先表現對「趣味」的賞玩和追求。其實在具有現代意義的隨筆出現之前，鴛鴦蝴蝶派創作的隨筆就標榜追求「趣味」的傾向，喜歡品味世俗生活，注重反映人生的安穩和諧的一面。他們認為「不世之勳，一遊戲之事也。萬國來朝，一遊戲之場也，號霸稱王，一遊戲之局也。楚漢相爭，三分割據，及今思之，如同遊戲……」。在他們眼裡，人生如戲，一切莫不是在遊戲中發生、發展和終結。當然，他們並不就此走向「形而上」，走向「虛無」，相反他們卻更加貼近世俗，賞玩塵世，走一條「形而下」的路子。他們也想「借遊戲之詞，滑稽之說，以針砭乎世俗，規針奸邪也」[135]，這是他們以自己獨特的方式來與黑暗現實進行抗爭。鴛鴦蝴蝶派作家以《禮拜六》、《遊戲雜誌》、《遊戲新報》、《快活》、《消閒月刊》等為陣地，發表大量以一般市民為閱讀對象的隨筆作品，推動了當時的市民階層中消遣遊戲情趣的普泛化。應該說，中國隨筆從古典向現代轉型，鴛鴦蝴蝶派的隨筆作品起到一個過渡的橋樑作用。

　　新文學運動的先驅者，一開始既有對封建正統文學開刀，同時也

---

133 周作人：〈《日本狂言選》引言〉，《日本狂言選》（北京市：人民文學出版社，1955年）。

134 周作人：〈日本的諷刺詩〉，《談龍集》（上海市：上海書店影印，1987年），頁201-202。

135 愛樓：〈《遊戲雜誌》序〉，《遊戲雜誌》第1期（1913年）。

向鴛鴦蝴蝶派開火，宣稱把文學當作消遣的時代已經過去了。然而，胡適、陳獨秀激烈的反傳統主張，很快就在內部遭到質疑和修訂。胡適當時提倡的新詩「有什麼話，說什麼話；話怎麼說，就怎麼說」，同時也影響了「五四」初期隨筆創作的藝術追求。周作人先是在〈《揚鞭集》序〉中抱怨道：「中國的文學革命是否古典主義（不是擬古主義）的影響，一切作品都像是一個玻璃球，晶瑩透澈得太厲害了，沒有一點兒朦朧，因此也似乎缺少了一種餘香與回味。」[136]他在〈《陶庵夢憶》序〉就開始用「趣味」作為文學批評術語，評介張岱的隨筆作品[137]。為了不使隨筆寫得像「玻璃球」「晶瑩透澈」，和「中學生」似的「細膩流麗」，一九二八年，他在〈《燕知草》跋〉中，正式提出以「趣味」為核心的隨筆創作觀：「有人稱他為『絮語』過的那種散文上，我想必須有澀味與簡單味，這才耐讀，所以他的文詞還得變化一點。以口語為基本，再加上歐化語，古文，方言等分子，雜揉調和，適宜地或吝嗇地安排起來，有知識與趣味的兩重的統制，才可以造出有雅致的俗語文來。」[138]所謂「有雅致的俗語文」，關鍵在於能夠體現出「餘香與回味」，這就要求文中的「趣味」是藝術要素與藝術語言成分的多重組合和辯證統一，就如文中說的既有「澀味」，又有「簡單味」；語言既以口語為主，但又融匯了歐化語、古文、方言等分子，這種雜揉調和的結果，自然就「耐讀」。一九三五年，他試圖進一步闡發「趣味」的美學內涵：「我很看重趣味，以為這是美也是善，而沒趣味乃是一件大壞事。這所謂趣味裡包含著好些東西，如雅，拙，樸，澀，重厚，清朗，通達，中庸，有別擇等，反是者都是沒趣味。」[139]周作人想把自己認為有意味的東西都當作屬於

---

136 周作人：〈《揚鞭集》序〉，《談龍集》（上海市：上海書店影印，1987年），頁68-69。
137 豈明（周作人）：〈《陶庵夢憶》序〉，《語絲》第105期（1926年11月5日）。
138 周作人：〈《燕知草》跋〉，《永日集》（石家莊市：河北教育出版社，2002年），頁79。
139 知堂（周作人）：〈笠翁與隨園〉，《大公報》（文藝）第4期（1935年9月6日）。

「趣味」範疇，而納入其中，這就有將「趣味」普泛化的討嫌。不過，由於他的藝術造詣和在隨筆界的地位，他的趣味觀對現代隨筆的發展有著不可忽略的影響，這是研究者所應注意的事情。

　　魯迅一向注意隨筆創作中「趣味」問題。他很欣賞「外國的平易地講述學術文藝的書，往往夾雜些閒話或笑談，使文章增添活氣，讀者感到格外的興趣，不易疲倦」[140]。後來，他更直接地談到「趣味」這個問題，「說到『趣味』，那是現在確已算一種罪名了。但無論人類底也罷，階級也罷，我還希望總有一日弛禁，講文藝不必定要『沒趣味』」[141]。以〈說鬍鬚〉[142]為例，魯迅告訴讀者他把自己的鬍鬚修剪平齊，成一個隸書的「一」字。那麼，他為什麼要這樣剪呢？讀者也不免感到好奇，他一面剪，一面卻忽而記起剛去過的長安，忽而記起他的青年時代，發出了「連綿不斷的感慨」來。他記起遊長安孔廟時，看到一張宋代皇帝的畫像，鬍子是向上翹起的，引來一位名士的議論：「這都是日本人假造的，你看這鬍子就是日本式的鬍子。」可是，「我們所見北魏至唐的佛教造像中的信士像，凡有鬍子的也多翹上，直到元明的畫像，則鬍子大抵受了地心的吸力作用，向下面拖下去了。日本人何其不憚煩，孳孳汲汲地造了這許多從漢到唐的假古董，來埋在中國的齊魯燕晉秦隴巴蜀的深山邃谷廢墟荒地裡？」這一問，就把這一問題的荒謬性暴露無遺。魯迅說：「我以為拖下的鬍子倒是蒙古式，是蒙古人帶來的，然而我們的聰明的名士卻當作國粹了。」又由此，魯迅聯想起他青年時代從日本回來，坐在船上和船夫聊天，就留著向上的鬍子，而被誤認為是日本人，你說自己是中國

140　魯迅：〈忽然想到〉，《魯迅全集》（北京市：人民文學出版社，1981年），卷3，頁15。

141　魯迅：〈《奔流》編校後記〉，《魯迅全集》（北京市：人民文學出版社，1981年），卷7，頁168。

142　魯迅：〈說鬍鬚〉，《魯迅全集》（北京市：人民文學出版社，1981年），卷1，頁174-178。

人，人家還以為你是在開玩笑。更有甚者，有一位國粹家竟發出這樣的宏論「你怎麼學日本人的樣子，身體既矮小，鬍子又這樣……」，連身材矮小都成為有罪。終於有一天，他恍然大悟，鬍鬚的不幸的禍根全在兩邊的尖端，於是他取出鏡子，剪刀，即刻剪成一平，使它「既不上翹，也難拖下，如一個隸書的一字」。有人問：「啊，你的鬍子這樣了？」「唔唔，我的鬍子這樣了。」於是他人沒話，這是因為鬍子「失了立論的根據」了。全文都是以自己的「鬍鬚」的不幸經歷為線索，談得既讓人發笑，又讓人辛酸。文章的背後，潛藏著作者對國民的狹隘、偏執、無知、自大等劣根性的批判。〈春末閒談〉[143]中，魯迅描述細腰蜂銜青蟲的情形：「當夏無事，遣暑林陰，瞥見二蟲一拉一拒的時候，便如睹慈母教女，滿懷好意，而青蟲的宛轉抗拒，則活像一個不識好歹的毛鴉頭。」魯迅在這裡把二蟲的生死搏鬥，故意用「反語」手法，寫得很有諧趣。因為青蟲被拉去做女兒，這一天地間的「美談」還一直存留在許多人的腦海裡。〈談皇帝〉[144]，魯迅談到百姓自有「愚君政策」，皇帝太可怕了，如果他吃什麼，如沒給他辦到就會殺人，於是連鄉下的老僕婦都有「愚君」的辦法，比如給皇帝常年吃菠菜，因為一年四季都產，便宜貨。不過也不再稱菠菜，另外起一個名字，叫作「紅嘴綠鸚哥」。類似這樣的例子還很多，魯迅筆下的隨筆常常是充滿著「諧趣」美。古羅馬詩人賀拉斯說：「含笑談真理，又有何妨？！」魯迅的隨筆作品，確實讓人們在笑聲的王國裡，得到哲理的啟發和教益。

　　周作人宣稱：「我本來不是詩人，亦非文士，文字塗寫，全是遊戲，——或者更好說是玩耍」，「我於這玩之外，別無工作，玩就是我

143　魯迅：〈春末閒談〉，《魯迅全集》（北京市：人民文學出版社，1981年），卷1，頁203-207。

144　魯迅：〈談皇帝〉，《魯迅全集》（北京市：人民文學出版社，1981年），卷3，頁252-253。

的工作」。[145]這種「玩」的趣味融化在他的隨筆創作中。〈爆竹〉，周
作人於文中埋怨中國人不懂得「玩」的趣味：

> 不幸中國人只喜歡敬神（或是趕鬼）而並不喜歡爆竹。空中絲
> 絲的火花，點點的赤光，或是砰訇的聲音，是很可以享樂的，
> 然而在中國人卻是沒有東西，他是耳無聞目無見地只在那裡機
> 械地舉行祭神的儀式罷了。中國人的特性是麻木，燃放爆竹是
> 其特徵。只有小孩子還沒有麻木透頂，其行為稍有不同，他們
> 放花炮，──雖然不久也將跟大人學壞了，此時卻是真心地賞
> 鑑那「很美麗的東西」，足以當得藹理斯的推獎的話，這種遊
> 戲的分子應充分保存，使生活而且愉快，至於什麼接財神用的
> 「鳳尾鞭一萬頭」，──去你的罷！[146]

　　周作人主張在這個有缺陷、不完美的塵世間，人們的生活必須還
有一點「無用的遊戲與享樂」，生活才會活得有滋味。就如文中的小
孩子是在真心賞鑑那爆竹「很美麗的東西」，可憐的塵世間，還應容
有一份「遊戲的分子」的保存。本著這一觀念，周作人甚至發出生活
在「童話之國土」的住民是「幸福」的感慨：

> 我有兩個族叔，尤是這樣幸福的國土裡的住民。有一回冬夜，
> 他們沉醉回來，走過一乘吾鄉所很多的石橋，哥哥剛一抬腳，
> 棉鞋掉了，兄弟給他在地上亂摸，說道，「哥哥棉鞋有了。」
> 用腳一踹，卻又沒有，哥哥道，「兄弟，棉鞋汪的一聲又不見
> 了！」原來這乃是一隻黑小狗，被兄弟當作棉鞋捧了來了。我
> 們聽了或者要笑，但他們那時神聖的樂趣我輩外人那裡能知道

145　周作人：〈《陀螺》序〉，《語絲》第32期（1925年6月22日）。
146　豈明（周作人）：〈爆竹〉，《語絲》第68期（1926年3月1日）。

呢？的確，黑狗當棉鞋世界於我們真是太遠了，我們將棉鞋當棉鞋，自己說是清醒，其實卻是極大的不幸，何為可惜十二文錢，不買一提黃湯，灌得倒醉以入此樂土乎。[147]

在周作人看來，人們在人生旅途上長年累月地奔波，其「艱苦卓絕」固然令人可敬，但有時也不妨買一回醉，把「黑狗當棉鞋」，這才是過著一種有滋有味的人生。只有那自始至終把「棉鞋當棉鞋」的人，清醒意識到人生的艱辛卻又無力改變其命運，此乃「凡人之悲哀」。

豐子愷是一個很懂得風雅趣味的人，他說：「趣味，在我是生活上一種重要的養料，其重要幾近於麵包。別人都在為了獲得麵包而犧牲趣味，或者為了堆積法幣而抑制趣味。我現在幸而沒有走上這兩種行徑，還可省下半只麵包來換得一點趣味。」[148]那麼，豐子愷如何將「趣味」融入到他的隨筆創作中去？日本隨筆作家吉川幸次郎對豐子愷的評介說到點子上：「我所喜歡的，乃是他的像藝術家的真率，對於萬物的豐富的愛，和他的氣品，氣骨。」[149]豐子愷「趣味」的產生，靠的是「藝術家的真率」，因而「任何瑣屑輕微的事物，一到他的筆端，就有一種風韻，殊不可思議」[150]。在他的筆下，家中剛會頑皮的阿寶（華瞻）成了他讚美的「真人」，他佩服小孩的真率、自然與熱情。你看，阿寶拿出一雙新鞋子和從自己腳上脫下來的鞋子，把它們穿在凳子的四隻腳上，且得意地叫道「阿寶兩隻腳，凳子四隻腳」。像這樣「肺肝相示」的人，在成人的世間是難得看到的（〈給我

---

147 豈明（周作人）：〈麻醉禮贊〉，《益世報》（副刊），1929年12月5日。

148 豐子愷：〈家〉，《緣緣堂隨筆集》（杭州市：浙江文藝出版社，1983年），頁183。

149 轉引自谷崎潤一郎：〈讀《緣緣堂隨筆》〉，《緣緣堂隨筆集》（杭州市：浙江文藝出版社，1983年），頁279。

150 谷崎潤一郎：〈讀《緣緣堂隨筆》〉，《緣緣堂隨筆集》（杭州市：浙江文藝出版社，1983年），頁280。

的孩子們〉）。他贊楊柳的美麗，因為楊柳愈長得高，就愈垂得低，「千萬條陌頭細柳，條條不忘記根本」。這樹的特殊的姿態，與和平美麗的春光十分調和。貪婪之相不合於春的精神，最能象徵春的神意的，只有垂楊了（〈楊柳〉）。有一次，他帶小孩到西湖山中遊玩，避雨於一家茶店。本來遊山下雨，是很掃興的事，然而作者卻從「山中阻雨的一種寂寥而深沉的趣味牽引了我的感興，反覺得比晴天遊山趣味更好」。他借來胡琴拉起來，兩個女孩和著歌唱，引得三家村裡的人都跑來看，一時把這苦雨荒山鬧得十分溫暖。作者以為這是他「有生以來，沒有嚐過今日般的音樂的趣味」（〈山中避雨〉）。在抗戰的逃難生涯中，有一次作者正苦於一家老小受困遇險，卻因遇上此地汽車加油站的站長，崇拜他的字畫，靠一幅墨畫之緣，解決問題，他稱這次逃難是「藝術的逃難」、「宗教的逃難」（〈「藝術的逃難」〉。豐子愷並不是要刻意迴避現實，他也有寫下〈吃瓜子〉、〈車廂社會〉、〈還我緣緣堂〉、〈口中剿匪記〉等一系列反映現實、抨擊現實的作品。但他始終保持藝術家的心態和一顆孩子般的童心，來進行隨筆創作。

　　豐子愷是一位居士，也是一位日本文學的翻譯家，他隨筆中「趣味」觀，還深受日本古典文學中的「風雅」和佛教無常觀的「幽玄」美學觀念的影響，如〈漸〉，作者對「漸」的揭示，指出這是造物主設下的詭計，當你總覺得「我仍是我，我沒有變，還是留連著的我的生，可憐受盡『漸』的欺騙」，於是幾個所謂「大人格」、「大人生」，他們能不為「漸」所迷，不為造物所欺，而收縮無限的時間並空間於方寸的心中。故佛家能納須彌於芥子。這就把佛教無常觀的「幽玄」揭示於讀者面前。〈憶兒時〉、〈秋〉這兩篇文章，作者寫出自己對瑣屑細微的事物或自然季候的細膩觀察，並由此生發出意味深遠的感受。比如養蠶、吃蟹、釣魚，是與他幸福的兒童時光聯繫在一起的，變成一種「興盡的寂寥」、一種「風雅」的事；秋，這一自然的季候與作者的心境之所以特別的調和，這在於作者年齡已逾「三十」，能

夠品出秋的韻味：「仗了秋的慈光的鑑照，死的靈氣鍾育，才知道生的甘苦悲歡，是天地間反覆過億萬次的老調，又何足珍惜？我但求此生的平安的度送與脫出而已。」

　　詼諧，還是隨筆作家反抗權威、抨擊專制、解構現實的一種修辭策略。周氏兄弟在日本留學時，曾師從章太炎先生一段時間。魯迅晚年回憶說太炎先生與他人鬥爭「所向披靡，令人神旺」，「他是有學問的革命家，所以直到現在，先生的音容笑貌，還在目前，而所講的《說文解字》，卻一句也不記得了」[151]。周作人也講過類似的話：「我的末了的一個先生，即是章太炎先生。他的自以為專長的政治，我不能贊一辭；他的學問，我也一點都不傳授到。但我總覺得受了不少影響，革命前後的文字上的復古或者也是一種，大部分卻是在喜歡講放肆的話，——便是一點所謂章瘋子的瘋氣。我所記得的太炎先生，總是那個樣子：在《民報社》的一室裡披髮赤膊，上坐講書，學理與詼諧雜出，沒有一點規矩和架子。……我只學到太炎先生的喜歡講玩話，喜歡挖苦人的一點脾氣。」[152]周氏兄弟對太炎先生的「音容笑貌」記憶猶新，歷歷在目。這關鍵是太炎先生的「詼諧」態度，那種愛說「玩話」，喜「挖苦人」的脾氣，對他們兄弟倆的性格、文風均產生了深刻的影響。周作人說：「我希望在我的趣味之文裡也還有叛徒活著。」[153]這說明他的隨筆創作不是純粹為了「趣味而趣味」，而是以詼諧的態度，反語佐之，從而達到自己的創作意圖。所以他說：「我所寫的東西，無論怎麼努力想專談或多談風月，可是結果是大部分還都有道德的意義。」[154]他欣賞的是謔庵（王思任）那種「降龍伏

151　魯迅：〈關於太炎先生二三事〉，《魯迅全集》（北京市：人民文學出版社，1981年），
　　卷6，頁546。

152　荊生（周作人）：〈我的負債〉，《晨報副刊》，1924年1月26日。

153　豈明（周作人）：〈《澤瀉集》序〉，《語絲》第145期（1927年8月20日）。

154　周作人：〈《苦茶庵打油詩》的序和跋〉，《雜誌》第14卷第1期（1944年10月）。

虎」的詼諧手法和拉伯雷「笑著，鬧著，披著猥褻的衣，出入於禮法之陣，終於沒有損傷，實在是他的本領」[155]。而事實上，周作人隨筆創作也達到了這一境界。我們前面分析過的〈前門遇馬隊記〉，諷刺了當時的軍警，卻又讓軍警抓不住把柄。就像拉伯雷出入於「禮法之陣」，而自己沒有任何的「損傷」，這說明周作人的諷刺「本領」已經修煉到爐火純青的地步了。〈碰傷〉、〈吃烈士〉都是這方面的範例。下面，我們來看他的另一篇傑作〈死法〉的片斷：

> 槍斃，這在現代文明裡總可以算是最理想的死法了。他實在同丈八蛇矛嚓喇一下子是一樣，不過更文明了，便是說更便利了，不必是張翼德也會使用，而且使用得那樣地廣和多！在身體上鑽一個窟窿，把裡面的機關攪壞一點，流出些蒲公英的白汁似的紅水，這件事就完了：你看多麼簡單。簡單就是安樂，這比什麼病都好得多了。[156]

這裡涉及「三一八」的學生慘案，這件慘案令周作人感到震驚和悲憤。但他不直接口誅筆伐，而是替之以詼諧的筆法，來表示他的反諷態度。什麼「文明」、「便利」、「蒲公英的白汁似的紅水」、「簡單」、「安樂」，這些字眼全是好的褒義詞，但文字的背後卻潛藏著周作人的冷嘲熱諷和憤激之意。周作人曾非常欽佩俞曲園《春在堂雜文》裡寫的一些文章，以為「微詞託諷，而文氣仍頗莊重，讀之卻不覺絕倒，此種文字大不易作，遊戲而有節制，與莊重而極自在，是好文章之特色，正如盾之兩面，缺一不可者也」[157]。「微詞託諷」、「遊戲」而帶有「莊重」，這是隨筆作家創作手法的微妙調和，成為

---

155 子榮（周作人）：〈淨觀〉，《語絲》第15期（1925年2月23日）。

156 豈明（周作人）：〈死法〉，《語絲》第81期，1926年5月31日。

157 周作人：〈春在堂雜文〉，《藥味集》（石家莊市：河北教育出版社，2002年），頁57。

「盾」之兩面。這樣的高人境界，對於一般人來說，雖不能至，卻心嚮往之。

　　魯迅一向喜歡用別具一格的方法來進行創作隨筆，這其中包括運用詼諧的手法，來達到抨擊黑暗現實、反抗專制制度、撕下正人君子的虛偽臉孔等創作的目的。他尊重人們對「笑」的渴求，理解人們對「笑」的價值。他說：「叫人整年的悲憤，勞作的英雄們，一定是自己毫無不知道悲憤，勞作的人物。在實際上，悲憤者和勞作者，是時時需要休息和高興的。古埃及的奴隸們，有時也會冷然一笑。這是蔑視一切的笑。不懂得這笑的意義者，只有主子和自安於奴才生活，而勞作較少，並且失了悲憤的奴才。」[158]我們不難從魯迅的隨筆作品中領略著因解構不可一世的權威者而發出內心的智慧的笑聲：

　　　　秋高稻熟時節，吳越間所多的是螃蟹，煮到通紅之後，無論取
　　　　哪一隻，揭開背殼來，裡面就有黃，有膏；倘是雌的，就有石
　　　　榴子一般鮮紅的子。先將這些吃完，即一定露出一個圓錐形的
　　　　薄膜，再用小刀小心地沿著錐底切下，取出，翻轉，使裡面向
　　　　外，只要不破，便變成一個羅漢模樣的東西，有頭臉，身子，
　　　　是坐著的，我們那裡的小孩子都稱他「蟹和尚」，就是躲在裡
　　　　面避難的法海。[159]

　　這位法海多管閒事，以至於荼毒生靈，為了逃避玉皇大帝的法辦，逃來逃去，竟逃進蟹殼裡避禍，豈知他的命運更不好受，人們不僅要把他放到鍋裡煮個通紅，而且還要受到小孩用小刀的切割、翻轉、剝離等折騰，然後成為餐桌上的美食。當初，他把白蛇娘娘壓在

158　魯迅：〈過年〉，《魯迅全集》（北京市：人民文學出版社，1981年），卷5，頁440。
159　魯迅：〈論雷峰塔的倒掉〉，《魯迅全集》（北京市：人民文學出版社，1981年），卷1，頁172。

塔底下，卻沒想到塔終究有一天會倒的，而自己只能永遠獨自靜坐，除非螃蟹斷種的那一天到來。活該！長谷川如是閑說：「笑不是因超越矛盾而發的笑，乃是因為對於『矛盾』懷著某種意味的開心而發的笑。」[160]魯迅站在被壓迫者、被侮辱者的立場，採用詼諧有趣的修辭筆調，對專制主義化身法海的狼狽不堪的下場進行盡情的揶揄諷刺，讓我們感受到魯迅那蔑視一切的爽朗的笑聲。魯迅還以為：「在中國要尋求滑稽，不可看所謂滑稽文，倒要看所謂正經事，但必須想一想。」[161]尋求「滑稽」，從「正經事」入手，但必須「想一想」，這其實也是用詼諧手法解構權威的一種修辭策略。蒙田說：「凡表達不出的東西，我都用手指加以明示。」[162]魯迅在二十世紀三〇年代的隨筆創作，經常採用剪貼一段報刊內容再加以評述的方法，即從社會上發生的「正經事」中，尋求一種詼諧手法將「它」解構了。而這種方法經常是不動聲色的、甚至只是用手指略加示明，便達到目的。〈知難行難〉[163]，是從當時《申報》發布一則消息引發創作的：「南京專電：丁文江、胡適，來京謁蔣，此來係奉蔣召，對大局有所垂詢。……」魯迅由此聯想到九年前胡適受到廢帝宣統召見，過後胡適寫一篇〈宣統與胡適〉，交代他受到召見的經過，發在當時《努力週報》上，文中說到一句「他（指宣統——筆者按）稱我『先生』，我稱他『皇上』」。魯迅此次將它抄出，並作這樣的設問：

　　現在沒有人問他怎樣的稱呼。

160　長谷川如是閑撰，徐懋庸譯：〈「笑」之社會的性質與幽默藝術〉，《論語》第42期（1934年6月1日）。

161　魯迅：〈「滑稽」例解〉，《魯迅全集》（北京市：人民文學出版社，1981年），卷5，頁342。

162　蒙田：〈論虛妄〉，潘麗珍等譯：《蒙田全集》（南京市：譯林出版社，1996年），下卷，頁236。

163　魯迅：〈知難行難〉，《魯迅全集》（北京市：人民文學出版社，1981年），卷4，頁339。

為什麼呢？因為是知道的，這回是「我稱他主席……」！

這真是絕妙一筆，一箭雙雕，既諷刺了胡適過去尊奉「舊主子」的「奴才」意識，也揭開他現在想仰仗「新主子」的「幫閒」心態。從這裡可以看出，魯迅的愛憎相當分明，他的諷刺是有情的諷刺，絕不是什麼「冷嘲」。這正如他希望文人「他得像熱烈地主張著所是一樣，熱烈地攻擊著所非，像熱烈地擁抱著所愛一樣，更熱烈地擁抱著所憎——恰如赫爾庫斯（Hercules）的緊抱了巨人安太烏斯（Antaeus）一樣，因為要折斷他的肋骨」。[164] 這話也很合適地可以移來評價魯迅本人的個性和他運用的諷刺詼諧藝術。

談到「詼諧」，還會不可避免地觸及一個讓現代知識者爭論不休的話題——「幽默」。「幽默」，英文是 "humor"。據艾布拉姆斯詮釋，幽默衍生於「四種氣質」（four humors）的理論和把「氣質」用於形容伊麗莎白時代「性格喜劇」（Comedy of Humors）裡，某個滑稽、乖戾的角色。[165]「四種氣質」，最先是指歐洲古人認為人身上有四種主要的體液即血液、黏液、黃膽汁、黑膽汁。它們之間配置的變化，可以左右人的性格或氣質，如果有人被嘲笑的話，就會被認為身體中的四種體液調和失當導致的，因此 "humor" 一字，又含有 "oddity"（古怪），"caprice"（善變）的味道，進而演化為今天的滑稽、詼諧的意義。[166] 在現代中國，把 "humor" 一詞譯為「幽默」是林語堂。儘管對這個譯詞，當時學人有各種各樣的意見，但終因沒能找到更恰當的中文詞匯來表達，於是也就漸漸地接受這個譯詞。魯迅翻

164 魯迅：〈再論「文人相輕」〉，《魯迅全集》（北京市：人民文學出版社，1981年），卷6，頁336。

165 艾布拉姆斯撰，朱金鵬等譯：《歐美文學術語詞典》（北京市：北京大學出版社，1990年），頁386。

166 關於的四種體液的介紹，可詳見錢歌川：〈釋幽默〉，《錢歌川文集》（瀋陽市：遼寧大學出版社，1988年）卷3，頁98-101。

譯鶴見祐輔的〈說幽默〉時，曾在譯文附記中表示：「將 humor 這字，音譯為『幽默』，是語堂開首的。因為那兩字似乎含有意義，容易被誤解為『靜默』、『幽靜』等，所以我不大贊成，一向沒有沿用。但想了幾回，終於也想不出別的什麼適當的字來，便還是用現成的完事。」[167]在此之前，魯迅翻譯廚川白村《出了象牙之塔》中的 "Essay" 理論，曾在英文 "humor" 後面用括號加注「滑稽」一詞。顯然將 "humor" 翻譯成「滑稽」也是一種權宜的做法。

　　在現代中國，魯迅是比較傾向持中國無幽默論者。魯迅說：「中國沒有幽默作家，大抵是諷刺作家」，「中國究竟有無『幽默』作品？似乎沒有。多是一些拙劣鄙野之類的東西」。[168]「所謂中國的『幽默』是個難題，因『幽默』本非中國的東西。」[169]那麼，魯迅為什麼會持這種觀點呢？筆者以為這與他對幽默內涵的認識和理解密切相關。魯迅並沒有為幽默作過正面的闡釋，但從他翻譯廚川白村的 "Essay" 理論和鶴見祐輔的〈說幽默〉，以及當時他對幽默問題發表的片言隻語，還是大約可以了解魯迅對幽默的看法。廚川白村以為：「在日本人，第一就全不懂所謂這 humor 這東西的真價值。從古以來，日本的文學中雖然有戲言，有機鋒（wit），而類乎 humor 的卻很少。」[170]這與魯迅對中國有無幽默的看法有類似之處。不過，鶴見祐輔卻不同廚川白村的看法，他以為：「這也並非日本人生來就缺少幽默，從明治到大正的日本人，太忙於生活，沒有使日本人固有的幽默顯於表面的餘地了」，「在德川時代的末期那樣，平穩的時代，日本特

---

167 《魯迅全集》（北京市：人民文學出版社，1973年），卷13，頁585-586。

168 魯迅致增田涉信，1932年5月13日，《魯迅全集》（北京市：人民文學出版社，1981年），卷13，頁485。

169 魯迅致增田涉信，1932年10月2日，《魯迅全集》（北京市：人民文學出版社，1981年），卷13，頁499。

170 廚川白村：〈《出了象牙之塔》Essay與新聞雜誌〉，《魯迅全集》（北京市：人民文學出版社，1973年），卷13，頁169。

有的幽默曾經很發達，是周知的事實。」這是鶴見祐輔〈說幽默〉中
的觀點。魯迅擬譯時，曾對朋友說這篇文章「雖淺，卻頗清楚明
白」。[171]魯迅對幽默的看法和界定，與鶴見祐輔這篇文章有很大的聯
繫。不僅如此，後來二十世紀三〇年代曾被炒得沸沸揚揚的以林語堂
為代表的論語派幽默觀在許多方面的闡發還是沒能超出鶴見祐輔所談
的理論範疇。因此，從這個意義上來說，這篇「雖淺，卻頗清楚明
白」的文章還是值得推敲研究的。概括說來，這篇文章有這麼幾個重
要論點，值得人們注意：一、鶴見祐輔以為幽默是什麼？這個問題不
好回答。是滑稽呢？太下品；是發笑罷，流於輕薄；若說是諧謔，又
太板。所以，索性還用外國話。二、缺少幽默者，這是對於人生的一
方面——對於重要的一方面——全不懂得的證據。因為關係到人的性
格。三、懂得幽默，是由於深的修養而來的。悲哀的人，是大抵喜歡
幽默的。這是「寂寞的內心的安全瓣」。「淚和笑只隔一張紙」。恐怕
只有「嚐過了淚的深味的人，這才懂得人生的笑的心情」。四、幽默
是人們「理性底倒錯感」而生的。人生的悲哀可以笑代哭，也可以笑
代怒，以笑代妒。五、幽默與冷嘲只隔一張紙。幽默是如火如水，用
得適當，可以使人生豐饒，使世界幸福，但倘一過度，便要焚屋滅
身，妨害社會前進。六、幽默與冷嘲最大不同是否具有「純真的同
情」，深味著人生的尊貴，不失卻深的人類愛的心情，而笑著的，是
幽默。

　　依據鶴見祐輔的幽默理論，首先，魯迅以為中國歷史上的滑稽作
品，大抵是一些「博人一笑」、「鄙野之類的東西」。「幽默」既非國
產，中國人也不是長於「幽默」的人民。因此，他說「中國向來不大
有幽默」。「只是滑稽是有的，但這和幽默還隔著一大段」。[172]其次，

171　魯迅致韋素園信，1926年12月8日，《魯迅全集》（北京市：人民文學出版社，1981
　　年），卷11，第515。

172　魯迅：〈「滑稽」例解〉，《魯迅全集》（北京市：人民文學出版社，1981年），卷5，
　　頁342。

當時的中國社會「笑是失掉了的」[173]，實在是難以幽默的時候，這在客觀上失去了幽默產生的土壤根基。第三，魯迅反對林語堂將幽默普泛化的做法，「幽默和小品的開初，人們何嘗有貳話。然而轟的一聲，天下無不幽默和小品，幽默哪有這許多，於是幽默就是滑稽，滑稽就是說笑話，說笑話就是諷刺，諷刺就是漫罵。油腔滑調，幽默也；『天朗氣清』，小品也。」[174]魯迅批判金聖歎的原因也是一樣，他把統治者對他的砍頭稱為「殺頭，至痛也，而聖歎以無意得之，大奇」，這說明金聖歎並非反抗的叛徒，同時還將屠戶的凶殘讓大家化為一笑，收場大吉。[175]第四，魯迅質疑幽默，是對當時中國並沒有產生像鶴見祐輔所論幽默文章的出現的反思，而不是反對幽默本身。即便是「笑」，「人們誰高興做『文字獄』中的主角呢，但倘不死絕，肚子裡總還有半口悶氣，要借著笑的幌子，哈哈的吐他出來」，只不過，幽默一到中國落腳，總「免不了改變樣子」，「非傾於對社會的諷刺，即墮入傳統的『說笑話』和『討便宜』」[176]。

　　周作人對幽默本體的探討並不顯得很熱心，只是一些片言隻語，而且側重於關注西方幽默如何本土化的問題。魯迅曾說到日本將幽默翻譯成「有情的滑稽」[177]。周作人對日本的這種譯法表示首肯。在周作人看來，日本的「滑稽本」裡面就有很多「幽默趣味」，「在滑稽這點上日本小說自有造就，此外在詩文方面有『俳諧』與俳文的發展，

173　魯迅致增田涉信，1932年7月8日，《魯迅全集》（北京市：人民文學出版社，1981　　年），卷13，頁496。

174　魯迅：〈一思而行〉，《魯迅全集》（北京市：人民文學出版社，1981年），卷5，頁　　473。

175　魯迅：〈「論語一年」〉，《魯迅全集》（北京市：人民文學出版社，1981年），卷4，頁　　567。

176　魯迅：〈從諷刺到幽默〉，《魯迅全集》（北京市：人民文學出版社，1981年），卷　　5，頁42-43。

177　魯迅：〈「滑稽」例解〉，《魯迅全集》（北京市：人民文學出版社，1981年），卷5，　　頁342。

也是同一趨勢，可以值得注意的」[178]。他還對川柳詩讚不絕口，稱它「上者體察物理人情，直寫出來，令人看了破顏一笑，有時或者感到淡淡的哀愁，此所謂有情滑稽，最是高品」[179]。那麼，在中國，幽默如何本土化呢？周作人以為：「自新文學發生以來，有人提倡『幽默』，世間遂誤解以為這也是上海氣之流亞，其實是不然的。幽默在現代文章上只是一種分子，……我想，這大概就從藝術的趣味與道德的節制出來的，因為幽默是不肯說得過度，也是 Sophrosune──我想譯為『中庸』的表現。」[180]周作人用中國式的「中庸」來表述，確實讓人稱奇。不過，「藝術趣味」、「道德節制」確實是中國式的「中庸」的表現形態。由此可見，周作人所認可的幽默，其核心是「趣味」，即便是諷刺，那麼也只能是「微詞託諷」，文氣仍要「莊重」。其實這種幽默已經中國化了，是他所常說的「詼諧」了。當然，他對於幽默產生的社會背景還是有相當敏銳的觀察，因為所謂的「幽默」，除了一種修辭策略和文人的脾性外，這裡面也暗含著文人不能把話直落落地說出來，這「微詞託諷」的後面卻有「一個暗黑的背景」。因而，他以為「中國現時似乎盛行『幽默』，這不是什麼吉兆。帝俄時代一個文人說，諷刺是奴隸的言語，這話很有意思」[181]。這話表明周作人看透世情、入木三分，催人警醒。

　　錢鍾書是一個反對將幽默普泛化的隨筆作家。他對幽默的闡釋不多，只有一篇〈說笑〉[182]，但相當透闢、精警，影響也很大。他尖刻地說：「自從幽默文學提倡以來，賣笑變成了文人的職業。」而且，「一大部分人的笑，也只等於馬鳴蕭蕭，充當得什麼幽默」，「一般人

---

178 知堂（周作人）：〈談日本文化書〉，《宇宙風》第26期（1936年10月1日）。

179 周作人：《知堂回想錄》（蘭州市：敦煌文藝出版社，1998年），頁473。

180 周作人：〈上海氣〉，《談龍集》（上海市：上海書店影印，1987年），頁159。

181 周作人：〈《苦茶庵笑話選》序〉，《苦茶庵笑話選》（上海市：北新書局，1933年）。

182 錢鍾書：《寫在人生邊上》（福州市：福建人民出版社，1983年），頁16-19。

並非因有幽默而笑，是會笑而借笑來掩飾他們的沒有幽默」。他還幽
默地借用西洋的成語稱笑聲清揚者為「銀笑」，而那些假幽默像攙了
鉛的偽幣，發出重濁呆木的聲音，只能算是「鉛笑」。只要瀏覽一下
當時大量的小品刊物，我們不能不佩服錢氏的觀點是有的放矢，有很
強的針對性。錢鍾書認為幽默至多是一種脾氣，絕不能標為主張，更
不能作為一種職業。他說：「一個真有幽默的人別有會心，欣然獨
笑，冷然微笑，替沉悶的人生透一口氣」，「真正的幽默是能反躬自笑
的，它不但以於人生是幽默的看法，它對於幽默本身也是幽默的看
法」。這些觀點，有助於我們加深對幽默本質的認識，促進幽默在隨
筆創作中更健康的發展。

　　那麼，怎麼樣看待林語堂及其論語派同人所提倡的幽默呢？他們
的幽默理論與具體的隨筆實踐又是如何呢？筆者以為，我們應該拂去
雙方論爭的歷史塵埃，以科學理性的態度來分析林語堂他們倡導的幽
默理論所呈現出來的價值和弊病。林語堂說他「第一個招呼大家注意
幽默的重要的人」（〈八十自敘〉）。其實在他之前，國學大師王國維在
一九〇六年撰寫的〈屈子文學之精神〉就曾將屈原的思想和精神概括
為「歐穆亞（humour）之人生觀」。準確地說，王國維是引進
"humor"第一人，只不過當時沒有引起大家對它的注意而已。一九二
四年《語絲》創刊前夕，林語堂就開始提倡幽默，他發表了〈徵譯散
文並提倡「幽默」〉[183]和〈幽默雜話〉。[184]他說：「應當提倡在高談學
理的書中或是大手筆的社論中不妨夾些不關緊要的玩意兒的話，以免
生活太乾燥無聊。這句話懂得的人（識者）一讀就懂，不懂的人打一
百下也還是不知其所言為何物。」（〈徵譯散文並提倡「幽默」〉）後
來，他又怕人家聽不懂似的，還是對幽默作了一個詮釋：「幽默二字
原為純粹譯音，行文間一時所想到，並非有十分計較考量然後選定，

183　林語堂：〈徵譯散文並提倡「幽默」〉，《晨報副刊》，1924年5月23日。

184　林語堂：〈幽默雜話〉，《晨報副刊》，1924年6月9日。

或者藏何奧義。Humour 既不能譯為『笑話』，又不盡同『詼諧』『滑稽』『詼諧風格』。……凡善於幽默的人，其諧趣必愈幽隱，而善於鑑賞幽默的人，其欣賞尤在於內心靜默的理會，大有不可與前人道之滋味，與粗鄙顯露的笑話不同。幽默愈幽愈默愈妙。」（〈幽默雜話〉）客觀地說，林語堂在國人大多數不知幽默是何物時，適時引進，並力圖促成中西這一理論的銜接和溝通，這種貢獻是獨特的、有價值的。

　　而林語堂及其同仁提倡的幽默理論現實依據如何？魯迅說過現在的中國難以幽默的時候，但他也說過：「只要並不是靠這來解決國政，布置戰爭，在朋友之間，說幾句幽默，彼此莞爾而笑，我看是無關大體的。就是革命專家，有時也要負手散步。」[185]魯迅反對的是將幽默普泛化的傾向，尤其在當時特定的歷史環境下。當時國家可以說內憂外患，交相逼來，戰亂頻仍，民不聊生。陳叔華說：「表面上看來，一個多難的國家，似乎沒有餘情來提倡幽默。但是任你如何緊張，一點的閒散是必要的，沒有它，就再緊張不下去，或者有爆裂之虞。」[186]只要不是將幽默普泛化，無限誇大幽默的社會功用，幽默的提倡和存在應該是可以理解的。相反，如果是到了這個社會只存在一種聲音，其他都緘默不語，那麼這個國家、這個民族的命運和前途就可堪憂了。周作人稱：「大家可以戲謔時還是天下太平，很值得慶賀也。」[187]魯迅也說：「人們到了失去餘裕心，或不自覺地滿抱了不留餘地心時，這民族的將來恐怕就可慮。」[188]因此，幽默，即便是作為抗戰主旋律外的一種聲音，在當時多元文化的空間裡，也應允許它占有一席之地。而問題的是林語堂他們倡導的幽默理論有無創意？其美學內涵如何？筆者經過對林語堂及其同仁的幽默理論的考察，覺得有

185　魯迅：〈一思而行〉，《魯迅全集》（北京市：人民文學出版社，1981年），卷5，頁473。

186　陳叔華：〈幽默辯〉，《論語》第79期（1936年1月1日）。

187　周作人：〈關於《誌庵悔誌》〉，《談風》第6期（1937年1月10日）。

188　魯迅：〈忽然想到〉，《魯迅全集》（北京市：人民文學出版社，1981年），卷3，頁16。

如下幾個重要觀點：

　　一、幽默論者有其獨特的觀察力，善於發現事物的矛盾現象。林語堂認為人一旦聰明起來，對人的智慧本身發生疑慮，處處發見人類的愚笨，矛盾偏執，自大，幽默也就跟著出現了。這也就是說幽默論者善於看到生活的破綻，顯現事物的反面，然後以詼諧之語出之。披藍特羅（Pirandello）：「對於一切矛盾的現象，幽默是精細的像指尖那麼薄的敏感性；它是一個兩面的耶納斯（Janus），一個面孔笑，一個面孔流眼淚。」[189]幽默論者的這種能力，使他在對付世事有巧智的策略。周谷城把這種幽默的出現稱之為「預期之逆應」，即創作者對於賞鑑者所「預期」的東西，予以反面的答覆之意。[190]徐訏卻用一種詩化的言語稱：「幽默是在碰壁的時候轉出一條路，是在沉悶空氣中開一扇窗，是熱極時候一陣風，窘極時候一個笑容。」[191]因此，按照林語堂的說法，幽默論者擁有「另具隻眼」視世察物的能力，閃現著智慧的光芒，是人類智能的最高形式。

　　二、幽默是一種人生觀，一種對人生的批評。林語堂說：「蓋幽默之為物，在實質不在皮毛，在見解不在文字，必先對社會人生有相當見解，見解而達於『看穿』時，幽默便自然而來。」[192]當然要達到對世事「看穿」談何容易，但林語堂的話傳遞出這麼一個信息，即幽默並不是在會說玩笑的話，而相當重視思想的深刻性。於是，有的論者提出幽默可以帶有解構權威和專制制度的社會效果。錢仁康就指出：「在專制時代，臣子諫官君王都用幽默法；蓋適當的幽默手段，可以攻破帝王的威嚴，使脅迫的空氣化為烏有，而帝王自身也遂感染得幽

---

189 Ramon Gomezdela Serna撰，汪倜然譯：〈論幽默〉，《論語》第32期（1934年1月1日）。

190 周谷城：〈論幽默〉，《論語》第25期（1933年9月16日）。

191 徐訏：〈幽默論〉，《論語》第44期（1934年7月1日）。

192 林語堂：〈再與陶亢德書〉，《論語》第38期（1934年4月1日）。

默的同情的態度。」[193]因而，這幽默論者有時要裝瘋假呆，作語隱譎，把平時許多隱藏在心裡、諱莫如深的思想，用幽默的態度說出來。

　　三、幽默是同情的、溫厚的，謔而不虐。陳叔華說：「幽默是基於同情的，哪怕外表是憎，但內骨子還是愛。」[194]王鵬皋認為：「幽默不單是使人能生一種悠然蕭然之感，有時竟能使人在『會心的微笑』中不知不覺的掉下辛酸的淚來。」[195]不過，林語堂比起其他人來在辨析幽默所蘊含的成分方面，顯得更有層次，也更為精細得多。他以為西方的所謂「射他耳」Satire（諷刺），其味辣，「愛偷尼」Irony（俏皮），其味酸，「幽默」Humor（詼諧），其味甘。[196]在這三者的區別鑒定中，他把幽默定在性溫這一格，與中文的「詼諧」一詞最為靠近。基於這種理解，林語堂以為諷刺去其酸辣，達到沖淡心境，便成幽默；俏皮到了沖淡含蓄而同情境地，也能成為幽默。因而，他提出：「幽默只是一位冷靜超遠的旁觀者常於笑中帶淚，淚中帶笑。」在古代幾位哲人中，老子多苦笑，莊子多狂笑，他的所愛是溫而厲、恭而安的孔子，尤其失敗時幽默的孔子。[197]後來，林語堂進一步發揮成幽默是失敗論者的產物：「一個幽默家通常是個失敗主義者，喜歡訴說自己的挫折與窘迫，中國人則常常是清楚冷靜的失敗主義者，幽默常常對罪惡採取寬容的態度，不是去譴責罪惡，而是看著罪惡發笑。」[198]

　　四、幽默的語言在於說近情的話，莊諧雜出，風趣有味。林語堂一再強調幽默並非不講正經話，乃不肯講陳腐話而已，因此他提出幽

---

193 錢仁康：〈論幽默的效果〉（上），《論語》第45期（1934年7月16日）。

194 陳叔華：〈幽默辯〉，《論語》第79期（1936年1月1日）。

195 王鵬皋：〈談幽默〉，《論語》第77期（1935年12月1日）。

196 林語堂：〈文章五味〉，《林語堂散文經典全編》（北京市：九洲圖書出版社，1998年），頁214。

197 林語堂：〈論幽默〉，《論語》第33、35期（1934年1月16日和2月16日）。

198 林語堂撰，郝志東、沈益洪譯：《中國人》（上海市：學林出版社，1994年），頁78。

默「寓莊於諧，打破莊諧之界線」[199]。他以為：「所最貴在幽默風格，於正經中雜以詼諧，閒散自然，涉筆成趣。」[200]這是他推崇幽默文章的理想境界，也是他裁定幽默語言的標尺和準則。錢仁康也傾向這一看法，他以為幽默是產生「趣味的源泉」，能給人帶來「雋永而有深致的風味」。[201]二十世紀三〇年代的林語堂，正是竭力倡導幽默理論的時候，他編輯的《論語》，關於所謂幽默的稿件來了不少。但他後來承認這些隨筆質量不高的居多。他說：「收到及發表稿件，酸辣多而清甜少，亦可見幽默之不易。然五味之用，貴在調和，最佳文章，亦應莊諧並出。一味幽默者，其文反覺無味。」[202]

綜觀林語堂及其論語派的幽默理論，我們大致可以發現其探索的內容，還是超不出一九二〇年代魯迅翻譯的鶴見祐輔〈論幽默〉一文的觀點。鶴見祐輔關於幽默與「人的性格」的關聯，林語堂也有大量文字論述幽默與人的性格之聯繫；鶴見祐輔說幽默論者要有「深的修養」，悲哀的人是大抵喜歡幽默的，是「寂寞的內心的安全瓣」，「淚和笑只隔一張紙」，「只有嘗過了淚的深味的人，這才懂得人生的笑的心情」，並以為幽默是從「理性的倒錯感」而產生的，所以出現了以笑代哭、以笑代怒、以笑代妒等現象，林語堂等人在這一觀點上，也不過是鶴見祐輔理論的翻版，提出幽默是「旁觀者常於笑中帶淚，淚中帶笑」，甚至認為常為失敗論者所擁有；鶴氏提出幽默的本性與冷嘲只隔一張紙，幽默常常容易變成冷嘲，所以認為幽默要有同情為基石，這一觀點，也為林語堂等所發揮……。總之，筆者以為林語堂等學者將前人的幽默理論移植為「中國版」，並做進一步細化和廓大的

---

199 林語堂：〈答平凡書〉，《披荊集》（上海市：上海時代圖書公司，1936年）。

200 林語堂：〈舒白香的山中日記〉，《論語》第47期（1934年8月16日）。

201 錢仁康：〈論幽默的效果〉（上），《論語》第45期（1934年7月16日）。

202 林語堂：〈文章五味〉，《林語堂散文經典全編》，（北京市：九洲圖書出版社，1998年），頁214。

工作，使之更為理論化和系統化，這是他們對現代中國幽默理論的獨特貢獻。

那麼，林語堂等人的幽默理論對現代中國隨筆創作影響如何呢？林語堂等人在一九三〇年代初相繼創辦了《論語》、《人間世》、《宇宙風》等刊物，不僅在理論上宣揚幽默理論，而且不遺餘力地倡導創作幽默小品。魯迅很形象地說「轟的一聲，天下無不幽默和小品」，錢鍾書則刻薄地說：「自從幽默文學提倡以來，賣笑變成了文人的職業。」那麼，實際創作情況怎樣呢？以林語堂為例，他在一九三〇年代帶頭將幽默理論貫徹到具體的創作實踐中去，並撰寫出一批帶有幽默的小品隨筆，如〈黏指民族〉、〈遺老〉、〈思滿大人〉、〈叩頭的柔軟體操價值〉、〈論裸體〉、〈我怎樣買牙刷〉等。但必須承認他創作的隨筆量與質不是很相稱。他的幽默理論聽起來是不錯的，但一落實到創作上，除了少數幾篇作品外，其他的文章說是幽默，其實並不很幽默，更難有讓人深遠的玩味。這種理論與具體實踐相脫鉤在論語派同仁中是一種普遍的創作現象。大家「轟的一聲」要天下幽默，但卻難得見到有上乘的隨筆作品。關於這個問題，魯迅的看法比較深刻，也是有代表性。他在答覆《論語》編者陶亢德寄來的刊物時，曾不客氣地說：「《論語》頃收到一本，是三十八期，即讀一過。倘蒙諒其直言，則我以為內容實非幽默，文多平平，甚者墮入油滑。」[203] 後來，他在給鄭振鐸的信中再次談到：「此地之小品文風潮，也真真可厭，一切期刊，都小品化，既小品矣，而又嘮叨，又無思想，乏味之至。語堂學聖歎一流之文，似日見陷沒，然頗沾沾自喜，病亦難治也。」[204] 魯迅對林語堂等人的批評在於他們創作的隨筆小品「沒有思想，乏味

203　魯迅致陶亢德信，1934年4月1日，《魯迅全集》（北京市：人民文學出版社，1981年），卷12，頁369。

204　魯迅致鄭振鐸信，1934年6月21日，《魯迅全集》（北京市：人民文學出版社，1981年），卷12，頁466。

之至」，並非「幽默」，還有墮入「油滑」的危險。這是魯迅對當時所謂幽默小品風行天下的反感原因。他以為出版界這種期刊多而專書少、小品多而大作少的現狀是令人堪憂的。他把這種現象比喻上海人所喜歡吃的「零食」，這種「零食」雖然比不上肥魚大肉，但它可以「在消閒之中，得養生之益」，可是「零食」畢竟是「零食」，它代替不了「正餐」[205]。魯迅對於吃「零食」前途的憂慮，既體現他的深刻精警的批判意識，同時也是反映他懷一顆為國為民的憂患之心。

一九四九年以後，人們對詼諧幽默的認識基本停留在「五四」知識者的水準上，甚至在「十七」年裡還出現了認識上的偏差。一九五○年，黃裳發表〈雜文復興〉，提出要用「含著濃烈的熱情的譏諷」來「糾正過失、改善工作的現狀」[206]，黃裳的觀點不僅沒有得到應有的肯定，還曾引來了各方對他的批評。一九五六年下半年至一九五七年春，由於受到「雙百」方針的鼓舞，以及國內外形勢的影響，當時一些知識者認為「知識分子早春天氣」到來了，他們一片赤誠，奮筆疾書，出現了不少敢於諫言的隨筆作品。馬鐵丁說：「小品文的特點之一，既然是笑、是幽默和諷刺，那麼，它是更加適宜於批評和打擊反動的、落後的東西的。」[207]林淡秋在總結這一階段的隨筆創作情況時，談到「小品文」的有三個特點，其中第三點提出「應該有諷刺或幽默，應該有笑」。[208]但當時的這些隨筆主要是以直筆式的諷刺為主，藝術的「曲筆」或者說文學性不強，因而也就難以見到一些藝術性的傑作了。經過「反右」和「大躍進」後，中國知識者的心進一步往內緊縮，再也不敢直言不諱。一九六一年、一九六二年雖說是隨筆

---

205 魯迅：〈零食〉，《魯迅全集》（北京市：人民文學出版社，1981年），卷5，頁498-499。

206 黃裳：〈雜文復興〉，《文匯報》，1950年4月4日。

207 《馬鐵丁雜文選》（北京市：人民日報出版社，1984年），頁202。

208 林淡秋：〈批評性小品文試談〉，《業餘漫筆》（北京市：新文藝出版社，1958年）。

的再度「復興」，但那種批判性的隨筆卻已偃旗息鼓，難得一見了。比起第一次隨筆「復興」，其文學性有得到一定程度的增強，但伴隨而來卻是偽飾的詩意。這時候的隨筆大都是知識性、抒情性的作品。秦牧的隨筆，在當時征服了不少讀者。他說：「我寫作品，特別是寫散文，喜歡運用一點知識性的東西來說明問題，進行議論，抒發感情。把它作為增加文筆情趣的手段。」[209]這時期較有影響還有《燕山夜話》、《三家村札記》隨筆集。林默涵介紹《三家本札記》說：「三位作者用雜文的形式，介紹了一些古人讀書治學、作事做人、從政打仗等各方面的經驗得失；針砭了現實生活中一些不良傾向和作風，讚揚了社會主義社會的新人新事；還介紹了一些可供借鑑的各種知識；……這樣的書，雖然不是巨火熊焰，卻有著智慧的閃光，能幫助讀者開擴眼界，增長知識，提高識別事物的能力。」[210]由此可見，這時期的隨筆出現追求知識性特點，因而這類作品能給讀者擴大見聞、增進知識的益處，也能帶來了一點「趣味」美的陶冶。但由於批判精神的喪失，隨筆作家以詼諧幽默所展現的人格世界的魅力，沒有了，這種東西蕩然無存。即便是鄧拓，這位被譽為「新中國建立四十年來首屈一指的傑出的雜文家」[211]，他創作的大量知識性隨筆中，也只有少數若干篇是帶有「社會批評」和「文明批評」的性質的文章，即便這樣也只能出言謹小慎微、環顧左右而言它。我們在這裡沒有指責作者的意思，因為在當時特定的歷史環境下，這樣做也稱得上是「膽大妄為」了，自己後來也因文獲罪，成為那個時代的犧牲品。但我們也不能不正視這麼一個嚴峻的客觀現實：這是一個不能諷刺而少有幽默

---

209 秦牧：〈《秦牧知識小品選》序〉，《秦牧小品選》（鄭州市：黃河文藝出版社，1985年）。

210 林默涵：〈《三家村札記》序〉，吳南星著：《三家村札記》（北京市：人民文學出版社，1979年）。

211 曾彥修：〈《中國新文藝大系（1949-1966）・雜文集》導言〉，《中國新文藝大系（1949-1966）・雜文集》（北京市：中國文聯出版公司，1991年）。

的文壇。而讓人啼笑皆非的是有一個作者韓抗，寫了一篇名為〈笑的解放〉。文章的起因來自有一位男觀眾因看不慣戲曲《李雙雙》中李雙雙的笑，嫌她笑得太放肆了，嘴巴張開那麼寬，不美觀。作者由此引起思考，於是認為這位男同志思想觀念有問題，要「探根索源」地揪出「封建主義的、資本主義的尾巴」。要求這位男同志轉變審美趣味，領會李雙雙的笑是「有著深刻意義的笑的解放」。[212]但誰能料到，兩年之後，不僅人們的笑聲沒有放飛，相反降臨的卻是全民族的大劫難時代。

改革開放新時期以來，中國知識者重新呼喚「五四」人文精神的回歸，這其中包括人的審美方式的解放與重構。人們重新關注「五四」知識者所追求過的東西，如幽默，以及與幽默相關的趣味、悠閒等。在對幽默的重新詮釋中，我以為王蒙的意見是有代表性的：

> 幽默是一種酸、甜、苦、鹹、辣混合的味道。它的味道似乎沒有痛苦和狂歡強烈，但應該比痛苦和狂歡還耐嚼。
>
> 幽默中一種親切、輕鬆、平等感，裝腔作勢、藉以嚇人是幽默的對頭。幽默是一種成人的智慧，是一種穿透力，一兩句就把那畸型的、諱莫如深的東西端了出來，它包含著無可奈何，更包含著健康的希冀。
>
> 幽默也是一種執拗，一種偏偏要把窗戶紙捅破、放進陽光和空氣的快感。
>
> 幽默的靈魂是誠摯和莊嚴，我要說的是：請原諒我那幽默的大罪吧，也許您能夠看到幽默後面那顆從未冷卻的心。[213]

---

212 韓抗：〈笑的解放〉，《湖南文學》1964年第6期。

213 王蒙：〈風格散記〉，一葦、無言編：《當代名家隨筆精品》（西安市：西安出版社，1993年），頁55。

　　王蒙以作家特有的詩意語言描述自己對幽默的認識，但我們仔細分析一下，就會發現與鶴見祐輔、林語堂等論幽默理論相比較，王蒙的闡發實際上並沒有得出新的創意，還是在原來的位置上「翻筋斗」。但是他對幽默看法，可以喚起人們對「五四」以來賦予幽默的文化內涵的重新認同與領會。蔣子龍稱：「幽默同樣也能緩解現代人的心理壓力，緩解現代社會緊張的節奏和人際關係。……幽默就可以娛樂社會，干預生活，緩和敵意，修持靈魂，悟徹人事，調整人生態度，平衡自己的精神，抵抗人生風暴。」[214]這是把幽默當作當代社會、當代人的一種重要的精神現象和人生態度來看待。關於幽默這一社會功能，隨筆作家汪曾祺在解釋閒適幽默的隨筆為何能再度興盛時，持有同樣的看法，他以為：「這大概有很深刻、很複雜的社會原因和文學原因。生活的不安定是一個原因。喧囂擾攘的生活使大家的心情變得很浮躁、很疲勞，活得很累，他們需要休息，『民亦勞止，汔汔小休』，需要安慰，需要一點清涼，一點寧靜，或者像我以前說過的那樣，需要『滋潤』。」[215]「小品文可以使讀者得到一點帶有文化氣息的、健康的休息。小品文為人所愛讀，也許正因為悠閒。」[216]汪曾祺的隨筆創作明顯帶有追求「趣味」的審美傾向。孔子曰：「飽食終日，無所用心，難矣哉！不有博奕者乎？為之，猶賢乎已。」[217]汪曾祺借引孔子的言語，闡明自己的隨筆創作主張：「學無不暇，賢於博奕，是我寫小品文的態度。」[218]他晚年著文，帶有「自娛」性質，

214 蔣子龍：〈幽默運動〉，《淨火——蔣子龍隨筆》（北京市：知識出版社，1994年），頁130。

215 汪曾祺：〈《蒲橋集》再版後記〉，《蒲橋集》（北京市：作家出版社，1989年）。

216 汪曾祺：《汪曾祺小品》（北京市：中國人民大學出版社，1992年）。

217 孔子：〈陽貨〉《論語》，戴望注，郭曉東校疏：《戴氏注論語小疏》（上海市：華東師範大學出版社，2014年），頁266。

218 汪曾祺：〈《汪曾祺小品》自序〉，《汪曾祺小品》（北京市：中國人民大學出版社，1992年）。

用撫摩賞玩的心態，閒中著色，將自己的性格浸潤於其中，突顯自己
的筆墨情趣。

　　在改革開放的新時期，幽默重新引起人們的重視，更深層的因素
是隨筆作家在自覺地進行藝術思維時，因快樂而帶來的產物。金克木
就自稱是「雜家」，「什麼都想學，什麼也沒學好」[219]，但正是這種性
格，促成他愛思索、喜探究，總要把問題刨根問底，搞個明白。因
而，他的思維常出現劍走「偏鋒」，給讀者帶來意外的驚喜，也給自
己帶來快樂。如，〈說「邊」〉，他以為「現在的人喜歡講中心，不大
講邊，其實邊上大文章可作。沒有邊，何來中心？中心是從邊上量出
來的」。又比如，他談對當今快速變化的世界的困惑：「有一個時期我
非常驚異於自己居然感覺到，所謂東、西、中、外，以至古、今，雖
有很大差別，卻又是走同一條路，有同一個方向，而且還有驚人的相
似。我看到歐美正在吹噓的『解構』不但末能『消解』，而且是在思
想上從現代向古希臘複歸，從蘇格拉底後走向蘇格拉底前，從孔子走
向老子（『孔子問禮於老子』），從《詩》、《書》走向《易》。我不明白
這是前進還是後退，所以我想起張果老倒騎驢的故事。我是不是張果
老？」[220]金克木談自己的疑問，也就是向自己提問題，而有困惑、有
疑問，思想才能前進，知識才會增加，也才有思維的樂趣和出現幽默
的言語。隨筆作家鍾鳴將隨筆當作知識分子的文體和寫作風格，他宣
稱：「隨筆一開始就積極地向預言靠攏，它建立在對新舊事物的準確
觀察、已具相當規模的知識結構和道德的認識論之上。」[221]鍾鳴把隨
筆的這種寫作方式，稱之為具有高度的理性批判精神和純正優雅的趣

219 金克木：〈如是我聞〉，《蝸角古今談》（瀋陽市：遼寧教育出版社，1995年），頁164。
220 金克木：〈用藝術眼光看世界〉，《百年投影》（北京市：北京大學出版社，1997年），
　　頁168。
221 鍾鳴：〈《二十世紀大師隨筆精選》序言〉，轉引自佘樹森、陳旭光著：《中國當代
　　散文報告文學發展史》（北京市：北京大學出版社，1996年），頁306。

味。隨筆作家王小波主張知識分子要成為「思維的精英」，他說：「在社會倫理的領域裡我還想反對無趣，也就是說，要反對莊嚴肅穆的假正經。」因而，他強調人活在世上，無非想要明白些道理，遇見些有趣的事。[222]這些觀點表明了幽默還不僅僅是「失敗者」的一種「含淚的笑」，它更應該是現代知識者進行富有創造性勞動時，以一種智慧思維贏得笑聲的修辭藝術。

---

222 王小波：〈《我的精神家園》自序〉，《我的精神家園》（北京市：文化藝術出版社，1997年）。

第五章
現代中國隨筆與中外隨筆傳統

　　隨筆作為一種文類，古已有之。然而，中西古代隨筆的源頭應該從哪裡算起呢？這是一個比較棘手的難題，歷來學者眾說紛紜，莫衷一是。周作人在〈《冰雪小品選》序〉中提出自己的看法：

> 小品文，這在希臘文學盛時實在沒有發達，雖然那些哲人（Sophistai）似乎有這一點氣味，不過他們還是思想家，有如中國的諸子，只是勉強去仰攀一個淵源，直到基督紀元後希羅文學時代才可以說真是起頭了，正如中國要在晉文裡才能看出小品文的色彩來一樣。[1]

　　周作人把中外隨筆的淵源仰攀至先秦諸子之文和古希臘哲人撰述的一些文章，而把隨筆文類真正「起頭」斷在晉朝和基督紀元後希羅文學時代。如果從「文的自覺」角度來看，這個觀點是有一定的合理性和獨到的眼光。而當代學者柯靈晚年談及「隨筆」，乾脆來一個「模糊」處理，稱：「隨筆一體，天機活潑，文質渾成，古今中外，名作如林。中國的筆記、瑣談之類，歷朝歷代，綿延不絕。柏拉圖的哲學著作，用的是親切自由的對話體，達・芬奇有筆記流傳，蒙田、培根、歌德、尼采等等，都有隨筆集、談話錄行世。『五四』諸家，魯迅、周作人、梁遇春、豐子愷等人的散文雜文中，不少可以歸入隨筆一類」，因此「隨筆是文學叢林的一枝，參差橫斜，鬱鬱蒼蒼。尋

1　周作人：〈《冰雪小品選》序〉，《駱駝草》第21期（1930年9月29日）。

根溯本，縱貫漢魏六朝，橫涉東洋西海，曼衍變化，經歷『五四』這一場春風化雨，亭亭秀髮，經冬不凋」。[2]

　　中國文學向來以散文為正宗，現代隨筆的發達，正是這種「順勢」發展的結果；當然，外國隨筆對現代中國隨筆的影響也是明顯和突出的。不過，無論中外，現代隨筆接受影響既有「顯在」又有「潛在」，有的可以直接從文章的語詞、句式、語氣等，找到蛛絲馬跡；然而對作家的思維方式、審美趣尚、觀察視角等構成影響的「潛在」部分，這就需要研究者潛心披閱，排比論證，才能逼近問題的核心。

第一節　中國古代隨筆譜系與現代知識者

　　我們祖先創造的中國古代隨筆的輝煌成就，完全足以傲視發源於古希臘羅馬的西方古代隨筆，並且使現代中國隨筆作家能夠不斷地從本土資源中攝取所需的營養，從而有力地滋榮和壯大了現代中國隨筆。然而，迄今為止，人們對於中國古代隨筆尚未系統研究過，對於現代中國隨筆作家如何學習和借鑑本土隨筆資源也僅是知道一鱗半爪而已。

　　當代學者舒展作出呼籲：「中國隨筆長河是世界隨筆大河中的一個重要幹流。它的時代特徵，可以與同時的世界隨筆、本國隨筆進行國外國內的雙向橫比，也可以從史的視角進行垂直的縱比。但願有識之士早日寫出《中國隨筆史》。」[3]舒展這個呼籲是值得研究者重視。不過本課題是屬於現代隨筆研究範疇，筆者在這裡也僅是對中國古代隨筆的流變作個粗略的梳理和概括，並著眼於現代隨筆作家對傳統隨

2　柯靈：〈隨筆與閒話〉，韓小蕙主編：《新現象隨筆——當代名家最新隨筆精華》（北京市：中央編譯出版社，1994年），頁26。

3　舒展：〈關於隨筆的隨筆〉，韓小蕙主編：《新現象隨筆二輯——當代名家最新隨筆精華》（北京市：中央編譯出版社，1997年），頁128。

筆資源的傳承和借鑑上。因而這和舒展的願望差得太遠了，相信不久
將來有志之士能夠完成這一宏業。

一　中國古代隨筆譜系

　　我們重新梳理中國古代隨筆流變史時，首先需要說明的是，我們
現在所持的「隨筆」標準已經與古人所持的標準有異。宋代出現的
「隨筆」一詞，後來更多的是指涉筆記類的作品。而從「五四」後，
現代中國知識者建構的「隨筆」概念，既可以涵蓋晚明出現的「小品
文」範疇，也有指涉雜文概念。用外國文學研究專家葉廷芳的話來說
就是「隨筆小於散文（或者說它是散文裡的一種），而大於一般的小
品文，它可以包括某些雜文和政論」。[4]至於隨筆與筆記、小品文、雜
文的具體區別和聯繫，筆者已在〈導論〉中作過詳細的論述，這裡就
不再贅言。

　　中國古代隨筆的源頭應該從哪算起，這個問題在學界是有爭議
的。周作人將先秦諸子當作古代隨筆的最初淵源，而把晉文稱作正式
的開始。這個觀點在學界還是很有代表性的。魯迅在〈小品文的危
機〉就把小品文追溯到「晉朝的清言」[5]；錢鍾書在〈近代散文鈔〉
中也認為小品文「形式殆在魏晉之世」[6]。可見，魯迅、錢鍾書都把隨
筆小品的形成傾向在魏晉時期，這和周作人的觀點是近似的。但也有
的學者持不同的見解。清代王符曾編選的《古文小品咀華》，首先從
《戰國策》開始選編，選入《戰國策》之文計四十七篇之多，並認

4　葉廷芳：〈《外國名家隨筆金庫》序言〉，《外國名家隨筆金庫》（上）（天津市：百花
　　文藝出版社，1996年）。

5　魯迅：〈小品文的危機〉，《魯迅全集》（北京市：人民文學出版社，1981年），卷4，
　　頁575。

6　錢鍾書：〈近代散文鈔〉，《新月》第4卷第7期（1933年6月1日）。

為：「獨列《國策》者，以其為戰國遊說之書，本非正史也。」[7]把隨
筆（小品文）的肇端追溯到中國散文的源頭之中；現代學者錢穆在
〈中國文學中的散文小品〉中，對「小品文」下這樣的定義：「所謂
小品文者，乃指其非大篇文章，亦可說其不成文體，只是一段一節的
隨筆之類。」依據這個觀點，他提出：「中國最古的散文小品，應可
遠溯自《論語》。」[8]其實，這種將《論語》等諸子之文視為隨筆小品
的學者大有人在。朱光潛認為中國許多散文作品是屬於「隨感錄」一
類，而《論語》便是這類作品的典型，還有如老子、韓非語林、韓詩
外傳、晏子春秋等等[9]；馮雪峰稱：「在古代，先秦諸子的文字就都是
最好的、最本色和最本質的雜文。」[10] 當今的學界，有些學者也還是
持這一觀點。如羅根澤在《先秦散文選》中稱先秦諸子散文為「雜
文」；陳書良等撰著的《中國小品文史》也是把先秦文章作為小品文
的濫觴[11]。

　　春秋戰國時代，正是我國奴隸制向封建制過渡的歷史大變革階
段。當時王綱解紐、思想大解放，士人階層出現了私人講學，處士橫
議的興盛景象。因此，諸子著書立說，互相爭鳴，互為促進，使中國
散文得到劃時代的繁榮和發展。清人章學誠曾說過：「後世之文，其
體皆備於戰國。」[12]作為散文之一種的隨筆文類，其淵源肇始於春秋
戰國之時，應該是沒有什麼疑義。但綜合考察各家意見，筆者認為當

7　王符增：〈《古文小品咀華》贅言〉，《古文小品咀華》（北京市：書目文獻出版社，
　　1983年）。

8　錢穆：〈中國文學中的散文小品〉，《中國文學講演集》（成都市：巴蜀書社，1987
　　年），頁50。

9　朱光潛：〈隨感錄〉（上），《藝文雜談》（合肥市：安徽人民出版社，1981年），頁
　　147-148。

10　馮雪峰：〈談談雜文〉，《雪峰文集》（北京市：人民文學出版社，1983年），卷2，頁
　　225。

11　陳書良、鄭憲春：《中國小品文史》（長沙市：湖南出版社，1991年）。

12　章學誠：〈詩教上〉，《文史通義》（上海市：上海書店影印出版，1988年），頁19。

時諸子之文尚存在著文史不分的現象，多數撰述者尚未進入「文的自覺」，從這點來看，周作人等人的觀點也不無道理。因此，把隨筆文類形成的時間斷在魏晉，而其源頭遠溯至先秦諸子之文，這種觀點還是較為穩妥和可接受的。秦牧稱：「隨筆這種體裁，實際上我們從先秦諸子的論著中，已可以窺其端倪。例如《論語》中很多片段，不就是絕妙的隨筆嗎！但是一般認為它產生於魏晉，而盛行於宋代。這也是有它的道理的。」[13]

先秦諸子之文雖說是隨筆的淵源，但諸子之文確實對後世隨筆的創作構成巨大的影響。諸子之文所表現的特點是多方面的，但與後世隨筆聯繫較為密切的起碼有如下兩個基本特點：其一，自由創造、自由批判的精神。絕大多數的諸子能夠持一種開放、懷疑、批判、創造的心態，去應對世事和自由言說。即便是創立儒家學說的孔子，他也是有懷疑精神。魯迅對他並無好感，也頗有微詞，但對孔子生在巫鬼勢力如此旺盛的時代，偏不肯隨俗談鬼神，卻說「祭如在祭神如神在」，魯迅指出此語是孔子用修《春秋》的照例手段，「以兩個『如』字略寓『俏皮刻薄』之意，使人一時莫明其妙，看不出他肚皮裡的反對來」[14]。孟子敢當面對著國君說：「民為貴，社稷次之，君為輕。」而莊周和韓非更不用話說。在他們二人身上，多少帶有後世現代隨筆所頗為倚重的「社會批評」和「文明批評」的意味。其二，恣意創造、不拘一格的文本形式。從形式而言，有對話體、論辯體、語錄體、寓言體等等；以修辭手法來看，有比喻、誇張、幽默、詼諧、諷刺、甚至反語等等；從語調文風觀察，有溫文爾雅、含不盡之意，有汪洋恣肆、儀態萬方，有感情強烈、邏輯嚴密，有說理透闢，措辭犀

---

13 秦牧：〈《中國隨筆小品鑑賞辭典》序〉，杜文遠等主編：《中國隨筆小品鑑賞辭典》（太原市：山西人民出版社，1996年）。

14 魯迅：〈再論雷峰塔的倒掉〉，《魯迅全集》（北京市：人民文學出版社，1981年），卷1，頁192。

利，……所有的一切都為後世隨筆作家提供了豐富充足的養料。

　　魏晉六朝是屬於「亂世」時期。諸侯的割據、政權的更迭，社會的動盪，從而加劇社會各階層的分化和轉換。漢代以來形成的儒家正統地位受到動搖和懷疑，佛學的傳入和玄學清淡之風的興起，從而促使「人」的覺醒，並為知識者擁有一定的獨立人格和自由批判意識提供了現實基礎。宗白華說：「漢末魏晉六朝是中國政治上最混亂、社會最痛苦的時代，然而卻是精神史上極自由、極解放，最富於智慧、最濃於熱情的一個時代。」[15]思想的解放，也帶來了文體的革命。學界將這一時期稱為中國古代隨筆的形成期，其依據是什麼？它有什麼特色呢？

　　從思想內容看，這時期的隨筆充分體現「人」的意識的覺醒。曹操是一代梟雄，魯迅稱他為是「一個很有本事的人，至少是一個英雄」，他思想通脫，是「一個改造文章的祖師」，所以他做文章時就沒有什麼顧忌，想說什麼便說什麼。[16]建安七子中的孔融，是一位敢於放言無忌的人，又專喜與曹操抬槓、搗亂，他的文章愛「雜以嘲戲」。可以說，建安時代的文學寫得比較自由，也比較敢於抨擊時弊。劉勰說：「觀其時文，雅好慷慨，良由世積亂離，風衰俗怨，並志深而筆長，故梗概而多氣也。」[17]而到了魏晉之際，竹林七賢差不多都是反抗舊禮教的，其中尤以嵇康、阮籍最為出名。嵇康著有〈太師箴〉、〈蔔疑〉、〈家誡〉、〈與山巨源絕交書〉等，他敢於公然提出「非湯武而薄周禮」；阮籍著有〈大人先生傳〉、〈答伏羲書〉等，也是在談古說今中極盡譏諷之能事。魯迅稱：「阮籍作文章和詩都很好，他的詩

15　宗白華：〈論《世說新語》和晉人的美〉，《美學散步》（上海市：上海人民出版社，1981年），頁208。

16　魯迅：〈魏晉風度及文章與藥及酒之關係〉，《魯迅全集》（北京市：人民文學出版社，1981年），卷3，頁503。

17　劉勰：〈時序第四十五〉，《文心雕龍》，黃叔琳注、紀昀評：《文心雕龍輯注》（北京市：中華書局，1957年），卷9，頁381。

文雖然也慷慨激昂，但許多意思都是隱而不顯的。……嵇康的論文，比阮籍更好，思想新穎，往往與古時舊說反對。」[18]晉末，社會的談玄和佞佛之風更熾，魯迅說：「再至晉末，亂也看慣了，篡也看慣了，文章便更和平。代表平和的文章的人有陶潛。」[19]可是，陶潛也並不是對於世事都忘得一乾二淨的人，在他的詩文中也還有「金剛怒目」的另一面。

　　從文體形式考察，建安時期，曹操這位「改造文章的祖師」，極力倡導曹操所倡導的「清峻」、「通脫」，這便成為漢末魏初文章（包括隨筆）的總特色。「清峻」就是文章要「簡約嚴明」；「通脫」就是「隨便」之意。而這種自由創造的形式，是隨筆活的靈魂和文體的重要特性。關於這一點，在晉代的清言就已經有很好的表現。而在此之後的劉義慶《世說新語》和當時一些文人來往的書信中，隨筆的不拘形式，閒散自在之風就表現得更為突出。錢鍾書稱：「在魏晉六朝，駢體已成正統文字，卻又橫生出一種文體來，不駢不散，亦駢亦散，不文不白，亦文亦白，不為聲律對偶所拘，亦不有意求擺脫聲律對偶，一種最自在，最蕭閒的文體，即我所謂家常體，試看《世說新語》，試看魏晉六朝人的書信，像王右軍的《雜帖》。」[20]而錢鍾書提到的《世說新語》，本身就提供了不少晉人清言的資料。其文體往往是一則傳聞，或為一段對話，要言不煩，如繪畫中之寫意，雖略有情節而不求曲折，雖偶用描寫而不為工筆。因而該書後來被譽為小品文的淵藪。

　　魏晉六朝還出現一種俳諧隨筆文體。俳諧文，又稱誹諧文。劉勰在《文心雕龍》中稱：「噠戲形貌，內怨為俳」，「諧之言皆也，辭淺

---

18 魯迅：〈魏晉風度及文章與藥及酒之關係〉，《魯迅全集》（北京市：人民文學出版社，1981年），卷3，頁511。

19 魯迅：〈魏晉風度及文章與藥及酒之關係〉，《魯迅全集》（北京市：人民文學出版社，1981年），卷3，頁515。

20 錢鍾書：〈近代散文鈔〉，《新月》第4卷第7期（1933年6月1日）。

會俗，皆悅笑也」[21]，正式將其作為一種文體來論述。這種俳諧隨筆，其特點就是劉勰所言的將「怨怒之情」用「嗤戲形貌」的言語表達出來。而魏晉六朝的俳諧文既是脫胎於先秦民間諷刺性、戲謔性歌謠和俳倡的滑稽言辭，但另一方面更是對《莊子》寓言的俳諧手法、恣縱的想像和放縱不羈的文風的繼承和發展。魏應璩〈與廣川長岑文瑜書〉、晉陸雲〈牛責季友文〉、宋袁淑〈雞九錫文〉、北齊〈北山移文〉、梁陶弘景〈授陸敬游十賚文〉等都是當時有名的俳諧隨筆。袁淑創作的〈雞九錫文〉，歷來頗受人們的重視，其內容不僅僅諷刺當世封爵之濫，而且對漢魏晉宋的九錫禪讓也作了深刻諷刺。文中列舉雞之功德：「維君天姿英茂，乘機晨鳴，雖風雨這如晦，抗不已之奇聲。」其實，雞鳴乃其本性，報曉乃其職責，卻將此作為功德，加以封錫，這就極具諷刺意味。作者用寓言方式，可增強俳諧趣味，又可筆底藏鋒，以免獲罪，因為宋武帝就是受九錫而建國的。袁淑除此篇外，還有創作〈驢山公九錫文〉，是封驢為公；〈大蘭王九錫文〉，是封豬為王；〈常山王九命文〉，是封猴為王。這些作品在隨筆發展史上可謂奇特之文，也是優秀之作。宋朝葉夢得曰：「韓退之作〈毛穎傳〉，此本南朝俳諧文〈驢九錫〉、〈雞九錫〉之類而小變之耳」[22]。可見，魏晉六朝的俳諧隨筆對後來的隨筆發展還是很有影響的。

　　唐宋隨筆是中國古代隨筆承前啟後的重要階段。說到唐宋隨筆，自然就會聯想到古文運動的「唐宋八大家」，其中以韓愈、柳宗元的隨筆成就最高。韓愈、柳宗元作為封建社會中的士人，只不過是封建體制的衍生物，既沒有獨立的經濟地位，也無強有力的社會基礎。對他們來說，「遇知於天子，用力於當世」是人世間的最高理想。但中唐已出現帝國的衰勢，士人在通往仕途之道常常是歷盡艱辛，備受磨

21 劉勰：〈諧隱第十五〉，《文心雕龍》，黃叔琳注、紀昀評：《文心雕龍輯注》（北京市：中華書局，1957年），卷3，頁146。

22 葉夢得：《避暑錄話》（二冊）（北京市：中華書局，1985年），頁93。

難。韓愈、柳宗元便是這類士人的兩個典型事例。他們認為「士之行道者」必積極於仕進，然而這種直接參與時事功業的受挫，勢必使他們在強調「文以明道」的同時，染上不遇時世的色彩。因此，在他們身上所表現出來的價值是複雜的、多元的。

　　韓愈在中國古代隨筆史上有什麼突出貢獻呢？筆者以為有這麼三點：其一，他提出「不平則鳴」，這是對屈原「發憤以抒情」、司馬遷「窮愁著書」和「發憤為作」的繼承與發展。從韓愈一生來看，他的確一直積極謀官，據他說求官不是為了衣食，而是為了行道。他以道統自任，說自己這個道是「周公孔子之道」，撰寫像〈原道〉、〈原性〉等這種坐而論道的道德文章。但他三歲而孤，靠兄嫂撫養，中進士後二十多年間，兩次貶官，這種貶官經歷和同情下層士人的遭遇和他那一顆憂道為國之心的相撞擊，使他產生慷慨激昂、憂憤甚廣的性格的另一面，創作了〈諫佛表骨〉、〈雜說〉、〈送董邵南序〉等文。韓愈在這些文章的字裡行間，充斥著一股憤慨之氣。其二，韓愈的隨筆打破以「琢雕為工」的駢文的模式，努力用散行直句來作文。韓愈發起的唐代古文運動，雖是打著復古的旗號，但他的「復古」並不是簡單走回頭路而已，而是在繼承傳統的基礎上進行創新。他所謂的「復古」在文學形式上有兩個內容，一方面是文體的改革，用先秦、兩漢的標準散文取代駢體文，另一方面是文風改革，用文質相符的文風取代華而不實的文風。從而，韓愈追求創造出一種融化古人詞彙語法而又適合於反映現實表達思想的自由流暢、直言散行的語言形式[23]。這為隨筆能夠更好成為作家抒情表意的工具，開闢了廣闊的前途。其三，韓愈的傑出才華還在於將「古文」的復興改革擴大至政論、書啟、雜記、贈序乃至祭文、墓誌銘等體裁。這其實也是擴大隨筆的表現領域。張邦基記載李文叔的話說：「予嘗與宋遐叔言：孟子之言

23　參見邵傳烈：《中國雜文史》（上海市：上海文藝出版社，1991年），頁261-262。

道，如項羽之用兵，直行曲施，逆見錯出，皆當大敗，而舉世莫能當
者，何其橫也。左丘明之於辭令，亦甚橫。自漢後千年，惟韓退之之
於文，李太白之於詩，亦皆橫者。」[24]此「橫」字，用得甚好，它說
明了韓愈行文敢於衝破陳規，勇於創新，不受傳統文類拘束的特點。
尤其是他創作了備受爭議的〈進學解〉、〈毛穎傳〉、〈送窮文〉等帶有
俳諧筆調的隨筆作品。他的上司裴度批評說：「恃其捷足，往往奔
放，不以文立制，而以文為戲。」[25]然而，他的「以文為戲」，實際是
「發其鬱積」、「憂憤甚廣」之作，帶有「橫」寫的創意。如〈毛穎
傳〉，用寓言式的筆法為毛筆作傳，通過毛筆一生的遭遇，揭示了統
治者的冷酷無情：「後因進見，上將有任使，拂拭之，因免冠謝。上
見其發禿，又所摹畫不能稱上意。上嘻笑曰：『中書君，老而禿，不
任吾用。吾嘗謂君中書，君今不中書邪？』對曰：『臣所謂盡心者』。
因不復召，歸封邑，終於管城。」毛穎年老被疏，終不見用的悲慘結
局，著實令人深思。〈送窮文〉也是這一路的寫法。文章立「五鬼」
之名，即智窮、學窮、文窮、命窮、交窮。把自己命運的不好歸咎於
「五鬼」作祟。於是作者要驅逐它們，結果反被「五鬼」說服，只好
恭敬地請「五鬼」留下。韓愈在詼諧中渲洩了久蓄心中的一腔悲憤之
情，這可謂寓莊於諧，寓悲於喜。

　　唐代另一位傑出的隨筆作家是柳宗元。柳宗元在仕途上比韓愈更
為坎坷，他在「永貞革新」失敗遭貶後，再沒能得到赦免。柳宗元
說：「賢者不得志於今，必取貴於後，古之著書者皆是也。宗元近欲
務此，然力薄才劣，無異能解。」[26]窮愁著書，這和韓愈「不平則

---

24 張邦基：《墨莊漫錄》，卷6，孔凡禮點校：《墨莊漫錄 過庭錄 可書》（北京市：中
　華書局，2002年，《唐宋史料筆記叢刊》），頁180。

25 裴度：〈寄李翺書〉，《全唐文》（北京市：中華書局，1983年），卷538，頁5462。

26 柳宗元：〈寄許京兆孟容書〉，尹占華、韓文奇校注：《柳宗元集校注》（北京市：中
　華書局，2013年），冊6，頁1957-1958。

鳴」的觀點是類似的。因此，柳宗元隨筆的精神內核也還是「發憤抒情」、「不平則鳴」的批判現實主義精神的特點。韓愈有〈送窮文〉，恰巧柳宗元有〈乞巧文〉，這是柳宗元遭貶期間作的一篇「以文為戲」的隨筆。作者借七夕之夜向天孫乞巧，譏諷世間的奸詐、鑽營之徒，發抒自己內心的一腔鬱積。他說臣有「大拙」，政拙、言拙、行拙、文拙。最後，以天孫的使者來向他傳言，言天孫要他「堅汝心，密汝所持」，讓他恪持守拙的決心。韓愈送窮不成而固窮，柳宗元乞巧不得而守拙，兩位隨筆作家在以文為戲、舒憤懣的思維和方法上是如此不隔、互為相通。難怪當年韓愈因寫〈毛穎傳〉，受到譴責時，柳宗元卻挺身而出，為韓愈辯護，他對前來參與非議的人稱：「足下所持韓生〈毛穎傳〉來，僕甚奇其書，恐世人非之，今作數百言，知前聖不必罪俳也。」[27]可見，柳宗元不愧為韓愈文章的知音。而柳宗元在隨筆上的造詣，更突出地表現在他創作了一批寓言式的隨筆文章。這些寓言式隨筆，用擬人化的手法，自由驅遣各種動物，如麋、驢、鼠、蝜蝂、羆等，以寄意哲理，針砭時弊。因而，這些作品造意奇警閎肆，措辭凝練犀利，成為唐代寓言式隨筆的一座高峰，讓後人頗難以企及。除了韓、柳二人外，唐末的皮日休、陸龜蒙、羅隱等人的隨筆，因為突顯「掙扎和戰鬥」，被魯迅譽為並「沒有忘記天下，正是一塌胡塗的泥塘裡的光彩和鋒芒」[28]，同樣對現代知識分子的人格塑造起到借鑑、參照的重要作用。

　　在宋代隨筆中，被譽為唐宋古文八大家裡的歐陽修、王安石、曾鞏、蘇洵、蘇軾、蘇轍等都是隨筆名家。歐陽修作為宋代新古文運動的領袖人物。他對散文隨筆發展的貢獻主要有三個方面：其一，他提

27　柳宗元：〈與楊誨之書〉，尹占華、韓文奇校注：《柳宗元集校注》（北京市：中華書局，2013年），冊6，頁2128。

28　魯迅：〈小品文的危機〉，《魯迅全集》（北京市：人民文學出版社，1981年），卷4，頁575。

出了「窮而後工」說，這是韓愈「不平則鳴」理論的繼承和發展；其
二，他發展韓愈文從字順的一面，反對「險怪」，主張「平淡造理」、
「自然之至」的文風；其三，歐陽修以寫「記」聞名，但他的「記」
有兩類，一類屬於敘事抒情小品（記敘或抒情隨筆），另一類則為借
記事引發出感想或議論（議論隨筆），這也是他特有的貢獻。蘇軾的
隨筆代表著宋代隨筆的最高成就。其特色：其一，蘇軾為人坦誠相
見，無所拘束，敢於放言，是一位本色的文人。尤其是史論性隨筆敢
於針對社會弊病，申說己見。袁中道稱其文章特點「剛腸疾惡，又善
謔笑，鋒刃甚利」[29]；其二，蘇軾繼承歐陽修平淡自然的主張，追求
文章的自由隨便，行雲流水，他說：「吾文如萬斛泉源，不擇地皆可
出，在平地滔滔汩汩，雖一日千里無難。及其與山石曲折，隨物賦
形，而不可知也；所可知者，常行於所當行，常止於不可不止，如是
而已矣。」[30]蘇軾的為文見解，與我們今天所理解的隨筆創作特點極
為接近。所以，他的這些看法，極易引起現代知識者的共鳴；其三，
蘇軾在雜著筆記中有一些書札、序跋、記也很值得後人珍視。這類文
章，或談藝術，或論學術，或敘友情，或抒襟懷，三言兩語，隨意灑
脫，寓意深遠。袁中道說：「今東坡之可愛者，多在小文小說。其高
文大冊，人固不深愛也。使盡去之，而獨存其高文大冊，豈復有坡公
哉！」[31]此言說得甚妙。

　　從北宋開始出現一種稱之為「筆記」的文章，這是一種隨筆而
錄，雜談瑣語性質的文字。「筆記」之名出自北宋宋祁《筆記》，南宋
又稱之為「隨筆」，此稱法始於南宋洪邁的《容齋隨筆》。因而，後世

---

29 袁中道：〈次蘇子瞻先後事〉，錢伯城點校：《珂雪齋集》中冊（上海市：上海古籍
　　出版社，1989年），頁918-919。

30 蘇軾：〈自評文〉，傅成、穆儔標點：《蘇軾全集》（下）（上海市：上海古籍出版
　　社，2000年），頁2100。

31 袁中道：〈答蔡觀蔡元履〉，《珂雪齋近集》（上海市：上海書店，1982年重印），頁
　　195。

文人撰寫這類文章，結集時有的稱「筆記」，但也有不少稱之為「隨筆」，這些雖名稱有異，但均指涉同樣的文類。宋人筆記相當發達，許多筆記是出自文壇的著名文人，除了上面提及兩部之外，北宋有歐陽修的《歸田錄》、孫光憲的《北夢瑣言》、司馬光的《涑水記聞》、沈括的《夢溪筆談》、蘇軾的《東坡志林》、陳師道的《後山談叢》等；南宋有張幫基的《墨莊漫錄》、葉夢得的《石林燕語》、龔頤正的《芥隱筆記》、陸游的《老學庵筆記》、莊季裕的《雞肋編》、周去非的《嶺外代答》、周密的《癸辛雜錄》和《武林舊事》等。筆記的內容較為龐雜，大致可以歸納成四大類：一、小說故事類；二、野史舊聞類；三、叢考雜辨類；四、雜錄叢談類。而從文學形式上看，筆記充分體現了現代人所理解「隨筆」的性質特點。也許，這話應該反過來說才更準確，即現代中國知識者理解「隨筆」的形式特點，實際上得益於宋代洪邁建立的「隨筆」觀念。洪邁稱：「予老去習懶，讀書不多，意之所之，隨即記錄，因其後先，無復詮次，故曰隨筆。」這說明「筆記」，都是一些作者並無刻意為文的心態下，信手拈來，記寫隨意的文字。但正因為如此，「筆記文」反而更顯其獨有的魅力，其文字裡有性情、有意境，亦莊亦諧，別有情趣。因而，自古以來，頗受讀者歡迎，實在是令人喜讀不倦。現代學者王瑤說：「隨筆、筆記一類文字在中國有悠久的傳統，它的性質本與英國的隨筆相近。」[32]從上面的介紹中，我們可以看出中國古代筆記（隨筆）與現代隨筆雖有差異，但卻有一脈相承的血緣關係。

　　明末是中國古代隨筆的鼎盛期。明末隨筆通常是指明末的小品文。它的出現和崛起有極其複雜的政治、社會、歷史、文化的背景。明代中後期以後政治相當腐敗，社會極其黑暗；作為統制人們思想的程、朱理學受到強有力的挑戰，王陽明的心學在社會上廣為流布，尤

---

32 王瑤：〈「五四」時期散文的發展及其特點〉，《中國現代文學史論集》（北京市：北京大學出版社，1998年），頁241。

其被後世周作人稱為中國古代思想界「三賢」之一的李贄，他發展了
泰州學派王艮的「百姓日用即道」的觀點，提出「穿衣吃飯，即是人
倫物理」的主張，公開宣揚利己主義的人性論。人們的思想開始從一
元走向多元，自我意識覺醒了，自我價值得到了體認。周作人說：
「小品文是文學發達的極致，它的興盛必須在王綱解紐的時代。」
「在朝廷強盛，政教統一的時代，載道主義一定占勢力，文學大盛，
統是平伯所謂『大的高的正的』，可是又就『差不多總是一堆垃圾，
讀之昏昏欲睡』的東西，一到了頹廢時代，皇帝祖師等等要人沒有多
大力量了，處士橫議，百家爭鳴，正統家大歎其人心不古，可是我們
覺得有許多新思想好文章都在這個時代發生。」[33]正是這種人心思變
的晚明社會氛圍裡，「小品文」作為與高大正的「大品文」相對抗的
文學品種便應運而生。「小品」，這本是佛經用語，晚明文人卻賦予全
新的理念，成為士大夫精神層面追求的載體。晚明小品從徐渭發其端
緒，李贄、屠隆、湯顯祖大大拓展其途，至公安的袁宗道、袁宏道、
袁中道，竟陵的鐘惺和譚元春大放異彩，再到王思任、張岱至頂峰而
收束，成為現代中國隨筆史上一道絢麗的風景。

　　那麼，晚明隨筆小品的特色是什麼？首先，就晚明隨筆的精神特
質而言，是很難用一兩句話來概括的。筆者以為，這主要是晚明隨筆
雖然用「小品」來對正統、載道文章的反抗，但在具體反抗方式各有
所異，不盡相同。如有的是無所顧忌，用戰鬥性、攻擊性的言詞來表
達自己的訴求，這是一種積極反抗的類型；但也有表現為以文為戲、
以文自娛，從而達到顛覆目的，這是一種消極反抗的類型。前者，如
李贄，他在〈忠義水滸傳序〉中云：「《水滸傳》者，發憤之所作
也。」他承繼中國傳統文學中「發憤著書」的現實主義批判精神，是
一個敢笑、敢哭、敢說、敢罵，甚至「發狂大叫，流涕慟哭，不能自

33　豈明（周作人）：〈《冰雪小品選》序〉，《駱駝草》第21期（1930年9月29日）。

止。寧使見者聞者切齒咬牙，欲殺欲割，而終不忍藏於名山，投之水火」。[34]李贄在〈與友人論文〉中稱：「凡人作文皆從外邊攻進裡去，我為文章只就裡面攻打出來，就他城池，食他糧草，統率他兵馬，直衝橫撞，攪得他粉碎，故不費一毫氣力而自然有餘也。」[35]因而，他的隨筆寫得熾烈如火，攻擊性極強，很有戰鬥力，顯示其獨特的個性和思想。王思任，曾作〈腳板贊〉，推許做人要「腳底有文，腳心有骨」，他自己就是這樣的形象寫照。他撰寫的隨筆真是達到了嬉笑怒罵，皆成文章。但另一方面，不少晚明隨筆作家，將「小品」創作當作「文以自娛」。鄭元勳在其編選的《媚幽閣文娛》序文中云：「吾以為文不足供人愛玩，則六經之外均可燒。六經者，桑麻菽粟之可衣可食也；文者奇葩，文翼之，怡人耳目，悅人性情也。……但念昔人放浪之際，每著文章自娛，余愧不能著，聊借是以收其放廢，則亦宜以『娛』名。」[36]鄭元勳將小品的娛悅作用當成文學的第一功能，而將六經具有實用價值排斥在文學之外，這一意見也確實夠大膽的，但這種「文以自娛」觀念，其實是晚明社會思潮的必然反映，體現了長期以來禁錮人們思想的晚明封建理學的削弱和崩潰、市民階層的崛起和壯大、人的個性復蘇和張揚。小品成為文人隨遇而安、縱恣聲色、遊戲山水的文學載體。但是，我們也應該注意到這些放浪恣肆的晚明文人背後，潛伏著他們對晚明社會「暗黑背景」的反抗，是想用「文以自娛」的「蚍蜉」方式，來搖撼「文以載道」的「大樹」。陳繼儒曾稱：「往丁卯前，璫網告密，余謂董思翁云：『吾與公此時，不願為文昌，但願為天聾地啞，庶幾免於今之世矣。』鄭超宗聞而笑曰：『閉

---

34 李贄：〈雜說〉，《焚書》，卷3，《焚書 續焚書》（北京市：中華書局，2009年，第2版），頁97。

35 李贄：〈與友人論文〉，《續焚書》，卷1，《焚書 續焚書》（北京市：中華書局，2009年，第2版），頁6。

36 鄭元勳：〈文娛自序〉，鄭元勳選，阿英校點：《媚幽閣文娛》（上海市：上海雜誌公司，1936年）。

門謝客，但以文自娛，庸何傷？』」[37]「以文自娛」的根本原因在於當時社會形勢險惡，「璫網告密」盛行。因而，為了不致使文壇成了「天聾地啞」，還有一途那便是「閉門謝客」，「以文自娛」。這是一種對現實的逃避，也是一種對社會的反抗。

　　其次，晚明隨筆小品在體制和形態上有獨特之處。「小品」一詞是從佛經借過來，其用意自然要與「大品」，即廊廟文章、載道之文相區別開來。王思任以為：「蘭苔翡翠，雖不似碧海之鯤鯨；然而明脂大肉，食三日定當厭去。若見珍錯小品，則啖之惟恐其不繼也。」[38]王思任將小品比喻成「蘭苔翡翠」，說明了其審美特質與「碧海鯤鯨」的載道文章是不可能一樣的。小品不僅被晚明文人注入新的精神，而且也注入新的格調、新的藝術質素。正如陳繼儒所形容的：「皆芽甲一新，精采八面，有法外法，味外味，韻外韻，麗典新聲，絡繹奔會，似亦隆、萬以來，氣候秀擢之一會也。」[39]陳繼儒在這裡明確指出小品不同於正宗、載道之文，就在於它有新的格調、新的藝術質素。具體分析有如下的特點：

　　一、真。晚明作家把「真」作為小品重要的審美品質。李贄提倡「童心說」，以為「童心者，真心也」，「天下之至文，未有不出於童心焉者也」[40]。所謂「天下之至文」，就是要作家寫出自己的真情實感的文字。公安派甚至打出「性靈說」旗幟，他們稱「獨抒性靈，不拘格套，非從自己胸臆流出，不肯下筆」[41]，「性之所安，殆不可強，率性

---

37 陳繼儒：〈文娛敘〉，鄭元勳選，阿英校點：《媚幽閣文娛》（上海市：上海雜誌公司，1936年）。

38 王思任：《世說新語序》，《世說新語箋疏》，余嘉箋疏（上海市：上海古籍出版社，1993年）。

39 陳繼儒：〈文娛敘〉，鄭元勳選，阿英校點：《媚幽閣文娛》（上海市：上海雜誌公司，1936年）。

40 李贄：〈童心說〉，《焚書》，卷3，《焚書 續焚書》（北京市：中華書局，2009年，第2版），頁98。

41 袁宏道：〈敘小修詩〉，《袁宏道集箋校》（一）（上海市：上海古籍出版社，1981年），頁187。

而行，是謂真人。」[42]他們適情任性，大膽袒露自己的內心世界。袁宏道就曾鼓吹世間「有玩世，有出世，有諧世，有適世」，他最欣賞的是「適世」。晚明小品作家有時對「真」的追求，達到了成「癡」、成「癖」的程度。甚至認為人無「癖」不可交，因為此人無「深情」在。

　　二、趣。何謂「趣」？據袁宏道詮釋：「世人所難得者惟趣。趣如山上之色、水中之味、花中之光、女中之態，雖善說者不能下一語，惟會心者知之。今之人慕趣之名，求趣之似，於是有辨說書畫、涉獵古董以為清，寄意玄虛、脫跡塵紛以為遠，又其下則有如蘇州之燒香煮茶者。此等皆趣之皮毛，何關神情？夫趣得之自然者深，得之學問者淺。」[43]由於「趣」的品味與體會，完全是一種個人化的主觀感覺，它與賞鑑者的學識素養、知識結構、審美情操、悟性利鈍等等不無關係，因而是屬於只可意會不可言傳之事。這也就難怪袁宏道的詮釋會顯得如此神秘、玄妙。但這並不等於無跡可尋。探究袁宏道關於「趣」的玄理，有兩個基本點，即「自然」與「真率」。抓住這兩點，也就抓住「趣」的核心。關於「趣」的問題，現代作家周作人有過精細的分析與賞鑑。因前文已作過闡釋，這裡就恕不贅述。

　　三、韻。所謂「韻」，是建立在「真」、「趣」基礎上而產生的，因而，小品也就有「法外法，味外味，韻外韻」的說法。晚明小品選家陸雲龍稱「率真則性靈現，性靈現則趣生」，「然趣近於諧，諧則韻欲其遠」[44]。小品，由於成了晚明作家抒寫情懷，表現性靈，偏向於精神慰藉的載體，那麼他們對小品「韻」的玩味和品評，自在情理之中了。

　　四、小。這是晚明隨筆小品在形態上的一個重要的特徵和標識。

---

42 袁宏道：〈識張幼於箴銘後〉，《袁宏道集箋校》（一）（上海市：上海古籍出版社，1981年），頁193。

43 袁宏道：〈敘陳正甫會心集〉，《袁宏道集箋校》（一）（上海市：上海古籍出版社，1981年），頁463。

44 陸雲龍：〈敘袁中郎先生小品〉，蔣金德點校：《明人小品十六家》（杭州市：浙江古籍出版社，1996年），頁105。

在晚明作家看來，小品與巨公宏大之作最不同，就在於它是文人「案頭自娛」的「小」文。無論是葉襄聖將小品形象說為「易以瀏覽」的「清流」和「足以寄暢」的「拳石」，還是王思任比喻成「蘭苕翡翠」，均認同小品形態上「小」的特點。而形態上的「小」，同時必然影響到小品作家在題材、內容、乃至作家審美情趣的別擇與偏愛，淩啟康曾將小品譬之為「盆山蘊秀，寸草函奇」[45]，這是對「小品」短小靈活而又別有情趣的理解，也是一個很準確、很形象的說法。誠然，也有的作家如陶珽在《晚香堂小品》〈例言〉中說：「是集雖名小品，凡大議論、大關係、及韻趣之豔仙者，即長篇必錄。」像這樣的例子，在晚明作品或選集中並不多見，因而不足為訓。

　　清代是中國古代隨筆的衰弱和終結期。明王朝覆滅後，清初文人把明亡之事與晚明空疏學風聯繫在一起。這樣，晚明小品不僅受到來自清代官方的徹底清算，而且遭到文人內部的批判和拋棄。正如周作人指出：「清朝士大夫大抵都討厭明末言志派的文學，只看《四庫書目提要》罵人，常說不脫明朝小品惡習，就可知道。這個影響很大，至今耳食之徒還以為小品文為玩物喪志，蓋他們仍服膺文以載道者也。」[46]至此，盛極一時的晚明小品風流雲散，其餘輝雖在金聖歎、李漁、廖燕、袁枚、鄭板橋等人身上偶爾閃現，但終究是「流水落花春去也」。隨著桐城派散文的崛起和興盛，中國古代隨筆不可避免地走向了衰微一途。隨後，西方的堅船利炮轟開古老中國的國門，中國知識者開始睜眼看世界，他們意識到學習西方文化對於改造中國國民性和推進國家邁向現代進程有著不可低估的重要作用。而作為構建中國新思想文化的重要武器的文學，普遍受到知識者的重視和運用。那些充滿激情的政論文章，已不再是囿於中國古代隨筆的形態和模式，

45 淩啟康：〈刻蘇長公小品序〉，王聖俞評選：《蘇長公小品》（〔明〕萬曆三十九年刊刻）。

46 豈明（周作人）：〈苦茶庵小文〉，《人間世》第4期（1934年5月20日）。

更多的是學習西方文化（隨筆）而獲得新的觀念、新的內容和新的形態。因此，隨著滿清封建王朝的結束，中國古代隨筆終於走到了歷史的盡頭。

二　中國古代隨筆：現代知識者的返回與重釋

　　傳統是不可迴避的。每個人一生下來，其成長就與本民族傳統的影響密切相關。「五四」知識者素以反「傳統」而著稱，然而他們並不是全盤地否定傳統，他們與傳統也是血脈相連、息息相關。魯迅說：「人多是『生命之川』之中的一滴，承著過去，向著未來，倘不是真的特別異乎尋常的，便都不免並含著向前和反顧。」[47]從這個意義上說，現代知識者的每一行為和言說，其背後都有自己民族的文化歷史作背景的，都承載著先人創造的文化成果。E. 希爾斯稱：「對這些人來說，傳統不僅僅是沿襲物，而且是新行為的出發點，是這些新行為的組成成分。」[48]考察現代中國隨筆的流變、精神內容、審美本質，也是離不開塑造現代知識者的傳統文化背景和中國古代隨筆的影響。

　　那麼，現代知識者是如何傳承傳統文化和古代隨筆呢？筆者以為，當代解構主義大師雅克·德里達有一篇名為〈省略／循回〉，思考了「對書的回歸」，實際上就是談了傳統的傳承問題：

　　　　重複並不使書重現，但重複從某種尚未屬於自己或不再屬於自己的書寫的位子去描述書的源頭，而這種書寫在重複書的同時佯裝自己被書所含括。這種遠沒有被書卷壓制住或包裹住的重

---

47 魯迅：〈《十二個》後記〉，《魯迅全集》（北京市：人民文學出版社，1981年），卷7，頁300。

48 E. 希爾斯撰，傳鏗、呂樂譯：《論傳統》（上海市：上海人民出版社，1991年），頁62。

複就是首次書寫。是本源書寫，是描述源頭、圍捕源頭消失之
符號的書寫，是附著於源頭的寫作：

「寫，就是對源頭的那種迷戀」。[49]

　　德里達告訴我們，「重複」並不是回到原先「書」的軌跡上，而
「寫」既表現出對源頭的迷戀和激情，傳承傳統某種精神實質，更為
重要的是揭示「遠沒有被書卷壓制住或包裹住的重複」，這就是回歸
重釋的精髓所在。筆者以為，現代中國知識者對古代隨筆的傳承和重
釋，也有包含著這層意思，並在此基礎上進行隨筆的創造性轉換與理
論構建。

　　不可否認，現代中國隨筆新的精神特徵在很大程度上是受西方隨
筆現代理性批判精神的影響。但是中國古代隨筆是否也有提供過這樣
的精神資源呢？舒展以為在中國古代隨筆這一偉大的礦藏中，「將會
發現大量有歷史價值、文學價值、審美價值和消遣的各種稀世珍寶。
其中，有一條金礦脈，若隱若現，那就是隨筆的思想價值。」[50]將中
國「隨筆的思想價值」形容成「一條金礦脈」，確實是一個很形象的
比喻。這意味著，現代中國隨筆作家能取得如此巨大的成就，同樣與
中國古代隨筆最可寶貴的「思想價值」的哺育分不開。

　　在這方面，周氏兄弟堪稱典範。魯迅稱：「歷史上都寫著中國的
靈魂，指示著將來的命運，只因為塗飾太厚，廢話太多，所以很不容
易察出底細來。正如通過密葉投射在莓苔上面的月光，只看見點點的
碎影。但如看野史和雜記，可更容易了然了，因為他們究竟不必太擺
史官的架子。」[51]周作人也說「我的讀書是非正統的，因此常為世人

49　雅克·德里達：〈省略／循回〉，張寧譯：《書寫與差異》（北京市：生活·讀書·新
　　知三聯書店，2001年），頁527。

50　舒展：〈關於隨筆的隨筆〉，《新現象隨筆二輯──當代名家最新隨筆精華》（北京市：
　　中央編譯出版社，1997年），頁128。

51　魯迅：〈忽然想到〉，《魯迅全集》（北京市：人民文學出版社，1981年），卷3，頁17。

所嫌憎，但是自己相信其所以有意義處亦在於此」。[52]「我讀古今文章，往往看出破綻」[53]。周氏兄弟早期讀書的興趣是類似的，他們通過「非正統」的古書，如野史、雜記等筆記（隨筆）類，覺察出中國歷史的底細，把握到「中國的靈魂」。那麼，這「指示著將來的命運」的「中國靈魂」具體是指什麼？魯迅認為是「掙扎和戰鬥」的傳統[54]；而周作人則認為是「不承認權威，疾虛妄，重情理」，這也就是已轉化為所謂的「現代精神」[55]。因此，他們首先看重和傳承的就是中國古代文化和古代隨筆中最值得推崇的「思想價值」。魯迅自謙地稱他寫的隨筆並沒有什麼宇宙的奧義和人生的真諦，不過是將自己所遇到的、所想到的，所要說的寫了出來，「說得自誇一點，就如悲喜時節的歌哭一般，那時無非借此來釋憤抒情」[56]。所謂的「釋憤抒情」，就是他傳承了中國古代文化和古代隨筆一條重要的「發憤著書」思想傳統，它經由屈原、司馬遷、韓愈、歐陽修、李贄等等，一直延續到魯迅身上。魯迅曾說在現代中國，他的筆要算是較為「尖刻」的，也說到他有時也能「辣手評文」，而這種「尖刻」和「辣手」，顯然也有中國傳統文化和古代隨筆對他的薰陶和浸潤。他在〈小品文的危機〉裡，以獨到的眼光，為我們梳理這條值得珍視的「金礦脈」：

> 而小品文的生存，也只仗著掙扎和戰鬥的。晉朝的清言，早和它的朝代一同消歇了。唐末詩風衰落，而小品放了光輝。但羅

---

52 周作人：《知堂回想錄》（蘭州市：敦煌文藝出版社，1998年），頁454。

53 周作人：〈談文章〉，《知堂乙酉文編》（石家莊市：河北教育出版社，2002年），頁113。

54 魯迅：〈小品文的危機〉，《魯迅全集》（北京市：人民文學出版社，1981年），卷4，頁575。

55 周作人：〈關於《近代散文》〉，《知堂乙酉文編》（石家莊市：河北教育出版社，2002年），頁58。

56 魯迅：〈《華蓋集續編》小引〉，《魯迅全集》（北京市：人民文學出版社，1981年），卷3，頁183。

隱的《讒書》，幾乎全部是抗爭和憤激之談；皮日休和陸龜蒙
自以為隱士，別人也稱之為隱士，而看他們在《皮子文藪》和
《笠澤叢書》中的小品文，並沒有忘記天下，正是一塌胡塗的
泥塘裡的光彩和鋒芒。明末的小品雖然比較的頹放，卻並非全
是吟風弄月，其中有不平、有諷刺、有攻擊、有破壞。這種作
風，也觸著滿洲君臣的心病，費去許多助虐的武將的刀鋒，幫
閒的文臣的筆鋒，直到乾隆年間，這才壓制下去了。以後呢，
就來了「小擺設」。

「小擺設」當然不會有大發展。到五四運動的時候，才又來了
一個展開，散文小品的成功，幾乎在小說戲曲和詩歌之上。這
之中，自然含著掙扎和戰鬥，但因為常常取法於英國的隨筆
（Essay），所以也帶一點幽默和雍容；寫法也有漂亮和縝密
的，這是為了對於舊文學的示威，在表示舊文學之自以為特長
者，白話文學也並非做不到。[57]

　　這是一條突顯「掙扎和戰鬥」的隨筆傳統，是中國隨筆傳統最可
寶貴的「思想價值」。魯迅不僅為我們清晰地勾勒出中國古代隨筆的
發展譜系，而且也為原本就萌芽於「文學革命」以至「思想革命」的
現代隨筆找到了可承接的系脈。魯迅的隨筆，自然是含著「掙扎和戰
鬥」，是他「釋憤抒情」的產物。他作為「生命之川」的一滴，自覺
承載著「過去」，同時也指示著「未來」，影響著他同時代以及後來一
批又一批的現代知識者。

　　一九三〇年代爆發的那場關於小品文和晚明小品的論爭，其實就
是包含著隨筆「思想價值」走向的問題。然而，即使是使勁鼓吹向晚

57　魯迅：〈小品文的危機〉，《魯迅全集》（北京市：人民文學出版社，1981年），卷4，
　　頁575-576。

明小品學習的現代知識者，他們也是一再申辯自己喜歡晚明小品的原故，並不是「頹放」的東西，而是由於現實境況的觸發。對晚明小品關注的始作俑者是周作人。一九二八年，他在目睹北方軍閥黑暗統治和南方蔣介石大肆捕殺共產黨人後，嚴酷的現實觸動他敏感的神經，使他內心產生深深的憂懼，他覺得「現在中國情形又似乎正是明季的樣子」，手拿不動竹竿的文人只好避難到藝術世界裡去。誠然，「文學是不革命，然而原來是反抗的：這在明朝小品文是如此，在現代的新散文亦是如此」。[58]周作人將晚明小品看成可以寄寓「反抗」的文類，並認為現代隨筆也是如此，所以他在此前後撰寫〈歷史〉、〈青年脆〉、〈閉戶讀書論〉、〈啞巴禮贊〉、〈麻醉禮贊〉等文，充滿著「牢騷」的言語和「反諷」的色彩。一九三〇年代初，林語堂創辦了《論語》、《人間世》、《宇宙風》等刊物，大肆宣揚向晚明小品學習；此時整理出版晚明小品集有：沈啟無編選的《近代散文抄》（上、下卷，北平人文書店，1934年）、劉大傑編輯的《明人小品集》（北新書局，1934年）、施蟄存編選的《晚明二十家小品》（上海光明書局，1935年）、阿英編校的《晚明小品文庫》（共四輯，上海大江書店，1936年）。隨後由學習晚明小品引發學界一場空前激烈的論爭，論爭雙方圍繞著小品文的社會功用、審美特性、藝術價值等展開熱烈的討論。魯迅等左翼知識者警惕當時風靡整個文壇的小品文創作出現了「小擺設」的發展傾向，指出「生存的小品文，必須是匕首，是投槍，能和讀者一同殺出一條生存的血路的東西」[59]。實話說，林語堂對於小品文這一特點也是有看到的，他在〈論小品文筆調〉中極力辯解稱：「語絲之文，人多以小品文稱之，實係現代小品文，與古人小擺設式之茶經酒譜之所謂『小品』，自復不同。余所謂小品文，即係指此。

58　周作人：〈《燕知草》跋〉，《永日集》（石家莊市：河北教育出版社，2002年），頁80。

59　魯迅：〈小品文的危機〉，《魯迅全集》（北京市：人民文學出版社，1981年），卷4，頁576-577。

且現代小品文亦與古時筆記小說不同。古人或有嫉廊廟而退居以
『小』自居者，所記類皆筆談漫錄野老談天之屬，避經世文章而言
也。乃因經濟文章，禁忌甚多，蹈常襲故，談不出什麼大道理來，筆
記文學反成為中國文學著作上之一大潮流。今之所謂小品文者，惡朝
貴氣與古人筆記相同，而小品文之範圍卻已放大許多，用途體裁，亦
已隨之而變，非復拾前人筆記形式，便可自足。」[60]林語堂在本時期
也確實創作了一些嬉笑怒罵的隨筆小品。但正如明人王納諫為編纂
《蘇長公小品》而作的序文稱：「余於文何得，曰：『寐得之醒焉，倦
得之舒焉，暇得之銷日焉。是其所得於文者，皆一餉之歡也，而非千
秋之志也。』」這「一餉之歡」與「千秋之志」，確實是「小品文」與
「大品文」之間的最大差異。因此，魯迅說：「講小道理，或沒有道
理，而又不是長篇的，才可謂之小品。至於有骨力的文章，恐不如謂
之『短文』。」[61]魯迅對「小品」的界定以及強調「短文」與「小品」
的區別，這其中傳遞出的審美價值判斷，是判若分明的。退一步來
說，就一九三〇年代林語堂為代表的論語派創作小品文突出的是文學
的消遣功能、娛樂功能，因而他們的文章給人一種淺嚐輒止，印象平
平的感覺。魯迅曾致信友人抱怨稱：「此地之小品文風潮，也真真可
厭，一切期刊，都小品化，既小品矣，而又嘮叨，又無思想，乏味之
至。」[62]「無思想」，又「嘮叨」、「乏味」，這是他們創作小品成績不
高的弊端，魯迅一眼就看出虛實，直指問題的核心所在。

　　魯迅去世之後，中國隨筆這條「掙扎和戰鬥」的傳統並沒有中
斷。上海孤島「魯迅風」隨筆作家群和國統區桂林「野草」隨筆作家

---

60 林語堂：〈論小品文筆調〉，《人間世》第6期（1934年6月20日）。

61 魯迅：〈雜談小品文〉，《魯迅全集》（北京市：人民文學出版社，1981年），卷6，頁417。

62 魯迅致鄭振鐸信，1934年6月21日，《魯迅全集》（北京市：人民文學出版社，1981年），卷12，頁466。

群，西南聯大的一批學者、教授，延安整風前的一些隨筆作家，一九五六年為隨筆復興而付出巨大代價的那批隨筆作家以及用筆思考的張中曉，改革開放伊始進行《隨想錄》寫作的巴金，九〇年代的張承志、張煒等以及一大批在高校或研究機構的學者、教授，他們都是這一文化譜系的繼承者，並沿著魯迅所走的方向繼續奮勇向前。這是二十世紀現代知識者留給後人的一筆無比珍貴的「思想價值」遺產。

　　中國古代隨筆是中國讀書人思維的典型產物，而其藝術的基本範式，一直影響和制約著後來一批又一批中國隨筆作家的觀察視角、藝術感知、審美趣味、文體創造等。王彬彬認為：「隨筆這名稱，已變得很寬泛。有各種各樣的隨筆。而各種各樣的隨筆的繁盛，大抵與思想的相對解放，言論空間的相對擴大是連在一起的。先秦諸子，論起體裁，恐怕也只能說是隨筆。塑造了中華民族的性格，影響了中華民族心理言行數千年之久的那些思想、觀念，原不過是以隨筆的方式表達的。說起來，隨筆，原就是中國人做學問的基本方式。」[63]王彬彬將「隨筆」說成了「中國人做學問的基本方式」，這樣的說法有沒有一定的道理呢？筆者以為，他除了給「隨筆」文類普泛化之嫌，但其間確實蘊含著一些無可辯駁的個中道理。而要講清這個問題，朱光潛的論述給我們很好的一個啟發：

> 依心理學的分析，人類心思的運用大約取兩種方式：一是推證的，分析的，循邏輯的方式，由事實歸納成原理，或是由原理演繹成個別結論，如剝繭抽絲，如堆磚架屋，層次線索，井井有條；一是直悟的，綜合的，對於人生世相涵泳已深，不勞推理而一旦豁然有所徹悟，如靈光一現，如伏泉暴湧，雖不必有

---

63 王彬彬：〈隨筆、文學、經濟學及其他〉，《城牆下的夜遊者》（福州市：福建人民出版社，2001年），頁317。

邏輯的層次線索，而厘然有當於人心，使人不能否認其為真
理。……

就大體說，隨感錄這一類文章是屬於「悟」的。它沒有系統，
沒有方法，沒有拘束，偶有感觸，隨時記錄，意到筆隨，意完
筆止，片言零語如群星羅布，各各自放光彩。由於中國人的思
想長於綜合而短於分析，長於直悟而短於推證，中國許多散文
作品就體裁說，大半屬於隨感錄。[64]

　　朱光潛從中國人的思維方式角度，為我們分析中國許多散文作品
「大半屬於隨感錄」的原因，這是令人信服的觀點。中國人不像西方
人那樣善於「推證」和「分析」，中國人的思維長於「綜合而短於分
析」，「長於直悟而短於推證」，這就促使他們做學問時，寫不出以
「邏輯」推理為特色的論著，而只能是隨意寫一些看來屬於「悟」一
類的「隨感錄」的文字。朱光潛還指出隨感，其題材是不必一致的，
或記人事，或談哲理，或評人物，或論文藝，無所施而不可。「中國
許多著作，都多少有隨感錄的性質。經部如易卦象象辭、典禮檀弓、
春秋天記言；子部如老子、韓非語林、韓詩外傳、晏子春秋、劉向說
苑；集部如雜說、雜記、筆記、語錄、詩話之類，有許多都是一時興
到之作。《論語》以後，取隨感錄的體裁而最成功的，當然要推《世
說新語》」[65]。這就是王彬彬所說的「隨筆」是「中國人做學問的基本
方式」。就這個意義上看，中國隨筆文類的源遠流長和它的發達興盛
是與中國人思維方式的特性是大有關係的。
　　而中國人長於「綜合」和「直悟」的思維特點，既規範了中國古
代隨筆的審美表現與藝術特徵，同時也給現代知識者創作隨筆給予很
大的啟迪。

64　朱光潛：〈隨感錄〉（上），《藝文雜談》（合肥市：安徽人民出版社1981年），頁147。
65　朱光潛：〈隨感錄〉（上），《藝文雜談》（合肥市：安徽人民出版社1981年），頁148。

　　其一，自由性。朱光潛將隨感錄概括為「沒有系統，沒有方法，沒有拘束，偶有感觸，隨時記錄，意到筆隨，意完筆止」。這一特點，在作為魏晉南北朝時期中國隨筆的正式形成，就已表現得十分的突出。這時期文人來往的書札、晉代的清言以及《世說新語》等，都是這類特徵的典範之作。隨後宋代蘇軾所稱的「行雲流水」，追求隨筆的不拘一格、自然奔放。明人王聖俞讚歎道：「文至東坡，真是不須作文，只隨事記錄便是文。」[66]「不須作文」，自然成文，隨筆創作進入這一境界，也就達到「從心所欲不逾矩」的自由的王國。南宋洪邁詮釋「隨筆」所言的「意之所之，隨即記錄，因其後先，無復詮次」，以及晚明隨筆作家袁宏道主張「抒心而出，信口而談」的創作，都是為古代隨筆「自由性」下了極好的腳注。在現代知識者中，對隨筆「自由性」的認可和推崇大有人在。朱自清說「選材與表現，比較可隨便些」；魯迅也認為「散文的體裁，其實是大可以隨便的，有破綻也不妨」。而周作人也是非常看重隨筆的這一特性。他一生對韓愈絕無好感。主要以為韓愈是強調「道統」，成為站在「自由」的對立面。他認為韓文留給後世有兩種惡影響，一是道，一是文。他說：「韓退之的道乃是有統的，他自己闢佛卻中了衣缽的迷，以為吾家周公三吐哺的那只鐵碗在周朝轉了兩個手之後一下子就掉落在他的手裡，他就成了正宗的教長，努力於統制思想，其為後世在朝以及在野的法西斯派所喜歡者正以此故，我們翻過來看就可以知道這是如何有害於思想的自由發展的了。」[67]他又說：「韓退之諸人固然不曾考過八股文，不過作文偏重音調氣勢，則音樂的趨向必然與八股接近，至少後世所流傳模仿的就是這一類。」[68]自由是隨筆的天性，隨筆需要各種思想的交鋒，需要多元的生態環境。任何將一種思想定一尊的做

66　王聖俞：《蘇長公小品》（〔明〕萬曆三十九年刊刻）。
67　知堂（周作人）：〈談韓文〉，《世界日報・明珠》第63期（1936年12月2日）。
68　知堂（周作人）：〈談韓退之與桐城派〉，《人間世》第21期（1935年2月5日）。

法，都會妨害隨筆的健康發展。因此，就這一層面而言，韓愈身上確實有周作人所指責的缺陷。但作為複雜的文人，他對隨筆仍有做出不可忽視的成績，比如他大膽破除原有文類的陳規，擴大了隨筆文類的表現範疇，以及創作在當時就頗受爭議的「以文為戲」的隨筆作品等等，而這些成績，已經被不少現代知識者所遮蔽和忽略了。到了二十世紀八〇、九〇年代，人們再重新回頭闡釋「隨筆」時，仍然對隨筆這一「自由」特性表現出情有獨鍾的興趣。汪曾祺稱：「『隨筆』的特點還在一個『隨』字，隨意、隨便。想到就寫，意盡就收，輕輕鬆鬆，坦坦蕩蕩。」[69]張中行說：「筆是隨著思路走，思路要如行雲流水自成條理，而常常不是多種寫作教程所宣講的條理。」[70]金克木也談論道：「老來無事，胡塗亂抹，據說我寫的算是散文，又稱小品，也叫隨筆。我不照規定格寫文，也許這就是隨筆寫文。」[71]這些老作家、老學者的片言隻語，其實都是對「隨筆」文類的深刻感悟。這對衝破一九六〇年代散文界形成所謂「形散神聚」的一家寫法，起到積極的催化作用。因為隨筆創作從來就是自由多樣，既可以「形散神聚」，但也允許「神散形聚」或「形散神散」，隨筆作家只有做到怎樣表現好就怎樣寫，創作上充分顯示自由的心態，方可出現上佳的作品。

　　其二，家常性。不可否認，現代中國隨筆作品中的「家常性」，有來自外國隨筆，尤其是英國隨筆的影響。但是，我們本土的古代隨筆有沒有蘊含著這一特性呢？施蟄存認為：「隨筆是我們古典文學的一種文學形式，它和英國人的家常散文，雖不完全相同，卻也有些近似。」[72]這說明了中國古代隨筆中也是有「家常性」的特點。錢鍾書

---

69 汪曾祺：〈《塔上隨筆》序〉，《塔上隨筆》（北京市：群眾出版社，1993年）。

70 張中行：〈筆隨思路走〉，《光明日報》，第7版，1995年3月8日。

71 金克木：〈看來隨意〉，《光明日報》，第7版，1995年3月8日。

72 施蟄存：〈說「散文」〉，《施蟄存七十年文選》（上海市：上海文藝出版社，1996年），頁500。

稱：「在魏晉六朝，駢體已成正統文字，卻又橫生出一種文體來，不
駢不散，亦駢亦散，不文不白，亦文亦白，不為聲律對偶所拘，亦不
有意求擺脫聲律對偶，一種最自在，最蕭閒的文體，即我所謂家常
體，試看《世說新語》，試看魏晉六朝人的書信，像王右軍的《雜
帖》。」[73]錢鍾書將這一時期於駢體正統文字之外，「橫生」一支旁門
的隨筆小品，概括為「最自在」、「最蕭閒」的「家常」文體。這個概
括點出中國古代隨筆中「家常性」的精神風貌和藝術本色。周作人是
非常厭惡文章中的道學面孔，他把自己的隨筆寫作稱為「紙上的散
步」。這種審美趣尚，決定了他以「人情物理」作為衡量和評估中國
古代隨筆、筆記的價值標準。他的博識和通達，有效地擴大了搜尋古
代隨筆的閱讀範圍。由提倡學習晚明小品，擴至閱讀宋明清大量的野
史和筆記，並遠溯六朝隨筆。他甚至將《顏氏家訓》、《華陽國志》、
《水經注》、《洛陽伽藍記》以及六朝的佛經都當作有趣味的「隨筆」
來閱讀。周作人曾回憶魯迅治學道路說：「他可以說愛六朝勝於秦漢
文，六朝的著作如《洛陽伽藍記》、《水經注》、《華陽國志》，本來都
是史地的書，但是文情俱勝，魯迅便把它當作文章看待。」他還提及
魯迅讀古書有一個特別之處，那就是看佛經，但看佛經是將它當作書
讀，因為「古代佛經多有唐以前的譯本，有的文筆很好，作為六朝著
作去看，也很有興味」。[74]周作人介紹的雖為魯迅的讀書興趣，其實也
是夫子自道，他在〈《苦茶隨筆》小引〉、〈顏氏家訓〉等文中都提到
自己愛讀上述的幾部著作。尤其顏之推撰寫的《顏氏家訓》，真讓周
作人讀之入迷，愛不釋手。他說：「顏君的識見，寬嚴得中，而文詞
溫潤與情調相副，極不易得。」特別這部《家訓》的末篇〈終制〉，
周作人認為是一篇古今難得的好文章，「看徹生死，故其意思平實，

---

73 錢鍾書：〈近代散文鈔〉，《新月》第4卷第7期（1933年6月1日）。

74 周作人：〈魯迅讀古書〉，《魯迅的青年時代》（石家莊市：河北教育出版社，2002
　年），頁63-64。

而文詞亦簡要和易，其無甚新奇處正是最不可及處」[75]。總之，周作人看重《顏氏家訓》就在其中所蘊含不易得的「人情物理」，即態度誠懇、平和實在，有「家常」味。林語堂等論語派同仁鼓譟取法晚明的小品文創作，也是格外重視文章中的「家常性」特點。林語堂領悟英國隨筆的「家常性」韻味和娓語筆調後，便也要在中國古代隨筆中搜尋出相似的一派風格。他稱：「中國古文中雖少好散文，卻也有不少個人筆調之著作。若用另眼搜集，倒也有趣。在提倡小品文筆調，不應專談西洋散文，也須尋出中國祖宗來，此文體才會生根。」[76]而晚明小品文就是林語堂等人「另眼搜集」的結果。的確，晚明小品文作為正統、載道文章的對立面，是以「案頭自娛」的形象出現的，它平易自然、貼近生活，富有濃厚的「家常」味道，因而很得論語派同仁的喜歡和共鳴。陳煉青稱：「小品之特色處是在於不經意的抒寫，宛如家常談話。」[77]陳叔華也說：「娓語體便是要恢復這種健談精神，寓眼光見解，人情物理於談話之中。」[78]這些論點都可視為對現代中國隨筆中「家常性」的重視和提倡。

　　其三，理趣性。「理趣」一詞，最早出現在佛經中，《成唯識論》卷四：「證此識有理趣無邊，恐有繁文，略述綱要。」後來宋人詩論中開始出現了「理趣」，其意是指詩中之理表現得富有情趣，符合詩歌藝術的特點。至清代就有人用此詞來論詩文。史震林云：「詩文之道有四：理、事、情、景而已。理有理趣，事有事趣，情有情趣，景有景趣；趣者，生氣與靈機也。」[79]在現代知識者中，朱自清最早用「理趣」一詞來高度評價魯迅的隨筆：

75　豈明（周作人）：〈顏氏家訓〉，《大公報》（文藝副刊），1934年4月14日。

76　林語堂：〈小品文之遺緒〉，《人間世》第22期（1935年2月20日）。

77　陳煉青：〈論個人筆調的小品文〉，《人間世》第20期（1935年1月20日）。

78　陳叔華：〈娓語體小品文釋例——小大辯〉，《人間世》第28期，1935年5月20日。

79　史震林：〈《華陽散稿》自序〉，《華陽散稿》（上海市：上海雜誌公司，1935年），頁3。

> 魯迅先生的〈隨感錄〉，先是出現在《新青年》上後來收在
> 《熱風》裡的，還有一些「雜感」，在筆者也是「百讀不厭」
> 的。這是吸引我的，一方面固然也是幽默，一方面卻還有別
> 的，就是那傳統的稱為「理趣」，現在我們可以說是「理智的
> 結晶」的，而這也就是詩。[80]

　　在這裡，朱自清的過人之處就是將傳統詩論中「理趣」創造性地改造為指涉隨筆的審美特質，從而在更深一層面揭示魯迅隨筆作品讓人「百讀不厭」的原因。因而，朱自清對於「理趣」的詮釋，不僅看到文本層面的「幽默」因素，更直指隨筆作家的內在「智慧」，即所謂的「理智的結晶」。這個別開生面的提煉與概括，完全可從朱自清的這篇文章中尋繹出它的論析理路：首先，朱自清引述馮雪峰在《魯迅論》裡說魯迅雜感是一種「獨創」，但其形式「在中國舊文學裡是有它類似的存在的」。朱自清猜測，馮氏所說「大概指的古文裡短小精悍之作，像韓柳雜說的罷」？所謂「韓柳雜說」，主要指韓柳創作的那些「以文為戲」的隨筆。因此，「理趣」，在一般意義上即含有幽默、詼諧、打諢、趣味等，而在更深一層意義是直指隨筆作家的文章「立意」，即他在「以文為戲」的幌子下，進行富有智慧的思想和機智的言說。因而，隨筆作品與廊廟文章、正統文章不同，甚至有時是走到廊廟文章、正統文章的對立面，成為反抗和顛覆的文類。隨筆作家不僅會從正面立論，走中規中矩之道，有時更愛劍走偏鋒，以喬裝面目出現，比如似是而非、正言若反、裝癡賣傻、插科打諢等等，從而發出獨特的批判聲音，達到解構他者的目的。古羅馬詩人賀拉斯說：「含笑談真理，又有何妨？」同樣，如果我們用朱自清重新賦予「理趣」的新內涵，來創造性地解讀中國的古今隨筆作品，就一定會有更多的新發現與新收穫。

80　朱自清：〈魯迅先生的雜感〉，《知識與生活》第27期（1948年5月16日）。

　　周作人就有帶著這種「理趣」新的眼光去解讀過去的作品。他在〈談俳文〉[81]、〈再談俳文〉[82]二文中，就集中梳理和分析中國古代隨筆中的「俳諧文」現象。但是在封建社會，俳諧文歷來被正統派文人瞧不起。周作人在〈談俳文〉中，積極肯定南北朝時袁淑撰寫的那些九錫或勸進文，認為其「俳諧味差不多就在尊嚴之滑稽化」，從而解構了當時統治者玩的「九錫禪讓」把戲的虛偽性；在另一篇〈再談俳文〉裡，他進一步從大量的古籍中鉤沉抉微，指出了「俳諧」的來由和含義，並概括了它的特色，認為有「諷刺」、「遊戲」，還可能的「猥褻」。但是，周作人對於俳諧文一分為二，分為新舊兩種，指出「中國舊的俳諧文，他從清客文人學著戲子打諢起頭，隨後借了這很有點特別的漢字，利用那些弱點或特色，寫出好許多駢散文，雖然不能有益於世，只如柳子厚所說息焉遊焉，未始不可以自得其樂」。而他認定新俳文的出現是張岱，儘管他也承認張岱「系統不是很正」，不是俳諧文的嫡子，卻是旁支或變種。也就是說他的隨筆，是「公安竟陵派以後混合的一種新文章」。周作人分析張岱道「他的目的是寫正經文章，但是結果很有點俳諧，你當他作俳諧文去看，然而內容還是正經的，而且又夾著悲哀。寫法有極新也有極舊的地方，大抵是以寫出意思來為目的，並沒有一定的例規，口不擇言，亦言不擇事，此二語作好意講，彷彿可以說出這特質來，如此便與日本俳諧師所說俳言俗語頗相近了」。周作人這個分析相當的精彩、到位。張岱其目的是寫「正經文章」，結果很有點「俳諧」，然而把它當作「俳諧文」，卻內容還是「正經」，且夾帶著亡國的「悲哀」。我想，這就是「理趣」，是「理智的結晶」，這是作為一位晚明小品集大成者和傑出代表所達到的境界。周作人在分析解讀王思任、俞正燮的思想和作品，也是帶著類似的思路和策略。他稱王思任：「以詼諧寫文章，到謔庵的

81　知堂（周作人）：〈談俳文〉，《文學雜誌》第1卷第2期（1937年4月18日）。

82　知堂（周作人）：〈再談俳文〉，《文學雜誌》第1卷第3期（1937年5月14日）。

境界，的確是大成就，值得我輩的讚歎，不過這是降龍伏虎的手段，我們也萬萬弄不來。」[83]他也推崇俞正燮，說他的文章另有一種特色「議論公平而文章乃多滑稽趣味」，「不客氣的駁正俗說，而又多以詼諧的態度出之，這最使我佩服」。[84]由此可見，周作人之所以能夠做到披沙揀金，有獨到會心的解讀，關鍵是他對中國古代隨筆的分析、賞鑑、評判的過程中，已經敏銳地觸及古代隨筆的藝術內核之一──「理趣」美。不僅如此，周作人還將從古代隨筆作家那裡得來的「理趣」美化入自己的血肉中，並流注到自己的創作中去。

　　總之，現代知識者是在中國古代隨筆基礎上建構起隨筆大廈，他們並沒有拋棄傳統，相反他們在傳統那裡獲得充分的養料，從而成功地完成了創造性的轉化。

第二節　外國隨筆資源與現代中國知識者

　　現代隨筆創造的輝煌成就，外國隨筆也有一份功不可沒的重要貢獻。早在一九二〇年代末，朱自清不滿於周作人認為中國現代散文（隨筆）是明代小品復興的說法，指出：「現代散文所受的直接的影響，還是外國的影響；這一層周先生不曾明說。我們看，周先生自己的書，如《澤瀉集》等，裡面的文章，無論從思想說，從表現說，豈是那些名士派的文章裡找得出的？──至多『情趣』上有些相似罷了。我寧可說，他所受的『外國的影響』比中國的多。而其餘的作家，外國的影響有時還要多些，像魯迅先生、徐志摩先生。」[85]周作人稍後也修訂原先自己立場的偏頗，稱：「中國新散文的源流我看是公安派與英國的小品文兩者所合成。」[86]而魯迅在〈小品文的危機〉

83　豈明（周作人）：〈文飯小品〉，《人間世》第9期（1934年8月5日）。

84　知堂（周作人）：〈俞理初的詼諧〉，《中國文藝》創刊號（1939年9月1日）。

85　朱自清：〈論中國現代的小品散文〉，《文學週報》第345期（1928年11月25日）。

86　周作人：〈《燕知草》跋〉，《永日集》（石家莊市：河北教育出版社，2002年），頁80。

中充分肯定散文小品在第一個十年取得比小說、詩歌、戲曲更好的成績，同時也不忘提及有外國隨筆的一份功勞，稱「因為常常取法於英國的隨筆（Essay），所以也帶一點幽默和雍容；寫法也有漂亮和縝密的，這是為了對於舊文學的示威，在表示舊文學之自以為特長者，白話文學也並非做不到」[87]。

　　因而，我們在研究現代中國隨筆，不僅要將外國隨筆作為必要的參照系統和比較對象，而且還要注意探究外國隨筆如何深刻影響現代中國隨筆的理論建構和創作實踐。基於以上的認識，筆者以下分成兩部分論述。

一　外國隨筆的發展概貌

　　隨筆在國外也是頗受知識者青睞，是知識者言說的重要載體。因而，在世界各國文學中占有重要的位置，是相對比較發達的文學門類。但由於各國文化發展的不平衡現象，再加上現代中國知識者興趣、愛好以及引進視域的限制，所以，我們這裡只是側重從影響的角度談「外國隨筆」的發展。西方隨筆發展史主要指古希臘羅馬時代、文藝復興後的法國、英國、德國和十九世紀末崛起的美國等隨筆的歷史與現況；國外的東方隨筆只涉及與我們現代隨筆關係較大的日本隨筆。東西這二股隨筆系統都曾經對現代中國隨筆理論與實踐構成重要的影響。

　　西方古代隨筆的源頭可以勉強仰攀至古希臘的蘇格拉底和柏拉圖。英國著名隨筆作家伍爾芙在〈現代隨筆〉一開篇就說：「正如裡斯先生所說，我們沒有必要對隨筆的歷史和起源——它到底衍生於蘇格拉底還是波斯人西拉尼——進行深入考究，因為，就像一切有生命

87　魯迅：〈小品文的危機〉，《魯迅全集》（北京市：人民文學出版社，1981年），卷4，頁575。

的東西一樣，它的現在比它的過去更重要。」[88]英國的另一位隨筆作家本森也認為現代隨筆鼻祖蒙田創作的靈感，大半來自古羅馬「那位採用帶點浪漫情調的談話方式來討論抽象題目的西塞羅，而西塞羅的這種特色要歸功於在他的對話錄中孕育著小說和隨筆的萌芽的柏拉圖。」[89]本森將隨筆的萌芽追溯至柏拉圖，也是一條有力的佐證材料。不過，學界普遍認為，作為隨筆雛形的出現時間，應該是在古羅馬帝國時代。日本學者廚川白村說：

> 在歐羅巴的古代文學中，也不能說這 Essay 竟沒有。例如有名的《英雄傳》（*Live of Noble Greeks and Romans*）的作者，布魯泰珂斯（Ploutarkhos 通作 Plutarch）的《道德論》（*Moralia*）之類，從今日看來，就具有堂皇的 Essay 的體裁的。[90]

美國學者 M.H.艾布拉姆在他撰寫的 "Essay" 詞條稱：

> 雜文體裁在一五八○年得名於法國散文蒙田（Montaigne）。但在這以前，古希臘作家忒俄弗雷斯托斯（Theophrastus）與普魯塔克（Plutarch），古羅馬作家西塞羅（Cicero）與塞內加（Seneca）就開始從事雜文創作了。[91]

---

88 伍爾芙：〈現代隨筆〉，伍厚愷等譯：《伍爾芙隨筆》（成都市：四川人民出版社，1998年），頁18。

89 本森：〈隨筆作家的藝術〉，劉炳善譯：《倫敦的叫賣聲：英國隨筆選譯》（北京市：生活・讀書・新知三聯書店，1997年），頁269。

90 廚川白村：《出了象牙之塔》，《魯迅全集》（北京市：人民文學出版社，1973年），卷13，頁166。布魯泰珂斯，即普魯塔克。

91 M.H.艾布拉姆斯撰，朱金鵬、朱荔譯：《歐美文學術語詞典》（北京市：北京大學出版社，1990年），頁101。譯者將 "Essay" 譯成雜文。

　　如果我們翻閱蒙田的《隨筆集》，這個觀點同樣能夠得到證實。古希臘、羅馬的豐富典籍，成為蒙田隨筆創作的重要資源。在這當中，他最喜歡的兩位作家是塞內加和普魯塔克，他認為：「兩人我都熟悉，他們助我成就這本完全靠他們的遺產撰寫的書。」[92]他非常欣賞本國作家雅克・阿米奧將普魯塔克的《道德論叢》譯成法文，感激譯者懂得「選擇這麼一部有價值而又恰當的好書，贈給自己的國家」，並稱之為一部「經書」，[93]他說：「我的愛好使我更想模仿塞涅卡的風格，但這並不妨害我更為欣賞普魯塔克的風格。」[94]

　　那麼，讓蒙田著迷的塞內加和普魯塔克的議論文章究竟是怎樣的內容與形態？塞內加信奉斯多葛派，一生中幾起幾落，見多識廣，著有《道德書簡》，這是他寫給他的朋友呂西里阿的一百二十四封信，內容涉及人生的各個方面，以談友誼為主線，兼及疾病、痛苦、死亡、讀書、旅遊、演說、飲酒等等。作者善於在敘事和說理的過程中，闡發自己的真知灼見，其文體上的一個最大特色是格言式的陳述。培根曾這樣說：「塞涅卡致呂西里阿的信是分散的沉思錄。」[95]普魯塔克的《道德論叢》係由約六十篇雜著所組成的，內容涉及哲學、倫理、宗教、政治、醫藥、文學等方面的問題。這些文章大都採用蘇格拉底式宣講，柏拉圖式對話或辯駁的形式，有些則是家庭聚會中的非正式談話，頗有後世「席間漫談」或「爐邊閒話」的風味。同時，作者在探討抽象問題時採用了具體闡述和形象比喻的手法，通過一個

---

92 蒙田：〈為塞涅卡和普魯塔克辯護〉，潘麗珍等譯：《蒙田隨筆全集》（南京市：譯林出版社，1996年），中卷，頁438。塞涅卡即塞內加。

93 蒙田：〈公事明天再辦〉，潘麗珍等譯：《蒙田隨筆全集》（南京市：譯林出版社，1996年），中卷，頁36。

94 蒙田：〈論自命不凡〉，潘麗珍等譯：《蒙田隨筆全集》（南京市：譯林出版社，1996年），中卷，頁339。

95 培根語。轉引自〈譯者的話〉，趙又春等譯：《幸福而短促的人身——塞涅卡道德書簡》（上海市：上海三聯書店，1989年）。

接一個的故事說明自己的觀點，因而他的文章常常是軼事連篇。普魯塔克的這種軼事文體，後世的法國作家愛拉斯謨曾稱之為「鑲嵌術」，蒙田後來也把自己模仿普氏這種軼事文體創作的隨筆作品，說成「鑲嵌藝術品」[96]或「大雜燴」[97]。可見，由格言警句和軼事趣聞構成蒙田式的隨筆文體，早在希羅文學時代就已初見「雛形」，塞內加和普魯塔克的作品，具有不容忽視的文學價值，為後世的現代隨筆創作開闢了道路。

除此之外，羅馬帝國時代還有一位出身於敘利亞的希臘作家盧奇安（Loucianos）[98]，他以對話形式撰寫的諷刺性作品，嘲笑過去的天神和當時的迷信風尚等，其風格清新、語言生動、充滿著戲謔的成分，對後世的影響頗大，恩格斯曾稱讚他是「古代的伏爾泰」。周作人曾在談及古希臘智者一派時說：「我所喜愛的古代文人之一，以希臘文寫作的敘利亞人路吉亞諾斯，便是這種的一位智者，他的好些名篇可以當作這派的代表作，雖然已是二千年前的東西，卻還是像新印出來的，簡直是現代通行的隨筆，或是稱他為雜文也好，因為文章不很簡短，所以不大好諡之曰小品。」[99]

蒙田，作為十六世紀文藝復興後期法國人文主義思想家，他用「閒聊」方式，探討道德問題和記錄自我反省，文章長短不拘，筆調幽默活潑，娓娓而談，給人一種親切之感。這是在希臘議論文、書信、獨白、悖論等文體、手法的基礎上，逐漸形成有自己特色的一種「雜談式」隨筆文體。P. 博克把它視為「希臘議論文」的一種復興[100]。那

96　蒙田：〈論虛妄〉，潘麗珍等譯：《蒙田隨筆全集》（南京市：譯林出版社，1996年），下卷，頁213。

97　蒙田：〈論經驗〉，潘麗珍等譯：《蒙田隨筆全集》（南京市：譯林出版社，1996年），下卷，頁357。

98　盧奇安，周作人早年譯為路吉亞諾斯（思），也有人譯為琉善。

99　十堂（周作人）：〈文學史的教訓〉，《藝文雜誌》，卷3，第1、2期（1945年1月1日）。

100　P. 博克撰，孫乃修譯：《蒙田》（北京市：工人出版社，1985年），頁122。

麼，蒙田的隨筆價值具體反映在哪些方面呢？

　　其一，蒙田創立現代隨筆的精神面貌。他給予隨筆法語名稱"Essai"，是「嘗試」、「稱量」、「考察」、「試驗」等意思。他賦予隨筆文類以嶄新的內涵，是革新的精神、創造的精神和充滿理性批判的精神，這就是現代隨筆的思想精魂。在希羅馬時代，散文主要是用來作為言說倫理問題的體裁，而到蒙田手裡，現代隨筆文類正式確立，其表現領域也擴大了，既有承續先前傳統的倫理學論題，談論如何鍛鍊、提高人的品質毅力、道德操守等等問題，如〈論憂傷〉、〈論無所事事〉、〈論恐懼〉、〈論友誼〉等；但更多是圍繞著人與人、人與社會、人與自然等問題進行智慧的言說，這裡面已經寄寓了廣泛的「社會批評」和「文明批評」。有時，他的筆鋒是毫無遮攔，犀利無比。比如他由於生活在法國戰亂頻繁、社會急劇動盪不安的年代，但他並不是採取明哲保身的態度，相反他敢怒、敢言、敢於拍案而起：「我就生活在這個時代，內亂頻仍，殘酷的罪行罄竹難書。從古代歷史中找不出我們天天看到的這種窮凶極惡的事。但是這絕不能使我見多了而不以為然。要不是親眼目睹我真難以相信人間有這樣的魔鬼，僅僅是為了取樂而任意殺人；用斧子砍下別人的四肢，絞盡腦汁去發明新的酷刑、新的死法，既不出於仇恨，也不出於利害，只是出於取樂的目的，要看一看一個人臨死的焦慮，他可憐巴巴的動作，他使人聞之淚下的呻吟和叫喊，這真是到了殘忍的最大限度。」[101]讀著蒙田這些義憤填膺的言辭，真是令人心神俱旺、欽佩不已。這與魯迅在〈病後雜談〉所揭示的中國統治者施行令人髮指的酷刑，是異曲同工之作。蒙田的筆觸涉獵方方面面，從古希臘一直到他生活的時代，都成他議論的話題和引證材料。但他不是在掉書袋，炫耀知識，而是為了更好地探討問題。他說「那些人想把古人的思想掩飾成自己的思想，自己

---

101 蒙田：〈論殘忍〉，潘麗珍等譯：《蒙田隨筆全集》（南京市：譯林出版社，1996年），
　　中卷，頁105。

產生不了有價值的東西」，「我不引用別人，除非為了更好地表達自己。」[102]蒙田是一位懷疑論者，信奉相對主義。莫里斯・梅爾洛—朋蒂以為懷疑論無異暗示一個思想：「世界上存在著一種具有一切側面和一切必要中介的全面真理。懷疑論之所以提出層出不窮的對比和矛盾，那是因為真理要求這樣做。」[103]蒙田所處的那個時代正在為人的價值、人的理性而自負不凡時，他卻開始思考對人的自負進行釜底抽薪的批駁。他對所謂「忠誠」、「正義」、「感覺」、「人性」等等命題進行一系列的顛覆和解構，他說：「心靈的力量在於靈活、尖銳、敏捷，然而是不是也因靈活、尖銳、敏捷而使心靈困擾，陷入瘋狂？是不是最精微的智慧產生最精微的瘋狂？猶如大愛之後產生大恨，健壯的人易患致命的病。」因而，他對事物的看法常常與那個時代的流俗不一致，他說「這是雙耳罐，可以抓住左耳，也可以抓住右耳把它提起來」。他還詭異地宣稱：「當我跟我的貓玩時，誰知道是它跟我消磨時間還是我跟它消磨時間？」[104]蒙田這些充滿智慧的言說，確實有相當的前衛意識。難怪英國現代思想家齊格蒙・鮑曼稱蒙田是一位「自己時代的異鄉人」，「沒有比他的關於人類的脆弱性和不確定性的一切說法更適合於我們這個喪失了自信的世紀中的人的心態了」[105]

其二，蒙田突顯了現代隨筆的鮮明、豐滿的個性特徵。從蒙田開始，隨筆以解剖自己而深入地解剖社會而著稱，使此種文類成為知識者言說思想的重要載體。蒙田在《隨筆集》的開篇〈致讀者〉中就說

---

102 蒙田：〈論對孩子的教育——致迪安娜・居松伯爵夫人〉，潘麗珍等譯：《蒙田隨筆全集》（南京市：譯林出版社，1996年），上卷，頁164。

103 莫里斯・梅爾洛——朋蒂：〈前言：讀蒙田〉，轉引自潘麗珍等譯：《蒙田隨筆全集》（南京市：譯林出版社，1996年），下卷。

104 蒙田：〈雷蒙・塞邦贊〉，潘麗珍等譯：《蒙田隨筆全集》（南京市：譯林出版社，1996年），中卷，頁166、270、125。

105 齊格蒙・鮑曼撰，洪濤譯：《立法者與闡釋者——論現代性、後現代性與知識分子》（上海市：上海人民出版社，2000年），頁116。

他是寫這本書純粹是為了他的家庭和個人，因而他「樂意把自己完整地、赤裸裸地描繪出來」。他這樣說，也是這樣做的。當人們忙於觀察外在世界時，蒙田卻將視線轉向自己內部，不斷地追問自己，檢查和體驗自己，堅持不懈地抨擊自己的不足之處。他覺得自己是個平平常常的人，惟一與他人的區別是自己十分清楚地看到自己的缺點，但並不想掩飾它們，也不想為它們辨解。如，他稱自己的看法「在大部分下都搖擺不定」，所以「會用抽籤和扔骰子的方法來作出決定」，他也承認自己「更喜歡沿著別人走過的道路前進」[106]，他甚至說：「當我虔誠地向自己懺悔時，我發現我最優秀的品質也帶有邪惡的色彩。柏拉圖若仔細觀察（他確是這樣做的）自己最高貴的品德（我和大家一樣，對這種高貴品德和其他類似的優秀品德，都給予真誠而公正的評價），他會發現他這種品德也雜有人類不自然的色彩，那色彩若隱若現，只有他自己才能察覺。」[107]應該說，蒙田確實是將研究自己、審視自己、剖析自己作為自己的工作和職業，並持之以恆，誠心誠意，全力以赴，這種自我解剖精神是西方曠古未有的，是極其真誠和嚴厲的。蒙田將這種自我解剖的精神概括成一個問句——「我知道什麼？」他把這句話作為格言，銘刻在一把天平上。誠然，作為一位偉大的隨筆作家蒙田，他的犀利解剖刀並不是止於自己，而通過無情地解剖自己而達到解剖社會、解剖自高自大的人類。他稱：「我們看待一切都是用自己的尺度」[108]，「社會和個人最大的謬誤的根源，是人對自己的評價過高」[109]。記得魯迅也說過這樣非常深刻的一席話：「凡

---

106 蒙田：〈論自命不凡〉，潘麗珍等譯：《蒙田隨筆全集》（南京市：譯林出版社，1996年），中卷，頁360。

107 蒙田：〈我們不可能享受純正的東西〉，潘麗珍等譯：《蒙田隨筆全集》（南京市：譯林出版社，1996年），中卷，頁383。

108 蒙田：〈論他人之死〉，潘麗珍等譯：《蒙田隨筆全集》（南京市：譯林出版社，1996年），中卷，頁296。

109 蒙田：〈論自命不凡〉，潘麗珍等譯：《蒙田隨筆全集》（南京市：譯林出版社，1996年），中卷，頁334。

是人的靈魂的偉大的審問者，同時也一定是偉大的犯人。審問者在堂
上舉劾著他的惡，犯人在階下陳述他自己的善；審問者在靈魂中揭發
污穢，犯人在所揭發的污穢中闡明那埋藏的光耀。這樣，就顯示出靈
魂的深」，「穿掘著靈魂的深處，使人受了精神底苦刑而得到創傷，又
即從這得傷和養傷和癒合中，得到苦的滌除，而上了蘇生的路。」[110]
筆者以為，魯迅這段話也可以移來評價蒙田的自剖精神。因為蒙田在
無情地解剖他人時，並沒有將自己置之度外，在審判堂上，他的靈魂
也是同樣受到嚴厲的拷問，也一樣揭示自己性格的缺陷和污點。由此
通過自我反省和苦的滌除，而走上「蘇生」的路。蒙田說：「我為別
人描繪自己，給我上的色彩勢必比我本身的更鮮明清晰。與其說我塑
造了書，毋寧說書塑造了我；這本書與其作者唇齒相依，是作者自己
做的事，是他生命的組成部分。」[111]確實是如此，蒙田因《隨筆集》
而聞名，《隨筆集》也因蒙田的人格魅力而流傳，征服了一代又一代
讀者的心靈。

其三，蒙田創造了現代隨筆文類的新形式。蒙田曾反問過自己撰
寫的那些隨筆是什麼呢？他說：「其實，也不過是怪誕不經的裝飾
畫，奇形怪狀的身軀，縫著不同的肢體，沒有確定的面孔，次序、連
接和比例都是隨意的。」[112]這番話，給我們的感覺是蒙田創造的隨筆
文體如同「四不像」的東西。然而，正是這種不遵守創作框框的寫作
方法，才給他命名的 "Essai" 文體帶來蓬勃生機的生命力。筆者歸納
為三點特色：一、創造性。蒙田盛年之際，卻辭官歸隱蒙田城堡，並
不是看破世情，消極度世，而是為了「保留一個完全屬於我們自己的

110 魯迅：〈《窮人》小引〉，《魯迅全集》（北京市：人民文學出版社，1981年），卷7，頁104-105。

111 蒙田：〈論否認說謊〉，潘麗珍等譯：《蒙田隨筆全集》（南京市：譯林出版社，1996年），中卷，頁372。

112 蒙田：〈論友誼〉，潘麗珍等譯：《蒙田隨筆全集》（南京市：譯林出版社，1996年），上卷，頁205。

自由空間」，通過大量披閱古代典籍，結合自己前一段的豐富人生閱歷，撰寫隨筆，剖析自我，評陟社會。他說：「我必須用筆進行思考，跟人走路用腳一樣。」[113]因此，他的隨筆創作是他生命創造力的表現，是他「用筆進行思考」的產物。二、自由性。蒙田的隨筆是一種興之所至，信手拈來創作風格。他稱：「我安排自己的論點也是隨心所欲沒有章法的。隨著聯翩浮想堆砌而成；這些想法有時蜂擁而來，有時循序漸進。我願意走正常自然的步伐，儘管有點淩亂。當時如何心情也就如何去寫。」[114]因而，隨筆的文字可以長短不一、結構有意鬆散，不求勉強統一，不求彼此連貫，格式自由、變化多端。甚至，蒙田在創作過程中出現「各章隨筆的名稱不一定囊括全部內容，而其中的某個符號卻往往標明了文章的內涵」[115]。如〈論維吉爾的詩〉，文章開篇繞了一大圈，才拐到所要論述的主題即女子的愛情與性問題，然而這個主題又非文章標題所揭示的內容，維吉爾的詩僅僅是作者行文中旁徵博引的材料之一。蒙田的這種寫法真可謂「天馬行空式的離題」，然而正是那莫測風雲的變化，才顯得美不勝收，越似漫不經心，信手寫來，意趣越濃！這便是蒙田隨筆文體的神奇魅力。三、多樣性。這是指涉蒙田隨筆創作手法的豐富特點。蒙田隨筆的文字汪洋恣肆，語言平易明暢。但並不等於他不追求表現手法上的多樣性和豐富性。他曾說：「我的文筆詼諧，有個人特色，但這種方式屬於我自己。」[116]這說明蒙田還是比較注意文字意趣的捕捉和表現。這

---

113 蒙田：〈論虛妄〉，潘麗珍等譯：《蒙田隨筆全集》（南京市：譯林出版社，1996年），下卷，頁248。

114 蒙田：〈論書籍〉，潘麗珍等譯：《蒙田隨筆全集》（南京市：譯林出版社，1996年），中卷，頁82。

115 蒙田：〈論虛妄〉，潘麗珍等譯：《蒙田隨筆全集》（南京市：譯林出版社，1996年），下卷，頁253。

116 蒙田：〈評西塞羅〉，潘麗珍等譯：《蒙田隨筆全集》（南京市：譯林出版社，1996年），上卷，頁285。

與他為人的性格和平時大量翻閱古代典籍相聯繫。蒙田尤其喜歡閱讀塞內加和普魯塔克的作品，並從他們兩人行文風格中汲取不少有益的營養。他稱「塞涅卡的文章冷嘲熱諷，辛辣無比；普魯塔克的文章言之有物。塞涅卡叫你讀了熱血沸騰，心潮澎湃，普魯塔克使你心曠神怡，必有所得。前者給你開路，後者給你指引」。[117]客觀分析蒙田隨筆的行文特色，筆者以為蒙田確實做到兼有塞內加和普魯塔克文風之特長。他的傑出才華在於將隨筆發展成無物不可入，無話不可說的極富彈性的、有著無限表現可能性的文體，這是蒙田所獨有的、無可模仿的風格。從這個意義上說，法國評論家夏爾・奧古斯坦・聖伯夫高度讚賞蒙田稱：「他的風格只能在完全自由的十六世紀出自一個坦率的、有獨創性的、愉快的、敏銳的、勇敢的和精緻的心靈，這種風格有獨一無二的特徵，即使在當時這種特徵看來也顯得不受拘束和有點不顧規則，它受到源自古代的純粹和直接精神的激勵和鼓舞，但並未為它陶醉得不能自持。」[118]

　　英國哲人培根（Francis Bacon）把蒙田隨筆這一文體移植進來，使它變成今英人最愛讀的散文品種之一。不過，培根創作的《隨筆》，其內容雖還是屬於倫理範疇，但在風格上與蒙田隨筆有較大的差異。一般文章不受個人感情支配，篇幅較短，言簡意賅，處處露出了作者「冷靜深刻的觀察力」以及「要言不煩的表現力」。[119]培根這些智慧的言語，迄今為止仍被學者譽為「經得起時間考驗的現代人實用智慧的豐碑之一」[120]。到了十七世紀，英國隨筆便產生了兩位繼承人：一

---

117 蒙田：〈論書籍〉，潘麗珍等譯：《蒙田隨筆全集》（南京市：譯林出版社，1996年），中卷，頁87。

118 夏爾・奧古斯坦・聖伯夫撰：《蒙田》，羅伯特・哈欽斯等主編：《西方名著入門》（北京市：中國商務印書館，1995年），卷4（評論），頁106。

119 梁實秋：《英國文學史》（臺北市：協志工業叢書出版公司，1985年），卷1，頁502。

120 安妮特．T.魯賓坦撰，陳安全譯：《英國文學的偉大傳統》（上海市：上海譯文出版社，1998年），上卷，頁150。

位是康瓦立司（Sir William Cornwallis）和約翰遜（Robert Johnson），
不過他們兩人在當時文壇上影響不大。這個世紀後期，出現了威廉‧
坦普爾和亞伯拉罕‧考利兩位隨筆作家。坦普爾行文以閒適為主，是
隨筆的本色；考利被譽為「第一個真正繼承蒙田的作家，是英國小品
文的正宗」，自考利後三百餘年，隨筆的悠閒自得的意境，好比一條
幽美的溪流，貫穿在英國文學史裡，時隱時現地流動著。[121]

　　十八世紀期刊隨筆的崛起，標誌著英國隨筆興盛景象的到來。期
刊隨筆的發端者笛福（Daniel Defoe），他創辦了《評論報》（*The
Review*）出版達九年之久，是報界的先鋒。在笛福的啟發下，斯梯爾
（Rrchard Steele）創辦了《閒談者報》（*The Tatle*），每週出三期，自
創刊至終刊共計出版兩百一十期。其中一百八十八期是出自斯梯爾一
人的手筆，後來艾迪生（Joseph Addison）也加入撰稿。《閒談者報》
發行兩年就停刊，接著兩人共同合作出版《旁觀者報》（*The
Spectator*）。除此之外，這個世紀還有很多其他的重要刊物，如《漫
遊報》、《閒散報》、《蜜蜂報》、《冒險報》、《世界報》、《品評報》，其
中《漫遊報》和《閒散報》是約翰遜博士（Samuel Johnson）創辦的
隨筆刊物；《密蜂報》是哥爾斯密（Oliver Goldsmith）創辦的隨筆刊
物。本時期的英國隨筆作家和隨筆創作出現了新的特色：其一，隨筆
與迅速崛起的期刊聯繫日趨緊密。可以說，活躍在十八世紀文壇上的
重要隨筆作家，如笛福、斯威夫特、斯梯爾、艾迪生、菲爾丁、約翰
遜、哥爾斯密斯等等，無不與當時的期刊發生關係。他們有的親自經
營期刊，主導隨筆發展方向；有的成為期刊的特約撰稿人，積極參與
社會問題的討論。其二，本時期隨筆作家主張知識者要充當「人類的
旁觀者」，他們在人生各個方面都扮演著旁觀者的角色。艾迪生稱他

121　方重：〈略論英國小品文的發展──從十六世紀到二十世紀中葉〉，《外國語》（上海
　　外國語學院學報）1984年第3期。

辦的《旁觀者報》在倫敦和威斯敏特大約擁有六萬名「信徒」，為了使他們從渾渾噩噩、愚昧無知的狀態中擺脫出來，「使得他們的教育引人入勝，使得他們的消遣富有實效」，他立志不遺力地進行隨筆創作，「竭力讓道德帶上機智的光芒，讓機智受到道德的制約」[122]。其三，本時期的隨筆作家擴大了隨筆的表現領域。隨筆被請出學者的書齋，開始走向大眾、走向市民階層中去。尤其是《閒談者報》和《旁觀者報》在當時市民階層有廣泛的影響力，這兩份期刊把內容分類設欄，以中產階級為閱讀對象，發表了關於社會習俗、道德風尚的文章和故事，尤以隨筆特寫為多。《閒談者報》由開始諷刺貴族階級的閒適無聊到後來以反映小市民日常生活和勸善為其主要內容；《旁觀者報》則筆涉社會的方方面面，刻劃形形色色的各類人物，為人們勾勒一幅十八世紀社會的風俗畫。隨筆不再是學者在書齋裡精緻的言說載體，而是隨筆作家喚醒大眾、教育大眾的啟蒙工具。其四，本時期的隨筆突破了以往西方以議論為主的倫理隨筆的單一形式。隨筆現在也可以用來寫人、敘事、議論、抒情，形式多樣、自由靈活。現代中國隨筆作家梁遇春讚賞隨筆要有一個觀察點，即隨筆作家可以裝老、裝單身漢，裝外國人等等，從而獲得一個新觀察點，就一定能發現許多新的意思，除去不少從前的偏見，找到無數看了足以發噱的地方。這種寫法就是從艾迪生，斯梯爾、哥爾斯密斯等人筆下開始出現的。

　　到了十九世紀，英國隨筆發展進入了鼎盛時期。這時的隨筆大家有蘭姆（Charles Lamb）、赫茲利特（William Hazlitt）、利·亨特（Liegh Hunt）、德·昆西（De Quincey）、斯蒂文森（Robert Stevenson）等。蘭姆是公認這個世紀最傑出的隨筆作家，他創作的《伊利亞隨筆》（Essay of Elia）一向為讀者所喜愛。蘭姆是倫敦下層社會中的一個

---

122 阿狄生（艾迪生）：〈《旁觀者報》的宗旨〉，《旁觀者報》第10期（1711年3月12日）。轉引自劉炳善譯：《倫敦的叫賣聲：英國隨筆選譯》（北京市：生活·讀書·新知三聯書店，1997年），頁19。

普通小職員，又遭逢家庭的不幸，與有精神病患的姐姐共度餘生。他是苦人，卻又是一個心地非常善良的人。蘭姆的隨筆大體有以下幾個特點：

其一，蘭姆徹底革新了西方隨筆的表現內容。隨筆發展到十九世紀的蘭姆，又遇新變。赫茲利特說得好：「蘭姆先生的成功，不在於順應『時代精神』，而在於與其相反。他不是跟著人群大膽前進，而是悄悄溜到邊道上順著相反的方向尋找自己的道路。」[123]蘭姆既不是哲學家，也不是思想家，他創作的隨筆與以往西方隨筆最大的不同在於，他改變以往西方隨筆探討宏大的主題、時代的精神或是純粹的倫理修養，也沒有像艾迪生他們負有啟蒙大眾的重大使命。他的隨筆轉而去寫自己身邊的題材，親友印象、倫敦見聞、世事觀感、往事漫憶等等，傳遞出一個平凡人的生活感受和人生體驗。他把隨筆當作與讀者交談的藝術，於不幸的人生遭遇和公司裡刻板小職員的生涯外，他找到一個傾吐個人心聲的文體。他熱愛自己居住的城市，他能夠從城市中的一些平凡小事中尋找到詩意的東西，展現自己創作的藝術靈感。他稱：「我的日子是全在倫敦過的，愛上了許多本地東西，愛得強烈，……那人群，那塵土、泥漿，那照在屋子和人行道上的陽光，圖片店，舊書店，在書攤上討價還價的牧師，咖啡店，廚房裡飄出來的湯味，演啞劇的人──倫敦本身是一大啞劇，一大化裝舞會──所有這一切都深入我心，滋養了我，怎樣也不會叫我厭膩。這些景物給我一種神奇感，使我夜行於擁擠的街道，站在河濱的人群裡，由於感到有這樣豐富的生活而流淚來。」[124]蘭姆將都市倫敦的生活，用一種所謂的「點金術」，賦予倫敦生活中的一些凡人凡事以浪漫的異彩，

---

123 赫茲里特（赫茲利特）：〈伊利亞〉，劉炳善譯：《倫敦的叫賣聲：英國隨筆選譯》，（北京市：生活・讀書・新知三聯書店，1997年），頁174。

124 蘭姆致華茲華斯信，1801年1月30日，王佐良主編：《並非舞文弄墨：英國散文名篇新選》（北京市：生活・讀書・新知三聯書店，1994年），頁122。

形成自己筆下常為感動的表現對象。本森稱讚道:「查爾斯‧蘭姆以浪漫主義手法寫身邊瑣事,表明了即使最簡單、最平凡的生活經歷也是情感豐富、趣味盎然的。日常生活中的美和莊嚴,是他作品中的主題思想。」[125]

　　其二,蘭姆隨筆創作是一種個人化的「私語」。他是「一個傑出的絮語散文開拓者」[126]。蘭姆的隨筆總是帶著懷舊的情調。他不愛新的東西,也怕面向未來,他稱「只有對於從前的、已經成為過去的歲月,我才有點兒把握。我沉浸在已逝的幻影和既定的結局之中」[127]。他許多隨筆就是這「已逝的幻影」的追憶與緬懷。〈南海公司回憶〉、〈三十五年前的基督慈幼學校〉,都是他繪聲繪色的回憶之作。因而,蘭姆身上具有一種懷古的情結,因為懷古意味著一種反思的人性。在筆法上,他常常是亦莊亦諧,莊諧雜出。有時會冒出一些俏皮的話,在諧謔之中潛伏著個人的不幸和辛酸。他談論倫敦歲末凌晨,寒氣砭人之際卻已出現那些掃煙囪黑人小孩的身影,如果自己早行時不小心摔個仰面朝天,能使這些小孩在凄苦之中,眼裡閃耀一點兒得之不易的快活光芒,作者說自己也情願站在那裡,做他們的嘲笑對象。筆觸間,滿貯著作者的同情之意(〈掃煙囪的小孩禮讚〉);蘭姆一生未婚,卻曾寫一篇〈夢幻中的孩子們〉,記述於夢幻中自己膝下有一對可愛的小兒女,文章寫得活靈活現、至情至性,但作者那顆苦心著實讓人感慨不已。被郁達夫譽為中國的「愛利亞」的梁遇春,深得蘭姆隨筆之神髓,他說蘭姆是「帶一副止血的靈藥,在荊棘上跳躍奔馳,享受這人生道上一切風光,他不鄙視人生,所以人生也始終愛

125 本森:〈隨筆作家的藝術〉,劉炳善譯:《倫敦的叫賣聲:英國隨筆選譯》(北京市:生活‧讀書‧新知三聯書店,1997年),頁271。

126 利查‧艾克斯納:〈論隨筆〉,傅德岷編《外國作家論散文》(烏魯木齊市:新疆大學出版社,1994年),頁28。

127 查爾斯‧蘭姆:〈除夕隨想〉,劉炳善譯:《伊利亞隨筆選》(北京市:生活‧讀書‧新知三聯書店,1987年),頁72。

撫他」[128]。他的娓語筆調，蘊含著「含淚的笑」。

其三，蘭姆在隨筆文體形式上有獨特的風格。他喜歡借用以往一些作家的古詞古語，尤其他自覺師承十七世紀英國隨筆作家伯爾頓和布朗。伯爾頓撰寫過《憂鬱的剖析》，布朗撰著了《甕葬》，這都是蘭姆耽讀的兩部隨筆集。蘭姆摹仿他們的筆調，用一種文白雜揉、迂迴曲折的「擬古」文風來敘述，因而達到奇特的藝術效果。沃爾特・佩斯稱：「即使在他隨口說出的話裡，也流露出往昔英語的古色古香的味道；在他信手拈來的詞句中，也明顯看出昔日那些文體大師的遺響。」[129]蘭姆奇特的筆調和多層次的語言表現方式，傳遞出英語「美文」的種種精妙之處。同時，我們還要特別指出，蘭姆的隨筆在表現手法和修辭策略上突破了「真實」與「虛構」的界線，從而使隨筆變成更富有彈性、更有包容性的文體。他宣稱：「別把伊利亞的記敘文章當作真實可靠的記錄了。它們不過是事實的影子——並非真實存在的事物——或者說，只停留在歷史事實的邊緣和近郊。」[130]因而，他在「伊利亞」筆名的遮掩下，採用偷樑換柱的方式，或改名換姓、或變換人物身分、或改動事件時間等等，對真人真事進行重新剪接、拼貼、組裝，進而造成一種真真假假、假假真真、亦真亦假、真假雜揉的綜合藝術效果。

進入二十世紀後，英國文壇上仍然活躍著一大批隨筆作家，如蕭伯納（George Bernard Shaw）、羅素（Bertrand Russell）、盧卡斯（E. V. Lucas）、貝洛克（Hilarie）、比爾博姆（Max Beerbohm）、切斯特頓（G.K. Chesterton）、林德（Robert Lynd）、伍爾芙（Virginia Woolf）、米爾恩（A. A. Milne）、赫胥黎（Aldous Huxley）、普里斯特（J. B.

---

128 梁遇春：〈查理斯・蘭姆評傳〉，《文藝月刊》第6卷5、6號合刊（1934年12月1日）。

129 沃爾特・佩斯：〈查爾斯・蘭姆〉，劉炳善譯：《伊利亞隨筆選》（北京市：生活・讀書・新知三聯書店，1987年），頁428。

130 查爾斯・蘭姆：〈記往年內殿法學院的主管律師們〉，劉炳善譯：《伊利亞隨筆選》（北京市：生活・讀書・新知三聯書店，1987年），頁156。

Priestley）等等。其中尤以羅素、蕭伯納、盧卡斯、伍爾芙最為中國讀者所喜愛，並對現代中國隨筆產生了一定的影響。

蒙田之後，法國隨筆發展不僅沒有出現像英國蒸蒸日上的繁榮景象，而且有的學者甚至懷疑它「沒有真正的隨筆傳統」，如果說有的話，「它也沒有發展成直線的、重要的流行形式」。[131]況且，在一般人們印象中，隨筆形式似乎只是蘭姆式的軟性筆調，這就自然會把深受哲學影響的法、德等國的隨筆拒斥在外。其實，這完全是一種偏見。隨筆的風格可以多樣化，好的隨筆作品是不會充當「小擺設」的，它更需要哲理的內核、思想者的火花。如果從這一個角度來看，無疑法、德等國的隨筆是西方隨筆的重要組成部分。我們只要稍微了解一下法國隨筆與十八世紀啟蒙思想家之間的密切關係，便能明瞭這一事實。正如《大英百科全書》中指出：「隨著十八世紀歐洲啟蒙運動中敏銳的政治先覺者的出現，隨筆成為宗教和社會批評的極端重要的武器。」[132]孟德斯鳩（Charles de Secondat Montesquieu）、伏爾泰（Voltaire）、盧梭（Jean—Jacques Rousseau）、狄德羅（Denos Diderot）等，他們借助隨筆的靈活、簡捷、對時事暗含一語雙關的諷喻性，反對神學統治，反對宗教迷信，批判信仰主義和蒙昧主義，提倡人道主義和個性解放，有力推動了這場席捲歐洲的思想啟蒙運動，使隨筆成為社會改革的一種重要的思想工具。進入二十世紀後，法國仍不斷湧現像加繆、薩特、羅蘭·巴特等世界級的隨筆大家，《大英百科全書》稱：「薩特從一九四七年以來出版的幾卷著作，是最有分量的，特別是前兩卷，形成了二十世紀中期隨筆寫作的最富於獨創性的主流。」[133]

---

131 利查·艾克斯納：〈論隨筆〉，傅德岷編：《外國作家論散文》（烏魯木齊市：新疆大學出版社，1994年），頁27。

132 轉引自張夢陽編譯：〈《大英百科全書》關於散文的詮釋〉（下），《散文世界》1985年2期。

133 轉引自張夢陽編譯：〈《大英百科全書》關於散文的詮釋〉（下），《散文世界》1985年2期。

時至今日，他們的影響仍然在繼續，這不能不讓人深思和玩味。

接下來談一下，以德國為主的德語國家的隨筆。德意志民族向來是以工作的嚴謹性和思考的深刻性而聞名遐邇，而這正是創作有思想力度隨筆的必要質素。美國學者利查・艾克斯納有這麼一個概括：「十九世紀以前，隨筆還沒有作為一種公認的文學類別進入德國。赫曼・格利姆由於受到愛默生隨筆的影響引進了這個名稱。但在他之前，萊興、歌德和浪漫派作家都寫過這類文章，只是沒標明為隨筆。海涅的散文是非常突出而優秀的隨筆文體。」[134]不過，十九世紀的叔本華（Arthur Schopenhauer）、尼采（Friedrich Nietzsche）精於撰寫的那些哲學性隨筆，其影響是世界性，是他人所望塵莫及的。二十世紀以來，奧地利的卡夫卡（Franz Kafka）、德國的布萊希特（Bertolt Brecht）、奧地利的里爾克（Rainer Maria Rilke）創作的隨筆，仍然深受讀者的喜愛。他們在傳承德語隨筆的「哲理性」的同時，又在文體上追求幽默和喜劇風格，在一定程度上，有改變原來深刻有餘而活潑不足的弊端。

美國的隨筆創作已有近三百年的歷史，起初是移植英國隨筆的創作風格。草創期本傑明・弗蘭克林（Benjamin Franklin）、托馬斯・傑佛遜（Thomas Jefferson）等人創作的隨筆顯然成就不大，但為後來美國隨筆的發展起到篳路藍縷的作用。而真正從模仿歐洲大陸文風走向獨創的第一人是愛默生（Ralph Waldo Emerson），另外為美國隨筆作出重大貢獻的還有歐文（Washington Irving）、梭羅（Henry David Thireau）。二十世紀美國隨筆創作得到了很大發展，較為著名的隨筆作家有喬治・桑塔亞那（George Santayana）、馬克吐溫（Mark Twain）、海明威（Ernest Hemingway）等。綜觀美國隨筆，有如下的特點：寫實性較強，文字淺顯、曉暢；富有思辨性，但不深奧，做到

---

134 利查・艾克斯納：〈論隨筆〉，傅德岷編：《外國作家論散文》（烏魯木齊市：新疆大學出版社，1994年），頁29。

既機智幽默，又有思想深度。

　　東方隨筆中除了中國外，日本的隨筆是成就最好的。日本隨筆的古代與現代之分大致以明治維新為界線。日本古代隨筆主要是接受中國隨筆的影響，並逐漸形成有自己民族特色的文類。日本「隨筆」一詞本是從漢語移植過去的。日本古代的三大隨筆作家，即《枕草子》的清少納言、《方丈記》的鴨長明、《徒然草》的吉田兼好，他們除了對本民族文化有特別感悟能力外，而且深通漢學，尤其是鴨長明和吉田兼好都是佛門弟子，佛理成就他們觀照俗世、透澈人生的一種表現方式。郁達夫就稱譽《徒然草》：「思路的清明，見地的周到，也真不愧為一部足以代表東方固有思想的哲學書。」[135]日本古代隨筆大多是片斷式的文字形式，隨便的敘事，縱意的抒情，或雜感式的評論。到了江戶時代，日本隨筆創作曾盛極一時。作者數量之多，居歷代之冠。隨筆創作的題材多樣，也是前所未有的。歸攏起來大致可分為兩類，一類是各種身分職業的人從多方面撰寫的雜談漫錄，包括珍聞奇談、奇風異俗等內容；一類是學者或能工巧匠們所寫的專門知識和經驗的片斷。這完全類似我國宋、元、明、清的隨筆創作情況，實際這時的「隨筆」成了「筆記」的異名。因而，創作數量雖多，卻不見有什麼精品問世，產生過什麼重大的社會影響。十八世紀日本學者石原正明在〈年年隨筆〉裡對隨筆下了這樣的定義：「隨筆是將所見所聞的事，所言所思的事，鄭重正言的事，隨心所至而述下，故有把極熟識的事寫錯，並沒有骨骼且顯稚拙，成為很不堂皇的作品，然因其無修飾之故，能見作者的才華與氣量，實為很有興味的作品。」[136]仔細推敲這一定義的內涵，其實沒有越出我國宋代洪邁給隨筆立下的文體成規。

135　郁達夫：〈《徒然草》譯後記〉，《宇宙風》，第10期（1936年2月）。
136　石原正明：〈年年隨筆〉，轉引自林林：〈漫談日本隨筆文學〉，《散文世界》1989年6期。

　　到了明治維新，日本開始門戶開放，自上而下地推行了極端的歐
化政策，從而走上一條現代化的進程。在西歐文明的衝擊下，日本隨
筆發生了重大的變化，原先在日本文壇，講「創作」，就只有小說、
詩歌、戲劇三類「純文學」，根本不包括隨筆。明治維新後，西方的
"Eassy" 被引進來，開始受到當時知識者的重視和運用。但對「隨
筆」的文學定位的評價還是偏低。正如石川淳說：「西洋重視隨筆是
事實。但那也要看是什麼人的文章，古往今來看重的是作者，他們真
正重視的是那些為數不多的名流作品，而不是把隨筆這種文學形式作
為通向更高藝術境界的途徑而加以推崇的。」[137]然而，當時日本文壇
的知識者也並不是首先從純文學角度來引進西洋隨筆，他們看重的是
西洋隨筆重視「社會批評」和「文明批評」的特質。著名批評家高山
樗牛在明治三十四年發表的〈作為文明批評家的文學家〉，就稱尼采
為十九世紀歐洲的「文明批評家」，因為當時日本文壇所缺少的就是
像尼采型的「文明批評家」，他還說「我早就希望我國的文學家更新
文學觀念。只要他不擺脫遊戲作家的氣質，一切都將無從談起。作為
達到這一目的方法，我懇切地勸告他們仔細地玩味歐美晚近的詩人小
說家的創作。作為文明批評家需要怎樣的修養，怎樣的品格，是尤其
需要他們注意的」。[138]當時活躍在明治時期文壇的著名隨筆作家有福
澤諭吉、成島柳北、德富蘇峰、齋藤綠雨等。福澤諭吉、德富蘇峰等
都是將隨筆作為啟蒙大眾的工具而進行創作的。如福澤諭吉撰寫的
《福翁百話》，裡面是一百多篇隨筆的組合，談的都是關於人生觀、
宗教觀、教育觀、倫理觀等內容。在這些隨筆作家中筆鋒較為犀利要
屬齋藤綠雨，他這一時期以隨筆集《霰酒》、《忘貝》行世，被人譽為

---

137 石川淳：〈關於雜文〉，川端康成等：《日本隨筆選集》（上海市：上海譯文出版社
　　1986年），頁414。

138 高山樗牛：〈作為文明批評家的文學家〉，《日本現代文學全集8》（東京都：講談
　　社，1980年）。

「諷刺作家」和「尖舌人」的綽號。廚川白村曾以神往之心稱：「在日本的明治文學，冷嘲冷罵的有齋藤綠雨。在大正文壇相當持有綠雨之筆的是誰人？」[139]可見，綠雨的隨筆很得廚川白村的深心賞識。

　　到了大正時代，日本隨筆又有進一步的新變。有日本學者指出：「在大正後期由隨筆的繁榮到隨筆文體確立的過程中，作家們逐漸從小說第一的觀念中解放出來，雖然還殘留著把描寫身邊瑣事的隨筆稱作『雜文』而予以輕視的傾向，但這種傾向卻逐漸淡化、消退了。」[140]當時一個特別明顯的標誌是大正末年（1926），出現了《隨筆》專門雜誌的刊行，《文藝春秋》雜誌也採取編輯隨筆的方針，接著其他雜誌紛紛仿效起來。隨筆便成雜誌中必不可少的門類。然而，在大正早期，隨筆作家的處境還是很尷尬。長谷川如是閑是大正文壇上的隨筆大家。他在《日本新聞》上撰寫了「雲間寸觀」、「天聲人語」等專欄的隨筆作品；後來又參與創辦《我們》雜誌，並在這個刊物上開闢「真實如此騙人」隨筆專欄，連續發表不少的短評。他是屬於機智諧謔類型的人，他的隨筆常常是對日本所謂現代文明痛下惡辣的批評，因而被後來的日本學界認為他創造了一種以「寸鐵」殺人的諷刺性文體。但是這樣的文章，在當時是不被正統文人所承認和接納的。為了給隨筆有一個生存的空間和適當的位置，當時日本一些隨筆作家就將視線轉向西方隨筆資源上，從中找到為隨筆辯護的理由。隨筆作家福原麟太郎想通過「正名」的方法，為隨筆另立一個「睿智文學」的新名。他稱：「英國文學的精華，除其詩歌之外，還有它的隨筆。隨筆的特質，是以語言表現了英國國民的生活哲學。他們毫無拘束地娓娓談來，闡述自己的人生觀。隨筆並非是寫殘缺不全的知識，也不僅是

---

139 廚川白村撰，綠蕉、大杰譯：《走向十字街頭》（上海市：啟智書局，1928年），頁196。

140 福田清人：〈近代的隨筆〉，《日本近代文學大事典》（東京都：講談社，1977年），卷4。

表露個人見解，而是把睿智融入情感的乳汁之中。不是為了爭辯，而是為了推心置腹。」[141]而廚川白村更是看重西方隨筆中帶有「社會批評」和「文明批評」的特質，他公開認為隨筆的價值並不在於「純藝術」這點上，他論述傑士坦頓說：「在他隨著興之所至而一氣呵成地寫成的文章，實在是非常華美的，同時缺點也很多。所以把它作為藝術品未必可說是完璧的，但他的短處馬上就成他的長處。講到他那生氣潑辣之點，有斷不許他人模仿的特色。」[142]這就說明了，廚川白村對隨筆藝術的定位有別於當時的流俗，他著重於從隨筆的精神視角來分析總結隨筆的藝術特色。他曾評價蕭伯納的隨筆，稱他「把修理澄清的，作為貴族舉動的英國習俗，嘲笑到體無完膚的手腕，是很偉大的」[143]。廚川白村對隨筆精神特徵和藝術價值的新認識，更表現在《出了象牙之塔》中兩篇關於論 "Eassy" 的文字。應該說，這是廚川白村對現代隨筆理論與藝術的經典概括，對於我們正確把握隨筆文類有著重大的指導意義。

　　總之，日本現代隨筆作家在西方 "Essay" 啟發下，以思想啟蒙為己任，開展廣泛的「社會批評」和「文明批評」，從而完成了日本隨筆由古代向現代的脫胎換骨式的轉型，並且在當時的日本文壇上大放異彩。因而，日本現代隨筆的崛起和繁榮的成功經驗，給予正在摸索中的現代中國知識者以極大的啟示和影響，這是不容忽視的客觀事實，值得人們對此作進一步的深入研究。

二　外國隨筆：現代中國知識者的引進與譯介

　　現代中國知識者是什麼時候開始引進和譯介外國的隨筆資源？據

141　《現代隨想全集》（東京都：創元社，1953年），卷2，頁340。

142　廚川白村撰，綠蕉譯：《小泉八雲及其他》（上海市：啟智書局，1934年），頁115。

143　廚川白村撰，綠蕉、大杰譯：《走向十字街頭》（上海市：啟智書局，1928年），頁196。

筆者所知，二十世紀最早譯介外國隨筆是周瘦鵑。一九一七年，中華書局出版的《歐美名家短篇小說叢刊》曾收入周瘦鵑翻譯的蘭姆隨筆〈故鄉〉。胡適是現代知識者中較早提倡學習和借鑑外國散文方法，他在〈建設的文學革命論〉（1918）中談到國外有不少散文樣式值得取法，其中就列舉了法國的孟太恩（蒙田）、英國的倍根（培根）、赫胥黎等隨筆大家。[144]也是這一年，傅斯年撰著的〈怎樣寫白話文〉裡已經提及英文隨筆 "Essay" 一詞，文章認為「無韻文」（散文）的討論，要「以雜體為限，僅當英文的 Essay 一流」[145]。不過，這些外國隨筆的介紹都僅限於片言隻語，還談不上引起人們的充分重視。而率先讓現代知識者注意到西方 "Essay" 這一文類是周作人。一九二一年六月八日，他以子嚴筆名在《晨報副刊》上發表〈美文〉：

> 外國文學裡有一種所謂論文，其中大約可以分作兩類。一批評的，是學術性的。二記述的，是藝術性的，又稱作美文，這裡邊又可以分出敘事與抒情，但也很多兩者夾雜的。這種美文似乎在英語國民裡最為發達，如中國所熟知的愛迭生，蘭姆，歐文，霍桑諸人都做有很好的美文，近時高爾斯威西，吉欣，契斯透頓也是美文的好手。讀好的論文，如讀散文詩，因為他實在是詩與散文中間的橋。中國古文裡的序、記與說等，也可以說是美文的一類。但在現代的國語文學裡，還不曾見有這類文章，治新文學的人為什麼不去試試呢？

　　周作人的介紹，既有隨筆理論的概括與分析，又有外國隨筆作家

---

144 胡適：〈建設的文學革命論〉，《中國新文學大系・建設理論集》（上海市：上海良友圖書印刷公司，1935年），頁139。

145 傅斯年：〈怎樣寫白話文〉，《中國新文學大系・建設理論集》（上海市：上海良友圖書印刷公司，1935年），頁218。

的列舉和評介，同時也不忘與中國古文中的「序」、「記」、「說」這類
固有的隨筆作品相提並論。最後號召「治新文學」的作家也可以嘗試
去做。整個介紹頗為簡明扼要、提綱挈領、態度誠懇、富有鼓動性。
從此，中國學界開始出現譯介和取法外國隨筆的熱潮。

　　二十世紀二〇、三〇年代，中國新文化先驅者們以開放博大的心
胸，積極扮演「竊火」者的角色。隨筆，是他們重點引進的對象之
一。首先，專門介紹或部分涉及外國隨筆理論的文章有魯迅翻譯廚川
白村《出了象牙之塔》中的兩篇關於論 "Essay" 的文字以及該書其他
篇什裡論述文藝是「社會批評」和「文明批評」的產物的意見、胡夢
華的〈絮語散文〉、梁遇春的〈《小品文選》序〉及其在譯作注腳裡所
闡發的隨筆意見、李素伯的〈什麼是小品文〉、郁達夫的〈清新的小
品文字〉、林語堂的〈論小品文筆調〉、〈小品文之遺緒〉、魯迅的〈小
品文的危機〉、〈徐懋庸作《打雜集》〉、亞歷山大・史密斯的〈小品文
做法論〉、林煉青的〈論個人筆調的小品文〉、周作人的〈《中國新文
學大系・散文一集》導言〉、郁達夫的〈《中國新文學大系・散文二
集》導言〉等。其中，以廚川白村兩篇關於 "Essay" 的文章最廣為人
知，成為現代知識者最常徵引的文字。那麼，為什麼廚川白村論隨筆
的理論能夠引起現代知識者的普遍共鳴呢？這一方面是他對現代隨筆
思想的深刻洞見與高度提煉，另一方面源於他對西方現代隨筆藝術特
徵的審美把握與精闢概括。現代中國知識者依據自我的知識背景、性
情嗜好、審美趣味為基礎，從廚川白村的隨筆理論中擇取他們各自所
感興趣的部分，構成各自不同的現代隨筆美學理論。如魯迅主要接受
廚川白村關於文藝家是以「社會批評」和「文明批評」作為指點嚮導
一世。所以，魯迅強調現代隨筆要繼承「掙扎和戰鬥」的傳統，要充
當「匕首」和「投槍」，使之成為攻擊舊社會舊制度和改造國民劣根
性的有力的武器。梁遇春也說：「小品文是最能表現出作者的性格

的，所以它也能充分露出各國的國民性。」[146]顯然，梁遇春也是看到隨筆文類所蘊藏著巨大的思想價值。而承襲廚川白村概述現代隨筆的審美表現和藝術特徵，在現代中國知識者不乏其人。他們在翻譯介紹英法隨筆時，主要是在廚川白村論 "Essay" 的基礎上再加以闡明和發展。就這方面文獻而言，胡夢華的〈絮語散文〉，是一篇比較系統地論述隨筆的文章。在當時就引起一些現代知識者的重視和反響。文章第一部分「概論」，第二、三、四部分實際上是簡明地梳理一下西方隨筆自「孟田」（蒙田）始而轉入英國發展的流變史，並對「孟田」、「藍穆」（蘭姆）、「韓士立」（赫士利特）等隨筆大家作了精要的概述。胡夢華是中國學界第一位將英文 "Familiar essay" 譯成「絮語散文」，他宣稱：

> 不要誤會絮語散文是這樣簡單的，是這樣平淡無奇的。它自有它文學上一定的美質。上節提過的「家常絮語」、「家人絮語」當然是很重要的特性；還有比較重要的就是作者和作品的關係了。我們仔細讀了一篇絮語散文，我們可以洞見作者是怎樣一個人：他的人格的動靜描畫在這裡面，他的人格的聲音歌奏在這裡面，他的人格色彩渲染在這裡面，他的人格還是深刻的描畫著，銳利的歌奏著，濃厚的渲染著。所以它的特質是個人的（personal），一切都是從個人的主觀發出來，所以它的特質又是不規則的（irregular）、非正式的（informal）。又從表面看來雖然平常，精細的考察一下，卻有驚人的奇思，苦心雕刻的妙筆。並有似是而非的反語（irony），似非而是的逆論（paradox）。還有冷嘲和熱諷，機鋒和警句。而最足以動人的要算熱情（pathos）和詼諧（humor）了。說到這裡我們大概

---

146 梁遇春：〈從孔子到門肯〉，《新月》第2卷第6-7號合刊（1929年9月10日）。

可以相信絮語散文是一種不同凡響的美的文學。這是散文中的
散文，就同濟慈（Keats）是詩人中的詩人。[147]

　　胡夢華指出隨筆的重要特性是「家人絮語」和自我的「人格」色
彩。並對隨筆的文體特質進行綜合的考察。然而，他的觀點其實只是
廚川白村隨筆論的翻版而已，不過是用中國知識者的眼光對廚川白村
的隨筆理論再加以延伸和發揮[148]。但是，我們也不能小看這篇文章的
影響力。鍾敬文撰寫的〈試談小品文〉，就曾大段地引述過胡夢華的
文字。而周作人、林語堂倡導的「閒話」風隨筆創作，就是由廚川白
村「閒話」理論，經胡夢華的「家人絮語」，再到一九三〇年代林語
堂提出所謂「個人筆調」、「娓語筆調」、「閒適筆調」等等同一系脈的
發展。而這些觀念的來源本身均是建築在對西方隨筆，尤其是英國隨
筆藝術特色的解讀上。對於英國隨筆藝術的介紹和概括還有一位譯者
不能忽略，那就是梁遇春。梁遇春在翻譯的英國隨筆作品時，常常於
篇首下注，既提煉英國隨筆藝術的特點，同時也是發揮他對隨筆藝術
的理解和看法，一般三言兩語，要言不煩，時時迸射出耀眼的思想火
花。梁遇春從本森那裡得到精研隨筆的神髓，即「觀察點」（the point
of view）。只要找到嶄新的觀察視角，隨筆作家就會發現許多有意思
的地方，可以裝窮、裝傻、裝老、裝外國人等等，這就容易弄懂許多
事情；他從蘭姆那裡得到「憶舊」是很趣味的事，以為好的隨筆作家
多免不了鍾情於已過去的陳跡或異代的軼聞；他從當今的隨筆作家身
上發現，「含蓄」是現代隨筆共同的色彩。這些都是他在研讀英國隨

147　胡夢華：〈絮語散文〉，《小說月報》第17卷第3號（1926年3月10日）。
148　二十世紀八〇年代末，張夢陽從一位英國知名的漢學家卜立德教授那裡了解到胡夢
　　華這篇名文，其實是美國波士頓出版公司出版的《英國隨筆》（*The English
　　Familiar Essay*）引言的節譯，有抄襲的嫌疑。但正如卜教授說：「他抄的這篇引
　　言，至今在英國小品文研究論著中仍然是第一流的。」參見張夢陽的〈卜立德和
　　他的中英散文比較研究〉，《散文世界》1988年第8期。

筆時的真知灼見，很值得人們珍視。而對西方隨筆發展流變的概述，除上面提及的一些篇章有部分涉獵外，一九三〇年代有兩篇長篇論文發表，即毛如升〈英國小品文的發展〉[149]、方重〈英國小品文的演進與藝術〉[150]。這兩篇文章基本上勾勒出英國隨筆的流變史和整體概貌，為中國讀者更好地學習英國隨筆，指點了研讀的門徑。

　　至於西方隨筆作品的引進和譯介，現代中國知識者表現出前所未有的熱情和襟懷。早在一九二〇年《新青年》就推出第八卷第二號和第三號有系統地選擇羅素的作品作介紹；魯迅曾在《新潮》第二卷第五號（1920）翻譯尼采的隨感錄《察拉圖斯忒拉的序言》；就連以文化保守主義著稱的《學衡》第十五期也發表過錢堃新譯作《西塞羅說老》。一九二四年創辦的《語絲》，這是現代中國第一家純散文隨筆刊物。在這份刊物上，周作人譯介了斯威夫特的《〈婢僕須知〉抄》、藹理斯的〈隨感錄〉；林語堂翻譯了《Zarathustra 語錄》、章衣萍翻譯的《〈契訶夫隨筆〉抄》等。周作人、荒野、梁遇春等在《奔流》上分別譯介了懷特、史密斯、盧卡斯等人的隨筆名作，魯迅在《奔流》創刊號的《編校後記》中特別提到了他對隨筆譯介工作的支持。這裡特別值得一提的是原以青年學生為主創辦的淺草——沉鍾社，出版的《沉鍾》刊物也譯介了不少的外國隨筆作品。他們是左浴蘭、馮至、陳煒謨、楊晦、張定璜等，譯介了斯蒂文森、盧卡斯、貝洛克、切斯特頓、本·瓊生、布里格、里爾克、亨利·雷可諾夫（吉辛）等人的隨筆。其他如《北新》、《駱駝草》、《文藝月刊》、《青年界》、《現代》、《文藝茶話》、《論語》、《文學》、《人間世》、《太白》、《文飯小品》、《宇宙風》、《文季月刊》等，也經常刊載西方隨筆作品，如斯威

---

149 毛如升：〈英國小品文的發展〉，《文藝月刊》第9卷第2號和第3號（1936年8月1日和9月1日）。

150 方重：〈英國小品文的演進與藝術〉，《英國詩文研究集》（上海市：商務印書館，1939年）。

夫特、蘭姆、吉辛、哈得孫、盧卡斯、布洛克、史密斯、歐文、阿左林、林德、赫胥黎等人的作品。而隨筆譯作出版方面，也有出現可喜的成果。一九二七年，周作人將自己先前翻譯的外國隨筆作家的作品結集出版，這就是《冥土旅行》（北京市：北新書局，1927年）。這本集子收錄了古希臘路吉亞諾思（「盧奇安」）的《冥土旅行》、法國法布耳的《愛昆蟲的小孩》、斯威夫德的〈育嬰芻議〉、《〈婢僕須知〉抄》、日本兼好《〈徒然草〉抄》。現代中國隨筆譯界裡不幸早夭的梁遇春，一生潛心研讀英國隨筆，被譽為中國的「愛利亞」，他先後翻譯三冊英國隨筆作品：《英國小品文選》（十篇譯文，上海開明書店1929年）、《小品文選》（二十篇譯文，上海市：北新書局，1930年）、《小品文續選》（十篇譯文〔上海市：北新書局，1935年〕）。從他的譯作看，十七世紀以來英國著名的隨筆作家幾乎都進入他的翻譯視野，從考利、斯梯爾、艾迪生、約翰遜、哥爾德斯密斯（哥爾斯密斯）、蘭姆、哈茲里特（赫茲利特），到林德、盧卡斯、切斯特頓等等。另外，上海中華書局一九三四年出版的《現代隨筆集》，是以介紹英國隨筆作品為主的選本，內有高爾華綏、赫克胥黎、米爾恩等人的作品，譯者為張伯符、錢歌川、王博今等人。因而，這是一本譯界同仁攜手合作的產物。

　　蒙田、蘭姆作為西方隨筆的兩大隨筆作家。現代中國知識者對他們的譯介和研讀，也是表現出少有的熱情和興趣。先談一下蘭姆。從周瘦鵑翻譯蘭姆的〈故鄉〉開始，現代中國文壇和譯界都一直關注他的隨筆及其創作風格。周作人的〈美文〉，有提及到他；魯迅翻譯廚川白村論 "Essay" 文章中有過對他的精闢闡述；胡夢華〈絮語散文〉也是將他列入重要的隨筆作家來分析；一九三〇年代毛如升和方重分別撰寫的〈英國小品文的發展〉、〈英國小品文的演進與藝術〉，也都用了大量的篇幅介紹他的隨筆。一九三四年，《文藝月刊》於第六卷第五、六號合刊推出「柯立奇蘭姆百年紀念特輯」，本欄內文章有：

〈查理斯・蘭姆評傳〉（梁遇春著），〈蘭姆的《伊里亞集》〉（毛如升著），《《伊里亞小品文續編》序〉（藍姆著、張月超譯），〈藍姆與柯立奇的友誼〉（鞏思文著），以及張月超、問筆、陳瘦竹譯蘭姆著的〈燒豬論〉、〈古瓷〉、〈初次觀劇記〉的隨筆作品，這是關於蘭姆生平及創作的文章在現代中國文壇的一次集中展現，為愛好蘭姆隨筆的讀者提供了一個很好的研讀平臺。對於蘭姆隨筆的解讀，中國知識界已經達到很高的水準。廚川白村在〈Essay〉一文中稱蘭姆的〈伊利亞隨筆〉屬於「很明細、多滑稽，而且情趣盎然的感想追懷的漫錄」，這一點為當時中國知識者普遍認同；胡夢華也是抓住蘭姆的人格色彩和「詼諧」特性做文章，其觀點雖有觸及蘭姆隨筆藝術的關鍵要素，可惜並未展開闡明。然而，到一九三〇年代，梁遇春、毛如升、方重的蘭姆隨筆研究已經達到成熟的水平。梁遇春從蘭姆不幸的人生經歷，來分析蘭姆的思想和個性，認為蘭姆為了超越自己人生苦難，用點泥成金的生活術，去觀察世態、理解一切。所以，他雖一生遭遇很多不順意的事，可他能用飄逸的想頭，輕快的字句把很沉重的苦痛撥開。「他帶一副止血的靈藥，在荊棘上跳躍奔馳，享受這人生道上一切風光」。從藝術上看，梁遇春指出「蘭姆用他的詼諧同古怪的文體蓋住了好多驚人的意見」。毛如升認為蘭姆隨筆有三大特色，一、古色斑斕的鮮明特色；二、美妙的幽默和雙關戲語；三、自我的特色。方重在承襲前人的觀點上是一樣的，強調研究蘭姆的隨筆就是「研究他的性格」。同時，方重也如梁遇春一樣，看到蘭姆隨筆的深層處：「他的作品和他的一生經歷一樣，幽默背後悲慘，悲慘中間幽默，沉默與活躍，真情與幻想，相互渲染，演放出無窮的色彩，成為不朽的美藝。由蒙旦、培根、而考萊、司蒂爾、阿迪生、哥爾茲密司，到了蘭姆，英國的小品文達到了絕頂。」這些論述文字，即便是放在今天學界也還是很有價值的。

十六世紀的法國蒙田，雖與二十世紀相距甚遠，但作為西方現代

隨筆的鼻祖，他的名字在當時的中國學界聽起來也是如雷貫耳。在現代中國知識者中，胡適在〈建設的文學革命論〉中首次提及「孟太恩」（蒙田）的名字。日本學者廚川白村論蒙田的觀點也為現代中國學界所熟知，他在〈Essay〉裡稱，十六世紀的懷疑思想家「蒙泰奴」（蒙田）是 "Essay" 的始祖。在藝術上只說他法蘭西語 "Essayer"，其意是「試筆」之意，並稱他那「不得要領的寫法」做了後來的愛默生等人隨筆創作的範本。這裡精闢概括了蒙田隨筆的一點創作特點，但由於廚川白村語焉不詳，人們就無從進一步欣賞廚川白村對蒙田的妙論。胡夢華的〈絮語散文〉，全文共五節，他在第二節就用整整一節內容來談論蒙田。胡夢華指出蒙田隨筆文體特點是來自他個性的、創造的風趣，「道德的反省和自我的分析」在他文章中占了重要部分。梁遇春說：「近來國人很喜歡小品文字，那麼蒙旦自然是個值得細讀的作家。」[151]但就整個二〇年代文壇來說，雖然人們沒有忘記討論蒙田，但卻沒有人去將蒙田的《隨筆集》翻譯過來。一般讀者就無法從當時中文報刊上窺見蒙田隨筆的「廬山真面目」。不過，當時不少精通外文的新文學作家，他們曾通過各種渠道接觸過外文版本的蒙田作品。周作人撰寫的文章中多次出現「蒙田」名字，他有一次還稱讚蒙田「說自己的話」[152]。魯迅於一九三四年九月十六日購進法國作家紀德研究蒙田的論著《蒙田論》的日譯本（澀野隆三譯），一九三五年八月十三日購進《蒙田隨想錄》（一至二），十一月三十日又購進了《蒙田隨想錄》（三），該書是日本學關根秀雄譯，當年東京白水社出版。這年的九月八日，魯迅在致徐懋庸的信中說：「Montaigne 的隨筆好像還出了兩本，書店裡到過一回，第二批尚未到，今天當去囑照來信辦理。譯者所用的日本文也頗難懂。」[153]這說明了魯迅有接觸和注

---

151 梁遇春：〈蒙旦的旅行日記〉，《新月》第2卷第6、7號合刊（1929年9月10日）。

152 知堂（周作人）：〈再談俳文〉，《文學雜誌》第1卷第3期，1937年5月14日。

153 魯迅致徐懋庸信，1935年9月8日，《魯迅全集》（北京市：人民文學出版社，1981年），卷13，頁203。

意過蒙田的隨筆作品。錢鍾書在〈談交友〉隨筆文裡就直接引用蒙田的原話，另外他的學術論著也時有提及蒙田，他撰寫的隨筆作品也很有蒙田隨筆的風味，其文體同樣是「鑲嵌體」。一九三三年是蒙田誕辰四百週年紀念，精通法文學者梁宗岱撰寫了一篇〈蒙田四百週年生辰紀念〉短文和附譯一篇〈論哲學即是學死〉，發表在《文學》雜誌創刊號上，使國內讀者有機緣第一次領略蒙田隨筆的真實面貌。以此紀念為契機，國內開始出現陸續譯介蒙田的作品。如梁遇春評介了英譯本〈蒙旦的旅行日記〉，陳占元、伯符先後翻譯過蒙田論教育的隨筆。不過，真正有系統地翻譯蒙田隨筆是梁宗岱，他把自己翻譯的蒙田隨筆結集為《蒙田散文選》（上海市：生活書店，1935年）。

同時，毛如升的〈英國小品文的發展〉和方重〈英國小品文的演進與藝術〉也花了一些篇幅談現代隨筆鼻祖蒙田，進而將蒙田隨筆研究推向一個新的階段。毛如升指出其書名為《嘗試集》，「這個書名在歐洲文學裡很新穎，顯示著吾人本集並不只是傳統的『教訓』（Lecons）而是一部嘗試的創造品」。他認為這本隨筆集出現具有劃時代意義的：一、自本集出現以後，小品文就有了一個特別的名稱；二、形式上，小品文賴本集之出現第一次具有適當的表現，而隨後支配著小品文的精神亦頗受該集之影響。方重在〈英國小品文的演進與藝術〉裡強調小品文的祖先是來自法國的蒙田，並在文中親自將蒙田隨筆集裡的那篇表明自己創作態度的短序翻譯出來。方重指出蒙田「這個無足重輕的題旨，這個自我的啟示，在文學史上就此下了種子」。文中還引述英國小品文作家斯密司（史密斯）的話作佐證：「蒙旦之所以能抓住讀者的心情有幾種原由。他的自剖是坦白的，精到的；因為他所剖白的又是一個很特殊的性格因而更能引人入勝。再呢，在他那離奇的幻想與幽默之中確實包藏著種種有價值的見地。最後，他的文章風度，永不磨滅，那是一個人心靈德性各方面的結晶，是永遠不能分離的，它與心德間的關係猶如光與太陽各原質間的關係

一般。」這些評述，可以說是蒙田隨筆研究的一個新拓展和新深入。

　　在二十世紀二〇、三〇年代，日本隨筆的譯介方面，周氏兄弟出力很多，成績尤為突出。魯迅翻譯廚川白村隨筆集《出了象牙之塔》、鶴見祐輔隨筆集《思想・山水・人物》，魯迅還譯過武島有郎、長谷川如是閑等人的隨筆作品。周作人在《語絲》上發表過譯作兼好法師的〈《徒然草》抄〉、〈笠翁與兼好法師〉等文，他還為中國文壇積極介紹日本現代隨筆作家的作品、點評他們的思想藝術特色，如〈柿子的種子〉、〈東京散策記〉、〈冬天的蠅〉、〈凡人崇拜〉。除了周氏兄弟外，謝六逸、繆崇群、傅仲濤等也一直致力於日本隨筆的譯介工作。繆崇群譯作有《日本小品文》（上海市：中華書局，1937年），謝六逸撰著的《日本文學史》（上海市：北新書局，1929年）和《日本之文學》（該書撰寫於一九三七年七月前，一九四〇年由長沙商務印書館出版）裡面都有設章節談日本隨筆的發展概貌，還翻譯大量的日本隨筆作品，出版《近代日本小品文選》（上海市：大江書鋪，1929年）一書。一九三五年，謝六逸還翻譯過日本相馬御風的論文〈日本的隨筆〉，刊載在《文學》第三卷第三號。傅仲濤也是一個研究日本隨筆的學者，他發表過〈兼好法師與陶淵明〉、〈日本小品及隨筆底一斑〉、〈日本最傑出的小品文：枕草子介紹〉。郁達夫也曾嘗試譯過吉田兼好的《徒然草》。除此之外，當時許多現代中國知識者都曾有過翻譯日本隨筆作品的興趣和經歷，這裡恕不一一列出。當時在《語絲》、《莽原》、《開明》、《大江》、《金屋》、《北新》、《未名》、《讀書》、《文藝月刊》、《青年界》、《論語》、《文學》、《人間世》、《文飯小品》、《宇宙風》、《文季月刊》等刊物上刊載了鶴見祐輔、長谷川如是閑、谷崎潤一郎、石川啄木、志賀直哉、島崎藤村、德富蘆花、夏目漱石、芥川龍之介、永井荷風等人的隨筆譯作。

　　對於日本隨筆理論和隨筆風格理解較為透澈，看來要數周氏兄弟。魯迅因翻譯廚川白村的《出了象牙之塔》，使廚川白村論西方隨

筆理論在中國讀者中起到廣泛影響外，魯迅主要是從廚川白村關於文
藝（包括隨筆）是「社會批評」和「文明批評」的產物這一觀念得到
重要的啟發，成為他一生進行隨筆創作的「座右銘」。魯迅翻譯鶴見
祐輔隨筆集《思想・山水・人物》。鶴見祐輔撰寫這本書的歸趣是在
「政治」，而且作者是提倡自由主義。對此，魯迅並不以為然。然而
魯迅以為該書中有關英美現勢和國民性的觀察以及幾個人物的評論很
是「明快切中」，「滔滔然如瓶瀉水，使人不覺終卷」，也還是很有可
取的地方。至於，魯迅對長谷川如是閑隨筆的關注，這是由於長谷川
如是閑也是屬於廚川白村這一系列的「辣手的文明批評家」。一九二
五年，魯迅曾翻譯過長谷川如是閑的〈聖野豬〉隨筆，刊於《旭光》
旬刊第四號上。這之後，還曾譯過長谷川如是閑另一篇隨筆〈歲
首〉，登在一九二六年一月七日的《國民新報副刊》。魯迅在撰寫的
〈略論中國人的臉〉裡，稱讚長谷川如是閑「是善於做諷刺文字
的」[154]。後來，他致陶亢德信又稱：「日本近來殊不見有如廚川白村
者，⋯⋯長谷川如是閑正在出全集，此人觀察極深刻，而作文晦澀，
至最近為止，作品止被禁一次，然而其弊是一般不易看懂，亦極難譯
也。隨筆一類時有出版，閱之大抵寡薄無味，可有可無，總之，是不
見有社會與文藝之好的批評家也。」[155]這些資料，都可以看出魯迅對
長谷川如是閑隨筆保持著長久的興趣和器重。周作人對日本隨筆資源
的興趣和攝取是多元化的。他既重視日本隨筆中的「思想成分」，佩
服戶川秋骨所寫的那些叫道德家聽了厭惡，正人君子看了皺眉的東
西，這其實是幽默中蘊含著「文化批評」[156]；同時，周作人也喜歡日

154　魯迅：〈略論中國人的臉〉，《魯迅全集》（北京市：人民文學出版社，1981年），卷
　　3，頁413。

155　魯迅致陶亢德信，1933年11月2日，《魯迅全集》（北京市：人民文學出版社，1981
　　年），卷12，頁252。

156　周作人：〈明治文學之追憶〉，《立春以前》（石家莊市：河北教育出版社，2002
　　年），頁71。

本隨筆中所傳遞出特有的趣味、情韻，他欣賞兼好在《徒然草》中所
表達的最有趣味、最有人情的東西。他說：「《徒然草》最大的價值可
以說是在於他的趣味性，卷中雖有理知的議論，但絕不是乾燥冷酷
的，如道學家的常態，根底裡含有一種溫潤的情緒，隨處想用了趣味
去觀察社會萬物，所以即在教訓的文字上也富於詩的分子。」他耽溺
於永井荷風筆下的江戶市民趣味與悲哀色澤，以及賞玩於谷崎潤一郎
對日本傳統文化美的描述，都是出於他這一審美趣尚的別擇。謝六
逸，也是為日本文化和日本隨筆的優美趣味而深深折服，他說：「日
本的著作家雖然不少皇皇大作，但終未能掩蓋這些小品文字的價值。
它們如睡蓮上的滴露，如窗隙裡吹進來的一線春風，是可愛的珠璣。
再就文學理論上說，最能表現作家的真率感情的，也非這些小品文莫
屬了。」[157]因而，謝六逸把《近代日本小品文集》視為珍寶，宣稱
「這一本薄薄的小本選集，乃是我的枕邊書，對我的寫作有若干限度
的影響」。

　　抗戰爆發後的三〇、四〇年代，嚴峻的現實問題削弱了現代中國
知識者繼續探尋域外隨筆的興趣。當然，這種譯介工作並非完全消
歇。創刊於上海的《魯迅風》還有對日本的長谷川如是閑、江戶川六
郎等人隨筆作品的譯介；《文藝先鋒》上刊載徐霞村翻譯阿左林的隨
筆小品；《時與潮文藝》有登載夢雲、李霽野翻譯吉辛的《四季隨
筆》中的「春」和「冬」；《風雨談》載有曹家珠翻譯查司特頓（切斯
特頓）作的〈論閒臥之利害〉；《藝文雜誌》上發表了魏敷訓翻譯永井
荷風的〈鐘聲〉和炳垿翻譯夏目漱石的〈永日小品〉。很值得一提的
是，當時環境惡劣的條件下中國譯界對培根隨筆情有獨鍾。早在二十
世紀初，梁啟超就曾撰文〈近世文明初祖二大家之學說〉，成為中國
學界著文系統介紹培根第一人。此後的二〇年代，培根作品的介紹和

---

157 謝六逸：〈《雪之日》引言〉，《大江》創刊號（1928年11月25日）。

研究處於停滯狀態。到了三〇年代，這個情況得到了改變。最早的是吳壽彭的譯本《培根文集》，這是一九三五年春印行的鉛印線裝本，吳譯本除殘篇外，共譯五十五篇，尚有三篇未譯；到了本時期，又有第二個譯本即一九四四年張蔭桐編譯的《培根道德哲學論文集》，這是根據一九〇九年版哈佛文庫的第三分冊譯出，但譯者刪去了認為與哲學關聯較少的十三篇隨筆；再下來是水天同譯本，水天同的外文造詣很高，他於一九三九年譯成培根的隨筆作品，凡五十八篇，並附譯出的「殘篇」，是培根隨筆的完整譯本，可惜這個譯本拖至一九五〇年才獲得刊行。另外，這個時期還出版了李霽野譯吉辛的《四季隨筆》（臺灣編譯館，1947年）。

　　本時期，在分析、吸收、借鑑西方隨筆理論而又有創新和建樹是美學家朱光潛。一九四八年，朱光潛連續寫下了〈日記〉、〈隨感錄〉（上）、〈隨感錄〉（下）、〈談報章文學〉、〈歐洲書牘示例〉、〈談對話體〉等文。隨筆作為一種文類，它是許多種文體的聚合體。朱光潛所論的日記、隨感錄、報章文、書牘、對話，均是西方中較為常見的隨筆文類的表現文體。朱光潛的論述，採用的方式多種多樣，但注意抓住隨筆文類的共性，如自然、隨意、親切，不拘一格，但另一方面又是隨筆作家深思熟慮的表現、苦心雕刻的結果。如〈隨感錄〉二文，作者從人類思維的角度，分析隨感錄的產生原由。指出這類作品大半是「判而不證，論而不辯，以簡短雋永為貴」。因而，一流的隨感錄作者往往是具備哲學家和詩人兩重資格。朱光潛認為隨感錄在西方起源於希臘哲學家波克里特斯。後世寫得比較好的有法國巴斯卡爾（通譯「帕斯卡爾」）、德國的歌德、叔本華、尼采諸人。而〈日記〉、〈談報章文學〉、〈歐洲書牘示例〉，朱光潛都強調一個特性就是隨意與親切。他認為西方日記中有一種是作者在那裡自言自語，毫無拘束，純粹是為樂趣而寫的。他談報章文，以十八世紀艾迪生為例，說明他辦的《旁觀者報》，是以「親切流利的文筆談日常生活中一些小問題」，

這樣的報章文學，比起「書齋和圖書館，學校和書院」裡許多正統作品和高頭講章，對社會的功益還要大得多。〈歐洲書牘示例〉，作者在開頭部分就稱西方書牘「自古就奠定了一種家常親切的風格，有如好友對面談天，什麼話都可以說，所謂『稱心而言』，言無不盡」，接下來就點評幾位出名西方書牘家的信。〈談對話體〉，朱光潛這裡所說的「對話體」不是指小說、戲劇，或歷史裡頭的「對話」，而是專指一種體裁。對話體的隨筆，主要是用來論事說理的。因此，對話體與作者的文化素質、思想水平有很大的關係。一般來說，對話最盛行的時代，往往是思想最煥發的時代。作者非常讚賞柏拉圖的對話著作，稱「他的文筆流利而生動，於瑣事見哲理，融哲理於詩情，他的每篇對話都像是一首散文詩，節節引人入勝，讀之令人不忍釋手」。朱光潛這些智慧言說，豐富了現代隨筆各文體的理論寶庫，這是很值得發掘和研究的一筆隨筆理論資源。[158]

　　一九四九年以後，除了提倡向蘇聯學習，引進過蘇式小品文理論和小品文創作外，我們對西方文化基本是採取一種拒斥的態度。當然，只有極少數知識者還在堅持翻譯外國作品。如周作人翻譯了古希臘戲劇和日本文學中的一些名著，其中就有翻譯了日本古典隨筆名著清少納言的《枕草子》。梁宗岱在一九四九年後仍然不改初衷，繼續從事蒙田隨筆全集的翻譯工作，不幸的是其傾其一生心血的譯稿卻在史無前例的「文革」中喪失殆盡，後由他的弟子黃建華又續譯了幾篇，於一九八七年由湖南人民出版社出版了一冊選本《蒙田隨筆》。「文革」浩劫結束後，國家實行改革開放政策，中國文壇才再度掀起引進和譯介外國隨筆的熱潮。

　　郭宏安撰寫〈讀蒙田的《隨感錄》〉，發表在一九七九年《外國文學評論》上，這是一篇對蒙田一生頗為複雜的思想進行較為深入探討

---

158 關於朱光潛隨筆（散文）理論研究文章，可參見筆者撰寫的〈朱光潛：中西文化視野與現代散文理論的構建〉，發表在《文藝爭鳴》2012第3期。

的力作；一九八二至一九八三年，沈同洽連續在《英語學習》上刊載〈書信的文體〉、〈小品文的議論文體〉、〈演說體文章的魅力〉等短文，初步介紹英國隨筆的各文體特色；一九八四年，方重在《外國語》上發表了〈略論英國小品文的發展〉，該文是他早期撰寫的名文〈英國小品文的演進與藝術〉的濃縮和提煉；一九八五年，涂庸從《分題百科全書》，翻譯了一篇名為〈英國著名散文作家德·昆西〉；也是這一年，梁實秋撰著的《英國文學史》（三卷本），由臺灣協志工業叢書出版股份有限公司出版，裡面對英國隨筆的源流作了系統的梳理；一九八六年，馮亦代撰寫〈得益於蘭姆〉一文，回憶他早年為什麼會走上文學之路，並與散文結下不解之緣，其原因是因為他那時迷上蘭姆的《伊利亞隨筆》，他說：「我深為散文這種形式所迷戀，私願有一天我也能學他的風格，嬉笑怒罵皆成文章。這也許就是我為什麼在文學各品種中獨愛散文的理由吧！」[159]一九八七年，唐曉宣在《課外學習》發表了〈弗蘭西斯·培根和他的《隨筆集》〉，對培根隨筆作了通俗易懂的解說；一九八八年，唐弢撰文〈漫談隨筆〉刊載於《人民日報》，唐弢談到周作人對英國隨筆作家喬治·吉辛《四季隨筆》的欣賞，魯迅「從日文看到作品和材料，比較推崇查爾斯·蘭姆、賴·亨德和威廉·哈茲列德等人，尤其是蘭姆的《伊里亞隨筆》」，又說英國式的「幽默和雍容」的，當推寫《剪拂集》的林語堂，寫《春醪集》的梁遇春，「他們的文章裡有一種時而放縱恣肆，時而清淡雅馴的蘭姆或者吉辛的自我表現的餘韻，在證明著英國式隨筆對中國新文學尤其是散文的影響」[160]；福建師範大學中文系以俞元桂先生領銜的散文研究團體推出的學術成果，格外引人注目，他們編纂或撰著的《中國現代散文理論》（南寧市：廣西人民出版社，1983年）、《中國

---

159 馮亦代：〈得益於蘭姆〉，衛建民編：《馮亦代散文選集》（天津市：百花文藝出版社，1987年）。

160 唐弢：〈漫談隨筆〉，《人民日報》，1988年3月21日。

現代散文史》（濟南市：山東文藝出版社，1988年）、《中國現代散文
十六家綜論》（上海市：華東師範大學出版社，1989年）等系列研究
成果的相繼出版，雖著眼於現代中國散文作家的本身研究，但同時也
不可避免地觸及到外國隨筆對現代中國散文作家的影響這一課題，並
對後來深入研究提供了資料上的便利。總之，這時期的論文和論著的
發表或出版，有效地把人們重新喚回了曾經哺育過現代中國知識者的
西方隨筆資源上，學界研究者開始注重一些外國隨筆資源的歸納和整
理，並作了一些初步的基礎性的研究工作。

　　筆者以為，外國隨筆研究由基礎性轉向富有學理的高層次研究的
一個標誌，是汪文頂撰寫的〈英國隨筆對中國現代散文的影響〉一文
的發表，這是一篇有分量的開拓性的力作。文章不僅概述現代中國作
家譯介英國隨筆的大致面貌，而且將筆觸深入到英國隨筆本質特徵以
及對構成現代中國散文深層因素的探討。他首先指出英國隨筆對現代
中國散文的影響最主要反映在「英國隨筆的自我表現精神」上，從而
有效地促進「現代中國散文家對個性表現精神的自覺追求，促進了個
人化、個性化的隨筆體散文的蓬勃發展」；另外，現代中國散文在接
受、消化「英國隨筆特有的文體筆調和濃厚的幽默諧趣」也是獲得極
大的成功，達到了融會貫通、渾然無間的化境[161]。他稍後撰寫的〈英
國隨筆發展概觀〉、〈日本散文及其對中國現代散文的影響〉，為人們
進一步了解現代中國隨筆所接受的外來影響開拓了新視野。雜文研究
專家姚春樹一直對隨筆的研究抱有濃厚的興趣，他在二十世紀八〇、
九〇年代撰寫了〈魯迅與日本的廚川白村和鶴見祐輔——關於魯迅雜
文理論主要淵源的探討〉、〈論歐美雜文及其對中國現代雜文的影
響〉、〈東西方幾位美學家散文理論述評〉、〈英國散文概觀〉等文，在
系統梳理西方隨筆的源流和總結廚川白村隨筆理論的基礎上，深刻而

---

161 汪文頂：〈英國隨筆對中國現代散文的影響〉，《文學評論》1987年第4期。

全面地闡發他關於現代隨筆的精神實質、表達形式和美學特徵的精闢意見。姚春樹指出現代中國隨筆理論和隨筆創作在許多方面、在不同層次上，同眾多的中外思想家、藝術家、隨筆作家有著各式各樣的淵源關係，但以魯迅為代表的現代中國隨筆作家主要是接受和發展了廚川白村關於文藝（包括隨筆）是「社會批評」和「文明批評」的有力武器。把現代隨筆規定為是一種進行「社會批評」和「文明批評」的產物，這是魯迅一貫的文藝思想，是魯迅對近代、特別是現代隨筆運動的歷史經驗的深刻理論概括。關於隨筆的文類問題，是歷來的研究者感到最為頭痛的事情。姚春樹通過對古希臘豐富的隨筆資源的歸納和分析，認為隨筆中議論性隨筆（雜文）占顯赫地位，但其實隨筆的類型是多樣的，既可分為議論型、記敘型、抒情型和描寫型等種類。而對議論型隨筆，他曾有過精闢的概括「這種議論隨筆有自由開闊的理論思維和形象思維空間，在議論的展開中作者自由驅遣他的閱歷、知識、思索、體驗，古今中外，海闊天空，由此及彼，由表及裡，綜合運用多種藝術表現手法，有議論，有記敘，有抒情，有描寫，有引證，有對話，營造出一個開闊舒展、情理兼勝的論理系統，呈現出知識之美，智慧之美，思想之美，情趣之美」[162]。總之，姚春樹在對外國隨筆資源進行有自己獨特見解的理論分析與概括中，敏銳地抓住了現代隨筆的精神核心，即現代隨筆的理性批判精神，在此基礎上通過對魯迅等為代表的現代中國隨筆作家的隨筆理論與創作的綜合考察，得出富有創意的學術觀點和理論，這是對中外現代隨筆理論研究的重要貢獻。

　　翻譯家劉炳善在譯事之餘，也喜歡梳理英國隨筆的脈絡，談一談英國隨筆作家的印象，以及自己對隨筆文類的認識。這些看法和意見有的成了譯書的前言，如〈英國隨筆簡論〉、〈蘭姆及其《伊利亞隨

162　姚春樹：〈論巴金建國前的散文創作〉，《中外雜文散文綜論》（福州市：福建教育出版社，1997年），頁359。

筆》〉、〈維吉尼亞·吳爾夫的散文藝術〉；也有的成了單篇論文形式，如〈報刊散文家：阿狄生與斯梯爾〉、〈斯威夫特——英國的諷刺散文大師〉、〈浪漫派隨筆作家：赫茲利特與利·亨特〉。另一位已故的翻譯家王佐良精通英文，功力深厚，在一九九〇年代初完成一部分體文學史《英國散文的流變》的撰述，在學界引起一定的反響。不過，他秉持的「散文」標準，是「所有不屬於韻文的作品」，這是中西古代文學史上出現的較早的一種觀點，比起後來西方流行的「非小說性的散文」更為寬泛，更不用說我們這裡所談的「隨筆」，僅僅是它廣義「散文」的一小部分。在中西散文隨筆的比較研究方面，近年來有些學者取得的研究成果也是很值得注意，張祖武的〈英國的 Essay 與中國的小品文〉、〈艾迪生的小品與魯迅的雜文〉；張夢陽的〈中國晚明小品與英國浪漫派隨筆〉、〈魯迅雜文與英國隨筆的比較研究〉；〔美〕約翰·坎農的〈中英隨筆比較〉等等。

　　一九八〇年代以來，日本隨筆研究取得了較大的進展。首先，把日本隨筆作為整體研究對象，除上文提及汪文頂的一篇論文外，林林〈漫談日本隨筆文學〉、劉春英〈日本隨筆文學論〉，以及各種日本文學史有關「隨筆」的論述文字和為編選各種日本散文隨筆選集而寫的「前言」；其次，以中日隨筆作家作為個案或進行比較研究對象，姚春樹的〈魯迅與日本的廚川白村和鶴見祐輔——關於魯迅雜文理論主要淵源的探討〉、程麻的〈日本隨筆和魯迅雜感〉、王向遠的〈魯迅雜文觀念的形成演進與日本文學〉、李樹果的〈吉田兼好的審美觀〉、陳東生的〈清少納言與《枕草子》〉、高文漢的〈《徒然草》與中國文化〉。

　　一九八〇年代以來，外國隨筆作品的譯介，達到了前所未有的豐收。塞內加、西塞羅、蒙田、帕斯卡爾、培根、托馬斯·布朗、蘭姆、赫茲利特、德·昆西、史蒂文森、史密斯、羅斯金、伍爾芙、愛默生、勞倫斯、卡夫卡、薩特、羅蘭·巴特、吉田兼好、小泉八雲、永井荷風、谷崎潤一郎、大江健三郎等等，都有中文譯本的選集或全

集出版。這之中，以《蒙田隨筆全集》（南京市：譯林出版社，1996年）和《伍爾芙隨筆全集》（北京市：中國社會科學出版社，2001年）規模較為浩大，均採用集體分工協作的方式完成，尤其是《蒙田隨筆全集》譯作工作最為艱鉅，這部作品卷帙浩繁，用古法文寫成，又引用了大量拉丁語，因此翻譯難度之大，可想而知。除了出版單個作家隨筆作品外，也出版了很多以一國或多國眾作家作品組成的譯本。較早的有高健編譯的《英美散文六十家》（太原市：山西人民出版社，1983年）和劉炳善編選的《英國散文選》（上、下冊，英漢對照注釋本，上海市：上海譯文出版社，1985、1986年）。

　　從二十世紀八〇年代初起，國內一些出版社喜歡追求出版叢書的整體效應，先後推出幾套大型的外國散文隨筆選集，這對推動人們進步學習和探討外國隨筆起著積極的促進作用。北京生活・讀書・新知三聯書店率先推出大型的「文化生活譯叢」，其中有不少是隨筆譯本，如《官場病——帕金森定律》（又名《諾斯古德・帕金森小品集》，陳休譯，1982）；《伊利亞隨筆選》（劉炳善譯，1987年）；《並非舞文弄墨——英國散文名篇新選》（王佐良，1994年）；《倫敦的叫賣聲：英國隨筆選譯》（劉炳善譯，1997年）。上海三聯書店一九八八年推出的「貓頭鷹文庫」第一至三輯，一九九七年以同樣的版式推出時被更名為「世界經典隨筆系列」，這套文庫收錄了不少世界經典性的隨筆大家，如《我知道什麼呢——蒙田隨筆集》、《上帝死了——尼采文選》、《意欲與人生之間的痛苦——叔本華隨筆和箴言集》、《幸福而短促的人身——塞涅卡道德書簡》等等。湖南人民出版社推出的「散文譯叢」，自一九八六年起陸續出版，如《英國十八世紀散文選》（張國佐等譯，1986年）、吉辛的《四季隨筆》（鄭翼棠譯，1986年）、德・昆西的《癮君子自白》（劉重德譯，1988年）、愛默生的《美的透視》（佟孝功等譯，1988年）。一九九〇年代初（天津市：百花文藝出版社，推出的「外國名家散文叢書」，是國內規模較大的一套外國散

文譯叢，僅英國名家散文集就達二十七種之多，這裡就不一一列出。）一九九六年，百花文藝出版社出版了由葉廷芳主編《外國隨筆金庫》（上、下），是按國籍編排的隨筆文選。而中國社會科學出版社於一九九三年以「世界散文隨筆精品文庫」為名，推出了日本卷、拉美卷、俄羅斯卷、德語卷、英國卷、東歐卷、美國卷、法國卷等；江蘇文藝出版社於一九九四年推出由馮至主編的《世界散文精華》，也是分為歐洲卷（上、下）、亞洲卷、美洲卷、澳非卷出版。日本隨筆作品的譯介，近年來也逐漸多了起來。除了被上文所列的大型叢書涉及到外，面世的單行譯本還有《日本古代隨筆選》（內含清少納言的《枕草子》，周作人譯；和吉田兼好的《徒然草》，王以鑄譯，北京市：人民文學出版社，1988年）、《川端康成散文選》（葉渭渠譯，天津市：百花文藝出版社，1988年）、《陰翳禮贊──日本和西洋文化隨筆》（谷崎潤一郎著，丘仕俊譯，北京生活・讀書・新知三聯書店，1992年）、《如夢記》（文泉子著，周作人譯，上海市：文匯出版社，1997年）、《大江健三郎自選隨筆集》（王新新等譯，北京市：光明日報出版社，2000年）、《日本名家隨筆選》（陳德文譯，天津市：百花文藝出版社，2001年）。

　　現代中國隨筆的發展和繁榮，有其自身內部傳承變革的結果，但有一點，如果離開域外隨筆對它的灌溉和培植，是不可想像的。巡視二十世紀中國文壇，外國隨筆理論和作品譯介量之大、影響之廣，都是我們探索和研究現代中國知識者的知識背景、人格氣質、言說方式、審美趣味等等不可不考慮的重要構成因素。然而，就目前學界來說，我們的研究尚屬於起步階段。我們期待著更多的學人介入這一領域，進而奉獻出更好的學術成果來。

結束語
現代中國隨筆興衰消長及其思考

　　二十世紀，在人類歷史的長河中也許所占據的位置和分量是極其有限的，但對二十世紀現代中國知識者來說，卻是中華民族由積弱不強、危機四伏轉向變革圖強、實現復興的重大歷史轉捩點，是中國由愚昧落後、閉關鎖國走向改革開放、走向世界、走上現代化進程的重要歷史階段。二十世紀現代中國隨筆，就是現代知識者在這歷史轉折中「煉獄」的精神產物。用魯迅的話來說，「現在的文藝，連自己也燒在這裡面」，「文學家便是用自己的皮肉在挨打的啦」！[1]現代隨筆作家就屬於這類型的知識者，他們用隨筆這一文學形式真實地記錄和再現了自己在這個世紀所留下來的心路歷程和精神風貌，那是一種充滿著奮進與彷徨、勇猛與猶疑、血與火、淚與笑的複雜況味。因而，其文學價值和歷史意義都是極其寶貴和值得珍視的。

　　從這一層意義上說，現代隨筆絕不是純文藝，或是「為藝術而藝術」的一路。衡量評價現代隨筆，應該用一種別的思維與方式。在筆者看來，認識隨筆的價值，必須從現代知識者將隨筆作為一種對自己、對社會、對世界重要言說方式來思考，並在此基點上進而分析其思想和藝術的獨特價值。因此，回顧二十世紀現代隨筆所走過的歷程，還在於要懂得總結其具有規律性的消長興衰的經驗及其教訓。

　　首先，二十世紀現代中國隨筆的歷史經驗證明了，隨筆是知識者高揚現代理性批判精神，以廣泛的「社會批評」和「文明批評」為核

1　魯迅：〈文藝與政治的歧途〉，《魯迅全集》（北京市：人民文學出版社，1981年），卷7，頁118、119-120。

心內容，進行社會啟蒙、思想啟蒙和國民性改造為特徵的重要言說工
具。高揚現代理性批判精神，是隨筆作家思想的自由獨立重要標誌，
也是隨筆作品能否獲得生命力的重要保障。魯迅曾翻譯日本青野季吉
〈關於知識階級〉一文，青野季吉把知識者稱為「思想的人們」[2]。其
實對這一看法的移植和譯介，何嘗不也蘊含著魯迅這一代「五四」學
人對現代知識者的一種詮釋。「五四」知識者之所以能夠創作出驕人
的隨筆成就，這與他們自由人格、獨立創造、批判精神是密不可分
的。王元化稱「『五四』的個性解放精神、人道精神、獨立精神、自
由精神，都是極可貴的思想遺產，是我們應當堅守的文化信念」，「獨
立精神，則是他們那一代人所共有的文化精神氣質」[3]。我們在「五
四」知識者的隨筆作品中，感受到「否定」精魂的魅力，領略著他們
的大憎、大愛與大勇。魯迅稱他們語絲同仁「不願意在有權者的刀
下，頌揚他的威權，並奚落其敵人來取媚」[4]，他還自稱是「梟鳴」，
給大家報告不吉利的事。周作人在戲談他取《談虎集》書名說：「我
這些小文，大抵有點得罪人得罪社會，覺得好像是踏了老虎尾巴，私
心不免惴惴，大有色變之慮，這是我所以集名談虎之由來。」[5]這說
明以周氏兄弟為代表的「五四」知識者是以自由之精神、獨立之意
識，進行著「社會批評」和「文明批評」，因而他們創作的隨筆帶有
鮮明的批判性、揭露性、諷刺性和感情色彩。郁達夫曾評價魯迅：
「至於他的隨筆雜感，更提供了前不見古人，而後人又絕不能追隨的
風格，首先其特色為觀察之深刻，談鋒之犀利，文筆之簡潔，比喻之
巧妙，又因其飄溢幾分幽默的氣氛，就難怪讀者會感到一種即使喝毒

2　青野季吉撰，魯迅譯：〈關於知識階級〉，《語絲》第4卷第4期（1928年1月7日）。

3　王元化：〈關於現代思想史答問〉，《清園近思錄》（北京市：中國社會科學出版社，
　　1998年），頁82、83。

4　魯迅：〈我和《語絲》的始終〉，《魯迅全集》（北京市：人民出版社，1981年），卷
　　4，頁169。

5　周作人：〈《談虎集》序〉，《談虎集》（石家莊市：河北教育出版社，2002年）。

酒也不怕死似的淒厲的風味。」[6]郁達夫將閱讀魯迅隨筆的感受說成讓讀者「感到一種即使喝毒酒也不怕死似的淒厲的風味」，這個比喻很毒辣、也很怪異。但仔細一想，魯迅不也是說過他的存在，就是要讓那些一心想給自己製造舒服世界的人多留一些「缺陷」，使他們難以稱心如願。因此，現代理性批判精神是隨筆獨特的精神內涵和本質特徵。二十世紀三〇、四〇年代，繼「五四」知識者後一批年輕隨筆作家也迅速成長起來，他們中絕大多數人還是繼續高揚現代理性批判精神，將「社會批評」和「文明批評」的筆觸深入更廣闊的社會生活領域，從而使隨筆又迎來一個豐收的季節。但是，我們也不能不遺憾指出，在延安解放區文藝「整風」前後現代理性批判精神的高揚與失落，成為延安隨筆創作興盛與凋零界限分明的「分水嶺」，因為隨筆一旦失去「否定」的精魂，也就喪失活氣和生機。而從延安整風開始到一九四九年初期文藝界一直開展所謂對「魯迅雜文筆法」的質疑、限制、批判、否定，這只能導致現代理性批判精神的放棄和失落，其結果就是隨筆不可避免地走向式微和萎縮。一九五六年，毛澤東倡導「雙百」方針後，許多著名的學者、隨筆作家紛紛撰文大膽觸及到人的「獨立思考」問題，其實也是觸及隨筆創作為何長期萎靡不振的癥結所在。然而，知識分子的「早春的天氣」僅僅是曇花一現，隨之而來的「反右擴大化」和「文化大革命」，知識分子紛紛遭受滅頂之災，這是人類史上知識者一次集體自由精神的大潰敗，人成為非人，知識者成為非知識化。只有到改革開放的新時期，隨筆作家才重新高揚起現代理性批判精神，隨筆創作才重獲生機和活力。

　　因此，總結現代隨筆幾次興衰和消長的現象，有一條很重要的原因就在於現代知識者是否擁有自由的靈魂和獨立的人格，是否能高揚現代理性的批判精神，是否能以「社會批評」和「文明批評」來作為

6　郁達夫撰，思一譯：〈魯迅的偉大〉，日本《改造》第19卷第3號（1937年3月1日）。

「指點嚮導一世」。有了這些因素，隨筆就必然要興盛，否則只能帶來凋零的結果。張中曉在談到雜文創作之不易時，認為這主要是須有「精神的繩索」，「發掘沉邃的歷史精神和火熱的現實精神，使歷史和現實統一。發掘歷史材料的思想力量和感受現實生活的戰鬥精神的結合」。[7]在筆者看來，所謂「精神的繩索」，就是隨筆作家要具有敏銳捕捉現實問題和燭照歷史帷幕的否定意識和批判精神，這樣才能將「發掘歷史材料的思想力量」和「感受現實生活的戰鬥精神」兩者構成完美的結合，從而使隨筆創作顯示出特有的廣度、力度和深度。

其次，現代中國隨筆創作的歷史經驗告訴我們，知識者必須注意推動隨筆創作的多元化發展。那種獨尊一體，排斥他者做法只有百害而無一益。世界上的任何事物，都是多方面的統一體，絕對單純的和孤立的東西都是抽象的，在現實生活中是不存在的。馬克思曾以「人口」為例說明事物的具體性。他稱，「人口」是一個現實的具體事物，它是許多規定性、許多因素的有機聯繫著的統一體，它包括階級、雇傭勞動、資本、交換、分工等等複雜規定在內。只有弄清它們之間的內在聯繫，人們頭腦中關於人口「渾沌的表象」，才能變成「一個具有許多規定和關係的豐富的總體」。人口是如此，其他事物也是這樣，它們都是「許多規定的綜合」和「多樣性的統一」[8]。黑格爾在《小邏輯》和《大邏輯》裡對事物的「雜多」、「差異」、「對立」等特性的揭示，也為我們開拓了思維的視野。如他對「對立」的詮釋，「凡一切真實之物都包含有相反的成分於其中」，「每一方面均借對方而反映其自身，只由於對方的存在而保持其自身的存在。因此，本質的差異即是『對立』」。[9]現代中國隨筆也是由「一個豐富的、由

7　張中曉：《無夢樓隨筆》（上海市：上海遠東出版社，1996年），頁20。

8　馬克思：〈導言（摘自1857-1858年經濟學手稿）〉，《馬克思恩格斯全集》（北京市：人民出版社，1962年），卷12，頁750-751。

9　黑格爾撰，賀麟譯：《小邏輯》（北京市：生活・讀書・新知三聯書店，1954年），頁144、263。

許多規定和關係形成的總體」，是屬於「多樣性的統一」文學流派和文學現象。因而，這裡面不可避免地存在著「雜多」、「差異」和「對立」等等複雜的特性。

「五四」知識者在隨筆創作中體現出來的「雜多」、「差異」和「對立」，源於每一位知識者都有自己獨立的價值標準和批判立場，他們雖隸屬同一新文學陣營，有時是朋友，有時卻是對手。因而，在「五四」文壇上就出現了隨筆的「公共空間」的言說平臺。比如，魯迅在「五四」期間多次撰文批判封建禮教吃人的本質，被胡適後來譽為「思想界的清道夫」的吳虞就曾積極響應，寫下〈吃人與禮教〉這篇名文，更激進提出「吃人的就是講禮教的！講禮教的就是吃人的」的主張。胡適寫了一篇〈貞操問題〉，站在現代人的立場，提出自己反對的理由。過了一個月後，魯迅發表了〈我之節烈觀〉，這既可看作是對胡文的一種呼應，卻能更深入一層地揭示「節烈」後面的民族文化心理積弊，屬於對症下藥，促人醒悟。而在《語絲》時期，魯迅與陳西瀅的交鋒，與林語堂討論「費爾潑賴應該緩行」問題，這完全是各個人的價值判斷、立場傾向不同而導致的思想衝突。可以說，促成魯迅一生撰寫大量的隨筆，是他堅持不懈鬥爭的結果，這裡面有與來自官方的北洋軍閥政府、國民黨政府的抗爭和較量，也有與創造社為首的革命文學倡導者、新月派、民族主義者、第三種人、論語派、左翼內部宗派主義等的論爭與辯難。而只有將對立面的文字也納入隨筆的研究視野，我們才能更清楚地發現現代中國隨筆本身充滿活氣的「雜多統一」，是一條絢爛斑斕的隨筆創作長廊。

處理好隨筆的「多樣性」、「雜多」的統一，還要著眼於維護現代作家多樣性的藝術趣味和多元化的藝術風格。周氏兄弟的隨筆，雖然他們早期有大致共同的生活經歷、讀書趣味和反封建禮教、反專制的主張。但他們撰寫隨筆存在著明顯的不同之處。郁達夫稱「魯迅的文體簡煉得像一把匕首，能以寸鐵殺人，一刀見血」，「周作人的文體，

又來得舒徐自在，信筆所至，初看似乎散漫支離，過於繁瑣，但仔細一讀，卻覺得他的漫談，句句含有分量」。就是他們兩人隨筆中的幽默味，也有不同的色彩，「魯迅的是辛辣乾脆，全近諷刺，周作人的是湛然和靄，出諸反語」。[10]一九三〇年代初，林語堂等論語同仁積極倡導幽默閒適小品的寫作，後來遭致魯迅等左翼人士的質疑和批判。其原因是複雜的。魯迅曾就說過：「小品文本身本無功過，今之被人詬病，實因過事張揚。」[11]在魯迅看來，小品文雖充當的是「小擺設」和「零食」的作用，但也不排斥它在文壇應有的一席之地。然而，林語堂諸人卻極力哄抬「小品文」的地位和作用，掀起「小品文風潮」，使一切期刊都小品化，再加上這些小品既「嘮叨」，又無「思想」，自然引起人們對此的反感。尤其是當時風沙撲面、豺狼當道，將一切文學作品都要小品化，確實有磨損人心意志之虞。不過，站在今天研究者的立場看，一九三〇年代正因為多了一層論語派的聲音，整個文壇就顯得更有生氣和活力，現代隨筆內涵也更為多元和豐富。郁達夫在當時尚且說：「我只覺得現在的中國，小品文還不算流行，所以將來若到了國民經濟充裕，社會政治澄清，一般教育進步的時候，恐怕小品文的產量還要增加，功效還要擴大。」[12]郁達夫所預言的事，到了一九九〇年代真的變為現實了。在商品經濟的大潮下，一般大眾都將隨筆作品當作一種通俗的文學「讀物」而閱讀，人們除了在作品中追求美感外，還渴望在作品裡尋找情感的宣洩和人生的皈依，進而達到一種心理的放鬆與平衡。因而，現代隨筆的社會功能被弱化，突顯了消遣功能、娛樂功能。誠然，在一片眾聲喧嘩之中，也

---

10 郁達夫：〈《中國新文學大系・散文二集》導言〉，《中國新文學大系・散文二集》（上海市：上海良友圖書公司，1935年）。

11 魯迅致鄭振鐸信，1934年6月2日，《魯迅全集》（北京市：人民出版社，1981年），卷12，頁443。

12 郁達夫：〈小品文雜感〉，《小品文和漫畫》（上海市：生活書店，1935年），頁29。

有隨筆作家用筆為旗，表示絕不後退；有的學者以自己專業研究作為背景，發出自己的批判性話語；也有的文化人積極行動起來，投身於一九九○年代「思想隨筆」的搜索和探求。因此，我們應該正確對待那些隨筆中知識性、閒適性和趣味性與強調高揚現代理性批判精神之間的複雜關係。嚴格來說，這兩者之間並非水火不容、互為對立的。它們在正常的社會環境裡，應該是能夠相輔相成、互補共生、共同發展。這一切才是隨筆多元生態所應有的環境和氛圍，也才能促進隨筆更為健康的發展。

　　第三，文化專制、藝術民主與現代中國隨筆的興衰、消長也不無息息相關、血肉相聯。隨筆作為現代知識者重要的言說方式，它與社會制度有著密切的聯繫。一個開明的社會、民主的制度和言路的暢通，無疑能促進隨筆健康發展和繁榮興盛。因而，從這個意義上說，隨筆是文明的產物。薩特不是說過：「散文藝術與民主制度休戚相關，只有在民主制度下散文才保有一個意義。當一方受到威脅的時候，另一方也不能倖免。」[13]一九四九年後毛澤東提出「雙百」方針後，隨筆創作隨即出現的「復興」景象；改革開放的新時期，尤其是一九九○年代市場經濟為主導的寬鬆社會環境，也是有利地促進了隨筆的發展和興盛。再來就是所謂的「亂世」，這在中國，古代就有春秋戰國時代、魏晉南北朝、明末，在現代最為典型就是「五四」時期，這些時期也正是散文隨筆繁榮發展的黃金時代。究其原因，周作人曾作過透徹的解說，「小品文是文學發達的極致，它的興盛必須在王綱解紐的時代」，朝廷強盛，統治者為了維護正統的思想，都是讓人讀之昏昏欲睡的一些「大的高的正的」東西占據著主導的地位；而到了「頹廢時代」，統治者力不從心，這時處士橫議、百家爭鳴，正

13　薩特：〈為什麼寫作？〉，《薩特研究》（北京市：中國社會科學出版社，1981年），
　　頁24。

統家大歎人心不古，可卻是「許多新思想好文章」出現的時候。[14]事實也確是如此，「五四」時期正是各路軍閥忙於搶占地盤、相互廝殺之際，中國政壇真如魯迅所譏諷的那樣上演了一場又一場的「現代戲」。現代知識者利用了統治者所留下的空隙，大膽地進行自由的思考、獨立的言說，因而造就了「五四」隨筆的繁榮與興盛。

　　然而，同樣是文化專制，為什麼一九三〇年代魯迅等照樣能獨立地進行「社會批評」和「文明批評」，而到一九四九年後相當長的時間裡，卻只能是一種萬馬齊喑的結果呢？這其間的因素是複雜和多方面的。但有一點很關鍵，那就是蔣介石雖建立自己的獨裁政府，但當時的中國正處於內憂外患之際，外面既有虎視眈眈的日本軍國主義，內部又有心頭大患的工農紅軍的割據和各路軍閥的反叛。因而，雖已實施嚴厲的新聞檢查管制制度，但尚未完全建立起大一統的文化專制格局。國民黨這些新聞檢查官確實讓當時不少左翼作家的作品開了天窗，遭到肆意的竄改，甚至胎死腹中。現在我們隨便翻開魯迅當時所寫的作品，常常可以看到還原後的文字下面用黑點或劃橫槓表示當時被刪除的情形。但即使如此，魯迅等左翼作家還是能夠利用一切的縫隙，把自己的批判聲音傳遞出來。特別是魯迅，他能夠充分運用隨筆自由靈活的手法，或旁敲側擊，或剪貼套用，頑強地表達自己的思想，從內容到形式上都體現出現代隨筆蓬勃旺盛的創造力。但是，這種情形在一九四九年後卻是不可能存在和出現。連被最高領袖譽為最沒有「奴顏」和「媚骨」，代表中華民族新文化發展方向的魯迅，活著恐怕也是難以有所作為。周海嬰撰寫《魯迅與我七十年》，記載一則的材料，有人詢問主席，今天魯迅還活著，他可能會怎樣？主席沉思片刻回答說：「以我的估計，（魯迅）要麼是關在牢裡還是要寫，要麼他識大體不做聲。」[15]在這樣一種文化政策和社會氛圍裡，以現代

14　周作人：〈《冰雪小品選》序〉，《駱駝草》第21期（1930年9月29日）。

15　周海嬰：《魯迅與我七十年》（海口市：南海出版公司，2001年），頁371。

理性批判精神為本質特徵的「魯迅雜文筆法」遭到質疑和否定，這是理所當然的事情。現代學人殷海光認為極權統治的特徵在於「不獨統治著你底政治活動，而且深入你底食道；不獨統治著你底身體活動，而且統治著你底神經活動；不獨到達你底商店工廠，而且隨時惠臨你底寢室。這種統治演變所極，可能鑽入你生活底每一層面，干涉到私人生活底每一節目。」[16]這種極權統治方式，可以說到了「文革」達到巔峰狀態。巴金在《隨想錄》裡屢次談到他還常做「文革」的噩夢，他有時在夢中揮舞著手臂，大喊大叫。巴金剖析自己說這不是在夢裡扮演鍾馗戰鬼，而是自己的恐懼和害怕，是擔心由「人變獸」的十年「文革」的重演。儘管在這樣嚴酷的環境中，也有人高昂頭顱，堅持真理。如張中曉認為「當世俗的權力在精神的王國中揮舞著屠刀，企圖以外在的強加來統治內在的世界，於是就產生誅心之論，產生法外之意」[17]。但像張中曉能不計得失、不顧利害後果，而又始終保持思想的深刻和犀利，在那個時期的中國畢竟是不多見，因而像他這類人物產生的「法外之意」而發出的「誅心之論」。在今天看來，這筆隨筆遺產確實是彌足珍視和永遠值得敬重的。

　　對於今天的人們來說，現在的國家安寧、政治穩定、百姓安居樂業，文化藝術也處於一九四九年後最為寬鬆的發展時期。一九九〇年代現代隨筆的發達便是順應這個時勢發展的結果。這從一個正面充分說明了現代中國隨筆的興衰消長與社會制度的民主程度是密切聯繫的。因此，客觀看待歷史，及時總結經驗教訓，就顯得非常有必要。法國社會學家皮埃爾・布迪厄告訴我們：「自由思想應該通過一種歷史回想獲得，這種歷史回想，能夠揭示出一切思想中歷史作用的被遺忘

---

16 殷海光：〈治亂底關鍵──《中國的治道》讀後〉，附錄於徐復觀：《學術與政治之間》（臺北市：臺灣學生書局，1985年），頁131。

17 張中曉：《無夢樓隨筆》（上海市：上海遠東出版社，1996年），頁33。

了的產物。」[18]處於新世紀的現代中國知識者、現代隨筆作家，就應該
格外珍視和攝取二十世紀現代隨筆這一筆寶貴遺產，並以「歷史回想」
而獲得的「自由思想」為基礎，高揚現代理性批判精神，以自己獨特
的言說方式，從而進一步促進現代隨筆朝著更加繁榮的方向發展。

---

18 皮埃爾・布迪厄撰，劉暉譯：《藝術的法則──文學場的生成和結構》（北京市：中
　央編譯出版社，2001年），頁369。

參考文獻

一　中國現代學術論著、作品集及相關資料

俞元桂主編　《中國現代散文理論》　南寧市　廣西人民出版社　1983年

俞元桂主編　《中國現代散文史》　濟南市　山東文藝出版社　1988年

俞元桂等　《中國現代散文十六家綜論》　上海市　華東師範大學出版社　1989年

汪文頂　《現代散文史論》　福州市　福建教育出版社　1994年

姚春樹　《中外雜文散文綜論》　福州市　福建教育出版社　1997年

姚春樹、袁勇麟　《二十世紀中國雜文史》　福州市　福建教育出版社　1997年

黃科安　《二十世紀散文名家論》　福州市　福建教育出版社　1998年

黃科安　《現代散文的建構與闡釋》　福州市　海峽文藝出版社　2001年

李素伯　《小品文研究》　上海市　新中國書局　1932年

周作人　《中國新文學的源流》　北京市　北京人文書店　1932年

陳望道編　《小品文和漫畫》　上海市　生活書店　1935年

方　重　《英國詩文研究集》　上海市　商務印書館　1939年

中共中央高級黨校新聞教研室編　《小品文寫作資料》　北京市　人民出版社　1955年

傅德岷　《散文藝術論》　重慶市　重慶出版社　1988年

李寧編　《小品文藝術談》　北京市　中國廣播電視出版社　1990年

邵傳烈　《中國雜文史》　上海市　上海文藝出版社　1991年

陳書良、鄭憲春　《中國小品文史》　長沙市　湖南出版社　1991年

王佐良　《英國散文的流變》　北京市　商務印書館　1994年

朱世英等　《中國散文學通論》　合肥市　安徽教育出版社　1995年

佘樹森、陳旭光　《中國當代散文報告文學發展史》　北京市　北京
　　　大學出版社　1996年

王　堯　《鄉關何處：二十世紀中國散文的文化精神》　北京市　東
　　　方出版社　1996年

楊樹增　《先秦諸子散文──詩化的哲理》　桂林市　廣西師範大學
　　　出版社　1999年

吳承學　《晚明小品研究》　上海市　江蘇古籍出版社　1999年

趙伯陶　《明清小品》　桂林市　廣西師範大學出版社　1999年

郭預衡　《中國散文史》　上海市　上海古籍出版社　2000年

劉炳善　《隨筆譯事》　北京市　中國電影出版社　2000年

《中國新文學大系‧建設理論集》　上海市　上海良友圖書印刷公司
　　　1935年

錢鍾書　《管錐編》　北京市　中華書局　1979年

徐復觀等　《知識分子與中國》　臺北市　時報文化出版企業公司
　　　1980年

朱光潛　《藝文雜談》　合肥市　安徽人民出版社　1981年

宗白華　《美學散步》　上海市　上海人民出版社　1981年

費正清　《劍橋中國晚清史》　北京市　中國社會科學出版社　1985年

梁實秋　《英國文學史》　臺北市　協志工業叢書出版公司　1985年

徐復觀　《學術與政治之間》　臺北市　臺灣學生書局　1985年

錢　穆　《中國文學講演集》　成都市　巴蜀書社　1987年

余英時　《士與中國文化》　上海市　上海人民出版社　1987年

程　麻　《溝通與更新──魯迅與日本文學關係發微》　北京市　中
　　　國社會科學出版社　1990年

丁潤生等　《現代思維科學》　重慶市　重慶出版社　1992年

《胡適學術文集・新文化運動》　北京市　中華書局　1993年

倪延年、吳強編著　《中國現代報刊發展史》　南京市　南京大學出
　　　　版社　1993年

熊月之　《西學東漸與晚清社會》　上海市　上海人民出版社　1994年

王　瑤　《中國現代文學史論集》　北京市　北京大學出版社　1998年

南　帆　《文學的維度》　上海市　上海三聯書店　1998年

洪子誠　《中國當代文學史》　北京市　北京大學出版社　1999年

王先霈等主編　《文學批評術語詞典》　上海市　上海文藝出版社
　　　　1999年

陶東風　《社會轉型與當代知識分子》　上海市　上海三聯書店
　　　　1999年

郭延禮　《中西文化碰撞與近代文學》　濟南市　山東教育出版社
　　　　1999年

李歐梵　《現代性的追求》　北京市　生活・讀書・新知三聯書店
　　　　2000年

高恆文　《京派文人：學院派的風采》　上海市　上海教育出版社
　　　　2000年

周　憲　《崎嶇的思路──文化批判論集》　武漢市　湖北教育出版
　　　　社　2000年

《毛澤東選集》　卷5　北京市　人民出版社　1977年

《毛澤東著作選讀》　下冊　北京市　人民出版社　1986年

《毛澤東文集》　北京市　人民出版社　1999年

《魯迅全集》　卷1-16　北京市　人民文學出版社　1981年

《魯迅全集》　卷13　北京市　人民文學出版社　1973年

《魯迅全集》　卷6　烏魯木齊市　新疆人民出版社　1995年

《魯迅譯文集》　卷10　北京市　人民文學出版社　1958年

中國社會科學院文學研究所魯迅研究室編　《1913-1983魯迅研究學
　　術論著資料匯編》　卷1-5　北京市　中國文聯公司分別出
　　版於1985年、1986年、1987年、1987年、1989年

李何林主編　《魯迅年譜》　卷1-4　增訂本　北京市　人民文學出
　　版社　2000年

周海嬰　《魯迅與我七十年》　海口市　南海出版公司　2001年

周作人編　《苦庵笑話選》　上海市　北新書局　1933年

周作人著　止庵校訂　《自己的園地》、《雨天的書》、《澤瀉集》、《談
　　龍集》、《談虎集》、《永日集》《藝術與生活》、《看雲集》、
　　《苦雨齋序跋文》、《夜讀抄》、《苦茶隨筆》、《苦竹雜記》、
　　《風雨談》、《瓜豆集》、《秉燭談》、《藥堂語錄》、《藥堂雜
　　文》、《書房一角》、《秉燭後談》、《苦口甘口》、《立春以
　　前》、《魯迅的青年時代》、《過去的工作》、《知堂乙酉文編》
　　等　石家莊市　河北教育出版社　2002年

周作人　《談龍集》　上海市　上海書店影印　1987年

周作人　《雨天的書》　長沙市　嶽麓書社　1987年

周作人　《苦茶隨筆》　長沙市　嶽麓書社　1987年

周作人　《知堂回想錄》　蘭州市　敦煌文藝出版社　1998年

陳子善、張鐵榮編　《周作人集外文》　海口市　海南國際新聞出版
　　中心出版發行　1995年　上、下冊

張菊香、張鐵榮編著　《周作人年譜》　天津市　天津人民出版社
　　2000年

蔡元培　《蔡元培全集》　北京市　中華書局　1984年

林語堂　《剪拂集》　上海市　北新書局　1928年

林語堂　《披荊集》　上海市　上海時代圖書公司　1936年

林語堂撰　郝志東、沈益洪譯　《中國人》　上海市　學林出版社
　　1994年

向弓主編　《銜著煙斗的林語堂》　成都市　四川文藝出版社　1995年

林語堂撰　夢琳等編　《林語堂散文經典全編》　北京市　九洲圖書
　　　出版社　卷1-4　1998年

梁遇春撰　吳福輝編　《梁遇春散文全編》　杭州市　浙江文藝出版
　　　社　1992年

朱湘撰　蒲花塘、曉菲編　《朱湘散文》　上、下集　北京市　中國
　　　廣播電視出版社　1994年

朱自清　《朱自清全集》　卷3　上海市　江蘇教育出版社　1996年

聞一多　《聞一多全集》　卷1　北京市　生活‧讀書‧新知三聯書店
　　　1982年

朱光潛　《孟實文抄》　上海市　上海良友圖書印刷公司　1936年

梁實秋撰　劉天華、維辛編選　《梁實秋散文》　1-4集　北京市
　　　中國廣播電視出版社　1989年

張愛玲撰　來鳳儀編　《張愛玲散文全編》　杭州市　浙江文藝出版
　　　社　1992年

王了一　《龍蟲並雕齋瑣語》　北京市　中國社會科學出版社　1993年

郁達夫編　《中國新文學大系‧散文二集》　上海市　上海良友圖書
　　　印刷公司　1935年

葉靈鳳　《我的小品作家──文藝隨筆之二》　《靈鳳小品集》　上
　　　海市　上海書店影印　1985年

姜振昌、范秀瑞編　《渡河與引路──1912-1918年雜文選》　北京
　　　市　文化藝術出版社　1996年

姜振昌編　《啟蒙與反叛──「新青年」派雜文選》　北京市　文化
　　　藝術出版社　1996年

姜振昌、莊偉編　《〈西瀅閒話〉及其他──「現代評論」派雜文
　　　選》　北京市　文化藝術出版社　1996年

姜振昌編　《野百合花──四十年代延安解放區雜文選》　北京市
　　　文化藝術出版社　1996年

孔羅蓀　《決裂集》　北京市　作家出版社　1956年

段躍編　《烏「盡」啼：1957年「鳴放」期間雜文小品文選》　北京
　　　　市　中國電影出版社　1998年

林淡秋　《業餘漫筆》　北京市　新文藝出版社　1958年

吳南星　《三家村札記》　北京市　人民文學出版社　1979年

馬南邨　《燕山夜話》　北京市　北京出版社　1979年

夏　衍　《夏衍雜文隨筆集》　北京市　生活・讀書・新知三聯書店
　　　　1980年

巴　金　《隨想錄》　第1集　北京市　人民文學出版社　1980年

巴　金　《探索集》　北京市　人民文學出版社　1981年

巴　金　《真話集》　北京市　人民文學出版社　1983年

巴　金　《病中集》　北京市　人民文學出版社　1984年

巴　金　《無題集》　北京市　人民文學出版社　1986年

巴　金　《再思錄》　上海市　上海遠東出版社　1995年

巴　金　《講真話的書》　成都市　四川文藝出版社　1991年

巴　金　《巴金全集》　卷16　北京市　人民文學出版社　1991年

巴　金　《巴金全集》　卷20　北京市　人民文學出版社　1993年

秦　似　《秦似雜文集》　北京市　生活・讀書・新知三聯書店
　　　　1981年

徐懋庸　《徐懋庸雜文集》　北京市　生活・讀書・新知三聯書店
　　　　1983年

柯　靈　《柯靈散文選》　北京市　人民文學出版社　1983年

柯　靈　《墨磨人》　北京市　生活・讀書・新知三聯書店　1991年

馮雪峰　《雪峰文集》　卷2　北京市　人民文學出版社　1983年

豐子愷　《緣緣堂隨筆集》　杭州市　浙江文藝出版社　1983年

唐　弢　《唐弢雜文集》　北京市　生活・讀書・新知三聯書店
　　　　1984年

唐　弢　《晦庵書話》　北京市　生活・讀書・新知三聯書店　1980年

《馬鐵丁雜文選》　北京市　人民日報出版社　1984年

秦　牧　《秦牧小品選》　鄭州市　黃河文藝出版社　1985年

馮亦代撰　衛民編　《馮亦代散文選集》　天津市　百花文藝出版社
　　　　1987年

錢歌川　《錢歌川文集》　卷3　瀋陽市　遼寧大學出版社　1988年

張承志　《綠風土》　北京市　作家出版社　1989年

曾彥修等主編　《中國新文藝大系1949-1966‧雜文集》　北京市
　　　　中國文聯出版公司　1991年

余秋雨　《文化苦旅》　北京市　知識出版社　1992年

余秋雨　《山居筆記》　上海市　文匯出版社　1998年

汪曾祺　《汪曾祺小品》　北京市　中國人民大學出版社　1992年

張華等編　《中國雜文大觀》　卷1-3　天津市　百花文藝出版社
　　　　1994年

一葦、無言編　《當代名家隨筆精品》　西安市　西安出版社　1993年

蔣子龍　《淨火──蔣子龍隨筆》　北京市　知識出版社　1994年

錢鍾書　《寫在人生邊上》　福州市　福建人民出版社　1983年

楊　絳　《楊絳散文》　杭州市　浙江文藝出版社　1994年

鍾　鳴　《畜界，人界》　北京市　東方出版社　1995年

鍾　鳴　《徒步隨想錄》　上海市　東方出版中心　1997年

金克木　《燕口拾泥》　杭州市　浙江文藝出版社　1988年

金克木　《金克木散文》　瀋陽市　遼寧教育出版社　1995年

金克木　《蝸角古今談》　瀋陽市　遼寧教育出版社　1995年

金克木　《百年投影》　北京市　北京大學出版社　1997年

金克木　《莊諧新集》　北京市　東方出版社　1998年

韓小蕙主編　《新現象隨筆──當代名家最新隨筆精華》　北京市
　　　　中央編譯出版社　1994年

韓小蕙主編　《新現象隨筆二輯──當代名家最新隨筆精華》　北京
　　　　市　中央編譯出版社　1997年

張中曉　《無夢樓隨筆》　上海市　上海遠東出版社　1996年

杜文遠等主編　《中國隨筆小品鑑賞辭典》　太原市　山西人民出版
　　社　1996年

張中行　《寫真集》　北京市　作家出版社　1997年

汪曾祺　《蒲橋集》　北京市　作家出版社　1989年

汪曾祺　《塔上隨筆》　北京市　群眾出版社　1993年

陳思和　《黑水齋漫筆》　成都市　四川人民出版社　1997年

陳平原　《游心與游目》　成都市　四川人民出版社　1997年

趙園　《窗下》　成都市　四川人民出版社　1997年

周策縱　《棄園文粹》　上海市　上海文藝出版社　1997年

王小波　《我的精神家園》　北京市　文化藝術出版社　1997年

王元化　《清園近思錄》　北京市　中國社會科學出版社　1998年

摩羅　《恥辱者手記》　呼和浩特市　內蒙古教育出版社　1998年

余英時　《論士衡史》　上海市　上海文藝出版社　1999年

許紀霖　《另一種啟蒙》　廣州市　花城出版社　1999年

張承志　《以筆為旗》　北京市　中國社會科學出版社　1999年

錢理群　《壓在心上的墳》　成都市　四川人民出版社　1997年

錢理群　《學魂重鑄》　上海市　文匯出版社　1999年

錢理群　《六十劫語》　福州市　福建教育出版社　1999年

王小波　《王小波作品集》　銀川市　寧夏人民出版社　2000年

王彬彬　《城牆下的夜遊者》　福州市　福建人民出版社　2001年

摩羅　《不死的火焰》　北京市　中國工人出版社　2002年

賈植芳、俞元桂主編　《現代文學總書目》　福州市　福建教育出版
　　社　1993年

二　中國古代論著、作品集及相關資料

郭象注　《莊子》　上海市　上海古籍出版社　1989年

楊伯峻譯注　《論語譯注》　北京市　中華書局　1958年

陳鼓應注釋　《莊子今注今釋》　北京市　中華書局　1983年

魯迅輯校　《嵇康集》　北京市　文學古籍刊行社影印　1956年

張少康集釋　《文賦集釋》　上海市　上海古籍出版社　1984年

黃叔琳注　紀昀評　《文心雕龍輯注》　北京市　中華書局　1957年

周振甫譯注　《文心雕龍今譯》　北京市　中華書局　1986年

余嘉錫箋疏　《世說新語箋疏》　上海市　上海古籍出版社　1993年

尹占華、韓文奇校注　《柳宗元集校注》　北京市　中華書局　2013年

張邦基　《墨莊漫錄》　孔凡禮點校　《墨莊漫錄　過庭錄　可書》
　　　　北京市　中華書局　2002年

葉夢得　《避暑錄話》　北京市　中華書局　1985年

洪　邁　《容齋隨筆》　上海市　上海古籍出版社　1978年

朱熹撰　黎靖德編　《朱子語類》　北京市　中華書局　1986年

蘇軾撰　傅成、穆儔標點　《蘇軾全集》　上海市　上海古籍出版社
　　　　2000年

李　贄　《焚書　續焚書》　第2版　北京市　中華書局　2009年

王聖俞評選　《蘇長公小品》　〔明〕萬曆三十九年刊刻

鄭元勳選　《媚幽閣文娛》　上海市　上海雜誌公司　1936年

張岱撰　馬興榮點校　《陶庵夢憶》　上海市　上海古籍出版社
　　　　1982年

陸雲龍等選評　蔣金德點校　《明人小品十六家》　杭州市　浙江古
　　　　籍出版社　1996年

衛泳編評　《冰雪攜》　上海市　中央書店　1935年

袁宏道　《袁宏道集箋校》　上海市　上海古籍出版社　1981年

袁中道撰　錢伯城點校　《珂雪齋集》　上海市　上海古籍出版社
　　　1989年

袁中道　《珂雪齋近集》　上海市　上海書店重印　1982年

廖燕撰　屠友祥校注　《二十七松堂文集》　上海市　上海遠東出版
　　　社　1999年

劉熙載　《藝概》　上海市　上海古籍出版社　1978年

王符增　《古文小品咀華》　北京市　書目文獻出版社　1983年

史震林　《華陽散稿》　上海市　上海雜誌公司　1935年

章學誠　《文史通義》　上海市　上海書店影印出版　1988年

呂叔湘　《筆記文選讀》　上海市　上海古籍出版社　1979年

湯高才主編　《歷代小品大觀》　上海市　上海三聯書店　1991年

高海夫主編　《唐宋八大家文鈔校注集評》　西安市　三秦出版社
　　　1998年

三　國外論著、作品集及相關資料

黑格爾撰　賀麟譯　《小羅輯》　北京市　生活‧讀書‧新知三聯書
　　　店　1954年

黑格爾　楊一之譯　《邏輯學》　上卷　北京市　商務印書館　1966年

黑格爾撰　楊一之譯　《邏輯學》　下卷　北京市　商務印書館
　　　1976年

勒內‧韋勒克　《現代批評史：浪漫主義時代》　倫敦　1955年

《馬克思恩格斯全集》　卷12　北京市　人民出版社　1962年

《薩特研究》　北京市　中國社會科學出版社　1981年

P. 博克撰　孫乃修譯　《蒙田》　北京市　工人出版社　1985年

庫　恩　《必要的張力》　福州市　福建人民出版社　1985年

D.C. 米克　《反諷和反諷性》　紐約　1986年

E. 卡西勒撰　顧偉銘等譯　《啟蒙哲學》　濟南市　山東人民出版社
　　1988年

趙毅衡編　《「新批評」文集》　北京市　中國社會科學出版社
　　1988年

艾布拉姆斯　《歐美文學術語詞典》　北京市　北京大學出版社
　　1990年

迪倫馬特　《迪倫馬特文集》　卷24　蘇黎世　1990年

康德撰　何兆武譯　《歷史理性批判文集》　北京市　商務印書館
　　1990年

E. 希爾斯撰　傅鏗、呂樂譯　《論傳統》　上海市　上海人民出版社
　　1991年

D.C. 米克撰　周發祥譯　《論反諷》　北京市　崑崙出版社　1992年

傅德岷編　《外國作家論散文》　烏魯木齊市　新疆大學出版社
　　1994年

羅伯特・哈欽斯等主編　《西方名著入門》　北京市　商務印書館
　　1995年

布迪厄、哈克撰　桂裕芳譯　《自由交流》　北京市　生活・讀書・
　　新知三聯書店　1996年

布爾迪厄撰　包亞明譯　《文化資本與社會煉金術》　上海市　上海
　　人民出版社　1997年

上海社會科學院哲學研究所外國哲學研究室編　《法蘭克福學派論著
　　選輯》　上卷　北京市　商務印書館　1998年

汪暉、陳燕谷主編　《文化與公共性》　北京市　生活・讀書・新知
　　三聯書店　1998年

安妮特 .T. 魯賓斯坦撰　陳安全等譯　《英國文學的偉大傳統》　上
　　海市　上海譯文出版社　1998年

柏格森撰　樂愛國譯　《笑與滑稽》　廣州市　廣東人民出版社
　　2000年

王　珉　《終極關懷──蒂里希思想引論》　北京市　新華出版社
　　　2000年

弗・茲納涅茨基撰　郟斌譯　《知識人的社會角色》　南京市　譯林
　　　出版社　2000年

齊格蒙・鮑曼撰　洪濤譯　《立法者與闡釋者》　上海市　上海人民
　　　出版社　2000年

卡爾・曼海姆撰　黎鳴等譯　《意識形態與烏托邦》　北京市　商務
　　　印書館　2000年

阿爾文・古爾德納撰　杜維真譯　《新階級與知識分子的未來》　北
　　　京市　人民文學出版社　2001年

雅克・德里達撰　張寧譯　《書寫與差異》　北京市　生活・讀書・
　　　新知三聯書店　2001年

皮埃爾・布迪厄撰　劉暉譯　《藝術的法則──文學場的生成和結
　　　構》　北京市　中央編譯出版社　2001年

明恩溥（史密斯）撰　秦悅譯　《中國人的素質》　上海市　學林出
　　　版社　2001年

周作人譯　《狂言十番》　北京市　北新書局　1926年

周作人譯　《冥土旅行》　北京市　北新書局　1927年

廚川白村撰　綠蕉、大杰譯　《走向十字街頭》　上海市　啟智書局
　　　1928年

廚川白村　《小泉八雲及其他》　上海市　啟智書局　1934年

梁遇春編　《英國小品文選》　上海市　上海書店　1929年

梁遇春編　《小品文選》　上海市　北新書局　1930年

梁遇春編　《小品文續選》　上海市　北新書局　1935年

《日本近代文學大事典》　卷4　東京都　講談社　1977年

《日本現代文學全集8》　東京都　講談社　1980年

《現代隨想全集》　東京都　創元社　1953年

周作人譯　《日本狂言選》　北京市　人民文學出版社　1955年

弗・培根　《培根論說文集》　北京市　商務印書館　1958年

川端康成等　《日本隨筆選集》　上海市　上海譯文出版社　1986年

張國佐、黃紹鑫譯　《英國十八世紀散文選》　長沙市　湖南人民出版社　1986年

查爾斯・蘭姆撰　劉炳善譯　《伊利亞隨筆選》　北京市　生活・讀書・新知三聯書店　1987年

梁宗岱、黃建華譯　蒙田　《蒙田隨筆》　長沙市　湖南人民出版社　1987年

周作人、王以鑄譯　《日本古代隨筆選》　北京市　人民文學出版社　1988年

柏拉圖撰　余靈靈等譯　《蘇格拉底的最後日子——柏拉圖對話集》　上海市　上海三聯書店　1988年

塞涅卡撰　趙又春、張建軍譯　《幸福而短促的人生——塞涅卡道德書簡》　北京市　生活・讀書・新知三聯書店　1991年

《世界散文隨筆精品文庫》　北京市　中國社會科學出版社　1993年

王佐良主編　《並非舞文弄墨：英國散文名篇新選》　北京市　生活・讀書・新知三聯書店　1994年

姚春樹主編　《外國雜文大觀》　天津市　百花文藝出版社　1994年

黃紹鑫、黃丹譯　《英國名家散文選》　天津市　百花文藝出版社　1996年

《中國大百科全書・外國文學》　北京市　中國大百科全書出版社　1982年

葉廷芳主編　《外國名家隨筆金庫》　上、下冊　天津市　百花文藝出版社　1996年

潘麗珍等譯　《蒙田隨筆全集》　上、中、下卷　南京市　譯林出版社　1996年

約瑟夫‧阿狄生等撰　劉炳善譯　《倫敦的叫賣聲：英國隨筆選譯》
　　　北京市　生活‧讀書‧新知三聯書店　1997年

伍爾芙撰　伍厚愷、王曉路譯　《伍爾芙隨筆》　成都市　四川人民
　　　出版社　1998年

伍爾芙撰　石雲龍、劉炳善等譯　《伍爾芙隨筆全集》　1-4集　北
　　　京市　中國社會科學出版社　2001年

帕斯卡爾撰　陳宣良、何兆武等譯　《帕斯卡爾文選》　桂林市　廣
　　　西師範大學出版社　2002年

作者簡介

黃科安

　　福建安溪人，文學博士，福建師範大學文學院教授，博士生導師，中國社會科學院博士後，福建師範大學中國散文研究中心主任，福建省中國現代文學研究會會長。主要從事中國現代散文、延安文學、閩南文化與地方戲曲等學術研究。先後主持國家社會科學基金重大研究專項一項、一般項目二項，中國博士後科學基金一項，福建省社科研究基地重大研究項目一項、社會科學研究項目二項。曾獲福建省社科優秀成果二等獎二項、三等獎一項。參與《中國大百科全書》（第二版）編纂工作，著有《「陳三五娘」故事的傳播研究》、《叩問美文：外國散文譯介與中國散文的現代性轉型》、《知識者的探求與言說：中國現代隨筆研究》、《延安文學研究：建構新的意識形態與話語體系》、《現代散文的建構與闡釋》、《二十世紀中國散文名家論》、《思想的穿越與限度：中國現代文學專題研究》等學術專著。

本書簡介

　　隨筆作為現代中國最重要的文學門類之一，是知識者在特定歷史語境中探求和言說的主要載體，而與其精神滄桑史發生了較為密切的聯繫。本書在占有大量第一手資料的基礎上，從釐定「隨筆」概念開始，進而分析現代隨筆的精魂是「社會批評」與「文明批評」；從隨

筆作家的思維方式切入，提出「非系統」、「閒筆」、「機智」、「反諷」、「詼諧」為五種現代隨筆的修辭表現形態；以知識階層的崛起為背景，梳理隨筆在現代中國各個階段的發展歷程，並以代表性作家的個案剖析為例，彰顯出知識者獨有的批判鋒芒和人格魅力；最後論述了現代隨筆與中外隨筆傳統的傳承創新之關係，以及總結現代隨筆的經驗教訓。

福建師範大學文學院百年學術論叢·第五輯 1702E08

現代中國隨筆探蹟

作　　　者	黃科安	
總 策 畫	鄭家建　李建華	
發 行 人	陳滿銘	
總 經 理	梁錦興	
總 編 輯	陳滿銘	
副總編輯	張晏瑞	
編 輯 所	萬卷樓圖書股份有限公司	
排 版	林曉敏	
印 刷	百通科技股份有限公司	

發　　　行　萬卷樓圖書股份有限公司
　　　　臺北市羅斯福路二段 41 號 6 樓之 3
　　　　電話 (02)23216565
　　　　傳真 (02)23218698
　　　　電郵 SERVICE@WANJUAN.COM.TW
香港經銷　香港聯合書刊物流有限公司
　　　　電話 (852)21502100
　　　　傳真 (852)23560735

ISBN 978-986-478-264-2
2019 年 5 月再版
2019 年 1 月初版
定價：新臺幣 620 元

如何購買本書：

1. 劃撥購書，請透過以下郵政劃撥帳號：
   帳號：15624015
   戶名：萬卷樓圖書股份有限公司
2. 轉帳購書，請透過以下帳戶
   合作金庫銀行　古亭分行
   戶名：萬卷樓圖書股份有限公司
   帳號：0877717092596
3. 網路購書，請透過萬卷樓網站
   網址 WWW.WANJUAN.COM.TW

大量購書，請直接聯繫我們，將有專人為
您服務。客服：(02)23216565 分機 610

如有缺頁、破損或裝訂錯誤，請寄回更換
版權所有·翻印必究
Copyright©2019 by WanJuanLou Books CO., Ltd.
All Right Reserved　　　　Printed in Taiwan

國家圖書館出版品預行編目資料

現代中國隨筆探蹟 / 黃科安著. -- 再版. --
臺北市 ： 萬卷樓, 2019.05
　面 ； 公分. -- (福建師範大學文學院百
年學術論叢. 第五輯 ；1702E08)
ISBN 978-986-478-264-2(平裝)

1.散文 2.文學評論

820.8　　　　　　　　　　108000223